Myrielle Marc

Myrielle Marc est née en 1946.
Très tôt, elle a commencé à écrire et cette passion ne l'a jamais quittée. Elle a rédigé la première version d'*Orfenor* sur onze cahiers d'écolier dès l'âge de 18 ans et l'a repris successivement à 35 ans, 45 ans et 55 ans. Elle avait auparavant publié deux romans, *Petite Fille rouge avec un couteau* et *La pluie à petit bruit* (Le Seuil), et des nouvelles *Plages – Aux gueux l'an neuf* (ACL).
Myrielle Marc vit aujourd'hui dans la région de Nantes.

ORFENOR

★★

Tristan

DU MÊME AUTEUR
CHEZ POCKET

ORFENOR
1. NATALÈNE

MYRIELLE MARC

ORFENOR

★★

Tristan

XO ÉDITIONS

ISBN : 2-266-15213-0

Au gitan d'Arsac

FAMILLE DE

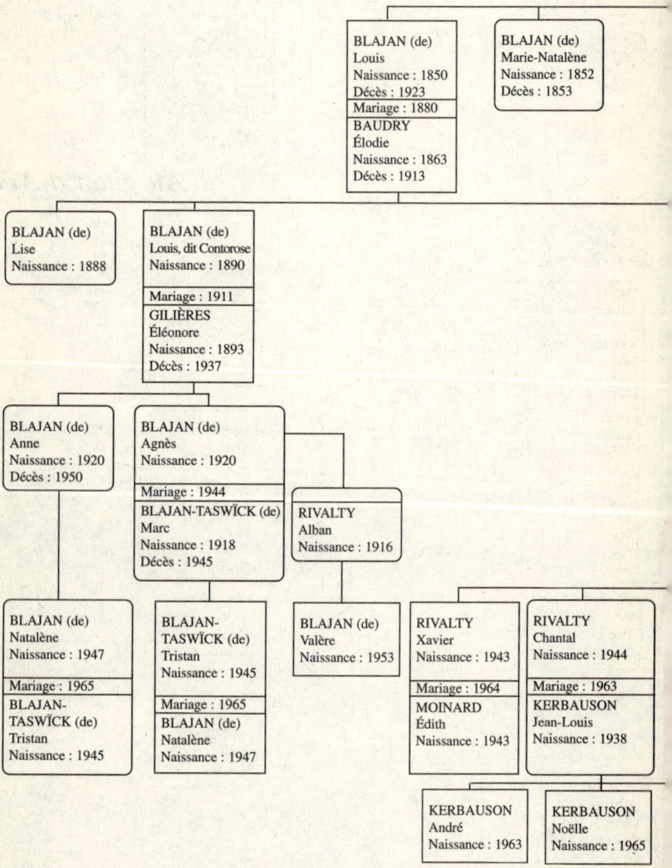
BLAJAN (de) Louis Naissance : 1850 Décès : 1923
Mariage : 1880
BAUDRY Élodie Naissance : 1863 Décès : 1913
BLAJAN (de) Marie-Natalène Naissance : 1852 Décès : 1853
BLAJAN (de) Lise Naissance : 1888
BLAJAN (de) Louis, dit Contorose Naissance : 1890
Mariage : 1911
GILIÈRES Éléonore Naissance : 1893 Décès : 1937
BLAJAN (de) Anne Naissance : 1920 Décès : 1950
BLAJAN (de) Agnès Naissance : 1920
Mariage : 1944
BLAJAN-TASWÏCK (de) Marc Naissance : 1918 Décès : 1945
RIVALTY Alban Naissance : 1916
BLAJAN (de) Natalène Naissance : 1947
Mariage : 1965
BLAJAN-TASWÏCK (de) Tristan Naissance : 1945
BLAJAN-TASWÏCK (de) Tristan Naissance : 1945
Mariage : 1965
BLAJAN (de) Natalène Naissance : 1947
BLAJAN (de) Valère Naissance : 1953
RIVALTY Xavier Naissance : 1943
Mariage : 1964
MOINARD Édith Naissance : 1943
RIVALTY Chantal Naissance : 1944
Mariage : 1963
KERBAUSON Jean-Louis Naissance : 1938
KERBAUSON André Naissance : 1963
KERBAUSON Noëlle Naissance : 1965

Blajan (1968)

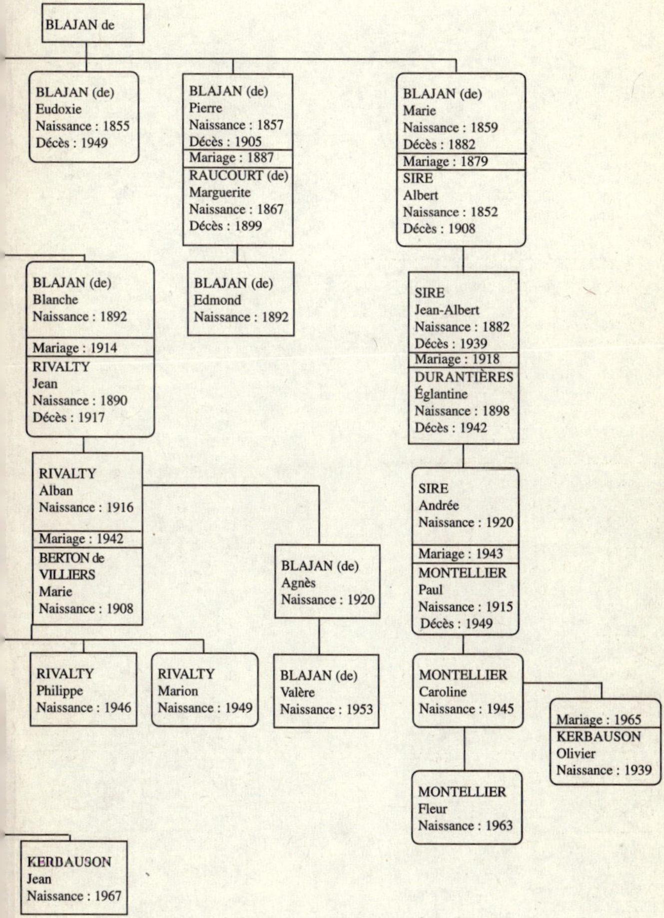
BLAJAN de
BLAJAN (de) Eudoxie Naissance : 1855 Décès : 1949
BLAJAN (de) Pierre Naissance : 1857 Décès : 1905
Mariage : 1887
RAUCOURT (de) Marguerite Naissance : 1867 Décès : 1899
BLAJAN (de) Marie Naissance : 1859 Décès : 1882
Mariage : 1879
SIRE Albert Naissance : 1852 Décès : 1908
BLAJAN (de) Blanche Naissance : 1892
Mariage : 1914
RIVALTY Jean Naissance : 1890 Décès : 1917
BLAJAN (de) Edmond Naissance : 1892
SIRE Jean-Albert Naissance : 1882 Décès : 1939
Mariage : 1918
DURANTIÈRES Églantine Naissance : 1898 Décès : 1942
RIVALTY Alban Naissance : 1916
Mariage : 1942
BERTON de VILLIERS Marie Naissance : 1908
BLAJAN (de) Agnès Naissance : 1920
SIRE Andrée Naissance : 1920
Mariage : 1943
MONTELLIER Paul Naissance : 1915 Décès : 1949
RIVALTY Philippe Naissance : 1946
RIVALTY Marion Naissance : 1949
BLAJAN (de) Valère Naissance : 1953
MONTELLIER Caroline Naissance : 1945
Mariage : 1965
KERBAUSON Olivier Naissance : 1939
MONTELLIER Fleur Naissance : 1963
KERBAUSON Jean Naissance : 1967

Première partie

I

Blajan s'était offert le lendemain matin, pour fêter Natalène, quelque chose qui ressemblait fort à un habit de printemps : le ciel était d'un bleu tendre au-dessus du parc, et il faisait presque chaud. Natou s'était réveillée tôt et regardait Mont-Brun, debout devant la fenêtre entrouverte, étonnée de se trouver là et aussi de découvrir que de cette aile on ne voyait pas les lumières du village; les collines seulement, revêtues de leur somptueuse parure rousse, et la tache claire du petit étang entre les arbres du parc.

Tristan s'habillait, derrière elle. Il était décidé à soudoyer Justine et à lui extorquer, pour ce premier matin, un plateau de petit déjeuner.

– Pour bien enfoncer le clou, glissa-t-il en partant à l'attaque.

Il obtint son plateau, et même des félicitations attendries de la vieille ronchonne, dont la génétique n'était pas le souci premier.

– Je vous mettrai un cierge, promit-elle. Je le fais pour tous les mariages et tu auras le tien, mon grand.

Restait à traverser la salle à manger. Tristan le fit avec assurance, en tenant son plateau à bout de bras. Il le posa même sur la table, afin que nul n'en ignore, et prit le temps de saluer ses tantes et son grand-père. À cet instant il s'amusait beaucoup. Deux bols, oui, tante Lise. Parfaitement, tante Blanche, deux petites cuillers. Et prenez la peine d'admirer, tante Marie, ces deux serviettes brodées appuyées contre la cafetière...

– J'aurai à te parler, dit Contorose.

– Pas maintenant : ça refroidit, et puis Natou meurt de faim.

Un petit éclair de malice brilla dans les yeux de Contorose. L'amusement de Tristan le gagnait.

– Non, dit-il, pas maintenant.

Tristan reprit son plateau et poursuivit dignement son chemin. Dès qu'il eut poussé la porte il entendit ses tantes chuchoter. Et il rit. La vie, décidément, avait de bons moments.

– Mais vont-elles compter, dit Natalène en déjeunant, les visites qu'on se fera ?

– Ça ne m'étonnerait pas. Au moins les premiers temps.

– Je vais détester ça...

– C'est plutôt drôle, non ?

– Non. Je n'aime pas qu'on SACHE. C'est des coups à devenir frigide. Je SENS que je deviens frigide. J'ai déjà les pieds froids, et ça monte...

– Vous n'avez quand même pas l'intention de vous incruster chez moi comme un champignon saprophyte rien que pour dérouter l'ennemi ?

– Non ! Mais je vais demander à grand-père la grande chambre d'à côté. Celle de la vieille tante Eudoxie. Il y a même une porte.

– Elle est derrière l'armoire.

– Eh bien vous pousserez l'armoire, c'est pas un problème... et j'aimerais vous voir un peu plus d'enthousiasme à l'idée de ma chère présence derrière le mur...

Elle tendait la main vers le couteau posé sur le beurrier : Tristan mima l'effarement et se saisit avant elle de l'instrument.

– Pas touche, dit-il. Malheureuse !

Elle ne comprit pas, d'abord, puis éclata de rire.

– Vous ne me pardonnerez jamais ce coup-là ?

– Non, dit-il. J'en ai encore des sueurs froides de temps en temps. Parce que je connaissais vos penchants sadiques, mais c'était la première fois que je servais de cible : ça traumatise...

Il lui tendit le petit couteau, posé bien à plat sur sa paume.

– Je vais peut-être vous apprendre quelque chose, Natou. Ça aussi ce serait une première. Vous n'avez pas oublié cet appel qu'a reçu Farfouille, hier matin ? C'était Philippe.

– Philippe ?

– En personne. Je le lui ai demandé et il m'a répondu sans se faire prier : oui. Comme ça, tranquille. Je crois qu'il en sait très long...

– Certainement. Il a fait parler Kriss dans un bar autrefois, je vous l'avais dit. Du camp, je suppose, du Copte, de Lille, Kriss ne se souvenait pas trop ; de Fonvières sans doute et de ce que j'y faisais. J'imagine très bien Philou fier comme un pou de savoir tout cela – qui vraiment n'a aucune importance.

Tristan ne partageait pas son avis là-dessus. Mais il n'en dit rien. Natalène ne semblait pas savoir, consciemment du moins, ce que savaient Tristan et Philippe sur certains aspects de sa vie avec le Copte : aussi surprenant que ce soit, c'était évident. Et il se sentait désarmé devant cette inquiétante ignorance.

– Oui... dit-il. Mais comment avait-il appris que vous étiez à Saint-Lys ? Ça, personne n'a pu le lui dire !

– Alors ça... Est-ce qu'il n'a pas pu s'en douter, tout simplement ? Et faire un petit tour discret là-bas pour s'en assurer ?

– Il aurait su, alors, pour nous deux ? Depuis quand ?

– Longtemps, sans doute. C'est un fouineur de premier ordre... En tout cas il a tenu sa langue.

Elle rit, mauvaise.

– Le pauvre, ce qu'il était si fier de savoir tout le monde le sait maintenant, même les tantes, même l'épicier, il doit rager ferme ! Volé, le fouineur...

Elle n'y pensait déjà plus, regardait la grosse armoire et se demandait à quoi ressemblait la porte qu'elle cachait.

– Imaginez, dit-elle, je serai là, derrière, avec des couteaux pointus plein mes tiroirs...

Contorose accorda la chambre de la vieille Eudoxie. Il accorda le secrétaire en bois de rose qui s'ennuyait sur le palier du second étage. Et le velours rouge. Et la glace à trumeaux. Il accorda tout ce qu'on voulut, fâché qu'on ne lui demandât pas davantage.

– Sapristi, s'étonnait Natalène, ça paye, ici, l'inceste... Xavier ne veut vraiment pas s'attaquer à tante Lise ?

C'était d'ailleurs, à Blajan, une grande campagne de travaux. Contorose faisait retaper le pavillon pour la mère d'Emmanuel et meubler pour celui-ci, et Marion, la plus grande chambre du premier étage. Les Kerbauson restauraient leur maison du village : ils ne parlaient plus que de plâtre, de poutres et de canalisations. « Moi, disait Fleur, je serai maçonne... »

Sophie avait écrit. Elle ne voulait pas attendre sa rituelle visite de Noël pour revoir Natalène et viendrait avant son mari. Sa lettre rendait un petit son mélancolique que Natou remarqua, bien sûr. Le papillon avait les ailes lourdes...

– Je ne crois pas qu'elle soit très heureuse, dit Tristan. Et vous verrez : elle ressemble à sa lettre. Voilée, ralentie, embrumée... avec un petit bémol à sa clé de *sol*.

– Par exemple ! répondit Natalène. Attendez seulement qu'elle remette les pieds ici... je vais lui balancer une charretée de dièses dans les pattes, vite fait bien fait !

Ils parlaient bas, parce qu'ils étaient dans le vestibule et que Xavier, dans la corroierie, cirait ses grandes bottes de cheval.

– D'abord, dit Tristan, il en faudrait plusieurs tombereaux. Et puis êtes-vous bien sûre d'en avoir assez pour vous-même ? Grand-père me convoque au moins une fois par semaine pour se plaindre de vous...

– Sans blague ?

– La fac va vous fatiguer... il est ridicule que vous déjeuniez en ville d'un sandwich au jambon alors que vous avez besoin de vitamines... s'il faut absolument que vous alliez au cinéma pourquoi diable choisir un policier... est-ce que je n'ai pas l'impression, comme lui, qu'en fait ça vous casse les pieds d'aider Justine à cirer l'escalier...

– Mais vraiment ?

– Vraiment.

– Mince alors, ça c'est dingue...

Elle sourit, attendrie, puis déclara :

– Je vais TRÈS BIEN, qu'est-ce qui lui prend ?

Aussitôt, elle rougit. Et comme Tristan s'était mis à rire, moqueur, elle baissa le nez.

– Ça, dit-elle, il ne peut pas le savoir. Ma pieuse chasteté ne fait quand même pas l'objet de vos conférences hebdomadaires ?

– Si, plaisanta-t-il. Ça surtout. C'est le plus intéressant, non ?

Il eut peur de l'avoir blessée, aussitôt, et s'en voulut. Mais elle sourit, s'approcha de lui, mit les bras sur ses épaules.

– Ici, dit-elle. Ici et maintenant.

– Non, répondit-il. Embrassez-moi seulement, petite saleté : c'est tout ce que je veux de vous.

Il n'eut même pas cela : la porte de la corroierie s'ouvrait, et ils s'écartèrent vite l'un de l'autre.

Ce bémol mis à part, Natalène allait bien. Elle était heureuse à Saint-Lys, où Tristan et elle allaient souvent le week-end, et heureuse à Blajan. Retrouver la barre de l'école Blanche lui plaisait. Se replonger dans les livres et faire connaissance avec la fac aussi. Sans effort apparent, avec naturel et gaieté, elle s'était coulée à son ancienne place au cœur de la vieille maison. Pensait-elle parfois aux quatre dromadaires de Pedro d'Alfaroubeira ? Ce n'était même pas évident. Elle avait un très grand talent pour se résigner à l'inévitable. Et les dromadaires, c'était fini.

Elle pendit sa petite crémaillère à la mi-décembre. Elle n'avait pas voulu transformer sa nouvelle chambre, et en particulier elle y avait laissé l'énorme lit à rouleau de la tante Eudoxie. Mais elle avait remplacé la lourde armoire par une commode, le grand bureau par un secrétaire, et monté au grenier tous les guéridons et les bibelots inutiles. Repeinte et retapissée de frais, la pièce s'offrait une nouvelle jeunesse. Un électrophone trônait sur une natte et des photos égayaient les murs. Dans le vaste placard où la vieille dame avait entreposé ses draps de lin Natalène s'était aménagé un semblant de cabinet de toilette, et même une façon de cuisine : posé sur une étagère un petit réchaud permettait de faire chauffer l'eau du thé, et aussi ces décoctions bizarres que prenait la jeune fille, on le savait, « pour faire pousser ses cheveux » – c'était la version officielle.

– Sapristi, disait Chantal, ils poussent bien assez comme ça, tu en as déjà trois fois trop... et puis pourquoi les coupes-tu sur tes épaules, si tu veux qu'ils poussent ? Pour intriguer les populations ?

La chambre qu'occupait maintenant Natalène était la première de l'aile gauche et sa voisine, celle de Tristan, la dernière du bâtiment principal. Ce n'était donc pas une cloison qui les séparait, mais un vrai mur, et très épais. Le passage que l'on y avait creusé autrefois avait deux portes : une pour chaque chambre. Entre ces portes le petit espace sombre servait en principe de penderie. Natalène y avait trouvé trois manteaux démodés, mangés aux mites, qu'elle avait jetés au feu sans hésitation. Et elle adorait attirer Tristan dans ce sas étriqué pour lui faire de scandaleuses avances – mais cela on ne l'avait pas dit aux invités.

La fête finie, une toute petite fête sans tambour ni trompette, une simple visite des lieux agrémentée d'un bon goûter, Natalène s'assit sur son tapis, épuisée d'avoir tant parlé et tant ri.

– Savez-vous, dit-elle à Tristan, ce que Caroline a OSÉ me demander ?

– Allez-y ?

– À quoi ça rimait, nous – qu'il se soit passé des choses entre nous cet été, coincés là-haut comme on l'était, bon, elle pouvait comprendre –

mais on ne s'enchaîne pas ensemble pour ça quand même ça se saurait – alors à quoi ça rimait ENCORE ?

– Et qu'avez-vous dit ?

– Rien. Je l'ai envoyée sur les roses. Elle m'a dit qu'elle s'adresserait à vous et que vous seriez plus coopératif.

– J'essaierai, sourit Tristan : promis. Je lui raconterai tout.

– Il faudrait essayer autre chose, pour... Je voudrais bien que ça se débloque. C'est tellement bête.

Parce qu'elle avait légèrement rougi, et baissé les yeux, Tristan comprit de quoi elle parlait.

– Je me méfie, dit-il.

– De quoi ?

– De votre goût pour les solutions radicales, par exemple.

– Ce sont souvent les meilleures.

– Dans ce domaine-là je n'en jurerais pas.

– On a souvent joué à ça.

– C'était un jeu...

Il tendit une main et caressa la joue de la jeune fille.

– Sérieusement, Natou, vous me voyez dans le rôle du violeur ? Je serais très mauvais...

– Moins que n'importe qui d'autre. Et puis si c'est un accord, avant, un accord fraternel... Ça change de sens, non ?

Il rit, déconcerté. Étrange, étrange fille...

– OK, dit-il. Je suis votre homme. Mais ne venez pas vous plaindre après, je vous étranglerais.

– À Saint-Lys. S'il vous plaît.

– Mais je vous en prie. Vous n'avez déjà pas le choix de l'arme, je vous laisse celui du champ de bataille.

– Putain, dit-elle, le grossier personnage !

Elle rit, ensuite, pour elle-même. Elle avait un très joli rire, léger, clair, un rire d'enfant. Et quand elle riait ainsi ses yeux rayonnaient.

– Putain, dit Tristan, que vous êtes jolie, Natalène, je suis sûr que c'est un péché...

Élise revit son Esméralda assez vite, à l'école Blanche où il lui arrivait encore d'aller chercher sa nièce. « Ma cousine », dit brièvement Tristan en lui présentant Natalène. Mais dès qu'il revit Élise seule il fut plus explicite. Il parla d'un ancien mariage de convenance, devenu depuis peu un lien plus réel : après tout c'était l'explication officielle de l'aventure.

Cela ne trompa pas Élise qui avait toujours su que cette jeune fille-là comptait énormément pour Tristan. Cependant elle n'en dit rien. Elle s'amusa seulement de ne pas l'avoir entendu dire, à l'école Blanche : « Ma femme. »

– Je n'en ai pas l'habitude, sourit Tristan.

– Et tu ne comptes pas la prendre ? Parce que c'est l'usage...

– Je n'aime pas tellement ce que ça signifie pour les gens, « ma femme ».

Elle risqua quelques questions, prudemment.

– C'est vieux, ce mariage de convenance ?

– Quatre ans.

– Quatre ans ! Mais quel âge aviez-vous donc ?

– Dix-sept et dix-neuf ans.

– Des histoires de famille ? D'argent ?

– Un peu de tout, monsieur le Procureur...

Elle se tut, confuse. De tels accès de curiosité ne lui ressemblaient pas. Et puis elle tenait, dans ses rapports avec Tristan, à la relative ignorance qu'ils avaient l'un de l'autre : cela lui paraissait garantir leur indépendance.

Le clan des Blajan était assez connu en ville, du moins dans certains milieux, et elle en avait suffisamment entendu parler pour pouvoir relier Tristan à son fief. Une grande maison dans un vieux parc clos. Un vieil homme exubérant. Beaucoup, beaucoup d'enfants. Le poney-club où justement Sébastien voulait s'inscrire. Ce que l'on murmurait en ville sur un vieux scandale : un père de famille s'enfuyant comme un gamin avec une petite cousine, ou même deux, car certains ragots mentionnaient des jumelles. On disait parfois les Blajan très riches (« Le vieux monsieur a de l'argent, savez-vous ? ») et parfois on les plaignait d'être aussi nombreux (« Une fortune n'y suffirait pas, et Dieu sait qu'ils n'ont aucune fortune... »).

Mais cela n'avait aucune importance. Élise préférait imaginer son pianiste tombant du ciel tous les jeudis à neuf heures moins dix et y remontant à minuit cinq. Sans passé ni famille. Léger, désincarné, étranger à cette ville. Relié seulement au piano du Mikado, à la bohémienne aux yeux de chat – et, d'une certaine façon, à elle-même.

L'aimait-elle ? Elle ne s'était jamais posé sérieusement la question. Il était gai. Et tendre. Certainement, il aimait la vie. Il était même très doué pour la faire aimer. Élise, grâce à lui, avait repris goût à beaucoup de choses, retrouvé le plaisir d'entrer dans un café, de canoter sur le lac, d'échanger des idées et de se promener dans les collines. Tout semblait intéresser Tristan et rien ne le laissait indifférent. Elle avait beaucoup ri, l'année précédente, lorsqu'il était venu lui apporter, parce qu'ils avaient parlé de reliure la veille, deux énormes volumes traitant de cet art. Découvrir sur son seuil, à sept heures du matin, un jeune amant ainsi chargé, prêt à tout apprendre et à tout vous apprendre sur les pratiques des maîtres relieurs, voilà qui n'arrivait pas tous les jours...

Il était jeune, oui, très jeune. Mais sans naïveté. Et sûr. Si certaines de ses façons semblaient désuètes à Élise – ainsi l'habitude qu'il avait de se lever quand elle quittait la table, ou le mal qu'il avait eu à la tutoyer – elles l'amusaient aussi. Et lorsqu'elle avait revu à l'école Blanche la jeune Esméralda elle ne pouvait nier avoir ressenti un petit pincement au cœur. L'étrange fille n'avait certes pas enlaidi en trois années et ce lien entre Tristan et elle existait toujours, c'était évident. Reviendrait-il, le pianiste ?

Il était revenu. Tendre et gai comme à son habitude. Et ce soir il venait de répondre aux questions d'Élise sans embarras apparent, sans avoir du tout, semblait-il, l'intention d'arrêter là leurs rapports. Curieux garçon...

– Ainsi, déclara-t-elle, me voilà transformée en « mauvaise femme » : car c'est ainsi, autant te prévenir, que ma mère appelle la maîtresse d'un homme marié. Avant je n'étais qu'une « imprudente ».

Tristan cherchait un disque dans le grand coffre où Élise les rangeait. Il compatit gentiment. Il avait chez lui, dit-il, trois exemplaires particulièrement remarquables de l'espèce des censeurs en jupon, genre bigot, ordre chuchotant...

– Elles pratiquent surtout les points de suspension, précisa-t-il. La maîtresse d'un homme marié c'est : « Une femme qui... elle voit cet homme, tu sais... enfin je me comprends... »

– Et la simple imprudente ?

– Eh bien, par exemple : « Cette jeune fille ne devrait pas... il me semble que sa mère ferait bien de... » Ou alors : « J'ai rencontré la petite Durand en ville... je préfère ne pas en dire plus long... »

– Ah, reconnut Élise, c'est sans doute pire, oui.

– Mais plus drôle aussi. On peut jouer à remplacer les points de suspension par ce qu'on veut. Et rêver, quand on a dix ans et qu'on bout de colère, de le faire tout haut. Ça console.

– Console-moi, dit Élise. Laisse mes disques, et console-moi...

La première fois que Tristan et Natalène repartirent pour Saint-Lys après avoir décidé d'en faire un champ de bataille, il s'amusa beaucoup de la sentir nerveuse. Elle se tenait très droite sur son siège et ne pipait mot. Un peu avant Pamiers, il tendit la main vers le vide-poches pour s'assurer – il était temps – qu'il avait bien pris les clés de Saint-Lys. Elle sursauta. Du coup il freina sec, s'arrêta sur le bas-côté en sifflotant un petit air ironique, et se mit à pianoter sur son volant.

– Natalène, dit-il, soyez raisonnable une fois dans votre petite vie... Saint-Lys, d'accord, mais ça peut être dans six mois tout aussi bien – et je vous laisserai déterrer la hache de guerre – et je veux bien jouer les hussards mais ne me prenez pas pour un soudard vous m'offenseriez...

Ce discours la fit rire, comme il l'espérait bien, et elle se sentit aussitôt mieux.

– Je peux ? demanda-t-il. Je peux ouvrir ce vide-poches ?

Elle l'ouvrit elle-même pour se faire pardonner, et il redémarra.

À Saint-Lys traînaient encore des bribes de l'étrange année qu'ils y avaient vécue, secrète et chaleureuse. Ils aimaient beaucoup se retrouver dans la petite salle basse et sombre, se battre avec la cuisinière et sentir de nouveau autour d'eux l'austère présence des montagnes.

Ils parlaient peu, n'étant bavards ni l'un ni l'autre quand leur clan n'était plus là pour les étourdir. Natalène lisait ou partait visiter ses amis des hauteurs. Tristan jouait, bien sûr. Ils s'amusaient le soir à se lancer dans l'une des recettes compliquées que Farfouille avait tenté de leur enseigner. Puis ils montaient, très tôt, s'enfouir sous les édredons d'Agnès. Le feu qu'ils avaient allumé dans l'après-midi achevait de mourir à trois pas de leur lit, la pluie frappait aux carreaux, ils étaient seuls au monde.

– Un temps rêvé pour les hussards... murmura Natalène ce soir-là.

– OK, dit Tristan. Vous l'aurez voulu.

Parce qu'il posait sur son bras, après cette déclaration belliqueuse, une main si douce et si légère, elle rit. Leurs doigts s'étaient trouvés et ils les regardèrent jouer ensemble au-dessus de l'édredon. Tristan pensait à certains des mots qu'il avait entendus en ce lieu, le mois précédent, et qui le poursuivaient encore. « Petite, ça urge... » Lourd de ces mots-là, il aurait pu attendre longtemps encore que Natalène le rejoigne tout à fait. Et même comprendre qu'elle ne le fasse jamais. Pourtant il se fiait à elle – elle devait bien savoir, elle, quand et comment rouvrir devant eux ce grand portail enchanté.

Ce qu'il savait très bien, lui, c'était conduire sa petite complice au seuil de ce pays-là. Depuis des mois il veillait justement à ne pas aller jusque-là, pour qu'elle ne souffre pas de devoir s'arrêter en route : ce soir-là il se dédommagea d'une si longue sagesse et revit bientôt la petite sorcière d'autrefois, comme absente, et possédée. Mais quand il voulut s'unir tout à fait à elle, une panique brutale la crispa. Il ferma les yeux, pour ne pas voir son visage. Et il eut vite raison d'elle. Pendant quelques instants ils ne bougèrent ni l'un ni l'autre. Puis il la sentit se détendre légèrement et retrouva des sensations oubliées, qu'elle seule en fait pouvait lui donner : cet écrin de velours brûlant qui frémissait et s'animait autour de son sexe, mais dont la magie n'était pas faite que de chair – de beaucoup d'autres choses aussi, impalpables et mystérieuses – de l'étang de leur enfance, du rire clair de Natalène dans l'escalier de Blajan, de sa main sur les coussins du grenier...

Il rouvrit les yeux : elle était encore un peu pâle, mais sa peur la quittait déjà et il lâcha ses poignets. Aussitôt elle lui sourit. Un étrange sourire, qui parlait encore d'amitié et déjà de plaisir. Elle en était à cette frontière où ils allaient se quitter et où elle, en particulier, ne saurait bientôt plus avec qui elle cheminait. Cette petite compagne étrangère et violente, Tristan avait pour elle un amour particulier – et il lui sourit aussi, au moment précis où elle apparaissait.

Il dut ainsi jouer les hussards fraternels pendant quelque temps – de moins en moins chaque fois. Natalène reconquit ensuite son royaume.

Un si beau royaume. Si quelque chose avait pu y paraître mauvais à la jeune fille, c'eût été la honte, assurément, ou la timidité. Là aussi elle menait d'une main ferme, comme Pedro d'Alfaroubeira, ses quatre dromadaires; comme lui elle courait le monde et comme lui elle l'admirait. Ravie de découvrir soudain, derrière la courbe familière d'une colline, un paysage inconnu. Enchantée qu'il y ait toujours, et encore et toujours, de nouveaux ciels à ce pays. Et gaie surtout : parce que c'était beau, parce que c'était léger, parce qu'elle aimait Tristan mais aussi le plaisir en lui-même.

De ce plaisir elle ne jouait pas volontiers. « Ça m'échappe », avouait-elle quand elle se risquait à en parler. Mais de ce qui le précédait et en préparait la venue, si, elle s'amusait. Et du désir plus encore. Sa fantaisie là-dessus était sans limites. La bridait seul le refus obstiné de Tristan de retrouver ces jeux un peu brutaux qu'ils avaient aimés autrefois. À part cela tout était permis, tout était possible : l'arbre d'abondance inclinait généreusement vers le sol ses lourdes branches chargées de fruits, de fleurs, d'odeurs et de chansons, soucieux seulement d'offrir, quand on s'était servi, de nouvelles richesses pour remplacer celles de la veille.

II

Ces deux complices, naturellement, intriguaient beaucoup le clan. Pas Contorose, qui ne voulait rien savoir et rien regretter. Pour lui l'inquiétante scène du dîner, le soir du retour de Natalène, avait été un coup de tonnerre dont il se sentait encore ébranlé. Elle était malade et Tristan pouvait l'aider : cela suffisait. Le reste ne comptait pas, et la génétique en particulier avait perdu toute espèce d'importance.

Les tantes, par contre, avaient fait de l'affaire un délicieux sujet de conversations, de scandale et d'interrogations. Ce mariage n'aurait PAS dû être célébré quatre ans plus tôt. Ni ratifié le mois précédent. Sur ce chapitre pourtant elles glissaient assez vite. Chacun savait que Contorose, plus de vingt ans auparavant, n'avait pas consenti au mariage d'Agnès et d'Alban parce qu'ils étaient cousins germains. On avait vu, hélas, ce que cela avait donné, Alban se mariant de son côté, Agnès du sien, et puis cette liaison après le veuvage de la jeune femme, ce départ ensuite... Tante Marie baissait sur son napperon brodé un doux visage de martyre, les deux autres échangeaient des regards chargés de compréhension, et l'on abordait rapidement de nouveaux rivages.

Ces enfants étaient mariés, soit. Mais de quelle façon, Seigneur ! Chacun d'eux gardant sa chambre, ses habitudes et ses amis ! Tristan continuant à sortir seul (« Le lundi soir en général, l'avez-vous remarqué ? »), Natalène menant la vie facile des étudiants (« Et QUI DONC est ce jeune homme avec qui elle prépare un exposé ? »). Comment la jeune femme, puisque jeune femme il y avait, se permettait-elle de ne pas toujours accompagner Tristan à Saint-Lys ? Pourquoi ne tenait-elle pas, comme Édith, l'impeccable Édith, à prendre le thé À CÔTÉ de son mari, et à remplir sa tasse ? C'est à de telles attentions, délicatement féminines, que l'on reconnaît une épouse dévouée consciente de ses devoirs... Chantal elle-même (« Dont la conduite n'a pas toujours été.... Enfin n'insistons pas... ») avait changé du tout au tout, une fois mariée. On ne l'avait plus vue aller au cinéma seule, par exemple. Est-ce qu'une DAME doit, comme Natalène la veille, annoncer négligemment, en balançant ses clés de Solex : « Je vais voir un western marrant, ça intéresse quelqu'un ? » Pourquoi son mari, puisque mari il y avait, tolérait-il de pareilles façons ? Quel exemple pour cette petite Marion dont le mariage approchait... Quel affront pour Édith, pour Chantal, si parfaitement irréprochables l'une et l'autre !

Pour les Kerbauson, ceux du village comme ceux de l'école Blanche, pour les Duplessis et l'impeccable Édith, la version officielle était passée comme une lettre à la poste. On avait marié ces deux-là, bon. Le temps passant, et la vie les réunissant de longs mois à Saint-Lys, il était bien normal, à leur âge, que l'herbe verte les ait tentés. « Enferme-moi dix mois dans une vieille bergerie avec qui tu veux, glissait malicieusement Chantal à Jean-Louis, et nous verrons... »

L'opinion de ces Blajan-là, fort occupés à mener leur propre vie, n'avait pas la rigueur de celle des tantes. Elle évoluait suivant l'humeur du temps. Tristan et Natalène, soit. C'était surprenant, mais pourquoi pas ? « Ils s'aiment beaucoup », déclarait Natacha à son frère. « Ils s'aiment comme je t'aime », répliquait celui-ci. Lorsque le sujet faisait vraiment les frais de la conversation, ce qui n'arrivait certes pas tous les jours, on avait plutôt tendance à penser qu'un divorce réglerait un jour la situation quand Tristan et Natalène, chacun de leur côté, rencontreraient un véritable compagnon – pas un cousin, pas un vieux copain d'enfance. « Souhaitons seulement, risquait Édith, qu'ils n'aient pas d'enfants avant cela... »

Restait Philippe, qui gardait son opinion pour lui.

Restait Marion, la timide, la discrète Marion, qui en savait plus long que Blajan tout entier et plus long que les intéressés ne pouvaient le soupçonner. Elle n'avait pas oublié le départ de Natalène, qu'emmenait le Copte, ni l'incompréhensible scène qui avait suivi : Tristan seul sur le gravier de l'allée, tournant vers elle un visage inconnu, puis l'attirant à lui et posant le front sur son épaule. Il avait pleuré, oui... S'en souvenait-il seulement ? Il avait dit qu'il ne pourrait pas... Elle était jeune alors, et bien ignorante, mais tout cela s'était gravé profondément en elle et plus tard elle avait compris. Elle savait, elle, qu'en ce vieux jour-là Tristan aimait déjà Natalène. Elle savait la force de cet amour et sa déchirante profondeur. Elle avait même pu retrouver, cette clé en main, de plus anciens souvenirs : ainsi le soir de l'un des brusques retours de Natou, qu'elle ne pouvait dater avec précision, mais où elle revoyait Tristan immobile au milieu de l'escalier, fixant sur Natalène et le groupe qui l'entourait un regard étrange qu'elle déchiffrait maintenant facilement. Un matin, plus longtemps encore auparavant – ce matin-là se perdait vraiment dans l'enfance de Marion – elle les avait entendus rire près de la grille, et ils s'étaient écartés l'un de l'autre en voyant la fillette.

Marion n'avait parlé de cela à personne. Pas même à Emmanuel. Et bien sûr elle ne le ferait jamais. Sa délicatesse était si grande qu'elle regrettait même d'en savoir si long quand on parlait devant elle de ses cousins. Et elle rougissait un peu, gênée, comme un voleur pris en flagrant délit, ou un invité ouvrant la porte de la salle de bains et y trouvant son hôtesse nue.

Sophie arriva la veille des vacances de Noël. On ne l'attendait que le lendemain, mais elle avait gagné un jour en ne s'arrêtant pas à Paris. Et cet automne était décidément celui des retours dramatiques : elle était descendue de son taxi en souriant, elle avait répondu gaiement aux exclamations de tous, mais quand elle vit Natalène, prévenue par Marion, descendre l'escalier, elle fondit en larmes. La surprise figea tout le monde, sauf Natou, qui sauta les trois dernières marches et mit ses bras autour de la jeune femme.

– Arrête, dit-elle. Ne pleure pas, grande sotte, ça va s'arranger, arrête, arrête... T'as fini, ou je te claque ?

Ce traitement énergique fut radical. Sophie posa sa valise et sortit un mouchoir de sa poche. Sous sa tenue de voyage, très élégante et comme toujours un peu excentrique, son petit ventre s'arrondissait visiblement. Elle semblait lasse, et nerveuse. Natalène monta avec elle dans la chambre qu'on lui avait préparée au premier étage, juste en face de la sienne, et l'aida à défaire ses bagages. Puis elle la fit s'allonger sur le lit. Elles parlèrent, longtemps. On ne devait jamais savoir ce qu'elles s'étaient dit, mais quand Tristan vint prévenir les deux amies que le dîner était servi il trouva Sophie endormie, et Natalène très sombre.

– On la garde, dit-elle. Tout à fait.

– Et Ludovic ?

– Ludovic, c'est un salaud... si je le vois, je le saigne.

Elle n'avait pas l'air de plaisanter. Sophie avait pleuré et son petit visage était triste, sur l'oreiller.

– Elle est crevée, dit Natalène. Je lui monterai un plateau tout à l'heure. J'espère qu'elle va divorcer dare-dare... Putain, y a vraiment des salauds !

Dans le couloir, parce que personne n'était en vue, elle embrassa Tristan. Sans désir particulier. Seulement, sans doute, parce qu'il n'était pas un salaud.

Les deux jeunes femmes ne s'étaient pas vues depuis trois ans et demi. Exactement depuis que le Copte avait emmené Natalène, alors que Sophie allait fêter son mariage. Elles avaient énormément de choses à se dire. Ou plutôt Sophie avait beaucoup de récits à faire et Natalène quelques renseignements succincts à donner, pour ne pas changer.

On avait su très vite, à Édimbourg, le retour de la petite disparue. Une lettre de Chantal avait aussi annoncé son mariage – son faux mariage devenu vrai.

– D'abord, dit Sophie, je n'y ai pas cru. Tristan et toi ! Ça ne pouvait être qu'une blague... Tu parles, Tristan et toi ! Dingue !

Tristan était avec elles, ce soir-là, chez Natalène, devant un joli petit feu et le plateau de thé. Tant de véhémence le fit sourire.

– Mais après tout, continua Sophie, après tout, pourquoi pas...

Elle était fermement décidée à divorcer, comme si la présence de Natou lui avait donné la force de dénouer une situation apparemment insupportable. Contorose l'avait déjà emmenée chez son avocat, deux fois.

– Je travaillerai, dit-elle. Quand l'enfant sera né je travaillerai.

Blajan était, en plus d'un foyer, une sorte d'auberge. Contorose prenait à sa charge la moitié des frais, l'autre étant partagée entre tous ceux qui pouvaient payer. Une part pour chaque adulte, une demi-part pour chaque enfant – celle-ci à la charge des parents naturellement. Tristan et Natalène seuls, étant les petits-enfants du maître de céans, se trouvaient logés gratis. À sa majorité Tristan avait proposé de contribuer aux frais comme ses cousins, mais Contorose s'y était refusé sèchement. « Tu es chez toi, avait-il dit. N'insiste pas. » De même il entretenait l'aînée de ses sœurs, Lise, puisqu'elle ne s'était jamais mariée. Sophie, évidemment, n'avait aucun droit à ces privilèges...

– Tu feras bien, approuvait d'ailleurs Natalène. Mais ça ne presse pas. Si grand-père voit une femme enceinte ou une accouchée de la veille aller pointer à l'usine Dubois-Pontier, il va se prendre pour un négrier. Qu'est-ce que tu sais faire ?

– Pas grand-chose, avoua Sophie. J'ai fini ma licence d'anglais à Édimbourg À part ça, rien. Mais je sais taper à la machine, je tapais les rapports de Ludovic.

Tristan, qui avait l'esprit pratique, s'enquit de l'appartement de la tante Hortense. Il avait sombré corps et biens, malheureusement. Contorose s'en était occupé à la mort de la vieille dame. Il l'avait loué, et tant que Sophie avait été mineure, et donc vraiment sa pupille, il avait placé l'argent pour elle sans rien en distraire ; à partir de sa majorité par contre il avait d'abord prélevé sur ce loyer, chaque mois, la pension de la jeune fille à Blajan. Lors du mariage Ludovic avait insisté pour que ce petit bien soit vendu, Sophie y avait consenti et n'avait pas suivi les sages conseils de Contorose, qui voulait faire établir un contrat. L'argent avait été dépensé au fil des années, elle ne savait trop comment. Son escarcelle était bien vide.

– Ludovic vous doit une pension, dit Tristan. Il faudra demander ça à Xavier, c'est lui le spécialiste, mais je crois que c'est prévu.

– Par exemple ! coupa Natou. Pour l'enfant, oui, c'est normal. Mais pour Sophie, qui n'est pas manchote, ce serait tout à fait déshonorant !

Sophie ne plaçait pas son honneur là. Elle eut une moue déçue, et Tristan se mit à rire. Quel sévère petit juge était Natalène !

– Elle peut en tout cas, dit-il, accepter une pension tant qu'elle est enceinte, et les mois qui suivront – six par exemple.

– Ouais, approuva Natalène. Normal. Rien à dire. Six, c'est bon.

Sophie eut un soupir de soulagement tout à fait comique.

– Et il paiera à Contorose la pension de l'enfant, dit-elle.

De nouveau, Natalène fronça le nez.

– Non ? gémit Sophie. Pourquoi ?

– Tu as une conscience terriblement élastique, dit Natalène. Un vrai ballon de baudruche. Ludovic doit payer ta pension jusqu'à la naissance de l'enfant, et six mois après. Pour l'enfant il doit payer la MOITIÉ de la pension. Rien de moins, rien de plus. Sapristi, Sophie, le mariage n'est pas un placement en bourse...

Le papillon, déjà, pensait à autre chose.

– J'ai vu nos dossiers dans le bureau de Contorose, quand il cherchait des paperasses pour l'avocat. On a chacun le nôtre, avec une étiquette, et ça prend cinq tiroirs. Le tien est le plus gros, Natou. Il est juste à côté du mien. Il DÉBORDE de lettres et de trucs impossibles.

– Et le tien ?

– Plat et piteux. Mon extrait de naissance, les papiers de ma tante, une chemise pour la tutelle, une chemise pour l'appartement, mon acte de mariage... et des lettres que j'ai envoyées d'Édimbourg, j'ai reconnu l'écriture. Il est dingue, Contorose, en PDG de la tribu, il garde tout, il classe tout, il pense à tout...

Elle avait pour le PDG une solide affection, et rit de plaisir en l'imaginant juché sur sa montagne de papiers.

– Ce sera une fille, dit-elle. Flore.

– Alors là, sourit Natalène, je te souhaite un garçon, parce que Caroline ne va pas apprécier : sa Fleur et ta Flore, faut pas pousser !

De ce sujet-là Sophie s'envolait aussi, légère.

– Et vous ? dit-elle. C'est vraiment vrai ?

– Tu vois.

– Et Contorose n'a pas eu d'attaque d'apoplexie ?

– Ça a failli, dit Tristan. Mais on y a échappé.

– Il vous a giflés ? Tous les deux ?

– Non, dit Natalène. Tristan seulement, parce que c'était lui l'émissaire. Moi j'attendais lâchement aux portes de la ville.

– Mais SÉRIEUSEMENT, qu'est-ce qui vous a pris ?

– Le goût du paradoxe, répondit Tristan.

Sophie était à Blajan depuis une semaine et ne trouvait pas ses amis différents, l'un envers l'autre, de ce qu'ils avaient été autrefois. Leurs chambres communiquaient, oui. Ils se promenaient ensemble et sortaient ensemble. À part cela rien n'avait changé. On ne les voyait jamais, comme Édith et Xavier, s'isoler vraiment des leurs. Ni, comme les Kerbauson, se tenir par la main ou s'embrasser en public. Ils n'avaient pas non plus, comme Emmanuel et Marion toujours si réservés, cette certaine façon de se regarder qui trahit si bien des liens secrets. Ils paraissaient bons camarades, et même bons amis, comme autrefois, exactement comme autrefois. Quel pouvait bien être le fin mot de l'histoire ?

– Vous avez toujours eu un petit côté sphinx, conclut la curieuse. Tous les deux. Ça vous fait toujours un point commun... une base solide, quoi !

À la fin du mois de janvier, Natalène se fit un nouvel ami. Ce n'était pas, n'en déplaise aux tantes, celui avec qui elle préparait un exposé sur l'anéantissement des cathares, mais un autre encore. Elle l'avait rencontré au manège. Il finissait ses études de médecine et c'était un étrange garçon, taciturne et réservé. Philippe le connaissait un peu, on ne savait trop d'où. Il ne plaisait pas à Tristan qui le trouvait profondément ennuyeux, mais intriguait Natalène.

– C'est un vieil ours endormi, dit-elle un soir. Et j'adorerais visiter sa tanière.

– Comment l'entendez-vous, s'il vous plaît ?

Elle rit, taquine. Elle l'entendait de toutes les façons imaginables. Tristan mima un bel accès de fureur et cloua l'éhontée sous lui, entre le tapis et les pieds du lit. Pendant très longtemps il avait cru qu'il ne pourrait jamais poser sur Natalène des mains qui ne soient pas douces, et légères. Jamais, même pour jouer. Mais le temps passant, il s'était lui aussi guéri des vieilles blessures. Il n'avait oublié ni les mots du Copte ni la caravane de Lourdes. Mais il ne se sentait plus compromis, et déshonoré lui-même, par cette triste aventure. Il pouvait lutter avec Natalène quand ils étaient tous deux d'humeur batailleuse. Il pouvait aussi faire usage de sa force avec elle et en tirer du plaisir. Le jeu des adverbes seul l'inquiétait encore. Il y jouait, mais c'était, au grand amusement de cette peste de Natou, avec l'angoisse perpétuelle d'y trouver un adverbe vraiment maléfique.

Ce soir-là elle riait trop pour lutter.

– Xavier Dubois, dit-elle. Il s'appelle comme Ludovic. Si tous les Dubois sont des salauds je vais faire dans sa tanière des découvertes ABOMINABLES. Des tibias rongés de jeunes vierges blondes. Des crânes de maris jaloux. Des massues sanglantes et des revolvers avec des tas d'encoches gravées dans la crosse...

Tristan la lâcha, pour s'enquérir de la façon dont elle investissait les tanières qui l'intéressaient.

– Facile, dit-elle. Je vais droit au propriétaire des lieux et je dis, poliment : « Visiter me plairait. Puis-je ? »

– Tout cru, comme ça ?

– Tout cru.

Il avoua qu'aucune visiteuse ne s'était encore adressée à lui en des termes semblables – du moins pas la première fois.

– Je sais, dit Natalène. Une jeune fille m'a dit autrefois comment on doit partir à l'attaque : il faut agiter un drapeau blanc.

Elle sourit, pour elle-même, en pensant à l'ancienne Sophie et à son insolente drôlerie. Le temps des batailles rondement menées était bien révolu pour cette jolie guerrière. Vaincue, la rebelle, et fanée, la fleur de son fusil...

Tristan s'était rassis sur le tapis, les bras autour de ses genoux. Il pensait aux drapeaux blancs qu'on lui avait agités sous le nez. Ç'avait été, tous, de ravissants drapeaux bien brodés.

– Chacun sa façon d'agir, dit Natalène. Moi je l'ai peint en noir, mon drapeau. J'y ai dessiné une tête de mort. Et j'ai taillé le bout de la hampe en pointe pour qu'il puisse servir d'épieu. Putain, on n'est pas là pour rigoler, faut veiller au grain...

– Est-ce vraiment une guerre, pour vous ?

– Oui, dit-elle. Au moins défensive. Parce que j'ai appris ça dans ma longue vie : le type d'en face, neuf fois sur dix, pense que ça va être ou sa peau ou la vôtre qui servira de descente de lit. Et naturellement il préfère que ce soit la vôtre. Le convaincre que vous n'avez pas besoin de descente de lit et qu'il peut s'en passer lui aussi, c'est une tâche impossible. On a plus vite fait de tailler son épieu et de l'avoir bien en main.

– OK. J'imagine très bien. Les plaisirs de la confiance...

– Ils ne me manquent même pas, sourit Natalène. D'abord je peux faire confiance à n'importe qui tant que mon épieu est suffisamment pointu. Ensuite j'ai confiance en vous. Ainsi...

Elle s'arrêta net, et rougit.

– Je n'ai pas entendu, sourit Tristan avec malice.

Elle détourna les yeux, gênée, comme toujours, de s'être ainsi laissé surprendre. L'idée d'un aveu l'effrayait encore. Et pour rien au monde Tristan n'aurait tenté de lui retirer cette défense-là – la dernière.

– Mais sérieusement, Natou, ce Xavier Dubois, qu'est-ce que vous lui trouvez de si extraordinaire ?

Il était très difficile de répondre à ce genre de question et Natalène, sagement, s'en abstint. Xavier Dubois lui plaisait, voilà tout.

Elle en parla plusieurs fois à Tristan au cours des semaines qui suivirent. Xavier l'avait invitée au cinéma – elle l'avait invité au restaurant – ils avaient marché sur le lac gelé – il lui avait fait visiter son studio... Là-dessus, elle devint sur le sujet aussi muette qu'une carpe. Pour Tristan, qui connaissait bien sa cousine, ce brusque silence de galant homme valait un aveu circonstancié : la caverne était investie, et l'ours apprivoisé.

Xavier ne connaissait pas « un peu » Philippe, Natalène s'en aperçut vite. Il le connaissait très bien et depuis très longtemps. Il était aussi très lié avec Valérie, avec Boris, et avec ce mystérieux Luc qui tenait, en ville, le sulfureux « Cercle noir » dont les initiés ne parlaient qu'à mots couverts. Pour tout dire il était l'un des membres fondateurs de cette société d'un genre très particulier...

Quand Natalène le comprit elle s'en amusa beaucoup. Elle était sans préjugés : si les jeunes filles qu'on malmenait au Cercle noir étaient consentantes, ma foi, pourquoi pas ? Grand bien leur fasse... La surprise de cette découverte aidant, elle retrouva même sa langue pour en aviser Tristan.

Naturellement, il connaissait le Cercle. Contorose s'était renseigné là-dessus deux ans auparavant quand il avait su que Philippe y allait souvent, et comme il partageait l'opinion du clan sur l'identité de son successeur il avait fait part de toutes ces informations à Tristan.

– Rien à dire, avait-il conclu. Répugnant, mais légal.

– Je ne vois pas ce que ça a de répugnant, protesta Natalène. Sapristi, quelle intolérance !

– Il y a des années, quand vous aviez entendu Philippe et Valérie jouer avec une cravache dans les écuries, vous n'aviez pas aimé ça.

– D'abord, j'ai vieilli. Et ensuite je ne trouvais pas ça mal, ni répugnant. Seulement dommage.

– Pour Philippe ?

– Bien sûr, pour Philippe.

Elle hésita un peu, puis sourit.

– C'est si vieux, si vieux, ça peut se dire, je pense... Quand nous avions quinze ou seize ans,

Philippe et moi, tout un printemps... Vous le saviez, vous nous aviez vus un soir dans le parc.

– Oui.

– C'était arrivé comme ça, je ne sais plus comment, le hasard, l'herbe verte, quinze ans, ce sont de bonnes raisons après tout, et très suffisantes. Je suis partie cet été-là, et quand tout un été passe sur pas grand-chose il n'en reste vraiment rien à l'automne : ça n'a pas repris. Sans qu'il en soit jamais question. Je ne sais même pas s'il s'en souvient.

Tristan était bien certain, lui, que Philippe s'en souvenait. Mais il ne le dit pas.

– C'est peut-être à cause de ce vieux printemps-là, reprit Natalène, ce printemps du siècle dernier, que ça me paraissait tellement dommage, cette histoire de cravache. Parce qu'il était teigneux en ce temps-là, comme aujourd'hui et comme moi – teigneux et langue de vipère – mais doux. Ça paraît drôle, je sais. Pourtant c'est VRAI, je témoigne, j'y étais : il était doux.

– Peut-être seulement avec vous ?

– Ça m'étonnerait. Je suis juste le genre de personne qui ne doit pas lui donner envie d'être doux ! Il vaut mieux être blonde pour ça, et timide et douce soi-même...

Tristan lui sourit, moqueur. Était-ce parce qu'elle ressemblait un peu à Philippe que Natalène en perdait devant lui toute son intuition ? Il fit un effort, le dernier.

– Je le vois mal donner dans ce genre de poncif... Et s'il avait été très amoureux de vous, lui, ce printemps-là ? Pire, Natou, pire : s'il vous avait aimée ?

– Philippe ?

– Pas Xavier, bien sûr ! Philippe.

– Non !
– Qu'en savez-vous ?
– Rien. Mais ce n'est pas possible. Ni Philippe, ni Xavier ni l'oncle Alban, ni Valère ni Gaston : non.

Elle plaisanta, aussitôt, affirma que malgré sa grande beauté, sa vaste intelligence et sa grosse fortune tout le monde ne pouvait pas l'aimer. Que c'était dommage, certes. Mais qu'elle avait fini par s'y résigner. Tristan n'insista pas et la laissa revenir à Xavier Dubois.

– Il regarde, dit-elle. Il va là depuis des années, il a monté toute l'affaire avec Luc et Boris, mais il n'a jamais rien fait lui-même : il regarde. C'est la seule chose inquiétante de son histoire.

– Pourquoi ?

– Mais s'il regarde depuis si longtemps et si souvent, c'est que ça l'intéresse, que ça le fascine... et s'il est tenté, pourquoi ne fait-il pas ?

– Son plaisir est peut-être seulement de regarder.

– Justement. Je me suis toujours méfiée des spectateurs. En tout.

– Ou peut-être n'a-t-il pas de scrupules à regarder, et en aurait-il à faire ?

– Ah, je ne crois pas... on est complice en regardant tout autant qu'en faisant : il n'est pas idiot, il le sait forcément.

– Mais comment vous a-t-il parlé de tout ça ? D'un seul coup, entre la poire et le fromage ? « Ma chère amie, j'ai un aveu à vous faire ? »

Elle raconta. C'était arrivé très simplement, sur les pas du fameux Luc qui avait sonné chez Xavier alors qu'elle y était. « Un drôle de type, très laid, très sûr de lui... » Quelques phrases de la conversation avaient intrigué Natou, et après le départ du visiteur elle avait posé une petite question prudente.

– Il aurait pu biaiser. Je m'arrange toujours pour qu'on puisse biaiser quand je pose une question. Mais je crois qu'il avait envie de m'en parler. Il était intarissable.

– Il vous proposera un jour ou l'autre d'y aller, Natou.

– C'est fait. Ce soir-là justement. Par la bande : « Si ça vous intéresse il me serait facile d'arranger quelque chose... »

– Et vous avez accepté.

Il en était sûr, curieusement, et fut surpris de voir Natalène hocher la tête.

– Non, dit-elle. J'ai refusé.

– Ça ne vous ressemble pas. Les guêpiers qui passent, en général, vous vous empressez d'y mettre le pied.

Elle rit, moqueuse.

– Pas quand une guêpe s'appelle Philippe Rivalty. Je ne suis pas folle. Et puis leur truc, je l'imagine trop bien. Des petites perversités entre gens de bonne compagnie. Sapristi, chez moi au moins on s'étripe pour de bon, ça a de l'allure !

C'était la première fois depuis son retour à Blajan qu'elle faisait allusion à sa vie passée. Mais déjà elle continuait :

– J'imagine. Des bas noirs. Des corsets trop serrés, des talons trop hauts. Certainement des bracelets de cuir et des colliers à chien. Des dessous coquins achetés très cher. En soie noire pour les primaires, en coton blanc pour les raffinés. Une cravache ou une cordelette, gentilles toutes les deux parce que ces filles vont aussi à des soirées décolletées et qu'elles doivent garder de belles épaules bien blanches. Des brimades de collégiens. Mille dollars qu'elles appellent les messieurs « maître » ou « seigneur ». Vous me suivez ?

Tristan, qui s'amusait, fit signe qu'il suivait.

– Des boucles d'oreilles au bout des seins. Si, si, ça se fait beaucoup : c'est très douloureux et ça ne laisse pas de traces. Des orties fraîches. Des anneaux au mur ou au plafond – dans les poutres pour ne pas abîmer le plâtre. Quelquefois une grande séance pour maintenir les troupes en forme. Et tout ça triste, triste, triste... d'un triste ! Rien que d'y penser j'ai envie de me faire nonne...

– Alors, dit Tristan, STOP ! N'y pensez plus !

Elle rit et lui tendit une main, de loin : le bout de leurs doigts s'effleura à peine.

– Venez là, dit-il.

Elle y vint sans se faire prier, et quand elle fut contre lui se remit à rire.

– J'imagine trop, dit-elle : je n'irai pas, non.

– Savez-vous que j'ai une invitation là-bas qui traîne, moi aussi ?

– Philippe ?

– Oui. Et le plus drôle c'est qu'il a aussi invité Xavier – en face, tout cru.

– C'est vieux ?

– Deux ans, je crois. Il m'en reparle de temps en temps, pas souvent, quand ça vient sur le tapis. Si jamais je me laisse convaincre, et vous aussi, il faudra que ce soit le même jour. Vous m'appellerez « maître ». Ça me plaira beaucoup. Je vous ferai tout plein d'horreurs à pinces et à tenailles.

– Un adverbe vous fait peur et pas une paire de tenailles ?

– Voilà. Vous avez parfaitement pénétré ma psychologie tortueuse.

– De toute façon, conclut-elle, je serais un très mauvais sujet : je rirais trop. Sans compter que je ne suis même pas douillette : ça n'amuserait personne...

Sophie, dont le terme approchait, ne voulait absolument pas accoucher ailleurs qu'à Blajan. Son obstination était telle que les tantes y supposèrent une raison secrète et cessèrent de plaider pour le bel hôpital de la ville.

Chantal et Tristan connaissaient seuls ce qui pouvait conduire Sophie à mettre son enfant au monde dans la vieille maison. Ils n'en dirent rien. Tristan ne disait jamais rien ; et Chantal, avec le temps, était devenue discrète autant qu'on pouvait le souhaiter.

Un soir, Sophie en parla d'elle-même. Elle croisa Tristan dans l'escalier, et comme il passait en souriant, l'arrêta.

– J'aurais voulu vous demander quelque chose, dit-elle. Quelque chose de très vieux.

– Mon cœur ? plaisanta-t-il.

– Il y a très longtemps, ici, une nuit, vous m'aviez aidée, Chantal et vous, pour... vous m'aviez aidée.

Tristan, qui n'avait plus envie de plaisanter, acquiesça.

– Où l'avez-vous mise ?

– Dans un très bel endroit du parc.

– Croyez-vous qu'il en reste quelque chose ?

– Non, dit-il résolument. Rien, Sophie : rien.

Il regardait la jeune femme s'appuyer à la rampe, lourde, lasse, et l'amitié qu'il avait pour elle lui donna de l'intuition. Il l'entoura de ses bras et la serra contre lui.

– Vous êtes fatiguée, dit-il. Et seule, non ? Si j'étais vous je demanderais à Ludovic de passer vous voir... Je sais, je sais, vous divorcez, mais quelle importance ? De cet enfant il ne divorcera pas, jamais, et un jour ou l'autre vous devrez vous revoir pour décider des visites qu'il fera là-bas : pourquoi pas maintenant ? Je suis sûr que ça vous aiderait.

– J'aimerais bien, dit-elle doucement. Mais je n'ose pas...

– Voulez-vous que je lui écrive ? Ou grand-père, ou Natalène ?

Elle sourit, malgré tout.

– Pas Natalène ! Elle lui dirait d'arriver, petit salaud, dare-dare ici...

– Alors moi ? Oui ? Je le ferai ce soir.

– Mais ne lui dites pas que...

– Que quoi ?

– Que je suis fatiguée, ou triste. Parlez juste de ce qu'il faut décider pour l'enfant.

– Non, pour ça c'est à vous d'écrire. Ou à grand-père, à la rigueur. Pas à moi. Je ne peux parler que de fatigue, moi, parce que je suis votre plus vieil ami. Et vous êtes fatiguée, Sophie. Ça n'a rien d'extraordinaire, vous savez, de dire à un homme dont l'enfant va naître dans trois semaines que la mère a envie de le voir avant d'affronter ça...

– Vous ne connaissez pas Ludovic : il ne voudra pas venir pour ça.

– On parie ?

Il perdit. Ludovic répondit à sa lettre par un refus sans ambiguïté. Il voulait bien « reprendre » Sophie si elle renonçait à divorcer. Rien de plus. « Vous comprendrez quand vous aurez mon âge, Tristan, qu'on n'a jamais intérêt à céder aux caprices des femmes, pas plus qu'à ceux des enfants. »

« Bon, se dit Tristan en reposant la lettre, bon : c'est un salaud. Et un fichu imbécile... »

Sophie prit la chose avec philosophie. Elle n'avait pas cru à cette visite. Et surtout son accès de mélancolie avait disparu. Elle en eut d'autres : tout au long de ce dernier mois son humeur fut en dents de scie. Pour un rien elle passait de l'enjouement au désespoir, avec une rapidité déconcertante. Que tante Lise lui fasse un gentil reproche sur sa robe trop légère pour la saison, ou le trop petit nombre de tartines qu'elle prenait au goûter, et elle fondait en larmes. Ni Chantal ni Caroline ne s'étaient conduites ainsi pendant leur grossesse et les vieilles dames se sentaient tout à fait impuissantes. « Le divorce, chuchotait tante Blanche quand l'éplorée avait tourné les talons, le divorce EST une chose épouvantable... »

Flore Dubois naquit le 26 février. Car ce fut bien une fille et Sophie persista à lui donner ce prénom-là, malgré l'indignation de Fleur Montellier qui se trouvait dépossédée de son petit jardin. Ce fut une longue bataille – un jour et une nuit – mais Sophie la mena à bien sans jamais rendre les armes. Elle avait beaucoup de cran sous sa légèreté apparente. Et puis Natalène était là, forte, attentive, encourageant quand il le fallait, grondant quand c'était mieux, se taisant quand on avait besoin de silence... sûre, toujours, que tout irait bien, et prête à passer un mois au chevet de ce lit sans s'écarter d'un pas. Son amitié et sa foi en la vie rayonnaient d'elle et transfiguraient l'aventure. Le moyen d'avoir peur, ou de s'abandonner à la souffrance, quand Natalène se battait à vos côtés !

Quand la sage-femme prit l'enfant pour le laver, Natalène le lui reprit d'autorité et le posa sur le ventre de Sophie. La sévère Mme Vallois avait eu le temps d'apprécier les qualités de son assistante improvisée. Elle ne protesta pas. Elle ne dit rien non plus quand Natalène recouvrit la mère et l'enfant d'une couverture.

– Chez moi, expliqua Natou, on fait comme ça. Et puis on les laisse tranquilles.

– Où est-ce, chez vous, madame ?

– Oh, loin...

Elles s'assirent toutes les deux, lasses.

– Étroite, dit la sage-femme. Très étroite.

Ce commentaire lapidaire fit sourire Natalène.

– Vous vous en êtes drôlement bien tirée, dit-elle. Si j'ai un enfant un jour, je compte sur vous.

Avec cette façon déconcertante qu'elle avait de ne pas traiter l'accouchée en malade, elle proposa :

– Sophie ? Un café ? J'appelle Tristan ? Ho ! Sophie !

Sophie voulait bien du café, et de Tristan aussi. Dûment mandés, ils durent tout de même attendre à la porte : la délivrance s'annonçait. Mme Vallois aurait aimé mettre ensuite « les choses en ordre », comme elle disait : c'est-à-dire laver la mère et l'enfant. Mais Natalène, de nouveau, s'y opposa.

– Ce n'est pas sale, dit-elle. En tout cas c'est moins pressé qu'un bon café.

En petit comité – le reste du clan attendrait la toilette – on prit le fameux café. Tristan et la sage-femme avaient remonté Sophie dans son lit et calé son dos avec des oreillers. De la courtepointe qui la recouvrait sortait un bout de crâne duveteux. Sans se soucier de la surprise de Mme Vallois Natalène avait écarté un peu de la laine rose, pour ce jeune homme qui n'était MÊME PAS le papa, et montré avec orgueil, avec admiration, l'enfant nu et sale posé sur la chemise souillée.

– Regardez-moi ça, avait-elle dit, ce petit oisillon visqueux – merveille, merveille !

– Prends-le ? proposa Sophie.

Mais Natalène hocha la tête.

– Non, bêtasse. Toi seulement. Regarde, il est en train de se saouler de ta bonne odeur... Que veux-tu qu'il fasse de ma puanteur, ce pauvret ?

Pour cette autre jolie fleur on fit, en mars, une fête grandiose. Sophie avait retrouvé sa gaieté et n'avait aucun problème pour nourrir l'enfant : de nouveau l'avenir lui semblait souriant. Natacha, qui avait besoin d'une secrétaire, lui réservait ce poste pour la rentrée de septembre et lui ôtait ainsi son dernier souci. Vraiment, tout allait bien, et elle fut à la fête une reine tout à fait heureuse.

– Je vivrai à Blajan, dit-elle ce soir-là à Natalène. Toujours.

– Laisse-moi rire, répondit Natou, je te connais, et s'il passe sur nos terres un beau pantalon à chevrons d'ici cinq ou six mois, tu le suivras...

Entre Caroline et Natacha les choses n'avaient jamais été très bien. Mais elles s'envenimèrent ce printemps-là et Natacha se mit à envisager des solutions radicales.

– Il faut que je parte, disait-elle drôlement, si je reste, je la pèle comme une banane...

Olivier ne pouvait pas grand-chose pour elle : s'il était son frère, il était aussi le mari de Caroline, et comme beaucoup d'hommes coincés dans un piège de ce genre il tâchait surtout de s'en tenir à une prudente neutralité. Natacha fit donc ses valises et loua, à deux pas de l'école, un grand appartement. L'une des chambres était déjà occupée, pour toute l'année scolaire, par un jeune étudiant vaguement parent des propriétaires. C'était fâcheux. Mais Natacha ne pouvait décemment pas le mettre à la porte et déclara qu'elle prendrait son mal en patience. Quand il serait parti, en juin, elle comptait pendre une royale crémaillère.

Il ne partit pas. Il avait dix-huit ans, Natacha vingt-neuf, ils ne tardèrent pas à se conduire très mal, un enfant désiré (mais oui!) s'annonça presque aussitôt et ils se marièrent très vite, sans même laisser aux tantes le temps de savourer un à un les épisodes délicieusement choquants de ce petit roman.

– Je désapprouve, eut juste le temps de dire tante Lise. Je désapprouve. Quelle imprudence. Quelle légèreté. Une telle différence d'âge. Onze ans. Mon Dieu. Comment peut-on.

Pour tout arranger ce jeune Bertrand, s'il avait dix-huit ans et trois mois, ne les faisait même pas : certains jours, quand il plaisantait avec les élèves de l'école Blanche, on aurait pu jurer qu'il était l'un d'eux et qu'il n'avait pas plus de seize ans.

Il était gai. Insouciant, désinvolte, et taquin comme le gamin qu'il était encore. Mais n'en déplaise aux tantes Natacha et lui devaient être très heureux, et très heureux longtemps.

Le soir de leur mariage – qui avait été fêté à l'école Blanche, assez discrètement tout de même – tante Lise se mit à faire ses comptes, drôlement.

– Ils sont tous mariés, dit-elle à Contorose. Tous ou presque. Te rends-tu compte, Louis? Xavier, Chantal, Marion, Tristan, Natalène, Olivier, Caroline, Sophie – à part Philippe, tous ! Comme c'est curieux...

– Ma foi, lui répondit prosaïquement Contorose, ça n'a rien d'étonnant, les enfants se marient, en général...

À l'autre bout du salon Sophie regardait Flore s'endormir dans son couffin, repue. La petite fille avait deux mois depuis peu. C'était un beau bébé, tranquille et patient. Elle croisait souvent ses mains minuscules, et fronçait le nez comme si elle s'interrogeait sur la qualité de ce qu'on lui offrait. « Regardez-la, s'écriait Natalène : elle PENSE ! »

Sophie, pour le moment, ne pensait qu'à sa merveilleuse petite fille et ne parlait que de lait, de grammes, de talc et d'heures de sommeil. Cela amusait beaucoup Natalène et l'attendrissait un peu.

Le divorce suivait son cours. Sagement, l'avocat avait laissé traîner les choses jusque-là : « Les juges n'aiment guère se trouver devant une naissance proche... Ils estiment, madame, excusez-moi, qu'une femme enceinte est peut-être... comment dire ?... facilement bouleversée, et qu'elle évalue peut-être mal la situation, excusez-moi... »

Sophie avait excusé tout ce qu'on voulait. Mais maintenant elle était pressée de retrouver sa liberté. Et c'était en bonne voie.

Le printemps était précoce et chaud. Ce soir-là on avait même pu ouvrir les fenêtres du salon. Et sur la terrasse Marion posait pour Emmanuel.

– Six heures, dit Sophie à Natalène : est-ce que Flore va dormir jusqu'à huit heures, comme hier ?

Natalène, que les obsessions de Sophie amusaient mais qui veillait à ne pas le montrer, leva de son livre un visage très sérieux.

– Possible, dit-elle. Tu l'as sortie longtemps et l'air frais, ça les saoule.

– Tu crois que c'était trop ?

Tristan écrivait à son agent à propos d'un concert parisien. Il jeta à Natalène un regard plein de malice. Mais lui aussi demeura impassible.

– Non, non, répondait Natou, ça les saoule, mais ça les fortifie.

– Seulement elle va en prendre l'habitude, et s'il pleut demain, ça lui manquera.

– M'étonnerait qu'il pleuve.

– Mais s'il pleut ?

– Tu la feras respirer un peu sur la terrasse, avec un parapluie...

– Oh, tu crois ? Et si elle s'enrhume ?

– Pourquoi veux-tu qu'elle s'enrhume ? Tu la nourris, elle ne peut rien attraper !

– Même pas un rhume ?

– Ou alors un tout petit, qui l'habituera aux autres...

Tristan se remit à écrire pour essayer de conserver son sérieux. Sophie d'ailleurs se levait, recommandait sa fille à l'attention générale, et montait faire ce qu'elle appelait « un bout de sieste ». Ces bouts-là, elle en faisait cinq ou six, chaque jour. Presque autant que l'enfant. Dès qu'elle fut sortie Natalène eut un petit rire, pour elle-même. Puis elle se replongea dans son gros livre d'histoire.

Quand il eut terminé sa lettre et la plia pour la glisser dans l'enveloppe, Tristan releva les yeux et rencontra ceux de Natalène, fixés sur lui. Elle semblait très attentive et pourtant ne répondit pas à son sourire.

– Vous avez fini ? demanda-t-elle.

– Ma lettre ? Oui.

Elle faillit parler, manifestement, puis hésita, et rougit.

– Allez-y, dit Tristan. Envoyez.

Cette vieille formule les fit rire. Mais Tristan se méfiait : quand Natalène hésitait ainsi à se lancer ce qu'elle avait à dire était toujours très personnel. Et souvent surprenant.

– Demain matin, dit-elle, je bois ma tisane verte.

– Et alors ? demanda-t-il.

Elle baissait le nez, en griffonnant dans la marge de son livre une longue suite de volutes. Tristan faillit lui dire d'« envoyer », pour la seconde fois. Puis il comprit, et ne dit rien. Contorose d'ailleurs s'approchait d'eux, pour s'accouder au rebord de la fenêtre ouverte et regarder le dessin d'Emmanuel. Sur le papier il vit une Marion inconnue, au visage plein de hardiesse et de force. Le grand chêne de la pelouse avait mis un masque lui aussi, ou peut-être ôté le sien : il n'était plus débonnaire, mais sombre et vaguement menaçant. Contorose ne fit pas de commentaires : il était de ceux que le talent d'Emmanuel emplissait de respect. Pratique, il se contenta de dire que le vent fraîchissait et que le modèle ferait bien de mettre un châle.

– J'ai fini pour aujourd'hui, répondit Emmanuel.

Contorose referma la fenêtre, et en se retournant vit ses petits-enfants, assis à la table, face à face, et manifestement distraits. L'avaient-ils seulement entendu parler à Emmanuel ? Tristan tournait une enveloppe entre ses doigts. Natalène mordillait le bout de son crayon et semblait à cent lieues de là.

– Eh bien ? dit le vieux monsieur.

Tristan parut redescendre de la lune, et posa sa lettre sur la table.

– J'irai jouer à Paris, dit-il. En septembre.
– Tiens ! Tu te décides ?

Il avait toujours été surpris par l'entêtement des deux artistes de Blajan, qui se déclaraient obstinément trop jeunes – l'un pour se frotter à Paris, l'autre pour exposer. Tristan se lançait le premier, bon. Emmanuel suivrait bien un jour ou l'autre.

– Nous irons TOUS, déclara-t-il. Tous !
– Oui, sourit Natalène : on louera un wagon de train, et deux rangées de la salle. Ce sera grandiose, comme le mariage de Marion.

Ce mariage avait eu lieu quinze jours auparavant et il avait été en effet quelque chose de tout à fait extraordinaire. Pour sa petite-nièce préférée Contorose avait vu grand, déroulé les tapis rouges, commandé les grandes orgues à l'église, et réuni sous son toit plus de soixante invités. Du cousin Edmond, le doyen, à la minuscule Flore, personne n'avait manqué à l'appel. Ce souvenir magnifique fit sourire le vieil homme.

– C'était quelque chose, dit-il. C'était quelque chose, je dois le reconnaître. Ah ! c'était quelque chose !

Natalène referma son livre et se leva. Elle murmura quelques mots à propos de Sophie, et de Flore qui dormait dans la bibliothèque, puis se sauva. Tristan dut faire vite pour la rattraper dans l'escalier. Et il dut la retenir par le bras, sur le palier du premier étage, pour qu'elle consente à s'arrêter. Quand elle céda elle se blottit contre lui pour se cacher.

– J'aimerais beaucoup, dit-il doucement.
– C'est vrai ?
– Bien sûr que c'est vrai.
– Il aura des yeux jaunes.
– Je m'en fous, Natou.

Elle rit, mais resta cachée contre lui. Il lui parla de Sophie, pour l'aider, et de Natacha. Quand elle put lui répondre il s'écarta.

– Flore est toute seule, dit-il, sa mère va nous arracher les yeux...

Elle le regarda dévaler l'escalier, pensive, en se mordillant le bout de l'index.

Elle ne but pas sa tisane le lendemain. Ni les mois suivants. Mais ils n'y firent aucune allusion, ni l'un ni l'autre.

III

Ils avaient été presque chaque semaine à Saint-Lys. Natalène ne pouvait y monter que le week-end, parce qu'elle n'était pas fille à manquer ses cours. Tristan l'attendait parfois. Il lui arrivait aussi de s'y rendre dès le jeudi soir, comme autrefois : elle l'y rejoignait alors par le car du samedi – ou pas.

Elle aurait voulu y inviter Sophie, mais sur ce point Tristan se montrait aussi intraitable que les siens l'avaient vu, à sa majorité, lorsqu'il avait reçu les clés de Saint-Lys et défendu à quiconque d'y mettre le pied – gentiment mais fermement. Saint-Lys était, disait-il, sur l'océan du clan, son île déserte à lui. Natou-Vendredi y était la très bienvenue. Mais elle seule.

– C'est bien simple, plaisantait-il, s'il se présente ici un autre Blajan, je tire à vue.

– Et votre mère ? triomphait Natalène. Et l'oncle Alban, et Valère ? J'ai cru les voir ici l'été dernier, non ?

– Ils venaient d'une autre île déserte. Nuance.

Elle se résignait, bien sûr.

– Quand je serai riche, disait-elle, j'achèterai une île moi aussi. Je m'y installerai avec Sophie. Et je mettrai à l'entrée du port un mirador et une mitrailleuse, spécialement pour Votre Altesse...

À Hambourg, où ils étaient allés en février et comptaient retourner à Pâques, l'annonce de leurs nouveaux liens leur avait paru très difficile à faire. Natalène avait parlé d'y renoncer purement et simplement : elle avait l'habitude de laisser dans l'ombre bien des pans de sa vie. Mais Tristan, là aussi, s'était obstiné. Il ne voulait plus se cacher. Il pensait aussi que Chantal voyait parfois son père ; que Marion, dès qu'elle serait mariée et recevrait à son tour la lettre d'aveux rituelle, le rencontrerait ; qu'un jour ou l'autre tout se découvrirait ; et que n'ayant plus aucune raison de se taire, ils devaient parler.

Ils le firent donc. La réserve innée d'Agnès l'empêcha de montrer sa surprise. Alban, par contre, se fit répéter la chose plusieurs fois. Le consentement de Contorose surtout l'ahurissait. Il se souvenait d'une scène toute semblable, dont il avait été le héros vingt-cinq ans auparavant, et qui s'était terminée d'une façon très différente. Il n'avait évidemment pas eu la chance, lui, de se présenter au vieux fauve déjà marié, et par le vieux fauve lui-même, à la cousine en question...

– Les temps ont changé, dit-il. Vraiment, vraiment changé...

Agnès posa une main sur son bras.

– Ce n'est pas le temps, dit-elle doucement. C'est qu'envers moi il n'avait jamais eu aucun tort.

Natalène, gênée comme chaque fois qu'on abordait ce sujet, regardait ses ongles avec beaucoup d'intérêt. On n'insista pas, par égard pour elle. Et on imita Valère, qui avait pris la nouvelle avec un grand naturel.

Si Hambourg était une île, et Saint-Lys une autre, Tristan et Natalène s'étaient approprié à côté d'elles tout un archipel, parce qu'ils quittèrent souvent Blajan ce printemps-là. Lorsque Tristan avait un concert dans la région, Natou l'accompagnait, et ils prenaient quelques jours pour visiter la ville. Ils allèrent aussi plusieurs fois à Paris, pour le plaisir. À Toulouse pour visiter le cousin Edmond. Et au bord de la mer. « Ils ne tiennent pas en place, ces deux-là... » grommelait Contorose.

Ils aimaient échapper au clan, surtout. Le merveilleux, l'insupportable clan. Les papotages des tantes, les doléances de Natacha sur le sale caractère de Caroline, l'attention narquoise de Philippe, les bêtises de Fleur, l'immense table autour de laquelle près de vingt personnes prenaient place chaque soir...

Sur les fiches des hôtels Tristan s'amusait parfois à écrire en entier la liste de ses noms. Et Dieu sait s'il en avait. Natalène prenait ensuite le stylo pour y adjoindre le sien. Il commençait de la même façon, mais tournait court aussitôt, et elle apposait derrière lui un point final moqueur. « M'est égal, glissait Tristan. Vos gosses n'y échapperont pas, eux. »

Pour rire, parfois, Natalène se faisait belle. C'était en général pour assister aux concerts de Tristan. Sophie, la grande spécialiste de ce genre de chose, avait choisi pour elle deux ou trois robes très élégantes, et donné toutes les directives souhaitables. Natalène relevait ses cheveux, mettait des bas, des talons hauts, la cape de Sophie, les topazes de tante Blanche, et poussait l'amour du déguisement jusqu'à souligner ses yeux d'un trait de khôl et se maquiller légèrement. La seule chose que Sophie n'avait pu obtenir d'elle était de mettre du vernis à ongles et une touche de parfum. « Plutôt crever, disait Natou. Tu entends, Sophie ? Plutôt crever, le cul sur du fumier... »

N'importe. Sans parfum, ni vernis, elle était saisissante en digne épouse du virtuose. D'abord parce qu'elle avait vingt-deux ans, qu'elle était jolie et que ses yeux brillaient autant que les topazes. Cela elle le savait et elle savait aussi en jouer. Mais surtout, et cela elle l'ignorait, parce qu'il y avait en elle, dans le moindre de ses gestes, dans son sourire et sa démarche, dans sa façon d'aborder les gens, quelque chose de libre et de chaleureux qui ne laissait personne indifférent.

« Ma cousine », disait Tristan. Il se sentait incapable de jamais dire autre chose, malgré les conseils d'Élise et les railleries du clan. « Natalène, notre violoniste voudrait vous être présenté... Antoine Vallier. Ma cousine, Natalène de Blajan. »

« Ma cousine » posait sur Antoine Vallier un regard aussi perspicace que jaune, et prenait vite un parti. Antoine était remercié d'un sourire poli, s'il ne méritait pas davantage. Natalène savait habiller de glace ses sourires polis et on n'y revenait pas deux fois. Si Antoine était intéressant au contraire, le sourire souriait vraiment et la connaissance était vite faite. Natalène avait un talent remarquable pour se faire des amis en très peu de temps. Tristan, qui était un pianiste de concert très réservé et n'acceptait jamais aucune invitation, se vit ainsi, plusieurs fois, finir la soirée dans les bars d'une ville inconnue, avec un Antoine violoniste, un Bruno spectateur ou une Alice ouvreuse, suivant le cas : et Natou riait sous les boucles défaites de son chignon, un peu éméchée, parlant de tirer les cartes à Bruno sur le parvis de l'église ou jurant qu'elle saurait bien, elle, se faire ouvrir la friterie fermée de la rue du Château...

Mais sous cette joie et cette insouciance, qu'y avait-il vraiment ? Le silence absolu du Copte surprenait Tristan. Cet homme et sa planète, depuis six mois maintenant, semblaient avoir disparu. Aucune lettre, aucun message, aucun signe de vie n'était jamais parvenu de « là-bas » à Blajan.

Aussi surprenant était le silence de Natalène. À Lourdes, à Dax, et surtout à Saint-Lys, elle avait beaucoup parlé à son cousin de son autre univers. Depuis son retour à Blajan elle n'y avait pas fait l'ombre d'une allusion, comme si tout cela n'avait jamais existé et comme s'il n'y avait jamais eu de Vanina.

Tristan aurait pu s'en féliciter. Mais il était fin, et sentait bien ce que le silence du Copte contenait de menace, et celui de sa fille de désarroi. Les ombres, derrière le mur, n'avaient pas renoncé. Elles attendaient.

Le dernier coup de téléphone qu'Agnès devait jamais donner fut pour son fils, à Saint-Lys. Encore faillit-il ne pas décrocher à temps, parce qu'il était au fond du jardin quand il entendit la sonnerie.

Il s'agissait du cadeau que les Hambourgeois voulaient faire à Natalène pour son anniversaire. Aimait-elle les bijoux ?

– Elle en porte quelquefois, répondit prudemment Tristan. Quel genre de bijoux ?

– En fait c'est un cadeau sans en être un, parce qu'il est à elle... C'est le diamant d'Anne, tu sais. Nous avions le même. Celui-là elle ne l'avait pas emporté, Dieu sait pourquoi, peut-être seulement parce qu'il n'était pas dans l'écrin quand elle est partie... si bien que je l'ai conservé. Crois-tu qu'il ferait plaisir à Natou ?

– J'en suis sûr. Elle n'a rien de sa mère.

– J'aurai besoin de son tour de doigt. Pourrais-tu me le donner assez rapidement ?

– Mais comment ?

– En mesurant l'intérieur d'une bague qui lui va, grand sot !

– Ah, d'accord... Je ferai ça à Blajan demain, elle y est, et je vous rappellerai aussitôt.

– Non. Nous partons ce soir pour Berlin. Mais téléphone jeudi, après le déjeuner, nous serons revenus. N'oublie pas : je m'y suis déjà prise bien tard et je ne voudrais pas rater le bon jour.

Des riens qu'ils échangèrent ensuite Tristan devait essayer de se souvenir plus tard, sans grand succès. Agnès avait dû parler de Valère, et d'une visite à Saint-Lys qu'elle projetait pour l'été prochain. Elle avait aussi fait allusion à un article sur Tristan, qu'elle avait lu dans une revue musicale. Mais avait-elle vraiment évoqué Marion, qu'elle ne connaissait pas, ou sa mémoire trompait-elle Tristan ?

Quand il raccrocha, il ne restait plus à Agnès que quelques heures à vivre. Heureusement, ils ne le savaient ni l'un ni l'autre. Agnès finit de remplir la petite valise qu'elle voulait emporter à Berlin. Et Tristan retourna au fond de son jardin planter ses bulbes de dahlias.

Il jouait à Lourdes, le lendemain soir. Natalène ne l'avait pas accompagné parce qu'elle devait visiter avec Sophie, le lendemain, une exposition de minéraux organisée par la fac. Certains des cartons explicatifs qui présentaient les pierres avaient été rédigés par son groupe et le doyen daignerait se pencher, avait-on annoncé, sur ces balbutiements d'ignorants. Le doyen était un terrible personnage. Et Natalène en faisait justement un portrait vengeur – pour deux de ses tantes seulement, la pauvre Blanche étant encore clouée au lit par une bronchite – quand la petite-fille de Justine, qui dormait elle aussi à Blajan maintenant, entra, embarrassée, pour déclarer qu'on demandait monsieur Tristan.

– À neuf heures du soir ? rugit Contorose.

– Oui monsieur...

– Il est à Lourdes. Dites qu'il joue à Lourdes et prenez le message s'il y en a un.

La jeune fille sortit, pour revenir aussitôt, encore plus embarrassée.

– Ce monsieur insiste...

Contorose fronça le sourcil et tous les dîneurs se turent. Du coup Marinette en oublia les bonnes manières que sa grand-mère essayait de lui inculquer depuis trois semaines, et retrouva son franc-parler :

– Eh bien il pleure, là... Alors dites-lui de s'en aller, vous, parce que moi, hein...

– Par exemple ! dit Contorose. Vous rêvez, ma fille ! Il pleure ?

Marinette ne rêvait pas et le confirma du menton, bien décidée, c'était visible, à ne plus se charger de rien. Sophie eut envie de rire, et toussa, pendant que tante Lise et tante Marie échangeaient des regards ahuris.

– Faites entrer ce monsieur, statua Contorose, allez, faites entrer, voyons ça !

Il avait posé sa serviette damassée à côté de son assiette et se tournait un peu sur sa chaise, l'air goguenard. Cette visite promettait de ne pas être banale...

Brusquement confronté à tant de visages inconnus, Valère demeura d'abord interdit sur le seuil. Tous ces gens, tous ces gens immobiles ! Déjà Contorose se levait, désarmé, bien sûr, par l'âge tendre du « monsieur » annoncé, et surtout par son jeune visage désemparé. Mais il n'eut pas le temps de parler : Natalène repoussait sa chaise, serrait contre son cœur une serviette qui n'était pas beaucoup plus blanche que son visage.

– Qu'est-ce qu'il y a ?

– Ah, dit le garçon, Natou... Et Tristan ?

Il s'essuya les yeux d'un revers de main, et soudain tourna le dos, pour se cacher contre le mur et y sangloter à l'aise. L'émoi du clan s'apaisa. De toute évidence ce jeune garçon venait de l'autre planète de Natalène – laquelle était peuplée de personnages tout à fait étranges, on ne le savait que trop. On y rencontrait de tout : alors pourquoi pas un adolescent choisissant vos murs pour y jouer les Madeleine...

Natalène avait quitté sa place, vive, jeté sa serviette et rejoint son ami.

– Il a un concert, entendit-on. Mais qu'est-ce qui se passe ? Dites ? D'où sortez-vous ? Ne pleurez pas, ne pleurez pas...

Il sanglotait toujours, sur l'épaule de la jeune fille, et elle l'avait entouré de ses bras comme pour le bercer. De là elle jeta au clan un regard sombre. Les convives, dociles, se retournèrent vers la table.

– Hum... dit Contorose. Si tu veux t'installer dans mon bureau, Natalène...

Elle attira son ami vers une porte encore plus proche, celle du vestibule, et la referma derrière eux.

– Bon, dit Contorose. Hum ! Ce garçon me paraît avoir quelques ennuis...

Philippe se leva pour gagner l'embrasure d'une fenêtre, en écarter le rideau et jeter un regard sur le perron. Le trouvant désert, et voyant l'allée vide de toute guimbarde, il alla se rasseoir. Mais aussitôt, méfiant, il se releva pour reprendre son poste. Contorose faillit protester contre d'aussi singuliers agissements. Puis il comprit, et se tut. Le silence se chargea d'inquiétude.

– Oh, gémit tante Lise, pourquoi Tristan est-il à Lourdes JUSTEMENT ce soir ? Pourquoi ?

– Ce n'est pas forcément un hasard, dit Philippe. Mais de toute façon ce type est seul.

– Et il n'a pas beaucoup plus de quinze ans, dit Emmanuel.

Un soupçon bien sombre vint à Sophie.

– Il ne faut pas les laisser seuls, dit-elle, je ne sais pas si... imaginez que...

Elle se levait déjà, mais Emmanuel Duplessis la devança et s'en fut à la porte du vestibule, qu'il ouvrit résolument. On le vit hésiter, puis demander, doucement :

– Peut-on vous aider, Natalène ?

Presque aussitôt, il recula, pour laisser le passage à Natou et au jeune garçon. Elle avait pleuré elle aussi.

– Valère mange avec nous, dit-elle. Il a fait un très long voyage. Peux-tu demander à Marinette de rajouter un couvert, Sophie ?

Elle prit Valère par la main et le conduisit jusqu'à sa propre chaise, qu'elle écarta un peu pour en avancer une autre.

– Ton ami est le bienvenu, dit Contorose. Je vous en prie, monsieur, asseyez-vous.

Valère s'assit, en même temps qu'Emmanuel et Philippe. Mais il se remit aussitôt à pleurer, le front sur ses bras repliés. Moitié par nervosité, moitié par gêne, tante Lise eut un petit rire hoquetant, et Natalène lui lança un regard noir.

– Ses parents sont morts cette nuit dans un accident, dit-elle.

Tante Lise, confuse et atterrée, baissa le nez. Natalène aussi, pour pleurer à son tour, et comme personne ne l'avait vue pleurer depuis sa toute petite enfance l'effet fut saisissant. Ils pensèrent, tous, au soir de son retour et à l'étrange scène qui avait assombri le dîner.

– Je voudrais que Tristan soit là, dit tante Marie nerveusement. Est-ce qu'on ne pourrait pas lui téléphoner ?

– Mais qui est-ce ? demanda Contorose. Peut-on prévenir sa famille ? Dis, Natou ? Sa famille ? Il faut la prévenir...

– C'est nous, sa famille, dit sombrement Natalène. C'est nous, sa famille, et c'est ici, sa maison.

– Mais nous ne pouvons pas le garder sans prévenir sa famille, ma chérie. Ça ne se passe pas ainsi. Quel âge a-t-il ? Et qui est-ce ?

– Tristan vous le dira.

Elle s'essuya les yeux avec sa serviette et posa sur l'épaule de son voisin une petite main douce.

– Valère... dit-elle, essayez de manger. On ne sait pas pourquoi les choses arrivent...

– Natalène, dit Contorose, je ne peux vraiment pas... Tu vois bien que c'est un enfant. Je t'assure que je ne peux pas... Si ses parents sont morts, ce qui est une chose terrible, il a des oncles, des grands-parents, et nous DEVONS les joindre très vite. A-t-il dit qu'il venait ici ? Et à qui ?

– Mais il n'a que nous, grand-père.

– QUI EST-CE, Natalène ? Vas-tu me répondre, à la fin ?

– Sapristi, cria Natou, c'est votre petit-fils, grand-père ! C'est le fils d'Agnès !

– Le fils d'Agnès ?

– Oui ! Celui d'Agnès et d'Alban ! Merde ! Et il est ici chez lui ! C'est un monde, ça ! Chez lui !

– Le fils d'Agnès ? répéta Contorose.

– Oui, dit Natalène doucement. Valère de Blajan. C'est comme ça. Et il a faim et il est épuisé. Il a quitté sa pension dès qu'il a su, et en plus il est d'abord allé à Saint-Lys...

– Le fils d'Agnès... redit Contorose. Le fils d'Agnès, vraiment ?

Assommé, il regardait sangloter, à un mètre de lui, ce petit-fils dont il ignorait l'existence cinq minutes auparavant.

– Le fils d'Agnès, répéta-t-il. Par exemple. Il y a des années on t'a posée devant cette porte, Natou, et on m'a dit la même chose. C'est la fille d'Anne. Voilà. La fille d'Anne. Mais qu'est-ce qui vous prend à tous ? Qu'est-ce qui vous prend ? Dites ?

Il criait maintenant, à demi relevé, et assena sur la table un grand coup du plat de la main. Valère, heureusement pour lui, ne prêtait aucune attention à ce qui l'entourait. Il était arrivé. Natalène était là. Tristan serait là bientôt. Des bouées à quoi raccrocher sa peine...

– Ne criez pas ! gronda Natou. Vous criez toujours ! Pourquoi criez-vous toujours ? C'est ma faute, peut-être, si on m'a posée là ? C'est la sienne, s'il est là ce soir ? On y pouvait quelque chose ?

– Oui ! Parfaitement !

– NON ! C'est arrivé comme ça et c'est tout ! NE CRIEZ PAS !

Entre ces deux ouragans le clan se taisait, épouvanté. Quelques Blajan cheminaient en pensée dans leur arbre généalogique pour y placer Valère. « C'est mon demi-frère », dit Philippe à Sophie. « Ça ne peut pas, chuchotait tante Marie, ça ne peut pas être le fils d'Alban, légalement... » Quant à Marion, affolée, elle avait mis ses mains sur ses oreilles, comme une enfant.

– Je ne crie pas, dit férocement Contorose, mais je devrais, parce que ce n'est plus une maison ici, c'est un bordel... Tu n'as pas un bâtard à me flanquer dans les bras, par hasard ? Tu n'en as pas fait avec tes bohémiens ? Et on n'en a pas eu un ensemble, toi et moi, tu es sûre ? Tu es bien sûre ? Parce que finalement je n'en jurerais pas, moi...

– En tout cas vous auriez pu en avoir avec votre petite veuve d'autrefois, parce que ça arrive comme ça les bâtards, exactement comme ça. Et vous en avez peut-être toute une tripotée ! Parfaitement ! Toute une tripotée ! Comme tout le monde !

– Je te garantis que celui-ci va retourner chez sa mère dans les cinq minutes, franco de port pour commencer...

Il s'arrêta net, et pâlit.

– Mais ses parents... dit-il. Est-elle morte, Natou ?

– Oui, grand-père, répondit doucement Natalène. Hier soir. Ils allaient à Berlin et ils ont eu un accident. Je regrette...

Il se leva tout à fait, les yeux fixés sur la cheminée.

– Bon, dit-il. Elle est morte. Bon.

Il posa sa serviette à côté de son assiette, soigneusement, puis repoussa sa chaise. Les siens le regardèrent traverser la pièce, entrer dans son bureau, et quand la porte se referma sur lui restèrent un instant silencieux. Tante Marie parla la première. Et pour dire une sottise, bien sûr.

– Il ne peut pas vivre là. Pas avec MES enfants.

– Maman, dit Philippe, je vous en prie !

Xavier, qui partageait visiblement l'avis de sa mère, n'osa pas le dire, puisque son propre frère le désavouait d'avance. Mais il eut une moue de mépris, pour Édith.

– Je vous propose l'orphelinat de la ville, glissa Natalène. On le dit très bien tenu. Grand-père lui fait d'ailleurs un don substantiel tous les ans : ce sera charmant d'y voir un Blajan et je sens que les gens vont apprécier, mais après tout il y a un début à tout.

– Évidemment, dit tante Lise, il n'est pas question de... Natalène, ne sois pas désagréable. Nous ferons pour le mieux.

– Tristan fera pour le mieux, répliqua-t-elle vivement, c'est son frère, non ?

Elle se pencha sur Valère, parce qu'il ne pleurait plus, et chuchota :

– Il dort.

– Il dort ? dit tante Lise. Sur la table ?

Il dormait. Natalène écarta de ses bras repliés la corbeille à pain, et un verre.

– Il a quinze ans et demi, dit-elle. Il s'appelle Valère. Valère-Marie de Blajan. Je le connais depuis sa naissance et c'est un chic type... Je ne voudrais pas être désagréable, ni sordide, mais s'il y a ici des gens qui le sont je leur rappellerai qu'une partie de Blajan est à lui. C'est comme ça. On n'y peut rien. Le règne des bâtards a débuté...

Philippe, que tout amusait toujours, eut un petit rire.

– Y en a-t-il d'autres ? dit-il. Était-il leur seul enfant, Natou ? Oui ?

– Légalement... commença tante Marie.

Natalène, de la main, coupa ce vilain fil.

– Rassurez-vous, ma tante. Légalement il n'a pas de père. Pas plus que moi.

Elle sourit à Sophie comme s'il s'agissait d'une conversation ordinaire :

– Sais-tu ? Vous dites « bâtards », vous, mais chez moi le mot est plus joli. On appelle ces enfants-là les « enfants du vent », parce qu'ils sont déposés un peu n'importe où comme les graines d'herbes sauvages. Chez moi il y en a beaucoup.

Avec sa redoutable franchise habituelle elle sourit aussi à la petite Fleur Montellier, qui seule continuait à honorer l'omelette.

– Tu es un enfant du vent toi aussi, dit-elle. Comme Valère et comme moi. C'est chouette, non ?

– Natalène, dit tante Lise, je t'en prie...

De nouveau le silence retomba autour de la longue table. Ce fut la timide Marion qui le rompit.

– Je l'ai vu, dit-elle. Mon père. À Paris, le mois dernier, avec Emmanuel. Il nous avait écrit après notre mariage. On a déjeuné sur les quais avec lui.

Ce coup bas fit pâlir tante Marie. Pourtant, sagement, elle ne fit pas de remarques.

– Sapristi, dit Natalène, on peut avaler ça aussi, non ? Cet enfant-là ? On ne va pas caler devant une arête ?

Cet appel aux liens mystérieux qui soudaient si bien les Blajan entre eux était curieusement formulé, mais toucha le clan. On s'ébroua, comme au sortir d'une douche froide, et le silence changea de nature. Sophie poussa une exclamation, pour elle-même : elle était la seule à ignorer encore où avait disparu le père des petits Rivalty et venait à l'instant de le comprendre. Puis elle suivit ses pensées jusqu'au bout.

– Mais Tristan... dit-elle. C'est sa mère qui est morte, alors ? Oui ? Quand revient-il ?

– Après minuit, dit Natalène. Sûrement après minuit.

La porte du bureau se rouvrait justement, sur Contorose. On ne le regarda pas quand il reprit sa place à table. Mais sa voix, quand il parla, était celle de tous les jours.

– Tu logeras Valère dans l'aile droite, dit-il à Lise. La chambre de l'est devrait lui plaire.

Le vieux chef ayant parlé Natalène se détendit un peu, avec l'impression très agréable de ne plus avoir à se battre pour défendre son cousin.

– Où en est-il de ses études, Natalène ?

– En seconde, au lycée français de Hambourg. Latin, grec, anglais, allemand. Ça marchait plutôt bien.

Un restant de combativité lui fit dire, sombrement :

– C'est un chic type. Un TRÈS chic type.

– Je n'en doute pas, dit Contorose. Il dort ?

Elle fit signe que oui, du menton, puis retrouva son calme.

– Il veut être vétérinaire, dit-elle. Il ne fait pas de musique, mais de l'escrime. Il a gagné plusieurs coupes. Il a un merle apprivoisé... je me demande où est son merle ? Et puis il a eu de l'asthme, longtemps. Ça allait beaucoup mieux. Voilà.

– Je viens de téléphoner au consulat. Ainsi tout est en ordre jusqu'à demain.

Il promena sur les siens son regard bleu, et sévère.

– Je leur ai dit que cet enfant était en sécurité chez son grand-père. Et je le répète.

On se remit à l'omelette, sans piper mot. Valère ne donna signe de vie que longtemps après le dessert, alors que Fleur était couchée depuis peu et qu'Édith et Xavier venaient de se retirer. Natalène était montée avec tante Lise faire le lit de la chambre de l'est et il ne vit autour de lui, en levant son pauvre visage tuméfié par les larmes, que des inconnus.

– Tristan est là ? dit-il.

Le vieux monsieur, qui criait si fort tout à l'heure, souriait.

– Il ne va pas tarder, disait-il. Mon garçon, je suis ton grand-père, Louis de Blajan. Et tu es le bienvenu chez toi.

– Merci, dit Valère au hasard. Merci, oui. Où est Natalène ?

– Elle prépare ta chambre. Veux-tu te coucher tout de suite, ou préfères-tu attendre ton frère ?

Il préférait attendre, naturellement. Et à la surprise générale il entretint une sorte de conversation, en buvant le bol de chocolat chaud que Sophie lui avait apporté. Sans doute avait-il honte de sa faiblesse passée, ou voulait-il se défendre de la curiosité et de la compassion qu'il était conscient de susciter. En tout cas ses efforts pour parler du temps, ou de l'ameublement de la pièce, avaient quelque chose de poignant qui toucha tout le monde.

Lorsque la voiture de Tristan monta l'allée, peu après une heure, Natalène et Valère sortirent pour lui parler avant qu'il n'entre. Ils restèrent longtemps dehors tous les trois. Quand Tristan poussa la porte il tenait son frère par la main comme s'il avait encore été un tout petit garçon. Natalène suivait, muette. Et le vieux cœur de Contorose se serra à la vue de ces trois enfants s'approchant du feu, glacés. Quel vent mauvais s'était donc abattu sur sa maison ?

Il était seul, les autres s'étant retirés discrètement. Seul et désespéré. S'amusaient-elles, les fantasques jumelles, si cela leur était possible, de le voir assis là devant la cheminée, avec les trois enfants qu'elles lui avaient laissés ?

– Eh bien, dit-il – car sa foi était sans bigoterie aucune, mais profonde – elles se sont retrouvées maintenant, en tout cas...

– Qui ? demanda Natalène.

– Vos mères.

– J'y crois, dit Valère.

Tristan et Natalène, qui n'y croyaient pas, n'en dirent rien. Et Contorose, n'étant pas homme à s'attendrir longtemps, fronça le sourcil.

– Je parie qu'elles s'en racontent des vertes et des pas mûres... Sapristi ! Elles m'en ont fait voir !

– Laquelle était la pire ? sourit Natalène.

– Ta mère, ma chérie. Elle inventait trois bêtises sur quatre et huit folies sur dix. Mais Agnès suivait de bon cœur...

Il parla des frasques des jumelles enfants, un bon moment. Cela allégeait sa peine et ses trois petits-enfants l'y aidèrent, en l'écoutant, en l'interrompant, en riant même.

– Je ne me souviens presque pas de ma mère, dit Natalène. Peut-être son sourire, très vaguement. Mais tante Agnès était drôlement chouette. Et elle a été heureuse. Ça c'est sûr. Très heureuse.

– Anne aussi, dit Contorose. Elle est partie sans se retourner, bannière au vent... Elles savaient choisir, toutes les deux. Ces gens-là sont toujours heureux.

Contorose et Tristan passèrent trois jours à Hambourg, pour y régler la situation et ramener les restes d'Agnès et d'Alban, qui furent enterrés dans le cimetière du village. Contorose se trouva chargé d'une nouvelle tutelle et Valère, enfant unique jusque-là, submergé par le clan.

On l'aima vite. Il avait la gentillesse de Tristan et sa délicatesse : il était seulement moins volontaire, moins gai et, lui, assez timide. Avec Marie Rivalty, qui était un peu sa cousine, un peu sa tante, mais surtout la veuve de son père, il se montrait si gêné, si humblement confus d'exister, qu'elle finit par en éprouver un peu de compassion et par renoncer à sa froideur des premières semaines.

Philippe avait raconté à Tristan, avec délectation, les horreurs que Contorose et Natalène s'étaient jetées à la tête le soir où Valère leur était tombé de la lune. Tristan en avait ri de bon cœur. « Ils sont pareils, avait-il dit. Exactement pareils. J'espère n'être jamais coincé entre leurs deux barils de poudre... »

On ne fit pas de fête cette année-là pour les anniversaires de printemps. Blajan était en deuil. Par contre on accrocha les lampions, au début de juin, pour célébrer les seize ans de Valère sans crainte d'offenser les morts, et il connut à son tour la frénésie qui s'emparait du clan à ce signal magique. Il vit son grand-père présider à la cérémonie, verser le champagne, commander la musique et faire des grâces à Mme Duplessis.

– Chouette, dit-il à Tristan qui lui tendait une coupe pleine, il est chouette, grand-père...

Ils regardaient tous les deux le vieux monsieur s'incliner devant son invitée d'honneur, et lui présenter le plateau des petits fours.

– Je voudrais qu'ils aient pu revenir ici, dit Valère. Mes parents. Au moins une fois.

– Ce n'était pas possible, répondit Tristan. Ou alors seulement après la mort de tante Marie et celle de Contorose, et ça n'aurait pas été le même Blajan... De toute façon, mon petit vieux, ce n'était pas nos oignons, c'était les leurs. Et s'ils ont attendu quelque chose de toi, ce dont je ne suis même pas sûr, c'était sans doute que tu t'occupes de ta propre poêle à oignons avec enthousiasme.

Cette philosophie surprenante rasséréna Valère, qui leva son verre devant son frère, en souriant.

– À ta poêle, dit-il.

– Merci, répondit Tristan. Et à la tienne...

IV

Le 1er juillet, Tristan et Natalène se mirent en route pour Saint-Lys. Ils devaient y passer une semaine avant de franchir la frontière et d'aller faire en Espagne ce voyage auquel ils avaient dû renoncer l'année précédente.

Leur première intention avait été d'inviter Valère à les accompagner, au moins à Saint-Lys, mais le jeune garçon semblait si bien s'acclimater à Blajan qu'ils s'étaient abstenus. À Blajan et à la petite Lucile Duplessis, qu'il ne pouvait regarder sans rougir. Peut-être, glissa Natalène à Tristan, peut-être cela promettait-il de belles et retentissantes scènes pour la rentrée...

– Oh, dit Tristan, pas déjà, ils n'ont que quinze et seize ans !

– Par exemple ! Et nous-mêmes, plus tôt encore ?

Il allait répondre que ce n'était pas la même chose, mais sourit. C'était exactement la même chose, bien sûr.

– Sauf, dit-il, que Lucile est extrêmement bien élevée, elle.

– Et Valère très correct, lui ?

Ils rirent, ensemble, et Tristan arrêta la voiture pour pouvoir embrasser sa passagère.

– Vous étiez très mal élevée, dit-il. Loué soit le Seigneur...

À Saint-Lys, il lui offrit le diamant d'Anne, qu'il avait trouvé à Hambourg dans le bureau d'Agnès, et fait remettre lui-même à la bonne taille. Ce cadeau d'outre-tombe embarrassa d'abord Natalène. Elle n'aimait pas les objets coûteux. Puis le cheminement tortueux qu'avait dû suivre cette bague avant de se glisser à son doigt l'amusa.

– Je prends, dit-elle. OK, je prends. Je la léguerai à ma septième fille.

– Pourquoi la septième ?

– Parce qu'une septième fille est forcément un peu sorcière, et que cette bague l'est tout à fait !

Il reposa l'écrin à côté de la collation préparée par Farfouille pour fêter leur retour, et demanda, négligemment :

– Seriez-vous très déçue si vous aviez sept fils ?

– Non, répondit-elle. Je suis sage : je me contenterai de ce que le Barbu de là-haut m'enverra. Mais j'aime autant vous prévenir que si c'est un fils il portera un prénom très bizarre.

– Vous avez fait un vœu ?

– Il y a un peu de cela.

– Envoyez ?

– Cantor.

Tristan y réfléchit quelques instants, puis sourit.

– Ça ira, dit-il. Est-ce que ça a une histoire ?

– Non, seulement une chanson. Une chanson yémache. Voulez-vous l'entendre ?

Il fit signe que oui, résigné. Natou se mit à chanter, dans sa langue, et sa voix était d'une surprenante justesse.

– Ce n'est pas faux... dit Tristan.

– Celle-là, non, pas trop. C'est drôle, n'est-ce pas ? Je l'ai si souvent entendue, et tant aimée, que ma voix la sait par cœur. Je vous la traduis ?

La chanson parlait d'un homme errant. « Aux sources où je vais boire mon visage a bien changé, et il n'est lèvres humaines qui n'aient oublié mon nom... Je suis Cantor d'Orfenor, ho ho ho ho ho... Quand viendra le roi de gloire, aux rivages où meurt la mer, me vêtira de lumière et me rendra la mémoire, ho ho ho ho ho... Celle des très vieux étés et du grand destrier noir... Je suis Cantor d'Orfenor, ho ho ho ho ho... »

– Cet « ho ho ho », dit-elle, était repris par la tribu entière et le chanteur devait se tenir le dos tourné au feu.

– Pourquoi ?

– Je ne sais pas. Peut-être représentait-il ce Cantor d'Orfenor. J'étais très jeune, je ne sais plus, je crois que c'était à Anstik quand les Yémaches y descendaient encore et s'y arrêtaient quelques jours. En tout cas je me suis promis très tôt que si j'avais un fils il s'appellerait ainsi.

– Et une fille ?

Elle rit, en secouant la tête.

– Je n'ai rien promis pour une fille. Vous vous en chargerez.

C'était la première fois qu'ils parlaient de cet enfant dont la venue était maintenant possible et Natalène dit, avec un peu de surprise :

– C'est drôle : je n'y pense jamais.

– Moi si. Mais pourrez-vous ?

– Comment cela ? Je ne suis pas plus nouille que les copines !

– C'est quand même toute une aventure.

– Mais bien banale... Je veux dire : bien courante, et très répandue.

– Ça va me paraître tout à fait extraordinaire.

Elle s'approcha de lui et prit ses mains.

– Je vous aiderai, dit-elle. Je serai très compréhensive et très compatissante. Ne vous inquiétez pas : je ne vous laisserai pas tomber.

Il rit, en attirant la moqueuse contre lui.

À Saint-Lys, Natalène faisait le repas du midi et Tristan se chargeait de la vaisselle. Le soir c'était l'inverse. Il monta donc ce soir-là le premier, pendant que Natou remplissait ses bassines. Et ce fut lui qui trouva, sur l'oreiller, le message et le couteau. Un très beau couteau au manche sculpté, à la lame légèrement incurvée. Il le considéra un instant, impassible. Puis il le retira de l'oreiller, avec précaution pour ne pas déchirer la feuille ainsi clouée sur le tissu blanc. « Bon, murmura-t-il, bon... » Ces petits mots, chez ce garçon qui se dominait si bien, étaient toujours le signe d'une profonde émotion. Et le seul. Ses doigts ne tremblaient pas sur la feuille, et son visage n'exprimait rien.

Il sortit de la chambre et se pencha sur la rampe de l'escalier.

– Natalène ? Qu'est-ce que ça veut dire, « arluk » ?

– « Arluk » ou « arlouk » ?

– Arluk.

– Samedi. Pourquoi ?

– Et « Kraté arluk trim » ?

– « Je viendrai samedi soir. » D'où sortez-vous ça ?

Tristan descendit et lui tendit la feuille.

– C'était sur l'oreiller, dit-il. Celui de la chambre bleue.

Elle prit le petit papier, d'une main encore pleine d'eau savonneuse, et le regarda avec stupéfaction.

– C'est malin, dit-elle nerveusement. Ah, c'est malin...

Du doigt, elle effleura l'étroite déchirure, au centre du message.

– Il n'y avait pas de couteau ?

– Si.

– Où est-il ?

Il remonta pour chercher l'objet, et quand il l'eut le lança à Natalène, du palier. Il tomba devant la jeune fille, sur le tapis. Elle le ramassa et le tourna entre ses doigts.

– C'est le couteau de Vanik, dit-elle.

– Vous êtes sûre ?

– Putain, si je suis sûre...

Il s'assit sur le palier, où il était resté, et de là-haut regarda Natalène poser le couteau sur la table.

– Tout ça est très romantique, dit-il. Un couteau de seigneur dans un oreiller, une jeune fille jurant comme un charretier, et l'imbécile de service, votre serviteur, madame...

– Y a pas de quoi rire, dit Natalène. Qu'est-ce qui lui prend, à cet ahuri ?

Tristan ne pouvait vraiment pas la renseigner sur ce point. Il prit une cigarette dans sa poche et l'alluma.

– Il connaît cette maison, dit-il.

– Ce n'est plus tellement étonnant, on y vient assez souvent... Mais c'est dingue ! Qu'est-ce qu'il veut ? Pourquoi n'est-il pas allé à Blajan, ou n'a-t-il pas écrit, s'il veut quelque chose ?

Tristan s'était penché, pour prendre sur le guéridon du palier un bougeoir en guise de cendrier.

– Je vous le demande, dit-il.

Natalène retourna à son évier, pour laver la dernière assiette et le plat de la salade. Elle avait laissé le couteau sur la table. Il y brillait sous la lampe.

– C'est un très beau couteau, dit Tristan. Est-ce qu'il ne pourrait pas être à quelqu'un d'autre ?

– Non, c'est le sien. Celui des duels.

Elle s'essuyait les mains, perplexe, mais manifestement si peu inquiète que Tristan se détendit.

– Qu'allez-vous faire ? demanda-t-il.

– Attendre, répondit-elle. Et quoi d'autre ? Il viendra le rechercher samedi, son foutu couteau, et on verra bien.

– Croyez-vous qu'il ait quelque chose à vous dire de la part du Copte ?

– Non.

– Pourquoi ?

– Parce que le Copte ne me fera jamais rien dire.

– L'année dernière, vous aviez su qu'il voulait vous voir aller à Lodival.

– Mais l'année dernière il ne savait pas où j'étais. Maintenant ils le savent tous, forcément, que je suis retournée à Blajan. Et lui aussi le sait. Il ne me fera jamais rien dire. Jamais.

– Natalène, dit Tristan. Natalène. Je sais si peu de chose. Je voudrais tellement pouvoir vous aider et je sais si peu de chose.

Elle rit, soudain.

– Pour ce couteau en tout cas je n'en sais pas plus long que vous ! Sauf que ça n'a rien d'inquiétant, mais vous n'avez pas l'air décidé à me croire...

– Pourquoi n'est-ce pas inquiétant ?

– Parce que c'est celui de Vanik et que Vanik... je ne pourrai jamais vous faire comprendre ça.

– Essayez ?

– C'est un sauvage, Vanik. Mais quand même on a grandi ensemble. Et puis...

Elle renonça, et baissa la tête.

– Je ne peux pas, dit-elle. Il ne me fera jamais de mal, je veux dire rien de ce qui lui semblerait, à lui, pouvoir me faire du mal...

– Il vous battait.

– Ah, ça c'est autre chose, ça fait partie de la vie comme la pluie et le vent... Vous voyez, je ne peux pas.

– Mais vous n'êtes pas inquiète.

– Pas le moins du monde. Intriguée. Fâchée, parce que ce ne sont pas des façons, putain, un si bel oreiller... mais pas inquiète.

Elle rejoignit Tristan sur son perchoir et s'assit à côté de lui.

– Il est brutal, dit-elle, mais il n'y a pas en lui l'ombre d'une trace de méchanceté : tante Marie est cent fois plus méchante que lui. Il est orgueilleux, mais sans mépris. C'est un monstre d'ignorance, au point qu'on pourrait l'exhiber dans les foires, mais ce n'est pas une brute.

– Ça vient, sourit Tristan. Je vais finir par comprendre.

– Vous devriez pouvoir comprendre, vous qui connaissez Philippe. Ça ne leur ferait plaisir ni à l'un ni à l'autre, mais on pourrait pourtant leur trouver des ressemblances. Cette violence qui n'a rien de bas, par exemple, et qui ne les empêche pas d'aimer les fleurs et les enfants. Le fait qu'on s'en remettrait plus volontiers à eux qu'à Xavier, qui ne ferait pas de mal à une mouche, le pauvret...

– Bon, dit Tristan. Je crois que j'ai compris.

– Vous l'avez vu plusieurs fois, et vous étiez partagé vous aussi.

– C'est vrai.

– Ce couteau, je ne comprends pas. Mais de toute façon ce n'est pas pour me l'enfoncer dans les tripes ! Il y a forcément une explication.

– OK, dit Tristan. Alors attendons-la.

Le samedi soir, Tristan vit avant Natalène, qui lisait, le bohémien apparaître devant le petit portail, y poser une main, et lever vers les fenêtres de l'étage son beau visage de brigand.

– Natou ? dit-il. Le voilà...

Elle ferma son livre, et courut à la porte qu'elle ouvrit toute grande.

– Vanik, dit-elle, Vanikou berek...

Incrédule, Tristan la vit sortir, courir dans la petite allée et se jeter dans les bras du visiteur. Ils riaient tous les deux, comme deux vieux amis enfin réunis. De courtes phrases s'échangeaient, pressées, joyeuses. Quand ils passèrent le seuil de la salle ils riaient encore, et Vanik sortait de la poche de son jean une petite photographie. Sans saluer Tristan autrement que du bras, il la lui tendit. On y voyait un très bel enfant d'environ quinze mois, fièrement campé devant un baraquement.

– Angel, dit Vanik. Mon fils.

Son orgueil était si naïf qu'il en était tout à fait attendrissant.

– C'est un magnifique garçon, dit Tristan.

– Tu peux dire, répondit Vanik ! Ça, tu peux dire !

Natalène s'était saisie de la photographie, à son tour, et complimentait de bon cœur l'auteur de la merveille. Tout cela ressemblait si peu à ce que Tristan avait redouté qu'il avait presque l'impression de rêver.

La suite ne fut pas moins déconcertante. Vanik réclama un sandwich, une bière, deux bières, et loua fort le paysage. Il donna des nouvelles d'Anizia, encore enceinte, de Jujube en prison pour deux mois, de Milos installé à Lille, d'un certain Yannis qui s'était colleté avec les Grecs, et de la Perle qui mettait à Fonvières « un sacré bordel de merde, tu peux me croire... ». La troisième bière accompagna une longue description des exploits d'Angel et de sa débrouillardise.

– Sûrement qu'il furètera, conclut l'heureux père, ou ça m'étonnerait.

Natalène semblait pénétrée de ce que le destin de fureteur avait de prestigieux, et levait des sourcils admiratifs.

Brusquement le vent tourna. Un petit silence s'installa et le regard de Vanik prit une étrange expression d'attente. Natalène ouvrit le tiroir de la table, en sortit le couteau, et le tendit au visiteur.

– Oui, dit-il. Oui.

Il prit le temps de fermer l'arme, et de la glisser dans sa poche.

– Je vais te dire.

Mais cela ne devait pas être si facile, et il regarda d'abord autour de lui. Le piano l'arrêta.

– Piano ? dit-il. Panitsé ou panitsen ?

– Panitsen, dit Natalène. Mité panitsen. Alors, ce couteau ?

Il prononça, dans sa langue, quelques phrases embarrassées qui parurent transformer Natalène en statue de sel. Il la regarda un instant puis, comme elle restait muette, il répéta. Tristan comprit quelques mots cette fois-ci : il s'agissait de voyage et de dentelles.

– Nia, dit enfin Natalène.

Et elle rit.

– Je ne suis pas venu jusque-là pour que tu te foutes de ma gueule, dit Vanik.

– Avoue que c'est dingue aussi... Bon Dieu, Vanik, c'est sacrément vieux maintenant !

– C'est revenu.

– Tu te l'imagines.

Il se tut. Elle aussi. Puis elle parut frappée d'une idée subite.

– Mais Gina... Elle le savait ? C'était ça, son truc ? Elle m'a accrochée pour toi ?

Il eut un geste rageur du bras, un rictus, et Tristan crut qu'il allait cracher sur le sol. Pourtant il ne le fit pas.

– Oui, dit-il. Mais j'y étais pour rien. Je l'ai su qu'après. Moi j'avais seulement dit que je voulais te récupérer. J'ai sacrément gueulé : comme si j'avais besoin de ma mère pour régler mes affaires...

Il regarda de nouveau le piano, et murmura quelques mots, dans sa langue.

– Non, dit Natalène.

– Et baiser ?

– Non plus. Je sais ce qui t'arrive. Ça m'est arrivé aussi et ça arrive à des tas de gens. Baiser n'y fera rien.

– Je veux baiser. Ça fait un an que je l'ai raide pour toi. Même Mirna, tu vois : non, j'arrive pas. J'ai essayé, tu penses bien, j'ai essayé, y a rien à faire. C'est comme une maladie. Tu serais venue à Lodi que ça me l'aurait peut-être passée. Mule comme t'es, ça me l'aurait passée, sûr. C'est pas drôle. J'arrête pas de penser à des bêtises, tes yeux, ton cul, comme t'es mule... des bêtises. Et dès que j'y pense je l'ai raide. Ça me la remonte qu'on dirait de la sorcellerie.

Il se tourna vers Tristan, qui venait juste de comprendre de quoi il s'agissait vraiment, et que les mots employés avaient sidéré. D'une seule question il le désarma.

– Elle te fait pas cet effet-là, toi ?

La surprise de Tristan fut si grande qu'il répondit.

– Si, dit-il, ça arrive.

Vanik se retourna vers Natalène, triomphant.

– Ah ! dit-il. Tu vois ! Je l'invente pas !

– Seulement, dit Natalène, là où ça se complique c'est qu'il faut être deux, et que moi je dis non.

– J'ai jamais eu besoin de son avis pour enfiler une fille.

– Je sais. Putain, je sais ! Mais en ce qui me concerne ce joli temps est fini.

– Que tu dis !

Tristan, un peu perdu, alluma une cigarette, puis posa le paquet sur la table. Il savait que s'il devait se battre avec Vanik il n'aurait pas le dessus. Et il avait peur pour Natalène.

– Enfin bon tu viens pas à Lodi ? reprenait Vanik.

– Non.

– Et deux ou trois jours à Fonvières, avant qu'on parte ? Rien que pour baiser ?

– Non.

Vanik se leva, brusquement. Mais c'était pour reprendre son blouson de cuir et le jeter sur son épaule.

– On reviendra à l'automne, dit-il.

Natalène s'était levée aussi, et Tristan l'imita machinalement.

– Après Lodi, continuait Vanik, on descendra peut-être à Sofia, pour la boîte d'Angel.

– Déjà ?

– Ben chez les Grecs, tu sais, c'est fait avant trois ans.

Il tendait à Tristan sa grande main brune.

– On s'était déjà vus, hein ? À Hambourg, et puis chez le Vieux. Je me souviens. Le pianiste. Panitsen. Je me souviens.

Il regarda Natalène et son visage s'assombrit.

– Penses-y, dit-il. J'aime pas qu'on se foute de ma gueule.

Il sortit là-dessus. La porte se referma sur lui et ses pas s'éloignèrent dans l'allée, puis sur la petite route. Il avait dû garer sa voiture devant chez Gaston. Et il avait fait son chemin dans la vie depuis le temps où il conduisait la guimbarde du Copte : ce fut le grondement bien huilé d'une grosse cylindrée qui s'enfla doucement dans le village, puis décrut sur la route du col. Quand la nuit fut redevenue silencieuse, Tristan se rassit.

– Alors c'était ça, dit Natalène. Gina, c'était ça. Mon Dieu que c'est bête. Et il a envoyé Mirna un mois en Grèce pour pouvoir m'emmener à Lodi. Foutu con.

– Mais il vous aime, Natou : il vous aime et il ne le sait même pas, c'est terrible...

– Je vous l'avais dit : il est ignare. Il veut baiser. Baiser tout un mois. Putain, comme si c'était un antidote, ça se saurait...

Elle rit, soudain malicieuse.

– Dites donc, vous... il vous a posé une question assez personnelle, et vous y avez répondu avec une obligeance remarquable !

– Oui, je sais, excusez-moi... Mais j'étais tellement ahuri que c'est sorti tout seul.

– Il EST désarmant, dit Natalène doucement. Comme Fleur et comme André. Redoutable et désarmant. Je m'y suis souvent fait prendre moi aussi.

Un peu de colère lui revint et son visage se durcit.

– Cette foutue Gina... dit-elle. Mais qu'est-ce qu'elle espérait ? Me mettre un ruban autour du cou et m'offrir à Vanik pour son anniversaire ? C'est pas vrai, quelle andouille...

– Je suppose qu'il ne fera pas ce genre de chose ?

– Non.

– Alors que fera-t-il ?

– Son style serait plutôt de m'attendre au coin d'un bois, comme dans les films à suspense : et de baiser, puisque c'est ça qu'il est sûr de vouloir. Mais il s'en va. Jusqu'à l'automne. D'ici l'automne ça lui aura peut-être passé. C'est plein de jolies filles, à Lodi.

– Ça n'avait pas l'air de dater de la semaine dernière.

– Ah, je ne sais pas, il m'embête...

Elle sourit à Tristan, avec un peu de malice.

– Ne vous en faites pas. J'ai l'habitude de veiller sur ma peau. Putain, une si belle peau, j'y tiens drôlement !

– Moi aussi, dit Tristan. Et si ça s'était gâté je n'aurais rien pu faire pour vous.

– Oh, ça ne risquait rien : s'il veut me choper il attendra que je sois seule. Il est comme nous tous, il ne veut pas d'histoires avec les gadjé. Un gadjo, ça a un gros défaut, ça pense tout de suite à appeler les flics. Sale engeance !

– Les flics ?

– Et les gadjé. Même combat.

– C'était quoi, son « panitsé panitsen » ?

– Il demandait... il n'y a pas de mots chez vous pour cette nuance-là. Ça pourrait se traduire comme ça, à la rigueur : « Joue-t-il du piano ou est-il pianiste ? » Mais c'est plus tranché encore. Le « sen » de « panitsen » parle de cœur : « Il a ça dans le cœur. » Ça s'emploie aussi pour différencier le regret et le remords.

– C'est vraiment une drôle de langue... Quand je ne comprends RIEN – c'est-à-dire la plupart du temps – j'ai l'impression que c'est seulement une suite de *k* et de *kr*. Avec beaucoup de *i* et quelques *a* pour lier la sauce. A-t-elle un nom, au fait ?

– Oui : le clibate. Vous baragouinez le clibate, maestro. C'est une langue de la route et elle est très riche pour ça. La vraie « route » : le voyage. Il y a quatre mots différents pour décrire l'inclinaison d'un brin d'herbe et je ne sais pas combien de dizaines pour parler des odeurs.

Tristan eut envie de faire une plaisanterie facile, mais la garda pour lui. Et d'ailleurs Natalène la fit à sa place :

– C'est peut-être un peu plus limité pour faire la cour aux gentes damoiselles.

– J'ai cru remarquer ça. Mais bon, je suppose que c'est une histoire de code en vigueur, comme partout...

– Maintenant que vous voilà au fait des réalités de la vie, glissa Natou, et que vous avez perdu vos dernières illusions, on va pouvoir vous parler franchement... dites-moi, mon jeune ami : est-elle raide ?

– Non, sourit Tristan. Mais ça peut sans doute s'arranger.

De Saint-Lys ils allèrent en Espagne, la semaine suivante, pour y faire enfin ce fameux voyage. Et ce fut dans un petit village d'Andalousie que Cantor d'Orfenor sortit de sa chanson.

Natalène usait encore, chaque mois, comme ses arrière-grand-mères, de serviettes en tissu blanc. Elle reconnaissait que ce n'était pas pratique. Mais elle aimait les laver, disait-elle. Elle s'indignait aussi, pour rire : « Quoi ! Mon beau sang sur du papier à jeter ! »

Ces petites serviettes se pliaient en trois pour être utilisées. Quand Natalène en ôtait une elle la dépliait, et levait à bout de bras cette sorte de drapeau. La diversité des taches, trois fois répétées, qu'y avait faites le sang l'amusait toujours. Elle y voyait un bateau, un rocher, un cheval...

– La vieille Mareski, disait-elle, sait y voir l'avenir. Après tout il y a bien des tireuses de cartes, pourquoi pas des liseuses de serviettes ?

Elle disait aussi, parfois :

– Les gadjé n'aiment pas ce sang-là, c'est connu, ça nous fait même assez rire : vous ne devriez pas en supporter la vue, Taswïck !

Tristan la supportait très bien. Mais il n'eut pas à le faire, et Natalène n'eut rien à laver, en août, dans la chambre qu'un pêcheur andalou leur avait louée. Les dix petites serviettes sagement nouées d'un ruban bleu ne quittèrent pas le fond de la valise. Et elles y étaient encore quand ils revinrent à Saint-Lys, puis, à la fin du mois, à Blajan. Cependant ils n'en dirent rien.

V

Ils arrivèrent à Blajan juste à temps pour y faire la connaissance d'Andrée Montellier, qui avait enfin daigné quitter Sydney pour revoir sa fille. Elle était là depuis dix jours et devait repartir le lendemain. C'était une petite dame replète, charmante et toujours affolée : l'idée qu'elle avait donné le jour à cette peste de Caroline était vraiment surprenante.

Elle n'était pas venue à Blajan depuis plus de trente ans et avait été saisie d'y voir trôner, au lieu du terrible oncle Louis dont elle se souvenait, un vieux Contorose devenu débonnaire. Quand il eut attribué cette transformation à la dizaine de jeunes démons qu'il avait dû élever, elle l'assura qu'ils ne pouvaient pas avoir été pires, à eux tous, qu'UNE SEULE Caroline. Chacun avait aussitôt trouvé la cousine australienne extrêmement sympathique...

Le soir du retour de Tristan et de Natalène, il y avait justement fête à Blajan, pour honorer Andrée et lui inspirer, peut-être, le désir de revenir vite. Et Caroline était là, bien sûr. Plaignant le très jeune Bertrand d'avoir épousé cette douairière de Natacha. Laquelle douairière était vraiment grotesque en rouge. Estimant Flore Dubois bien chétive pour ses six mois, et le petit André Kerbauson bien mal élevé. Rabrouant Lucile Duplessis qui lui offrait timidement une part du gâteau aux raisins : cette enfant avait bien mauvais genre. Faisant à Tristan une cour éhontée, sous le nez de Contorose et sous celui d'Andrée. Déclarant, pour finir, que c'était une bien belle fête pour pas grand-chose...

Elle ne se méfiait en fait que de Philippe. À lui elle ne se frottait pas. Mais sur tout ce qui bougeait alentour elle tirait à gros boulets rouges, et ce jour-là plus encore que les autres.

– Quel poison... dit Natalène à Tristan.

Il venait de l'arracher au poison, pour l'inviter à danser, et elle rit, contre son épaule.

– Elle m'a demandé si je ne trouvais pas Fleur de plus en plus impertinente.

– Et vous lui avez répondu de l'élever elle-même ?

– Voilà.

Caroline avait laissé Fleur à Blajan en épousant Olivier. Celui-ci avait souvent insisté pour reprendre la fillette, qu'il adorait, comme tout le monde, et dont la place, disait-il avec raison, était chez lui. Mais Caroline n'avait rien voulu entendre. Fleur était donc la plus jeune des pensionnaires de Blajan. Et apparemment elle y était heureuse. Impertinente, oui, souvent. Avec sa mère surtout. Mais fort docile au contraire quand on savait la prendre ; en somme, une enfant comme les autres quand Caroline n'était pas dans les parages.

– Elle a haussé les épaules, dit Natalène, et elle m'a demandé si Blajan tournerait aussi facilement sans la pension de Fleur.

– C'est vrai ?

– Je pense bien. Elle a dit aussi : « J'ai calculé, je paye à peu près votre électricité. Natalène, ma chère, c'est moi qui vous éclaire. »

Ils rirent, ensemble. Le sale caractère de Caroline les avait toujours amusés.

– Elle m'a demandé, reprit Natou, si ça ne vous gênait pas d'avoir une femme qui ne comprenait RIEN à la musique, et si Contorose pouvait encore, à son âge, supporter tant de tapage. Et puis si Valère n'avait pas l'air sournois, en fait... J'aimerais bien pouvoir vous embrasser.

– Jamais de la vie.

– On le fait ? Chiche ?

– Non. N'insistez pas, ou j'appelle Caroline à mon secours.

Elle posa son front sur l'épaule de Tristan, un très court instant.

– Il naîtra en avril, dit-elle.

– Tout au début ?

– Oui : vers le 10. Autour du 10.

Elle n'en avait jamais parlé encore. « Dire les choses », suivant sa formule d'enfant, dire les choses lui était toujours aussi difficile. Tristan mit ses bras autour d'elle, comme pour l'aider à se cacher.

– Prenez bien soin de vous, dit-il.

Elle le quitta là-dessus, parce que la danse s'arrêtait, et retourna s'asseoir sur le canapé. Ce vénérable meuble n'était pas occupé par les tantes, pour une fois, mais par Sophie et Natacha. Elles parlaient de l'emploi qu'allait prendre Sophie à l'école Blanche, dès la rentrée.

– Un, disait Natacha, supporter Caroline. Deux : répondre au téléphone. Trois : supporter Caroline. Quatre : tenir les fichiers à jour. Cinq : supporter Caroline. Six...

– J'espère que c'est bien payé, coupa Natalène. Parce que ça vaut cher, tout ça !

Ça l'était convenablement.

– Et puis, concluait Natacha, de toute façon je t'expliquerai tout ça par le menu en septembre, et...

Elle se tut, parce que Philippe s'approchait. Et elle lui sourit.

– Choisissez, dit-elle. Nous sommes toutes les trois très séduisantes, ça va être ardu...

Philippe n'avait pas le badinage facile. Mais il s'en tira bien, pour une fois, et tendit une main à Natalène.

– Je prendrai la plus blonde, dit-il.

Elle se laissa entraîner, en riant. Elle aimait bien ce jeune barbare, malgré tout, et il le savait sans doute.

– Avez-vous des ennuis ? demanda-t-il.

– Pourquoi ?

– Parce que Tristan s'est réinscrit au club de judo, par exemple.

– C'est vrai ?

– Ce matin. Je l'ai entendu téléphoner. Il parlait d'y aller TROIS fois par semaine et DEUX heures chaque fois.

– Non ?

– Si.

Tristan fréquentait ce club en dilettante, depuis son enfance, pour le simple plaisir de faire un peu de sport. Et il y mettait si peu d'application qu'il en était encore, à vingt-quatre ans, à se ceindre de bleu comme à quinze ans.

– Vous avez mal entendu, sourit Natalène. Les curieux ont souvent l'oreille dure, heureusement. Il voulait seulement passer de deux heures par an à deux heures par mois. C'est déjà un bel effort, non ?

– Natou... Avez-vous des ennuis ?

Elle s'écarta un peu de lui, et ce qu'elle lut dans ses yeux la toucha.

– Pas plus que d'habitude, dit-elle, et même plutôt moins. T'es chic, Philou.

Ce tutoiement inhabituel sembla sidérer Philippe. Il en rata même un temps, lui qui dansait si bien, d'instinct, comme il montait à cheval. Et Natalène lui sourit, railleuse.

– Du calme. Ce n'est pas une demande en mariage.

– Ma vieille, elle serait mal reçue...

Comme s'ils étaient rassurés de retrouver ainsi le ton habituel de leurs rapports, ils repartirent, satisfaits, du bon pied.

Natalène ne vit pas la fin de la fête, pour une fois. Elle avait sommeil : un curieux sommeil, brutal, irrépressible, qui la saisissait souvent depuis qu'elle était enceinte. Quand elle fut dans son lit pourtant elle eut du mal à s'endormir. De vieilles images la poursuivaient. Un feu sur une plage, en Belgique. Le tissu déchiré d'une jupe rouge. Des voix dans la nuit, et la chanson d'Orfenor. Le rire édenté d'une vieille femme, là-bas, à Anstik...

Elle s'endormit. Et quand elle se réveilla elle se trouva dans un endroit inconnu : un couloir, près d'un escalier. Elle ne portait plus sa jupe rouge, ni le pull-over noir qu'Anizia lui avait rapporté la veille de Brovnik, mais une surprenante, une stupide chemise de toile, très longue. Elle avait peur. Où était-elle ? Des gens la regardaient. Ils paraissaient aussi effrayés qu'elle. Tout était devenu absurde, affreusement absurde, et OÙ était-elle ?

Entre elle et la première marche de l'escalier, il y avait une grande horloge, très haute. Elle y posa la main. On parlait, en bas. On appelait quelqu'un. Tous ces regards levés vers elle, tous ces regards...

Sous sa main, elle sentait battre le cœur de l'horloge. D'autres voix venaient à elle, mais ces gens parlaient une langue qu'elle ne connaissait pas et sa peur grandit encore. Pourquoi était-elle là ? Elle fit un effort douloureux sur elle-même pour essayer de comprendre. Où était-elle ? Une fillette blonde, qui voulait monter vers elle, s'arrêta : on l'avait retenue par le bras. La jeune femme qui l'attirait à elle, et posait ses mains sur les petites épaules, avait une robe très décolletée, de courtes boucles claires, et son visage n'était pas entièrement inconnu de Vanina. Elle avait déjà rencontré cette femme. Où ? Dans une grande maison, oui, loin... mais y penser lui faisait mal, et elle détourna les yeux.

Elle connaissait aussi l'homme qui sortait d'une pièce illuminée, en bas, traversait le groupe massé au bas de l'escalier, et montait quelques marches. Il était jeune, et très blond. À la hauteur de la fillette, il s'arrêta. Il appela Vanina par son nom et elle le regarda avec espoir.

– Si, Vanina, dit-elle. Linaké ristané ?

Elle vit qu'il ne comprenait pas et répéta lentement, en détachant chaque mot :

– Linaké ristané ? Minal rimekil ristané ?

Il répéta seulement son nom, doucement. Vanina, Vanina. Et de nouveau la peur l'envahit. Cette affreuse peur qui brouillait le monde devant ses yeux. Où était-elle ?

– Ne l'effrayez pas... dit Tristan. Descendez, Sophie, et emmenez Fleur. Doucement, doucement...

– Elle a des ciseaux dans la main, dit Sophie.

– Oui, j'ai vu. Descendez.

Parce que Natalène suivait des yeux Sophie et Fleur, il lui parla.

– Mitakelan, dit-il, elles s'en vont.

De nouveau le visage de Natou s'éclaira.

– Linaké ristané ? répéta-t-elle. Ristané ?

Il ne comprenait pas ces mots, malheureusement, et hocha la tête.

– Nia bissémé, dit-il, je ne comprends pas.

– Elle est folle, dit Édith qui s'appuyait à la rampe de l'escalier, en bas. Elle est complètement FOLLE...

– Là, dit Tristan, tout de suite les grands mots... Elle n'est pas folle, elle a peur.

– N'empêche qu'elle a jeté deux chaises dans l'escalier, et qu'elle a des ciseaux...

– Mince, dit Philippe, personne ne vous demande d'aller les chercher !

Elle assura, mauvaise, que ce n'était pas son intention ; parce qu'elle n'était pas folle à ce point, elle. Et l'absurdité de cette dispute fit rire Philippe.

– Vous feriez mieux de retourner tous dans la salle, dit-il, et de fermer la porte. Toute cette foule, ça n'aide pas.

Édith et les tantes obéirent sans se faire prier. Elles emmenèrent Lucile Duplessis, Sophie et Fleur, d'autorité. Les autres invités avaient déjà quitté Blajan, heureusement. Quand il ne resta plus dans le vestibule que Philippe, Valère, Emmanuel et Marion, Tristan se sentit beaucoup moins nerveux lui-même.

– Où est grand-père ? demanda-t-il.

– Au pavillon, répondit Emmanuel. Il a raccompagné ma mère. Faut-il y aller ?

– Oui, mais pas vous : Marion. Essayez de le retenir là-bas. Passez par-derrière.

Elle fit ce qu'on lui disait, sans poser de questions, ouvrit la porte de l'office et disparut.

– Xavier aussi est dehors, dit Valère. Il est allé chercher des cigarettes à la gare.

– M'étonne pas de lui, sourit Philippe. Parce qu'à minuit et demi c'est fermé, le kiosque de la gare... y a vraiment que lui pour ne pas le savoir !

Cette plaisanterie fit du bien à tout le monde. Natalène, réfugiée là-haut contre son horloge, sentit peut-être la tension céder : son visage se détendit un peu. Elle semblait maintenant beaucoup plus perplexe qu'effrayée. Son regard allait de l'un à l'autre des quatre jeunes gens, comme si elle essayait de préciser sous son front quelques vagues souvenirs.

– Cela dit, déclara Emmanuel avec le plus grand calme, j'ai l'impression qu'elle est folle, moi aussi.

– Non, dit Tristan.

– Si, dit Philippe. Mon vieux, si... ou ça y ressemble sacrément. Qu'est-ce qu'on fait ? Tu montes ?

– Pourquoi ?

– Pour lui enlever ces foutus ciseaux, par exemple.

– Certainement pas.

– Est-ce qu'elle nous comprend ? demanda Emmanuel.

– Je ne crois pas.

Valère, qui se tenait près de la porte du salon, fit un petit pas en avant, doucement.

– Ça lui est arrivé une fois à Hambourg, dit-il. Elle avait mis tous les draps des armoires sur la table et elle en remplissait les valises de maman. Elle ne nous reconnaissait pas. Papa l'avait giflée.

– Je n'ai aucune intention de la gifler, dit Tristan.

Philippe, de nouveau, osa plaisanter.

– Présent, dit-il. Ça me démange depuis des années.

Ils rirent, tous les quatre. Avec une certaine nervosité. Mais conscients de la complicité qui les liait à ce moment-là.

Tristan avait déjà vu Natalène, plusieurs fois, prête à basculer dans un monde étranger. Mais ce soir c'était fait, il le sentait, et son impuissance l'écrasait.

– Giflée comment ? demanda-t-il.

– Comme pour les crises de nerfs, tu sais, deux ou trois fois, sec... elle a pleuré, et puis ça allait mieux après.

– Faites-le, dit Emmanuel. Je ne sais pas où elle est, mais elle est quelque part et moins elle y restera mieux ça vaudra pour elle.

La justesse de cet argument les frappa tous. Tristan monta quelques marches, lentement.

Natalène l'observait sans inquiétude apparente, mais avec curiosité, comme si elle se demandait où il pouvait bien aller. Elle jeta même un regard derrière elle, dans le couloir. Il était désert : elle dut en déduire que c'était à elle qu'on en voulait, car elle se blottit plus étroitement contre l'horloge, avec l'espoir manifeste de passer inaperçue. Il n'y avait plus aucune peur sur son visage. Seulement une grande perplexité, et beaucoup de fatigue. Tristan comprit qu'elle ne savait vraiment pas où elle était, ni qui s'approchait d'elle ainsi. Elle ne savait pas non plus ce qu'elle avait dans les mains : il lui prit ses ciseaux sans qu'elle parût même s'en apercevoir. En fait elle regardait, derrière Tristan, Emmanuel et Philippe qui s'étaient arrêtés au milieu de l'escalier.

– Ristané ? dit-elle. Ristané ?

Il la gifla, plusieurs fois, et quand elle mit ses bras devant elle pour se protéger il la prit par les épaules et la secoua contre le mur. Elle ne criait pas. Quand il la lâcha elle se laissa glisser jusqu'au sol, le long du mur. Il s'appuya à l'horloge, étourdi. Pendant quelques instants ils restèrent tous ainsi, figés. Puis Natalène se mit à pleurer.

– Ça y est, dit la voix calme d'Emmanuel.

Elle pleurait de plus en plus fort, accroupie contre le mur, la tête sur ses bras repliés. Tristan s'accroupit lui aussi, et prit ses mains pour les écarter.

– Natalène ?

Elle résistait. Il écarta ses bras, d'un coup sec.

– Non, dit-elle.

Ce mot leur fit à tous l'effet d'une merveilleuse nouvelle. Philippe se mit à rire, soulagé, et Valère monta les marches à son tour, quatre à quatre, pour assener une grande claque dans le dos d'Emmanuel.

– Ça va mieux, dit-il.

Ça allait mieux, mais ça n'allait guère. Dans sa longue chemise de nuit blanche Natalène ressemblait tout à fait à un misérable petit tas abandonné le long d'un fossé. Elle pleurait moins, mais elle tremblait.

– C'est pas vrai, dit Philippe, quel paquet de nerfs, cette fille... Tu n'as plus besoin de nous ?

Emmanuel était déjà dans le vestibule. Philippe et Valère le rejoignirent, mais le laissèrent aller rechercher seul Contorose et Marion au pavillon : eux s'en furent rassurer les foules au salon. Avec un peu de chance, dit Philippe, Édith aurait besoin de quelques gifles, elle aussi...

Tristan fit lever Natalène, sans qu'elle résistât. Elle se laissa aussi conduire jusqu'à sa chambre. Ses doigts, dans ceux de Tristan, étaient glacés. Elle ne parut pas surprise de voir la façon dont elle avait saccagé la pièce avant d'en sortir. Elle releva l'édredon pour le reposer sur le lit, et ramassa quelques-uns des livres qui jonchaient le tapis. Les débris d'un vase brillaient sur le sol, devant la cheminée, et elle en jeta plusieurs dans la poubelle d'osier. Ensuite elle s'essuya les yeux, rageusement.

– Salaud, dit-elle. Foutu salaud...

– Je regrette, dit Tristan. J'ai détesté faire ça. Mais vous étiez... Qu'est-ce qui vous a pris ?

Elle se le demandait elle-même, sans doute, et baissait le nez.

– J'ai rêvé, dit-elle. J'étais en colère. J'étais en colère, oui...

Elle venait juste de s'apercevoir qu'elle tremblait si fort. Et elle rougit.

– Qui m'a vue ? dit-elle. Il y avait Philippe, non ?

– Ils vous ont tous vue, Natou. Vous avez jeté des chaises dans l'escalier, en hurlant, et vous aviez de grands ciseaux dans la main.

– Je n'ai pas jeté de chaises. J'avais des ciseaux, mais je n'ai pas jeté de chaises : ça non.

Elle s'arrêta.

– Je n'ai rien, dit-elle. Je n'ai rien du tout.

– Si, dit Tristan doucement. Vous manquez de courage.

Elle rit, en se redressant sur sa chaise.

– Expliquez-moi ça, sourit-elle.

De nouveau elle semblait très maîtresse d'elle-même. Et ses doigts ne tremblaient pas autour de la cigarette qu'elle venait d'allumer.

– Vous me faites souvent penser à la porte d'une cave, dit Tristan. Avec un verrou très solide. Et quelque chose derrière.

– Langage poétique et sibyllin...

– Voulez-vous mon avis, Natalène ? Vous n'avez pas fini de lancer des chaises dans les escaliers de Blajan. Ni dans ceux de l'asile, qui viendront juste après.

Elle leva les yeux, saisie, et il sentit craquer le léger vernis d'assurance dont elle venait juste de se protéger. Pour ne pas voir son visage, il regarda ses mains. Il aurait préféré la gifler encore plutôt que de parler. Mille fois. Mais il était allé trop loin maintenant. Et puis la peur qu'avaient fait naître en lui les calmes paroles d'Emmanuel ne le quittait pas.

– Vous avez toujours détesté les gens qui se mentent, dit-il. Mais c'est ce que vous faites depuis des années. Et ça ne vous réussit pas, apparemment.

Il l'attira à lui et elle se laissa faire. Elle posa même son front contre lui, avec une confiance qui lui serra le cœur.

– Je n'ai pas envie d'aller vous porter des oranges à l'asile un dimanche sur deux, dit-il doucement. Et ça en prend drôlement le chemin. Alors vous feriez bien de l'ouvrir, cette cave...

Elle ne répondit pas. Tristan serra les dents, effrayé par ce qu'il allait dire. Et pourtant il le fit.

– Le Copte vous battait, Natalène. Ce n'est pas tellement grave. Il faisait monter ses amis chez vous quand il avait des dettes. Ce n'est pas tout à fait insurmontable non plus.

Il resserra ses bras autour d'elle, parce qu'elle s'était crispée.

– Je ne le dirai pas, murmura-t-il. N'ayez pas peur. Mais il faudrait que vous l'acceptiez, ça aussi.

Pendant un court instant il eut l'impression de se tenir avec elle au bord d'un gouffre. Puis elle parla, et il put respirer à nouveau.

– Je ne peux pas, avait-elle dit.

– Il faudra pourtant bien, répondit-il. Parce qu'il y aura un gagnant là-dedans : ou ça, ou vous. J'aimerais autant que ce soit vous. Et c'est possible encore.

Elle ne répondit pas, cette fois.

– Ça grandit vite, dit-il, les choses dans les caves. Terriblement vite. Vous n'avez plus beaucoup de temps.

– Je ne peux pas, répéta-t-elle.

Il se sentit soudain stupidement heureux, parce qu'elle avait pu l'écouter, et lui répondre. Emmanuel n'était qu'un oiseau de mauvais augure. Elle l'ouvrirait un jour, cette fichue porte...

– Ce n'est pas à deux heures près, dit-il. Et maintenant, rhabillez-vous.

– Pourquoi ?

– Parce qu'il faut descendre.

Il la lâcha, et elle secoua la tête, pas du tout tentée par sa proposition.

– J'ai sommeil, protesta-t-elle.

– Ça m'est égal, Natou. Ils sont plus de douze à parler de vos chaises, en bas. Je veux qu'ils vous voient. Ça vous apprendra à faire le zouave dans les escaliers...

Elle rit, et déboutonna sa longue chemise. Avant qu'il ait fini de ranger un peu la pièce, elle avait remis sa robe bleue, et brossé ses boucles. Elle l'aida à ramasser les derniers livres. Puis ils descendirent.

Les Blajan étaient tous très bien élevés. Mais le choc, cette fois-ci, avait été d'importance. Et Natalène vit en face d'elle, quand elle entra au salon, une collection de momies, à la bouche ouverte et au regard fixe. Tristan tenait sa main, et la serra. Aussitôt, elle sourit.

– J'aimerais m'excuser, dit-elle. Vraiment, c'est idiot. J'avais fait un cauchemar épouvantable et je dormais encore à moitié. Je suis désolée, ma tante. Si j'ai gâché la fête je ne me le pardonnerai pas...

– Un cauchemar ? dit tante Lise.

Cette idée toute simple ne lui était pas venue et personne n'avait eu l'habileté de la lui suggérer.

Natalène fit mieux encore. Elle la rejoignit près du canapé, se pencha et lui chuchota quelques mots à l'oreille. « Non ? » s'étonna tante Lise. Du menton, Natalène assura que si. La chose passa mystérieusement, sans être dite, de Lise à Blanche, puis de Blanche à Marie, et atteignit Édith. Elle dissipait au passage tous les nuages, manifestement. Le sourire attendri si particulier aux matrones, qui accueillait sur chaque visage la grande nouvelle, ne trompa pas Sophie. Et ce fut elle qui dit :

– Oh ! Tu es sûre ?

Natalène se mit à rire, ravie de ce petit gag inattendu. Ni Contorose ni aucun des jeunes gens n'avait compris. Et comme Marion, debout près de la table, s'exclamait à son tour et demandait, joyeusement : « C'est vrai ? » leur perplexité ne fit que croître. Tristan se mordit la lèvre pour ne pas rire.

– Peut-on savoir ? disait Contorose.

– Eh bien... dit tante Lise. Tout s'explique, tu vois, Louis. Naturellement un peu de nervosité... tout s'explique.

Tristan, cette fois, éclata de rire. À ces moments-là il adorait son clan.

– Nous serons bientôt un de plus, dit-il.

– Et qui ça ? gronda Contorose. Qui ça, encore ?

Là, ce fut du délire. Emmanuel lui-même ne réussit pas à garder son sérieux, et on put assister à un spectacle rare : les tantes en proie au fou rire. Contorose allait se fâcher, quand il eut un éclair de génie et comprit à son tour. Comme pour fermer la boucle il dit exactement ce qu'avait dit tante Lise au début, et avec la même intonation :

– Non ?
– Si, dit Natalène.
– Par exemple !
– Je vais très bien, dit-elle, mais je dors très mal. Vraiment, il faut m'excuser...
On était prêt maintenant à l'excuser de tout. Emmanuel et Philippe étaient bien les seuls, avec Tristan, à penser que ceci n'expliquait pas cela. Ils n'en dirent rien, bien sûr. Et si le regard d'Édith conserva un peu de méfiance au début, cela ne dura pas. Après tout elle n'avait jamais été enceinte, elle. Peut-être était-il aussi pardonnable de lancer des chaises par-dessus une rampe d'escalier que de réclamer des fraises à minuit... et cette Natalène avait toujours été une fille très bizarre...
On apportait justement le chocolat et le jus d'orange rituels. Natalène fit le service, comme pour se faire pardonner tout à fait. Quand elle s'assit Tristan la vit jeter autour d'elle, à la dérobée, un regard satisfait. Il lui sourit, en levant son verre, imperceptiblement, dans sa direction. Elle s'en était bien tirée, une fois de plus.
Savait-elle que ni Philippe ni Emmanuel n'étaient dupes ? Sans doute. Son regard s'attarda sur eux. Emmanuel baissa le nez sur son verre. Philippe détourna les yeux. Tristan leur en voulut un instant, furieusement. Mais Natalène déjà se tournait vers Sophie, et parlait de l'école Blanche.
– Il vous faudra bien de la patience, ma chérie, dit tante Lise. Cette petite Caroline est... enfin, elle est...
– Je ne la verrai pas beaucoup, répondit Sophie. Mes employeurs, en somme, ce sont Olivier et Natacha. Et puis on doit pouvoir éviter les heurts... je ferai mon possible.

– Je n'en doute pas, mais...

Elle n'acheva pas. C'était inutile : chacun savait que Caroline ferait son possible elle aussi. Hélas.

– Et puis j'ai très envie de travailler, dit Sophie. Chaque emploi a ses inconvénients, n'est-ce pas ?

Sur le visage de tante Lise on lisait clairement qu'elle aurait trouvé moins d'inconvénients à creuser le fond d'une mine qu'à faire du secrétariat sous le toit de Caroline ; et aussi sa ferme résolution de n'en rien dire.

– Ce n'est pas niable, accorda-t-elle. Ce n'est pas niable.

Sur cette conclusion, un silence tomba. Natalène regardait son orangeade. Elle semblait distraite, et Tristan sentit l'effort qu'elle faisait sur elle-même pour s'intéresser de nouveau à ce qui l'entourait, quand Marion lui parla. Heureusement, tout le monde était fatigué. La fête, le cauchemar de Natalène, le chocolat chaud, l'heure tardive... on avait bien payé de sa personne, vraiment. Contorose se retira le premier, suivi aussitôt par les tantes en peloton serré, puis par Édith et Xavier. Sophie avait envie de danser et Philippe mit un disque pour pouvoir l'inviter. Avec elle, il se montrait toujours gentil, pour autant que ce fût en son pouvoir. C'est-à-dire qu'il se moquait d'elle trois fois moins que de tout autre habitant de Blajan, supportait les cris de son bébé sans trop se plaindre, et daignait même, parfois, l'entretenir de son manège.

Natalène, cette fois, n'en pouvait plus, et quand elle parla d'aller se coucher Tristan se déclara fatigué lui aussi. Ils montèrent ensemble.

– C'est passé comme une lettre à la poste, dit-elle. Je parie que je n'ai pas lancé de chaises, finalement. Ils m'en auraient parlé.

– Deux, répondit Tristan. Vous en avez lancé deux. Une dans le vide, et l'autre sur tante Lise qui vous demandait d'un ton solennel ce que vous étiez exactement en train de faire. Elle a juste eu le temps de se pousser. Et tout ça en hurlant je ne sais quoi en clibate... quelque chose de pas gentil du tout, apparemment.

Elle remit sa chemise blanche, en souhaitant, acerbe, qu'on ne l'obligeât pas à se changer encore. Ils ne dormaient pas ensemble, en général, à Blajan. Pourtant elle le suivit dans sa chambre et se percha sur son lit, si curieusement haut, et juché encore sur une estrade. Elle mima pour lui, pendant qu'il se déshabillait, la façon dont l'annonce de l'enfant avait volé de tante en tante sans être dite, puis l'indignation de Contorose se demandant de quel bâtard surprenant on allait encore le charger. Elle riait. Mais ses yeux étaient tristes.

Il ouvrit les fenêtres avant de se coucher. L'odeur de la nuit d'été, lourde et chaude, entra dans la pièce.

– Vous allez refaire du judo ? dit Natou.
– Qui vous a dit ça ?
– Philippe. Il vous a entendu téléphoner.
– Il est pire que grand-père, celui-là...
– Mais c'est vrai ?
– Pourquoi pas ?
– Vous n'aimez pas le judo.
– J'ai changé d'avis.
– Si c'est pour Vanik, ce serait à moi de m'inscrire là-bas.
– Rien ne vous en empêche.

Elle repoussa la légère couverture et tira soigneusement le drap, quand Tristan se fut allongé à côté d'elle.

– Je peux le dire, déclara-t-elle brusquement.

Il ne comprit pas d'abord de quoi elle parlait. Puis son cœur se serra.

– Allez-y, dit-il pourtant.

Ce qu'elle dit ce soir-là, il le savait déjà. Les détails seuls lui avaient manqué. Les planches du baraquement et l'odeur de la terre. Le grincement des marches du vieil escalier. Natalène avait toujours su raconter et décrire. Ce talent, là, devenait redoutable. Tristan pensa plusieurs fois qu'elle ne pourrait rien ajouter de pire. Mais il y avait toujours pire. Sa voix était douce. Elle ne se pressait pas et ne s'attardait jamais. Il n'aurait pas pu supporter ce récit, ces images, sans la pensée qui ne le quittait pas : cet homme, il le tuerait. Il le tuerait un jour.

– Je crois que c'est tout, dit-elle pour finir.

Cette conclusion ressemblait au récit lui-même. Elle était brutale et simple. Tristan fit un effort pour affermir sa voix.

– Ça ira, dit-il. Mais ne l'oubliez plus, maintenant.

Elle s'assit sur le lit. La nuit était très claire : il voyait son visage, sur lequel s'était étroitement ajusté le masque impassible des jours difficiles.

– Vous dites toujours « le Copte », dit-il. Mais c'est votre père. Derrière ces baraquements, c'était votre père.

Peut-être y eut-il, sous le masque, un léger frémissement. Tristan se détesta, et baissa les yeux.

– C'était votre père, répéta-t-il.

– Oui, dit-elle. C'était mon père.

Il se détendit, attentif seulement à ne rien laisser deviner de la pitié qui l'habitait.

– OK, dit-il. Je vous le redemanderai. Vous n'en avez pas fini avec ça, j'aime autant vous prévenir.

Elle sourit, sous son masque, et Tristan prit sa main sur le drap. Une petite main fine, mais solide.

– Natalène, dit-il. Vous êtes un drôlement chic type.

Cette fois-ci, elle rit tout à fait.

– Je manie les chaises comme personne, reconnut-elle. Mais vous n'êtes pas sans talent vous non plus. Putain, les gifles... C'est pour perfectionner ça que vous allez faire deux heures de judo par jour ?

– On ne peut rien vous cacher...

Le lendemain de cette soirée mouvementée, on se réunit de nouveau à Blajan pour le déjeuner d'adieu traditionnel. Andrée Montellier reprenait l'avion l'après-midi même.

– Tu n'es pas raisonnable, maman, lui dit Caroline. Quand on vient de si loin on DOIT rester au moins un mois. Nous t'avons ennuyée à mourir, vraiment ?

Andrée se défendit, comme une gamine prise en faute. Sa terrible fille l'impressionnait visiblement. Elle n'avait même pas osé lui dire ce qu'elle pensait si fort, comme tout le monde : pourquoi la petite Fleur ne vivait-elle pas à l'école Blanche avec sa mère et son beau-père ?

Ce fut Tristan qui l'accompagna, avec Caroline, à l'aéroport de Toulouse. L'école était en plein stage d'été et personne n'avait pu se libérer. Persuadée de ne pas revenir en France avant trente nouvelles années, Andrée était un peu mélancolique. Caroline lui fit heureusement assez de remarques vinaigrées pour lui faire trouver la vue de son avion plutôt agréable, finalement.

Quand l'oiseau blanc eut disparu, Caroline se détourna de la grande baie du hall, en haussant les épaules.

– Là, dit-elle. Voilà une bonne chose de faite. J'ai horreur qu'on vienne comme ça me surveiller à domicile.

Dans la voiture, elle en revint vite à son cheval de bataille favori.

– Je ne vous vois jamais seul, dit-elle. En fait, mon cher, vous m'évitez. C'est flatteur, mais frustrant.

– Je ne vous évite pas, dit Tristan. Vous avez le plus sale caractère du monde et je ne voudrais surtout pas vous perdre de vue.

– Je serais de meilleure humeur si vous n'étiez pas si terriblement agaçant.

– Mais je crois qu'on est tous un peu là pour agacer son voisin, non ?

– Là, vous vous défilez encore...

Il ne répondit pas, et elle se tut elle aussi, quelques instants. Le temps d'allumer une cigarette.

– Je vous connais parfaitement, reprit-elle ensuite. Beaucoup mieux que vous ne pouvez l'imaginer. Vous n'aimez PAS Natalène. Elle n'est pas vilaine et elle n'est pas sotte, mais c'est un peu votre sœur. Ça saute aux yeux. Qu'il se soit passé des choses entre vous l'année dernière, sur vos hauteurs, bon – mais ça n'engage à rien et vous le savez bien, non ? Je ne crois pas non plus que vous aimiez votre archéologue.

– Quelle archéologue ?

– Élise Duhamel. Celle qui s'occupe d'antiquités et que vous voyez souvent le lundi. Ne me prenez pas pour une andouille...

Il rit, désarmé comme toujours par le toupet de la jeune femme.

– Je vous prendrai au moins, si vous permettez, pour une indiscrète de premier ordre...

– Je suis seulement têtue.

– Eh bien, Caro, moi aussi – avec votre permission bien sûr.

– Je continue, dit-elle. Vous n'aimez ni Natalène ni cette fille.

– Mais pourquoi faut-il que j'aime quelqu'un ?

L'argument, qui était bon, la démonta un instant. Mais elle l'écarta de la main, lâchement.

– Ce n'est pas le sujet, dit-elle.

– Je connais le sujet. Et vous savez ce que j'en pense. Alors c'est vraiment une conversation inutile.

– Je ne vous ai jamais demandé de m'aimer.

– C'est prudent, Caroline. Je vous aime bien. Vous me faites souvent rire et je vous aime bien. Il m'arrive aussi de vous désirer. Comme n'importe quelle jolie fille que je croise. Mais en fait je n'ai pas envie de faire l'amour avec vous, même ces jours-là.

– Je sais pourquoi, dit-elle railleusement. Vous êtes comme les autres, finalement : vous ne supportez pas qu'on sorte de son rôle. Le chasseur, ça doit être vous, ou bien ce n'est pas drôle. Si je m'étais contentée de vous regarder en battant des cils, comme les copines, vous ne m'auriez pas accordé que dix ou douze nuits il y a des siècles : j'aurais eu mes chances.

– Je ne déteste pas qu'on batte des cils, sourit-il. C'est un langage comme un autre et vous avez toutes de jolis cils très longs. Mais cela dit vous vous trompez en ce qui vous concerne : votre façon de vous jeter à la tête des gens est bien la seule chose que j'estime en vous. Le reste ne vaut pas tripette, à mon avis. Mais ça c'est chic. En tout cas ça vous sauve d'être une simple enquiquineuse.

Il était très rare que Tristan en vienne à de telles extrémités, même poussé à bout, et Caroline, sidérée, se tut. Pendant quelques minutes elle parut très intéressée par les premières rues du faubourg, qu'ils atteignaient.

– Vous êtes très impoli, dit-elle ensuite.

– Oui, répondit-il. Pardon. Veuillez accepter mes excuses.

Cette fois-ci, prudente, elle se tut pour de bon. Et elle ne retrouva sa langue qu'à l'école Blanche, où Sophie, Natacha et Olivier prenaient un thé dans le petit bureau. Les fichiers ouverts voisinaient sur la table avec la grosse théière ventrue et les assiettes de toasts.

– Quel désordre ! dit Caroline. C'est vous, Sophie ?

– Non, dit Natacha très vite. C'est moi. Je voulais lui expliquer le classement. Elle commence bientôt, tu sais.

– Vous avez du courage, ma petite, dit Caroline. Je suis sûre que Natacha est une patronne de la pire espèce.

Sophie, souriante, assura qu'elle était prête à tout. À travers la cloison on entendait le piano de Mlle Dumont accompagner le cours des petites. Natacha venait juste de terminer le sien et portait encore ses cuissardes de grosse laine.

– Tu ne pourras pas continuer longtemps, dit Caroline : ÇA commence à se voir énormément.

Le ventre de Natacha n'était pas encore très imposant. Mais elle ne protesta pas, philosophe. Depuis qu'elle habitait à deux pas de l'école, qu'elle était mariée avec son très jeune étudiant, et enceinte, elle supportait beaucoup mieux les épines de la vie. Et même Caroline.

Tristan s'était assis au coin du bureau pour s'amuser à chercher, dans les boîtes noires, la fiche de Natalène. Il finit par mettre la main dessus.

– Treize, dit-il. Olivier, mon vieux, tu aurais pu aller jusqu'à treize et demi.

– Non, dit Olivier. Ce qu'elle fait vaut treize et pas davantage.

Il avait parlé si sérieusement que ses amis éclatèrent de rire.

– Je n'essayais pas de t'acheter... plaisanta Tristan.

– Et Natou, au fait ? demanda Sophie. Est-ce qu'elle dansera jusqu'au bout, elle ?

Elle se souvint, trop tard, que la nouvelle de l'enfant n'avait pas encore atteint l'école. Il n'en avait pas été question au déjeuner et les Kerbauson avaient quitté Blajan, la veille, bien avant l'éclat de Natalène. Elle rougit, misérable, parce qu'elle avait toujours été extrêmement discrète et que sa maladresse l'accablait. Tristan eut pitié d'elle, bien sûr.

– Natalène aussi attend un enfant, dit-il. Elle ne vous l'a pas dit, ce midi ?

– Par exemple, dit Natacha, la petite masque ! Pour quand ?

– Début avril.

Il soutint le regard de Caroline – et ce qu'elle allait dire, elle le garda pour elle, sagement.

– Je l'imagine très bien dansant jusqu'au dernier jour, dit-il. Est-ce prévu ?

– Pourquoi pas ? sourit Natacha. Nous ferons ce concours-là, elle et moi, et les paris sont ouverts... Mais à propos de fiche, Tristan, soyez chic, trouvez un bout de papier quelque part et mettez-y vos noms. On va refaire toutes les fiches, Sophie et moi. Celle de Natalène n'est pas à jour et ma mémoire est restée sèche.

– Natou n'a jamais eu l'intention de porter mon nom – mes noms.

– Ah ? dit Natacha. Pourquoi ?

Caroline, très ferrée sur les droits des femmes, assura que Natalène avait raison – pour une fois – et qu'elle se montrait – pour une fois – extrêmement sensée. PERSONNE ne pouvait obliger QUI QUE CE SOIT à changer de nom, mariage ou pas, et HEUREUSEMENT. Personne ne la contredit. On la contredisait d'ailleurs très rarement.

– Bien, dit Natacha. Gardez-moi vos rallonges impossibles pour l'inscription de l'enfant... Vous avez choisi son prénom ?

– Cantor, ou Geneviève.

– Cantor ? Ça vient de votre famille ?

– Non. De celle de Natalène.

Caroline, qui reposait sa tasse, fit la moue.

– Alors ça, la « famille » de Natalène... c'est un gag ?

Un petit silence suivit, gêné.

– Geneviève, continua Tristan, ça vient de chez moi, par contre. Et vous, Natacha ? Vous resterez russe ?

– J'y compte bien. Mais Bertrand a des idées fixes : Camille, par exemple. Ou Basile. Nous sommes en pleine guerre froide à ce sujet.

Dans le couloir, un remue-ménage accompagnait la sortie des petites. Leur professeur, tout nouvellement engagé, vint se joindre à ceux que les élèves nommaient pompeusement « les directeurs ». Il s'appelait Serge, avait une trentaine d'années, et venait d'un conservatoire du Nord.

On le connaissait encore très peu. Mais Caroline lui faisait, bien sûr, une cour endiablée.

– Asseyez-vous, dit-elle. Si, si, asseyez-vous. Je vais vous servir. Ici vous serez bien, dans ce fauteuil.

Olivier regarda sa montre : son cours commençait dans dix minutes.

– Serge est aussi chorégraphe, dit-il. Et nous n'avons pas pu nous entendre : nous monterons donc chacun un ballet pour le gala. Là aussi, c'est la guerre froide.

On présenta Tristan au nouveau venu, en précisant qu'il était, lui, le pianiste du gala de Noël et qu'il faudrait aussi s'entendre avec lui.

– Ne vous inquiétez pas, dit Tristan. Je fais ce qu'on me dit de faire, en général.

Caroline éclata de rire, là-dessus. Sans s'expliquer, heureusement. Et Natalène entra à son tour, son sac de sport sur l'épaule, tout animée par le trajet, qu'elle faisait sur la vieille Vespa de Tristan.

– Moins cinq, dit-elle à Olivier. Et j'ai vu la petite Dumontier courir comme une dératée au carrefour, parce que vous lui avez reproché un jour DEUX minutes de retard...

Il se sauva, sans se fâcher, pour se mettre en tenue.

– Bon, triompha Natalène. Et maintenant une tasse de thé pour la meilleure élève de l'école.

Natacha lui présenta Serge, qu'elle n'avait pas encore vu.

– Serge Breuville, dit-elle. Notre nouveau professeur. Et Natalène de Blajan, qui n'est PAS la meilleure élève de l'école.

– Mince, dit Natou, moi qui espérais faire bonne impression... Bonjour, monsieur. J'espère que vous vous plairez ici.

Il la regardait avec une attention particulière.

– C'est incroyable, dit-il. Vous ressemblez incroyablement à quelqu'un.

– Je me suis toujours incroyablement ressemblé, plaisanta-t-elle.

– Non, mais... c'est très étrange. Vous avez un sosie, mademoiselle.

– J'ai déjà vu des sosies, dit Caroline. À Sydney, au lycée. Et ce n'était pas du tout ce qu'on aurait pu croire – que la mère de l'un se soit mal conduite avec le père de l'autre – non, parce que le premier était bien de Sydney, mais l'autre débarquait tout juste de Londres. C'était impressionnant. Même leurs façons de marcher se ressemblaient. Je détesterais me trouver nez à nez avec mon sosie.

– La reine d'Angleterre en a un, dit Sophie. J'ai lu ça dans la salle d'attente du dentiste. Mais elle est caissière, je crois, ou vendeuse : des vies si différentes doivent donner des gestes différents, non ?

Natalène regarda l'heure, avala le reste de sa tasse, et disparut. De nouveau on entendait piétiner dans les couloirs.

– Vous avez beaucoup d'élèves, dit Serge Breuville.

– Plus de cent vingt, répondit fièrement Natacha. Et nous ferons mieux.

Le jeune homme ne poursuivit pas là-dessus. Il semblait rêveur.

– C'est incroyable, dit-il. Cette jeune fille, là... j'ai vu la même à Lille. Mais vraiment la même ! Son sosie parfait !

– À Lille ? dit Caroline.

– Oui, je viens de Lille.

Il n'eut pas conscience de la nouvelle nature du silence qui l'entourait. Et Caroline, qui s'amusait, put le questionner malicieusement.

– Une de vos élèves, sans doute ?

– Non, dit-il. Pas du tout, pas du tout ! Une bohémienne. Elle vendait des dentelles dans les faubourgs. Il y a là-bas plusieurs camps de romanichels, que les services municipaux essaient de sédentariser. Ce n'est pas facile. Ces gens feraient de merveilleux danseurs, mais ce ne sont pas de très bons citoyens. Ils vendent des dentelles, des carcasses de voitures, des tapis, et leurs filles quand elles sont jolies. Ils ont des bagarres monstres... et trois fois par an au moins un groupe de braves mères de famille insiste pour vous faire signer une pétition vengeresse. Vous n'avez pas ça ici ?

– Mais si, répondit Caroline. À Fonvières...

– Fonvières est très loin d'ici, coupa nerveusement Natacha. Aviez-vous toutes vos élèves, Serge ?

– Vingt-six. C'est déjà beaucoup, et il y a cinq absentes.

Sur ce sujet-là Serge avait assez de doléances à faire, comme tous les enseignants, pour s'enflammer et oublier sa bohémienne. Il ne pouvait pas espérer, dit-il, faire du bon travail avec plus de vingt élèves. Et personne de sensé ne pouvait le lui demander. Natacha se défendit comme elle put. Elle-même avait plus de trente élèves. Dédoubler les cours, on en rêvait, mais c'était encore impossible.

Caroline, sur sa banquette, souriait. Que Tristan ait en ce moment même une furieuse envie de l'étrangler, elle s'en doutait, et s'en amusait. Pour une fois elle avait barre sur ce grand garçon calme...

Elle se trompait. Tristan n'avait pas du tout l'intention de livrer Natalène à la discrétion de

Caroline. Celle de Serge Breuville lui paraissait beaucoup plus sûre.

Il sortit avec lui, et ne prit pas la peine de tourner autour du pot.

– Cette jeune fille que vous avez vue, dit-il, Natalène... c'est ma cousine. C'est aussi celle de Caroline. Et par alliance celle de Natacha et d'Olivier. Vous la verrez souvent.

– Mais je l'espère bien, dit Serge Breuville. Natacha prétend que l'école n'est qu'une annexe de Blajan... et Blajan est votre maison, c'est ça ?

– Natalène a une histoire un peu compliquée. Et en particulier... en particulier son père était ferrailleur. Il a travaillé à Fonvières, et aussi à Lille. C'est certainement elle que vous avez vue là-bas.

– Ah, dit Serge, bon...

Il n'ajouta rien et cette réserve rassura tout à fait Tristan.

– Ce n'est pas qu'elle veuille le cacher, dit-il. Elle est trop fière pour cela. Mais vraiment c'est une histoire très compliquée et sans doute, pour elle, un peu sombre : nous ne la connaissons pas tout entière nous-mêmes.

– Compris, dit Serge. Ne vous en faites pas. Et d'ailleurs, à bien y réfléchir la ressemblance n'était pas si frappante que ça. Cette fille, là-bas, en tout cas, avait bien dix ans de plus.

Ils rirent, ensemble. Au bout de la rue les fauteuils d'un café semblaient les attendre, alignés sous de grands parasols bigarrés. Ils s'assirent et commandèrent des bières.

– Combien avez-vous exactement de cousins et de cousines ? demanda Serge.

– Je n'ose pas vous le dire. C'est monstrueux. Quelquefois j'en perds le compte... Dites-vous que nous sommes TOUS cousins là-bas, vous ne pourrez pas vous tromper.

Serge, lui, n'avait qu'un petit frère. Pas la moindre cousine et pas la moindre sœur.

– Mais une mère adorable et insupportable, dit-il, comme beaucoup d'homos, paraît-il.

– Êtes-vous homo ? demanda Tristan.

– Mais oui.

– Ça doit compliquer les choses.

– Pour le moment, dit Serge, non. J'ai trente-deux ans, je suis plutôt beau, je suis danseur. Et demain est un autre jour.

Il regardait, devant lui, le soleil de septembre jouer dans la rue.

– On doit vivre heureux ici, dit-il. Lille, c'est l'enfer peint en noir, avec quelques touches de gris pour les jours de fête...

– Natalène détestait Lille. Elle n'en dit que cela, mais elle le dit souvent.

– Est-ce la plus jolie de vos cousines ?

– C'est difficile à dire... les autres lui ressemblent peu. Et puis ce n'est pas moi qu'il faut interviewer, parce que nous sommes mariés depuis bientôt cinq ans, elle et moi.

– Vous mariez-vous souvent entre vous ?

– Miséricorde, dit Tristan, le plus rarement possible, parce que grand-père en fait chaque fois une affaire d'État... et la morale et la famille et la génétique... et je ne consentirai jamais à ce que chez moi on se permette de... et la ville est pleine de jolies filles inconnues... et l'inceste et l'hérédité...

Il s'arrêta, essoufflé.

– Je vois, sourit Serge. D'après Natacha c'est un personnage étonnant, ce vieux monsieur. J'espère le rencontrer moi aussi.

– Ne vous en faites pas pour ça, dit Tristan. Vous le rencontrerez. Et un jour, sans doute, vous en aurez plus qu'assez de nous tous...

VI

À la fin du mois de septembre, Tristan donna son premier concert parisien. Il s'en tira assez bien. S'exhiber à Paris déclenchait en tout cas une averse de critiques : douze articles s'ajoutèrent d'un coup à la trentaine de coupures que contenait déjà le dossier de presse de Tristan. On louait la « pureté » de son jeu, ou bien on la lui reprochait au contraire en la qualifiant de « classicisme outrancier ». De toute façon le même terme revenait, louangeur ou désapprobateur : « retenue ». « Une retenue peut-être un peu trop accentuée », disait l'un. « Beaucoup de sensibilité finement retenue », glissait l'autre. Contorose en fit naturellement des gorges chaudes. Il était flatté, mais ce galimatias rituel l'exaspérait. « Finement retenue », en particulier, l'occupa longtemps. « Fleur, disait-il, ne te balance pas... Retiens-toi finement, mon enfant ! »

On fit une fête pour célébrer ce pas en avant. On en fit une autre pour pendre la crémaillère des Kerbauson quand le dernier coup de peinture fut donné chez eux. Il fallut ensuite se résigner à ranger les lampions jusqu'à Noël. Marion annonça timidement qu'elle aussi offrirait à Blajan un nouvel habitant, bientôt : en mai. Les tantes cette fois s'affolèrent, parce qu'elles ne pourraient jamais terminer à temps, disaient-elles, trois layettes à la fois...

Natacha se portait bien et dansait toujours. À peine s'avouait-elle parfois un peu lasse. Marion par contre eut très vite des ennuis et dut passer beaucoup de temps sur une chaise longue. Elle souffrait aussi de pénibles maux de tête. Natalène, elle, ne changea pas le moins du monde. Elle bêchait ses plates-bandes avec énergie, y déversait des brouettes de fumier en sifflotant de plaisir, enfourchait sa Vespa pour aller à la fac, et déclarait ne jamais s'être sentie mieux. Cette conduite, chuchotaient les tantes, était vraiment peu féminine...

– Faites-leur plaisir, plaisanta Tristan un soir. Dites-leur une fois, une seule fois, que vous avez mal au dos... par pitié !

Mais Natalène n'avait mal nulle part.

– Que non pas, répliqua-t-elle. Je tiens à ce qu'elles voient de près une romanichelle enceinte... et ça a la peau dure, ces sales bêtes-là !

On servait le petit déjeuner officiel à neuf heures, dans la salle. Ceux qui devaient se lever plus tôt se débrouillaient seuls, dans la cuisine encore déserte.

Ils s'y présentaient en plusieurs vagues.

Philippe se levait le premier, bien avant l'aube, pour avaler un grand bol de café noir. Il s'en allait ensuite au manège à travers champs. Boris y vivait toujours, en bas, et Valérie aussi dans une grande pièce mansardée située au-dessus des écuries. Philippe prenait avec eux un autre petit déjeuner, et oubliait Blajan : on ne l'y reverrait que le soir.

Deux grandes heures après lui les bons élèves apparaissaient à leur tour dans la cuisine : Fleur pour l'école, Valère pour le lycée et Natalène pour la fac. Ensommeillés, en général. Surtout Fleur qui n'avait qu'une idée en tête : plonger du menton dans son bol de chocolat, et s'y rendormir. Quand ils étaient prêts ils descendaient l'allée. Lucile Duplessis se joignait à eux au passage. Natalène allait en ville en Vespa, les trois autres prenaient le car. C'était un vieil autobus ventru et par sa vitre arrière Fleur, à genoux sur la banquette, faisait à Natalène d'horribles grimaces. À l'entrée du bourg la Vespa tournait à droite, et le car à gauche.

Des bagnards d'une autre espèce déjeunaient alors à Blajan : Tristan, qui passait la matinée en ville lui aussi, moitié au conservatoire pour sa leçon quotidienne, moitié au club de judo dont il était devenu un pilier fanatique ; Sophie, qu'il déposait à l'école Blanche après qu'elle eut confié la petite Flore à Chantal, au village ; Xavier, que son étude attendait ; Emmanuel, qui enseignait le dessin dans un cours privé.

Ils avaient à peine quitté Blajan, un peu avant neuf heures, que Justine ouvrait les portes de la salle à manger pour servir le « vrai » petit déjeuner, celui des oisifs. Contorose bien sûr, les tantes, Édith et Marion. Ceux-là déjeunaient calmement, avec quelquefois, s'il pleuvait, une pensée émue pour leurs compagnons moins favorisés. Ils ne reverraient le midi qu'Emmanuel et Tristan. Et l'après-midi leur appartiendrait encore, fait de siestes, d'aimables conversations, de broderies et de lentes promenades dans le parc.

Le thé, à cinq heures et demie, réunissait une grande partie du clan. Il n'y manquait que Philippe, s'il avait encore à faire au manège, et Natalène si ses cours finissaient tard. Tristan venait de passer quatre heures d'affilée sur le piano de l'étage : il se rasseyait devant celui du salon, pour le plaisir. Sophie retrouvait sa petite Flore avec mélancolie : elle se plaisait à l'école Blanche, mais abandonner le bébé tous les matins, même aux mains expertes et chaleureuses de Chantal, lui était pénible. Fleur, Valère et Natalène travaillaient dans la bibliothèque. Isolés dans le recoin d'une fenêtre, Édith et Xavier se racontaient par le menu leur calme journée. Emmanuel Duplessis croquait n'importe qui, au hasard, pour attraper au vol un sourire, une attitude, la rondeur d'une joue détournée. Le cahier où il jetait ces rapides croquis faisait la joie de Fleur quand elle y mettait le nez. « Les yeux de Sophie ! disait-elle. La main de Tristan ! Et ce cou, là, c'est à qui ? Dites ? À moi ? C'est vrai ? »

Lorsque Philippe était là, il fatiguait tout le monde. Malgré sa dure journée de travail il débordait d'énergie, arpentait la salle de long en large et semblait tout prêt encore à enfourcher son grand cheval bai ou à étriller tous les poneys. Il considérait Marion, pâle et lasse, avec une stupéfaction comique. « Secoue-toi, disait-il. Ce n'est PAS normal d'être épuisée comme ça après six heures de chaise longue ! » Marion soupirait, gênée. « Je voudrais, dit-elle un soir à ce frère intolérant, je voudrais que tu attendes un enfant toi aussi, Philou, tu verrais... »

La salle de Blajan était immense, heureusement : on y était libre. Des groupes se formaient, puis se défaisaient, autour d'un jeu d'échecs ou d'une carte déployée. On pouvait lire, broder, peindre, s'occuper à sa guise, ou même ne rien faire. Attendre que l'heure de passer à table sonne, comme Édith. S'endormir sur une banquette, comme Fleur se le permettait souvent. Ou encore fausser compagnie à la tribu, pour monter dans sa chambre, mendier du chocolat à Justine, aller cirer ses chaussures dans la corroierie, ou se promener dans le parc.

Après le repas on était tout aussi libre qu'avant. Seule Fleur était tenue de se coucher à neuf heures. Les autres agissaient comme bon leur semblait. Il était entendu pourtant que Valère, s'il voulait sortir, devait en demander la permission à Contorose. Celui-ci ne lâchait la bride aux garçons, disait-il, qu'après leur bac, et aux filles... cela dépendait des circonstances. Valère ne protestait pas. Il acceptait, comme Sophie l'avait fait autrefois, les inconvénients de Blajan avec ses avantages. Ses parents l'avaient laissé très libre autrefois. Ceux qui le savaient, c'est-à-dire Tristan et Natalène, souriaient en le voyant se pencher sur Contorose, parfois : « Puis-je aller voir Natacha et Bertrand, grand-père ? Natou me prête sa Vespa... Je voudrais accompagner Chantal et Jean-Louis au théâtre samedi prochain, est-ce possible ?... Voulez-vous me permettre d'aller au Mikado jeudi prochain avec Tristan ? »

On avait souvent des invités au dîner. Peu à la fois, pour en profiter mieux. Mme Duplessis et Lucile. Olivier et Caroline, ou bien Natacha et Bertrand. Xavier Dubois, ce camarade de Natalène dont l'existence faisait si bien chuchoter les tantes. Serge Breuville, pour qui Tristan s'était pris d'amitié. Boris lui-même, parfois.

Mais jamais Valérie Dubreuil, naturellement. Sur ce point Contorose ne cédait pas et la seule mention du nom de la jeune fille le faisait rougir de colère.

Ce fut elle qui reçut Tristan, un soir de novembre, au manège. Il venait contrôler, dit-il, sa belle ceinture marron toute neuve. Et Philippe était bien le seul à pouvoir jouer le jeu.

Il s'était moucheté un couteau, en entourant sa pointe de sparadrap. Valérie trouva la chose très surprenante. Mais Philippe ne s'étonna pas et prit l'objet sans se faire prier.

– Viens en bas, dit-il. Je te troue le cuir en cinq minutes.

Ils descendirent dans la cour, très vite.

– Mollo, dit Philippe, ou franco ?

– Entre les deux, sourit Tristan.

L'issue du combat fut d'abord indécise. Mais dès que Philippe frôla le « franco » et devint nettement teigneux, Tristan put se convaincre qu'une ceinture marron ne valait pas un bon couteau. Il arrêta les frais, un peu déçu. Et Philippe lui tendit l'arme, par la pointe mouchetée de la lame.

– Tu devrais aller voir Luc, dit-il. Le judo, c'est chic, mais pour les trucs vaches comme les couteaux et les tessons, je ne sais pas si ça tient la route.

– Ton ami Luc ?

– Ouais. Celui du Cercle noir. Il a fait de l'autodéfense à Bordeaux pendant des années. Veux-tu que je lui en parle ?

Valérie, penchée à la fenêtre de l'étage, se mit à rire.

– Quelqu'un vous fait chanter, Tristan ?

– Non, dit-il. C'est moi qui veux faire chanter un critique.

Il alla voir Luc, tout l'hiver, plusieurs fois par semaine. Mais sans délaisser son club de judo. Ceinture noire il voulait être et ceinture noire il serait : ce calme garçon était d'une ténacité sans pareille. Luc l'avait d'abord pris pour ce qu'il était aussi, d'ailleurs, un pianiste et un bourgeois ; mais seulement pour cela ; il finit par concevoir pour lui un certain respect. Le pianiste avait du cran et le bourgeois l'entêtement d'une bourrique.

– Curieux type... dit-il un soir à Philippe. Pourquoi fait-il ça ?

– Je ne sais pas, répondit loyalement Philippe. Peut-être en a-t-il marre de ses sonates ?

Tristan resta chez Luc, un soir, pour assister à l'une des séances du fameux Cercle noir. Ce qu'il y vit ressemblait tout à fait aux suppositions malicieuses que Natalène lui en avait fait un jour. Il n'y manquait même pas les corsets noirs.

– Vous aviez seulement oublié les dés, dit-il. Très raffiné, les dés.

Il prétendit d'abord, taquin, garder l'histoire de ces dés pour lui. Mais quand Natalène eut parlé de le rôtir à petit feu pour lui délier la langue, il daigna céder.

– Il y a un gigantesque plateau par terre, dit-il, avec trois énormes dés fabriqués tout exprès. Les jeunes filles qui sont là-bas lancent les dés chacune à leur tour, avant le repas. Le chiffre indique ce qui leur arrivera après. Futé, non ? Ça leur laisse tout le temps d'y penser en savourant leur riz cantonais...

Natalène apprécia comme il convenait la subtilité du procédé. Elle s'amusait.

– J'irai, dit-elle. J'adore les loteries. Et qu'est-ce qu'on gagne ?

– Elles étaient trois. La première a fait sept, et j'ai le plaisir de vous apprendre que ça donne droit à autant de gifles. Vous aimez les gifles, non ?

– J'adore.

– La deuxième, c'était Valérie. Douze. Et là vous n'aimeriez pas, c'est une banale histoire de cravache.

– Ça empire quand le chiffre augmente, alors ? Le douze est pire que le sept, apparemment...

– Ça doit être ça. Parce que la dernière a fait cinq et qu'ils ont seulement resserré son corset.

Natalène posa une main sur son petit ventre rond, et fit la moue.

– S'ils resserrent les corsets, dit-elle, je n'irai pas. C'est pas de jeu.

Tristan n'avait pas posé de questions sur les chiffres que personne n'avait tirés ce soir-là, ce qui la plongea dans des abîmes de stupéfaction.

– Comment PEUT-ON, s'indigna-t-elle, être aussi peu curieux !

Pour se faire pardonner il parla du silence absolu imposé aux trois jeunes filles dès la fin du repas ; des deux spectateurs entrés à dix heures pile pour assister aux réjouissances d'après-dîner : bien mis, âgés d'une cinquantaine d'années, ils avaient paru apprécier le spectacle. Il dit que Luc s'était occupé des deux jeunes filles inconnues, et Philippe de Valérie. Qu'elles portaient toutes les trois de somptueux masques de velours, de perles et de plumes. Qu'une lumière rouge, très sourde, avait remplacé à dix heures le grand lustre de la salle.

– Sapristi, dit Natalène, je VEUX voir ça ! Est-ce que c'était triste ? Amusant ? Sordide ? Agréable ?

– Rien de tout cela, répondit-il. Ou tout à la fois. C'était plutôt bizarre. Sérieux, ça vous tente ?

Elle rit, et secoua la tête. Non, ça ne la tentait pas.

– J'attendrai, dit-elle, que vous ayez quitté votre chaise d'invité pour prendre une cravache. Parce qu'alors ce sera VRAIMENT passionnant.

Les cravaches ne tentaient pas Tristan. Mais les couteaux, si, et il apprit avec Luc, en décembre, non plus à s'en défendre mais à s'en servir. Son professeur improvisé était machiavélique : il mouchetait soigneusement l'arme de Tristan, mais de moins en moins la sienne. « On apprend mieux quand on paie ses erreurs », disait-il. Tristan payait les siennes de meurtrissures assez douloureuses, si bien qu'il en fit effectivement de moins en moins. Peu avant Noël il usa de nouveau des services de Philippe. Et cette fois-ci il eut le dessus.

– Es-tu content ? demanda le vaincu.

Il regardait, mélancoliquement, son jean maculé. À trois reprises il avait atterri comme par miracle dans la grande flaque de boue qui faisait le centre de la cour. D'une main presque aussi boueuse Tristan repoussa ses cheveux en arrière.

– Pas encore, dit-il. Je veux aussi pouvoir m'en tirer contre deux.

Valérie avait assisté du seuil d'un paddock à ce second combat, et elle rit.

– Jusqu'ici, dit-elle, je n'avais rien compris à la musique.

Elle frissonnait, vêtue d'un léger chemisier et d'un short de coton. Philippe usait et abusait de ce jeu-là, apparemment. Et quand les deux cousins remontèrent prendre, à l'étage, un thé bien mérité, elle ne fut pas conviée à les accompagner : elle resta debout dans la cour que balayait un vent glacé.

Tristan ne dit rien, bien sûr. Il ne se permettait jamais aucune remarque sur le sujet. Il regarda seulement Philippe se changer, et se lava les mains.

– Peuvent-ils être deux ? demandait Philippe.

– Je ne sais pas.

– Ils doivent bien avoir un certain code d'honneur...

– Entre eux, sans doute. Avec les gadjé, ça m'étonnerait.

Ils prirent leur thé devant le feu, sans plus parler. On n'aurait pu trouver deux cousins plus dissemblables. Pourtant ils s'acceptaient l'un l'autre avec beaucoup de bonne volonté.

Quand Tristan repartit, ses deux couteaux en poche, Philippe s'était installé à son bureau. Il n'avait manifestement pas l'intention de rappeler Valérie. Et elle faisait peine à voir, gelée, appuyée contre la porte d'une stalle. Tristan s'arrêta devant elle, pour prendre congé et lui souhaiter une bonne soirée. Il le fit avec tant de bonne grâce qu'elle ne put vraiment pas lui en vouloir.

– Merci, dit-elle. À vous aussi...

La veille des vacances de Noël, Natalène revint de la fac en piteux état. Sa Vespa avait dérapé sur du gravier, juste à l'entrée de Blajan, et l'avait proprement envoyée valser contre le mur d'enceinte. La machine n'avait pas grand-chose. Elle avait heurté le mur et s'était couchée sur le flanc. Natalène, par contre, s'était foulé le poignet et entaillé le cuir chevelu. Les tantes levèrent des bras épouvantés quand elle apparut ainsi dans l'allée, le visage plein de sang, traînant d'une main son coursier bosselé, et meurtrie de partout. Contorose hurla qu'elle était montée ce jour-là pour la DERNIÈRE fois sur cette maudite machine, pendant que Marion courait chercher la boîte à pharmacie et qu'Édith demandait, la main sur le téléphone, si elle appelait le docteur ou une ambulance ?

– Je n'ai rien, protestait Natalène, RIEN !

Malgré les apparences elle avait raison. On appela le docteur, qui se contenta de lui bander le poignet, de désinfecter la coupure de son front, et de la faire s'étendre.

– Restez allongée le plus possible pendant vingt-quatre heures, dit-il. À la moindre alerte, rappelez-moi. Mais ne vous inquiétez pas : tout a l'air normal.

Elle ne s'inquiétait pas, elle. Et comme tante Lise gémissait sur les risques encourus, elle passa la mesure, excédée.

– Ne vous en faites pas, ma tante, dit-elle. C'est bien accroché, ces petites saloperies-là. Pensez à toutes les pauvres filles qui s'évertuent à rouler la barrique sans résultat...

Là-dessus il lui fallut subir, en plus de sa chaise longue, un sermon sur sa grossièreté.

Tristan était chez Luc, ce soir-là. Il y avait étudié les délicieuses possibilités qu'offre un coup de talon appliqué au bon endroit. La vue de Natalène occupant la chaise longue de Marion le fit d'abord rire.

– Qu'est-ce qui vous prend ? demanda-t-il.

Elle n'eut pas à répondre : les tantes s'en chargèrent pour elle. Elle les écouta, furieuse. Puis résuma leur dramatique récit :

– BREF, j'ai dérapé, et je vais TRÈS BIEN.

Tristan rit, malgré lui, de son air buté. Tante Lise le déclara aussi inconscient que Natalène. Aussi irresponsable. Aussi coupable.

– Si le docteur ne craint rien... se défendit-il.

– Tais-toi, coupa tante Lise. Tu me mettrais en colère.

Elle s'était calmée, au dîner. Et Natalène aussi, de son côté. Pour se faire pardonner l'une et l'autre elles firent même assaut d'amabilité, tante Lise louant le bouquet d'hellébores que Natalène avait fait le matin, et celle-ci le nid d'ange en mohair que la vieille dame venait de terminer. Philippe, qui était assis à côté de Natalène à table, coupa sa viande en petites bouchées. C'était gentil. Il trouva tout de même le moyen d'ironiser, en disposant les bouchées en rond dans l'assiette comme on le faisait encore pour Fleur.

– Vous, gronda Natou, ça suffit...

Elle avait retrouvé sa belle humeur et s'amusait maintenant de l'aventure.

– J'en ai vu trente-six chandelles, raconta-t-elle. Et le mur de Blajan est un BON mur, vous pouvez m'en croire.

Tristan ne pouvait se défendre d'un petit doute têtu, et sortit après le dîner.

– Pour prendre l'air, dit-il.

Il avait à peine descendu les marches du perron, en allumant la cigarette qui lui servait d'alibi, que Philippe apparut à son tour sur le seuil.

– Ne te fatigue pas, dit-il. J'ai été voir. L'aile est cabossée et il y a des éraflures sur le mur.

Tristan jeta sa cigarette, sans répondre. Et Philippe, qui savait parfois être délicat, se mit à parler du dessin compliqué que faisaient sur le ciel les branches nues du grand chêne.

À Noël, les tantes purent faire d'intéressantes comparaisons. Le ventre de Natacha devenait tout à fait respectable. Celui de Natalène s'arrondissait un peu. Mais celui de Marion n'avait guère changé, hélas... On ne pouvait faire AUCUN reproche à Emmanuel, il fallait le reconnaître. Il avait pour Marion toutes les attentions souhaitables. Tristan était pour Natalène ce qu'il avait toujours été : un bon camarade. Si la jeune femme s'en contentait, on n'allait pas se montrer plus difficile qu'elle... Mais Bertrand était un jeune mari bien négligent, bien léger... un enfant lui-même, ne trouvez-vous pas, ma chère ?

Les bons camarades qu'étaient Tristan et Natalène n'avaient pas encore dansé ensemble, à cette petite fête de Noël. Cela avait été remarqué. Comme s'ils avaient voulu contredire leurs tantes sur ce point de détail ils s'enlaçaient justement, au centre de la salle, pour un slow. Marion, qui venait de quitter les bras d'Emmanuel, acceptait ceux d'Olivier, Serge Breuville invitait la petite Duplessis et quelques autres couples se formaient dont celui, tout à fait étonnant, de Contorose et de Fleur.

– C'est un drôle de Noël... dit Natalène. Et puis je déteste qu'on me tripote.

– Vous, sourit Tristan, vous avez été chez le gynéco...

– Gagné.

Contrairement à ses amies Natalène se montrait d'une discrétion exemplaire sur son état. Elle n'y faisait que très peu allusion. Avec Tristan comme avec tout le monde. Il se contenta donc de demander, légèrement :

– Est-il content de vous ?

– Oui, répondit-elle.

Elle appuya le bout de ses doigts, imperceptiblement, sur l'épaule de Tristan. Ils s'en permettaient rarement davantage en public. Mais le désir qu'ils avaient l'un de l'autre était toujours si présent entre eux qu'un simple regard suffisait à le rendre redoutable. Tristan se moqua ; c'était sa parade habituelle.

– Soyez sage, dit-il. Je vous rappelle que vous détestez être tripotée.

– Embrassez-moi.

Cette vieille plaisanterie les fit sourire, et Tristan y fit la réponse rituelle :

– Non, ma belle. Jamais de la vie.

Il ajouta pourtant, cette fois :

– Et si je vous prenais au mot, un soir ?

– Chiche ?

Elle crut qu'il allait le faire, parce qu'il avait déplacé ses bras autour d'elle, et elle se raidit. Il rit, moqueur. Et tante Blanche, qui les regardait justement, hocha la tête.

– Ces deux-là, dit-elle, s'entendent trop bien pour s'entendre vraiment, si vous voyez ce que je veux dire...

La formulation était curieuse. Mais Lise et Marie ne s'y arrêtèrent pas et opinèrent du menton.

Quand la vieille génération se fut retirée, après le chocolat d'usage, on continua à danser un peu. Mais le marchand de sable semblait avoir vidé sur Blajan, cette nuit-là, tout le fond de son sac. Philippe partit assez tôt, parce qu'il voulait dormir chez Valérie. Les Kerbauson s'en furent coucher leur nichée. Natacha avait sommeil, Marion bâillait, et leurs deux maris, en galants hommes qu'ils étaient, prirent congé en même temps qu'elles. Valère était parti une heure auparavant raccompagner Lucile Duplessis au pavillon. Il n'était pas encore revenu et il était probable, d'ailleurs, qu'il n'était même pas encore arrivé. Quand on a seize ans et qu'on vit son premier amour, cinquante mètres d'allée ne se parcourent pas en cinq minutes. Il ne resta bientôt plus devant le feu qu'Olivier et Caroline, Serge Breuville, Sophie, Tristan et Natalène.

– C'est dingue, se plaignit Caroline, il est à peine une heure...

Elle proposa, pour réveiller les gens, une « vilaine conversation ».

– Bonne idée, dit Natalène. Vas-y, Caro. J'ai l'âme salace, ce soir.

– Il faut commencer romantiquement, dit Caroline. C'est l'usage. Alors votre premier péché, s'il vous plaît, vite...

Serge se déclara tout de suite hors jeu : son premier péché n'avait rien de romantique ni d'éthéré.

– Tant pis, dit Caroline. On fera les transpositions nécessaires.

Il raconta son histoire, assez sordide en effet. Un couloir d'une gare de Lille en était le décor et un vieux monsieur, au crâne poli comme un œuf, le héros. Caroline convint que la transposition s'avérait difficile. Et il rit.

– Quand vous parlerez d'amour, dit-il, je vous damerai le pion, j'en suis sûr.

– Serge, dit Caroline, vous m'offensez : j'ai parlé d'une vilaine conversation. Pas d'une conversation indiscrète. Je sais me tenir.

– Alors à vous : et soyez bien vilaine...

– Je ne pourrais pas, dit Caroline, c'était joli-joli comme tout, et puis Fleur en est née, alors bon... C'était à Sydney, le père d'une de mes amies de pension. Un homme fascinant. Très sûr de lui, très doux, et terriblement embêté parce que j'étais si jeune... Dans un chemin creux, un soir.

– Ouais, dit Natou, c'est romantique en diable ! Et vous, Olivier ?

Olivier parla, avec une certaine nostalgie, de ses dix-huit ans et d'une jolie voisine de palier. Timide et brune.

– Un soir, dit-il, j'ai changé sa bouteille de gaz... et voilà.

Cette concision fit rire.

– Et voilà, dit Natalène. On ne se méfie jamais assez du gaz.

On donna le dé à Tristan. Il sourit à Sophie, parce qu'il s'agissait d'elle, et situa sa faute dans un petit bois.

– Un très joli petit bois, dit-il, et une ravissante jeune fille.

Elle parla, elle, du bord d'un ruisseau. Et d'un jeune postier aussi entreprenant que maladroit.

Natalène s'exécuta, bonne dernière.

– C'était dans un grenier, dit-elle. Une nuit. Je n'en menais pas large mais je crois qu'il était encore plus inquiet que moi.

– Pourquoi ? dit Caroline.

– Mais je suppose qu'il n'avait aucune envie de me faire mal.

– Ça ne fait pas mal, dit Caroline.

– Par exemple ! protesta Sophie. Ça fait très mal !

Natalène hocha la tête, malicieuse.

– Vous avez tout faux, dit-elle. Ça fait un peu mal.

Quand on eut bien ri, Caroline déclara close l'ère du romantisme.

– Qu'est-ce qui vous donne le plus envie, dit-elle, de... de cesser d'être éthéré ?

– Le sourire d'un homme, dit Sophie, d'un homme qui me plaît, quand il se demande si c'est ou non le bon moment de faire un geste vers moi.

– Ça te garantit la concordance, glissa Natalène. Je te reconnais bien là. Moi c'est plutôt... l'intérêt qu'un homme porte à quelque chose. Un signe qu'il est vivant. Alors J'AI des problèmes de concordance.

– Moi aussi j'en ai, dit Caroline. Parce que moi, ce qui me touche, c'est un homme qui me résiste.

Elle sourit à Tristan, gracieusement.

– Qu'en pensez-vous ?

– Rien, dit-il. Je ne me permettrais pas, Caroline, d'en penser quoi que ce soit. Moi, c'est un sourire, une démarche, une voix... n'importe quoi, vraiment, rien de particulier et tout à la fois s'il s'agit d'une femme dont je suis amoureux. Sinon, un corps nu, je crois : c'est très banal.

– La voix d'une femme, dit Olivier. C'est banal aussi. Mais je peux désirer une voix.

– Et moi, dit Serge, cette chose qui est si merveilleuse chez un homme : l'attache du cou avec les épaules. Tant de force et tant de douceur.

Caroline, satisfaite de ses troupes, annonça que les choses allaient maintenant se corser.

– Vous n'oserez pas dire la vérité, affirma-t-elle. Si vous pouviez tout vous permettre, un soir, TOUT, que feriez-vous ?

– Mais tout est permis ! dit Natalène. Tout !

– Tu rêves, répondit Caroline. Moi je voudrais faire l'amour avec un homme que je tuerais après, et qui le saurait en s'approchant de moi.

– Aïe aïe aïe, dit Natalène, je comprends la difficulté... Moi, parmi les choses qui pourraient me tenter, il y en a une seule qui paraît difficile à réaliser : voir un homme que j'aimerais... honorer une autre femme.

– C'est très réalisable ! protesta Caroline. Il suffirait d'avoir son accord, à lui... Tu passes une petite annonce, du genre : « Glace sans tain cherche âme sœur... Grosse récompense... »

– Non, dit Natalène. Je n'aurais pas envie de le voir avec une inconnue, mais avec une femme qu'il aimerait.

– Tu es une femme heureuse, dit Sophie. Moi j'ai envie de tant de choses irréalisables qu'une vie n'y suffirait pas. Je voudrais faire l'amour dans une église. Dans un cimetière, la nuit. Avec un très jeune garçon – affreusement jeune, jeune à finir sa vie derrière les barreaux. Je voudrais jouer les prostituées, une nuit. Voir une orgie, cachée, en petite souris. En voir une autre dont je serais l'héroïne. Faire l'amour sur la place du marché le dimanche matin. Passer avec un condamné à mort sa dernière nuit. Savoir comment pourraient m'aimer des gens très différents de moi – un Pygmée, un Esquimau, un homme du XIIe siècle, une brute, un Martien. Séduire un jeune séminariste. Et tant, et tant d'autres choses !

Ses amis riaient, sous l'avalanche.

– J'ai plus court, dit Serge, mais encore plus irréalisable : je voudrais danser nu devant dix mille spectateurs, qui me désireraient TOUS. Et en choisir un, après, en prenant tout mon temps.

– J'ai peur d'être très banal, avoua Olivier. Si je rêve, c'est de harem. Désolé de vous décevoir.

– On va être deux à les décevoir, dit Tristan : j'aimerais seulement voir deux jeunes filles faire l'amour. Et ça peut même se réaliser !

Caroline fit une moue de dédain pour les deux derniers orateurs. Puis elle resta pensive.

– Vous êtes tous de curieux personnages, dit-elle. On dirait que rien ne vous gêne.

– Par exemple ! protesta Natalène. Mijaurée ! C'est TOI qui as voulu une vilaine conversation !

– Oui, mais... il est horriblement tard, j'ai beaucoup bu... vous pourriez, vous, parler de ça à midi au café du Commerce, non ?

– Et pourquoi pas ? dit Sophie. Ça fait partie de la vie comme le tissu d'une robe ou la construction d'une maison. C'est seulement un peu plus secret, un peu plus lourd, si bien qu'on ne peut pas en parler n'importe comment, et sans doute pas avec n'importe qui. Mais n'importe où et n'importe quand, ça oui !

– C'est bien ce que je veux dire. Je me souviens qu'en arrivant ici, il y a presque sept ans, je vous avais tous pris pour un tas de coincés. Engoncés coincés englués. Vous étiez si bien élevés et si obéissants. Mais je l'étais dix fois plus que vous, en fait.

– Obéissante ? se moqua Natalène.

– Non, coincée !

Ils parlèrent de ce vieux printemps, quelques instants. De Caroline descendant d'un taxi, une valise à la main, son petit ventre bien rond sous sa robe. Et de l'indignation muette des tantes.

– Votre Blajan est un petit monde à lui tout seul, dit Serge Breuville. Vous avez même une préhistoire !

Le clan, naturellement, le fascinait lui aussi. Ces gens si liés, et pourtant si libres. Ces vies si différentes s'abritant sous le même toit, et se côtoyant sans se gêner.

Caroline se leva, fatiguée, cette fois, à son tour.

– Ce qu'il y a de terrible, dit-elle, c'est de penser que nous sommes la préhistoire de Fleur...

VII

– J'ai pensé à quelque chose, dit Marion, un soir de janvier, à Tristan. J'ai pensé que peut-être... je voudrais aider Emmanuel. Je ne sais rien faire, mais j'aime les enfants.

Elle était si timide encore qu'il lui était difficile de s'expliquer clairement. Tristan s'assit à côté de la chaise longue où elle passait ses après-midi, et lui sourit pour l'encourager.

– Et alors ?

– Je voudrais travailler.

– Ce n'est vraiment pas le moment !

– Oui, mais après. M'occuper des enfants, ici. Sophie est d'accord déjà, et si vous l'êtes aussi cela me fera deux petits pensionnaires. Chantal n'a plus tellement le temps...

– Attendez, dit Tristan. Vous voulez jouer les nurses, ici ?

– C'est ça. Garder Flore pour Sophie, quand elle travaille, et votre enfant aussi quand Natou sera à la fac.

– Lui en avez-vous parlé ?

– Pas encore, parce que...

Elle rougit très fort, gênée.

– Je voudrais être payée, dit-elle. Un peu, comme Chantal l'était. Et c'est vous qui me paieriez, non ?

Tristan rit, touché.

– Naturellement qu'il faut vous faire payer, Marion. Et le juste prix.

– Ça sera mieux, non, qu'ils soient tous gardés ici ?

– Ça me paraît une très bonne idée.

– Je l'aurais fait pour rien aussi : c'est un peu normal, dans une si grande famille. À charge de revanche. Mais si je pouvais aider Emmanuel... Vous en parlerez à Natalène ?

– Ce soir, Marion. Promis.

Natalène, aussi bien que Sophie, et Chantal un peu débordée, trouva l'idée excellente. On intronisa donc Marion, avec quelques mois d'avance, nurse patentée du clan.

– Je t'en ferai quinze, promit Natou, et je compte que Sophie fasse encore un effort, sans oublier qu'Édith pourrait AUSSI y mettre un peu du sien...

La petite nurse devait accoucher après Natalène et Natacha. Elle le fit pourtant la première. Au début de février, sa pâleur et sa lassitude finirent par affoler tout le monde, et jusqu'au docteur qui se hâta de la faire hospitaliser. On attendit encore quelques semaines. Puis, comme rien ne semblait s'arranger, que l'enfant bouclait son septième mois et pouvait courir sa chance, on prépara une couveuse et on déclencha l'accouchement.

Le vampire qui suçait ainsi toute la vitalité de sa prison était une ravissante petite fille, diaphane, fine et menue. Marion voulut l'appeler Albane, en souvenir de ce père coupable et mystérieux qu'elle n'avait vu qu'une fois. Et pour contredire les tantes, prêtes à commander deux couronnes mortuaires, la mère et l'enfant se rétablirent très vite. Quinze jours ne s'étaient pas écoulés que la couveuse devenait inutile, tant Albane se portait bien, et que Marion ne se couchait plus, dans sa chambre d'hôpital, que le soir. On les rapatria toutes les deux, le jour même où Natacha franchissait à son tour les portes vitrées du bel hôpital tout neuf. Avec du retard, elle !

Emmanuel avait eu peur. Très peur. Et malgré la stupidité de la chose il éprouvait pour l'enfant une sorte de rancune dont il allait lui falloir plusieurs mois pour se défaire. Ce soir-là pourtant, dans la grande salle de Blajan, il paraissait très fier de sa minuscule petite fille. Nichée au creux de son bras, elle fermait les yeux. Même emmitouflée comme elle l'était, elle occupait si peu de place que c'en était tout à fait attendrissant.

– Je parie, dit Fleur, qu'elle tiendrait dans la petite bassine à confitures...

On fit taire cette jeune sadique. Et on recomposa le numéro de l'hôpital, qu'on connaissait maintenant par cœur. Bertrand, seul dans la chambre 302, bégayait d'émotion. Rien encore. Tout allait sans doute très bien, mais rien encore...

Le petit rien mit la nuit entière et toute la matinée du lendemain à daigner faire son apparition. C'était un garçon cette fois, un gros garçon joufflu, hurleur, affamé, qui commença sa petite vie par une action d'éclat en griffant au passage la cuisse de sa mère.

Après quoi on put souffler un peu et se remettre de tant d'émotions.

Ce que pensait vraiment Natalène de l'aventure, Tristan lui-même n'en savait rien. Il suivait, du bout des doigts, la courbe douce de son ventre. Il écoutait le cœur de l'enfant battre dans sa prison de chair et sentait sous sa paume s'agiter le petit inconnu. Le corps nouveau de Natalène, il le connaissait bien. Mais au-delà elle se taisait.

Elle aimait son ventre, comme elle avait aimé son sang. Sa vue de profil, dans la glace qui ornait la grande armoire de Tristan, l'amusait. Et aussi le gonflement de sa poitrine, et la teinte sombre qu'avait prise l'aréole de ses seins. « Je sens mieux les odeurs », disait-elle. Elle s'étonnait aussi de la façon brutale dont le sommeil s'abattait sur elle. Mais c'était tout. Du reste elle ne disait rien.

À partir d'avril elle se mit à boire d'étranges tisanes. Ni Marion ni Natacha n'avaient consenti à tâter de cette sorcellerie. Et elles fronçaient le sourcil, inquiètes, en la voyant manier ses herbes pilées.

– Es-tu sûre ? disait Marion.

– Oui, répondait brièvement Natalène.

Elle comptait accoucher à Blajan, comme Sophie, et avec la même sage-femme. Le 2 elle fit porter dans sa chambre, par Emmanuel et Tristan, la longue table de l'office. Elle la recouvrit d'une toile cirée, puis d'un matelas assez dur, enveloppé lui-même dans de vieux draps. Sur le dessus de la commode elle prépara tout ce dont Mme Vallois lui avait dit avoir besoin, et ce dont elle voulait elle-même se servir : des herbes, encore. Là-dessus elle n'y pensa plus. Mais Tristan n'avait jamais aussi bien senti que ce jour-là à quel point Natalène était un petit être solitaire, et à quel point elle ne comptait que sur elle-même.

– Vous ressemblez aux chattes, lui dit-il le lendemain. Vous faites toute seule votre nid de vieux chiffons, et je parie que la sage-femme va vous paraître gênante.

– C'est bien possible, répondit-elle. Mais je ne crois pas : elle n'est pas bavarde.

À partir du 5 avril les tisanes verdâtres se firent grises. Et beaucoup plus amères. Natalène en buvait un grand bol le matin, une tasse à midi, et finissait le pichet le soir, devant la cheminée de Tristan, juste avant d'aller se coucher. Elle venait de découvrir la science-fiction, grâce à Serge Breuville qui adorait ce genre de littérature, et elle s'y jetait à corps perdu. L'étrangeté de ce langage et sa curieuse logique la fascinaient. « J'en rêve, disait-elle. Parole, je passe mes nuits sur des plans de robots... »

Un soir, parce qu'elle levait par hasard les yeux de son livre, elle vit que Tristan la regardait, et lui sourit.

– Vous êtes inquiet, dit-elle.

– Non, répondit-il, je ne suis pas inquiet, je suis terrorisé. Nuance.

Elle rit, referma son livre, et tendit une main à Tristan pour qu'il vienne la rejoindre sur le tapis.

– Un, dit-elle, ça va très bien se passer. Deux, il ne bouge presque plus, c'est pour bientôt. Trois, vous l'aurez, votre petit bohémien, en punition de vos nombreux péchés, et on vous le livrera en bon état de marche...

Il ne répondit pas et elle regarda ses mains, dont il se servait pour faire tourner sur lui-même le petit pouf. Elles étaient longues et déliées, mais sans excès de finesse.

– Je ne crois pas que le couteau vous aille très bien, dit-elle. Si ?

Il arrêta le pouf, surpris.

– Qui vous a parlé de ça ?

– Valérie, avant-hier.

– Blajan est vraiment un nid de commères.

– ... ce qui ne répond pas à ma question...

– Je suis comme vous, je ne réponds pas à toutes les questions.

Elle sourit, bonne joueuse, puis repartit à l'attaque.

– Je SAIS me servir d'un couteau moi aussi. Un de ces jours on réglera ça sur le terrain.

– Si vous y tenez, dit-il. Mais pas ce soir : je ne suis pas au mieux de ma forme...

L'après-midi du 8, alors qu'il travaillait dans l'ancienne nursery, Natalène entra et posa sur ses épaules des mains pleines de terre. Elle venait du jardin où elle avait entrepris de refaire la plate-bande de la tonnelle.

– C'est commencé, dit-elle.

Tristan prit les petites mains sales dans les siennes, sans se retourner.

– J'aimerais pouvoir vous aider, dit-il.

– Ah, ce n'est pas prévu...

Elle s'était penchée, libérait une de ses mains, et tapotait d'un doigt le début d'un petit air. Un peu de terre tomba sur les touches blanches.

– J'ai téléphoné à Mme Vallois, dit-elle. Elle viendra dans une heure.

Parce qu'elle s'était crispée, il serra les dents. Mais déjà elle se redressait.

– Ça ira, dit-elle d'une voix un peu blanche. Empêchez-les seulement de m'embêter : tous.

Natalène avait quitté sa plate-bande sans rien dire à personne. Mais l'arrivée de la sage-femme déclencha l'alerte générale. On fit bouillir de l'eau et on se prépara, au salon, à passer une nouvelle soirée d'angoisse.

Tante Lise commença, c'était le rite, par attribuer à l'événement un numéro d'ordre. Ce serait, voyons... ce serait le onzième enfant qu'elle aurait vu naître à Blajan même. Le premier avait été Alban Rivalty, près de cinquante ans auparavant, alors qu'elle était encore une jeune femme. Les jumelles avaient suivi. Il y avait eu, beaucoup plus tard, les quatre enfants de Marie Rivalty. Tristan, bien sûr. Fleur Montellier. Flore Dubois. Et maintenant cette petite Geneviève...

– Mais je crois bien, dit tante Blanche, que Natalène s'attend plutôt à un garçon.

– Ce sera une fille, Blanche : la mère n'a pris que six kilos, ça ne peut PAS être un garçon.

Contorose ne pouvait contredire tant de science, et n'y songeait pas.

– Cet enfant, dit-il, est mon arrière-petit-fils. Le premier. Et il l'est doublement, par Agnès et par Anne.

Chacun pensa que si les deux grand-mères de l'enfant étaient les filles jumelles de Contorose, ses deux grands-pères offraient plus de diversité. L'un descendait tout droit des croisades sur son noble destrier blanc. L'autre était un bohémien et rongeait son frein dans la prison de Lille.

– La vie est bizarre... dit tante Marie. Qui aurait cru... Bizarre, oui...

On n'alla pas plus loin sur le sujet. D'ailleurs ces considérations généalogiques n'étaient que le prélude habituel à la cérémonie de l'attente. Il fallait maintenant rappeler des souvenirs. On le fit, sans rien oublier : ni la bassine renversée dans l'escalier à la naissance de Philippe, ni la surprise de la sage-femme ayant tiré Anne de sa cachette et voyant apparaître aussitôt le petit crâne d'Agnès.

– Qu'a-t-elle dit ? demanda Marion.

Contorose souriait, attendri, ramené plus de quarante ans en arrière.

– Elle était justement en train de consoler ma pauvre Éléonore, si déçue que ce soit une fille. Alors elle a dit : « Oh ! » Et puis : « Mais ! » Et pour finir : « Eh bien le voilà peut-être, votre garçon ! »

Dans le petit silence qui suivit on entendit préluder, là-haut, le piano de Tristan.

– Tiens ! dit tante Lise. Il joue...

Elle avait mis dans cette exclamation tant de sous-entendus désobligeants qu'une certaine gêne pesa, un instant, sur le groupe. Philippe seul osa rire, et de bon cœur, comme si la vieille dame avait dit là quelque chose de très drôle.

Elle récidiva en se tournant vers Fleur.

– Monte, petite, et demande-lui s'il dîne. JE PARIE que oui, et JE PARIE que Justine ne va pas mettre son couvert...

Fleur obéit, preste. Et de nouveau Philippe rit. Sophie monta elle aussi, pour coucher sa fille. On s'empressa de téléphoner aux Kerbauson, puis à l'école Blanche, pour n'être pas seuls à s'inquiéter sans doute, et Contorose ouvrit le livre qu'il tenait entre ses mains. L'attente, cette fois, avait vraiment commencé.

Fleur redescendit, et délivra son message avec la gravité d'un émissaire royal :

– Il dit qu'il n'a pas faim. Il dit qu'il veut seulement du thé. Il dit qu'il va descendre le boire. Et il dit que si monsieur Banier téléphone il faut le prévenir parce que c'est très important.

Là-dessus, fière, elle s'assit, pendant que les tantes échangeaient des regards désapprobateurs. Sept heures sonnèrent à la grande horloge, ce qui rappela à Lise qu'on avait oublié de traiter une partie du sujet.

– Xavier a mis TRENTE-DEUX heures à naître, dit-elle.

Philippe, de son recoin de fenêtre, se pencha vers Marion pour chuchoter, mauvais : « Ça ne les valait pas... » Elle pouffa, surprise. Puis elle lança au railleur un regard complice. Elle aimait Xavier, parce qu'elle aimait tout le monde. L'égoïsme et la médiocrité de ce grand frère-là, pourtant, ne lui échappaient pas.

– Chantal, continua tante Lise, DOUZE heures.

Marie Rivalty s'empressa de prendre le relais. Après tout ç'avait été elle, l'héroïne de ces heures-là.

– Seulement dix heures pour toi, Philippe, dit-elle. Et toi, Marion, tu t'es fait prier davantage : quinze heures.

– Natalène a toujours fait les choses très vite, risqua Marion. Elle met trois heures à lire un gros livre, alors peut-être que tout sera fini avant minuit...

– Certainement pas, dit tante Lise. Un premier ! Certainement pas.

Sophie revenait, manifestement soucieuse, suivie d'un Tristan semblable à celui des autres jours : calme, et même souriant. Tante Lise n'y put tenir, cette fois. C'en était trop.

– Mon enfant, dit-elle à Sophie, ne VOUS inquiétez quand même pas trop... Je VOUS comprends, mais je VOUS assure que tout se passera très bien.

– Je l'espère, répondit Sophie. Il n'y a pas de raison.

Ses antennes habituelles lui faisaient défaut, ce soir-là, et elle n'avait pas saisi les sous-entendus.

– Il n'y a pas de raison, répéta-t-elle. Mais c'est fou ce que ça peut paraître long quand c'est quelqu'un d'autre...

Tristan s'était assis près du feu, et se servait une tasse de thé.

– Banier n'a pas téléphoné ? demanda-t-il.

– Non, dit Édith.

Elle était un peu choquée, elle aussi, par tant d'indifférence.

– Il faudrait, dit-elle, qu'il y ait quelqu'un avec madame Vallois, parce que si elle a besoin de quelque chose...

– Natalène ne veut personne, dit Sophie. PERSONNE.

– Et puis je remonte, dit Tristan. Je travaille tout près. J'entendrai.

Il reposait sa tasse, pour sortir de la poche de son jean son paquet de cigarettes. Ce fut le seul signe de distraction qu'il montra. Il était formellement interdit de fumer au salon et apparemment il l'avait oublié ; la petite flamme de son briquet éclaira, un instant, son visage impassible. On s'aperçut là que la nuit tombait et Marion se leva pour allumer les lampes. Le sourcil interrogateur, Contorose regarda Tristan, puis Lise. Celle-ci fit un signe de dénégation : elle supporterait chrétiennement cette cigarette, étant donné les circonstances...

Ce fut en croisant le regard de Philippe, plein d'ironie et de compréhension, que Tristan prit conscience de sa bévue. Il jeta sa cigarette dans la cheminée.

– Pardon, dit-il. Excusez-moi.

Là-dessus, il sortit, sans attendre Chantal dont la 2 CV blanche montait l'allée.

La jeune femme n'avait pu y tenir et venait passer la soirée avec son clan.

– Mes diables, dit-elle, sont en train de parier dix billes sur un garçon...

On dîna presque aussitôt. Froid : Justine avait la tête ailleurs et Marinette trop à faire avec son eau bouillie. On parla du gros Basile de Natacha. Chantal l'avait vu l'après-midi : il hurlait de faim du matin au soir, ou presque, et frôlait son sixième kilogramme. « Un gaillard pareil, dit-elle, Natacha ne pourra pas le nourrir longtemps ! » On parla aussi de Serge Breuville, parce qu'il téléphona pour s'informer. Du printemps qui venait. Des vacances de Pâques. D'Albane, vaccinée de la veille. Enfin on fit de son mieux pour passer le temps.

À neuf heures et demie on envoya Fleur se coucher, malgré ses protestations indignées. À dix heures Natacha téléphona, puis presque aussitôt, Jean-Louis à qui Chantal rappela gentiment que Paris ne s'était pas fait en un jour. Elle avait à peine raccroché qu'on frappait à la porte d'entrée : Lucile Duplessis venait aux nouvelles, envoyée par sa mère. « Il ne se passera rien, lui dit tante

Lise, avant demain matin. » Elle repartit, avec Valère qui avait justement oublié, dit-il, son dictionnaire d'anglais au pavillon. Le prétexte était bien maladroit mais personne ne parut s'en apercevoir.

– Que c'est long, dit Contorose, que c'est long...

Un peu avant onze heures, Marion monta, pour nourrir sa toute petite fille. Elle la trouva éveillée dans son berceau, ses yeux de myosotis grands ouverts sur l'inconnu, et se demanda si l'enfant ne savait pas, par hasard, que son semblable se frayait à son tour un chemin vers la vie. Elle semblait écouter le silence, de toutes ses fragiles antennes, et en savoir beaucoup plus long que tout autre. « Jolie-jolie, murmura Marion, dis-moi, Jolie-jolie, est-ce une petite fille ? » Le bébé plissa son petit nez, au même instant, et Marion se mit à rire.

Quand l'enfant fut repue – et il lui fallait pour cela très peu de chose, contrairement au terrible Basile – Marion se glissa de nouveau dans le couloir, en étouffant le bruit de ses pas. Le piano se tut brusquement, pourtant, et la porte entrebâillée de l'ancienne nursery s'ouvrit.

– C'est moi... dit Marion, c'est seulement moi.

Tristan, du seuil de la pièce, lui sourit.

– Est-ce qu'Albane pleurait ? Je n'ai rien entendu...

– Non non, elle a bu, elle dort...

À son tour, elle sourit.

– J'ai eu l'impression qu'elle savait ce qui se passait, et qu'elle attendait... Croyez-vous que ce soit possible ?

– Non, dit Tristan, pas vraiment.

– Elle avait l'air si bien renseignée, pourtant !

– Lui avez-vous demandé s'il restait du thé ?
– Je vous en monte ?
– Vous seriez gentille.

Marion fit cela très vite, sans passer par le salon. Dans la cuisine Marinette mettait ses bigoudis pour la nuit et faisait de sombres pronostics. Marion la consola de son mieux, en garnissant son plateau.

– Voyons, dit-elle, soyez raisonnable. Allez vite dormir, n'y pensez plus, et demain matin il sera là.

– Dans la place de ma voisine, dit Marinette, ils ont perdu DEUX bébés comme ça à la naissance. DEUX.

– Mais ici nous venons d'en avoir deux tout à fait vivants, et je suis bien sûre que le troisième fera comme eux. Ne vous tracassez surtout pas...

Elle retourna au premier étage, son plateau sur les bras. Tristan n'était malheureusement pas aussi facile à réconforter que Marinette. Marion ne l'essaya même pas. Elle plaisanta, comme lui, sur l'énorme théière de l'office, incroyablement pansue, et sur le portrait de la Vierge qui décorait le plateau. Puis elle redescendit, vite, rejoindre les autres.

Ils étaient moins nombreux déjà. Tante Blanche et tante Marie s'étaient retirées, avec Édith et Xavier. Contorose avait envoyé Valère se coucher dès qu'il était revenu du pavillon. Et Chantal était repartie.

Marion se sentait prête à veiller jusqu'au lendemain matin, mais les remontrances d'Emmanuel, qui parlait raison et qui parlait tétée, la décidèrent à le suivre. Contorose, tante Lise, Philippe et Sophie demeurèrent donc seuls dans la grande pièce, autour du feu qui se mourait. « Que c'est long, soupirait Contorose toutes les dix minutes, que c'est long ! »

Lassée de ce refrain, ou vaincue par la fatigue, tante Lise prit congé, un peu avant minuit. Et presque aussitôt Contorose s'endormit dans son grand fauteuil à oreillettes.

– Sapristi, dit Philippe, ils tombent comme des mouches !

Frondeur, il profita des circonstances pour sortir de sa poche ses cigarettes, et en offrir une à Sophie.

– Profitez-en, dit-il. Natou n'accouchera pas tous les jours.

Ils fumèrent en silence, assis devant le feu sur l'épais tapis de laine, ces délicieuses cigarettes interdites. Et quand Contorose se mit à ronfler ils pouffèrent, comme des gosses.

– J'adore ce vieux fou, dit Philippe. Je l'ADORE, positivement.

– Moi aussi, dit-elle, positivement.

Leur cigarette terminée, ils en allumèrent une autre, pour enfumer tout à fait le vieux fou.

– Je me demande, dit Sophie, si on ne pourrait pas monter voir Tristan ? Il doit commencer à trouver le temps long, lui aussi...

Elle allait se lever, mais Philippe l'en empêcha.

– Surtout pas, dit-il. Foutons-lui la paix, je crois que ça vaut mieux.

– Ils sont très étonnants tous les deux, dit Sophie pensivement. Ils s'entendent comme larrons en foire et pourtant... je suppose qu'il manque quelque chose, finalement.

– Possible, répondit Philippe.

Il riait, pour lui-même, et la malice qui brillait dans ses yeux fit sourire Sophie, bien qu'elle ne la comprît pas.

– Parlez-moi de votre ex, dit-il. Votre Ludovic. Est-ce qu'il manquait quelque chose, là aussi ?

Sur ce sujet-là Sophie se montrait très peu loquace. Ce n'était même pas par elle, mais par Contorose, que l'on avait appris, en novembre, que son divorce était enfin prononcé. Mais la question de Philippe ne la blessa pas. Elle savait qu'il avait pour elle une sorte d'amitié. Bourrue, maladroite, épineuse, mais réelle.

– Je ne sais pas ce qui manquait, dit-elle. Mais vraiment c'était triste et difficile.

Son petit visage fin, toujours si gai, s'était un peu assombri.

– C'est fini, dit gentiment Philippe. Vous avez drôlement bien fait d'arrêter les frais. C'est une sacrée saloperie quand ça tourne mal, ces machins-là.

Les choses, là-haut, commençaient elles aussi à tourner mal. Ou bien, suivant le point de vue. Malgré l'épaisseur des murs quelques cris atteignirent le salon.

– J'espère, dit Sophie, que ça va aller vite maintenant...

– Pas sûr, dit Philippe. Quand Flore est née on vous a entendu comme ça une bonne partie de la nuit. C'est une foutue saloperie ça aussi.

Elle rit de la formule, malgré son malaise, puis, comme le silence revenait, se détendit.

– Ça ne paraît pas si long quand on y est, dit-elle. Heureusement. J'aurais juré, pour Flore, que ça avait duré trois heures et pas davantage.

Elle devait inconsciemment attendre d'autres cris, parce que le silence qui se prolongeait l'étonna. Elle se leva, traversa la pièce et ouvrit la porte du vestibule. Philippe la rejoignit et ils entendirent ensemble, dans la nuit, le premier vagissement de l'enfant.

– Mais il est né ! s'écria Sophie. Il est né ! Quelle heure est-il ?

Il était minuit et demi.

– À zéro heure trente-deux, plaisanta Philippe, le 9 avril, apparition d'un nouveau guillotinable... embrassez-moi, Sophie, ça vaut bien ça !

Elle le fit, pour rire, puis s'écarta, les yeux brillants.

– Chouette, dit-elle, chouette ! Si vite ! Je cuis, je cuis... Combien de temps faut-il attendre ?

– Un bon moment, dit Philippe. Tenez, on va leur faire du café : elle en avait demandé, pour vous.

Ils firent ça dans la cuisine, et s'amusèrent à garnir le plateau de tout ce que les placards de Justine pouvaient contenir d'intéressant : du chocolat, du miel, des bonbons, trois mandarines...

Dans sa chambre, Natalène avait réintégré son lit. Tristan et Mme Vallois avaient déjà repoussé la table matelassée. Et l'apparition du plateau fit son petit effet.

– Est-ce un jeune prince ? demanda Philippe.

C'était un jeune prince. On ne voyait dépasser de la couverture qui le recouvrait, sa mère et lui, que l'arrondi de son crâne et un petit poing violacé. Tristan jetait sur la commode un drap blanc, pour faire disparaître les cuvettes, les bols et le linge qui l'encombraient. Et quand Mme Vallois se fut assise devant le bureau on aurait pu jurer que rien ne s'était passé là. Une odeur de sang, lourde, se percevait pourtant encore.

– Ça a été ? dit Sophie.

– Oui, répondit Natalène. Très bien.

Elle était pâle, et des cernes sombres creusaient ses joues, mais elle ne semblait pas trop lasse. Et le café brûlant parut lui faire plaisir.

– « Très bien » ? disait Mme Vallois. Mieux que ça !

– Ce sont les herbes, dit Natou. Je vous l'avais dit.

La sage-femme déboutonnait sa blouse, et prenait la tasse que Philippe lui tendait. Manifestement elle ne croyait pas aux vertus des herbes.

– Que ce soit ce que vous voulez, dit-elle gentiment. De toute façon je n'oublierai pas ce bébé-là. Ça a été un plaisir, vraiment.

Philippe, qui servait Tristan et le trouvait à peu près aussi pâle que Natalène, lui sourit.

– Cantor ? dit-il. Décidément ?

– Oui. Où est grand-père ?

– Il dort, dit Sophie. Au salon, dans son grand fauteuil rouge. Voulez-vous que j'aille le réveiller ?

– Ça vaudrait mieux, sourit Philippe. Sinon il piquera une colère du sang de Dieu. Mais ne bougez pas, Sophie, j'y vais.

Mme Vallois, qui remettait son manteau, sortit avec lui après avoir promis sa visite pour le lendemain matin. Et Sophie écarta un peu la couverture.

– À mon tour, dit-elle. Parce que tu me l'as dit, tu sais, l'année dernière, que Flore était un petit oisillon visqueux...

Elle prit un temps, arrondit la bouche et s'écria, dramatiquement :

– Oh ! Oh ! Le petit oisillon visqueux !

Natalène éclata de rire, puis fit une grimace.

– Ne me fais pas rire, dit-elle. Ça me tire.

– Pardon...

Contorose, déjà, entrait. Ému, mais le cachant bien.

– Voyons, dit-il, ce gaillard-là...

La petitesse du gaillard parut l'impressionner.

– En brassière, dit-il drôlement, ils ont l'air plus grands... Est-ce que tu vas le laisser tout nu, ma chérie ?

Elle rabattit la couverture sur l'enfant, sans répondre, et ferma les yeux un instant. De la main, Contorose chassa devant lui Sophie et Philippe, et sortit avec eux. On les entendit rire dans le couloir. La petite Albane, sans doute réveillée par tout ce remue-ménage, poussa un cri perçant. Un seul. Des pas redevenus prudents s'éloignèrent vers l'escalier.

– Est-ce qu'il reste du café ? demanda Natalène.

Tristan lui en apporta une tasse et s'assit au bord du lit.

– Ça a été long, dit-il.

– Six heures en tout, dit Natalène, ça a été très vite. Je n'ai pas vu le temps passer. C'était joli, ce que vous jouiez à côté...

Elle ferma les yeux, et s'endormit sans même s'en apercevoir. Tristan sauva sa tasse, de justesse, alors qu'elle s'échappait de ses doigts. Il était si fatigué lui-même qu'il crut entendre son piano jouer seul, au bout du couloir. Des années lui semblaient s'être écoulées depuis qu'il s'était mis à tromper sa peur sur les touches.

On l'avait appelé dès que l'enfant était né. Il avait vu le petit corps contre la cuisse de sa mère, puis sur son ventre. Visqueux, oui, et souillé de sang. Natalène avait posé ses mains sur lui et dit, très bas : « Ne faites pas de bruit. Il a peur. » Elle avait parlé au petit être recroquevillé. Dans sa langue, très doucement. Sur le dos minuscule ses mains se promenaient, lentes et légères. Mme Vallois, une serviette éclaboussée de sang entre les mains, s'était penchée. « Il va bien », avait-elle dit. Et Natalène avait souri. « Je sais qu'il va bien », avait-elle répondu.

Lorsqu'elle avait dû s'occuper à nouveau de Natou, la sage-femme lui avait repris l'enfant pour le mettre d'autorité dans les bras de Tristan. Il l'avait niché, sale et nu, au creux de son épaule, et comme beaucoup d'hommes avait alors compris, seulement alors, que c'était vrai, ce conte étrange : il avait un fils.

Plus tard on avait remis l'enfant sur le corps de sa mère et il les avait portés tous les deux sur le lit. Mme Vallois, assise au bureau, remplissait tout un tas de papiers.

– Cantor ? avait-elle dit. Comment l'écrivez-vous ?

Il l'avait épelé, en rabattant sur Natalène la grande couverture.

– De Blajan ? avait demandé la sage-femme. C'est ça ?

Natou avait rouvert les yeux, malicieuse.

– Allez-y, avait-elle chuchoté à Tristan. N'ayez pas honte, c'est pas votre faute...

Pendant qu'il dictait à Mme Vallois la longue liste de ses noms, et lui épelait ceux qu'il tenait de la branche bavaroise de sa famille, Natalène s'était remise à parler à l'enfant, dans la langue des bohémiens. Et il l'avait soupçonnée d'y prendre, à ce moment-là, beaucoup de plaisir...

Il posa la tasse à terre, doucement. Natalène partirait un jour. Elle ne le savait peut-être pas. Mais lui le savait. Il l'avait toujours su. Elle partirait et l'enfant aux douze noms partirait avec elle. « Ces gens-là, avait-elle dit une fois en parlant des siens, ces gens-là ont le vent en tête et ils sont comme le vent eux-mêmes : ils vous filent entre les doigts... » Quand sentirait-il, de ses doigts, glisser ceux de Natalène ? Dans un an ? Dans dix ans ?

VIII

On vit mieux Cantor le lendemain. Il ressemblait à Tristan, par on ne savait trop quel agencement des traits de son petit visage chiffonné. Mais il était très brun, et très mat : c'était manifestement un bohémien plus qu'un Blajan.

Il ne pleurait jamais. Natalène l'avait habillé, mais l'avait laissé sur elle. À la surprise générale il passa sur le ventre de sa mère l'essentiel des dix premiers jours. Elle ne l'écartait que pour le changer, ou pour faire elle-même sa toilette. Quand il avait faim elle se tournait sur le côté, déboutonnait sa chemise et guidait vers son sein la petite bouche avide.

À partir du dixième jour elle cessa de se conduire si bizarrement et Cantor fit connaissance avec son berceau. Il s'y trouva apparemment bien. Là non plus, il ne pleura pas.

Ses yeux, qu'il ouvrait rarement, étaient d'un gris-marron curieux, assez terne, et comme sali. Natalène en étudia plusieurs fois la teinte, et un soir se résigna.

– Ils seront jaunes, dit-elle.

– Tant mieux, répondit Tristan. J'aime beaucoup vos yeux.

– Ça m'a l'air d'être un caractère furieusement dominant...

– Savez-vous d'où il vient ?

– Il paraît que la mère du Copte avait ces yeux-là. C'était une Tsigane russe. Ses deux fils les ont. Et tous leurs enfants.

– Le Copte a d'autres enfants que vous ?

– Mais oui, trois. Il avait déjà été marié avant de rencontrer ma mère. C'est même pour cela qu'il n'a jamais pu l'épouser : du mariage d'avant il avait un fils.

– Par exemple, dit Tristan, j'en apprends tous les jours... Vous avez des demi-frères, alors ?

– Un demi-frère et deux demi-sœurs.

– Vous les connaissez ?

– Non. Ils sont tous beaucoup plus âgés que moi. Mais j'ai vu la femme du fils, une fois. Elle est passée par Anstik, j'y étais, j'avais une dizaine d'années. Sa petite fille avait des yeux JAUNES. Et son bébé AUSSI. Je regrette, mon vieux. Votre noble sang Taswïck m'a tout l'air d'être pourri aux vers définitivement.

Elle s'était habillée, ce jour-là, pour la première fois. Son corps était encore un peu déformé et elle n'avait pas pu boutonner la ceinture de sa robe. Entre ses bras, le petit bohémien dodelinait de la tête.

– À part ça, dit-elle, il vous ressemble. Étrange, étrange...

– Qu'est-ce qui est si étrange ?

– Mais de voir l'ombre d'un visage d'homme passer, trrr ! sur celui d'un enfant, vite, on n'a pas le temps de la voir vraiment, on sait seulement qu'elle y était la seconde d'avant...

Elle posa le bébé sur le tapis, à ses pieds. Elle le posait à peu près n'importe où, ce qui scandalisait les tantes.

– Il me plaira, dit-elle. Je crois qu'il me plaira. Il a l'air chouette.

Cette calme déclaration aurait sans doute indigné les tantes plus encore que la vue du nouveau-né dormant sur le sol de la chambre. Mais

Tristan sourit de voir que Natalène, même mère, gardait sa liberté. Cette qualité était-elle un caractère furieusement dominant, elle aussi ?

Natalène n'était pas une mère de tout repos : ce fut très vite l'opinion générale. Elle nourrissait Cantor n'importe quand, dès qu'il semblait le désirer. Elle descendait l'escalier avec lui, quatre à quatre, oubliait souvent de le changer, ne le baignait que de temps à autre, et se montrait convaincue que ce petit être était d'une solidité à toute épreuve. Quand elle s'asseyait à table, son fils allongé sur ses genoux, elle se contentait de poser sur son dos une main légère : ensuite, disait tante Lise, elle l'OUBLIAIT ! Elle riait, elle parlait, elle mangeait, sans un regard pour son précieux fardeau. N'avait-elle pas inventé aussi de l'assujettir sur son dos avec un drap noué et de l'emmener ainsi partout ? Dans le parc, en ville, au café, dans le fruitier si frais ? Tante Marie, un matin, eut une formule vengeresse : « En fait elle le traite comme un petit chat... »

Le petit chat, d'ailleurs, pétait d'aise du matin au soir. Il grossissait. On ne savait pas à quel rythme parce que sa mère ne le pesait jamais, mais il grossissait. Ses yeux, d'un marron très clair déjà pailleté de jaune, considéraient le monde avec bienveillance, et on ne l'avait pas encore entendu pleurer. S'il avait faim il en prévenait son peuple de quelques grognements polis. Ce n'était pas une revendication, ni même une demande, mais une simple information. À toutes fins utiles. Pour que l'on prenne sans trop tarder les dispositions nécessaires. Il s'endormait n'importe où, sur les genoux de sa mère, au coin d'une banquette, dans son berceau, ou même sur l'herbe de la pelouse, comme si l'univers entier eût été une couche à lui destinée, et parfaitement sûre d'un bout à l'autre de son immensité. En fait l'aisance tranquille avec laquelle Natalène le traitait semblait avoir pénétré chacune des cellules de son petit corps : aisément, joyeusement, puisque c'était ainsi qu'allaient les choses, il prenait pied sur son nouveau monde.

– Il me plaît, disait maintenant Natalène. Il EST chouette.

Tristan s'était un peu laissé gagner par tant de sérénité. Mais il restait un gadjo. Pour nicher son fils au creux de son bras il prenait d'infinies précautions. Et quand il le baignait – ce qu'il faisait, d'autorité, tous les dimanches – il paraissait sidéré par tant de petitesse.

– Il n'est pas en sucre, souriait Natalène. Et ce n'est PAS un aristo...

Cependant, elle n'allait pas plus loin que cette plaisanterie. Sa place vis-à-vis de l'enfant, elle l'occupait. Tout entière et comme bon lui semblait. Ce qui se passait ailleurs ne la concernait pas : de sa place à lui Tristan faisait ce qu'il voulait et elle ne s'en souciait pas plus que de l'attitude d'Emmanuel envers Albane, ou de Bertrand envers Basile. Bref, ce n'étaient pas ses oignons, ni sa poêle.

Mais elle aimait voir Tristan manier cette poêle-là, par simple curiosité. Et quand il baignait son fils à Saint-Lys, le dimanche matin, dans un baquet de bois posé devant la cheminée, elle se hâtait de quitter son lit. Le grincement du baquet sur le carrelage lui servait de réveille-matin : après ce bain rituel il faudrait s'habiller et reprendre la route de Blajan, où on les attendait pour le déjeuner.

Elle se préparait un bol de café pendant que Tristan déshabillait l'enfant. « La semaine prochaine, disait-elle, si on peut être là dès le vendredi je planterais bien des groseilliers sous l'auvent... »

Qu'il s'agisse de groseilliers ou de grandes marguerites, elle en rêvait d'avance, en mangeant le pain bis de Farfouille. Puis elle regardait Cantor s'agiter dans sa mare. Il battait l'eau de tous ses petits membres, en riant quand il s'éclaboussait. Il mettait à explorer ce milieu liquide un enthousiasme contagieux et Tristan en riait lui aussi, presque aussi trempé que son petit bout de fils. Quitter ce paradis était la seule chose au monde capable de faire éprouver au bébé un semblant de contrariété. Il en ouvrait ronds ses yeux jaunes. Puis il fronçait son petit nez. Manifestement, il était perplexe. Quelque chose de très plaisant venait de disparaître : avait-on eu, ou non, l'intention de lui être désagréable ? Était-ce désagréable, d'ailleurs ? Le contact de la serviette chaude, intéressant lui aussi, l'empêchait chaque fois de résoudre ce petit problème dominical : dès qu'il en sentait contre son corps le contact moelleux il oubliait la question du bain. De nouveau ses yeux s'arrondissaient de surprise. Qu'était-ce, là ? Cette sensation étrange ? Là, derrière ?

Lorsque Natalène commentait ainsi les pensées de l'enfant, et lui servait gracieusement d'interprète, Tristan riait beaucoup. Et parfois il y croyait presque.

– Vous souvenez-vous, lui dit-elle un de ces matins-là, de notre « vilaine conversation » de Noël, avec Caroline ?

Il s'en souvenait, et elle sourit.

– Je voulais une glace sans tain, pour vous voir aimer quelqu'un – eh bien je l'ai, maintenant.

– Ce n'est pas tout à fait la même chose.

– Si. Il n'y a qu'un seul amour. Votre fils, ou une femme, quelle différence ?

– Énorme, sourit Tristan, vraiment, énorme !

– Mais ce n'est pas vrai... Les gestes changent : pas ce qui les habite. Et c'était surtout cela que je voulais voir. Les gestes je les connais, ou je peux les imaginer. Mais pas la petite lumière dessous.

– Et c'est pour ça que vous vous levez si tôt le dimanche ? Pour jouer les phalènes ?

– Oui, dit-elle railleusement, c'est pour ça. Du vice à l'état pur. Du voyeurisme de la plus basse espèce.

Il boutonna la brassière de l'enfant, dans son dos, puis le retourna pour lui présenter ses compliments d'après-bain. Mais il dut les garder pour lui : Cantor papillotait des yeux, lassé, et presque aussitôt s'endormit. Du pied, Natalène poussa vers Tristan le couffin d'osier.

– On éteint tout ! dit-elle.

Gadjo jusqu'au bout, Tristan déposa délicatement son fils sur le petit matelas et le borda soigneusement. Puis il regarda Natalène, et ce fut à lui de prendre un air moqueur.

– Vous avez la petite lumière sans les gestes, dit-il. Voulez-vous les gestes sans la lumière ? Je ne livre qu'au détail...

– Comment feriez-vous ?

– Chez Luc, c'est possible.

– Vous croyez ?

– J'en suis sûr.

Elle finit son bol, pensive.

– Mais cette jeune fille, dit-elle, elle le saurait, que je suis là, que je regarde ?

– Bien sûr.

– Et comment prendrait-elle ça ?

– Forcément bien, sourit Tristan. Réfléchissez : ou bien ça lui plaira, et c'est tant mieux, ou bien ça lui sera très désagréable, et après tout c'est ce qu'elle est venue chercher au Cercle noir, par définition.

Natalène rit, mais ne se prononça pas.

– Vous voilà au pied du mur, dit Tristan, avec votre auge et votre truelle : spectacle instructif. Je savoure. Vous calez ?

– Non, dit-elle. Jamais de la vie. Je viens d'être extrêmement respectable pendant plus d'un an. J'ai porté un enfant qui n'était MÊME PAS un enfant du vent. Et un fils d'aristo. J'ai besoin d'un entracte ! Je vais polir ma truelle, et vous, arrangez-vous avec Luc...

Lorsque le printemps s'installa vraiment, Marion prit officiellement ses fonctions. Elle gardait Flore Dubois toute la journée. Et Cantor lorsque ses parents quittaient Blajan. Elle prenait les choses avec beaucoup de sérieux et tenait ses comptes sur un petit carnet. Le dimanche, après le dîner, elle se faisait payer. « Sophie, 207 F 50... Tristan, 85 F... » Ils s'exécutaient sans rechigner, amusés, chaque fois, par la gravité de la nurse : Marion avait l'impression d'être devenue tout à fait grande. Ni Cantor ni Albane ne lui donnaient beaucoup de travail. Mais Flore, qui faisait ses premiers pas, valait largement ses 207 F 50, et promettait d'être aussi fatigante que l'affreux Basile de Natacha.

Celui-ci, rue Blanche, continuait à hurler. Il ouvrait la bouche chaque matin avant même d'ouvrir les yeux, et commençait sa journée par un cri de fureur. En fait, il avait faim. Toujours. Natacha complétait ses tétées par un biberon, deux biberons, une bouillie légère – il avait encore faim et suffoquait d'indignation. Quand il ne mangeait pas et ne dormait pas, il criait : il n'y avait pas de quatrième possibilité. Heureusement pour Bertrand et Natacha, il dormait aussi goulûment qu'il dévorait. Des heures entières, immobile et détendu, il semblait préparer, couver, affûter le hurlement du réveil...

« Seigneur, lâchait Caroline devant ce neveu infernal, et dire qu'Olivier voudrait un enfant ! »

Après quoi elle jetait aux pauvres parents épuisés un regard de commisération amusée, et retournait goûter chez elle, à deux maisons de là, le silence et la paix.

À Blajan les tantes s'épanouissaient, entre leurs brassières et les comparaisons à faire entre tant de mères, tant de bébés, tant de pères et tant de courbes de poids. Albane était la plus jolie, bien sûr. Cantor le plus facile à vivre. Basile le plus... le plus... eh bien Basile battait des records que personne ne songeait à lui disputer. Ni à Marion ni à Emmanuel on ne pouvait faire le plus petit reproche. Natalène était bien négligente, bien désinvolte, et Tristan bien indulgent envers tant de manques, mais enfin leur fils ne semblait pas en souffrir. Bertrand avait-il vraiment dit, un soir, devant un Basile particulièrement en forme : « Cette fois-ci, je l'ÉTRANGLE » ? – avait-il osé dire cela ? On le comprenait bien un peu, mais tout de même ces choses-là ne se disaient pas... Pauvre Natacha, pauvre Natacha !

– Il est si jeune, disait tante Marie.

Elle soulignait ce semblant de défense, qui n'était qu'une accusation supplémentaire, par une petite moue.

– Et Natacha, ELLE, ajoutait perfidement tante Blanche, n'est plus d'âge à supporter tout ce tapage...

Pour aller chez Luc, par un beau samedi de juin, Natalène mit la plus jolie de ses robes. Rouge, souple et large, elle dansait gaiement autour de sa sveltesse retrouvée.

– Quels bijoux faut-il mettre ? disait-elle. Il faut que j'aie l'air EXTRÊMEMENT pervers... Est-ce que c'est plus pervers qu'une bague, un collier ?

Tristan la regardait faire, assis sur le rebord de la fenêtre ouverte. L'été, derrière lui, étalait sa tranquille splendeur sur le parc et l'on entendait Édith accuser Fleur d'avoir piétiné les dahlias nains. « C'est pas vrai, se défendait la fillette, c'est le chien ! »

– Ne mettez pas de bijoux, dit-il, ce sera PIRE.

Il pensait, sans le dire, qu'aucun bijou n'aurait pu rendre plus désirable cette petite romanichelle, vive, gaie, et si jolie, qui ouvrait les portes de sa penderie, hésitait entre un paletot et un fichu, des sandalettes et des ballerines, une ceinture rouge, une ceinture grise, pas de ceinture...

– Est-ce que Philippe y sera ? S'il y est, autant vous prévenir, je ris...

– Surtout pas, surtout pas, même s'il y est... tout ça est très sérieux !

– Alors je ne rirai pas. Promis.

Mais en fermant la boucle de sa ceinture rouge, elle pouffait déjà. Et elle rit de nouveau, sur le perron, lorsque Contorose leur parla du péplum qu'ils étaient censés aller voir :

– *Spartacus* ! dit-il. Ah ! La dignité humaine !

De cette soirée au Cercle noir qu'elle avait si longtemps dédaignée, Natalène se promettait maintenant monts et merveilles.

– Ce sera mes premiers dingues, dit-elle dans la voiture. J'ai vu des bordels et... j'ai vu des tas de choses. Mais des gadjé de cercle sadomaso, jamais. Ça va être tout à fait passionnant.

– Je ne suis pas sûr que ça vous plaise, répondit Tristan. C'est très bizarre.

Elle lui fit répéter ce qu'il lui avait déjà dit : après le dîner, mais avant le spectacle, on les enverrait dans une chambre. L'une des jeunes filles les y rejoindrait. Et ils en feraient ce qu'ils voudraient.

– Dingue, répéta-t-elle, c'est dingue... Quels drôles de dingues !

Philippe y était. Ce fut même lui qui leur ouvrit la porte du petit hôtel. La vue de Tristan parut l'amuser mais celle de Natalène, qui suivait, proprement l'ahurir. Pourtant il ne dit rien. Il se contenta d'arborer cet air narquois qui lui était si particulier. Derrière lui, sur le grand mur de l'entrée, des masques et des colliers pendaient à des clous, disposés avec soin. Il tendit à Tristan un loup de velours noir, et à Natalène un masque beaucoup plus élaboré, qui montait haut, descendait bas, et s'ornait de paillettes argentées. Quand elle l'eut ajusté devant son visage elle se regarda dans la grande glace ovale.

– Chic, dit-elle. Contorose lui-même ne me reconnaîtrait pas !

– Possible, dit Philippe. Mais quand il vous demandera d'analyser *Spartacus*, demain, que direz-vous ?

Elle rit, et fit tinter du doigt l'un des grands colliers.

– Ça aussi ?

– Non, sourit Philippe. Si vous portez ça vous tirerez aux dés.

Elle retira sa main et il rit, moqueur. Maintenant qu'il était revenu de sa surprise il se montrait, comme toujours, parfaitement naturel. Le

Cercle noir faisait partie de sa vie autant que le manège, autant que Blajan, et il n'en avait certainement pas honte. S'il était dingue c'était du moins avec panache.

– Cette grande porte, là, dit-il. Et bonne soirée...

Derrière la grande porte se trouvait le lieu des réjouissances. Tristan était déjà venu là une fois. Mais pour Natalène le spectacle était nouveau et elle regarda avec curiosité ce salon d'apparence tout à fait respectable, où évoluaient une quinzaine d'invités. S'ils n'avaient pas tous porté un masque ils auraient pu sortir d'une maison comme Blajan : ils étaient vêtus avec une élégance de bon ton et semblaient très bien élevés. Les femmes arboraient toutes le fameux collier, très grand, fait de plaques de métal doré. Elles étaient quatre. L'une d'elles s'approcha des nouveaux venus, et quand elle fut devant eux Natalène reconnut son sourire : c'était Valérie.

– Tiens, dit-elle, Natalène... La curiosité fait sortir le loup du bois ?

– Bien vu, répondit Natalène. J'en cuisais à petit feu. Dites-moi tout, tout, tout... Qu'est-ce qui va se passer ?

– D'abord, dit Valérie, Tristan va aller nous chercher un verre de punch. Et puis des gens viendront vous parler, peut-être – mais ils ne se présenteront pas. On tirera les dés. On dînera. On jouera les dés tirés. On baisera, si on veut. Et puis on se quittera sans se dire au revoir. Voilà.

– Joli programme, apprécia Natalène. Surtout le début. Où est-il, ce punch ?

Valérie désigna à Tristan un grand pichet, sur la table, et le regarda pensivement s'éloigner.

– Curieux type... dit-elle. C'est lui qui a voulu revenir ?

– Non. C'est moi qui ai voulu venir.

– Curieux curieux type...

Elle rit, brusquement.

– Excusez-moi, dit-elle. C'est mon côté concierge qui reparaît. Voulez-vous que je vous présente – ou plutôt que je vous amène des gens ?

– Surtout pas, dit Natalène. Je les pêcherai toute seule : je n'ai confiance qu'en ma propre gaule.

Tristan revenait, avec deux verres qu'il tendit aux jeunes filles. Puis il repartit, pour se servir lui-même. Un homme s'approcha de Valérie et la complimenta sur sa nouvelle amie. Il avait parlé si fort que plusieurs têtes se tournèrent.

– Merci, dit Natalène. Votre admiration, monsieur, me va droit au cœur.

Il parut se demander ce qu'il fallait penser d'une telle réponse. Puis, l'estimant sans doute assez peu encourageante, il s'éloigna. « Vous avez la gaule pointue... » chuchota Valérie.

Neuf heures, au même instant, sonnèrent à l'horloge. Et ce devait être un signal important car les conversations s'arrêtèrent. Après le dernier coup une porte s'ouvrit au fond de la pièce. Luc et Philippe entrèrent. Eux aussi portaient un masque de velours. Leur apparition avait été si soudaine que Natalène s'attendait presque à les voir déclarer solennellement la soirée ouverte. Mais ils se contentèrent de pousser au centre de la pièce le grand plateau rond dont Tristan avait parlé à Natalène, et qu'elle n'avait pas encore remarqué. Trois dés s'y trouvaient, chacun aussi gros qu'un cube d'enfant.

Valérie posa son verre sur le buffet auquel elle s'accoudait, sourit à Tristan qui les rejoignait juste, et s'en fut, la première. Lorsque ses trois compagnes furent debout à ses côtés devant le plateau Natalène vit qu'elles avaient toutes la même tenue : une longue tunique de soie. La couleur seule changeait, et aussi l'attache de l'épaule. Une seule d'entre elles, celle qui était vêtue de blanc, portait aussi un corset. On en devinait l'armature sous le léger tissu.

Luc lui tendit les dés. Elle les lança, un par un, très lentement, sur le velours qui recouvrait le fond du plateau. Cinq, deux, quatre : onze, donc. Ce résultat, quelle qu'en fût la signification, la laissa impassible. Valérie accueillit son propre total, quatorze, avec tout autant de sang-froid. Son amie rose obtint un sept qui lui donnait droit, cela Natou le savait, à tout autant de gifles. Et la petite bleue s'en tira mieux encore, avec un quatre qui ne devait pas être bien redoutable, parce qu'il la fit sourire.

Les conversations reprirent et Natalène chuchota, pour Tristan :

– J'ai l'âme sadique, ce soir... Je voudrais savoir ce qu'on gagne avec trois six...

Elle s'amusait visiblement et Tristan reconnut avec elle que Luc avait le sens du spectacle. Et que le trois-fois-six devait être quelque chose de tout à fait gratiné. Une pendaison, peut-être ? Un empoisonnement au cyanure ? Ou peut-être dégustait-on à table le trois-fois-six, rôti et délicatement découpé en lanières ?

Personne n'ayant tiré ce charmant numéro on ne servit au dîner que des entrecôtes à la crème, des petits pois frais et une charlotte au chocolat. C'était mieux que rien. Luc avait placé ses invités au hasard, ou plus exactement avait paru le faire. Mais peut-être avait-il obéi à de mystérieuses règles. En face de Natalène la jeune fille en blanc respirait, c'était visible, très difficilement. Son corset devait être affreusement serré. Elle mangeait, pourtant. D'un air profondément dégoûté, mais elle mangeait. Et quand on lui parlait elle répondait de son mieux. Son voisin, mauvais, prenait grand plaisir à la faire discourir – des chemins de fer anglais, puis d'*Othello*.

À la droite de Natalène, Tristan se taisait. Mais à sa gauche un monsieur très digne lui fit un brin de cour et lui parla de sa jeunesse parisienne. La table était presque aussi longue que celle de Blajan et Natalène était trop loin de Philippe pour savoir de quoi il souriait tant, là-bas. De ce que lui disait la jeune fille en bleu ? Du tic qui crispait le visage d'un vieil invité ? Ou de croiser parfois le regard de ses cousins ? En tout cas il semblait beaucoup s'amuser.

Le dîner était assez gai, d'ailleurs. Sa seule bizarrerie était de ne compter que cinq dames pour douze messieurs. Ce détail, et la respiration oppressée de la jeune fille en blanc, l'empêchaient seuls d'être tout à fait banal.

Elle vit pianoter sur la nappe, à sa droite, les doigts de Tristan, et se tourna vers lui. Il regardait les roses jaunes qui servaient de chemin de table. Sans les voir, sans doute. Parce que Natalène lui souriait, il parut descendre de la lune et arrêta ses doigts. Il détestait se surprendre lui-même à pianoter ainsi machinalement. Pendant son adolescence la seule façon de l'embarrasser vraiment avait été de faire allusion à cette manie. Et Natou savait qu'il y était encore sensible. C'était, en somme, son talon d'Achille. Philippe et Caroline, à Blajan, en abusaient. Et Natalène en plaisantait souvent aussi, plus gentiment. « Dièse, dit-elle ce soir-là. Dièse, s'il vous plaît ! »

À dix heures, d'autres invités arrivèrent : des hommes, tous, et en général plus âgés que les dîneurs. Peu après Luc se leva et ce fut le signal de la débandade : chaque invité prit sa chaise pour la disposer où bon lui semblait dans la pièce. On plaça des petits guéridons çà et là, au milieu des groupes, et une fois la table légèrement repoussée vers le mur le salon ressembla à une salle de café-théâtre. Ses clients en occupaient approximativement la moitié. L'autre, laissée libre, représentait la scène, encore déserte. Les jeunes filles passaient entre les groupes et garnissaient les guéridons de cendriers, de tasses à café, d'un verre de liqueur et de petites bougies. Quant elles eurent fini le grand lustre s'éteignit, comme par magie. Au-dessus de la « scène » une lampe rouge s'alluma. Cette fois-ci tout était en place.

– Eh bien ? demanda Tristan. Vos dingues ?

– Passionnants, dit-elle. On aurait dû inviter tante Lise.

Ils passèrent quelques minutes à chercher QUI, parmi les Blajan, il leur était le plus difficile d'imaginer dans cette salle avec eux, et finirent par convenir que ce n'était pas l'une des tantes, non, ni même Édith – mais Emmanuel Duplessis.

– Quand vous êtes venu là cet hiver, dit Natalène, est-ce que c'était la même chose ?

– À peu près. Elles étaient habillées différemment et on avait mangé du canard. À part ça, kif-kif, dirait Fleur...

Ce mot causait à la pauvre Fleur des ennuis sans nombre, en ce beau printemps-là. Elle l'avait rapporté de l'école, le trouvait délectable et en usait inconsidérément. Devant Contorose lui-même, au mépris du danger. Et tante Marie avait beaucoup fait rire le clan en faisant copier cent fois à la fillette, naïvement : « C'est promis : je ne dirai plus jamais kif-kif, qui est un vilain mot. »

Natalène sourit, à la pensée de cette surprenante punition. Et comme Luc s'avançait seul au milieu de la scène pour regarder, immobile, ses invités, elle chuchota : « C'est promis : je ne serai plus jamais mystérieux... »

Tristan eut un petit rire et alluma une cigarette.

– J'espère, dit-il, qu'ils ne nous ont pas oubliés. Je ne meurs pas d'envie d'assister au spectacle.

Au même instant la sonnerie de la porte d'entrée retentit. Philippe regarda l'heure avec une certaine surprise. Mais il sortit. Quand il revint il était accompagné par un jeune couple entièrement vêtu de blanc, lui comme elle, des chaussures aux gants de peau. Leurs masques tranchaient curieusement sur toute cette blancheur. Ils s'assirent près de la cheminée, à la seule table libre. La jeune fille ne portait pas de collier et se mit, très lentement, à ôter ses gants. Tout le monde la regardait et elle ne devait pas détester cela : elle eut un grand rire satisfait, très théâtral. Son compagnon se pencha aussitôt vers elle pour l'embrasser et elle se laissa faire complaisamment, abandonnée contre le dossier de sa chaise, ses longs cheveux blonds brillant sur le velours.

Valérie s'était approchée de ses amis pendant cette petite scène, et toucha l'épaule de Tristan.

– Là, dit-elle, le couloir, derrière la portière... C'est la dernière porte, la bleue, tout au bout. Et faites vite, parce que nous, ici, on va commencer.

Elle s'éloigna aussitôt. Tristan et Natou s'éclipsèrent, aussi discrètement qu'ils le purent. Mais personne ne s'intéressait à eux : tous les yeux étaient tournés vers la scène, où les jeunes filles se rassemblaient maintenant.

Le couloir était très long. Natalène y compta huit portes : est-ce que toutes ces chambres allaient servir, ce soir-là ?

– Il y a une chose qui m'intrigue, dit-elle tout bas, une seule : est-ce que ces gens-là peuvent faire l'amour sans tout ce cirque ? Si oui, ça baigne, c'est marrant. Sinon, c'est terrible...

– À mon avis, dit Tristan, oui.

– Alors ça va.

Ils venaient d'ouvrir la dernière porte, et se glissèrent dans la chambre, toute tapissée de bleu.

– Bleu layette, apprécia Natou. Ils ont de l'humour, ici...

Une petite lampe éclairait le lit, très vaste, l'épaisse moquette de laine, et quelques beaux meubles anciens. On avait préparé sur un guéridon deux petits verres de liqueur. Natalène en prit un, trempa prudemment ses lèvres dans le liquide ambré, et annonça que ça ne semblait pas être du cyanure. Puis elle s'assit au bord du lit.

– Tout ça est furieusement pervers, dit-elle. Mais pourquoi l'une de ces filles a-t-elle un corset, et pas les autres ?

– C'est peut-être une punition.

– Et laquelle va-t-on vous livrer ?

– On ne me l'a pas dit... mais pas Valérie, je suppose.

Il avait ôté son masque et savourait la liqueur, à son tour. Tout était calme autour d'eux, et aucun bruit venant de la grande salle ne leur parvenait.

– Un peu plus, dit Natou, ils nous oubliaient pour de bon, on aurait tout vu...

– Ça vous aurait plu ?

– Non. C'est vous que je suis venue voir. Et puis, bof, je sais d'avance ce qu'ils vont faire. Un coup de cravache ça doit ressembler à un coup de ceinture, et une gifle c'est toujours une gifle...

Elle s'était approchée de la fenêtre, et regardait la nuit d'été. Elle pensait à Vanik. Aux gifles qu'il donnait, lui, quand il voyait rouge : drues et furieuses, mais dénuées de toute méchanceté. À la façon dont il avait surgi devant la Vespa, près de la grille de Blajan, en décembre...

Tristan, lui, fixait distraitement la liqueur de son verre. « Ça doit ressembler à un coup de ceinture », avait-elle dit. Un coup de ceinture... Il comprit là, enfin, à quoi Natou avait dû autrefois ces larges meurtrissures sombres qu'il avait si souvent vues sur ses épaules. Et il revit aussi la boucle du ceinturon de Vanik briller sur son jean, au bas du perron de Blajan.

– Ah, dit-il, oui...

Elle se tourna vers lui, surprise.

– Oui quoi ?

– Oui rien, sourit-il. J'attends ma proie...

Elle entra presque aussitôt. C'était la jeune fille au corset, et elle ne portait plus son masque. « Que dois-je faire ? » demanda-t-elle. On le lui dit, et la bénignité de la chose parut l'étonner. Surtout quand on eut précisé qu'à tout prendre on la préférait hors de son armature baleinée qu'à l'intérieur. Natalène l'aida à s'en débarrasser, puis s'assit par terre, entre le mur et l'armoire, dans un petit recoin qui semblait fait tout exprès pour les curieuses de son espèce. Et elle commença par fermer les yeux, pour laisser son cousin faire connaissance avec sa compagne : on peut être curieux sans être indiscret, et indiscret sans être indélicat, quand on a un peu d'intuition...

Un peu plus tard, quand elle regarda à nouveau, elle vit ce qu'elle était venue voir. La jeune fille n'avait laissé allumée qu'une petite lampe, celle qui éclairait le lit. Ainsi Natalène disparaissait dans la nuit. Elle était la nuit. Là-bas, très loin, sous la petite lumière sourde, les deux inconnus l'avaient sans doute – elle l'espérait – oubliée. Le spectacle qu'ils offraient était loin d'être nouveau pour elle. Au camp, on se cachait peu. Et elle avait connu pire que la vie au camp. Mais ce soir c'était Tristan qui embrassait cette femme et caressait sa hanche.

Elle fut frappée par la douceur de ce geste. Sur la peau fine, où se voyaient encore les meurtrissures causées par les baleines du corset, les doigts de Tristan montaient si doucement, et si doucement redescendaient, qu'elle en eut le cœur serré. C'est une chose terrible, la douceur...

Elle les vit rire, plus tard. Ils ne semblaient gênés ni l'un ni l'autre par leur petit témoin silencieux. La montre de Tristan s'était prise dans les cheveux de la jeune fille, et ils rirent en les libérant. Il enleva sa montre ensuite, elle la lui prit des mains, éleva au-dessus du lit un bras très blanc, gracieux, et posa l'objet sur le tapis. Puis elle se pencha sur son compagnon pour promener ses lèvres sur son corps. Natalène vit le visage que l'approche du plaisir donnait à Tristan. Il était détendu, et pourtant grave.

Si la douceur de ses gestes l'avait frappée jusque-là elle fut surprise aussi de voir combien cette douceur manqua lorsqu'il pénétra la jeune fille. Il ne se montra ni brusque ni brutal, non, loin de là. Mais doux, non. Et il fut très vite en elle.

De nouveau Natalène ferma les yeux. Elle posa même son front sur ses genoux, entre ses bras repliés. Elle écoutait les bruits que fait l'amour humain – le froissement des draps, un coude ou un genou qui heurtait le mur, et ces respirations soudain plus rapides. Mais elle écoutait aussi son propre cœur. Un soir, des années auparavant, alors qu'elle était encore une adolescente, elle avait regardé les mains de Tristan sur la grande table de Blajan, et la pensée que ces mains avaient caressé d'autres corps que le sien avait ouvert en elle une petite blessure qui ne s'était jamais refermée tout à fait. Une blessure bête, parce qu'en fait Natalène n'était pas jalouse, ni possessive. Bête, oui... mais est-ce que toutes les blessures n'étaient pas bêtes ? Ce soir, dans cette chambre inconnue, elle ne souffrait pas. Et elle en était heureuse comme d'une victoire sur elle-même. Elle se sentait seulement lasse. Et seule.

Elle attendit, pour rouvrir les yeux, que tout soit vraiment fini et même que Tristan, d'un doigt posé sur son bras, vienne la tirer de sa cachette. Elle lui sourit en se relevant et sourit aussi à la jeune fille inconnue, qui passait ses mains dans ses boucles en secouant la tête.

Le couloir n'était plus désert. L'usage voulait sans doute que les membres du Cercle, après le spectacle, envahissent les chambres pour y calmer leurs ardeurs. Et les portes, toutes ouvertes, ne laissaient rien ignorer de leurs jeux – dont certains restaient très méchants. Tristan et Natalène ne s'interdirent pas de jeter sur tout cela, au passage, puisque apparemment c'était permis, quelques regards curieux.

Ils n'étaient pas les seuls : l'invitée toute vêtue de blanc, celle qui était arrivée en retard et riait d'une façon si théâtrale, allait ainsi de porte en porte, seule, et très intéressée. Son chemisier était ouvert sur sa poitrine nue. Quand elle croisa Tristan et Natou elle arrêta le premier, d'une main impérieuse posée sur son bras. Il vit ses yeux, à travers les trous du masque, se planter dans les siens, très durs.

– Pressé ? dit-elle.

Il lui sourit, prit sa main, et s'inclina pour y poser ses lèvres, avec un rien d'ironie.

– Oui, dit-il. Mes hommages, madame...

Elle eut son grand rire forcé, recula pour laisser passer les deux jeunes gens, et pénétra d'un pas dans une chambre pour mieux voir ce qui s'y passait.

En écartant la portière qui défendait le couloir, Natou chuchota, complice :

– J'aurais pu vous attendre un peu ici...

– Merci, répondit Tristan, c'est très aimable à vous... mais j'ai assez payé de ma personne, ce soir, pour honorer le Cercle noir.

– Votre bourse est vide ?

Il essaya de ne pas rire. Mais ses yeux pétillèrent.

– Allez, dit-elle, on file... ou ça va déteindre !

Il était presque deux heures lorsqu'ils retrouvèrent leur voiture, dans la petite rue montante. La nuit était sombre, mais très chaude. Et Natalène esquissa quelques pas de danse sur le trottoir.

– Décadent ! dit-elle. C'était furieusement décadent ! Non ?

– Si, dit Tristan, un peu...

– « Un peu furieusement » ? se moqua-t-elle. Vous êtes prudent, vous !

Elle claqua la portière sur elle, alluma une cigarette et se remit à rire, pour elle-même.

– J'ai des tas de questions à vous poser, dit-elle. Des tas, des tas ! Je ferai ça demain, parce qu'il me faudrait des heures.

– Mais d'ici à Blajan, je peux vous accorder une petite interview express, si vous voulez ?
– Alors, un : croyez-vous qu'il l'aime ?
– Qui... et qui ?
– Philippe. Et Valérie.
– Mais oui, je crois.
– Deux : étaient-elles toutes consentantes ? Enfin... étaient-elles toutes là de leur plein gré ?
– Je crois aussi.
– Trois : est-ce qu'ils payent, les habitués ? Ceux qui sont venus après le dîner ?
– Alors ça... je me le suis demandé aussi. Peut-être. Peut-être pas. On n'est pas près de le savoir, et tant mieux pour eux, parce que si jamais ils paient tout ça devient complètement illégal.
– Quatre : cela ne vous tente toujours pas ?
– Toujours pas.
– Cinq : elle a fait exprès, votre jeune fille ?
– De quoi ?
– Eh bien de... d'avoir l'air comblée.
– Oui, je pense. Mais c'était bien joué.
– Et six...
Elle s'arrêta et Tristan rit, moqueur.
– Six, dit-il : ça ne m'a pas gêné que vous soyez là. Pas vraiment. Mais je n'ai pas réussi à vous oublier une seule demi-seconde. Y a-t-il un sept ?
– De sept à trois cent quarante-huit, répondit-elle, ce sont des points de détail : je les garde pour demain. Et pour les longues soirées d'hiver. À vous ?
– À moi. Bon. Alors, un : y retournerez-vous ?
– Jamais de la vie !
– Deux : est-ce réalisé, cette fois ?
– Mon irréalisable ? Oui. En deux parties, mais je recoudrai.
– Ce sera tout.

– Pas de trois ?
– Pas de trois.
À Blajan, qui apparaissait, une seule lumière était allumée : celle de Marion, qui devait nourrir Albane. Cette fragile petite fille prenait encore une tétée la nuit.
Cantor, lui, dormait à poings fermés dans son berceau. Entre huit heures du soir et huit heures du matin rien ne pouvait le réveiller. Natalène se pencha sur lui, pour sourire à son petit visage heureux. Mais ce fut Tristan qui remonta sur l'enfant la légère couverture : de ces détails-là Natou ne se souciait jamais.
Il passa chez lui, pour prendre une de ces abominables douches froides dont la seule idée glaçait ses cousins. Mais dès qu'il fut là-dessous Natalène l'y rejoignit, tout habillée encore, si vite qu'il faillit en lâcher le savon, de surprise. Et elle riait, contre lui, sous l'averse froide qui l'aveuglait à demi. Il l'entoura de ses bras pour l'en protéger, en riant lui aussi. Et ils ne devaient jamais oublier, plus tard, quand la vie les aurait séparés, ce joli souvenir-là, plein de gaieté, d'eau froide et de tendresse.
Quand il réussit à fermer le robinet et à faire sortir de la cabine sa petite sirène en robe rouge, trempée, hilare et frissonnante, Tristan la renversa sur le sol. Il se méfiait d'habitude de ces gestes brusques, mais elle riait trop pour s'effrayer et ils roulèrent ainsi jusqu'au mur, l'un sur l'autre, envahis d'un désir si brûlant qu'ils ne prirent même pas le temps de s'embrasser, ou de se sourire, il écarta la robe mouillée, entra en elle et elle eut, tout de suite, une petite plainte heureuse. Sous les cheveux que l'eau avait plaqués contre son visage ses yeux brillaient, très clairs. La rapi-

dité avec laquelle elle pouvait parfois atteindre au plaisir avait toujours étonné Tristan. Et cette nuit-là ce fut le cas : il avait à peine bougé en elle qu'elle devenait cette étrangère mystérieuse, habitée par une sorcellerie dont il ne savait pas grand-chose, mais qui le fascinait. Quelle surprenante et merveilleuse chose était le plaisir des femmes, si long, si vaste...

Natalène prit une douche elle aussi, ensuite. Mais chaude. Elle démêla ses boucles, déclara que la perversité et la décadence étaient des notions délicieuses, furieusement délicieuses, Luc un foutu salaud, l'été une magnifique invention... mais que rien de tout cela ne valait un bon lit. Et une fois allongée sur le sien, elle s'endormit.

Elle dormait comme son fils : avec la tranquillité des petites bêtes heureuses. Détendue, paisible, le souffle égal et les mains ouvertes. Ni lui ni elle ne se pelotonnaient sur eux-mêmes comme le font la plupart des gens, qui ont conscience de baisser leur garde en se livrant ainsi aux démons de la nuit.

Tristan l'avait souvent remarqué. Il en avait parfois souri et s'en était parfois attendri. Cette nuit-là il en souffrit. Ces deux êtres qui dormaient là vivaient sous son toit. Certains, dont il n'était pas, auraient dit que d'une certaine façon ils lui appartenaient – lui admettait seulement qu'ils étaient liés à lui, comme lui à eux, étroitement. Pourtant ils se ressemblaient et lui étaient étrangers : pourtant, ils partiraient. Natou suivrait le vent. Et sous le petit visage de Cantor, qui ressemblait si fort au sien, Tristan savait que vivait déjà l'amour du vent, parce que ce vent-là l'entourait depuis sa naissance. Il avait chanté pour l'enfant au bout des doigts heureux de Natalène, dans ses négligences sereines, sa façon d'être présente sans jamais peser, son sourire qui ne cherchait pas de réponse et tout ce qui en elle parlait au petit animal, chaque jour, de joie et de liberté.

Il sourit pourtant, debout dans cette grande pièce sombre entre ce lit et ce berceau : parce que c'était drôle aussi de savoir que se trouvaient là, sous le vieux toit de Blajan qui avait abrité tant de respectables et dignes bourgeois, tant d'austères et prudes nantis, ces deux bohémiens endormis.

IX

Quatre jours plus tard, Natalène passa ses examens à la fac. Et elle les réussit tous, malgré sa longue absence du printemps. Elle obtint aussi son permis de conduire, pendant qu'elle y était, et à l'école Blanche un 14 glorieux. Sur quoi elle se prépara à vivre paresseusement la fin de ce beau mois de juin. Peut-être accrocherait-elle quelques lampions sur la terrasse, s'il était question d'une fête, et préparerait-elle un bout de plate-bande près de la grille pour y planter des cosmos. Mais ce n'était même pas sûr. Elle écouterait plutôt s'écouler le temps, étendue sur ses lauriers, et prendrait un repos bien mérité...

Mais rien ne devait se passer ainsi.

Le lundi, pour commencer, elle se leva très tôt, malgré son intention, annoncée fièrement la veille, de faire « une grasse matinée particulièrement grasse ». Une grasse matinée, c'est agréable. Mais l'aube sur les collines ça l'est davantage encore. Et à quatre heures du matin, sa canne ferrée à la main, elle entrait dans la cuisine pour boire un café et se préparer un panier de fruits. Philippe y était déjà. Il remettait les bottes crottées qu'il avait quittées la veille. La façon qu'avait sa cousine de concevoir les grasses matinées le fit rire, et il posa devant elle un grand bol de café noir.

– C'est la première fois de l'année, dit-il, que j'ai un hôte au petit déjeuner. Où allez-vous de si bon matin ?

– Peut-être aux Sources, dit-elle. Ou alors à la Pointe, chercher des fraises des bois.

– Et Cantor ?

– Quoi, Cantor ?

– Il ne boit pas, le matin ?

Parce qu'elle avait manifestement oublié ce détail, il rit.

– J'ai l'impression, dit-il, qu'on va enfin savoir comment il pleure, celui-là... et dire que je vais rater ça !

– Mais non, dit Natalène, je vais laisser un petit mot, et Tristan lui fera une bouillie, et puis Marion peut le nourrir aussi, non ? Ou alors flûte, il attendra, d'ailleurs je serai certainement revenue à huit heures...

Philippe prit sur le coin du buffet, derrière lui, le petit carnet de Justine et son crayon de bois. Sur l'un des feuillets Natalène écrivit, rapidement, un message qu'il trouva drolatique : « Je vais aux Sources. Peut-être aimera-t-il une bouillie ? »

– Ne signez pas, dit-il. Ce n'est pas la peine. Il n'y a que vous qui puissiez écrire ce genre de truc.

Elle haussa les épaules, posa le petit mot sur la table, bien en évidence, pour que Justine le voie en entrant, et se leva avec son bol. Quand elle eut ouvert la fenêtre elle vit traîner des brumes de chaleur au-dessus de la pelouse.

– Ça va cuire... dit-elle. Vous avez une randonnée ?

– Cet après-midi. Trois rombières, au Calvaire.

– Elles vont fondre !

– M'en fous, elles ont payé d'avance.

Il se leva, attrapa sur le dossier d'une chaise un pull qu'il jeta sur ses épaules, et regarda l'heure. Natalène le désira soudain. Si brusquement et si violemment qu'elle en pâlit un peu. Avec sa hardiesse habituelle, elle le lui dit. Sans calcul : elle n'imaginait pas d'autre façon d'agir. Et comme il la regardait avec stupéfaction, elle rit.

– Ça vous prend souvent ? dit-il.

– Pas tellement, répondit-elle. Une fois tous les huit ans en ce qui vous concerne, si je compte bien. Ce n'est pas excessif. Vous ne voulez pas ?

Il ne répondit pas. Et parce que ce silence n'était pas tout à fait décourageant, elle posa son bol sur la table et s'approcha de l'indécis. Il sentit, sur son épaule, la main légère de la jeune fille. Un curieux sentiment l'envahit, fait de rage, de tendresse et de désir. Il avait beaucoup aimé Natalène autrefois. Cent fois plus qu'elle ne s'en était doutée. Et dix fois plus que Tristan ne le croyait. Cette violence en lui, il la tenait de ce vieil amour qui avait mis si longtemps à mourir. Et maintenant il le savait.

Avait-elle changé, elle ? Y avait-il toujours en elle ce mélange déconcertant d'aisance et de peur dont il se souvenait si bien ? Sans doute : elle venait de s'offrir avec une hardiesse rare et pourtant, quand il mit ses bras autour d'elle, elle sursauta.

– Vous voulez bien, dit-elle.

Il répondit qu'il voulait bien, oui.

Elle n'avait pas changé. Il eut plusieurs heures, dans sa chambre du dernier étage, pour s'en convaincre. Elle était même plus gaie encore. Et plus libre, s'il était possible. Si libre et si hardie que tout en devenait merveilleusement simple. Cette liberté ne créait aucun lien entre elle et son compagnon : Natalène ne se donnait pas, ne se prêtait même pas. Elle tendait seulement, pour cette mystérieuse promenade, une petite main tendre et complice.

Elle se crispa quand il la pénétra, et cela aussi il le reconnut. Une brusque panique agrandit ses yeux jaunes et son visage changea comme si Philippe lui était devenu, à cet instant, ennemi. Il ne ralentit qu'à peine ses gestes en elle, son désir était trop brûlant, mais il fut soulagé quand il sentit qu'elle se détendait et quand le plaisir se remit à chanter dans ses yeux.

Il retrouva aussi, après, cette déchirante envie de douceur qu'elle seule lui avait jamais inspirée – cette envie de caresser la rondeur d'une épaule, lentement, lentement...

Quand elle se rhabilla, elle était toujours résolue à visiter les Sources. Philippe lui fit remarquer qu'il était plus de neuf heures, avec un certain étonnement. Et quand elle eut vérifié la chose à sa montre elle décida sagement de remettre son expédition au lendemain. Juste avant de quitter son cousin, sur le seuil de la chambre, elle l'embrassa, très doucement. Puis elle posa un doigt sur ses lèvres, et se sauva.

Dans la cuisine, Cantor ne pleurait pas, mais il commençait à manifester un peu d'impatience. Son père lui avait proposé, sans grand succès, du lait à la tasse, au biberon, à la cuiller. Et maintenant il tentait de lui faire ingurgiter une bouillie préparée par Justine. Le bébé se laissait mettre dans la bouche un peu de cette étrange mixture et prenait même la peine d'en examiner honnêtement le goût ; puis il la rejetait du bout de la langue, et fronçait le sourcil. Il pensait visiblement que son bon peuple semblait pris de folie, ce matin-là, et qu'un monarque moins bonasse que lui se fût fâché. Quand il vit sa mère entrer, et qu'il entendit sa voix, ses yeux brillèrent. Pourtant, et c'était bien caractéristique, il ne pleura pas non plus. Il attendit, paisiblement.

– Et ousque t'étais ? gronda Justine. En voilà des façons ! Ce p'tiot sur les bras qu'on avait ! Hein ?

Natalène s'était assise, sans répondre, prenait l'enfant et déboutonnait son chemisier.

– Ousque t'étais ? répéta Justine.

– J'ai laissé un mot, répondit Natalène très sincèrement. Mince, il faisait un temps du tonnerre !

Justine grommela, en retournant à ses fourneaux, qu'on ne s'occupait pas du temps quand on avait un p'tiot à nourrir ; que c'étaient des façons de sauvages ; et qu'ici on n'était pas chez les sauvages. Puis elle se tut, parce que Marinette entrait, la table du petit déjeuner grinçant derrière elle sur le carrelage. Le code moral de Justine l'autorisait à tancer à sa guise les petits Blajan, qu'elle avait vu naître et grandir. Mais certainement pas à le faire devant sa petite-fille. Sauvée, Natalène fit une grimace à ce vieux dragon, derrière son dos.

Tristan tournait la petite cuiller dans la bouillie dédaignée, machinalement. Il pensait à la surprenante patience de son fils. À Philippe, que l'on entendait dévaler l'escalier et réclamer son courrier. Aux bûches qu'il avait promis de tronçonner ce matin-là. Aux lubies de Natalène. À cette bouillie aussi, vraiment peu appétissante...

– Ça n'a pas l'air de vous tenter non plus, dit Natalène.

– On dirait du plâtre frais, non ?

Elle rit, et prit sur son sein la petite main potelée du bébé, presque aussi brune que la sienne. Dans sa langue un peu rauque elle lui murmura quelques mots sans importance, tendres et rapides. Puis elle releva les yeux. Et elle rougit, parce que Tristan regardait ses lèvres avec une insistance pleine d'ironie. À lui aussi elle fit une grimace. Sans se cacher cette fois.

– C'était joli, les Sources ? dit-il.

– Oui, répondit-elle. Extrêmement joli. Plein de charme et d'agrément.

– Vous m'en voyez ravi...

– Mais certainement moins que moi...

Elle changea l'enfant de côté, avec un autre mot de tendresse. « Bissekina » : petite étoile. Et Tristan les trouva si beaux l'un et l'autre, à cet instant, qu'il en eut le cœur serré. Marinette était ressortie, Justine cherchait des pommes dans l'office : il étendit le bras par-dessus la table et caressa du doigt les lèvres de Natalène, très rouges, encore un peu meurtries. Puis le crâne brun de la petite étoile.

– Faites seulement bien attention à vous, dit-il. S'il vous plaît.

Il se leva, sourit à Justine qui revenait, et sortit.

Natalène revit Philippe, ce soir-là dans le parc. Pas vraiment par hasard : il la suivit quand elle sortit, et sans doute l'espérait-elle.

Elle revint très tard. On avait éteint les lumières du salon. Mais Tristan avait préparé de l'orangeade de contrebande. Et il recopiait encore, à son bureau, une partition.

– Voulez-vous que je vous dise ? sourit-elle. ÇA, c'est un été, ou je ne m'y connais pas !

Il leva le nez de ses notes, moqueur.

– Voulez-vous que je vous dise, Natou ? ÇA, c'est de la provocation, ou je ne m'y connais pas...

Elle s'assit, devant lui, sur le bord du grand bureau.

– Je voudrais vous poser une question, dit-elle. Pour m'instruire. Une question indiscrète.

– Je suis tout ouïe.

– Est-ce que... est-ce que quand... ?

Elle s'arrêta, et il rit.

– Bon, dit-il. J'ai déjà une petite idée du sujet. On avance.

– Cette jeune fille, chez Luc... vous vous souvenez ?

– Très bien, ce n'est pas si vieux !

– Ça ressemblait à ce que je sais de vous – rien ne m'a surprise – tout était comme... comme...

– Passons, dit Tristan. Tout était comme. Je vous suis très bien.

– Il y avait une seule différence. Et justement. Justement, ma question est là-dessus.

– Quelle différence ?

Elle ne répondit pas. Ses doigts, sur le bureau, poursuivaient un crayon. Il lui était toujours aussi difficile de DIRE...

– Il faut m'aider un peu, sourit-il. Je suis malin, mais pas sorcier.

– Ça a été très vite à ce moment-là : vous avez été très vite. Enfin, assez...

– Quel moment ?

– Ce moment... très vite.

– Est-ce ce moment où vous détesteriez, vous, que les choses aillent vite ?

– Oui, dit-elle avec un soulagement manifeste. Celui-là.

– OK. J'y suis. Envoyez la question.

– Est-ce que c'est difficile, pour vous, ou désagréable, que je sois ainsi ?

– Pas du tout.

– Ça ne vous ennuie pas d'avoir... à en tenir compte ?

– Non.

– Et ça se voit ?

– Que vous êtes ainsi ? Oui.

Il la regarda boire son orangeade, avec une certaine perplexité. Sortait-elle des bras d'un homme assez aveugle pour ne pas s'être aperçu qu'elle avait peur d'être pénétrée ? Elle semblait détendue, pourtant, et gaie, ce soir autant que le matin...

Elle sautait déjà à terre, vive, et faisait sur le parquet quelques pas de danse, en écartant les bras.

– Ce n'est pas de la provocation, dit-elle, mais quand même, avouez : ÇA, c'est un bel été !

Le mardi fut un jour sans histoire. Natalène planta des cosmos près de la grille et savoura avec Valérie, au manège, un délicieux thé au citron. Elle prit une douche avec Cantor, et le bébé, serré contre elle, rit tant de cette surprenante expérience qu'il faillit en perdre le souffle. Elle n'alla pas aux Sources, ne fit pas de grasse matinée, mais dormit presque tout l'après-midi. Et le soir elle dîna en ville avec Sophie.

Elle se réveilla tard le mercredi. Tristan posait à côté d'elle le bébé affamé, tirait les rideaux, déclarait qu'il était presque neuf heures et qu'il ferait aujourd'hui encore plus chaud que la veille. Tout cela fit d'abord partie du rêve de Natalène. Puis elle s'éveilla tout à fait, et s'étira.

– Où allez-vous ?

Il était tout habillé, au pied du lit, et portait son sac de sport en bandoulière.

– Au judo, ma belle.

– Par cette chaleur ?

– Mais y a pas de baromètre pour les braves...

Il sortit, et Natalène attira le bébé contre elle. Il était beaucoup plus pressé de lui communiquer une grande nouvelle que de téter : il agitait ses petits bras, regardait fixement sa mère, et dévidait tout un chapelet de « a-a-e » fébriles. Natalène l'écouta avec l'attention qui convenait, répondit même, et roula avec lui sur le lit. Un bébé pareil, un été pareil, est-ce que cela pouvait vraiment exister ?

Plus tard, l'amour de bébé dûment nourri, changé, et confié à Marion, elle mit la plus légère de ses robes et sortit. Sur la pelouse traînaient encore de fines brumes de chaleur. La température était supportable. Mais cela ne durerait pas. Et pour ne pas avoir à revenir du manège à pied sous un terrible soleil, elle prit sa Vespa.

Elle avait envie de voir Philippe. Seulement le voir. Et sur le chemin de terre où cahotait sa machine elle pensait à ce cousin-là, le plus déroutant, le plus épineux, le plus difficile et le plus têtu des Blajan – celui, en fait, à qui elle ressemblait le plus.

Il donnait une leçon dans la carrière ronde, à une jeune fille blonde.

– La petite Dubois-Pontier, dit Valérie. Isabelle. Vous ne vous souvenez pas d'elle ? Vous l'aviez vue à une fête, il y a des années... celle où votre père était venu vous chercher.

Natalène se souvenait parfaitement de cette fête, au milieu de laquelle le Copte avait soudain surgi du néant, son mégot aux lèvres. Et de la petite Isabelle aussi, plus vaguement : une fillette gauche et timide assise sur un banc.

– Mais quel âge a-t-elle ?

– Eh bien, elle avait quinze ans ce soir-là, elle en a vingt et un ce matin...

– Vingt et un ! C'est si vieux que ça ?

– Ouais, dit Valérie. Le temps passe, et ma grand-mère dit qu'il ne nous rajeunit pas...

– Votre grand-mère est pleine de sagesse, dit Natalène. Auriez-vous un thé pour une vieillarde comme moi ?

Elles prirent ce thé-là à l'étage, devant la fenêtre ouverte. De temps à autre la voix de Philippe leur parvenait. Il criait des ordres, sans aménité.

– Je me demande comment il arrive à garder des élèves... sourit Natalène. Quel foutu caractère !

– Mais Isabelle n'est pas vraiment une élève. On la voit très souvent, vous savez, et puis...

Elle s'arrêta là, en serrant les lèvres. Natalène lui jeta un regard surpris, mais n'insista pas. On entendit, dans la cour, la voix d'Isabelle, qui parlait d'une visite à faire, et celle de Philippe, railleuse. Puis une portière claqua et la longue voiture de l'héritière des usines Dubois-Pontier démarra.

– Je suppose qu'elle est riche à crever ? demanda Natalène.

– Plus que ça, répondit Valérie, plus que ça.

Philippe entrait, deux longs couteaux à la main, et posait sur le bureau un rouleau de sparadrap.

– J'ai vu votre Vespa, dit-il à Natalène. Vous venez assister au combat ?

– Quel combat ?

– Tristan doit passer m'assassiner, après son cours.

– Avec ces couteaux-là ?

Il entourait les lames de sparadrap, soigneusement.

– Oui, dit-il. Je n'ai quand même pas envie d'y rester.

Elle rit, et prit l'une des armes préparées, pour l'appuyer sur sa paume où la lame ainsi protégée ne fit qu'une légère trace blanche. Valérie, qui s'était approchée de la fenêtre, annonça que la voiture de l'assassin montait la côte.

– Je vais vous tester ça, dit Natou.

Elle se posta derrière la porte et mit un doigt sur ses lèvres.

– Il verra la Vespa, dit Philippe.

– Pas sûr...

Il ne la vit pas, parce qu'il se gara près du portail et passa par l'écurie. On l'entendit monter le petit escalier, en sifflotant. Valérie faillit rire, mais se contint. Et derrière la porte Natalène leva son arme. La demie de onze heures sonnait au clocher du village quand Tristan entra.

– Mon vieux, dit Philippe, tu es d'une exactitude...

Natalène frappa, au même instant – une fois, deux fois. Là seulement Tristan revint assez de sa surprise pour se défendre, et comme il reconnut l'agresseur exactement en même temps il ne le fit pas. Elle se mit à rire et lui tendit l'arme.

– Mort, dit-elle. Vous êtes MORT !

– C'est dingue, sourit-il, je n'ai rien vu – on perd un temps fou à réagir, en fait.

– Une seconde, dit Philippe. Et c'est sacrément long, une seconde.

Tristan s'assit, une main sur l'épaule, avec une petite grimace.

– Lâche... dit-il.

– Je vous prends en face quand vous voulez, déclara Natalène : je parie que vous vous battez comme un gadjo.

– Attendez, dit Philippe, attendez... vous savez tenir un couteau, Natou ?

– Mais je pense bien !

Elle se rassit elle aussi, parce que Valérie apportait une théière pleine.

– Il y a deux choses, dit-elle. Chez moi. Deux façons de se battre avec ça. Ou bien c'est du tout-venant, du quotidien, de la bataille de rue : on veut seulement du fric, une voiture, se défendre, n'importe quoi... et en général on a affaire à un gadjo, justement. Alors tous les coups sont permis. Tous. Et il y en a de sacrément vaches. Ou bien c'est un duel. Entre bohémiens. Là, tout est codifié.

– Ce code m'intéresserait, dit Tristan.

– Vous n'en aurez jamais besoin. Aucun bohémien ne le suivra jamais pour se battre avec vous, par définition.

– Quand même ?

Elle parut regarder, devant elle, de très vieilles images. Et sa voix se fit douce.

– D'abord, dit-elle, si les choses en sont au point qu'on sorte son couteau, l'adversaire fait aussitôt la même chose, très vite. J'ai vu ça plusieurs fois et c'est très étonnant, ce calme et ce silence après tant de cris, de menaces et de jurons divers. On dirait deux hommes différents.

– Ce sont toujours des hommes ?

– Bien sûr. Ils font un signe du pouce sur la lame de leur couteau. Pour lui confier leur honneur. Si le couteau, après ce signe, transgresse les règles du combat, il est maudit. Et son propriétaire avec. Après ça ils appliquent les deux lames l'une contre l'autre. Ça, personne n'a jamais pu me dire à quoi ça correspondait : ils ne le savent plus, je crois. Mais ils continuent à le faire. Après seulement ils redeviennent fous furieux, reculent, font de grands gestes de menace, crient, et se battent vraiment.

– Comment ?

– Bien, sourit-elle. À part ça, aucun coup sous la ceinture, aucun coup au visage. Ils visent le bras ou l'épaule, au début. Au premier sang il faut s'arrêter. Et c'est encore une chose curieuse à voir : celui qui n'est pas blessé se baisse et plante son couteau à terre, devant ses pieds. L'autre décide. C'est à lui d'arrêter les frais ou non, même si au départ c'était lui l'agresseur. S'il arrête il couche son couteau devant celui de l'autre : joli symbole... S'il continue il déplante au contraire le couteau de l'autre, et le lui redonne. Chacun d'eux fait un pas en arrière et c'est reparti... Sauf qu'alors la mort est permise.

– Pour qui ?

– Pour le vaincu ! Et personne n'aura rien à reprocher à personne. Que le vainqueur fasse grâce ou non, ce sont ses oignons. On ne le louera pas de l'avoir fait et on ne lui en voudra pas de ne pas le faire.

Beaucoup moins renseignée que ses amis sur la vie de Natalène, Valérie l'écoutait, fascinée. De quel monde étrange venait donc cette fille ?

– Et puis ? dit-elle.

– Et puis rien, sourit Natalène. S'il y a un mort on s'arrange pour que personne n'ait d'ennuis avec les gadjé, que ça ne regarde pas. Mais qu'il y ait un mort ou non cela ne change rien au problème : le vainqueur AVAIT raison. S'il s'était battu pour une fille elle est à lui d'office. Pour de l'argent, il le prend. Pour une offense, elle est vengée.

– Et vous savez faire ça ? dit Philippe.

– Le duel ? Non. J'ai regardé, c'est tout. Une femme ne pourrait pas se battre en duel, de toute façon, parce que sa vie est sacrée. Sans compter le ridicule pour l'adversaire... Mais le combat de rue, ça, oui, j'ai appris. Et je vous prends tous les deux quand vous voudrez.

– Par exemple ! dit Philippe. Tout de suite !

Elle reprit le couteau posé sur la table, et fit la moue.

– Les leurs sont aussi longs, dit-elle, mais un peu recourbés. Enfin ça ira. À qui le tour ?

– Moi, dit Philippe. Sapristi ! Je voudrais bien voir ça ! Dans la cour ?

Elle secoua la tête.

– Les combats de rue, dit-elle, c'est où on est. Allez-y.

Malgré cette invite, Philippe hésita. C'était une chose de se battre avec un cousin dans une cour de manège. Et une autre de se jeter sur une cousine assise devant une tasse de thé...

Elle rit, se leva, et menaça l'assemblée avec son arme. Valérie, prudente, attira un peu la table à elle. Tristan fit mieux encore : il s'assit sur le rebord de la fenêtre, loin de l'arène.

Au milieu de la pièce, Natou parlait. Dans sa langue, furieusement. L'air si mauvais, et avec de si brusques gestes du couteau, que Philippe en semblait tout déconcerté. Elle poussa un cri rauque, et il sursauta. Tristan rit. Au même instant elle se jeta sur Philippe et le frappa à l'épaule, puis, quand il eut levé instinctivement les bras, au ventre. Deux fois. Elle recula alors, et éclata de rire.

– Mort, dit-elle. Vous êtes mort. Et sans combattre !

Il rit lui aussi et mit, comme Tristan auparavant, une main sur son épaule. Le fou rire gagna Valérie, puis Tristan.

– Et c'était quoi, ces hurlements ? dit-il.

– Mon vieux, tout est permis... Vous êtes mort ?

– Je suis mort et enterré.

Il jeta son arme à Tristan, qui l'attrapa au vol.

– À toi, dit-il. Et un conseil d'ami, bouche-toi les oreilles...

– Pas de judo ? dit Natalène.

Tristan fit signe que non, du menton, et quitta sa fenêtre. Ce que faisait Natalène, les yeux fixés sur lui, il l'avait appris de Luc : elle évaluait l'adversaire, froidement, calmement, et cherchait un point faible en lui, une trace de nervosité ou d'indécision. « S'il a peur, disait souvent Luc, il a perdu d'avance. Mais aussi s'il n'est pas tout à fait certain de gagner... » Tristan fit un pas en avant, doucement, et parce que les yeux de Natalène surveillaient sa main il eut soin de ne pas trop serrer ses doigts sur le manche du couteau. Doux, doux... Le regard jaune, de nouveau fixé sur le sien, était sans peur. Elle fit un geste brusque du bras, et lui, sans s'émouvoir, un autre pas. Puis un autre. Et un autre encore. Si elle n'attaquait pas maintenant elle avait perdu : elle le savait et se lança en avant. Il para ce coup-là très facilement. Le suivant, très rapide, aussi. Elle recula et tourna autour de la table. « Quand vous avez vu comment il fait, disait Luc, prenez dix secondes pour vous rassembler... » Savait-elle déjà quels étaient les atouts de Tristan ? Lui connaissait ceux dont elle disposait, en tout cas : la rapidité, l'esquive, pour gagner du temps et attendre une faute. « Avec ces nerveux-là, disait Luc, ne faites justement pas de faute, et surtout ne foncez pas, on fait des fautes quand on fonce : avancez. Avancez seulement. Ça suffit. » Par trois fois elle se jeta sur lui, sans prendre un seul coup mais sans réussir à en donner un seul. La quatrième lui fut fatale et elle se courba en avant, frappée au flanc.

– Morte ! dit Philippe.

Elle en convint, essoufflée, en se redressant.

– Mince, dit-elle, il est fortiche...

Tristan, modeste, salua, son couteau plaqué sur sa poitrine.

– Dieu m'a aidé, dit-il. Merci à lui.

Valérie, qui ramassait une chaise tombée au cours du combat, riait.

– Vous devriez, dit-elle, faire ça une fois chez Luc. Ça aurait du succès.

– Par exemple ! dit Natou. Chez Luc il ne faudrait pas que je gagne ! Et réellement, je gagne souvent... Ça leur nouerait l'aiguillette, non ?

Tristan n'aurait jamais osé, lui, plaisanter ainsi sur le Cercle devant Philippe et Valérie. Mais Natalène pouvait apparemment tout se permettre tant elle le faisait avec naturel : Philippe sourit.

– J'ai croisé une voiture de producteur en bas de la côte, dit Tristan pour changer de sujet. Un truc monstrueux, blanc, chromé, brillant... Ça venait d'ici ?

– C'était Isabelle, dit Valérie. Isabelle Dubois-Pontier, vous savez, l'usine ?

– Mais quel âge a-t-elle ?

Valérie sourit, parce qu'il avait posé cette question exactement comme Natalène, avec la même incrédulité.

– Vingt et un ans, répondit-elle. Natalène me l'a déjà demandé tout à l'heure. À cette vieille fête chez vous, elle avait quinze ans.

– Je me souviens. Elle m'avait dit que son père la forçait à prendre des cours de harpe... Gentille, non ? Timide, et gentille...

Philippe et Valérie échangèrent un sourire railleur.

– Le temps passe, dit Valérie, le temps passe et les gens changent... je crois qu'elle vous surprendrait maintenant, la petite Isabelle.

Mais Tristan ne pensait plus à l'héritière des Dubois-Pontier. Il regardait sa montre.

– Je vous ramène, Natalène ?

– Et ma Vespa ?

Philippe offrit de se charger de l'engin, et regarda ses cousins sortir. Il était presque midi et demi.

– Je mange aussi là-bas, dit-il. Mais Boris t'attend : il a fait des crêpes.

– Par cette chaleur ?

– Ben oui...

Valérie rangeait les tasses, pensive.

– Tu aurais pu la battre ? demanda-t-elle.

– Pas sûr. Elle est drôlement rapide. Et puis dis donc, elle m'a saisi !

– Mais pas noué l'aiguillette ?

Il quitta la fenêtre, pour se tourner vers la jeune fille. Futée, Valérie...

– Ma vieille, dit-il habilement, ça a été mon premier amour, cette jolie cousine-là, et ça ne s'oublie pas. Qui était-ce, toi ?

– Le frère d'une copine. J'avais treize ans, dis donc...

– Et moi seize.

Valérie, les tasses à la main, sourit.

– Grand-mère a raison, dit-elle, tout ça ne nous rajeunit pas...

À Blajan, on déjeunait à une heure. Natalène eut juste le temps de nourrir Cantor, puis de le coucher, avant de descendre. Un peu en retard. Mais à Marion comme à elle on pardonnait volontiers ce genre d'impolitesse, pour le moment. Et Marion d'ailleurs apparut plus tard encore : en même temps que le rôti. Elle refermait la porte, et commençait à s'excuser, quand la cloche de l'entrée sonna. Elle ressortit, vite. On l'entendit ouvrir. Puis ce fut le silence. Un si long silence que toutes les têtes se tournèrent vers la porte, instinctivement.

Marion y parut enfin, pâle. Et derrière elle, Vanik.

– Salut, dit-il. Salut, la compagnie.

Ses yeux cherchaient Natalène dans cette compagnie. Et quand il l'eut trouvée il lui sourit.

– T'es là ?

– Oui, dit-elle.

Le visage qu'elle avait, lisse et muet, Tristan le connaissait bien : c'était celui des grandes catastrophes.

– Je mangerais bien un morceau, dit Vanik.

Tante Lise leva des sourcils horrifiés. Mais Natalène déjà écartait sa chaise, en avançait une autre.

– Mets-toi là, dit-elle. Je t'apporte un couvert.

Elle prit le nécessaire dans le grand buffet, et Vanik s'assit. Contorose se remit à manger. La courtoisie était pourtant si innée en lui qu'il n'y put tenir, et se pencha.

– Vous avez fait bon voyage ?

– Ouais, dit Vanik. Fameux, ce rôti-là...

Le seul élément comique de la scène était la façon dont les tantes regardaient manger le bohémien : avec une stupéfaction sans limites, et leurs petites bouches délicates pincées d'horreur.

Natalène s'était poussée un peu, prudente, pour laisser au coude de Vanik la place de s'étaler sur la table. Et Philippe, de l'autre côté, fit de même très vite.

– Paraît que t'as un gosse ? dit Vanik.

– Oui.

Il s'aperçut là du silence qui régnait, et regarda autour de lui.

– Faut pas que je vous gêne, dit-il.

Les convives reprirent leurs esprits, un à un, et se remirent à manger. Fleur continua pour Édith le récit de sa matinée, que l'arrivée du visiteur avait interrompu. Et Marion prit son courage à deux mains pour raconter à Emmanuel le bain d'Albane, son sourire, et la jolie façon dont elle avait essayé d'attraper son canard flottant.

L'histoire de sa toute petite fille passionnait toujours Emmanuel. Mais ce jour-là il n'y prêta guère attention. Comme Tristan, et comme Philippe, il était sur ses gardes. Et son regard ne quittait pas Vanik.

Pour des raisons très différentes, Sophie observait elle aussi le bohémien. La beauté de ce garçon l'avait toujours fascinée. Il avait un visage hardi et fier, une bouche bien modelée, et sous ses boucles trop longues de magnifiques prunelles sombres. Comment pouvait-on manger si salement, sentir si mauvais – parce qu'il sentait mauvais, oui – et pourtant être si beau ? Si merveilleusement beau ?

Juste à côté de Sophie, Tristan voyait Vanik aussi bien qu'elle. Il était surtout frappé, lui, par sa ressemblance avec Natalène. La même violence, la même sauvagerie, visibles chez Vanik, plus secrètes chez Natou, se lisaient dans tous leurs gestes, dans leur silence, dans le regard dur qu'ils venaient d'échanger, et dans l'impassibilité têtue de leurs visages. Mais Natalène, plus nerveuse, respirait un peu vite. D'un coup d'œil, Tristan s'assura que Philippe, comme lui, était prêt à tout. Son cousin lui sourit et il se détendit un peu. Emmanuel Duplessis veillait lui aussi, au bout de la table. Tout irait bien, peut-être...

Vanik attirait le plat à lui, et se resservait, du bout de son couteau. Il y avait du sang sur son poignet.

– Et ce gosse alors ? dit-il. Qu'est-ce que c'est ?

– Un garçon.

– Quel âge ?

– Bientôt trois mois.

– Il était en route, alors, à Noël ? Tu m'avais pas dit ça !

– Non, dit-elle. Je n'y ai pas pensé.

– Elle était pas foutue, ta machine ?

– Non.

Tristan serra les dents et Natalène, en croisant son regard, rougit légèrement. De nouveau, Vanik attirait le plat près de son assiette. Il y pêcha le dernier morceau de rôti.

– Fameux, dit-il. Ouais, fameux...

Justine, qui apportait les tartes, n'avait pas vu entrer le visiteur et le considéra avec stupéfaction quand elle l'aperçut. Vanik lui sourit, et l'éclat de ses dents sur sa peau brune frappa Sophie.

– C'est toi, le rôti ? dit-il. Fameux !

Justine ne répondit pas, saisie, et recula. Mais sur le seuil elle se retourna pour regarder une dernière fois cette surprenante apparition et s'assurer qu'elle n'avait pas rêvé. Et malgré tout Philippe eut un petit rire.

Vanik venait d'éprouver une surprise presque égale à celle de Justine, en découvrant soudain

Valère parmi les convives. Il fronça les sourcils. Visiblement il fouillait sa mémoire. Puis il se tapa sur la cuisse, et rit.

– T'étais pas à Hambourg, toi ?

– Si, dit Valère. On s'y est vus deux ou trois fois.

– Et qu'est-ce que tu fous là ?

Valère hésita, puis renonça à s'expliquer.

– Je suis en vacances, dit-il.

– Ah ben oui... C'est marrant ça, tu vois, ta tête me disait bien quelque chose mais ça m'est sorti tout seul, Hambourg, j'ai même pas cherché, tout seul, c'est marrant... Hambourg, comme ça...

De la part de tarte que tante Lise lui proposait timidement il fit trois bouchées, pas une de plus. Puis il s'essuya la bouche du revers de la main et recula sa chaise.

– Faut qu'on cause, dit-il à Natalène. Et vite, que ça urge.

Elle se leva, en même temps que lui. Parce qu'elle se dirigea vers la bibliothèque aucun de ses cousins ne bougea. La bibliothèque n'avait pas de portes donnant sur l'extérieur. Et Natalène ne referma pas celle qui la faisait communiquer avec la salle à manger.

– Je n'aime pas du tout... dit Contorose. Vraiment il vaudrait bien mieux cesser de...

Cette façon de ne pas finir ses phrases était familière aux tantes, qui opinèrent. Mais elle ne ressemblait pas du tout au vieil autocrate. Pas plus que le sursaut nerveux qu'il eut lorsque Natalène reparut soudain.

– Tu m'as fait peur... dit-il.

Natalène fit quelques pas vers la table.

– Pouvez-vous venir, Édith ? dit-elle.

– Moi ?

Une main sur le cœur, la jeune femme semblait la statue même de l'innocence injustement menacée.

– Moi ? répéta-t-elle.

– S'il vous plaît, dit Natalène. Avec la boîte à pharmacie. Il est blessé au bras.

Édith se leva, puisqu'il en était ainsi. Avec de nouvelles inquiétudes, mais au moins rassurée sur l'essentiel. Natalène se pencha sur Tristan et lui dit quelques mots. Il se leva lui aussi. Et la porte de la bibliothèque, cette fois, se referma derrière eux.

En voyant entrer Édith, sa boîte à la main, Vanik prit un air vaguement goguenard.

– Toubib ?

– Seulement infirmière, répondit-elle.

Il ôta son blouson de toile, puis sa chemise, avec une tranquille impudeur. Il ne faisait plus attention à Édith et regardait Tristan.

– Faut que je te cause aussi, dit-il. C'est toujours toi, le mari ?

– Oui.

– Alors on a un truc à causer tous les deux.

« Plus que tu ne crois... » pensa Tristan avec un bref amusement. Il ne dit rien pourtant et s'assit au bord d'un coffre. Édith regardait la blessure sur le bras de Vanik : une large entaille, heureusement peu profonde.

– À l'hôpital, dit-elle, on vous mettrait des points, peut-être, monsieur.

– Non, non, t'occupe...

Ce tutoiement fit frémir Édith, et malgré tout Natalène eut un petit sourire. C'était un étrange spectacle que celui de cette correcte jeune femme, au chignon impeccable, à la robe discrète, penchée sur ce bohémien et tenant son bras entre ses mains.

Quand elle désinfecta la plaie il fit la grimace. Mais sa dignité ne lui permettait certainement rien d'autre, et il ne bougea pas. La blancheur de la bande dont Édith recouvrit ensuite les compresses sembla l'étonner, et Tristan eut à ce moment-là un élan de sympathie pour cet exclu, qui se savait promis aux chiffons grisâtres et aux soins de fortune. Vanik avait un don particulier pour toucher Tristan, parfois, et désarmer un instant sa rancune. C'était un sauvage, mais un sauvage qu'il lui était difficile de haïr vraiment, contrairement au Copte.

Le dernier bout de sparadrap posé, Édith remit ses flacons dans la boîte et sortit, après un sourire tout à fait professionnel. Vanik enfilait sa chemise et en retroussait les manches.

– Pas mal, apprécia-t-il. Elle s'en tire pas mal. C'est ta cousine aussi ?

– Oui.

– T'en as une sacrée flopée, dis donc... Bon, et puis c'est pas tout ça. Faut qu'on cause un peu tous les trois.

Il regardait Tristan, comme pour tenter de lire quelque chose dans son calme regard gris.

– T'es le mari, dit-il. Et t'as un fils. Je discute pas ça. Y a rien à redire. Mais des fois que je te prêterais Mirna, y aurait pas d'offense, hein ?

Parce que Tristan, manifestement, ne comprenait pas, ou n'osait pas comprendre, Natalène eut un petit rire nerveux.

– C'est vrai, dit-elle. Il n'y a pas d'offense s'il y a échange. Ça se pratique souvent.

– Échange ? dit Tristan.

– Oui. Mirna est la femme de Vanik. Si elle vient passer avec vous le temps que je passerai avec lui, personne ne peut se dire offensé : ni lui, ni vous.

– Voilà, dit Vanik. Bien dit. Comme ça y a pas d'offense, tu vois : net et sans bavures. T'en dirais quoi ?

– J'en dirais... non.

– T'en dirais non ?

– J'en dirais non.

– Ah ben tu peux... c'est sûr que tu peux. Mais y aurait pas eu d'offense... et Mirna, tu sais, tu te serais pas embêté.

Une fois de plus Tristan se sentit touché. La maladresse de Vanik et son ignorance crasse avaient quelque chose de pathétique. Un peu de pitié glissa, rapide, dans les yeux de Natalène. Puis disparut.

– Il ne veut pas, dit-elle. Je te l'avais dit.

– Et du service ?

– Il ne voudra pas non plus.

– Dis-y quand même.

Natalène regarda Tristan, avec de nouveau cette petite blessure triste au fond des yeux.

– Si vous avez quelqu'un à tuer, dit-elle, pourvu que ce soit un gadjo, et pas une femme, c'est un autre moyen d'éviter l'offense.

– Non, dit Tristan.

– Eh ben, dit Vanik, c'est bon... on peut toujours venir discuter, hein ? Franco de port. Tu dis non, bon, tu dis non, on n'en parle plus, qu'on va pas en chier une pendule quand même... T'as un coup ?

– Un coup de quoi ?

– Un coup à boire, sourit Natalène. Il faut boire maintenant. Je vais vous chercher ça.

Elle disparut, vive, et Tristan regarda de nouveau Vanik.

– Tu l'as vue, à Noël ?

– Ouais. L'est tombée... Oh, dis, c'est bête tout ça. C'est salement bête. Tu peux dire que c'est bête. Je m'y fais pas, j'en crève... C'est bête, hein ?

Natalène revenait, avec l'une des bouteilles de la table, et deux verres qu'elle posa sur un guéridon. Elle tendit la bouteille à Tristan et il se leva pour remplir les verres. Apparemment c'était à lui de le faire. Vanik heurta son verre contre celui de son hôte et but, d'un seul coup. Malgré l'horreur qu'il avait du vin rouge, Tristan l'imita. Et Vanik reposa son verre.

– Voilà, dit-il. Et j'y vais, que j'ai pas que ça à faire.

Cette phrase précédait toujours de très peu sa sortie : il remit son blouson, regarda Natalène, faillit dire quelque chose, puis y renonça et quitta la pièce. On l'entendit saluer la compagnie dans la salle à manger. Et la grande porte claqua.

– C'est terrible, dit Tristan.

Natalène secoua la tête, comme pour chasser de son esprit l'image de Vanik.

– C'était lui, la Vespa, Natou ?

– Oui, dit-elle. Mais seulement... enfin, seulement ce bête d'accident. Il est sorti du buisson si vite que j'ai dérapé. C'est tout.

– Natou... me le diriez-vous, s'il y avait autre chose un jour ?

– Non, répondit-elle calmement. Je n'aime pas dire les choses.

Il prit les verres sur la petite table et elle s'approcha de lui. Maintenant, ses yeux brillaient.

– Pas de regrets ? dit-elle. Mirna est TRÈS jolie...

– Mais réellement, ça se pratique ?

– Quelquefois.

– Ça vous est arrivé ?

– Une fois, oui, pour trois jours. Un Roumain. Il trouvait que je ne savais pas faire la cuisine... je crois qu'il a été ravi de récupérer sa belle. Il sentait le vin rouge.

Elle mit ses bras autour des épaules de Tristan, taquine.

– Vous devez le sentir aussi, dit-elle. Embrassez-moi, ça me rappellera ma folle jeunesse...

X

Le jeudi matin, pour Natalène, l'aventure commença tôt. En pleine nuit. Dans ses rêves, quelqu'un sifflait. Doucement, puis plus fort, et si fort enfin que les petites notes aiguës finirent par sortir du rêve : elle s'assit dans son lit, le cœur battant. Quelqu'un sifflait dans le parc les six premières notes d'une chanson yémache. Et c'était un signal qu'elle connaissait bien. Elle se leva, pour courir à la fenêtre. Sans réfléchir, d'instinct, elle répondit. Et quand le sifflement reprit, plus rapide, elle sourit, heureuse.

Alors seulement elle reprit tout à fait ses esprits, et eut peur. Sa main lâcha le rideau et son cœur se mit à battre douloureusement dans sa poitrine. Vanik, Cantor, Tristan : ces noms dansaient sous son front.

Elle se pencha et siffla d'autres notes : « Attends... » On répondit, d'une note brève : « Oui. » Et elle passa chez Tristan.

Il dormait, bien sûr. Elle caressa son épaule nue, du bout des doigts. Il ne bougea pas. Elle usa de méthodes plus efficaces et quand il ouvrit les yeux mit un doigt sur ses lèvres.

– Venez, dit-elle. Il y a quelqu'un dehors. Ne faites pas de bruit.

– Où ça, quelqu'un ? chuchota-t-il.
– Dans le parc.

Elle lui tendit, parce qu'il dormait nu, son jean posé sur le dos d'une chaise, et n'importe quel pull au hasard d'une pile. Maintenant elle était tout à fait maîtresse d'elle-même.

– Il sifflait, dit-elle, et j'ai répondu. Il attend.
– Vanik ?
– Je ne sais pas.

Dans la chambre de Natalène le rideau se soulevait seul, poussé par une brise légère. Elle l'écarta un peu, et siffla. On répondit. Alors elle se pencha tout à fait, et une petite ombre se leva sur la pelouse, très mince.

– Ce n'est pas Vanik, dit Natalène.

Elle regardait, comme Tristan, la petite silhouette s'avancer vers la maison. Et soudain elle eut une exclamation :

– C'est la Perle !

C'était en tout cas une femme ou un enfant. Natalène fit un geste de la main, et l'ombre répondit. Puis elle s'arrêta au pied de la terrasse.

– La Perle ? chuchota Natalène.
– Ouais, répondit une voix prudente. Amène-toi !

Ils descendirent, sur la pointe des pieds, et quand Tristan eut entrebâillé la porte d'entrée l'ombre s'y glissa. C'était une très jeune fille. Elle repoussa la porte derrière elle et s'y adossa.

– T'es rien coton à réveiller... dit-elle. T'as un morceau ?

Dans la cuisine, Natalène fit du café, coupa du pain, et Tristan put voir la petite visiteuse. Elle devait avoir quinze ans. Plus brune encore que Natalène, elle avait de longs cheveux, un petit visage aigu, et les grands yeux sombres de sa race.

Elle portait un jean très sale et un pull-over rouge plus sale encore. Des bracelets de crasse entouraient ses poignets.

Elle avait parlé d'abord, d'une voix claire et rapide, de ses difficultés à escalader la grille. Et elle riait. « Le foutu plan que j'avais, dis donc, à se taper le cul par terre ! » De Tristan, debout devant l'armoire, elle avait dit, le doigt pointé : « C'est le musicien ? » Il avait répondu, avec un petit salut : « Oui. » Et elle avait ri, encore. Comme Natalène, elle riait beaucoup, en fille du vent qui peut trouver partout de quoi se réjouir.

Mais quand Natalène posa la cafetière sur la table, la Perle cessa de plaisanter.

– T'es chic, dit-elle, j'ai pas bouffé depuis hier midi. Dis donc, vieille... t'as vu Vanik ?

– Il est venu hier.

– Ça je sais, mais cette nuit ?

– Non...

– Parce qu'il a pris la rage, hier soir, à Fonvières, il gueulait comme un veau, il voulait venir ici... tu l'as pas vu ?

– Non.

– P'têt' qu'il a boulé en route, ou alors Kriss l'a choumé...

Ce mot, que Tristan ne comprit pas, fit sourire Natalène.

– Ça lui ferait les pieds, dit-elle.

Il y eut un assez long silence. La Perle mangeait ses tartines, pensive, les yeux fixés sur Tristan.

« Ça va chier », dit-elle une fois. Puis, entre deux tartines : « Pourquoi il a pas voulu ? »

Elle ne s'était pas adressée à Tristan. Il répondit, pourtant.

– Ça ne me regardait pas tellement, après tout, non ?

La Perle ouvrit des yeux si ronds qu'il renonça à poursuivre sur cette voie.

– Je n'en avais pas envie, dit-il résolument.

Natalène lui sourit, avec une subite tendresse. Elle coupa d'autres tartines dans le gros pain bis, et les posa devant la Perle.

– Mange, dit-elle. T'es venue comment ?

– En stop. Avec un con. Parce que dis, peut-être qu'il aurait déjà été là, mais des fois que non, je voulais te dire... il va te mettre Yannis au cul. Il l'a dit.

– Je m'en fous, dit Natalène. Qu'il y vienne. Dis ça à Yannis de ma part : qu'il y vienne.

– Tu parles que j'irai y dire... t'as pas de sel ?

Tristan reconnaissait cette faculté déconcertante qu'avaient les roms de mêler des propos quotidiens, et terre à terre, à d'autres qui l'étaient beaucoup moins. Anizia avait fait la même chose, à Fonvières, quand Natalène avait été se faire soigner par elle. Était-ce de l'inconscience ? Une certaine forme de pudeur ? Ou de la simple sagesse ?

Quand elle eut devant elle le bocal de gros sel, la Perle se remplit la main de cristaux gris et en parsema les trois tartines beurrées. Puis, soigneusement, de son pouce sale, elle les fit pénétrer dans le beurre.

– Putain, dit-elle avec satisfaction, c'est chié, ça !

– Yannis ne marchera pas, dit Natalène. Y a trop de risques pour pas grand-chose.

– Ici, non, il marcherait pas, c'est pas coton... mais Vanik dit que t'es toujours à courir partout sur ta petite moto.

– T'es chic, dit Natalène. Je ferai attention. Mais quand remontent-ils à Lille ?

– Le 2, avec Milos. Et Vanik y sera, parce que les Grecs veulent le mettre à l'osier, et il gueule, faudra bien qu'il règle ça... s'il redescend, je te dirai. Mais je crois pas.

Elle parlait très vite, et d'une façon si hachée que Tristan avait du mal à la suivre. Elle s'arrêta là, pourtant.

– Qui est Yannis ? demanda Tristan.

– Oh, dit la Perle, un con. Mais il est teigneux. Moi j'aimerais pas qu'on me le foute au cul, autant te dire, j'aimerais pas.

Elle prit une autre bouchée de sa tartine et se remit à examiner Tristan, curieusement. De ses pieds nus au ceinturon de son jean, de ses mains à son visage. Puis elle recommença. Plusieurs fois.

– Qu'est-ce qu'il a donc ? dit-elle ensuite à Natalène. Il a bien l'air d'un gadjo...

– C'est un gadjo, répondit Natalène.

– Eh ben alors ? Quoi ? C'est sa musique ?

– Je ne crois pas.

– T'en pinces ?

– Ça ressemblerait plutôt à ça.

Philosophe, et au fait des complications propres aux grandes personnes, la Perle n'insista pas.

– Ah ben, dit-elle, alors, sûr... dis donc, sûr !

Mais son regard sombre disait si bien qu'on ne l'y prendrait pas, elle, Anna Perlinari dite la Perle, que Tristan ne put s'empêcher de rire, cette fois.

– Ah, dit Natalène, quelquefois c'est bizarre... Mais c'est vrai que tu es mariée, maintenant ?

– Ouais.

– Et ça va ?

– C'est un con.

Elle mordit dans une nouvelle tartine, avec décision. Puis s'emballa, la bouche pleine :

– C'est VRAIMENT un con. Tu le verrais que t'y croirais pas. Il gueule tout le temps, il casse tout, il baise mou, il est toujours dans mes pattes... un sacré con, oui !

Elle enfonça, du pouce, un grain de sel qui prétendait s'échapper du beurre, et haussa les épaules.

– Tant qu'à faire, dit-elle, j'aurais préféré son frère. Ça a failli se faire, et puis je sais pas, non. C'est un con aussi, remarque. Mais il gueule moins. Et moi, ses dix litres, tant qu'il me les vomit pas sur les pieds je m'en fous. Enfin ça s'est pas fait. Au moins ça a fait gueuler la Mareski, à cause du type des Paniers, tu sais... elle l'a ramené de Sofia !

– Il a pu passer ?

– Impec ! Avec le fric des casseroles, t'aurais vu le foin...

– Et comment est-il ? Le type de Sofia ?

– Tu parles ! Un con, oui... Et j'ai dit à l'autre, tant qu'à faire d'être con...

Un peu étourdi par tant de volubilité et d'étranges nouvelles, Tristan perdit un instant le fil. Ce con-là, le dernier, était-il le frère du mari, l'homme de Sofia, ou un autre encore ?

– À la fête pour Kriss, continuait la Perle, je te dis pas le cirque qu'elle a fait, la Mareski !

Ce n'était pas la peine de le dire. Natalène s'en doutait, apparemment, et souriait de la farce.

La Perle demanda l'heure, ensuite, et se leva.

– Faut pas que je traîne, dit-elle.

Le dernier mot à peine prononcé, elle était à la porte. Les roms se quittaient vite, Tristan l'avait déjà remarqué. Vite et sans phrases. Natalène suivit la Perle dans le vestibule, la regarda essuyer son pouce plein de beurre sur son pull-over, et ouvrit la porte. Un « binuké », deux « binuké » : l'ombre était retournée à sa nuit.

– Mais quel âge a-t-elle ? demanda Tristan.

– Bientôt seize ans. Chouette, hein ?

Il commençait à monter l'escalier. Mais il s'assit et fit asseoir Natalène, d'autorité, à côté de lui.

– Je n'ai pas compris grand-chose, dit-il. Éclairez ma lanterne... Qui est ce Yannis ?

– Elle vous l'a dit, sourit Natou, un con.

– Et à part ça ? Que vous veut-il ?

– M'apprendre à vivre, je suppose. C'est un grand donneur de leçons.

– Sérieux, Natou... C'est quoi, avoir Yannis au cul ?

Elle rit de ce bel argot, mais s'obstina à ne pas répondre.

– Vanik est coincé, dit-elle seulement. Alors il bat l'air avec des épouvantails à moineaux. Mais je ne suis PAS un moineau.

Il n'insista pas davantage. Il connaissait trop Natalène pour ça. Elle parlerait peut-être de Yannis un jour. Mais pas ce soir.

– Tête de mule... glissa-t-il.

Dans la chambre de Natalène le rideau se soulevait toujours, et sa lente danse avait quelque chose d'étrange. Il était quatre heures du matin. L'heure d'un thé, pourquoi pas ?

Ils le préparèrent dans le placard-cuisine de Natou, et passèrent avec le plateau chez Tristan, dont la chambre leur servait de salon depuis que Cantor occupait celle de sa mère. C'était une très grande chambre. Elle avait été celle de leur grand-mère, qu'ils n'avaient pas connue, cette Éléonore Gilières que Contorose avait tant aimée. Une curieuse jeune femme, disait la chronique familiale, très exaltée, très romantique, qui se gavait de romans et faisait dans les collines de longues promenades, chose assez inhabituelle à l'époque pour une jeune bourgeoise. Contorose la connaissait depuis leur enfance parce que leurs parents faisaient partie de la même société et que le frère unique d'Éléonore était aussi son condisciple chez les Pères. Elle lui paraissait semblable à toutes les jeunes filles du monde : douce, timide, discrète, bien élevée et parfaitement insignifiante... une jeune fille accomplie, autrement dit.

Mais un matin il l'avait rencontrée dans les collines. Seule. Et PIEDS NUS. Elle avait enlevé ses fines bottines et les avait posées sur l'herbe à côté d'elle, bien soigneusement, avec son ombrelle et son petit sac brodé. Et pieds nus elle chantonnait, les yeux fermés, sous le soleil d'été. En ce vieux temps-là pareille conduite frisait l'inconvenance et certes Éléonore Gilières ne pouvait plus être confondue avec aucune autre jeune fille au monde...

Louis de Blajan demanda sa main trois jours plus tard. On la lui accorda et la chanteuse aux pieds nus fit son entrée à Blajan. Dans la nuit des temps : bien avant la Première Guerre mondiale.

Cette chambre avait dû lui plaire à cause de ses dimensions, de la cheminée sculptée qui s'y trouvait, et peut-être aussi parce qu'une de ses fenêtres donnait sur les bois. Après elle on y avait logé Alban et Marie Rivalty, plusieurs années. Puis Tristan.

Natalène avait elle aussi les pieds nus, cette nuit-là. Mais un pyjama rouge, et une attitude qui aurait certainement choqué Éléonore : assise en tailleur sur le tapis, ses cheveux emmêlés sur les épaules, elle fumait une longue cigarette et tenait des propos fort inconvenants.

C'était inconvenant parce qu'il s'agissait de la Perle. Et si Éléonore se fût certainement bouché les oreilles au récit de cette petite vie, Tristan lui-même éprouvait un semblant de surprise. Réellement, c'était possible, d'avoir quinze ans et de vivre ainsi ?

– Pardi ! disait Natalène. Et encore j'en oublie... Cette fille, c'est le vent lui-même. Un petit démon incarné : sauvage et innocent. Je la connais depuis qu'elle a trois ans et elle m'a toujours fascinée.

– J'ai eu envie de l'embrasser, dit Tristan. Pour voir. Parce qu'elle vous ressemble, en fait. Si vous n'aviez vécu que là-bas vous auriez été comme elle. On n'a pas souvent l'occasion d'embrasser quelqu'un et aussi ce qu'il a failli être.

– Vous auriez pu le faire, sourit Natalène. Ou même pire, en le lui demandant : et je vous conseille de demander, parce qu'elle a le couteau agile... Donc, vous vous informez, poliment, de la possibilité qu'elle accepte, ou non, une proposition qui pourrait lui être faite... Et alors elle vous dit, autant vous prévenir : « Mais tirer, ou tringler ? »

– Oh ?

– Si !

– Quelle nuance y met-elle ?

– Tirer, c'est baiser vite fait. Tringler ressemblerait davantage à faire l'amour.

– Je dirai : tringler. Je ne suis pas un homme pressé. Et que répondra-t-elle ?

– Sans doute : « Où ? »

– Je m'adapterai aux circonstances, avec la souplesse d'esprit qui me caractérise... et alors ?

– Alors, une fois dans le « où » elle se déshabillera, et parce qu'elle fait ça en trois secondes elle s'assoira sur le bord du lit, s'il y a un lit, pour vous regarder finir d'enlever votre pull-over : vous n'en serez encore qu'à la première manche. Autant vous prévenir aussi qu'elle ne quitte jamais son couteau. Elle le porte à même la taille, attaché à une petite lanière de cuir. Des fois que ça vous refroidirait...

– Aucun risque. J'ai un cœur de lion.

Natalène sourit à de vieux souvenirs, en servant le reste du thé.

– Après mon divorce, là-bas, j'ai réintégré le grenier de la baraque, c'est en général là que sont les célibataires... La Perle était de l'autre côté de la poutre. C'était une poutre-armoire, on y posait notre petit barda. Je l'ai cent fois vue tirer, ou tringler, suivant le cas. Une vraie sauvage. Il y avait toujours des voix excédées, venant des autres poutres : « Bon Dieu, la Perle, ferme-la ! » Moi je la regardais. Elle était belle. Et elle avait douze ans à l'époque, ou treize... C'était une sorte de sabbat. Mais dur, solitaire – pas méchant, il faut tenir compte des gens pour être méchant – dur, c'est ça. Peut-être a-t-elle changé depuis. Peut-être a-t-elle appris à regarder les gens.

– Elle ne m'a pas adressé la parole.

– Elle ne le fera pas avant de mieux vous connaître, ou ça m'étonnerait.

Elle vit qu'il rêvait à la petite sauvage, et se mit à rire.

– Voulez-vous vous exercer avec une vieille romanichelle ?

– Mais tirer ou tringler ?

– Tirer, dit-elle. Tirer, bien sûr, pour qui me prenez-vous ? Je n'ai pas de temps à perdre, moi !

– Alors tirez, madame...

Elle s'exécuta de bon cœur, renversa sa victime sur le tapis, défit le bouton de son jean et prit ses dispositions pour le violer incontinent. Ce jeu-là, sous diverses formes, ils le pratiquaient souvent. Mais il s'arrêtait assez vite : jamais Natalène n'aurait pu, d'elle-même, le mener à son terme. Cette fois encore elle y renonça et Tristan prit l'initiative, un instant, pour la lui rendre ensuite.

La chose fut vite faite : un jeu, c'était sacré. Et Natalène eut, en quittant son violé, une petite tape approbatrice et négligente sur son épaule, comme pour flatter une pouliche.

– Tu as de l'étoffe, dit-elle.

– Faut-il vraiment dire ça ?

– Ou quelque chose d'approchant, oui. On peut tirer son coup sans être grossier, quand même !

– Mais peut-être êtes-vous mal armée pour tirer ce coup-là...

Elle lui lança un regard méfiant. Il finissait d'enlever son jean et ne semblait avoir mis aucune intention blessante dans sa phrase. Mais quand il leva les yeux elle rougit, parce qu'elle y lut un peu de malice.

– C'est malin... dit-elle.

Sur ce sujet-là elle était d'une susceptibilité épineuse, et Tristan s'en voulut.

– Pardon, dit-il. Je suis ce que la Perle dirait de moi, j'en ai peur.

Il retira son pull-over et s'étira, nu, dans la lumière de l'aube proche. Il leur restait très peu de jours : cette image-là fut une de celles que devait conserver Natalène de son cousin.

Quelques heures plus tard, Tristan prit une leçon de couteau. Et pas avec Luc, mais avec Natalène. Elle avait beaucoup de choses à lui apprendre et il fut pendant une heure et demie un élève très attentif. Elle voulut voir ensuite ce que pouvait donner un peu de judo dans l'affaire : cinq fois de suite elle fut désarmée en quelques secondes, et projetée sur l'herbe. Tristan la retenait comme il pouvait, par un bout de son pull ou par le bras, pour qu'elle n'atterrisse pas trop rudement sur le sol. Et il riait. Quant à Natalène, elle était très impressionnée.

– Il y a un truc ?

– Oui, dit Tristan. J'utilise votre force contre vous en même temps que la mienne : ça fait que j'en ai deux fois plus, et vous plus du tout... Ça pourrait se résumer comme ça.

– Putain !

Elle le laissa sur cette victoire, et s'en fut nourrir son fils. Elle ne déjeunait pas à Blajan ce jour-là, mais en ville avec Xavier Dubois. Du moins avait-elle présenté les choses ainsi. Et Xavier Dubois vint bien, à midi, la chercher à Blajan.

Il la déposa, comme elle le lui avait demandé, à cent mètres du camp de Fonvières. Et l'attendit.

Elle n'avait pas peur. Pas plus qu'en prenant un couteau sur une table pour se battre. Pour ceux qui ressemblent à Natalène la peur ne vient qu'avant, si elle doit venir : jamais lorsque le combat est engagé.

Son entrée au camp fit sensation. Depuis des mois l'acharnement de Vanik alimentait bien des conversations et on parlait partout, de Fonvières à Lille, de Brovnik à Sofia, et plus loin encore sans doute, de cette histoire stupide, rendue plus folle encore par la présence d'un Portugais inconnu et d'un gadjo musicien. Elle s'était déformée peu à peu, de bouche en bouche, de camp en camp, de mois en mois. On ne savait plus qu'une chose sûre : Vanik Pilossac VOULAIT la fille du Copte. Et elle était là, en ce beau mois de juin, penchée sur le roquet du portail...

Vanik, lui, était dans sa caravane, où il cuvait sa rage et son vin de la veille. On lui amena Natalène. Kriss la tenait par le bras comme s'il l'avait pêchée dans la rivière ou arrachée lui-même aux gadjé qui la gardaient si bien. Il précisa quand même qu'elle était venue seule.

– T'as bien fait, dit Vanik. Je t'aurais envoyé Yannis. Je te JURE que je te l'aurais envoyé...

Il hurla à Kriss, qui s'attardait, de foutre le camp et de fermer cette bon Dieu de porte. Assis sur le bord du lit de fer, il se grattait furieusement le crâne.

– Qu'est-ce qu'il veut ? dit-il. Hein ? Quoi ? Mirna ?

– Non, dit Natalène. Il ne veut rien. Il ne sait pas que je suis ici et je ne le lui dirai pas. Tu voulais baiser, non ? Alors on va baiser. On va baiser tant que tu voudras.

Il ne bougeait pas et elle traversa la caravane pour s'agenouiller devant lui. Ses mains se posèrent sur les genoux du bohémien, puis sur ses épaules. Elles ne tremblaient pas. Et ses yeux jaunes restaient calmes et durs.

– Tu es beau, dit-elle. Tu es beau et complètement givré. On devrait pouvoir faire affaire, non ?

– D'où tu viens ?

– De chez lui. Et j'y retourne. Mais je reviendrai. Moi. T'entends, Vanik ? Moi. Tu me fais siffler par la Perle, ou par quelqu'un d'autre – mais pas toi – et je viendrai. Jusqu'à ce que tu remontes à Lille. Je vais même essayer de passer quelques jours ici. Est-ce que ça peut marcher comme ça ?

Il ne répondit pas. Il regardait le visage de la jeune fille, et sa longue bouche renflée. Alors elle ouvrit sa robe, lentement, sur ses seins nus.

XI

À Blajan, ce soir-là, on fêtait les dix-sept ans de Valère. En famille. La grande fête traditionnelle de l'été n'aurait lieu que le 6 juillet, après le gala de l'école Blanche, et elle engloberait cet anniversaire avec tous les autres événements qu'elle était censée célébrer : le bac du même Valère et la naissance des trois bébés du printemps, la centième inscription au manège, les vacances, la plantation d'un autre chêne pour les arrière-petits-enfants de Cantor, et pendant qu'on y était la peinture fraîche du vestibule. Pour Contorose une fête était un vaste fourre-tout.

On se faisait peu de cadeaux à Blajan. Valère reçut une montre de son grand-père, une très belle rose blanche de Marion, et un stylo de Tristan. Fleur l'estima très favorisé et lui-même parut satisfait.

On but du champagne et Natalène, qui semblait particulièrement gaie, en abusa bien sûr. Elle ne résistait jamais à cette tentation-là. Tristan sentait en elle quelque chose d'étrange, qu'il n'arrivait pas à définir. Mais quand il dansa avec elle et réussit, plus tard, à lui ôter des mains sa quatrième coupe de champagne, elle lui parla si drôlement de la leçon de couteau du matin, et de la Perle, qu'il crut avoir rêvé.

On était trop peu ce soir-là pour danser longtemps. La soirée retrouva donc vite le calme de celle de la veille, et de mille autres semblables. Tristan partit très tôt pour le Mikado, Sophie eut sommeil, Marion installa sur la table son petit métier à tisser les perles, et Philippe sortit fumer sur la terrasse : à dix heures c'en était fait des dix-sept ans de Valère.

Le héros de la fête se souciait d'ailleurs très peu qu'elle durât une heure, ou six. Lucile Duplessis était là et il ne demandait rien de plus. Il était si tôt, quand il partit la raccompagner au pavillon, que la petite promenade pourrait se prolonger très longtemps : c'était un beau cadeau d'anniversaire.

Philippe fumait toujours sur la terrasse lorsque les deux adolescents passèrent près de lui. Tout de suite après eux Natalène apparut et descendit rapidement les marches, une veste de laine jetée sur les épaules.

– Où allez-vous ? demanda Philippe.

Elle sursauta, puis se tourna et sourit à son cousin.

– Chez ma mère-grand, répondit-elle, lui porter un pot de beurre...

– Sérieux, Natou ?

Elle sentit qu'il n'était pas vraiment curieux, mais seulement inquiet.

– Au Mikado, dit-elle. Je voudrais voir Tristan. Une objection ?

– Mais je pense bien...

Il jeta sa cigarette dans le pot de terre réservé à cet usage et descendit les marches à son tour.

– Je vais vous y conduire, dit-il. S'il vous plaît.

Elle rit, touchée. Ils contournèrent ensemble la maison. Dans la grange, ils faillirent prendre la voiture de Philippe. Mais par une si belle soirée, c'eût été dommage, et finalement ils roulèrent jusqu'à la grille la Vespa de Natalène.

Il ne fallait pas une demi-heure, sur cette machine, pour atteindre la ville. Mais Natalène devait toujours garder l'impression que le court trajet avait duré, cette fois, une bonne partie de la nuit. Assise derrière Philippe, ses bras autour de lui, elle appuyait son front contre le dos du jeune homme et vivait un de ces moments étranges où votre vie semble s'étaler devant vous comme une carte pour vous livrer son mystère et son maître mot.

Il y avait un bébé endormi dans une grande maison chaleureuse, et ce corps d'homme contre le sien. Il y avait aussi l'amour de Tristan. Ce continent-là faisait sur la carte une tache claire. Ses larges routes reliaient l'une à l'autre des cités heureuses, et beaucoup de petits drapeaux y piquaient çà et là d'autres joies encore, Saint-Lys, le sourire de Sophie, le brouhaha d'une salle de fac, des lampions sur une terrasse...

Mais la carte parlait aussi d'un autre monde. Sombre et violent. Sans routes ni cités. Vanik y entourait son bras blessé d'un torchon grisâtre et des feux rapides y projetaient, un instant, leur sauvage lueur. Ses errants parlaient de vent et de pauvreté, dans une langue très ancienne, et Cantor d'Orfenor marchait, seul, sous les arbres de ses forêts.

Que Natalène fût vraiment une bohémienne, Tristan avait été jusque-là seul à le savoir. Elle ne le comprit que ce soir-là, sur la route de la ville, alors que le cœur de Philippe battait sous ses doigts et qu'une évidence absolue lui sautait enfin aux yeux : sans Tristan elle eût rejoint depuis longtemps son pays à elle. Depuis très longtemps.

Quand Philippe la déposa devant le Mikado il attendit qu'elle ait mis la main sur la poignée de bois ciré, et légèrement poussé la lourde porte. Il lui sourit alors, et repartit.

Dès qu'il eut disparu au tournant Natalène retira sa main et recula. Elle attendrait Tristan dehors. Il était minuit moins vingt : ce ne serait pas long. En cet instant d'ailleurs l'idée de pénétrer dans une salle pleine de gadjé ne la tentait pas du tout.

Elle avait, comme tous ceux de sa race, un instinct très sûr pour dénicher, dans une rue ou dans une ville, l'endroit le mieux adapté à l'usage qu'on voulait en faire. Pour le guet, l'abri d'un poteau ou d'un seuil étroit : il fallait à la fois se dissimuler et pouvoir s'enfuir rapidement. Pour l'attente, un porche. Et pas n'importe lequel. Parmi les trois qui avoisinaient le Mikado elle en élut un, sans réfléchir ni connaître les raisons de ce choix. Était-ce la présence d'une poubelle ouverte, ou la peinture écaillée de la porte ? En tout cas ce porche fut le seul à rester désert : trois gadjé sortirent de l'autre, à moins dix, et un groupe de fêtards s'engouffra sous le troisième à moins cinq.

Natalène regardait tomber la nuit d'été, sans penser à grand-chose, sinon peut-être à ce rêve oublié de son adolescence : jeter sur les routes, derrière une roulotte verte, de nouveaux « Ceux ». Et elle en souriait, attendrie et railleuse.

Quelques minutes avant minuit elle vit entrer au Mikado le pianiste des danses. Elle se détendit un peu. Son désir de voir Tristan était si violent qu'il lui faisait presque mal. Pour oublier les mains de Vanik, peut-être – qui n'avaient pas été brutales pourtant, parce que Vanik, lui aussi, avait changé. Pour oublier surtout cette impression qu'elle avait ressentie à Fonvières, entre les caravanes et les jurons, d'être revenue chez elle. Enfin.

Elle regarda sa montre, plusieurs fois, comme si ce geste avait pu faire avancer les aiguilles un peu plus vite.

Il sortit à minuit dix, mais avec une jeune femme blonde et Natalène resta immobile. Elle les vit s'installer dans la voiture de Tristan, garée entre le Mikado et le porche sous lequel elle se trouvait. Ils y restèrent quelques instants : la jeune femme allumait une cigarette, baissait sa vitre, et passait la main au-dehors pour jeter son allumette.

Contre les coussins sombres le pull-over de Tristan faisait une tache claire. Qui bougea, parce qu'il s'était penché vers son amie pour l'embrasser. Il mit sa voiture en route ensuite.

Quand la rue fut redevenue silencieuse Natalène quitta l'abri de son porche.

Tristan n'avait fait que raccompagner Élise chez elle, comme il le faisait en ces rares jeudis où elle venait seule au Mikado. À minuit et demi il était à Blajan, dans l'escalier, et regardait avec surprise Philippe se pencher de la balustrade du second étage et lui demander où était Natalène, d'une voix curieusement incolore.

– Mais je ne sais pas, dit-il, elle dort, non ?

– Merde, dit Philippe, merde, merde...

Il descendit, les mains dans les poches, et quand il fut devant Tristan répéta, sombrement :

– Merde...

– Réveille-la, sourit Tristan, qu'est-ce qui t'arrive ?

– Je l'ai conduite au Mikado à onze heures et demie.

– Natalène ?

– Elle voulait te voir, elle y allait seule, alors je l'ai chargée sur sa Vespa et déposée là-bas... mais bon Dieu quand je suis reparti elle poussait la porte, c'est dingue ! Qu'est-ce que t'as foutu ? Parce que ce n'était vraiment pas la peine de jouer les gorilles pendant un an et demi si c'était pour la planter comme ça seule en ville à minuit... tu ne l'as pas vue ?

– Non, dit Tristan.

Il regardait son cousin, en plissant un peu les yeux, et beaucoup de choses restées jusque-là mystérieuses s'éclaircissaient pour lui. Philippe, bien sûr. Philippe dévalant l'escalier et réclamant son courrier, un certain matin où Natalène était allée aux Sources – n'était pas allée aux Sources. Philippe et sa curieuse gentillesse, au manège, devant un thé au citron. Philippe, oui...

– Elle a pu changer d'avis, dit-il. As-tu téléphoné à Natacha ?

– Mais pourquoi est-ce que je l'aurais fait ? Je croyais que tu la ramènerais, mon vieux !

– Téléphone, alors. Ce n'est pas très loin du Mikado : elle a pu m'attendre là, et oublier l'heure.

Il regarda Philippe passer devant lui et ouvrir la porte du salon. Son cousin seul avait occupé sa pensée jusque-là. Mais brusquement le reste lui revint. La ville, Natou, minuit, Vanik, Yannis...

Des pas sur le perron arrêtèrent la main de Philippe sur la poignée, et la brusque panique qui envahissait Tristan. La porte s'ouvrit, lentement, et Natalène entra. Quand elle leva les yeux et vit ses deux cousins immobiles devant elle, elle sursauta.

– Vous m'avez fait peur... dit-elle.

La main de Philippe retomba. Sur son visage se lisaient nettement ses sentiments : un grand soulagement, et beaucoup de colère.

– Je vous ai posée là-bas à onze heures et demie, dit-il.

Natalène le regarda, surprise, puis lui sourit.

– Je sais, dit-elle. C'était gentil. Mais finalement je me suis promenée.

Elle jeta sa veste sur le coffre et monta quelques marches, jusqu'à Tristan.

– Qu'est-ce qui vous a pris, demanda-t-elle, de filer tout de suite après le dernier dièse ?

Il s'écarta pour la laisser passer. Sur le palier elle se retourna et chuchota, moqueuse :

– Ne le dites pas à grand-père : je suis remontée en stop. Avec un routier sympa, comme dans la pub. Et il m'a fait des TAS de compliments d'un goût douteux !

Ils l'entendirent rire dans le couloir du premier étage. Philippe comprit-il que son attitude avait été très étrange ? Sans doute. Il parut un instant embarrassé, et Tristan eut pitié de lui.

– Là, dit-il, tu vois, mon vieux... je monte. Tu nous as comptés, pour ta randonnée à Fond-du-Brun ?

– Oui, dit précipitamment Philippe. T'en fais pas.

Il disparut dans le salon, bien qu'il n'ait plus rien eu à y faire.

Natalène était assise sur le lit lorsque Tristan entra dans sa chambre.

– Je vous attendais, dit-elle.

– Je vois ça.

Elle s'allongea, à plat ventre, sur ce lit si haut perché et regarda Tristan se déshabiller.

– J'ai deux ou trois choses à vous dire, ajouta-t-elle.

– Je sais, dit Tristan, vous m'aimez et vous voulez m'épouser. Non ? Alors vous aimez Philippe et vous voulez divorcer. Non plus ?

Il se mit à rire, parce que Natalène le connaissait moins bien qu'il ne la connaissait et se demandait manifestement, en ce moment précis, s'il savait quelque chose ou non sur ses rapports avec Philippe.

Il la laissa à sa perplexité et disparut sous la douche. Froide, bien sûr, comme toujours; et quand il investit le lit à son tour, et posa sur Natalène ses deux mains bien à plat, elle poussa un cri d'horreur.

– Comment pouvez-vous, dit-elle, vous glacer comme ça pour rien !

– Comment ça, pour rien ! C'est très agréable !

Elle s'était cachée sous l'édredon, pour se protéger, et il rit.

– Je vous fais grâce, dit-il. Sortez de là.

Elle en sortit, mais n'entra pas dans le lit avec Tristan et s'assit au contraire, en tailleur, sur la couverture.

– J'espère que vous êtes calme et plein de flegme, dit-elle.

Vaguement inquiet, il assura que oui.

– Un jour, à Saint-Lys, vous m'avez dit que vous aviez décidé de parler à grand-père et que je DEVAIS vous faire confiance. Je l'ai fait.

– Aïe, dit Tristan. Voilà un préambule bien sombre. Je vais devoir vous faire confiance à mon tour – en quoi ? Êtes-vous aussi sûre de votre idée que je l'étais de la mienne ?

– Oui.

– Alors je marche. Ne me dites rien d'autre : j'aime vivre dangereusement. Je marche. Dites-moi seulement où et quand. Tout de suite ? C'est parti !

Il sauta à bas du lit, d'un souple mouvement, et Natalène éclata de rire.

– Revenez là, dit-elle.

Il remonta, et elle se serra contre lui. C'était un geste rarissime chez elle, et qui surprenait toujours Tristan.

– C'est compliqué, dit-elle. Des tas de choses bizarres sont arrivées.

– Aujourd'hui ?

– Depuis quelques jours. Ça n'arrête pas.

– J'ai vu arriver Vanik et la Perle. Y a-t-il eu autre chose ?

– Oui.

– Que voulez-vous que je fasse ?

– Je voudrais que vous partiez à Saint-Lys. Demain matin. J'irai vous y rejoindre le 2, ou le 3, ou le 4, par là. On redescendrait pour la fête, grand-père veut la mettre le 6...

– C'est le 2 que Vanik remonte à Lille, non ?

– Je ne sais pas.

– Vous le savez comme moi : la Perle vous l'a dit.

Elle se tut. Tristan resserra ses bras autour d'elle et dit, très bas :

– Ne me mentez pas, Natalène. Gardez pour vous ce que vous ne voulez pas dire, mais ne me mentez pas. S'il vous plaît.

– Bien, dit-elle. Vanik remonte le 2. Et moi je voudrais que vous alliez à Saint-Lys demain matin et que vous n'en redescendiez pas avant que j'aille vous y chercher : le 3 ou le 4.

– Je le ferai. Mais je joue à Tarbes lundi.

Elle se mit à rire, soudain, en se retournant vers lui.

– Permission accordée, dit-elle. Saint-Lys-Tarbes et Tarbes-Saint-Lys. Je vous établirai un sauf-conduit.

– Et comment allez-vous vous débarrasser de Philippe ? Parce qu'il ne vous laisse pas facilement sortir de Blajan seule, semble-t-il...

Natalène esquiva, souplement.

– Il était trop drôle ce soir, dit-elle. Il m'a demandé où j'allais, exactement comme tante Lise aurait pu le faire. J'ai dit : « Chez ma mère-grand. » Et lui : « Je vous y conduis. »

– C'était gentil.

– Dans un sens, oui.

Ils se regardèrent. Savaient-ils qu'ils étaient pris au piège, cette fois, au vieux piège que tendait autour d'eux, depuis des années, le silence de Natalène ? Non, bien sûr : et ils s'enlacèrent, doucement, tendrement, comme si l'avenir leur avait été encore ouvert.

Il partit pour Saint-Lys le lendemain matin : préparer son concert de Tarbes en paix, dit-il, et ensuite s'y reposer quelques jours. Natalène annonça le midi qu'elle profiterait de son absence pour satisfaire l'une de ses vieilles envies : s'en aller camper avec Sophie au bord de la mer.

– On reviendra noires comme des poux, dit-elle. Flore aura mangé tous les crabes de la plage et Cantor se sera noyé dix fois...

Pendant qu'elles faisaient leurs bagages et bourraient le coffre de la 2 CV que Chantal leur prêtait, tante Lise, indécrottable, prit sur elle de téléphoner à Tristan.

– Je sais, improvisa-t-il. Elles m'en avaient parlé. C'est une bonne idée, non ?

– Tu trouves ? Deux jeunes femmes seules avec deux bébés, dans je ne sais quel camping ?

– Ma tante, voyons... Elles sont grandes, et un camping c'est très...

Il chercha le mot salvateur, précipitamment, et dénicha le meilleur :

– ... convenable. Je vous assure que c'est très convenable. J'irai sans doute leur faire une petite visite.

– Tu as le nom du camping ?

– Natou me l'a donné, oui... et de toute façon elle doit me téléphoner.

– Eh bien si tu es sûr... tu comprends, j'ai pris sur moi de t'appeler... mais si tu es sûr...

Il était sûr, et le redit plusieurs fois, si bien que la vieille dame finit par raccrocher.

Dehors, le chargement s'achevait : et il était impressionnant, parce qu'il en fallait, des choses et des choses, pour camper quatre jours avec deux jeunes enfants !

Sophie avait promis d'appeler Blajan tous les soirs. Et elle le fit. Le camping ? Il était très agréable, très bien tenu, très bien fréquenté. Deux charmantes demoiselles anglaises avaient planté leur tente juste à côté de la leur. De l'autre côté ? De l'autre côté il y avait une famille. Avec trois enfants dont le plus jeune jouait sur la plage avec Flore. Non, ce n'était pas une plage dangereuse, au contraire. Natalène allait bien. Cantor aussi. Ils allaient tous bien et s'amusaient beaucoup. Bien sûr que Natou appelait régulièrement Saint-Lys. Que l'on ne s'inquiète surtout pas : tout allait bien et elles passaient de merveilleuses vacances...

– De mon temps, disait toujours tante Lise en raccrochant... deux jeunes femmes... le monde a bien changé... de mon temps, JAMAIS... enfin elles s'amusent...

Elles revinrent très gaies, le soir du 2 juillet. En jurant qu'elles recommenceraient tous les ans ce délicieux genre d'escapade. Et seules de nouveau !

– Ça faisait très harem, dit Natalène à table : pas un homme, à part Cantor... on était tranquilles comme Baptiste !

Elle s'arrêta là, prudemment : de telles plaisanteries ne pouvaient qu'être courtes lorsque les tantes étaient là. Et tante Lise d'ailleurs la punit de celle-ci par un rappel immédiat à ses devoirs :

– Je pense que tu vas rejoindre Tristan, maintenant ?

– Bien sûr, répondit Natalène : demain matin, tôt.

Elle partit si tôt, pour attraper le premier car, que les Blajan ne la virent même pas ce matin-là ; Sophie exceptée, qui la déposa en ville et s'en fut ensuite rendre à Chantal sa 2 CV.

Elles prirent un café à la gare routière, avant de se séparer. Et Sophie, le nez dans son croissant, jouait les boudeuses.

– Je me suis ennuyée comme une méduse, disait-elle. Quatre jours à tourner en rond dans un camping, tu imagines un peu ? Seule ! Quelle horreur...

– Tu avais Flore.

– Oui, mais un beau jeune homme blond en plus ne m'aurait pas dérangée...

Natalène, narquoise, promit qu'elle y pourvoirait la prochaine fois. Là elle avait été un peu bousculée, il fallait lui pardonner.

– Je te pardonne, sourit Sophie.

Elle tenait Cantor endormi sur ses genoux et regardait son amie.

– Comme tu es jolie, dit-elle.

– Sapristi ! C'est une déclaration ?

Elles pensèrent, ensemble, à ce moment de leur adolescence où certaines choses, peut-être, auraient été possibles entre elles.

– On a bien fait, dit Sophie.

– Je suppose, répondit Natou.

Et elles se sourirent.

Dès qu'elle fut à Saint-Lys Natalène posa Cantor dans les bras de Tristan, pour qu'il le couche lui-même et refasse connaissance avec lui. Elle prit sa place au piano, sans honte, et de là-haut il l'entendit égrener des notes maladroites. À peine changé, à peine posé dans son berceau, Cantor s'endormit. C'était un bébé d'une bonne volonté extrême et toujours prêt à faire ce que le moment présent lui offrait. Cette couche plate et immobile, ces rideaux blancs, ce silence, bon, c'était pour dormir, dormons donc...

Tristan caressa la menotte brune, dès que l'enfant eut fermé les yeux. Quel drôle de petit être, si tranquille et si confiant !

Natalène, en bas, jouait toujours.

– J'y arrive mieux qu'autrefois, dit-elle. Vous devriez me faire passer en vedette américaine, une fois, à un concert.

Il s'accouda au piano pour la regarder jouer.

– Le monde à l'envers... sourit-elle.

– Natalène.

– Oui ?

– Une seule chose, une seule : ça a marché, votre entourloupette ?

– Oui, dit-elle. Oui. Oui. Oui et oui.

Elle plaqua quelques vilains accords et déclara, dramatiquement :

– PLUS de nuages noirs à l'horizon... PAIX ROYALE en vue pour les cinquante prochaines années...

– OK. Alors voulez-vous accepter mes félicitations empressées, avec une pleine cafetière de café brûlant et du pain bis ? Je vous attendais plus ou moins ce matin et j'ai MÊME pris de la confiture aux airelles chez Farfouille – qui nous a priés à dîner pour ce soir – et votre ami l'ermite est venu vous voir – et il y a déjà des framboises derrière le laurier – remarquez que je ne suis pas avare de nouvelles fraîches, moi...

– J'ai invité quelqu'un ici.

– Oh ?

– Pas quelqu'un de Blajan, ne vous en faites pas. Je connais vos manies là-dessus... La Perle.

– C'est vrai ?

– Bien sûr que c'est vrai. Je l'ai vue, par hasard...

– ... par hasard...

– Je l'ai vue, par hasard, les autres sont montés hier à Lille mais elle, elle va à Libarek la semaine prochaine, elle peut passer ici avant... Ça ne vous ennuie pas ?

– Pas du tout.

Elle arrêta là son concert, pour s'asseoir à la table et regarder Tristan faire chauffer l'eau du café. Elle semblait gaie. Pas trop, heureusement : il avait appris à se méfier de son enjouement quand il était trop évident. Ses yeux jaunes étaient fixés sur lui, et il sourit.

– C'est une proposition, non ?

– Pardon ?

– Ah ben non. S'cusez.

Elle rit, intriguée, et il s'expliqua.

– J'ai cru que ma grande beauté vous frappait et que vous nourrissiez des pensées déshonnêtes : je m'informais. Y a pas d'offense.

– Parce que ça se voit ? Les pensées déshonnêtes, ça se voit ?

– Mais oui, souvent.

– Par exemple ! À quoi ?

– Vous voulez un exposé complet ?

– J'aimerais bien.

– Alors – c'est d'abord un regard bizarrement fixe – vous avez l'air étonné, comme si je débarquais de Mars ou qu'il vous arrivait quelque chose d'extrêmement surprenant – il y a un mélange d'amitié : « C'est vrai qu'il est plutôt chouette » – et de rancune : « QUOI ? Cet être-là, ce gadjo, ce Blajan ! » – un peu de peur : « Il va encore falloir faire un brin de confiance à quelqu'un, ça finira par me jouer des tours » – un peu d'orgueil : « Et puis flûte j'assume je revendique » – un peu de ruse : « L'amusant est quand même qu'il ne peut pas savoir à quoi je pense » (ce en quoi vous vous trompez, comme vous voyez) – un peu d'embarras pratique et concret : « Quel geste faire, quel mot dire ? » – un peu d'amusement : « Décidément je suis indécrottable là-dessus » – le tout très rapide et mêlé... Si vous baissez les yeux je sais que vous ne ferez rien et ne direz rien. Je fais ou je dis, ça dépend de ce que j'en pense moi-même. Si vous souriez je sais ce que vous allez dire ou faire. Fin de l'exposé.

– Par exemple ! dit Natalène.

Bouche ouverte, elle hésitait entre l'indignation et l'amusement. Celui-ci l'emporta et elle éclata de rire.

– Par exemple ! redit-elle. Le chameau !

Il posa la grande cafetière sur la table, avec un petit salut.

– À votre service, dit-il.

– Et moi je ne vois RIEN, dit-elle. RIEN ! Ça m'a toujours étonnée qu'on ait si peu de problèmes de concordance, vous et moi... Je vois que tout s'explique !

– Mais ça m'arrive aussi sans concordance.

– Et vous ne... dites-faites rien ?

– J'évite.

– Pourquoi ?

– Je ne sais pas... J'ai l'impression que c'est plus compliqué pour une femme que pour moi. Que ça dépend davantage d'un tas de choses mystérieuses, la couleur du ciel, la température de l'eau, la force du vent... plus fragile et plus compliqué. Cela dit, je peux vous fâcher un peu plus encore, si vous y tenez.

– Oui ?

– Je peux dire que... Aïe, aïe, aïe. Problème. Danger. Choisir soi-gneu-se-ment les mots. Euphémiser dé-li-ca-te-ment.

Il s'amusait, et Natalène se remit à rire. Ce Tristan-là, moqueur, un brin cynique, c'était celui que connaissaient surtout les autres habitants de Blajan. Et il la surprenait toujours.

– Je peux dire que ça peut se créer, la concordance. Moi je peux, en tout cas. Huit fois sur dix pour une femme que je connais bien. Cinq ou six fois sur dix pour vous.

– Allez-y ?

– Non. Mon intention présente est de concorder avec le café. Servez-vous.

En revenant de chez Farfouille, ce soir-là, ils trouvèrent la Perle assise sur les marches du seuil. Elle chantonnait, dans sa langue, et leur cria un « Binuké » retentissant dès qu'elle entendit leurs pas sur la petite route.

– T'étais où ? dit-elle ensuite.

– Chez une amie du village, répondit Natalène. Tu es là depuis longtemps ?

– Ah ben je sais pas. Une petite heure. Ça pressait pas. T'as vu la putain de nuit ?

Ils levèrent les yeux, tous les trois, sur les milliers d'étoiles qui brillaient dans le ciel d'été.

– La putain de nuit, redit la Perle, dis donc !

Là-dessus elle entra et tomba en arrêt devant le piano.

– Faudra qu'il m'en joue, dit-elle. T'as un morceau ?

– Tais-toi, on vient de manger un lapin !

Tristan regarda la petite bohémienne et proposa gentiment :

– Voulez-vous une omelette ? Je sais très bien les faire.

– Oh là là, dit la Perle. Oh là là. Il dit « vous ». Comme elle l'avait fait dans la cuisine de Blajan elle se mit à examiner Tristan, des pieds à la tête, lentement. Il faisait tout son possible pour garder son sérieux, mais il y avait du mérite, et ses yeux pétillaient. Quand elle en fut à son visage elle croisa ce regard brillant de malice et sourit elle aussi.

– Il se fout toujours de moi, dit-elle. Je sais pas si tu as remarqué, mais chaque fois qu'on l'ouvre il se marre. Moi j'ai vu ça tout de suite.

– Je sais pourquoi il rit, dit Natalène. Parce que tu ne lui parles jamais directement.

– T'as même pas dit les noms !

– C'est vrai, dit Natou.

Elle se tourna vers Tristan, cérémonieuse.

– Tristan, dit-elle. Mon cousin gadjo. Panitsen. Et Anna Perlinari, la fille de Marek Perlinari. On lui dit : « la Perle ». Elle est fureteuse.

La Perle tendit une main sale, que Tristan serra.

– Je dirai « tu » si tu veux, ajouta-t-il.

– Plutôt que je veux ! Et l'omelette avec !

Pendant que Natalène mettait le couvert pour ce second repas, et que Tristan s'affairait avec sa poêle, la Perle s'en fut visiter la maison. On entendit ses petits pas rapides, à l'étage, qui se firent plus doux dans la chambre où dormait Cantor. Et sa voix presque aussitôt, claire, dans le couloir :

– C'est ton gamin ?

– Oui, cria Natou : Cantor.

– Comme le chant des Yémaches ? Cantor d'Orfenor ?

– Si tu veux.

Elle redescendit, vive, et disparut dans le jardin.

– Quelle sauvage... dit Tristan. Sapristi, Natalène, quelle sauvage !

La sauvage revint vite, trois pommes vertes dans la main.

– C'est riche ici, dit-elle. Y a même un puits. C'est drôlement riche. Tiens, j'ai pris le dessert...

Elle avait aussi pris l'entrée, apparemment : dès qu'elle eut posé les trois pommes sur la table elle sortit de sa poche un pissenlit qu'elle venait d'arracher, et se mit à en croquer les feuilles.

– C'est riche, redit-elle. On pisse où ?

Natalène lui désigna la porte de la salle d'eau, et découpa l'omelette en trois : deux petits croissants pour Tristan et elle, le reste pour la Perle. Elle posa aussi sur la table la moitié du pain bis, la motte de beurre et le gros sel.

– Asseyez-vous, dit-elle à Tristan. Et riez le moins possible...

– Je voudrais vous y voir !

Il se tut : la Perle revenait, en ragrafant son jean, et se glissait sur le banc.

– Putain, dit-elle, l'omelette !

Vaincu dès l'ouverture, Tristan éclata de rire. Et ce devait être contagieux : Natalène l'imita aussitôt, puis la Perle elle-même.

– Ah là là, dit-elle. Ah là là. Ces foutus gadjé.

– Tu n'aimes pas les gadjé ? demanda Tristan.

– Je m'en fous.

– Tu en connais beaucoup ?

– Cinq ou six. Y en a des bien, je dis pas. Je dis pas ça. Mais quand même ils sont timbrés.

Elle se tapota la tempe du bout de l'index, pour illustrer ce mot difficile.

– Timbrés là, tu vois. Dans leur tête. Toc toc.

Tristan se remit à rire, mais réussit à s'arrêter, et pendant quelques minutes ils mangèrent en silence. Dès qu'elle eut fini son omelette la Perle se fit des tartines au gros sel, avec la même application qu'à Blajan et le même plaisir. Puis elle sourit, pour elle-même, en regardant le jardin par la porte ouverte.

– Si tu veux, dit Natalène, je te montrerai les rats, demain. Tu sais, je t'en ai parlé, les rats apprivoisés...

– Chez un vieux sale ?

– Oui.

– Ben si tu veux. C'est loin, j'espère : j'ai la rouma aux pattes. Pas toi ?

– Ça m'arrive.

Tristan s'informa de la rouma et Natalène le renseigna obligeamment :

– C'est l'envie de bouger, de marcher, de partir...

– Voilà, approuva la Perle, bien dit.

– Je suppose que ça vient de « drom », ajouta Natalène : la route, le voyage.

– Ah ben ça, dit la Perle, je sais pas. Si tu le dis...

Elle se pencha vers Tristan, pour lui exposer d'où elle tenait une si grande confiance en ce que disait Natalène :

– Elle a lu des tas de livres. Des tas, des tas. Je sais pas combien mais des tas. Et des gros, hein !

– Tu n'aimes pas lire, toi ?

– Je sais pas lire. Que les grosses lettres. Mais je compte, hein ! Je multiplie, je divise, tout ça...

– J'ai toujours eu du mal avec les divisions, moi.

– Eh ben pas moi.

Ayant dit, elle regarda Tristan vraiment, pour la première fois : avec des yeux qui cherchaient à le connaître. Et pendant quelques secondes il trouva ce regard difficile à soutenir. Puis elle sourit.

– T'es pas si timbré que ça, dit-elle.

Elle se tourna vers Natalène, qui venait de se lever :

– Il est pas si timbré que ça.

– Je te l'avais dit.

– Il va pas m'emmerder, pour la bouillave ?

– Non.

Ce fut la Perle, cette fois, qui prit en pitié l'ignorance de Tristan.

– La bouillave, dit-elle, baiser. J'aime pas qu'on m'emmerde avec ça.

– Je ne le ferai pas.

– Y en a qui disent ça, et puis c'est les premiers à te tomber sur le râble après. Je suis pas née de la dernière pluie.

– Mais vraiment, dit Tristan, vraiment : non.

– Bon. Ben on verra. T'es prévenu en tout cas. Tu m'en joues, maintenant ? Du piano ?

Il joua, ce soir-là, pour la petite sauvage, et très longtemps : si longtemps qu'elle s'endormit enfin, fascinée, sur le tapis de la cheminée.

La Perle resta deux jours à Saint-Lys. Elle courut un peu la montagne, puisqu'elle avait la rouma aux pattes, s'occupa beaucoup de Cantor – apparemment elle aimait les enfants – et passa surtout des heures entières à écouter Tristan travailler. C'était une grande découverte pour elle. Et elle en parlait avec une intelligence qui émerveillait Tristan.

– Y a Vanik qui fait du violon, disait-elle, et puis la Voix aussi, la Voix des Yémaches, tu sais – il paraît qu'il est en train de descendre, y en a qui l'ont vu près de Libarek, c'est pas souvent qu'il descend si bas – il joue serré, tu vois, serré sur quelque chose que je sais pas ce que c'est...

Vanik et le rétameur, c'est tout dehors. Et toi, peut-être que c'est toi, ou le piano, c'est pas dehors, c'est pas serré : c'est juste avant, tu vois, juste avant je sais pas quoi. Et puis la Voix il sait sur quoi il joue serré, mais toi tu sais pas sur quoi tu joues juste avant... Mais peut-être que c'est pas toi. Peut-être que c'est le piano. On est là devant comme un con, tu vois, peut-être qu'avec un piano on peut pas serrer.

Il voulut lui apprendre à jouer quelques notes, mais elle s'y refusa obstinément. En des termes particulièrement choisis :

– Tu peux te brosser le cul avec...

Elle usa des mêmes mots lorsque Tristan offrit de la redescendre en voiture à Fonvières. Pas de voiture, non. Elle avait la rouma aux pattes, elle préférait marcher. Et elle s'en fut, après de rapides binuké.

XII

Les transfuges arrivèrent à Blajan le matin du 6, juste à temps pour échapper aux reproches de Contorose : il avait besoin de toutes les bonnes volontés pour préparer la grande fête du soir et n'aurait pas apprécié que ses petits-enfants apparaissent, comme des invités, à l'heure où il ne restait plus qu'à allumer les lampions. Tante Lise autorisa Natalène à faire une sieste, puisqu'elle nourrissait; mais Tristan dut se mettre aussitôt à dresser sur la terrasse les tables sur tréteaux.

Natalène ne fit d'ailleurs pas de sieste : elle s'allongeait tout juste quand la petite Lucile Duplessis frappa timidement à sa porte, pour lui parler de ses affaires de cœur. Comme Sophie et

Caroline autrefois, elle se confiait souvent à Natalène. Il s'agissait cette fois de Valère – qu'elle aimait, bien sûr, mais... plus comme avant. Elle avait envie d'être libre, d'aller se promener sans lui, de penser seule à l'avenir. Fallait-il le lui dire ?

– Bien sûr, dit Natou, bien sûr !

– Il va être triste.

– Mais il le serait bien davantage si tu le trompais... et tu te ferais du mal à toi aussi. Il ne faut surtout pas se raconter d'histoires, tu vois.

– Mais comment lui dire ça ?

– Tu lui dis la vérité : que des choses ont changé, tu ne sais pas trop lesquelles. Qu'il te faut un peu de temps...

– Vous croyez ?

– J'en suis sûre. Souviens-toi de ça, Lucile : ne te raconte jamais d'histoires, ni sur toi ni sur les autres.

La jeune fille s'extasia ensuite sur Cantor.

– Un bébé tout en or, dit-elle joliment.

Malgré la façon anarchique dont sa mère l'avait nourri au début de sa vie (grâce à cela, rectifiait toujours Natalène) il s'était réglé plus vite que ses cousins, soumis à un horaire assez strict. Il prenait quatre tétées par jour, souriait à qui voulait – aux rideaux de son berceau si personne n'était en vue – et ne pleurait jamais. Quelques grognements polis, parfois, pour signaler à l'entourage un petit ennui passager...

– C'est fou ce qu'il ressemble à Tristan, dit Lucile, et pourtant, si on regarde bien on ne voit pas pourquoi... son nez, peut-être ?

Elle laissa retomber le voile du berceau et revint à son grand souci.

– Mais si je dis tout ça à Valère, si on attend un peu... vous croyez qu'après ça pourrait redevenir comme avant ?

– Et pourquoi pas ? dit Natalène. Tu verras bien...

Une fois réconfortée, la petite indécise disparut. Natalène n'avait plus sommeil et descendit à son tour se mettre aux ordres de tante Lise. On mangea froid, entre deux transports de guéridons, de chaises et de pichets de sangria. Dans un coin de la cuisine, Édith et Marion garnissaient les petits toasts de l'apéritif. Philippe accrochait les ficelles des lampions : c'était depuis des années sa tâche attitrée. Les tantes faisaient les lits des quelques invités qui dormiraient là. Emmanuel et Tristan poussaient les meubles de la bibliothèque, pour que l'on puisse y danser. Et Fleur Montellier, agitée comme une puce, courait de l'un à l'autre porter une infinité de messages urgents : « Plutôt dehors la table de fer... Justine ne trouve plus la nappe rose... Y a plus d'anchois pour les toasts il faut téléphoner à tante Chantal... Grand-père veut trois bûches pour la chambre du cousin Edmond... QUI a pris les ciseaux de Philippe, il est furieux ? »

Vers cinq heures et demie, tout était prêt : Contorose avait toujours tenu à ce qu'il n'y ait pas d'affolement de dernière minute, pour pouvoir arpenter les lieux avec fierté, les mains dans les poches, comme un général avant la bataille. On prit un goûter rapide, et les dames s'en furent s'habiller.

Fleur était seule dans le vestibule quand elle vit entrer la Perle. Et elle en demeura stupide, sa robe repassée sur les bras.

– Eh bien ? dit-elle.

Elle ajouta, le plus bêtement du monde :

– Je vais m'habiller.

– Ben vas-y, dit la Perle en riant. Vanina est là ?

– Qui ?

– Vanina. Ah oui : Natalène.

– Elle s'habille.

La Perle eut un joli rire, et posa les mains sur ses hanches, goguenarde.

– Eh ben vous irez pas cul nu, ici ! C'est en haut, hein ? Je me souviens de la fenêtre. T'occupe. Je trouverai.

Elle monta l'escalier, très vite, laissant l'enfant figée au pied. Fleur la regarda disparaître sur le palier du premier étage, le nez levé, incrédule encore : est-ce qu'une espèce de bohémienne, sale et très mal élevée, ne venait pas de lui dire des horreurs ? Et de monter l'escalier ?

Elle recula, sa robe serrée contre elle, et s'engouffra dans le salon. Philippe y était seul, juché sur son échelle.

– Y a une bohémienne, dit-elle, je vous jure que c'est vrai – elle est montée – elle a dit qu'on n'irait pas... elle a dit des gros mots et elle est montée.

– Y a qui ?

– Une bohémienne. Elle est montée, elle cherchait Natalène.

Philippe ne perdit pas de temps à poser d'autres questions : il sauta de son échelle.

– Va chercher Tristan, dit-il à Fleur. Il pousse les voitures dans la grange avec Valère. Dépêche-toi. Cours !

Emmanuel, un plateau à la main, apparut sur le seuil de la bibliothèque.

– Qu'est-ce qui se passe ?

– Je ne sais pas, répondit Philippe. Des bohémiens, apparemment. Venez.

Ils montèrent l'escalier à leur tour. Jusqu'au palier, pas plus haut : on courait sur la terrasse et ils redescendirent. Et ils n'eurent malheureusement pas le temps d'échanger le moindre mot avec Tristan, ni avec Fleur et Valère : ceux-ci étaient à peine entrés qu'une porte claqua, au premier, et que des pas pressés suivirent le couloir. On entendit aussi un cri d'enfant, la voix de Marinette, une porte encore, des pas qui allaient et venaient. Et le petit rire de Cantor, gazouillant. Aussitôt Natalène apparut sur le palier du premier étage, l'enfant au creux de son bras, et derrière elle la Perle, qui portait cette fois la jupe bariolée des gitanes et un fichu rouge sur un corselet noir. Elles descendaient vite, en parlant avec animation dans leur langue, sans regarder devant elles : et Natalène eut un sursaut de peur, sur la dernière marche, quand elle se trouva face à ceux qui l'attendaient. Leur attitude était si étrange qu'elle remonta même quelques marches, instinctivement.

– Où allez-vous ? dit Philippe.

– Par exemple ! dit Natalène. Où je veux !

Elle regarda Emmanuel Duplessis, debout devant la porte – Philippe campé au pied de l'escalier – Valère et Fleur à trois pas de là – puis elle vit Tristan et son visage se détendit.

– Qu'est-ce qui vous prend ? dit-elle.

Elle passa devant Philippe, sans le regarder, et décrocha du portemanteau son gilet de laine grise. Pour l'enfiler, elle tendit l'enfant à la Perle.

– Je vais revenir, dit-elle.

Elle avait parlé à Tristan seul.

– Où allez-vous ? dit-il.

Philippe, malheureusement, blanc de colère, répéta :

– Oui, où ? Où comptez-vous aller, Natalène ? On peut savoir ?

– Mais vous m'embêtez ! dit-elle. Ça vous prend souvent, dites ? Je vais à Pampelune, figurez-vous :

à Pampelune, vendre des souris blanches, vous êtes content ? Ça ira comme ça ?

Elle faillit reprendre l'enfant, puis se ravisa et décrocha aussi du portemanteau, pour lui, le châle de Marion. La Perle lui parla, dans sa langue, et elle répondit d'un mot bref.

– Natalène, dit Tristan, où allez-vous ?

– À Pampelune, répondit-elle avec un reste de colère. Et zut ! À Pampelune.

Il fit quelques pas vers elle, lentement, avec un regard si étrange et si dur qu'elle en demeura muette.

– Pourquoi ? dit-il.

– Et pourquoi pas ? Ça vous regarde ?

À cet instant-là tout était encore possible. Que Tristan s'excuse, ou simplement n'ajoute rien, et Natalène aurait très vite regretté sa réponse comme lui sa question. Mais il était envahi, comme cela lui arrivait parfois, d'une telle colère que sa tête en tournait. Il ne vit même pas Marion apparaître à son tour dans l'escalier, toute de blanc vêtue.

– Ça me regarde, dit-il, et vous n'allez nulle part.

Elle haussa les épaules et se détourna pour reprendre l'enfant à la Perle. Mais elle n'en eut pas le temps. Tristan l'avait rejointe, saisie par un bras, et plaquée contre le mur. Elle ne dit rien. Son visage devint seulement très sombre.

– Vous ne bougerez pas d'ici, dit-il.

Elle essaya de se dégager, mais n'y parvint pas, et parla. Doucement.

– Ne faites pas ça, dit-elle. S'il vous plaît. Pas vous.

Tristan comprit-il ces quelques mots ? Sans doute pas. Son visage resta dur. De nouveau Natalène essaya de lui échapper, en repoussant son bras. Il eut un rire mauvais, dont personne à Blajan ne l'aurait cru capable, et Natalène baissa les yeux.

– Savez-vous ? dit-elle. Je veux sortir, et je sortirai. Alors tapez vite, qu'on en finisse, parce que je n'ai pas que ça à faire...

Depuis son enfance Tristan se battait contre la violence des Blajan, présente en lui autant qu'en ses cousins. De ces luttes secrètes il était toujours sorti vainqueur. Mais cette fois-ci il perdit. Une rage brûlante l'envahit tout entier, et le submergea. Il frappa. De toutes ses forces. Il frappa pour le Copte mangeant ses châtaignes, pour la caravane de Lourdes, pour Vanik et pour Yannis, pour toutes ces années d'angoisse et de souffrance : Natalène, oui, mais aussi les inconnus qui essayaient de s'interposer, et criaient son nom. Pendant toute une éternité de fureur il frappa.

Quand il s'arrêta ce ne fut pas la honte qui domina en lui, mais l'incrédulité. Il savait à peine où il était. La voix d'Emmanuel lui parvenait seule, blanche. Il eut conscience ensuite des mains qui le tenaient. Puis de cette affreuse douleur à l'épaule.

Là, il reprit tout à fait ses esprits. Philippe et Valère le lâchèrent, il put poser sur son épaule, instinctivement, une main qu'il retira pleine de sang. La Perle se tenait devant lui, son couteau à la main, prête à frapper encore. Elle parlait, bas, furieusement, dans sa langue rauque. Derrière elle Natalène se dégageait des mains d'Emmanuel, qui venait de l'aider à se relever. Elle essuyait son visage en sang, avec le châle qu'elle tenait encore. Puis elle fit un pas vers la porte. La Perle eut un geste vif du couteau : personne ne bougea.

Pendant quelques longues minutes ils restèrent figés et muets, tous les six, devant la Perle menaçante, son couteau à la main, l'enfant serré contre elle, et Natalène qui progressait lentement vers la porte. Elle s'appuyait d'une main contre le mur pour s'aider et ses doigts laissaient sur la tapisserie des marques rouges. Sur le bras de Tristan le sang coulait toujours. Il avait si mal qu'il se plaignit, doucement. Valère eut un geste vers lui, mais le suspendit : de nouveau la Perle avait brandi son arme, avec un cri bref.

Natalène avait atteint la porte entrouverte, et la repoussa en s'appuyant contre le battant. La Perle recula, son couteau menaçant toujours le groupe. Avant de sortir elle eut un juron de mépris. Et cracha.

La porte retomba sur elle et personne ne bougea.

– Bon Dieu, dit Valère, c'est pas vrai... mais c'est pas vrai, quoi, c'est pas vrai !

De nouveau, Tristan se plaignait, une main crispée sur son épaule, et le sang coulait entre ses doigts. Des images confuses se heurtaient sous son front : le visage tuméfié de Natalène, un cri de Philippe, la pénombre d'un sous-bois... mais il n'avait réellement conscience que de cette intolérable douleur qui déchirait son épaule.

Emmanuel, le premier, se reprit.

– Va chercher Édith, dit-il à Fleur. Vite. J'appelle une ambulance. Et trouvez de quoi faire un garrot.

Fleur s'élança dans l'escalier. Mais elle était assez jeune encore pour ne pas frapper tout de suite chez Édith et prendre le temps au contraire de s'arrêter à l'une des fenêtres de l'étage, pour tâcher d'apercevoir au-dehors la bohémienne et

Natalène. L'allée était vide. « Elles sont passées par derrière », pensa Fleur.

Elle ajusta ensuite sur son petit visage le masque sérieux qui convenait aux circonstances, toqua à la porte d'Édith et déclara, grave :

– Pouvez-vous descendre, tante Édith ? Une espèce de bohémienne est venue avec un couteau, et elle a décousu le bras de Tristan...

Deuxième partie

I

Les Blajan apprirent deux choses surprenantes, le soir, après la fête – qui avait eu lieu malgré tout, parce qu'il était trop tard pour la décommander, mais qui fut bien la plus étrange et la plus morne fête que la vieille maison ait jamais connue.

D'abord que Tristan n'avait rien, ou du moins rien de bien grave, et serait très vite remis.

Ensuite que la petite bohémienne n'était venue faire à Natalène qu'une simple visite. Elle ne la prévenait d'aucun danger et ne voulait l'emmener nulle part. Et si Natalène avait pris Cantor avec elle c'était par hasard : parce qu'il avait poussé un petit cri alors qu'elle était déjà dans le couloir. À Marinette qui sortait d'une chambre d'ami, et que la vue de la bohémienne avait figée sur place, elle avait dit :

– Tu peux le prendre cinq minutes ? Je vais à la grille et je reviens...

– Ah ben non, avait répondu Marinette, regarde, je suis débordée...

– Tant pis, avait dit Natou, je l'emmène. Et si tu veux je t'aiderai, après. Je mettrai les serviettes, laisse-les-moi.

Quand Marinette eut rapporté ces paroles, un petit silence effaré plana.

– Tout ça pour rien, dit Sophie, pour rien, ce n'est pas possible...

Un autre point fut éclairci le lendemain matin par le cousin Edmond, qui était arrivé très tôt la veille pour éviter l'affluence et pouvoir se reposer un peu dans sa chambre avant de se mêler aux invités.

– Il y avait une roulotte près de la grille, dit-il. Ça ne m'a pas étonné, Louis, je sais bien que... enfin je sais bien que quelquefois... forcément... Mais une roulotte attelée, tu vois, une vieille roulotte. Ça, ça m'a surpris, parce que ce n'est pas trop le style de ton ami le Copte. Et un homme à côté du cheval. Il avait l'air d'attendre. Un homme surprenant. Je voulais vous en parler, et puis l'arrivée, la fatigue... j'ai oublié. Pas très jeune : la cinquantaine peut-être. Une gueule de Christ, tu vois, et quelque chose de fier dans la façon de se tenir. Pas du tout le genre du Copte. En fait, Louis, il ressemblait exactement à ce que je pensais des bohémiens AVANT de connaître le Copte.

– Natalène allait juste le voir, dit Marion. Juste le voir à la grille. Il ne faudra jamais dire ça à Tristan...

Ni Contorose ni le cousin Edmond n'avaient assisté à la scène et pour la cinquième fois au moins ils se la firent décrire.

– Je n'y croirai jamais, dit le vieux cousin. Tristan, je le connais depuis toujours. Il n'a pas pu faire ça.

– Moi je peux y croire, dit Contorose. C'est moi qui l'ai élevé. Il est aussi violent qu'Alban et Philippe. Mais lui savait se dominer. Comme Alban, d'ailleurs.

– Merci, dit Philippe. Trop aimable.

On sourit, malgré tout, et il baissa la tête.

– Il y a beaucoup de ma faute, dit-il. Je me suis conduit comme un imbécile. J'ai pris la mouche, elle aussi... En fait ils n'ont même pas pu se parler. Et Dieu sait s'ils y arrivaient, eux, à se parler...

Un silence étonné s'installa autour de la table du petit déjeuner : il était très rare que Philippe ouvre la bouche pour autre chose que pour railler.

– Il n'y a personne au monde que je respecte autant que Tristan, dit-il. Personne que je respecte à part lui, plus exactement.

– Merci, dit Contorose à son tour. Trop aimable.

Philippe ne l'entendit même pas, et surprit tout à fait les siens en relevant le nez : ses yeux étaient pleins de larmes.

– Si j'ai fait... dit-il, si j'ai fait ce que je crains, je ne pourrai jamais me le pardonner.

– Allons, dit Contorose, n'exagère pas, mon garçon : ce n'est pas toi qui as levé la main sur elle.

– « Levé la main » ? dit Valère. Ce n'est pas le mot qui convient. Il était plein de haine et il ne savait plus ce qu'il faisait – mais plus du tout – si elle avait eu le bébé dans les bras ça n'aurait rien changé – quand elle est tombée il l'a bourrée de coups de pied – et nous on était figés là comme des andouilles – en fait il l'aurait tuée, sans cette fille. Je vous jure qu'il l'aurait tuée.

Contorose regarda Emmanuel Duplessis, instinctivement, avec un peu d'espoir. Mais Emmanuel baissa les yeux, sans mot dire.

– Sous mon toit, dit Contorose. Qui aurait cru ça ? Sous mon toit. Et maintenant... Où est-elle, maintenant ?

– Elle marchait, dit Emmanuel. Je l'ai aidée à se relever parce qu'elle était sonnée, mais elle marchait. Je ne crois pas qu'elle ait quelque chose de grave. À première vue. Il y avait beaucoup de sang parce que sa lèvre était fendue. Elle saignait aussi du nez...

– Sous mon toit, répéta Contorose.

Sa tasse à la main, il regardait danser les flammes dans la cheminée. On ne dit rien et il reprit, plus calmement :

– J'écrirai à Fonvières. Si elle n'y est pas ça suivra. Je lui dirai...

Il s'arrêta, désemparé, et reposa sa tasse.

– Elle ne reviendra pas, dit-il. Je la connais, elle aussi : elle ne reviendra pas.

Il se leva, et traversa la salle pour entrer dans son bureau, ainsi qu'il l'avait fait quand il avait appris la mort d'Agnès.

– Allons, dit le cousin Edmond quand la porte se fut refermée, allons, allons... Louis est aussi excessif qu'on l'est à votre âge, mes enfants. Mais moi j'ai la tête sur les épaules. Il faut rester calme et laisser passer un peu de temps. Personne n'est mort, n'est-ce pas ? Avez-vous téléphoné à la clinique ce matin ?

– Oui, monsieur, dit Sophie. On m'a dit qu'il allait bien. Mais qu'il ne voulait ni visites ni appels.

– Vous voyez ? dit le vieil homme. Vous voyez qu'il faut laisser passer le temps ? Vous êtes à vif, tous – même toi, Valère : je n'ai pas aimé la façon dont tu parlais de ton frère.

– Ce n'est plus mon frère, dit Valère. Merci bien. Je ne recrute pas mes frères chez les primates.

– Là, tu vois ! Tu vois ! Il faut absolument que vous vous calmiez. Tous. Ce qui est arrivé est... regrettable. Bien sûr. Je ne vais pas dire le contraire. Mais ce n'est pas la fin du monde...

Ils essayèrent de s'en convaincre, les jours suivants. Et ils y réussirent à peu près.

Contorose avait écrit à Fonvières. Sophie fit mieux encore : elle y alla, avec la voiture de Tristan. Le camp était vide. Elle n'y vit qu'un vieil homme, flanqué d'un abominable roquet pelé, et d'après lui tout le monde était « monté ».

– Monté ?

– Ben oui. Monté.

– Mais monté où ça ?

– Tiens ! En haut...

Elle ne put rien en tirer d'autre. Elle écrivit à son tour, en espérant que sa lettre « monterait » elle aussi. Elle pensait, elle, que Natalène reviendrait. Mais pas tout de suite.

Tristan ne voulait voir aucun des siens et ne répondait pas au téléphone. Il allait mal, disait le docteur Fontaines que Contorose connaissait un peu. Mal. Pas sa blessure, non, qui se refermait très bien. Mais le reste.

– Quel reste ?

Le docteur, un soir, pour s'expliquer mieux se tapota le front de l'index.

– Quoi ? rugit Contorose.

– Mais non, mais non, s'affola le docteur, je ne veux pas dire que... C'est plutôt une dépression. Passagère, bien sûr. Il ne parle plus, voyez-vous. Il a dit quelques mots les premiers jours. Maintenant il faut les lui arracher un à un. C'est tout. Il ne lit pas, il ne s'intéresse à rien... S'il n'y avait que son épaule je l'aurais lâché depuis longtemps. Mais là, il m'inquiète.

– Je sais ce qu'il lui faut, dit Contorose. Un piano. Vous n'avez pas de piano, là-bas ?

– Il ne peut pas jouer encore. On n'a pas enlevé les points.

– Quand il pourra jouer, vous verrez ça... ce garçon, sans son piano, c'est un poisson sans eau.

– Je l'ai entendu jouer plusieurs fois, dit le docteur, et ma femme ne rate pas un seul de ses concerts. Il a un beau jeu grave. Un beau jeu, vraiment. Et beaucoup de mes infirmières connaissaient son nom.

Il s'arrêta là, et ses yeux s'amusèrent.

– À propos de nom, on a manqué de place, sur sa fiche.

– Je vais vous expliquer, dit Contorose. Son autre grand-père s'appelait Blajan-Taswïck, ce qui est encore portable. Mais il était fou de généalogie. Il a remonté son arbre jusqu'à je ne sais où. Et il en a « relevé », très légalement, tous les noms éteints. Voilà l'histoire.

– Douze noms, dit le docteur. Douze noms, dont quatre doubles : c'est la première fois que je vois ça.

Le docteur revint plusieurs fois parler de son malade, de plus en plus perplexe. Puis il se convainquit qu'il ne pouvait plus rien pour lui et le « lâcha », comme il disait. Au début de septembre.

Tristan n'avait jamais accepté de visite et aucun des siens ne l'avait vu depuis le 6 juillet. Le choc fut brutal et désarma toutes les rancunes. C'était lui. Mais aussi un inconnu. Maigre, pâle, et presque muet. Il ne donna à personne l'impression de souffrir : seulement celle d'être très loin de là.

Il passa sa première journée à regarder le parc, assis sur la balustrade de la terrasse. Et sa première soirée au salon à contempler les flammes.

Le lendemain matin, très tôt, Sophie le vit seul dans la cuisine et s'assit en face de lui.

– Je vais vous faire un café, dit-elle.

– Merci, répondit-il.

Il avait souri, d'un curieux sourire qu'elle ne lui connaissait pas : presque timide.

Pourtant, dès qu'elle s'approcha de la cuisinière il se leva lui aussi, et sortit.

Pendant quelques jours sa conduite resta très déconcertante. Puis il retrouva, peu à peu, ses anciennes habitudes. On le revit au manège, il se remit à lire. Mais il parlait très peu et ne s'approchait jamais de son piano. Et on ressentait toujours, en face de lui, cette étrange impression d'éloignement.

Contorose invita le docteur Fontaines à déjeuner, à la fin d'octobre, et lui fit ensuite visiter le parc pour l'interroger tout à loisir. Le docteur avait trouvé Tristan mieux qu'il ne l'espérait. « Il faudra du temps, dit-il. Il a subi un choc, c'est évident. Vous devez savoir lequel, vous : moi il ne m'a rien dit. Il s'est enfermé dans une bulle... mais c'est un garçon solide, il prendra le dessus un jour ou l'autre. Le mieux est encore de lui foutre la paix. »

On s'y efforça. Et tout cet automne-là Tristan fut une sorte de fantôme à Blajan, présent et absent à la fois. On lui parlait toujours avec une extrême douceur et il répondait de même. Il marchait beaucoup dans les collines. Contorose, la mort dans l'âme, avait fait annuler les concerts prévus pour ce dernier trimestre, et suspendu le contrat avec le Mikado. « Il faudrait qu'il joue, disait-il souvent. Si seulement il pouvait jouer... »

Mais Tristan ne jouait pas.

Il fut convoqué, comme tous les Blajan, au grand conseil que Contorose réunit en novembre. Mais il y assista sans dire un seul mot.

Il s'agissait de Justine. Elle venait de fêter ses soixante-dix ans et Contorose ne voulait plus, disait-il, la voir travailler chez lui. Elle avait esquivé le couperet le jour de ses soixante ans, puis cinq ans plus tard... mais cette fois-ci la coupe était pleine, assura-t-il d'un ton belliqueux. Il se refusait même à en parler avec elle et comptait la mettre devant le fait accompli.

Le montant de la retraite à laquelle elle avait droit était tout à fait misérable. On convint que Blajan compléterait sa pension par une rente viagère ; que les deux pièces où elle vivait au rez-de-chaussée de l'aile gauche resteraient siennes, bien sûr, sa vie durant ; et qu'il allait falloir lui trouver quelques petites tâches honorifiques, sous peine de la voir s'enfoncer dans le marasme...

– Les confitures ? proposa tante Marie.

C'était une bonne idée. On y ajouta les gâteaux des jours de fête. Et le droit imprescriptible de tancer Marinette – ça, on ne pouvait pas y échapper.

– Et puis tout ce qu'elle voudra faire en plus, d'elle-même ? glissa Sophie.

– Miséricorde, protesta Contorose, non ! Elle voudra TOUT faire...

Restait à transmettre à Justine les décisions prises. Et ce n'était pas le plus facile. Contorose s'était déjà fait battre deux fois à plates coutures, et ne voulait pas affronter seul l'ennemi.

– Tristan, dit-il, ce serait à toi de m'accompagner, mon garçon, en bonne justice...

Mais Tristan, debout devant la fenêtre, ne répondit même pas.

– Bon, dit son grand-père. Philippe, alors. Toi aussi, Lise : tu es la maîtresse de maison. Et Xavier, pour parler du côté juridique de la question... pour dire que je n'ai pas le droit de continuer à l'employer, on finirait par m'accuser d'esclavagisme... enfin elle devrait comprendre... j'espère qu'elle va comprendre...

Ce fut une rude bataille. Mais cette fois-ci Blajan l'emporta : après plusieurs entrevues orageuses, Justine finit par céder. Elle obtint seulement le droit de continuer à se tenir dans la vaste cuisine. « Pas pour travailler, promit-elle, non, non... pour voir si tout va bien. Et puis j'y suis depuis cinquante ans. J'ai mes aises là-bas. » Comme Contorose, méfiant, renâclait, elle eut cette phrase superbe : « Et puis je vous dirai, monsieur, que c'est à prendre ou à laisser... »

Il prit. Satisfait de s'en tirer, après tout, à bon compte. On venait de fêter l'anniversaire de cette terrible vieille dame : on fêta son départ en retraite, à la mi-décembre, avec plus de faste encore.

Il y eut quelques heurts, ensuite, parce que Justine voulait cirer l'escalier du hall... parce qu'elle avait frotté les boules des chenets... parce qu'elle prétendait ratisser la petite allée des lauriers... mais cela s'apaisa peu à peu. On lui envoyait, chaque fois, Emmanuel Duplessis en émissaire : Contorose s'était aperçu que ce jeune homme si grave, et si poli, savait parfaitement se faire écouter. Un baiser de Marion sur la vieille joue, là-dessus, et le tour était joué : Justine déposait son râteau ou son chiffon à reluire.

Valère s'était inscrit à la fac de sciences. Il avait pris mieux qu'on ne l'espérait sa rupture avec

Lucile Duplessis et ne tarda pas à faire inviter à Blajan, comme ses cousins l'avaient fait avant lui, tout un défilé de jolies jeunes filles.

Il sortait souvent, depuis que son grand-père le laissait libre de lui-même : ce fut donc lui qui vit la roulotte, un samedi soir de janvier. Il revenait d'une soirée en ville, sur la Vespa qu'il s'était appropriée, et crut d'abord rêver en voyant cette masse sombre se dresser devant lui, au milieu de la pelouse. C'était une roulotte de bois, de forme ancienne. Un gros percheron dételé était attaché à l'une des hautes roues. Valère resta là un instant, ahuri, un pied sur le gravier de l'allée. Puis un espoir un peu fou se glissa en lui. Natalène. Bien sûr, Natalène. Et qui d'autre ?

Comme s'il avait été en faute, il remonta l'allée prudemment, en soulevant l'avant de sa machine pour qu'elle fasse le moins de bruit possible sur les graviers. Les lumières du salon étaient encore allumées, par chance.

Il se dirigea instinctivement vers Emmanuel Duplessis : comme beaucoup de Blajan il s'appuyait sur ce grand garçon calme et sûr.

– S'il vous plaît, dit-il, voulez-vous sortir avec moi ?

Emmanuel ne posait jamais de questions inutiles et se leva, pour passer avec Valère dans le vestibule.

– Il y a une roulotte dehors, dit Valère. En plein milieu de la pelouse. Elle ressemble à celle dont parlait le cousin Edmond... celle qui attendait à la grille le jour de la fête.

Emmanuel ouvrit la porte. Ils sortirent et firent quelques pas sur la terrasse. La roulotte se découpait nettement dans la nuit, devant eux.

– Qu'est-ce qu'on fait ? demanda Valère.

– Je ne sais pas, répondit posément Emmanuel.

Il réfléchit un instant, en frissonnant sous le vent d'hiver.

– Attendons demain, dit-il enfin. Ils auraient pu frapper, s'ils avaient voulu nous parler ce soir, ils ont bien vu les lumières... et demain nous les verrons, nous.

– On en parle à Tristan ?

– Je les ai vus, dit une voix derrière eux.

Ils se retournèrent, saisis. Tristan était assis sur une jardinière renversée, à l'autre bout de la terrasse.

– Je les ai vus, répéta-t-il. Ils sont arrivés à onze heures. Il n'y a qu'un homme et un enfant. Ils ont dételé le cheval et préparé un petit feu pour demain matin.

C'était là le plus long discours qu'il prononçait depuis bien des mois.

– Grand-père les a vus ? demanda Valère.

– Non, personne, je crois. Moi j'étais ici quand ils sont arrivés, je fumais. Vous ne rentrez pas ?

– Si, dit Emmanuel, nous rentrons...

Le lendemain matin, côté roulotte, le spectacle n'avait pas changé. Mais côté Blajan l'effervescence régnait. Et depuis que Marinette avait donné l'alerte tout le monde allait de fenêtre en fenêtre pour contempler cette roulotte immobile. Tristan seul semblait ne pas s'y intéresser.

Personne, à cause de lui, n'osait prononcer le nom de Natalène. Mais chacun y pensait très fort, et surtout Contorose. Six mois s'étaient écoulés depuis le départ de la jeune femme. Six mois d'un absolu silence. C'était bien assez long, se désolait le vieux monsieur, bien assez long...

La seule fausse note vint de Xavier, comme d'habitude. Il se trouvait devant l'une des fenêtres quand Marinette servit le petit déjeuner et il glissa à Philippe, sans honte :

– Je ne sais pas s'ils se sont dit qu'on pourrait très bien appeler les flics, après tout...

Philippe ne répondit même pas. Il se contenta de jeter à son frère un regard de mépris.

– Bon, dit Xavier, bon, je ne dis pas qu'on va le faire... mais s'ils restent là, hein ? S'ils s'installent ?

– Ils ne resteront pas. Ils attendent.

– Quoi ?

– Tristan, espèce d'imbécile !

– Tristan ? Mais pourquoi ?

– Oh, dit Philippe, flûte, tais-toi...

Il se détourna, pour regarder Tristan – qui contemplait le feu et semblait à mille lieues de là. La petite Fleur, fascinée, ne quittait pas son rideau.

– Viens t'asseoir, lui dit sèchement tante Lise. Venez tous vous asseoir. C'est servi.

Fleur tarda un peu, et heureusement, car elle put jeter une exclamation :

– Ils ouvrent !

Tristan excepté, tout le monde se leva. Et même tante Lise.

La porte de la roulotte venait de s'ouvrir en effet, et sur un très joli spectacle : une petite fille blonde enroulée dans une couverture. Elle pouvait avoir huit ou neuf ans. Elle descendit les trois marches de bois, très lentement, encore ensommeillée sans doute, et s'assit sur la dernière. Là elle se pencha, pour rabattre sur ses pieds nus un bout de la couverture. Puis elle bâilla.

Derrière elle, un homme descendit à son tour, lui aussi recouvert d'une couverture brune. Et ce devait être celui dont avait parlé le cousin Edmond six mois auparavant : la noblesse de ses gestes et de toute son attitude était frappante.

– Je vais lui porter du café, dit Philippe. Et du chocolat pour la petite. Tu m'aides à faire un plateau, Fleur ? Coupe des tartines...

– Philippe, dit tante Lise, je ne sais pas si... je ne crois pas que...

– Je vais leur porter du café, répéta fermement Philippe.

Quand il vit Philippe s'approcher, son plateau garni sur les bras, l'homme qui venait d'allumer le feu se leva. Mais ce fut l'enfant qui parla.

– Bonjour, dit-elle. Merci. Attends.

Elle prit dans la roulotte une sorte de petit pliant d'osier, et le posa devant elle sur l'herbe.

– Mets ci-dessus, dit-elle.

Philippe posa le plateau « ci-dessus », s'accroupit, et sourit à l'enfant.

– Ne parle pas à mon père, dit-elle, il n'a pas ta langue. Tu es le pianiste ?

– Non. Le pianiste est là-bas dans la maison. C'est Vanina qui vous envoie ?

Elle secoua la tête, grave.

– Il n'y a pas de questions, dit-elle. On part au soleil-midi et on ne reviendra pas : dis ceci au pianiste. Dis-le ceci. Les questions sont pour lui seulement.

Philippe se releva, et regarda l'homme qui se tenait debout près du feu. Il avait un très beau visage, plein de force et de bonté.

– Birnakem, dit-il.

– Mon père te remercie, dit l'enfant.

L'homme prononça quelques mots encore, que la petite fille traduisit incontinent :

– Il a dit : que ceci te soit rendu le jour où tu auras faim.

– Ce n'est rien, dit Philippe. Rien, non, rien...

Une fois dans le salon il raconta l'entrevue, sans omettre un seul mot – pas même sa question sur Vanina – et il conclut ainsi, drôlement :

– Pincez-moi : je viens de rencontrer le dernier roi du monde.

Il s'assit ensuite à sa place habituelle. Mais il resta songeur.

– Ce regard... dit-il, quel regard a cet homme !

Il croisa celui de Tristan, absent, et serra les dents.

– Vas-y, dit-il.

Tristan le regardait toujours, sans répondre.

– Tu m'as entendu, dit Philippe. Je sais que tu m'as entendu. Vas-y. Va au moins leur parler. Ils sont venus de Dieu sait où pour te voir... vas-y.

Comme aurait pu le faire Contorose il frappa, soudain furieux, la table du plat de la main.

– Tu vas y aller, foutu con ? Dis ? Tu vas y aller ?

– Non, dit Tristan.

Il n'y alla pas. Au « soleil-midi » l'homme attela le cheval et la petite fille vint reposer sur la dernière marche du perron le plateau soigneusement lavé : sur les bols retournés elle avait couché trois perce-neige liées d'un brin de fil. Puis la roulotte descendit l'allée et disparut.

Tristan resta tout l'après-midi devant le feu. Il lisait. À cinq heures il monta dans sa chambre et à cinq heures et demie en ressortit, son sac de voyage à la main.

– Je vais à Saint-Lys, dit-il à Emmanuel qu'il croisa dans le vestibule.

Il y alla et n'en redescendit pas.

II

Sophie fut la seule à oser parler de s'aventurer là-haut, le mois suivant.

– Il a toujours dit, plaisanta-t-elle, « pas de Blajan ». Il n'y a que moi ici à ne pas être une Blajan ou à ne pas en avoir épousé un.

– Et moi ? protesta Lucile Duplessis.

– Toi tu es la belle-sœur d'une Rivalty. Moi je ne suis rien de ce genre... Moi seule suis vierge de toute souillure ! J'irai.

– Je ne crois pas qu'il vous tire dessus de toute façon, sourit Philippe.

– On ne sait jamais, répondit-elle, c'est un violent, non ?

La plaisanterie était risquée, et somme toute, très « Blajan » elle-même. Elle fit sourire tout le monde.

– Comme c'est étrange, dit Philippe. C'est pourtant vrai que vous n'êtes pas une Blajan. Je n'y pense jamais. Vous êtes là depuis toujours... et autant vous dire que lorsqu'on m'interroge sur le nombre faramineux de mes cousins je vous y compte d'office, Flore et vous.

– Vous êtes gentil, répondit-elle.

Ce terme-là convenait très peu à Philippe : mais avec Sophie, c'était vrai, il se montrait toujours « gentil ». Et lorsqu'il lui arrivait de la blesser – il était si brusque, si maladroit et si bien bardé d'épines que cela se produisait malgré tout – il en était toujours désolé.

Ils avaient eu des nouvelles de Tristan, par Farfouille à qui Contorose s'était permis de téléphoner quelquefois, bien qu'il ne la connût pas.

Des nouvelles succinctes, Farfouille étant loyale : « Je pense qu'il va bien, monsieur. Non, il ne joue pas. Oui, il sort. Oui, je le vois souvent. »

Touchée, un matin, par une phrase de Contorose : « Il faut que vous pardonniez à un vieux grand-père... » elle avait ajouté une information plutôt rassurante : « Il fait beaucoup de jardin. »

On ne savait rien de plus quand Sophie se lança à l'assaut de la forteresse, le dernier samedi de février, armée de quelques livres et d'un bouquet d'hellébores. On l'avait munie d'un bon plan et elle avait des photos de Saint-Lys : elle trouva la bergerie sans mal, d'autant que la voiture de Tristan, garée sous la grange, était visible du chemin.

Elle frappa à la petite porte basse, le cœur battant. Puis, comme tout demeurait silencieux à l'intérieur, elle entra. Tristan était assis devant l'âtre vide.

– Bonjour, dit-elle.

Il ne répondit pas. La pièce était glaciale et à peu près aussi sale que son occupant. Sur la table, entre des assiettes grasses, une bougie brûlait.

Elle s'assit, navrée, sur le tabouret du piano fermé. « Quel gâchis, pensa-t-elle, quel sinistre gâchis... »

Pourtant, elle sourit.

– Vous devriez faire un feu, dit-elle.

À sa grande surprise Tristan se pencha, et prit quelques vieux journaux pliés à côté de la cheminée.

– C'est ça, dit-elle. Vous faites le feu, et moi je vais...

À vrai dire, l'énormité de la tâche l'effrayait un peu.

– Ne faites rien, dit Tristan.

Il avait parlé doucement. Sophie n'osa pas désobéir, et resta assise.

– Je vous ai apporté des livres, dit-elle.

– Merci.

Elle les posa sur le piano. Et soudain son cœur d'enfant lui fut rendu, pour quelques instants, comme par miracle.

– Vous ne savez pas où elle est ?

– Non, répondit-il.

– Mais ces gens qui sont venus... c'était peut-être elle qui les envoyait.

– Sans doute.

Elle s'arrêta là, consciente de ce qu'elle venait de dire, et rougit.

– Pardon, murmura-t-elle.

Tristan l'observa un instant, avec une sorte de curiosité lointaine, puis reposa les journaux sur le sol et regarda sa montre.

– Vous devriez partir, dit-il, pour arriver avant la nuit.

Elle revint, têtue. Tous les samedis. Ses visites se déroulaient toujours de la même façon : Tristan faisait un feu, répondait à quelques questions anodines sur le temps ou la saison – puis annonçait qu'il fallait songer au retour.

Mars et avril s'écoulèrent ainsi. Ensuite le signal du départ ne fut plus donné si tôt. Sophie était devenue habile et n'essayait plus d'entretenir une conversation avec Tristan. Elle lisait, ou s'asseyait au soleil dans le jardin. Un jour elle entreprit de faire une tarte, sans en demander la permission. Un autre jour elle tailla le grand rosier anglais. Insensiblement, elle se mit à passer en fait tout l'après-midi du samedi dans la bergerie.

C'était une petite victoire. « Dans dix ans, disait-elle à Philippe, je pourrai peut-être y passer un week-end entier, et dans trente ans, qui sait, lui proposer de venir prendre un thé ici... »

Sophie n'avait pas vu la Perle, en ce triste jour de fête, près d'un an auparavant. Pourtant, quand elle ouvrit sur elle la porte de Saint-Lys, par un beau soir de juin, elle devina que c'était elle. Et elle recula, la main serrée sur la poignée de cuivre.

– Eh ben, dit la Perle quand elle fut entrée, eh ben dis donc...

Elle regardait autour d'elle, sidérée. Ce clochard sale et barbu, assis dans un capharnaüm poussiéreux, était-ce vraiment le pianiste ? La vie pouvait-elle ainsi bouleverser toutes les cartes d'un jeu ?

– T'as l'air d'un foutu con, dit-elle. Qu'est-ce qui s'est passé ? T'as vu de quoi t'as l'air ?

Il avait à peu près l'air des bohémiens avec qui vivait la Perle, mais justement, il n'aurait pas DÛ... Elle s'assit au bord de la table, l'air de plus en plus offusqué.

– Ben le bordel... Le putain de bordel... T'as déraillé, ou quoi ?

Sophie l'écoutait, sidérée. Puis une bûche s'écroula dans l'âtre, et elle sursauta.

– Ben et toi ? dit la Perle. T'es qui, toi ?

– ... Sophie. Sophie Perey.

– T'es sa nana ? Au pianiste, là ?

– Non, je suis... je suis un peu sa cousine. Je viens le voir tous les samedis.

– Et qu'est-ce qu'il a ?

– Mais je ne sais pas... Il vit là maintenant.

– Eh ben !

Elle regarda Tristan, que leurs propos semblaient laisser indifférent, et fit la grimace.

– J'aurais jamais cru qu'il tournerait dingo, ce con-là... Ho ! Panitsen ! T'as la marque, encore ?

Elle expliqua, pour Sophie :

– Je l'ai boutonné, l'année dernière.

Puis elle redit, pour Tristan qui n'avait pas répondu :

– T'as la marque ?

– Oui, dit-il.

– Eh ben si tu causes ça va être moins chiant...

Elle se leva, souple, et fit quelques pas dans la pièce.

– Le bordel ! dit-elle. C'était riche, avant, ici... T'as un morceau ?

Ces derniers mots étaient pour Sophie, qui se leva.

– Pour manger ?

– Ben tiens, oui. Fais du café aussi.

Ayant dit, elle s'assit devant Tristan.

– T'es vraiment un con, dit-elle.

Pour la première fois, il lui sourit.

– Et tu vis là tout le temps ? reprit-elle. Tout seul comme un con et sale comme un foutu con ?

– Oui.

– Tu me remets, au moins ?

– Mais oui. La Perle.

– Bon ! C'est bon ! Remarque que je t'ai bien boutonné, ça s'oublie pas. Et la Voix ?

– La Voix ?

– Tu sais bien, le violon des Yémaches, celui qui joue serré... On l'attendait, l'année dernière, quand je suis venue là. Y en avait qui l'avaient vu au-dessus de Libarek. Et puis tu l'as vu, on te l'a envoyé.

– À moi ?

– Cet hiver. Il est allé te chercher chez toi. Lui et Ernaline – sa gamine. Me dis pas que non, je suis pas dingo, je suis descendue avec eux jusqu'à Moulins... Il devait te remonter. Et pis t'es pas venu.

– Non.

– Ben t'es con, toi.

Il baissa la tête et la Perle le regarda, un long moment. Puis elle haussa les épaules.

– Tant pis, dit-elle. Des fois les choses arrivent, bon, qu'est-ce que tu veux qu'on y fasse ? Elles arrivent, c'est tout. On va pas en chier trois pendules.

Elle se retourna vers Sophie, qui posait sur la table les bols et la cafetière.

– T'es pas d'accord ?

– Si, dit Sophie résolument.

Elle s'amusait, maintenant. Et puis cette fille lui rappelait Natalène, par quelque chose de libre et de sauvage qui rayonnait d'elle.

– Venez, dit-elle. C'est juste chaud comme il faut.

Quand elle fut assise la Perle commença par savourer le bon café brûlant que la vie lui offrait.

– Putain, dit-elle, c'est chié, ça...

– Et tu bouillaves ? dit-elle ensuite à Tristan. Tu bouillaves, au moins ?

– Non.

– C'est peut-être bien ça qui te remonte à la tête. Si ça sort pas des couilles, où veux-tu que ça aille ?

– Je ne sais pas, dit Tristan.

Et il rit. Sophie ne l'avait pas entendu rire depuis près d'un an. Son cœur s'emballa dans sa poitrine. Mais n'allait-elle pas gêner, par sa seule présence, ce petit miracle ? Elle regarda l'heure à sa montre, poussa un cri de surprise, et se leva.

– Flûte, dit-elle, flûte, j'avais promis à Flore de revenir très tôt... Excusez-moi, il faut vraiment que je file...

Elle reprit son sac, sa veste de laine, et sourit à la Perle, un peu timidement.

– On se reverra peut-être ? J'espère...

– Ah ben j'sais pas. Binuké.

Sophie comprit que c'était là une formule d'au revoir et la répéta. Puis elle se sauva.

– C'était Mousseline, dit la Perle, non ? C'était pas Mousseline, des fois ? Vanina l'appelait comme ça, je sais pas pourquoi. Une fille qui en pinçait pour tous les pantalons... Elle l'aimait bien.

– Moi aussi je l'aime bien.

– T'aurais dû bouillaver avec elle.

Il secoua la tête, et de nouveau ses yeux brillèrent.

– La Perle, dit-il. La Perle. Je t'avais oubliée.

– Ben si t'es givré c'est pas étonnant. Tu bouffes, au moins ? Parce que si tu bouillaves pas et si tu bouffes pas, t'es pas sorti de l'auberge, autant te dire.

Il ne répondit pas, et elle se leva pour aller farfouiller dans les placards de la cuisine.

– Y a de quoi, annonça-t-elle. Bouge pas, je m'en occupe.

Pour la première fois depuis de longs mois, Tristan mangea avec appétit. Il écoutait la Perle, qui lui faisait la gazette des camps et brassait au hasard cent cinquante noms d'inconnus. « Et alors il lui a foutu sa lame au cul, si bien que le Vieux des Paniers est descendu de Ramirèz... » Insensiblement, la vie revenait en lui. Quel désespoir aurait pu résister à la Perle ? À sa drôlerie, à sa cruauté ? « J'y ai dit qu'il avait qu'à crever, on s'en foutait, et c'est ce qu'il a fait : bon débarras, autant te dire, ce vieux con-là... » La redoutable simplicité de son âme était exactement l'antidote des poisons qui ravageaient celle de Tristan.

Quand elle eut vidé son assiette, et fini le pain, elle se tourna vers le piano.

– Joue, dit-elle.

Il répondit qu'il ne jouait plus.

– Ah, dit-elle, le con...

Sans transition aucune, et les yeux fixés sur le feu, elle se mit à parler de Natalène.

– J'allais la chercher parce que la Voix était là, dit-elle. Tu sais, la Voix... Il remontait, je savais qu'elle voulait le voir, je l'ai amené chez toi, juste le temps qu'ils se voient, et moi il m'aurait remontée à Moulins, j'allais chez Ceux des Paniers... Après t'as fait le con. On est passées par le mur pour pas se faire rattraper dans l'allée et on a fait le tour. Il nous a emmenées. Elle saignait beaucoup et elle avait un os cassé, là, près du menton, il m'a dit lequel mais je sais plus. Un os. Elle parlait de neige, toujours, qu'elle avait froid... À Moulins ils ont continué sans moi. Elle était toujours avec sa neige. De la neige et quelqu'un qui crachait dessus. Je l'ai pas revue depuis. Leur route est trop haute, aux Yémaches, je vais pas si haut. On a juste su qu'il était descendu te chercher. Moi je l'ai su à Lille. C'est un Grec qui disait ça, que la Voix descendait chercher le Pianiste. Je les ai croisés après, ils m'ont descendue jusqu'à la Valline des Puits. C'est vrai qu'ils allaient te chercher, la Voix me l'a dit. Tu sais bien comment il parle, la Voix, il disait : « Le Pianiste est là-bas, qui nous attend. » La gamine, Ernaline, elle m'a juste dit que le bébé riait toujours. Le tien : il riait toujours. Je sais rien d'autre. La Voix, il dit pas grand-chose. Tu sais bien comment il est.

– Je ne le connais pas, dit Tristan.

Il se raidissait contre une souffrance refusée jusque-là, et dont il sentait sur lui la grande ombre glacée.

– Tu vas venir avec moi, dit la Perle. Je vais pas te laisser là comme un con. Mais je sais pas où elle est maintenant. Je peux pas t'y conduire, je sais pas. Amène-toi.

– Où ?

– Faut que je voie les Grecs. Paraît qu'ils ont un truc pour moi. Je crois qu'ils sont chez Ceux des Dentelles.

– Mais où ?

– Ceux des Dentelles ? J'en sais rien. On va bien les trouver. Mais amène-toi, qu'on n'est pas rendus, autant te dire.

– Non.

– Bon. Comme tu veux. Mais t'es con. Moi, en tout cas, il faut pas que je traîne.

Déjà elle était à la porte, et l'ouvrait.

– Emporte des pommes, lui dit Tristan. Regarde, il en reste deux.

Il les lui tendit, sur le seuil. Elle en mit une dans sa poche et mordit dans l'autre. Puis, une main sur le portail, elle se retourna. Dans la nuit, Tristan ne distinguait pas son visage. Une petite ombre, rien de plus.

– Amène-toi, dit-elle.

Elle avait tendu la main. Poussé par une force inconnue, Tristan descendit les marches à son tour, et prit cette main offerte.

– Laisse un mot, dit la Perle. Les gadjé, ils laissent toujours des mots. Et prends tes papiers, que nous on a toujours les flics au cul...

Des premiers jours de ce voyage Tristan ne devait conserver que des souvenirs très imprécis.

Ils avaient beaucoup marché. Une caravane les avait « montés », une fois, et une autre « descendus ». Ils avaient fait halte dans un camp, une nuit. Là, il avait dormi pour la première fois dans une roulotte, sous le chant de la pluie.

Le lendemain ils marchèrent plus de quarante kilomètres. La Perle était infatigable. Et lui épuisé. Il finit par s'arrêter sous un arbre et s'y allonger. Elle revint sur ses pas et se planta devant lui.

– Fais pas le con, dit-elle. Si on traîne on va rater Mathurin.

– Je suis crevé.

– C'est la route qui rentre. Amène-toi.

Il se leva, résigné, et se remit à marcher.

Ce soir-là, ou un autre, la Perle lui donna une leçon de route : « Plutôt la nuit, dit-elle. Et loin des maisons, parce que les gadjé c'est chatouilleux, et surtout c'est trouillard. »

Ils trouvèrent Mathurin, à l'entrée d'une ville, et Mathurin les « monta » très loin : à plus de cent kilomètres, déclara-t-il quand ils quittèrent le camion.

– Putain, apprécia la Perle, c'est un bon bout !

Elle claqua la portière, et s'assit sur le talus pour voir le camion démarrer.

– J'ai drôlement faim, dit Tristan.

La Perle, qui remettait ses sandalettes, eut un rire moqueur.

– Ben t'attendras. Y a rien.

Il s'assit sur le talus à côté d'elle. La fatigue et la faim embrumaient le monde autour de lui. Tout était devenu léger, irréel...

– Ça fait longtemps qu'on est partis ? demanda-t-il.

– De chez toi ? Six jours. Dis donc, y sont pas coton à rattraper, Ceux des Dentelles... J'y enverrai pas dire, à la vieille...

Ils les trouvèrent le lendemain, dans un petit camp des faubourgs d'Arras. C'était une casse. Et il n'y avait que onze caravanes autour de la sempiternelle baraque. Une vieille femme indiqua à Tristan une sorte de paillasse, au fond du grenier de cette baraque. Il s'y étendit et s'endormit aussitôt.

Quand il s'éveilla, plus de vingt-quatre heures s'étaient écoulées. Un enfant très brun, et très sale, dormait nu sur la paillasse voisine.

Il s'assit sur son lit, et enfin accepta : son acte, et d'avoir perdu Natalène.

III

Il téléphona à Farfouille, ce matin-là : pour lui demander de tout ranger chez lui, ce qu'elle rêvait de faire depuis longtemps. Ensuite il appela Blajan pour annoncer son retour.

– Dans quelques jours, dit-il à tante Lise qu'il avait eue au bout du fil. Je passerai d'abord à Saint-Lys récupérer ma voiture. Quand est la fête de l'été ?

– Le 2 juillet, répondit-elle. Dans une semaine.

Elle devait être très surprise de converser ainsi avec son neveu, et sa voix gardait une certaine prudence.

– Ton grand-père compte sur une trentaine d'invités. Rien ne t'oblige à en être, tu sais ! Il y aura bien du bruit...

– J'y serai.

– Mais... tu vas mieux, mon garçon, je vois ?

– Je vais parfaitement bien. Vous tous aussi, j'espère... Saluez grand-père de ma part. À très bientôt, ma tante.

Il sortit de la cabine et la Perle, assise sur le parapet du petit pont, se leva.

– Ça te change, dit-elle.

Elle parlait de la longue station que Tristan venait de faire aux bains-douches de la ville, et il lui sourit, gentiment.

– Je parie que j'ai l'air d'un gadjo.

– Ben y a de ça...

– Et attends, tu n'as rien vu, je vais m'acheter des habits !

Ils passèrent d'abord à la gare, où Tristan prit un billet pour Paris dans le premier train du lendemain. Ensuite il retira du liquide dans une banque, ce qui sidéra tout à fait la Perle.

– T'as vu ça, dit-elle, comment ils t'en ont donné ! Comme ça !

– En veux-tu ?

– Non, répondit-elle en riant. Tu peux garder tes saloperies pour toi, foutu con...

Dans le quartier piétonnier, il s'acheta un sac de voyage, et se rhabilla de pied en cap. La Perle le suivait de boutique en boutique, de plus en plus narquoise. Mais comme beaucoup de bohémiens elle était fascinée par les bijoux et ce fut à Tristan de l'attendre, enfin, devant quelques vitrines. La dernière surtout la retint longtemps.

– Vanina avait un collier d'or, dit-elle. Si tu veux m'en acheter un, ça je veux bien. Ça c'est pas trop con.

Il entra dans le magasin avec elle, et ce que les vendeuses pensèrent visiblement de ses motivations l'amusa. La Perle prit son temps pour choisir. Sur le velours rouge des présentoirs elle promenait sa petite main sale.

– Je sais pas, disait-elle. Y'en a qu'ont l'air con et d'autres pas.

Elle finit par choisir une chaîne à maillons serrés, très chère, et le bijoutier (que la vendeuse était allée prudemment quérir dans l'arrière-boutique) se dit qu'il y avait sur terre des imbéciles... que cette petite pouvait s'acheter aussi bien avec un sandwich qu'avec un collier à cinq mille francs... mais que bon, c'étaient pas ses oignons...

Il étudia avec quelque surprise la carte d'identité de Tristan. L'imbécile avait vraiment un nom étonnant.

Dans la rue, la Perle chercha une glace, et finit par la trouver à la devanture d'un salon de coiffure.

– Il est beau, dit-elle en caressant le collier du bout des doigts. Il était froid, il est tiède, c'est drôle...

– Il te va très bien, en tout cas.

– Je vais te donner le mien. C'est mieux. Un échange, quoi. Un échange, tu vois, c'est moins con.

– Si tu veux.

Elle défit de son cou le brin de cuir, luisant de crasse, qui retenait une petite médaille en cuivre.

– C'est le signe du Pont, dit-elle. Moi je suis du Pont : Ceux du Pont.

– Tu n'en auras pas besoin ?

– Penses-tu ! Je m'en referai un. Des ronds comme ça, on en a trente-six mille, et le cuir c'est rien. Mets-le.

Il le fit, sur le trottoir, gravement, et s'admira à son tour dans la glace.

– T'es pas volé, dit la Perle, c'est quand même le signe du Pont. Et pis c'est bien, ça te donne l'air moins con.

Il dîna avec les bohémiens, le soir, au rez-de-chaussée de la baraque. Ils étaient une vingtaine.

Toute une troupe d'enfants leur grouillait dans les pattes : mais ils avaient apparemment déjà mangé et ne s'assirent pas. Par égard pour leur hôte les convives employèrent peu leur langue – sauf lorsque l'un ou l'autre se passionnait pour le sujet abordé.

Il était surtout question d'une certaine Lisa, mêlée à une sombre histoire de troc de caravanes. Elle avait mal agi, certainement. Encore que... quoique... à bien y réfléchir les Grecs n'étaient pas entièrement blancs là-dessus, étant donné qu'à Libarek, l'année précédente, ils avaient trempé dans le coup de Fernando... oui mais c'est pas la même affaire... tu vas pas les défendre, quand même ?

On pria aussi la Perle de faire attention à ce qu'elle disait : qu'il y a des choses qui se disent pas, la Perle, on te l'a déjà dit...

– Je dis ce que je veux, déclara-t-elle. Ah ben ! Ce que je veux.

On soupira. Et on en revint à Lisa.

Tristan s'étonnait de voir ces gens, qui semblaient décidés à le traiter avec courtoisie, ne jamais lui adresser la parole. Il en eut l'explication à la fin du repas lorsque l'un des hommes, pour le faire, s'en excusa au contraire.

– C'est pas pour te faire offense, dit-il, je voudrais pas te faire offense : mais je te causerais bien.

– Je t'écoute, dit Tristan.

– La Perle dit que c'est toi, le Pianiste. Panitsen. C'est toi ?

– C'est moi.

– Y avait la Voix qui te cherchait, y a longtemps. Parce que nous, si les Noirs passent, on peut leur dire. Ils le verront en haut. On peut leur dire que t'es passé.

– Faites-le, dit Tristan. Je vous remercie.

– Ah ben c'est rien, t'as mangé...

Cette remarque curieuse lui fut éclaircie par la Perle, sur la paillasse du grenier, après le repas.

– T'as mangé avec eux, dit-elle. Quand on a mangé sur le même pain on peut faire des trucs, quand même, c'est bien le moins.

– Tiens ! dit-il. C'est l'étymologie exacte de « compagnon », tu sais ?

– Hein ?

– Rien. Rien, petit renard...

Elle était venue le rejoindre dans le grenier et s'était allongée à côté de lui. Il la connaissait assez pour savoir qu'elle n'avait pas l'intention de se lancer dans la bouillave avec lui : elle l'aurait dit. Il avait donc mis son bras autour d'elle, le cœur tranquille, comme il l'aurait fait pour un enfant. Et la tête sur l'épaule de Tristan, elle regardait par la petite lucarne s'assombrir le ciel d'été.

– Pourquoi « renard » ? dit-elle.

– Je ne sais pas. Ça te va bien.

– C'est pas coton, les renards, ça mord dur.

– Parce que tu trouves que tu es coton, toi ?

– Ben je sais pas trop comment je suis...

Là-dessus elle se leva, pour réintégrer sa paillasse à elle, à l'autre bout du grenier. Tristan ne la revit pas : quand il s'en alla, le lendemain matin, elle dormait encore.

Il ne vit d'ailleurs qu'un enfant, en bas, occupé à malaxer dans une bassine un mélange de terre et d'eau.

– Que veux-tu en faire ? demanda-t-il.

– C'est pour le « tariné », répondit l'enfant.

Tristan caressa sa joue brune, puis s'en fut, son sac sur l'épaule.

À Paris, entre deux trains, il entra dans un magasin d'instruments de musique, dit qu'il était pianiste et qu'il voulait jouer – une demi-heure. La demande était curieuse, il en était conscient (un peu « bohémienne », pensa-t-il avec amusement) mais elle fut acceptée. Ainsi Tristan de Blajan-Taswïck redonna-t-il son premier concert dans une boutique parisienne, pour quelques clients et deux vendeurs. Surprenant concert. Il cherchait sa voix et ne la trouvait pas – une autre, très différente, naissait sous ses doigts, et son étrangeté l'exaltait.

Dans le train, c'est à elle seule qu'il pensait. Et dans le taxi qui le conduisit ensuite à Saint-Lys ses doigts frémissaient d'impatience.

Farfouille avait fait des merveilles dans la petite salle. Les meubles cirés brillaient dans la pénombre et un magnifique bouquet de roses rouges décorait la table. Tristan ne jeta autour de lui qu'un regard distrait, posa son sac et s'assit devant le piano. Il joua presque toute la nuit.

À Blajan, où il arriva pour le déjeuner du lendemain, exactement comme s'il ne s'était rien passé et comme s'il revenait d'un simple week-end, la façon dont il jouait sidéra tout le monde. « Tu joues juste avant », lui avait dit la Perle un jour. Cette frontière mystérieuse, il l'avait franchie. Il ne savait pas où il était maintenant et peut-être lui faudrait-il des années pour l'apprendre. Mais il était ailleurs.

Et les siens l'écoutaient, saisis. Le piano de Tristan avait toujours parlé de beauté, d'harmonie et de bonheur. Il continuait. Mais voici qu'il parlait aussi à Contorose de la jeune Éléonore chantant pieds nus dans les collines, à Marion des lointaines années où elle avait rêvé de son père enfui, à

Fleur de la fin de son enfance, et à tous de la mort qui rôdait. Quand Tristan s'arrêta, pour s'asseoir à table, puisqu'on servait, Contorose avait les yeux pleins de larmes.

– Tu joues bien, dit-il. Tu joues... bien, tu joues bien, mon garçon. Vraiment bien.

On n'osait pas interroger ce revenant. Il parla de lui-même, au dessert, et avec un grand naturel.

– J'ai fait tout un voyage avec la Perle. Sophie a dû vous dire qu'elle était venue à Saint-Lys ?

Sophie l'avait dit. Et elle avait rapporté à Blajan le petit mot qu'elle avait trouvé sur la table de la bergerie une semaine plus tard. On en convint prudemment.

– La Perle, dit Tristan. Elle a dix-sept ans maintenant. C'est une fille étonnante. J'espère la revoir bientôt. Et j'espère aussi avoir des nouvelles de Natalène, par elle.

Ce prénom, prononcé avec tant d'aisance, fit peser sur l'assemblée un silence plus lourd encore.

– On m'a dit qu'elle était dans le Nord, continua Tristan, avec l'homme et l'enfant qui sont venus ici en janvier. Je ne sais pas comment elle va, elle. Mais Cantor, paraît-il, passe ses journées à rire. Les nouvelles circulent bizarrement chez ces gens, mais elles circulent : je pense en avoir bientôt.

Il regarda tous ces visages perplexes, tournés vers lui.

– Je ne peux pas m'excuser de ce que j'ai fait il y a un an, dit-il, ni devant vous, ni auprès d'elle. Il n'y a pas de pardon et je n'en attends pas. Aussi nous n'en dirons plus jamais rien, si vous le voulez bien. Mais de tout le reste on peut parler, je vous assure... Cet homme avec qui elle est s'appelle « la

Voix ». C'est un homme assez extraordinaire, apparemment.

– Je l'ai vu, dit Philippe. Je l'ai vu, quand ils sont venus. Tu t'en souviens ?

– Pas très bien. Je sais que tu leur as apporté du café et des tartines. Le reste est un peu flou.

– Pas pour moi, dit Philippe. Le regard de cet homme, je ne m'en suis pas encore remis. Mais pourquoi « la Voix » ?

– À cause de son violon. Ils semblent le respecter tous beaucoup. Je suis heureux que Natou soit avec lui.

Avec un restant de prudence, Contorose risqua :

– Il voulait te parler, je crois, cet hiver.

– Oui, dit Tristan, je le sais, on me l'a dit. Quand je le verrai j'essaierai de lui expliquer que je n'ai pas pu. S'il est ce que j'imagine il comprendra.

– Il peut tout comprendre, déclara Philippe avec ferveur. Tout !

On sourit, autour de lui, et il se mit à rire lui aussi.

– Je sais que c'est ridicule, dit-il, je sais que je suis ridicule... mais ça m'est égal. Cet homme avait un regard... Il savait tout de moi. Pas pour juger, pour chercher une chance et me dire où elle était.

– Une chance de quoi ? demanda tante Lise. De quoi, mon Dieu ?

– Je ne le sais pas non plus, dit Philippe. Mais lui, ma tante, il le savait.

IV

La grande affaire de cet été-là, avec le retour de Tristan, fut le départ des Kerbauson. Jean-

Louis avait réussi à se faire nommer près de Dax : son père venait de mourir et la grande maison familiale l'attendait. Chantal et lui vendirent celle qu'ils possédaient au village, et s'en furent. On ne les reverrait plus qu'aux vacances. Mais on les reverrait certainement à toutes les vacances : Blajan exerçait une solide emprise sur ses anciens féaux.

À la rentrée, il y eut un autre changement d'importance : Bertrand et Natacha prirent pension à Blajan. On venait de les exproprier, pour élargir le tournant dangereux de la rue Blanche, et Contorose leur avait proposé lui-même cette solution de rechange. Ils avaient accepté avec reconnaissance : « en attendant », disait la version officielle. L'attente devait durer bien au-delà de la majorité du petit Basile...

Cet affreux bonhomme avait maintenant dix-huit mois, et son caractère ne s'était pas amélioré. À Blajan, où il cessait d'être enfant unique et devait compter avec l'autorité de tout un groupe d'adultes, il perdit un peu de sa turbulence, heureusement.

Fleur sut le faire obéir avant tout le monde. Elle avait huit ans, et se montrait tout à fait péremptoire. « Non, Basile », disait-elle en regardant le rebelle droit dans les yeux. Et la plupart du temps il s'arrêtait – ou bien de mettre un livre dans le feu ou bien de verser l'eau d'un vase sur le parquet ciré.

Tout le monde aimait déjà beaucoup Bertrand, à Blajan. Il avait vingt ans cette année-là. C'était encore un très jeune homme, insouciant et léger. Mais Natacha et lui, visiblement, étaient aussi heureux qu'on peut l'être.

Ils se firent exposer les règles de Blajan et les respectèrent scrupuleusement. Elles étaient simples et fonctionnaient depuis plus d'un demi-siècle à la satisfaction générale. On payait sa pension en liquide. On faisait tout ce qu'on pouvait pour la communauté, suivant ses talents et ses possibilités : cela allait de la tarte au citron à la peinture de la cuisine, en passant par le terreautage de la pelouse. On prévenait le plus tôt possible de ses absences aux repas, Marinette n'appréciant guère que l'on soit négligent là-dessus. On faisait seul le ménage de son terrier, la femme de charge n'étant responsable que du rez-de-chaussée. On s'occupait seul de son linge : cinquante mètres de fil d'étendage, trois machines à laver et deux fers à repasser se trouvaient dans la laverie du sous-sol. Et naturellement on n'oubliait pas le plus important, on disait, fièrement : « NOUS, à Blajan... »

Tous ces remaniements poussèrent Contorose et ses sœurs à prendre une sage décision : celle de faire cesser entre eux l'indivision de leurs biens. Ils eurent beaucoup d'entrevues avec leur notaire et les plans de la propriété envahirent les tables de la salle. L'affaire était délicate. Ils en vinrent à bout pourtant. On signa en novembre – et Contorose donna une grande fête, naturellement.

Il était maintenant le seul propriétaire du bâtiment principal et de l'avant du parc. Lise avait l'aile gauche et Blanche l'aile droite, chacune pourvue d'une moitié de l'arrière du parc. En plantant quelques haies, en réparant la grille de l'est et en perçant le mur d'enceinte à l'ouest, il serait facile de donner à chaque lot son indépendance.

– Mais moi ? dit Fleur le soir de la fête. Moi, quand vous serez morts, qu'est-ce que j'aurai ?

Caroline, qui servait l'orangeade, se mit à rire.

– RIEN, ma fille, dit-elle. Toi et moi, nous descendons d'une branche cousine. Mais voyez-moi cette coureuse d'héritage !

– Je ne veux pas courir de l'héritage... se défendit Fleur, seulement pas m'en aller d'ici, jamais.

On rit de la syntaxe. Mais Contorose se sentit touché. Et ce fut sans doute à cette réflexion d'enfant que Fleur dut, un peu plus tard, une jolie surprise : un codicille du testament de Contorose lui laissait, à elle toute seule, le pavillon de la grille et son jardinet.

Ce qui n'empêcha pas le vieux monsieur, ce soir-là, de froncer le sourcil.

– « Courir l'héritage », Fleur, « ne pas m'en aller d'ici »... et si je t'entends encore une seule fois OSER répliquer à ta mère sur ce ton, tu tâteras de ma canne...

Tristan n'avait pas repris, à l'automne, son contrat avec le Mikado. Son jeu n'était plus de ceux qui peuvent accompagner un repas, il le savait. Il ne voulait pas non plus redonner de concerts, du moins pas avant d'avoir fait vraiment connaissance avec le chant nouveau qui naissait sous ses doigts.

Il revit Élise. Mais ce ne fut que pour parler avec elle de la simple amitié qui serait désormais la leur. Sa chasteté lui plaisait : elle participait de l'étrange monde sur lequel il avait pris pied. Et cela aussi il le savait.

Là-dessus, juste avant Noël, Valérie Dubreuil se maria. Elle épousa un ingénieur parisien, qu'elle n'avait rencontré ni au manège ni au Cercle noir, mais à l'enterrement d'une vieille cousine dont il avait longtemps été le locataire. C'était un jeune homme très digne, et parfaitement étranger au passé un peu trouble de Valérie. Savait-il même que de pareilles choses existaient ? Philippe, railleur, affirmait que non. Et il ajoutait : « Il va l'éteindre... »

Elle brûlait encore assez de sa petite flamme insolente pour venir faire à Blajan, à l'improviste, et au bras de l'ingénieur, une visite d'adieu. Contorose était incapable d'infliger à qui que ce soit, et sous son toit, un affront public : il supporta donc ce coup bas sans faiblir, et joignit ses félicitations à celles des tantes.

– Nous habiterons Paris, dit Valérie. Je ne crois pas, non, je ne crois pas revenir un jour ici... Mais je ne voulais pas m'en aller sans vous remercier de votre accueil, monsieur. Vous avez toujours été si bon pour moi, et si compréhensif...

Les tantes n'avaient jamais su au juste ce que Contorose reprochait à la jeune fille, et elles tenaient à leur libre arbitre : une visite de noces, tout de même, c'était leur domaine réservé. Elles souriaient donc aux jeunes mariés, attendries, et déversaient sur leurs genoux tout un tombereau de bons vœux. Philippe, à trois pas de là, disposait les petits fours en rond sur les plats d'argent, sans piper mot. Quant à Sophie, Marion, Édith et Natacha, elles s'amusaient beaucoup. Et lorsque Valérie se leva, c'est avec sincérité qu'elles la remercièrent de sa visite. Contorose, lui, s'inclina sans rien ajouter de plus.

Il s'assit ensuite sur le canapé, entre Lise et Blanche, et se mit à caresser pensivement sa barbe. Puis, à la surprise générale, il éclata de rire.

– Sapristi... dit-il, elle m'a bien eu !

Le premier signe qui vint de « là-bas » à Tristan fut une carte d'Anizia, au début de janvier. « Fonvières, disait-elle seulement. *A. Girardi.* » Ce laconisme le fit sourire. Il prit sa voiture et s'en fut à Fonvières.

Une bonne moitié des caravanes étaient déjà occupées.

– Tu sais bien, lui dit Anizia, on redescend, là, c'est le moment... mais nous on est redescendus par Libarek, c'est pour ça qu'on est déjà là.

Elle l'avait fait entrer dans sa belle caravane aux parois incurvées, qu'il connaissait déjà. Et il lui offrit une cigarette à la menthe : il se souvenait qu'elle les appréciait.

– J'ai un truc pour toi, dit-elle en allumant ce petit trésor à la flamme d'une bougie. Dis donc elles sont bonnes, celles-là, elles piquent... C'est les Noirs, tu sais. T'as pas vu Ceux des Dentelles près d'Arras, l'été dernier ?

– Si.

– Ben c'est ça. Ils ont vu les Noirs. La Voix va passer à Moulins cet été et il t'attendra là-bas.

– Où ça, à Moulins ?

– Tu sais bien, chez Ceux des Paniers...

Elle venait juste de voir, au cou de Tristan, la petite médaille en cuivre pendue à une fine chaîne d'argent, et ses yeux s'élargirent. Puis elle rit.

– Ben t'es du Pont, maintenant, toi ?

– C'est un cadeau de la Perle, dit Tristan. J'y tiens beaucoup.

– Elle est à Lodival, la Perle. Je l'ai pas vue, mais Lulu l'a vue. Lulu, du Pont, tu sais ?

– Je ne sais pas grand-chose, sourit Tristan. Et surtout je ne sais pas où trouver Ceux des Paniers, à Moulins.

– Ils ont un camp à la sortie de la ville, en remontant. Tu demandes. Le camp des romanichels, comme disent les gadjé. Tu peux pas le louper.

– Et quand est-ce que la Voix y passera ?

– Cet été, je te dis. Pas avant, tu penses bien, ils ont les chevaux de l'île. Tu penses bien.

– Où est-il en ce moment ?

– Ah ben ça on sait pas. La Voix, on sait jamais trop où il est. Mais si tu veux le Vieux des Paniers te téléphonera. T'as un numéro où t'avoir ? Tu me le donnes, je le ferai monter par Kriss, il y va.

– Bon, dit Tristan.

Il écrivit le numéro de Blajan sur un petit carton, et le tendit à la jeune femme. Sa confiance dans le courant de sève et d'informations qui circulait chez les roms était absolue : les six chiffres atteindraient le Vieux des Paniers. Par Dieu sait quelles voies tortueuses, mais ils l'atteindraient. Et le Vieux téléphonerait quand la Voix passerait.

– Tu le connais, la Voix ? demanda-t-il.

– Un peu. Moi je vais pas si haut.

– Comment est-il ?

– Eh ben... je sais pas trop. C'est la Voix. Tu sais bien comment il est... comme d'habitude.

– Décidément, sourit Tristan, tout le monde a l'air de penser que je le connais ! Je ne l'ai vu qu'une fois, de loin, un soir. Il dételait sa roulotte.

– Il paraît que Vanina est avec lui là-haut, chez les Yémaches. Depuis bientôt deux ans, tu te rends compte ? Deux ans, si haut que ça ?

– Sais-tu si elle va bien ?

– Je sais qu'elle a des rats.

– Des rats ?

– Des rats qui font des choses, tu sais, avec des allumettes... des rats apprivoisés, pour les foires, quand ils passent dans les foires. C'est tout ce que je sais.

Elle chercha un instant, pleine de bonne volonté.

– Gina s'est remise avec un Grec... et Vanik est à Sofia. Qui tu connaissais d'autre ? Tu connaissais le Gros des Verts ?

– Non.

– Ben tant mieux, parce qu'il est mort. Et puis Milos, dis donc, Milos ! Il s'est fait une veuve ! À Quimper ! Marié à l'église, tout ça, tout ça... ils ont un bistrot. Je sais pas si tu vois Milos chez les gadjé, ça va pas durer...

Aux Blajan, le soir, Tristan redit de cette conversation ce qui pouvait les intéresser : que Natalène allait bien, qu'elle vivait toujours chez les Yémaches du Nord – qu'on lui téléphonerait dans quelques mois, de la part de la Voix, et que cet appel était à prendre avec le plus grand soin.

Ce même soir, alors qu'il avait quitté le salon pour fumer sur la terrasse, il vit Philippe jaillir du vestibule et dévaler les marches du perron, vite, en regardant sa montre. Et il risqua une plaisanterie :

– Qu'est-ce qu'ils te font donc, là-bas, quand tu arrives en retard ?

– Où ça, là-bas ?

– Au Cercle noir ?

– Je n'y ai pas remis les pieds depuis plus d'un an.

Tristan se le tint pour dit, et alluma une autre cigarette.

– Tiens, dit son cousin, donne-m'en une. Au point où j'en suis...

Assis côte à côte sur la balustrade de la terrasse, ils regardèrent un instant le ciel s'embraser, derrière les granges.

– C'est cet homme, dit Philippe. Cet homme qui est venu te voir.

– La Voix ?

– Oui. Des tas de choses ne m'intéressent plus. Celle-là en particulier. C'est comme ça. Flop : c'est retombé d'un coup comme un soufflé. Tu vas rire : je ne lis plus non plus.

– Je ne rirai certainement pas, dit Tristan. Mais il y avait un rapport entre le Cercle noir et la lecture ?

– Je ne sais pas. Peut-être. En tout cas les deux m'ennuient maintenant. Et du coup je suis VRAIMENT en retard !

Il se remit à courir, vers la grange d'où Tristan entendit bientôt sa voiture démarrer en trombe. Curieux garçon...

« Et curieux sorcier que la Voix, pensa-t-il aussi. Comment fait-il, avec tout ce qui se dit de lui, pour rester à la hauteur de tant de rêves ? On dirait qu'il draine tout ce qu'il reste d'espoir aux gens... »

Il y avait de nouveau à Blajan toute une petite troupe turbulente : Fleur Montellier, bien sûr, de très loin l'aînée ; mais aussi Albane Duplessis, Flore Dubois, les trois Kerbauson pendant les vacances scolaires ; et depuis peu le terrible Basile. De celui qui manquait à l'appel et aurait dû courir avec les autres sur la pelouse, on ne parlait jamais devant Tristan. Mais quand le piano jouait, là-haut, à l'étage, on retrouvait parfois sa langue.

– Il aura bientôt deux ans, disait Contorose. Le 9 avril. Très bientôt, en somme. Il marche, bien sûr, il doit même commencer à dire quelques mots.

– Et qu'est-ce qu'il va avoir comme langue ? demandait Fleur. Comme nous ?

Même ça, on l'ignorait.

– Quand elle file, celle-là, souriait Philippe, elle ne fait pas les choses à moitié...

Sa vieille colère contre Natalène l'avait quitté. Et il parlait maintenant d'elle avec une sorte d'affection.

– On la reverra cet été, dit-il un soir à Sophie et à Fleur en revenant du manège. Cet été, forcément. Je ne sais pas pourquoi, mais j'en suis presque sûr. Cet été.

Pour faire rire Fleur il leva des bras affolés.

– Et alors, Fleur...! Et alors...!! Dès qu'elle sera là...!!! Attention...!!!!

Là il baissa les bras, se courba vers le sol, et acheva, dans un murmure presque inaudible :

– ... l'ouragan, Fleur, l'ouragan...

Sophie éclata de rire, et la petite fille ouvrit de grands yeux avant de souffler, émerveillée :

– Dites donc... je voudrais bien qu'elle vienne vite !

– Il plaisante, tempéra Sophie. Ne l'écoute pas. Natou est comme tout le monde.

Elle fronça les sourcils, pour arrêter Philippe qui ne semblait pas du tout, mais alors pas du tout, partager cette façon de voir. Et il opina du menton.

– Parfaitement, dit-il. Comme tout le monde. Excellente formule. Vous avez le sens du trait qui fait mouche, Sophie.

Personne ne téléphona à Tristan ce printemps-là. Mais à la fin de juin, vêtue de noir, son collier d'or au cou et sale comme un peigne, la Perle entra dans la petite salle de Saint-Lys – et les mains de Tristan quittèrent son clavier.

– Tu rejoues ? dit-elle. On t'entend de dehors !

– Oui...

– T'as un morceau ?

Pendant qu'il posait sur la table le pain bis, le beurre et le gros sel, elle se plaignit de ne pas l'avoir trouvé à Blajan.

– Et puis, dit-elle, la gamine de là-bas, tu pourras lui dire de pas crier maman quand elle me voit...

– Elle a crié : « maman » ?

– Non : « Phili-i-i-ppe » ! Qui c'est, celui-là ?

– Mon cousin.

– Il voulait me conduire ici. Au bas de la côte : paraît que tu veux pas d'eux chez toi. J'y ai dit que non.

– Comment es-tu venue ?

– En stop. Deux cons. T'as du café, aussi ?

– Minute, minute...

Quand elle fut abondamment pourvue de tout elle se mit à piocher dans toutes ces merveilles étalées, un peu au hasard. Elle ne devait même pas peser quarante-cinq kilos mais elle dévorait comme un ogre dès qu'elle en avait l'occasion.

– J'ai un truc pour toi, dit-elle entre deux bouchées. Un truc compliqué.

– Vas-y ?

– Tu devais pas voir la Voix à Moulins ?

– Si.

– Ben c'est pas la peine. Il est remonté : c'est Vanina qui descendra. Ils te font dire ça. Et de préparer le champ.

– Quel champ ?

– Je sais pas. Vanina dit que tu lui as promis un champ. Petit : ils sont que trois roulottes. Et eux, sept, je crois. Elle a un bébé, tu savais ? Une petite fille.

– Vanina ?

– Tiens, oui. Elle. T'as pas d'eau ?

– Si, si...

– Ceux d'Orfenor, on leur dit. Ça c'est bien de Vanina. C'est une chanson, Orfenor, elle qui chante comme une casserole, je sais pas si tu l'as entendue des fois... Ils vont faire comme la Voix : que la route. Pas les camps, que la route. En haut, en bas. En bas, en haut. Y en a plus beaucoup qui font ça. T'as pas de lait ?

– Si... Ce sont de nouveaux « Ceux », alors ?

– Des nouveaux quoi ?

– Il y en avait, avant, des « Ceux d'Orfenor » ?

– Non.

– Alors ce sont de nouveaux « Ceux ».

– Si tu le dis... mais quand même ça m'étonnerait.

Il rit, en posant sur la table le pot à lait.

– Elle voulait faire ça autrefois, dit-il. D'autres Ceux.

– C'est pas des nouveaux Ceux, reprit la Perle, têtue. Des Ceux de quelque chose, y en a toujours eu, autrement on saurait pas où trouver les gens... Tu nous vois avec des boîtes à lettres, comme vous autres cons ?

– Mange, la Perle. Et puis dis-moi comment ça doit être, un champ.

– Petit, je te dis : ils sont pas beaucoup.

– Au soleil ?

– Ah ben pas tout, pas tout... et de l'eau. C'est pas souvent que les champs ont de l'eau. Y aurait de l'eau, alors, ça chierait... et pas de baraque.

– Pourquoi pas de baraque ?

– Puisqu'ils font la route !

– Et alors ?

– Pour la route y a pas besoin de baraque. Personne reste. Et puis c'est comme ça. Si tu sais d'avance, demande pas. T'as des cigarettes ?

Elle parla de bouillave, le soir, en des termes si crus que Tristan, qui s'attendait pourtant à tout d'elle, en fut sidéré.

– Non, dit-il. Ça m'aurait bien plu. Mais ces temps-ci j'ai arrêté.

– Ben t'es con, dit-elle. Et tu sais pas ce que tu perds.

Là-dessus elle alla se coucher.

Il la redescendit, le lendemain matin, jusqu'à Fonvières. Et il profita de l'occasion pour tenter d'éclaircir ces termes, « monter » et « descendre », qui l'intriguaient depuis longtemps. Il avait d'abord pensé que cela correspondait à l'emplacement des lieux sur une carte. Mais non : on disait « monter » à Lille, ce qui semblait logique, mais « descendre » à Libarek, ce qui ne l'était plus. La Perle ne put pas l'aider. Elle n'avait jamais réfléchi à la chose. On montait à Lille, bien sûr, et à Anstik, tout le monde savait ça. De même qu'on descendait à Libarek et à Moulins. Voilà. On n'allait quand même pas en chier trois pendules ?

– Mais écoute, imagine que Vanina y soit, dans le champ près de chez moi, et que toi tu sois à Fonvières... Qu'est-ce que tu dirais ? Monter la voir, ou descendre la voir ?

– Ben... monter. Monter, oui. Forcément.

– Pourquoi ?

– Je sais pas.

– Tu as dit : forcément.

– C'est que je suis sûre.

– Mais pourquoi ? Réfléchis... Blajan est plus bas sur la carte, par contre Fonvières est dans une vallée et pas Blajan... Tu pensais à la côte ? Celle qui est dure à grimper ?

– Non, je pensais pas à la côte, je sais pas à quoi je pensais... dis donc t'es chiant, toi, comme gadjo...

Une petite lumière narquoise s'alluma dans ses yeux.

– Je vais te dire, déclara-t-elle. Je vais te dire quelque chose qui va te faire plaisir. Du côté de Lodival y a Birkès, et on fait souvent la navette. Et tu sais quoi ? Quand on est à Lodival on dit qu'on monte à Birkès. Et quand on est à Birkès, tu sais ce qu'on dit ? On dit qu'on monte à Lodival. Et toc. Mets ça dans ta poche.

Tristan se mit à rire, et elle aussi, par contagion.

– Tu m'as rien joué ! dit-elle soudain. Tu m'as pas joué de piano... c'est con, ça !

– Ce sera pour la prochaine fois. Ou bien veux-tu qu'on passe à Blajan ? On est à douze kilomètres...

– Et la gamine ? Elle va encore crier comme un putois ?

– Mais non.

– Et tu me descendras à Fonvières après ?

– Non, dit Tristan. Je t'y monterai tant que tu voudras. Mais je ne t'y descendrai pas. C'est contraire à mes principes...

Il était très tôt quand ils arrivèrent à Blajan : à peine sept heures. Philippe et Fleur étaient levés pourtant : elle parce qu'elle allait à l'école, et lui parce qu'il avait des leçons le samedi matin. Ils sortirent de la cuisine, intrigués, au bruit de la porte.

– Reste-t-il du café ? demanda Tristan. La Perle boit des quantités de café phénoménales...

Un peu méfiante, la Perle surveillait Fleur, du coin de l'œil. Puis elle n'y tint plus.

– Tu gueules pas, aujourd'hui ?

Fleur se contenta de rougir, et de regarder l'heure à la grande horloge.

– Mon car est à douze, dit-elle. Je vais y aller.

– C'est ça, dit la Perle, vas-y. Et gueule pas sur le chauffeur, que tu lui ferais rater ses tournants...

Mi-gênée, mi-furieuse, Fleur prit son cartable posé au bas de la porte, et disparut.

– La prochaine fois qu'elle me fait le coup d'hier, dit la Perle à Philippe, je lui retourne une beigne, autant te dire. T'as du café, alors ? Et un morceau ?

Tristan regardait avec jubilation son cousin livré à la Perle comme lui-même l'avait été autrefois. Philippe tenait le coup, pourtant : il apportait du café, du pain, du beurre, un couteau, tout ce qu'on lui demandait. Ensuite il s'assit, les yeux fixés sur son invitée.

– Vous avez trouvé Saint-Lys facilement ?

– Évidemment que j'ai trouvé : d'où je le sortirais, autrement, le pianiste ? Et puis dis pas « vous », ça m'énerve. T'as du gros sel ?

Philippe la regarda s'occuper du gros sel, dès qu'il eut descendu le bocal. Elle poussa dans le beurre de ses tartines les cristaux gris, du pouce, puis savoura ce délice, les yeux mi-clos.

– Il faudra, dit Tristan, que tu m'aides à trouver un champ pour Natalène. Elle ne va pas tarder. Elle voyage avec trois roulottes et elle voudrait un champ. Un petit champ, mi-ombre mi-soleil, avec de l'eau. Ceux qui sont au bord des Ondains devraient convenir.

– Attends, dit Philippe, attends... Natou ? Elle veut un champ ?

– Oui.

– Pour quoi faire ?

– Pour mettre les roulottes. Et les chevaux sans doute.

– Attends... tu veux dire qu'elle revient, ça y est ? Avec des roulottes ? Et elle veut faire un camp ici ?

– Pas un camp, non. Juste de quoi faire halte, si j'ai bien compris.

– Ils feront que la route, dit la Perle. T'as pas besoin de camp si tu fais que la route. Ceux d'Orfenor, tu vois : que la route. Tu comprends ?

– Pas très bien, dit Philippe. Mais ça ne fait rien. Si elle revient, c'est tant mieux. Et si elle veut un champ elle en aura un.

– Alors là, apprécia la Perle, c'est chié, ça : tu leur envoies pas dire, au moins. T'as pas l'air trop con pour un gadjo.

– Ne t'y fie pas, dit Philippe. Je suis con comme la lune. Mais tu l'as vue, toi, Natalène ?

– Non. Ça fait deux ans que je l'ai pas vue. Depuis que je vous l'ai tirée des pattes, quand il a fait le con, lui, là... Ils sont trop haut, les Yémaches, je vais pas si haut. C'est juste passé par les Noirs, et après Ceux du Pont. Ils nous ont dit. Je sais qu'elle a des rats, c'est tout, des rats qui font des choses sur une table. Et une petite fille. Toute petite : deux mois, je crois.

– Une petite fille ?

La Perle haussa les épaules, soudain narquoise.

– T'as raison que t'es con, dis donc : tout ce qu'on te sort, tu le répètes... Une petite fille, oui. Elle a une petite fille. Tu voudrais qu'on ait que des garçons ?

– Non...

– Ben tant mieux. Parce que c'est une petite fille qu'elle a. Ho, Panitsen ! Tu m'en joues ?

– Viens dans la salle, alors.

Un peu impressionnée par l'immensité de la pièce, la Perle se mit sur la pointe des pieds pour traverser les tapis.

– Là aussi c'est riche, dit-elle.

Elle s'assit dans le fauteuil de Contorose, par jeu. Et elle semblait toute menue là-dedans. Elle écouta Tristan jouer, longtemps, immobile : la musique seule, il l'avait déjà remarqué, pouvait faire tenir en place ce feu follet. Quand il s'arrêta elle lui sourit.

– Tu joues serré toi aussi, dit-elle. Maintenant tu joues serré. Mais tu veux que je te dise ? Tu sais pas sur quoi...

Du tréfonds de sa petite âme ignorante et sauvage elle tira une autre information, encore plus précieuse :

– Et pis tu joues assis dessus, pour pas que ça se sauve...

– C'est vrai, dit Tristan saisi. C'est vrai. Merci.

V

Le lendemain après-midi, tous les Blajan en âge de marcher s'en furent choisir le champ de Natalène. Ils suivirent le cours du ruisseau des Ondains, de haut en bas, de bas en haut, plusieurs fois. Ensuite ils hésitèrent longtemps entre deux emplacements possibles, et si longtemps que Tristan se rendit à Fonvières pour prier la Perle de les tirer d'embarras. Elle vint, goguenarde, et n'hésita pas une seconde, elle : ce serait le premier champ. Évidemment. Le second était trop plat, et puis il avait l'air con, ça sautait aux yeux.

À Contorose, elle dit :

– T'es pas jeune, dis donc !

Et à Fleur, qu'elle avait entendu Bertrand appeler à grands cris :

– C'est Fleur qu'on te dit ? Tiens donc ! J'aurais cru Putois...

Elle marchait au milieu du groupe, vive, menue, intarissable. On lui offrit ensuite un goûter au gros sel, devant la cheminée du salon. Puis Tristan la « redescendit ».

Il y avait une ancienne bergerie dans un coin du champ, et malgré les conseils de la Perle on en fit une sorte de baraque. On y plaça une des longues tables de la sellerie, et quelques bancs. On remit en état la cheminée et on changea les tuiles cassées. On dégagea aussi les abords du ruisseau. Bertrand se chargea d'installer un bûcher contre le pignon. Fleur le remplit de brindilles bien sèches et Natacha fit dans un coin de la pièce toute une pile de bassines de différentes tailles. Après quoi on attendit.

Pas très longtemps : Contorose reçut en août une lettre de sa petite-fille. Il la lut au salon, pétrifié encore par la surprise que lui avait causée la vue de l'écriture sur l'enveloppe. Quand il eut achevé de lire, il recommença. Puis il replia les feuillets, les glissa dans sa poche, et dit :

– Elle va bien.

– Qui ? demanda tante Lise.

– Natalène, répondit Contorose. Natalène.

Un petit silence stupéfait plana. Tristan n'était pas là : il était parti la veille à Nantes, pour toute une semaine de concerts.

– Quand viendra-t-elle ? dit Fleur. Parce que tout est prêt, au champ !

Son dernier souvenir de Natalène remontait au soir de la fête, plus de deux ans auparavant. Il était d'une redoutable netteté et hantait parfois ses rêves. Du sang, des cris, la bohémienne et son couteau levé... Avant cela, c'était assez flou : un regard jaune, une jolie voix chaude et gaie, un bébé endormi. Mais les plaisanteries de Philippe magnifiaient le tout et la petite fille, en fait, se consumait d'impatience.

– Quand ? répéta-t-elle.

– Pas tout de suite, dit Contorose. À la fin de l'automne. Novembre, décembre... elle dit qu'elle ne sait pas, parce que c'est la première fois qu'ils font cette route-là.

Il souriait en regardant le feu.

– Elle revient, dit-il.

Et son vieux visage rayonnait.

Quatre mois passèrent encore, sans lettre, ni message. Au début de décembre, enfin, on vit apparaître un bohémien dans l'allée. Inconnu de tous celui-là. Il allait à Lourdes à pied, un bâton sur l'épaule, demanda le pianiste, et lorsqu'on le lui amena prononça la formule consacrée :

– J'ai un truc pour toi...

– Oui ?

– C'est Jujube, tu sais ? Il te fait dire qu'il a vu Vanina et le Dentiste chez Ceux des Paniers. Au-dessus de Moulins.

– Il lui faudra longtemps pour descendre ?

– Descendre où ça ?

– Ici ?

– Je sais pas... Ça je sais pas...

Puis, retrouvant le mot juste, et donc le libre usage de ses repères habituels, il reprit :

– S'il pleut pas il va leur falloir, quoi, trois semaines pour monter, peut-être moins, pas beaucoup moins... Mais s'il pleut, plus.

– Bien, dit Tristan. Tu ne vas pas me refuser un morceau ?

– Ben ça non.

On le lui donna, dans la cuisine, sous les yeux de Justine désormais résignée à tout. Ensuite il repartit.

Après cela ils vinrent eux-mêmes, trois jours après Noël.

Le premier que virent les Blajan était à cheval : un homme d'une cinquantaine d'années, vêtu très proprement, avec des cheveux d'un blanc éclatant et un chapeau de feutre noir. Il était monté sur un grand poney gris et venait en estafette, pour qu'on lui montre le champ.

Tristan s'en chargea. L'homme, à sa grande surprise, parlait un français très pur et l'entretint chemin faisant de botanique. Le champ lui plut. Il en ouvrit la barrière, puis remonta sur sa bête et disparut.

Tristan alluma un feu dans la bergerie et posa quelques bûches près de l'âtre. Ensuite il traversa le champ, que bordait à l'est le haut mur du parc de Blajan, et entreprit d'escalader ce mur. Les petits Blajan étaient rompus à cet exercice : quand il arriva au sommet, pourtant, la main que lui tendit Philippe fut la bienvenue.

Sophie était là aussi. Et Bertrand et Fleur. Ils furent rejoints assez vite par Contorose, Natacha, et Valère qui fermait la marche, une lampe-tempête à la main. Ce bout d'allée menait à une sorte d'esplanade d'où l'on avait une très belle vue sur la vallée, et le père de Contorose y avait fait placer une table et des bancs. Les Blajan s'assirent et attendirent. Il était six heures, le ciel d'hiver s'assombrissait déjà. Mais on avait eu une journée d'arrière-saison très ensoleillée et il ne faisait pas froid.

– On descendra les voir ? demanda Fleur.

– Non, répondit Contorose. Mieux vaut les laisser s'installer, mon enfant. Nous ne savons pas comment ils vivent, vois-tu : nous pourrions les gêner.

– Mais Natalène ?

– Elle viendra si elle veut. Et à mon avis elle viendra demain.

Fleur se le tint pour dit et s'approcha du mur. Le champ s'étendait sous ses yeux, en contrebas, et la lueur du feu que Tristan avait allumé dans l'ancienne bergerie faisait rougeoyer la petite fenêtre.

– Les voilà, dit soudain Philippe. Éteins, Valère, peut-être que ça vaut mieux...

Eux aussi avaient des lampes-tempête. On vit ces lumières briller au flanc du coteau, balancées par le pas des chevaux. Chacune des trois roulottes en avait une. L'homme à cheval, qui allait devant, portait la quatrième à bout de bras. Quelques silhouettes se distinguaient, malaisément, autour des roulottes.

Quand ces roulottes entrèrent dans le champ, par la barrière grande ouverte, on les vit mieux. Elles ne ressemblaient pas à celle de la Voix. Elles étaient beaucoup plus massives. Et rectangulaires. En bois elles aussi, mais peint, et même décoré : les quatre lampes furent accrochées à l'une d'elles et des fleurs apparurent, rouges et jaunes sur le bois vert. En dix minutes à peine les chevaux furent dételés, les roulottes calées, les escaliers dépliés ; on faisait vite, la nuit tombait tout à fait. La porte de la bergerie s'ouvrit et dans ce rectangle lumineux on vit se découper un instant la silhouette d'un très jeune enfant. Un appel monta, clair, que Fleur ne devait jamais oublier :

– Mutik ! Mutik ! Fugaté !

– Fugaté, dit Contorose, feu.

– Vous croyez ? demanda Bertrand.

– Forcément : feu, fuégo, fugaté... C'est la même racine.

– Était-ce Cantor ? dit Natacha.

– Sans doute, répondit Tristan.

Ils ne parlèrent plus ensuite. Les ombres s'activaient toujours autour des roulottes. Maintenant on ne les distinguait plus lorsqu'elles s'écartaient du cercle lumineux projeté par les lampes. Mais l'une de ces lampes fut décrochée, quitta les autres, et vint vers le mur, lentement, n'éclairant qu'une longue jupe sombre et l'herbe du champ. Contorose se leva et rejoignit les siens près du mur. Quand la lueur fut en bas, elle s'arrêta.

– Grand-père ?

– Oui, dit Contorose.

– Je pensais bien que vous étiez là...

Son rire monta jusqu'à eux – ce joli rire qu'elle avait, si clair et si léger.

– Vous êtes aux premières loges, là-haut ! Est-ce que Tristan est là aussi ?

– Mais oui.

– Peut-il descendre ? Mais alors plus à droite, là où il y avait une grosse pierre qui dépassait...

Tristan monta sur le mur, et tâtonna un peu avant de trouver le bon endroit. Il entendit qu'on parlait de la neige proche. Puis qu'on s'invitait cérémonieusement pour le lendemain : Natalène à Blajan pour le déjeuner, et les Blajan aux roulottes ensuite pour une visite en bonne et due forme.

– Une visite guidée, disait Natalène. Vous verrez, ce sont de vraies merveilles. Elles sont roumaines, toutes les trois.

Quand il atteignit le bas du mur Tristan leva le nez vers les siens, là-haut. Bertrand parlait d'un escalier à installer là et Natalène prenait congé.

– À demain, disait-elle. Et bonne nuit, tous autant que vous êtes, espèces de voyeurs patentés !

Tristan s'appuya au mur. Il s'était écorché sur une pierre et serrait sa main pour arrêter le sang.

– Flûte, dit-il, je me suis coupé...

Elle écoutait, le nez en l'air, les voix des Blajan s'éloigner dans l'allée.

– J'étais sûre qu'ils seraient là-haut, dit-elle. Je l'avais dit aux autres et on avait parié : j'ai gagné cinq francs ! Merci à vous tous !

Elle leva sa lampe et Tristan ferma les yeux, ébloui. Puis il mit un bras devant son visage pour se protéger de la lumière.

– Je vous salue, dit-elle. Je vous salue, Taswïck.

– Bonsoir, dit-il. Enlevez ça, Natou...

Elle ne l'enleva pas et il resta là un bon moment, cloué sur son mur comme un papillon sur une planche. Puis la lampe s'abaissa.

– Venez, dit Natalène. J'ai dit à Cantor qu'il vous verrait sans doute ce soir et il est très impatient.

Ils traversèrent le champ côte à côte, et quand ils furent près des roulottes Natalène accrocha sa lampe à l'une d'elles, sur une barre de fer munie de crochets.

– C'est ma roulotte, dit-elle. La plus belle, vous verrez. Je la tiens d'un Roumain qui avait le génie du bricolage. Les autres en bavent d'envie.

Des ombres s'agitaient à l'intérieur de la bergerie.

– Ce champ aussi a l'air d'une merveille, dit encore Natalène. Venez.

Quand ils entrèrent dans la bergerie, Tristan vit d'abord le tout petit bonhomme planté devant le feu, et qui levait vers lui des yeux plus jaunes encore que ceux de Natalène. Bien campé sur de robustes petites pattes, il était grand pour ses deux ans et demi, et un large sourire éclaira soudain son visage très brun.

– Patik, dit Natalène. Tu patik.

– Patik ? Mi patik ? Mi patik Cantor ?

– Si. Tu patik. Tristan.

L'enfant fut rejoint par une fillette d'une dizaine d'années, qui lui chuchota quelques mots à l'oreille, et manifestement voulait obtenir quelque chose de lui. « Ah, si », dit-il, comme s'il se rappelait une leçon apprise. Il joignit devant lui ses petites mains potelées, fit trois pas vers Tristan, et s'inclina. Il prononça ensuite une très longue phrase absolument incompréhensible. Puis il se redressa, avec un soupir de satisfaction et un regard interrogateur vers la fillette.

– Si, approuva-t-elle. Si, benek.

Rassuré, il sourit à Tristan.

– Qu'est-ce qu'il a dit ? demanda celui-ci.

– Ernaline lui fait répéter ça depuis trois jours, dit Natalène. Elle est yémache. C'est le salut qu'on doit à son père quand il revient de voyage. Et les Yémaches sont un peuple très solennel. Il a dit : « Mon père est revenu de sa longue route. J'attendais mon père et mon cœur est satisfait. » Enfin c'est ce qu'il a voulu dire... il ne parle pas encore très bien.

– Et que faut-il répondre ?

– Ce que vous voulez !

Tristan s'accroupit devant l'enfant, le cœur serré.

– Je suis satisfait aussi de revoir mon fils, dit-il.

La fillette traduisit aussitôt, et le sourire de Cantor s'élargit. Il inclina la tête, ravi. Puis il vit le sang sur la main de Tristan, et fit la moue.

– Aïe, dit-il. Aïe. Oh, oh, oh, oh ! Mal. Tombé.

– Il parle français ?

– Pour le moment il mélange.

L'enfant filait, déjà, par la porte entrebâillée.

– Il va chercher de quoi vous soigner, dit Natalène.

Elle sortit sur le seuil.

– Cantor !

– Eh ?

– Ne réveille pas le bébé !

– Non ! Pas réveiller ! Pas réveiller !

Elle se retourna et Tristan la vit vraiment, pour la première fois. Pendant quelques secondes ils se regardèrent, et pâlirent un peu tous les deux. Puis Natalène secoua la tête, et rit.

– Vous mangez avec nous, dit-elle. On vous kidnappe. Et voici mes amis...

Elle lui présenta les adultes avec une grande simplicité : l'homme qui était venu reconnaître le champ s'appelait « le Dentiste » ; du très jeune couple qui s'affairait devant le feu elle dit seulement : « Anna et Manuel ». Mais pour la petite Yémache elle fut au contraire extrêmement solennelle.

– Ernaline, dit-elle, cet homme voudrait te connaître. Il s'appelle Tristan. Et aussi le Pianiste. Il espère t'apporter du bonheur.

– J'espère lui en donner aussi, répondit la fillette avec gravité. Je suis Ernaline, la fille de la Voix et de Maria.

– Merci, dit Tristan très sérieusement. Je ne connais pas tes usages, il faudra me pardonner. Mais je suis heureux de faire ta connaissance.

Des paniers avaient été apportés des roulottes. Ils contenaient de la vaisselle et des provisions. Le couvert fut vite mis. On servit en apéritif un curieux vin blanc, très sucré et très épais. Puis une vieille femme apparut, la tête couverte d'un fichu.

– Myriam, dit Natalène. Et Tristan, tu sais : le père de Cantor.

Myriam savait. Elle se glissa sur le banc et sourit à Tristan.

– Panitsen, dit-elle. J'ai entendu parler de toi très souvent.

D'une bouteille de verre bleu, la jeune Anna avait versé dans une marmite beaucoup de soupe, et une bonne odeur se répandit dans la bergerie. Un gros pain rond sortit d'un panier, tout frais. Puis Cantor réapparut, une petite mallette d'osier serrée contre sa poitrine.

– Il est en pleine période médecine, dit Natalène, vous n'avez pas de chance...

Tristan abandonna son bras à l'enfant, qui jubilait manifestement de pouvoir exercer son art. L'égratignure fut d'abord désinfectée, puis abondamment abreuvée de mercurochrome. Trois pansements la recouvrirent, soigneusement disposés l'un sur l'autre. Cantor accompagnait le tout de beaucoup de « oh oh oh » plaintifs, censés traduire les souffrances endurées par le blessé. Quand elles se firent moins fortes (ce qui ne tarda pas, avec de si bons soins) il se contenta de gémir de temps à autre. La bande lui donna bien du tracas : elle n'arrêtait pas de se défaire. Et comme il la faisait partir du coude, quand il parvenait à l'enrouler correctement elle n'atteignait même pas le poignet. Ce petit problème l'occupa longtemps. Il le résolut ensuite en commençant par les doigts. Tristan posa l'épingle lui-même, méfiant. Et il admira ensuite sa main empaquetée.

– Merci, dit-il – ce qui porta la joie de Cantor à son comble.

On servit la soupe, ensuite. Puis un cri d'enfant leur parvint, et la petite Yémache se leva.

– Je vais la chercher, dit-elle.

Quand elle revint, le bébé dans les bras, Natalène écarta son châle et déboutonna son gilet de laine. L'enfant à son sein, elle continua à parler de la région à Myriam. Le Dentiste, lui, avait entrepris Tristan.

– Nous avons vu la Perle cet automne, disait-il. Tu la connais, je sais. Elle nous a parlé de ton piano. C'est une fille étonnante.

– Oui, sourit Tristan.

– Peut-être ce qu'il y a de plus pur au monde... la Voix le dit aussi.

– Viendra-t-il ?

– La Voix ? Bien sûr. Il est des nôtres, et sa fille vit avec nous. Mais il va et il vient... tu sais bien comment il est.

– Non, se défendit Tristan une fois de plus, je ne le connais pas.

– Il joue du violon.

– On me l'a dit.

– J'étais passionné de musique autrefois. J'ai tâté un peu de tout, du piano comme toi, de la flûte, du saxo... J'étais dentiste. Je suis un gadjo, tel que tu me vois. J'avais une très belle collection de partitions anciennes, je dirigeais une chorale... Mon dada, la musique. Quarante ans de dada. Et puis un jour, il y a douze ans, j'ai entendu le violon de la Voix. Et me voilà ce soir. La vie a des traverses curieuses. Tu verras. Tu es jeune encore, tu as le temps de voir.

Anna et Manuel, à l'autre bout de la table, semblaient perdus dans un monde à eux.

– Ils sont amoureux, dit le Dentiste. Il n'y a pas que la musique sous le soleil !

Philippe avait pensé à mettre dans un coin de la pièce un grand baquet d'eau claire. C'était une bonne idée. Myriam et Natalène en puisèrent un peu, la firent chauffer sur le feu, et s'en servirent pour faire la vaisselle, avec de la cendre. Ernaline, près du foyer, berçait la petite fille et Cantor s'était endormi sur la table, la tête sur ses bras repliés. Tristan ne retrouvait rien ici de la fébrilité qu'il avait connue à Fonvières, puis à Arras. Ces gens étaient calmes et heureux, cela sautait aux yeux. Et las : Myriam elle-même papillotait des yeux en essuyant les assiettes, son vieux visage tout bouffi de sommeil. Elle finit par déclarer forfait et poser son torchon. « Binuké », dit-elle. Dès qu'elle fut sortie le Dentiste prit sa place.

– Nous avons beaucoup marché, dit-il. La route est longue, tu sais.

Une fois la dernière assiette rangée sur l'étagère, Natalène remit son châle.

– Je vous raccompagne, dit-elle à Tristan.

Il enleva la bande qui entourait sa main, avec les trois pansements superposés, et fourra le tout dans sa poche. Puis ils sortirent. Le vent s'était levé, glacial.

– La Perle a été intarissable sur votre compte, dit Natalène quand ils furent à la barrière. Nous l'avons croisée deux fois cet automne. Et nous savons tout ! Votre voyage de l'année d'avant avec elle, le collier d'or et la tête du bijoutier, l'état de Saint-Lys, la robe de Sophie, et ce putois de Fleur ET vous ne pouvez pas marcher plus de quarante kilomètres ET vous savez siffler... TOUT !

– Elle a été plus discrète sur votre compte. Je savais seulement que vous aviez des rats apprivoisés, et une petite fille.

– Lauriane.

– La petite fille ?

– Pardi, pas les rats...

Ils rirent, ensemble. La lune éclairait un peu le chemin de terre battue. Et il faisait froid maintenant, sous le vent d'hiver.

– Voulez-vous mon blouson ? demanda Tristan.

– Non. Merci, Taswïck. J'ai l'habitude.

Ils ne parlèrent plus, jusqu'à la grille de Blajan. Là Natalène s'arrêta.

– Je vous verrai demain, dit-elle. Je ne sais pas si Ernaline viendra : peut-être. Parlez des Yémaches aux autres, en cas qu'elle soit là.

– Elle est très intimidante.

– Ah, les Yémaches le sont tous. Bibliques et intimidants... Ce sont peut-être nos derniers poètes lyriques.

Elle ouvrit la grille, et quand Tristan l'eut franchie la referma. Les barreaux se dressaient entre eux, froids.

– Joli symbole, dit-elle. Bonne nuit, Taswïck.

Le déjeuner du lendemain avait beaucoup d'importance pour les Blajan. Mais pas pour Natalène, apparemment. Elle y vint avec Cantor. En simple voisine : amicale et parfaitement à l'aise. On échangea des nouvelles, on parla du champ.

– Ce sera notre bas de route, dit-elle. Nous avons un milieu de route en Artois, chez le Dentiste. Et un haut de route à l'autre bout, au nord de la Zélande, là où les Yémaches parquent leurs chevaux. Ainsi vous pouvez compter nous voir arriver ici tous les hivers. Pour deux mois environ, chaque fois. En gros, de fin décembre à fin février...

Cantor surprit tout le monde par son calme. Assis sur une chaise à côté de sa mère, puis à table, il observait la compagnie de ses grands yeux jaunes, sans mot dire. Basile essaya plusieurs fois de frayer avec lui, mais n'eut pas de succès. La petite Flore lui offrit une poupée qui fut appréciée : pourtant, quand il repartit il la laissa sur le tapis du salon.

Il était simplement mais proprement vêtu, comme Natalène et ses amis. Son arrière-grand-père lui plaisait : il lui sourit plusieurs fois. Plus jolie encore qu'on n'en avait le souvenir, Natalène rayonnait, vive et gaie. Elle parla des Yémaches et de la vieille Myriam. Puis du Roumain qui lui avait donné sa roulotte. Là-dessus Cantor, qui regardait encore le vieillard assis au bout de la table, eut envie de lui apporter en offrande une précieuse indication et lui dit avec décision, en désignant Tristan :

– Patik. Mi patik.

C'étaient les premiers mots qu'il prononçait et ils sidérèrent Contorose.

– Est-ce qu'il ne parle pas du tout français, Natalène ?

– Mais si, grand-père. Ça dépend des jours.

– Qu'a-t-il dit ?

– « Mon père. »

– Oui, répéta l'enfant, mon père de Cantor.

En frappant sa petite poitrine, il se nomma.

– Cantor. Là, Cantor.

Après quoi on ne l'entendit plus.

On servit le café près du feu. Et un peu plus tard Marinette introduisit la petite Ernaline, que tout le monde avait grande envie de voir. Elle avait un bébé dans les bras.

– Je trouble, dit-elle.

– Mais pas du tout, lui dit Sophie qui se trouvait très près d'elle, pas du tout, entrez, je vous en prie.

Philippe l'avait reconnue, bien sûr, et il lui sourit.

– Le bébé a faim, dit-elle. Ainsi, je trouble pour l'apporter ici.

Quand Natalène prit l'enfant, et déboutonna son gilet pour la nourrir, un silence pesant s'installa. Elle leva le nez et Tristan vit ses yeux briller de malice.

– Lauriane, dit-elle. Elle a huit mois et demi.

Personne n'osa rien dire. Ernaline, d'ailleurs, regardait autour d'elle avec inquiétude.

– L'homme n'est-il pas là ?

– Grand-père, dit Natalène, c'est vous qu'elle voudrait saluer, parce qu'elle est chez vous...

À tout hasard, Contorose s'extirpa de son grand fauteuil rouge.

– Je suis venue dans ta maison, dit la fillette, et je souhaite t'apporter du bonheur. Je suis Ernaline, la fille de la Voix et de Maria.

– Merci, dit Contorose. Moi je suis Louis de Blajan et tu es la bienvenue.

La fillette s'assit, apparemment satisfaite, et Cantor la rejoignit aussitôt pour se hisser sur ses genoux. Ensuite ils restèrent immobiles, regardant l'un et l'autre les Blajan avec beaucoup d'intérêt.

– Natalène... dit tante Lise, c'est une bien jolie petite fille que tu as là. Mon arrière-petite-nièce, en somme... oui, de toute façon mon arrière-petite-nièce, mais... Mais comment s'appelle-t-elle ?

– Lauriane.

– Mais Lauriane... Lauriane...

– Lauriane de Blajan-Taswïck et d'Etc-Etc, dit Natalène. Et si vous permettez, ma tante, je m'en arrangerai avec Tristan que cela regarde seul.

– Cependant il me semble...

– Non, ma tante : il ne vous semble pas. Il ne vous semble rien à mon sujet.

Elle avait parlé sans rudesse, mais le ton était donné : chacun comprit qu'elle avait définitivement choisi sa voie, et qu'elle ne reconnaissait plus entre les Blajan et elle que leurs anciens liens d'affection. Tante Lise n'en avait jamais eus avec elle et baissa le nez.

– Bien, dit-elle. Comme tu voudras.

Un restant de combativité lui fit pourtant relever les yeux, et préparer une remarque, un commentaire... Le regard de Tristan, sévère, l'en empêcha.

– Comme tu voudras, redit-elle.

On profita ensuite des sourires du bébé, quand il fut repu. Justine, convoquée pour en avoir sa part, déclara que cette p'tiote ressemblait à la vieille cousine Eudoxie. « Si, si, la forme du front, la courbe du nez... »

Ce point d'importance éclairci, on descendit jusqu'aux roulottes pour les visiter. L'une d'elles, celle où vivaient le Dentiste et Myriam, était très vieille. Les deux autres semblaient en meilleur état, et repeintes de frais : d'un gris doux pour celle d'Anna et de Manuel, et pour celle de Natalène d'un vert très sombre que faisait chanter une guirlande de fleurs aux tons passés.

– J'habite celle des fleurs, déclara Ernaline, en attendant que mon père vienne avec celle qui est la nôtre.

Dans la roulotte fleurie, le Roumain avait en effet déployé des trésors d'ingéniosité et les Blajan (deux par deux !) vinrent les admirer. Une banquette occupait le fond : on s'y enfouissait pour dormir dans un nid d'édredons chatoyants. Là-dessous, des caisses en osier servaient de tiroirs. Une gouttière, au-dehors, récoltait l'eau de pluie et la conduisait jusqu'à un réservoir pourvu d'un robinet de cuivre ; et la complexité du système destiné à évacuer le trop-plein à l'extérieur fit l'admiration de Contorose. Dans l'autre partie de la roulotte une infinité de choses tenaient, minuscules et presque toutes repliables : une table, deux bancs, un garde-manger grillagé qu'une poulie permettait de monter au plafond, et même un semblant de buffet. Tout était propre et abondamment décoré. Il y avait des rideaux de dentelle aux deux étroites fenêtres. Et un poêle de céramique qui ressemblait à un jouet.

De dessous la roulotte on pouvait aussi tirer une claie d'osier, qui servait de table extérieure, et une sorte de pare-soleil en toile bise qui s'accrochait au bord du toit. Une barre de fer, sous la gouttière, offrait ses crochets aux lampes-tempête. Divers ustensiles avaient leur place attitrée : un seau, quelques outils, deux chaises pliantes. Et tout autour de la maison roulante courait une garniture de bois finement ajourée, décorée elle aussi de roses anciennes. Le tout faisait un peu plus de trois mètres de long, sur un peu moins de deux mètres de large.

– C'est tellement petit... dit Sophie.

– Mais pourquoi veux-tu que ce soit grand, répondit Natalène, quand le monde entier est à moi ?

VI

Les Blajan avaient sagement décidé de laisser les bohémiens régler les rapports qu'ils souhaitaient établir avec eux.

Ils furent, en fait, beaucoup plus fréquents et amicaux qu'on ne s'y attendait.

Cantor allait et venait librement entre Blajan et son champ – envoyé par Natalène les premiers jours, puis de lui-même. Ernaline et Fleur, qui avaient le même âge, eurent très vite beaucoup de choses à se dire. Le Dentiste était sociable, disert, et d'une grande courtoisie : il passait souvent deviser avec Contorose et les tantes, le soir.

On voyait moins Myriam et presque jamais Anna et Manuel.

Quant à Natalène, elle entrait à Blajan sans s'annoncer et on la trouvait souvent installée dans la bibliothèque, où elle lisait et écrivait tout autant qu'autrefois. Il lui arriva aussi de dormir dans la vieille maison : chez Sophie, la petite fille nichée entre elles. Elle visitait Justine dans la cuisine et s'en fut à plusieurs reprises dans son ancienne chambre pour y reprendre quelques-unes de ses affaires. Tristan l'y entendit une fois, de chez lui, rire avec Cantor ; elle lui montrait le berceau et tentait de le convaincre qu'il avait dormi là. « Il a trop petit, disait l'enfant, il a trop petit ! »

Elle avait abordé un soir avec Tristan le problème posé par le nom que portait Lauriane.

– Je n'ai pas pu faire autrement, avait-elle dit. On ne peut pas, c'est la loi. Mais je crois que vous pouvez, vous, et seulement vous, faire des démarches pour...

– Je vous en prie, avait coupé Tristan. Je vous en prie, Natou, ne m'accablez pas : je ne me déshonore qu'une fois tous les vingt ans. Et j'ai déjà donné.

Elle avait ri.

Elle semblait décidée à le traiter avec amitié, et la plupart du temps y parvenait sans avoir à se forcer : ils étaient encore amis, elle le savait et Tristan le savait aussi. Mais des courants très différents la traversaient parfois. La rancune, bien sûr, le mépris et la colère. Et pire encore : le contraire. Un rire, une allusion, un souvenir, qui ressuscitaient pour un court instant un peu de leur amour mort – ou son semblant ou son reflet. De nouveau ils étaient complices, de nouveau ils étaient liés. Les serres froides qui étreignaient le cœur de Tristan blessaient-elles aussi celui de Natalène, quand l'illusion cessait ?

Restait ce « Taswïck » dédaigneux dont elle le poursuivait : il n'était « Tristan », pour elle, que lorsqu'elle parlait de lui à quelqu'un d'autre. Restaient sa drôlerie, sa beauté, et cette sérénité qui émane souvent de ceux qui ont trouvé leur voie et y cheminent bravement. Restaient sa langue pointue et son esprit agile. Restaient ces ombres autour d'un feu, parfois, le soir...

– Elle est heureuse, disait souvent Sophie pour s'encourager elle-même. Elle est heureuse : cela suffit, non ?

Philippe et Bertrand descendirent un jour aux roulottes avec une petite carriole pleine d'outils, exigèrent des ordres et se mirent au travail. Ils repeignirent la roulotte du Dentiste et y bricolèrent quelques aménagements en prenant modèle sur celle de Natalène. Ils construisirent un appentis à la bergerie. Puis ils entreprirent d'installer à l'intérieur de celle-ci une sorte de mezzanine où ils mirent quelques matelas. L'escalier du mur, promirent-ils, serait posé pour le prochain séjour des bohémiens : mais en attendant, si l'on agrandissait le bûcher ? Si l'on apportait des collines quelques grosses pierres qui pourraient servir de sièges ? Et que penserait Myriam d'une table sous l'arbre, pour y étaler les simples qu'elle entassait dans des sacs de jute ?

Après cette semaine de travaux divers, ils dormirent dans la bergerie, un soir, pendant que Sophie s'enfouissait sous les édredons de Natalène. Et Contorose sentit qu'un nouvel équilibre s'était créé sous son toit – le fameux toit de Louis de Blajan – et que Natalène y avait vraiment retrouvé une place. L'aile du vieux monsieur était très grande et pouvait bien aussi couvrir quelques roulottes...

Là-dessus, à la fin de janvier, il se mit à neiger. Les bohémiens refusèrent catégoriquement de se réfugier à Blajan – non, monsieur, non – ni Myriam à cause de son âge, ni le bébé à cause du sien – merci à vous, mais non.

Le campement, sous la neige, se mit à ressembler à des gravures d'un autre âge : des silhouettes enveloppées de couvertures s'y hâtaient parfois, entre deux roulottes, pliées en deux pour se protéger du vent glacial. La température descendit encore, la neige durcit, la bise se fit plus tenace et Contorose commença à se sentir très mal à l'aise.

– Sapristi, grommelait-il plusieurs fois par jour, sapristi, je ne comprends pas ces gens, non...

Il ne se risquait pas dehors. « Je ne suis pas fou, moi », déclarait-il. Les jeunes femmes, quand elles rentraient de la ville, ne se permettaient qu'un petit tour sur l'esplanade, pour voir de loin les roulottes enneigées. Mais Philippe et Tristan, à peu près aussi têtus que leurs hôtes, passaient tous les soirs leur apporter des bûches, et dîner en leur compagnie.

Un grand feu brûlait en permanence dans la bergerie, où dormaient maintenant le Dentiste, Myriam et tous les enfants. Il y faisait bon, en somme. Et l'aventure plaisait beaucoup à Ernaline. « Dans le Nord, disait-elle, il arrive souvent que le ciel se fâche ainsi et nous appesantisse longtemps. Mon père dit que s'il plaît au ciel, la chose est bonne. »

La Perle réapparut un de ces soirs-là. Et elle fit une entrée particulièrement réussie, en se glissant sur le banc et en déclarant, d'office, qu'elle ne ferait plus JAMAIS – qu'on se le dise – cette putain de route à vélo.

– Es-tu venue à vélo ? demanda Myriam. Sous la neige ?

– Ben oui, et c'était pas une bonne idée, autant te dire !

Elle était glacée. On la chassa de son banc pour l'asseoir près du feu et le Dentiste posa sur ses épaules une grosse couverture de laine. Elle vit alors Tristan et Philippe, et leva une main vers eux.

– Binuké, gadjé !

On venait de desservir, mais on remit vite sur la table de quoi nourrir l'arrivante : du pain, de la soupe et des pommes.

– J'ai un truc pour toi, dit-elle à Ernaline. Y a Lulu du Pont qu'a vu la Voix. Il monte ici. Quatre ou cinq jours, pas plus.

– Merci à toi, dit Ernaline. Tu as fait une longue route sous la neige pour cette nouvelle.

Tristan s'était souvent demandé à quoi pouvait bien ressembler une conversation entre Ernaline et la Perle, et il attendit la réponse de celle-ci avec curiosité.

– Tu peux dire, se contenta d'approuver la Perle. Et en vélo comme un con. Tant pis.

Elle se mit ensuite à manger, tout en déversant autour d'elle avec générosité un plein tonneau de nouvelles. Y avait plus personne à Fonvières. Y z'étaient à Lodi. Le chien de Bénik avait clamsé, et six jours après Bénik aussi. Les Verts et Ceux des Paniers, y avait eu une bagarre monstre et le bébé d'Isabelle était mort à l'hôpital et Kriss devait monter à Lille mais personne lui avait encore vu la queue là-haut alors quoi ?

– Peut-être qu'il s'est fait une veuve en route, conclut-elle, comme Milos. Y a de l'eau ?

Elle regarda autour d'elle, ensuite.

– C’est riche, dit-elle. Puis, à Tristan : Mais je t’avais dit qu’il fallait pas de baraque. Pour la route on n’a pas besoin de baraque.

– Ce n’est pas une baraque, dit Tristan, c’est une bergerie.

– Ah ben alors ça va.

Natalène éclata de rire et la Perle lui lança un regard surpris.

– T’aimes pas les bergeries ?

– Si, dit Natalène. Et puis sans elle on ne serait pas fiers ces jours-ci.

– Vous avez toujours le Vieux de là-haut, non ?

– C’est un vieil homme très bon, dit Ernaline. Il a voulu nous abriter.

– Ben vous auriez mieux fait. C’est con, ça.

Philippe, à tout hasard, risqua une invitation particulière pour la Perle et elle se mit à rire.

– Dans ton pieu ? Je veux bien, mais faut prévenir. Autant te dire qu’il vaut mieux prévenir.

L’expression de Philippe fit sourire tout le monde. De la mezzanine vint un petit pleur d’enfant et Natalène leva le nez, attentive.

– Elle ne boit plus la nuit, dit-elle, attendez...

On se tut. L’enfant aussi.

La Perle, elle, ne lâchait pas son idée.

– Amène-toi, dit-elle à Philippe. Ton pieu, je le trouverai pas toute seule. Et j’en ai plein les pattes, autant te dire. À se demander si je suis bonne à grand-chose !

Le Dentiste, qui regardait ses ongles avec un subit intérêt, assura que la Perle pouvait garder sa couverture ; puis, quand elle fut sortie, il leva les bras au ciel.

– Cette fille ! dit-il. Cette fille ! Seigneur, cette fille !

Son enthousiasme ainsi calmé, il eut pour Tristan un petit sourire complice.

– Ton cousin a de la chance.

L'épisode avait répandu dans la bergerie un air de fête. Le Dentiste s'en fut quérir dans sa roulotte un certain nectar dont on dit grand bien à Tristan, et Natalène se mit à couper des oranges.

– Pour faire passer, expliqua-t-elle mystérieusement.

Quand le nectar apparut, contenu dans un flacon ventru, on le posa sur la table avec révérence.

– Trois ans, dit le Dentiste d'un ton solennel, trois ans de dent-de-lion. Tu vas goûter quelque chose que tu ne regoûteras pas souvent, Panitsen.

La chose – verte et trouble – était abominablement âcre. Quand il y eut trempé les lèvres Tristan fit la grimace. Natalène avait posé au centre de la table, sur une petite soucoupe, beaucoup de quartiers d'orange, et chacun se servit.

– Dépêchez-vous, dit-elle à Tristan. Sans orange on n'y tient pas.

L'orange aidait, en effet.

Dès la troisième gorgée Tristan sentit une curieuse chaleur lui monter à la tête. Le Dentiste riait, et puisque Ernaline était allée se coucher chuchotait : « Ton cousin, Panitsen, est un garçon chanceux... » Myriam le regardait, indulgente, et hochait la tête. « Ce truc a l'air redoutable... » pensa Tristan. Il but encore, pourtant. Les yeux jaunes de Natalène, qui croisaient rarement les siens, ne se détournaient plus. Quelle étrange lumière, triste et joyeuse à la fois... Anna s'était mise à chanter, appuyée sur l'épaule de Manuel, et le Dentiste levait de nouveau des bras enthousiastes.

– Cette fille ! Une reine ! Tu m'entends, Panitsen ? Une reine !

Panitsen n'entendait plus grand-chose. Il était heureux, et libre, très loin de là. Sur le bois de la table il faisait naître, des doigts, ce chant enfermé dans son cœur depuis vingt-sept ans maintenant et qu'il n'avait jamais pu faire sortir de sa prison – ce chant-là très exactement, il le reconnaissait... On lui donna de l'eau, et il put se lever. Natalène riait, en l'entraînant au-dehors. Il tomba plusieurs fois dans la neige.

– C'est redoutable, disait-il.

– Il faut boire de l'eau, répondait Natalène, beaucoup d'eau.

Elle lui en donna, dans sa roulotte, en tournant le petit robinet du réservoir.

– C'est de l'eau verte, dit Tristan.

Elle le nia, il s'entêta, et de nouveau elle se mit à rire, assise sur le bord de la banquette.

– Vous en avez trop pris, dit-elle.

Elle lui redonna de l'eau, verte ou non, et il retrouva un peu, très peu, de sang-froid. Assez pour voir vraiment avec qui il était.

– Natalène... dit-il, d'où sortez-vous encore ?

Elle n'en savait là-dessus pas beaucoup plus long que lui et disparut sous le tas d'édredons. Tristan s'y enfouit avec elle.

– Je n'ai pas enlevé mes chaussures, dit-elle.

– Moi non plus, répondit-il.

Cette coïncidence surprenante les fit rire aux larmes. Natalène s'était blottie contre Tristan et s'endormait déjà, la tête sur son épaule. Elle assura qu'elle irait chercher du « tariné » dès le lendemain – puis sombra à pic.

Tristan tint le coup quelques minutes de plus. Le temps de se demander où il était exactement, et qui avait parlé de chaussures. Puis il s'endormit lui aussi.

Il se réveilla le premier, au milieu de la nuit. L'esprit parfaitement clair, avec juste cette sensation de flottement que l'on ressent en ouvrant les yeux dans un endroit qui ne vous est pas familier. Il y avait un plafond de bois au-dessus de sa tête. Des tissus brillants. Il tourna la tête vers la source de lumière, sur sa droite, et vit la lueur de la lune traverser des rideaux de dentelle – la roulotte de Natalène – le nectar – et Natalène contre lui, immobile et chaude...

Il ne bougea pas, d'abord. Il ne se souvenait de rien, sinon d'être tombé dans la neige, et des efforts qu'avait faits Natou pour l'aider à se relever. Comment il était arrivé dans la roulotte et ce qu'il y avait exactement fait, alors là, c'était une autre histoire...

Pas très longue sans doute : il vit qu'il était aussi habillé que la veille, et que Natalène portait encore sa grosse veste de drap. Il avait été question de chaussures, oui... apparemment, ils s'étaient l'un et l'autre écroulés sur les édredons comme deux pauvres poivrots qu'ils étaient. Il sourit, malgré tout : étrange aventure...

Il se sentait très bien. Et somme toute assez gai. « Je sors de là avant qu'elle ne se réveille, pensa-t-il, ou ça va mal tourner... » Il allait dégager son bras, mais prit le temps de regarder le petit visage brun de Natalène sous le fouillis de boucles sombres. C'était une image familière, et qui lui serra le cœur. Il fit glisser son bras, très lentement, puis son corps entier vers le bord de l'estrade. Si le nid d'édredons était chaud et douillet, la roulotte était glaciale, et il frissonna. Avant de sortir il replaça quelques édredons sur Natalène. Puis il traversa la roulotte, sur la pointe des pieds.

Sa montre indiquait trois heures vingt. Et il neigeait toujours.

Dès le lendemain la vague de froid recula, au grand soulagement de Contorose. La Perle était repartie sans avoir salué personne et le Dentiste put enfin s'en aller au village, sur son grand poney gris, refaire les provisions de la troupe.

Cantor et Natalène vinrent à Blajan très tôt. L'enfant fila vers la cuisine : il venait de découvrir Justine et les merveilleux trésors confiés à cette vestale. La confiture de citrons surtout le transportait.

Quant à Natalène, elle monta jusqu'à l'ancienne nursery voir Tristan, et comme elle ne l'y trouva pas frappa chez lui, juste en dessous. Il était en train d'empiler près de sa cheminée tout un tas de ces quarts de bûche dont on se servait aux étages.

Elle posa sur le tapis la petite Lauriane, jusque-là calée au creux de sa hanche. L'enfant se mit à gratter la laine du bout des doigts, avec beaucoup d'application. Elle avait le calme de son frère – et ses yeux jaunes, un peu plus clairs pourtant. C'était un beau bébé tranquille, sûr de la bonté du monde. Natalène caressa son petit crâne rond, de la paume, et Lauriane eut un soupir d'aise.

– Elle est ravissante, dit Tristan.

– Mais plus fermée que ne l'était Cantor à son âge, je trouve. Elle est restée pelotonnée sur elle-même presque deux mois après sa naissance, c'était curieux à voir : une vraie petite boule. Les poings serrés sur les pouces, les bras ramenés au menton, les genoux sur le ventre, les yeux fermés... C'est la Voix qui l'a dépliée.

– Comment ?

– En lui parlant, en la touchant, un peu chaque jour... il lui disait d'ouvrir ses pétales. Cantor était moins lyrique, il se plantait à côté du berceau et répétait : « Fais pas le niglou, t'es pas un niglou, t'es une petite sœur... Tu sais que ça se mange, les niglous ? Alors fais pas le niglou... »

– C'est quoi, un niglou ?

– Un hérisson !

– Vous en mangez ?

– Quelquefois. Et c'est délicieux.

Là-dessus elle revint à l'objet de sa visite.

– Je vous cherchais, dit-elle, pour hier soir.

Il la regarda avec curiosité, en se demandant comment elle allait se sortir de là. De lui-même, il n'aurait rien dit. Mais Natalène, évidemment, était plutôt du genre à prendre le taureau par les cornes.

– C'était très curieux, dit-elle. Vous vous souvenez de quelque chose ?

– À peine. C'était quoi, ce venin ?

– De la dent-de-lion. Une liqueur de pissenlits marinés dans de l'eau-de-vie, avec tout un tas d'herbes.

– Ça ressemble davantage à une drogue qu'à de l'alcool.

– Je suppose, parce que c'est yémache, et les lois yémaches défendent d'y revenir avant « cent retours du soleil » : trois mois.

– C'est prudent.

– Mais ça ne rend pas malade.

Il posa le dernier rang de petites bûches et s'assit sur le tapis à côté du bébé. Natalène portait une sorte de houppelande de gros drap tissé, et des sabots peints sur d'épaisses chaussettes. Avec tout ça, une robe de laine rouge.

– Vous avez l'air d'une bergère, dit-il.

Elle négligea cette perche tendue, et reprit :

– Tout ça était très curieux. Je me souviens de vous avoir retiré de la neige, où apparemment vous vouliez dormir, et rempli d'eau dans ma roulotte. De rien ensuite. Mais je vous ai vaguement entendu sortir, cette nuit. On a toujours l'esprit très clair quand on se réveille après la dent-de-lion. Clair, et pointu comme une aiguille. Je vous ai regardé traverser le champ, par la fenêtre. C'était plutôt triste.

Il s'attendait à tout sauf à cette conclusion, et la regarda sans répondre.

– J'ai peur de ne pas vous avoir apporté grand-chose pendant toutes ces années, dit-elle. Et vous-même m'avez tant donné : je voulais vous le dire.

Elle se leva, là-dessus, et reprit Lauriane.

– Je vais réveiller Sophie, dit-elle. Cette marmotte-là n'ouvre pas les yeux avant neuf heures, et je suis sûre que c'est défendu !

Quand il fut seul Tristan resta longtemps immobile, assis sur son tapis, près de la petite cheminée où rougeoyaient encore des braises. Il ne pensait pas à grand-chose, un peu engourdi. Sinon peut-être, curieusement, à une promenade que Natalène et lui avaient faite autrefois dans les collines, au tout début de leur histoire. Il la revoyait sauter de rocher en rocher, brune et maigre.

Puis il entendit dans le couloir la voix de Cantor, et se leva pour ouvrir sa porte. L'enfant était campé devant, un gros pot de confiture serré contre lui.

– Mutik ? dit-il. Li mutik ?

– Je crois qu'elle est chez Sophie. C'est pour elle, la confiture ?

– Ah non. Pour Cantor.

Méfiant, il fit un pas en arrière.

– Et le patik, non. Le patik non. Non non non.

Pour se faire absolument comprendre il ajouta :

– Nia Patik.

Tristan s'accroupit pour être à sa hauteur.

– D'accord, dit-il, nia Patik.

Sur le visage de Cantor il vit passer, rapide, le sourire d'Agnès. Une longue phrase suivit, tout à fait incompréhensible. Puis l'enfant détala avec son trésor.

Ce soir-là, puisque le redoux s'installait vraiment, on eut au salon la visite du Dentiste. On parla d'astronomie. Et Contorose risqua ensuite la question qui le poursuivait depuis longtemps :

– Mais de quoi vivez-vous donc ?

– Si j'étais yémache, sourit le Dentiste, je vous répondrais que Dieu y pourvoit. Mais c'est plus prosaïque que ça : nous vivons de ce que nous gagnons, tout simplement, comme beaucoup de gens. Vous nous voyez là dans l'une de nos haltes, c'est-à-dire en vacances, en somme... Mais nous sommes, officiellement, forains. Et en fait saltimbanques. Nous donnons des représentations sur la route. La Voix a son violon, Vanina ses rats, Anna et Manuel un numéro de couteaux. Moi, je monte le décor. Et puis quand l'intendance ne suit pas, ce qui arrive, nous piochons dans les réserves du gadjo que je suis, et de la demi-gadji qu'est Vanina. J'ai ma retraite et elle ses petits revenus.

– Les revenus de Natalène ! dit Contorose. Mais deux fois rien, moins encore, et je suis bien placé pour le savoir, je les ai administrés jusqu'à sa majorité ! Un budget cigarettes, rien de plus...

– C'est beaucoup pour nous, monsieur, et nous ne fumons pas.

Il s'arrêta pour tendre à tante Marie ses ciseaux à bouts dorés, qui avaient glissé de son ouvrage, et elle rougit comme une jeune fille.

– Nous avons aussi de nombreux amis, dit-il. La Voix fait la route depuis sa naissance, Myriam depuis quarante ans et moi depuis douze ans : des liens, à force, se sont créés. Myriam prétend que nous sommes, pour ceux que nous croisons, leur part de rêve : qui pourrait laisser son rêve ancien dans la détresse ? On nous a mesuré largement notre part d'amitié, je vous assure.

– Et jamais la police... parce que la police, en général, bien sûr...

– Elle s'occupe très peu de nous. Nos amis des camps sont en guerre perpétuelle avec elle. Pas nous. La route et les camps, vous savez, ce sont deux mondes très différents. Un peu de dédain et beaucoup d'incompréhension, voilà ce que nous trouvons, nous, sous les képis. Nous ne dérangeons pas parce que nous ne faisons que passer. Non, le manque d'argent, la police, ce n'est rien. Ou pas grand-chose. Le plus pesant est ailleurs : les routes. Les routes elles-mêmes, monsieur. Nos circuits s'amenuisent... Quand le monde ne sera plus sillonné que d'autoroutes, où passeront nos roulottes ?

Quand le Dentiste repartit, Tristan l'accompagna. Il voulait voir Natalène. Et lui aussi osa, en chemin, hasarder une question :

– Connais-tu Vanik ?

– Vanik Pilossac ? Le fils de Gina Mareski ?

– Oui ?

– Bien sûr. Il était de Ceux du Copte. Mais il est chez les Grecs maintenant. Nous l'avons vu il y a deux ans : il a poursuivi Vanina jusque dans le Nord. Un garçon surprenant.

Il hocha la tête, à l'évocation de souvenirs sur lesquels il ne s'étendit pas.

– Surprenant, dit-il. Surprenant, vraiment.

Il ouvrait la barrière du champ, avec un peu de peine parce que le gel avait embarrassé le jeu du loquet.

– Mais de toute façon Vanina était très malade cet hiver-là, elle n'avait pas toute sa tête à elle...

Là, il s'arrêta net.

– Pardon, dit-il. Pardonne-moi. Je suis un vieux fou, j'en ai peur...

Les roulottes étaient de nouveau habitées la nuit, puisque la température était devenue plus clémente, et chacune d'elles avait son petit panache de fumée. Natalène écrivait lorsque Tristan frappa. Elle le fit entrer et referma son cahier.

– Ils dorment, dit-elle. C'était bien, là-bas ?

– Intéressant. Grand-père a interviewé le Dentiste.

– ... qui s'est laissé faire complaisamment...

– Oui !

– Il adore parler. Et il parle très bien : c'est lui, notre ministre chargé des relations publiques. Asseyez-vous. J'offre même une tisane.

Dans son petit univers de bois peint, vêtue d'une longue chemise de laine et d'un châle gris, elle était très jolie et semblait parfaitement détendue.

– Je suis venu vous parler d'argent, dit-il.

– Non ?

– Mais si.

– Par exemple, ça c'est fort... Voyons, Taswïck, vous devenez vénal, avec l'âge ?

Elle riait, en posant sur la table deux petits gobelets de métal. Tout était minuscule chez elle : les meubles, les assiettes, les couverts...

– Je sais, dit-elle en prenant de l'eau au réservoir : vous voulez me donner de l'argent pour Cantor.

– Oui. C'est l'usage, vous savez...
– Je veux bien, si c'est moi qui fixe la somme.
– Fixez.
– Cent cinquante francs.
– C'est trop peu, Natou...
– Mais c'est à prendre ou à laisser.
– Bon. Je prends. Je le verserai tous les mois sur votre compte – j'ai encore une procuration, je crois.
– Me voilà riche, dit-elle. Je savais bien que je faisais une bonne affaire en vous mettant le grappin dessus autrefois. Le dernier des Taswïck...
Il lui sourit, un peu railleur.
– Vous avez un certain petit côté sadique, Natou...
Elle le regarda vraiment – ce qui lui arrivait rarement – et sourit elle aussi.
– Je ne sais pas où j'en suis avec vous, dit-elle. C'est très variable. La nuit dernière, quand je vous ai vu partir sous la neige, j'ai regretté que vous ne soyez pas resté. Ce matin je débordais d'amitié pour vous. Cet après-midi – vous ne m'avez pas vue mais moi je vous ai vu, dans le parc – je vous aurais dépecé, découpé en lanières, et rôti, avec jubilation – la plus extrême jubilation jubilatoire. Tout ça est très étrange. Vraiment très étrange.
Tristan ne répondit pas. Il regardait le petit gobelet tourner entre ses doigts, avec cette expression vaguement distraite qu'il avait toujours lorsqu'il souffrait.
– Je suis venue ici et je le ferai tous les ans, poursuivit-elle, pour que Cantor vous connaisse et que vous le connaissiez. Pour qu'il puisse choisir plus tard. Je n'en avais pas envie pourtant... je me doutais que ce serait étrange, étrange et difficile.
– Oui, dit-il seulement.

– Ce n'était pas la chose en elle-même : des coups, j'en ai reçu avant vous, encore que vous tapiez, vous, particulièrement fort. Mais c'était plutôt ce que ça tuait. Si bêtement, et pour rien. Toutes ces années, toute cette longue histoire.

Elle l'observait avec attention et un peu de pitié passa dans ses yeux.

– Je ne sais pas ce que cela représente pour vous. Je vous connais assez peu, en fait. Peut-être est-ce pire que je ne le pense.

– Sans doute, dit-il. Mais tant pis. Je m'arrangerai.

Il réussit à lui sourire encore, pendant qu'elle versait l'eau chaude sur les petits sachets d'herbes, et elle s'assit à son tour, soudain malicieuse.

– Avez-vous vu Philippe ? Il est passé ce matin. Muet comme une carpe, bien entendu, mais le Dentiste en était tout émoustillé...

– Ça m'étonnerait qu'il fasse un rapport circonstancié.

– ... si bien qu'on peut rêver en paix...

– Vous en rêvez ?

– Naturellement ! J'ai l'âme un rien perverse – au point que si les Yémaches en apercevaient un coin ils s'enfuiraient épouvantés... La Perle et Philippe Rivalty : n'y a-t-il pas de quoi rêver ? Parce que tout est possible, tout !

– La Perle vous renseignera peut-être ?

– Oh, non... Le Dentiste essaiera, et elle aura une formule assassine, du genre : « c'est un con », ou « pas si con que ça ». Il n'en tirera rien de plus et je pourrai continuer à rêver en paix.

Elle se leva, soudain.

– Venez voir, dit-elle. À propos de rêves : ma portée de chatons.

Elle fit glisser doucement le rideau de soieries violettes qui séparait la roulotte en deux. Au-dessus de la banquette, contre l'une des parois, une sorte de berceau était déplié, dans lequel dormait le bébé. Enfouis sous les édredons, Ernaline et Cantor s'étaient endormis l'un contre l'autre, et le visage du petit garçon disparaissait sous les cheveux de la fillette, répandus en flot blond.

– Elle est un peu somnambule, dit Natalène. Elle parle souvent en dormant. Et une nuit Cantor lui a répondu, sans se réveiller lui non plus. Il s'agissait d'une rivière, elle voulait traverser. Je suppose qu'ils cherchaient un pont, ou un gué.

– Il faut vraiment leur souhaiter bonne chance, alors : les ponts et les gués, ça ne court pas les rivières.

Elle rit, en refermant le rideau.

– Quelque chose m'intrigue depuis longtemps, dit Tristan. Comment avez-vous pu... vous n'aviez pas de papiers quand vous êtes partie, le soir de la fête, ou je rêve ? Et pourtant, quand je les ai cherchés chez vous pour remplir je ne sais plus quelle paperasse, ils n'y étaient pas.

– La Perle était passée les prendre à Blajan une semaine après mon départ.

– Non ?

– Mais si. Dans le tiroir de mon bureau. Ça m'est remonté par des tas de gens – ça a mis trois mois mais c'est arrivé.

– Comment a-t-elle fait ?

– La troupe était au salon, paraît-il. Ça lui a pris cinq minutes. Moi je n'avais pas pensé à ça, mais la Voix si, et il l'y a envoyée presque aussitôt. Elle n'a vu personne, elle a seulement entendu pleurer un bébé à l'étage – Albane, forcément – et elle est entrée pour remonter sa couverture. Mon cher Taswïck, il faut vous résigner, Blajan est un vrai moulin, des manouches hantent ses couloirs et se penchent sur les berceaux...

Elle décrocha du mur une boîte de fer décorée de losanges, l'ouvrit et en sortit deux photographies.

– J'ai mendié ça là-haut pour vous, dit-elle. Pour que vous sachiez où vit Cantor. C'est le Bout du Nord.

Tristan vit, au bord d'un lac ou d'une mer, et au centre d'une vaste lande sableuse, quelques roulottes enneigées. Un cheval noir semblait poser, près d'une grande tente de peaux.

– Il y a un vent extraordinaire là-bas, dit-elle. Du matin au soir et toute l'année. On pense toujours au début qu'on va en devenir fou – mais pas du tout, on s'y fait. Les Yémaches disent que dans ce coin-là du monde s'ouvre une des portes de Dieu : d'où le vent.

– Je me souviens... Ce vent qui cherche des cœurs, non ?

– Pas le vent ! Dieu lui-même, mon cher. « Forts et tendres ». Et quand il les a trouvés il les creuse, de près ou de loin.

– C'est-à-dire ?

– Je ne sais pas. C'est leur mot : il creuse. Il doit y verser, je suppose, le juste dosage de joie et de peine... Après le vent appelle l'homme.

– Mais pourquoi ?

– C'est très logique en fait : pour que la porte puisse rester ouverte.

Elle rit.

– Des cœurs cale-porte, en somme. Mais si l'on considère que la Voix en est un, je comprends ce qu'ils veulent dire. Et RÉELLEMENT le vent est assez extraordinaire là-bas.

Elle tendait la seconde photographie, plus récente celle-là. On y voyait un jeune homme blond aux longs cheveux lisses, qui faisait avancer un cheval sur une plage.

– Ivor, dit-elle. C'est le fils aîné de la Voix, et le père de Lauriane. Il fait une autre route, beaucoup plus au nord encore : vers la Norvège.

Tristan regarda un instant le visage de cet homme que Natalène avait aimé, puis il se leva.

– Je vais jouer les Yémaches moi aussi, dit-il. Cette tisane a réjoui mon âme... ou réchauffé mon cœur... ou bien... aïe ! Je ne suis pas doué !

– Rien de plus difficile à singer qu'un Yémache, dit Natalène en ouvrant la petite porte, et savez-vous pourquoi ? Parce qu'on ne peut jamais savoir ce qu'ils vont dire !

Tristan pensa qu'elle ne le cédait en rien aux Yémaches en ce domaine. Mais il ne le dit pas, et descendit le petit escalier. La porte de la roulotte se referma. Devant lui, les cimes des arbres du parc se balançaient violemment, parce que le vent s'était levé. Une bourrasque l'enveloppa soudain, et il frissonna.

Il remonta vers Blajan, par le petit chemin de terre. Dans moins de quinze jours, pensait-il, les bohémiens reprendraient leur route. Vers cette lande, là-haut, et le jeune Yémache blond. Voilà. Et personne n'y pourrait rien changer.

VII

Philippe vit le premier la roulotte de la Voix, quatre jours après la visite de la Perle. Deux ans s'étaient écoulés depuis que cette roulotte était apparue sur la pelouse de Blajan, mais personne ne l'avait oubliée. Et surtout pas Philippe. Elle était plus haute que les autres, plus petite, et pourvue à l'avant d'un curieux renflement.

La Voix avait dû arriver pendant la nuit. Le campement dormait encore. De l'esplanade, Philippe leva un bras : l'homme assis près du feu répondit.

Chacun s'était fait à Blajan des idées assez extraordinaires sur la Voix. Et s'il surprit tout le monde malgré cela, ce fut d'abord par son extrême discrétion. Il parlait très peu et se tenait la plupart du temps à l'écart des autres. Il écoutait beaucoup. Et surtout regardait. Ses yeux, très bleus, étaient aussi clairs et droits que ceux d'un enfant – mais d'un enfant qui aurait su, lui, le maître mot du monde.

Il ne mit jamais un pied à Blajan. Et quand il vit Tristan il se contenta d'incliner la tête, avec un grave : « Panitsen. Je te vois, Panitsen. »

On ne l'entendit pas non plus jouer du violon : pour le faire, il s'en allait dans les collines.

Tristan avait accepté un concert, ce mois-là, le premier depuis bien longtemps.

Les critiques qu'il avait reçues autrefois se ressemblaient toutes, en fait : élogieuses presque toujours, avec parfois des « regrets », ou des « conseils »; jamais, en tout cas, de véritables reproches. Et le tout très mesuré, très bienséant.

Cette fois-ci, le ton changeait. On portait le pianiste aux nues ou on le vilipendait férocement : c'était l'un ou l'autre, et que ce soit l'un ou l'autre on y mettait une passion surprenante. Tristan lut tout cela avec un certain étonnement. Il avait été autrefois assez sensible à ce que l'on disait de lui. Cela lui était maintenant royalement égal. « Je vieillis... » se dit-il. Une seule phrase le toucha, dans un article d'ailleurs défavorable, mais sensible et intelligent : « Si je puis me permettre de m'exprimer ainsi, ce jeune pianiste ne donne pas l'impression de se chercher, mais de s'attendre. »

« Ça, reconnut Tristan, c'est vrai... »

Il descendit ensuite au salon la grosse enveloppe de l'Argus, la livra à Contorose et n'y pensa plus.

Mais trois jours plus tard il reçut une de ces lettres singulières auxquelles n'échappent pas les gens célèbres. Elle était signée « une admiratrice inconnue », ce qui était assez banal, mais donnait un rendez-vous dans un bar, ce qui l'était moins. Il n'y avait ni adresse, ni numéro de téléphone : il ne put donc pas aviser l'inconnue qu'il n'irait pas – non – au Corsaire le 3 février entre huit heures et huit heures et quart. Le surlendemain il reçut une seconde invitation, cette fois assortie d'un numéro. Un peu intrigué malgré tout, il appela. La voix était jeune, agréable, et curieusement un peu timide.

– Vous ne fréquentez pas les bars, monsieur ?

– Assez peu.

– Vous proposerai-je un salon de thé ?

– Le problème n'est pas tellement là... ce serait plutôt, voyez-vous, madame, que je fréquente assez peu les admirateurs inconnus.

– Mais les admiratrices, monsieur ?

Il s'amusait maintenant. La dame était fine.

– Mon préjugé défavorable serait peut-être un peu moins prononcé...

– Si vous pouviez le combattre et vous en rendre maître... avant, disons, ce soir, vingt et une heures, au café de la Bourse... Croyez-vous la chose possible ?

Il le pensait, finalement, accepta donc, et à l'heure dite entra dans ce café des quais, dit « le Rouge » à cause du velours qui en recouvrait les murs. Dès qu'il sortit de la porte à tambour une jeune fille blonde, seule, leva une main gantée. Et il s'assit à sa table, avec la vague impression d'avoir déjà croisé ce regard-là.

– Nous nous connaissons, dit-il.

– Mais oui, sourit la jeune fille. Et nous avons déjà parlé musique ensemble.

– Musique ?

– Je vous assure. Harpe et piano... chez vous, à Blajan, il y a bien longtemps.

– Je sais. Isabelle. Isabelle Dubois-Pontier.

– Voilà.

– Et vous aimez les devinettes.

– Ni les devinettes ni la musique. Je veux dire, pas spécialement. Ce que j'aime c'est votre sourire.

« Elle ressemble à Philippe, pensa Tristan. Ce même besoin d'étonner qu'il avait autrefois... »

– Avez-vous un hôtel préféré ? demanda-t-il.

Le regard clair ne cilla pas.

– Le plus proche m'ira, dit-elle.

Et là-dessus, elle se leva.

Tristan l'avait désirée : elle était jeune, jolie et surprenante. Et puis il aimait jouer. Mais quand il fut avec elle dans cette chambre d'hôtel, et la prit dans ses bras, il pensa au corps de Natalène, à son odeur, à son rire – et l'absurdité de tout cela lui sauta aux yeux.

Isabelle s'était écartée de lui et déboutonnait déjà son chemisier de soie. Il posa sur son épaule une main douce, pour l'arrêter.

– Vous allez m'en vouloir, dit-il. Et vous aurez bien raison. Vous êtes très jolie, Isabelle, et ce que vous m'offrez est bien tentant. Mais ça ne va pas être possible.

Elle savait jouer, elle aussi. Et ses doigts remirent les trois petits boutons de nacre.

– Quel étrange personnage vous faites... dit-elle. Un peu mufle, non ?

– J'en ai peur. Mais plus bête encore que mufle, je vous assure.

« Je parlerai à Natalène, se dit-il soudain. Je lui parlerai CE SOIR. Zut. Et elle va m'entendre... »

– Mais peut-être, dit Isabelle, avez-vous envie de me faire languir ?

– Peut-être. Je suis bien assez pervers pour ça.

– Vous êtes pervers ?

– Voyez-vous une autre explication ?

– Embrassez-moi.

Il enlaça la jeune fille, mais ne prit pas ses lèvres. Il inclina seulement sa tête contre lui, et caressa ses cheveux. De très doux cheveux blonds. « Natou, pensa-t-il. Tout ça est tellement bête. Tellement imbécilement bête... Parce qu'en fait c'est sa faute... » Il rit, soudain. « Je vais avoir du mal à lui expliquer ça, mais c'est tout à fait sa faute. Zut. La sienne. »

Il s'écarta, et sourit à la jeune fille dont il avait presque oublié la présence.

– Venez, dit-il. Telle que je vous connais vous avez un bolide brillant garé près d'ici : je vais vous y reconduire.

Il réussit à plaisanter avec elle, pendant le court trajet qu'ils firent sur les quais jusqu'à la voiture de la jeune fille. Elle le quitta perplexe, mais pas vraiment offensée.

Il s'assit ensuite sur l'un des bancs de pierre, pour regarder couler l'eau sombre du fleuve. Toute sa force ancienne lui était revenue, faite d'entêtement et de désinvolture. « Elle va m'entendre, pensa-t-il de nouveau, sapristi, elle va m'entendre... »

Il était presque minuit quand il arriva aux roulottes. Aucune lumière ne brillait plus. Il frappa à la petite porte de Natalène, et comme rien ne bougeait à l'intérieur, entra. Les roulottes avaient des clés mais Natalène n'usait jamais de la sienne et il avait souvent entendu Myriam le lui reprocher.

Elle était couchée, mais ne dormait pas : dès qu'il entra il la vit écarter le rideau.

– Bonjour, dit-il. Bonsoir, plutôt. J'ai à vous parler.

– À cette heure-ci ?

– À cette heure-ci précise.

– Mais vous êtes un sinistre personnage... Ça vous arrive souvent de surprendre les dames au lit, sans poudre et sans corset ?

Elle allumait une petite bougie et s'asseyait, apparemment résignée.

– Allez-y, dit-elle. Et j'espère que c'était pressé.

– Je voudrais vous parler de ce qui s'est passé il y a... longtemps. Deux ans et demi maintenant.

– S'il s'agit de cette jolie fête à Blajan et de vos dons pour la boxe, je n'ai pas envie que vous m'en parliez.

– Il s'agit d'eux et je vous en parlerai.

Elle se leva, et s'en fut droit à la porte, qu'elle ouvrit sur la nuit froide.

– Taswïck, dit-elle, je vous remercie de votre visite, et je vous souhaite une bonne nuit.

Il se leva lui aussi. Quand il fut près de la porte elle recula un peu pour le laisser sortir. Mais il ne sortit pas. Il prit Natalène par la main, la fit tourner sur elle-même, et quand elle fut dos contre lui il l'immobilisa en lui tordant un bras en arrière. Elle poussa un cri et il desserra un peu sa prise.

– Ne bougez pas, dit-il, ou ça vous fera mal.

De sa main libre, il referma la porte. Immobile, Natalène pencha seulement la tête, jusqu'à toucher du front le mur de la roulotte. Ses boucles glissèrent et sa nuque apparut, très brune.

– Et maintenant, dit Tristan, vous allez m'écouter, Natou. J'ai plusieurs petites choses à vous dire, qui pourraient vous intéresser.

Elle murmura une injure qu'il reconnut, « kereb », et il se mit à rire.

– Si vous voulez, dit-il. Ce n'est pas le sujet.

Il attendit quelques instants, puis se mit à parler, très doucement.

– Un, Natalène : je me souviens d'un jour où vous vous êtes saisie d'un couteau à pain pour me le planter dans les tripes. Si vous aviez réussi à le faire, savez-vous ce que j'aurais fait, moi ? Je serais allé me faire poser des points de suture à l'hôpital et je serais remonté là-haut. Parce que c'était une histoire qui pouvait supporter un coup de couteau. Pour moi en tout cas. Évidemment il y a les vieux mythes : la dame peut jouer à ça sans déshonneur, pas le monsieur... je n'ai jamais cru aux vieux mythes. Et ne bougez pas, vous n'arriverez qu'à vous faire mal.

« Deux, maintenant : vous ne l'avez jamais dit sérieusement, et moi non plus, mais nous nous aimions. Et on ne peut pas trier ce dont est fait quelqu'un qu'on aime, comme s'il s'agissait d'une poubelle à fouiller avec un croc de chiffonnier. J'ai aimé avec le reste votre couteau à pain et votre foutu silence. Vous n'avez pas eu la même générosité. Ce que j'ai fait... je suppose que c'était en moi aussi. Et je ne détaille pas. Pas plus que vous, pas plus que personne : c'est un lot. On prend la poubelle entière, contenu et contenant, avec le couvercle en prime – et on dit merci.

« Trois, on avance, on avance... votre foutu silence, justement. Parlons-en. Je sais que vous ne pouviez pas faire autrement et que vous aviez ça gravé au burin dans le crâne, se taire, se taire, se taire, sinon ça se paiera cher... Mais essayez de reculer un peu, Natalène, pour retrouver ces jours-là. J'étais très inquiet déjà. Vous veniez de disparaître Dieu sait où pendant toute une semaine et j'ai pensé, en vous voyant partir avec l'enfant, que votre plan avait raté, que vous étiez en danger – j'avais cette bizarre faiblesse de vouloir vous aider, toujours, et c'était impossible parce que vous ne disiez rien...

« Quatre. Quatre, vous avez sans doute pensé que ma folie furieuse était due à l'idée de votre départ. Ce n'est pas vrai. Je savais que vous partiriez un jour, et Cantor avec vous. Je le savais quand vous ne le saviez pas encore, et je l'acceptais d'avance. Je n'étais pas en colère, quand vous êtes arrivée au pied de l'escalier : j'avais peur pour vous. Il y avait des siècles que j'avais peur pour vous.

« Cinq. Ça va devenir nettement désagréable, je vous préviens. Cinq, vous ressemblez à un usurier, plantée derrière votre balance. Ceci est bon, à droite, ceci est mauvais, à gauche, et voyons le total maintenant... Vous avez des petits poids très précis d'un millième de gramme et vous faites les choses avec beaucoup de soin. L'ennui est que je ne vous reconnais pas le droit de peser mes actes avec vos poids à vous. Je préfère user des miens.

« Six. On y est presque. Six, “ c'était trop bête ”, avez-vous dit un jour. C'est vrai. Mais depuis plus d'un mois c'est vous qui êtes bête, avec plus de constance et sans doute moins d'excuses. Parce que vous auriez très bien pu ne plus m'aimer, et je ne serais pas ici en ce moment en train d'essayer gentiment de faire entrer un peu de raison dans votre sale petite tête de mule... Vous auriez pu. Mais il se trouve que vous m'aimez encore. Pas de chance. Et moi aussi, comme vous ne l'ignorez pas. Donc, je maintiens, c'est BÊTE.

« Il n'y a pas de sept : j'ai fini. Je vais vous tenir encore un peu, pour vous laisser le temps de digérer votre rage – c'est un service que personne ne m'a rendu, à moi, malheureusement. Je vous lâcherai après. Et je m'en irai. Mais si j'étais yémache je vous dirais de faire très attention à ce que vous ferez ensuite, vous qui aimez les poids et les balances : parce que vous serez peut-être jugée là-dessus vous-même.

Il attendit un peu, puis desserra sa prise – prudemment. Comme elle ne bougeait pas, il la lâcha. Il se sentait très calme : c'était surtout la curiosité qui dominait en lui. Elle se retourna, une main sur son épaule endolorie, et il vit son regard – incrédule.

– Tout ça est très vrai, dit-elle. Vous avez un toupet monstrueux, mais c'est très vrai.

Elle rit, comme elle aurait pu le faire autrefois, d'un petit rire complice et amusé.

– Le toupet, dit-elle, le toupet...

Elle s'appuya à la cloison, et baissa le nez.

– C'est très vrai, répéta-t-elle.

– Excellente réponse, dit Tristan. Il semble que la balance penche en votre faveur.

Elle le regarda un instant, curieusement. C'était la première fois, en fait, qu'elle le revoyait tel qu'elle l'avait connu, et aimé, sans ce cocon de silence et de retrait sous lequel il se protégeait depuis la fête. Elle retrouvait même dans ses yeux ce petit éclair railleur – et aussi cette façon qu'il avait de l'attirer à lui, faite d'autant de force que de douceur – le contact de sa main sur son cou – et ses lèvres sur les siennes, habiles et tendres.

Il ne fit plus rien ensuite, que de la garder serrée contre lui. Pensait-il, comme elle, à ces années perdues, aux routes si différentes qu'ils suivaient maintenant ? Elle sentit des larmes lui monter aux yeux, et mordit sa lèvre pour les arrêter.

– Vous avez une curieuse façon de rouvrir les chemins fermés, Taswïck... une charge de dynamite, un grand coup de pied dans la barrière...

– Seulement pour rouvrir, dit Tristan. Après je me conduis très bien et j'avance sur la pointe des pieds.

Il caressa les lèvres de Natalène, du bout des doigts, et ce geste ancien l'émut.

– Offrez-moi vos édredons, dit-il. Juste pour la pointe de mes pieds : promis.

Il fallut d'abord localiser Cantor : il était roulé en boule, dans un coin, juste sous le berceau du bébé qui formait contre la paroi une autre banquette à mi-hauteur. Ceci fait ils se glissèrent sous les édredons. Tristan n'avait enlevé que ses chaussures et son blouson : très vite, il eut chaud.

– Ils sont tous en duvet d'eider, expliqua Natou, de vraies bouillottes !

Elle était contre lui, dans une sorte de rêve éveillé.

– C'est complètement extravagant, dit-elle. Qu'est-ce que ça va devenir ?

– Je ne sais pas, répondit-il. On verra bien. On a au moins trente ans devant nous, non ? À deux mois par an, ça fait beaucoup de jours. Et encore je vous fais grâce des heures et des minutes.

Il eut un petit rire, soudain.

– Vous me faites faire des choses encore plus extravagantes que ça. Sans me vanter, je suis plutôt un type pacifique et bien élevé... J'ai joué les hussards pour vous, je vous ai giflée, je vous ai prise pour un punching-ball, et maintenant je cours les roulottes pour vous faire des clés de judo... Vous n'avez jamais de remords ?

– Le toupet !

Cela surtout amusait Natalène : ce toupet retrouvé, fait de gaieté, d'ironie, d'assurance et d'un brin de cynisme.

– Qu'est-ce qui vous a pris, ce soir ? demanda-t-elle. Pourquoi ce soir ?

Il lui raconta sa rencontre avec Isabelle, sans la nommer bien sûr, et ce moment où, assis devant le fleuve, il s'était tout à fait retrouvé.

– Je n'avais pas grand-chose à perdre, dit-il. Je savais que si vous ne compreniez pas je cesserais de tant vous aimer, parce qu'alors vous seriez quelqu'un d'autre.

Elle rit, encore.

– Vous êtes un curieux personnage, dit-elle. Curieux curieux. Je vous connais très peu...

Elle chercha sa main sous les édredons, et y glissa doucement la sienne.

– Et si ça vous reprend ? dit-elle. Le punching-ball ?

– C'est un risque à courir, répondit-il. Vous aimez vivre dangereusement, non ?

Il se retourna brusquement vers elle, une main levée comme pour frapper, et parce qu'elle s'était crispée il se mit à rire. Sa main descendit, pour caresser la joue de Natalène, et son cou.

– Chacun son tour, dit-il. J'ai eu peur pendant des années. Maintenant ce sera vous.

Elle rit elle aussi, encore un peu tendue, et il se pencha pour l'embrasser.

– Je vais vous quitter, dit-il ensuite. On a parlé de marcher sur la pointe des pieds, souvenez-vous. Et je suis quand même une sale brute : il vaut mieux que je m'en aille. On ne sait jamais. Les sales brutes, c'est imprévisible.

Elle le regarda quitter l'amas d'édredons, remettre ses chaussures et son blouson. Quand il sortit, elle lui sourit.

Quelques flocons de neige commençaient à tomber. Tristan traversa le champ sous leur danse légère, puis de plus en plus rapide. Il pensait à Isabelle Dubois-Pontier, curieusement : à ce joli grain de sable lisse et blond qui avait fait s'enrayer une sombre machine de mort. Au bas du mur il se retourna, alerté par il ne savait quoi : Natalène était juste derrière lui, en chemise et pieds nus sur le sol gelé.

– Mais vous êtes folle...

Plus folle encore elle se baissa, alors qu'il restait figé devant elle, attrapa le bas de sa longue chemise, et l'ôta en se redressant. Parfaitement nue sous la neige elle s'étira, et se mit à rire.

– Embrassez-moi, dit-elle. Peut-être bien que je vous aime, après tout.

Il l'embrassa, beaucoup moins doucement que dans sa roulotte ; et son désir était si grand qu'il l'aurait sans doute prise là, dans la neige, s'il avait été aussi fou qu'elle. Mais il la souleva de terre et la serra contre lui pour l'abriter du vent.

– Choisissez, dit-il. Chez vous, chez moi, dans la bergerie ?

Blajan était encore le plus proche. Tristan remit presque de force sa chemise à Natalène, l'obligea à mettre aussi son blouson, et ils escaladèrent le mur. Plus agile que lui, elle arriva la première en haut. Ils passèrent ensuite par la fruiterie, puis par l'escalier des combles. Quand Natalène se jeta sur le lit de Tristan, elle claquait des dents. Et elle cita la Perle, narquoise : « À se demander si je vais être bonne à grand-chose... »

Elle avait déjà retiré sa chemise trempée. Tristan lui fit enfiler le pull-over de laine qu'il venait d'ôter, et s'étendit à côté d'elle.

– Froidement, dit-elle. Glacialement, neigeusement, réfrigérant, fraîchement...

– Triche !

– Où ça, triche ?

– Réfrigérant. Il n'est pas en « ment ».

– C'est vrai. Alors réfrigéramment...

Elle frissonna, soudain. Non de froid, mais parce que la main de Tristan s'était posée sur son ventre. Elle pensa à Ivor. Elle l'avait aimé, ce jeune dieu nordique, mais il n'avait jamais pu créer au centre d'elle-même un nœud si brûlant de désir et d'attente – pourquoi ? Pourquoi cette sorcellerie entre Tristan et elle, et depuis si longtemps ? Et pourquoi alors le jeu leur était-il si facile, malgré cette gravité entre eux ?

Elle joua, longtemps, de son désir à lui, avec le souhait malicieux de le voir y céder. Ç'avait été autrefois un de ses jeux favoris, dont elle n'avait jamais réussi à emporter une seule manche. Cette fois encore elle voyait dans les yeux de Tristan une petite lumière ironique – bien sûr qu'il savait à quoi elle jouait, et bien sûr qu'elle perdrait, une fois de plus...

Quand il le voulut vraiment elle perdit en effet, ou plutôt cessa de jouer, pour redevenir cette étrangère que Tristan était seul à connaître. Si loin de là, et de lui. Solitaire et possédée. Si belle aussi, avec ses prunelles claires qui brûlaient sur sa peau mate...

Quand elle sut de nouveau où elle était, et avec qui, le fait de se retrouver dans ce lit si curieusement perché remua en elle tout un tas de vieux souvenirs. De nouveau ses yeux s'emplirent de larmes. Puis elle vit que Tristan la regardait, et elle se força à sourire.

– Ne soyez pas triste, dit-il gentiment. Ce n'est pas forcément une catastrophe. On se tirera bien de ça aussi.

Il était quatre heures du matin. Elle passa à côté, dans son ancienne chambre, pour y chercher de quoi se couvrir : un jean, des sandalettes, un gros gilet de laine. Tristan s'était rhabillé lui aussi et ne voulut rien entendre pour la laisser repartir seule.

– Ne me contrariez pas, plaisanta-t-il. Vous savez bien que ça peut être très dangereux.

Il s'arrêta à l'esplanade et la regarda descendre le long du mur, de pierre en pierre, puis traverser le champ tout blanc. Il ne neigeait plus. Il attendit de l'avoir vue entrer dans sa roulotte. Puis il remonta vers Blajan.

VIII

Il ne leur restait que cinq jours pour retisser leurs liens. C'était peu, pour ces deux silencieux. En fait, ils n'essayèrent même pas : le plaisir déjà leur avait été rendu, le reste suivrait, ou ne suivrait pas, on verrait bien...

Les bohémiens ne se mirent à préparer leur départ que le mercredi. Ils rangèrent la bergerie, redistribuèrent les charges dans les roulottes, et firent quelques provisions. Le jeudi ils s'en furent récupérer leurs percherons au manège, et rebouchèrent le trou des latrines qu'ils avaient installées entre deux buissons.

Tristan emmena Natalène dîner en ville, ce soir-là. Ils parlèrent peu de l'avenir et pas du tout du passé. Natalène s'étendit surtout sur ce qu'elle méditait : abandonner ses rats dressés pour la cartomancie. La plus futée de ses petites rates était morte à Lodival, et les deux autres, confiées à un enfant de Libarek, avaient dû tout oublier en trois mois.

– Et puis, dit-elle, le bruit les affole quelquefois. Et puis beaucoup de gadjé n'aiment pas les rats. Et puis ça sent mauvais dans la roulotte. Et puis, et puis, et puis... les tarots marcheront mieux. Vingt francs la consultation !

Elle ajouta, railleuse :

– Ce n'est pas avec votre mirifique pension que j'irai loin.

– Le toupet... répondit Tristan.

Ce qu'il lui avait dit de son aventure avec « l'admiratrice inconnue » l'amusait encore, et elle en reparla.

– Elle a vraiment dit : « L'hôtel le plus proche m'ira » ? Comme ça tout cru ?

– Mais oui.

– C'est plutôt sympathique.

– C'est tout à fait sympathique. Et elle était ravissante – fine, blonde, l'air un peu hautain – Célimène. Exactement Célimène. Piquante, maligne, froide pourtant derrière tout ça, froide et lointaine... Très seule, je crois.

Natalène essaya d'imaginer cette surprenante jeune fille, puis y renonça.

– Quand nous redescendrons l'année prochaine, dit-elle, pour remonter ici...

Tristan se mit à rire et elle s'arrêta net, surprise.

– Ne faites pas attention, dit-il. C'est une vieille histoire de montagnes russes : monter, descendre... Eh bien ? Quand vous redescendrez de là-bas pour remonter ici ?

– Je vous aurais bien téléphoné une ou deux fois pour que vous nous fassiez une petite visite éclair. Quand on sera presque arrivés, tout près, à cinquante kilomètres...

– Ce serait bien. Et à l'aller aussi vous pourriez faire ça : je veux dire là, maintenant, quand vous descendrez d'ici pour remonter là-bas...

– Jusqu'à cinquante kilomètres ?

– Cent. Disons cent. Je prélèverai les frais d'essence sur votre pension.

Elle sourit, mais il vit une petite ombre passer dans ses yeux.

– Putain, dit-il, c'est compliqué...

Cette fois-ci elle rit vraiment. Et ils évitèrent ces sujets glissants, jusqu'à la fin du repas.

Le lendemain, alors que Tristan travaillait seul chez lui sur ses partitions, on frappa, et la porte s'ouvrit sur deux surprenants visiteurs : Ernaline et son père.

– Je vous en prie, dit Tristan, entrez.

Il s'était levé, sachant la Voix très formaliste, et ne se rassit qu'après ses hôtes.

– Mon père n'a pas encore bien ta langue, dit Ernaline. Cependant il voudrait te parler. Si tu le veux bien je traduirai vos paroles.

– Eh bien... je serai heureux d'écouter ce qu'il a à me dire.

Quelques phrases s'échangèrent entre l'homme et l'enfant, pendant que Tristan remettait une bûche sur le feu.

– Voilà, dit Ernaline ensuite. Mon père dit que nous partons demain et que tu dois venir avec nous pour un peu de temps.

– Ernaline... je ne suis pas un bohémien.

Elle traduisit, reçut la réponse, assez longue, et déclara :

– Mon père dit qu'il le sait. Il ne veut pas te prendre à la maison ci-dessus. Il veut que tu marches un peu avec nous. Il dit que ton honneur est grand et que tu viendras.

Tristan ne répondit pas, un peu déconcerté, et la Voix se remit à parler. De toutes petites phrases, qu'Ernaline traduisait au fur et à mesure.

– Il a ramassé Vanina devant ta grille autrefois... il a pensé que tu étais un homme sans honneur... maintenant il t'a vu... le soir, sous la fenêtre, il est venu écouter ta musique... il l'a écoutée pour te connaître... il sait que ton honneur est grand... ainsi il pense que tu viendras sur la route un peu... il dit que sur la route il y a des pianos pour toi... pas beaucoup de pianos... un peu de pianos... il sait où... il t'amènera aux pianos...

– Ce n'est pas seulement une histoire de pianos, dit Tristan. Vanina a pu vivre ici avec moi parce qu'elle est aussi à demi gadji. Moi je ne suis pas un bohémien. Pas du tout. Ma vie est ici tout entière. Dis-le-lui.

Elle le fit, et l'homme se remit à parler, par tronçons de phrases.

– Il dit qu'il te faudra des papiers pour la police... deux paires de chaussures et quelque chose pour la pluie... et tu mettras tout dans un « sac-pour-le-dos »... pas trop de plus... et pas d'argent nous te donnerons le pain... il sera honoré de te donner le pain...

Là-dessus la Voix se leva. Tristan l'imita, machinalement. Il croisa le regard bleu, si clair, si fier. « Philippe a raison, pensa-t-il. Ce type a vraiment des yeux extraordinaires... »

– Je ne viendrai pas, dit-il à Ernaline. Mais remercie ton père pour moi. Je suis heureux qu'il m'ait parlé.

Ernaline traduisit, et son père s'inclina pour prendre congé.

Juste à temps : Natalène venait d'entrer dans la chambre voisine, et ouvrait déjà la porte intérieure.

– Je viens d'avoir une visite étonnante, dit Tristan. Trente secondes plus tôt, vous les trouviez là. Ernaline et la Voix.

– Non ?

– Mais si. Il venait... il voulait que je parte avec les roulottes demain.

– Ça, je sais. Il m'avait dit de vous le demander.

– Et vous ne l'avez pas fait.

– Non...

Elle rit, moqueuse.

– Je n'aime pas les démarches inutiles.

Elle s'approcha de lui et il mit ses bras autour d'elle, doucement.

– C'est un homme surprenant, dit-il. Quel étrange regard il a...

– Et il ne vous a pas hypnotisé ? Vous ne vous êtes pas mis aussitôt à préparer vos bagages ?

– ... trois valises de partitions, un piano, deux ou trois jolies blondes...

– Il prétendait pouvoir vous trouver des pianos. Et les blondes, je peux vous les rabattre.

– Vous feriez ça pour moi ?

– Évidemment. Pulpeuses ? Sylphides ? Vierges, ou plutôt pas ? Quinze ans, trente ans ?

Il écarta Natalène de lui et posa un doigt sur sa bouche.

– Natou, dit-il. S'il vous plaît. Vous qui n'aimez pas DIRE, dites-moi quand même : vous aimeriez que je vienne ?

– Non, répondit-elle. J'aime que les choses soient à leur place. Les couverts dans le tiroir, les enfants à l'école, les bohémiens dans leurs roulottes et les gadjé dans leurs beaux salons. Autrement c'est l'anarchie, on ne s'y retrouve pas.

– Natalène.

– Oui ?

– Vous aimeriez que je vienne ?

– Par exemple, dit-elle, voilà une insistance tout à fait discourtoise ! Non, vous dis-je, non, non, non... et non !

Il la reprit de nouveau contre lui, et glissa avec elle sur le tapis. Elle se laissa faire, en riant. Quand il l'eut coincée sous lui il se redressa un peu.

– Natalène, dit-il, aimeriez-vous que je vienne ?

Il vit son regard se troubler légèrement, et soudain lui sourit, ironique.

– DITES-LE, Natou...

– Et ça vous avancerait à quoi ?

– À vous avoir entendue DIRE les choses une fois dans ma vie, par exemple.

– Naturellement que j'aimerais ça. Pour mille et mille raisons. Pour Cantor, pour vous montrer mon pays à moi, pour vous voir y vivre, pour votre sourire, pour faire l'amour avec vous, pour rien, pour tout, parce que vous me manquerez, parce que la route ET vous, une seule fois, ce serait un merveilleux cadeau... et ça change quoi, Taswïck ?

– Mais tout. Ça change tout : je viens.

– Si ce n'est pas vrai, c'est méchant.

– Natou, je suis une sale brute mais pas une méchante brute. Je viens. Jusqu'à votre champ du milieu.

– Mais c'est très loin, le champ du milieu ! C'est en Artois, et c'est fin avril !

– Ça m'ira très bien.

Il ne se méfiait plus et elle lui échappa, brusquement, pour se réfugier sur le lit.

– Mais c'est vrai ? dit-elle. Vrai de vrai ? Qu'est-ce qui vous prend ?

– Je vais vous le dire, Natalène. Moi je peux DIRE. Je n'ai pas envie de vous quitter tant et tant de mois... et puis j'aimerais savoir à quoi ça ressemble, chez vous.

– Mais vos blondes ?

– Elles attendront. En mai je ne serai pas encore tout à fait chenu.

Il s'était assis à son bureau et reprenait ses partitions. Natalène, sur le lit, s'étira.

– C'est extraordinaire, dit-elle. Je n'y croirai pas avant de l'avoir vu.

Elle se tut, ensuite. Longtemps. Puis elle s'endormit. Ce fut Cantor et Sophie qui la réveillèrent une heure plus tard, après l'avoir désespérément cherchée des combles aux caves. Tristan n'était plus là.

Il était en ville, fort occupé à tenter de se procurer le numéro de téléphone des Dubois-Pontier. Ce n'était pas si facile : il ne figurait pas dans l'annuaire et Tristan n'avait pas conservé la lettre de son admiratrice inconnue. Mais par l'une de ses relations du conservatoire il finit par obtenir les six précieux chiffres. Et la voix qui lui répondit était bien celle de la jeune fille.

– Mademoiselle Dubois-Pontier ?
– Elle-même.
– Tristan de Blajan.
– Tiens ! Mon mufle favori !
– Favori et tout près d'ici : je suis au bout de votre rue, dans le café qui fait l'angle. Pourriez-vous m'accorder quelques minutes ?
– J'arrive.

Elle vint très vite : une silhouette élégante et fine, sur le trottoir. Tristan se leva pour l'accueillir quand elle s'approcha de lui, et commanda pour elle un autre café.

– Isabelle, dit-il, je voudrais que vous m'aidiez. Et vous pouvez sans doute le faire, parce que vous êtes très riche.

Elle éclata de rire – si fort que plusieurs têtes se tournèrent. Et ce grand rire indiscret, Tristan l'avait déjà entendu... mais où ?

– Écoutez-vous, dit-elle. Oh ! Monsieur de Blajan-Taswïck, écoutez-vous un peu !

Il « écouta », honnêtement, la phrase qu'il venait de prononcer, et sourit.

– On pourrait s'y tromper en effet, reconnut-il. L'avez-vous fait ?
– Non !
– Bravo. Et en fait, voilà : vous êtes très riche, donc vous avez un piano, forcément.
– Trois.
– Vous avez aussi des amis dans la région, qui sont riches et qui ont des pianos.
– Oui.
– Bien. Alors vous pouvez m'aider. Je pars demain matin avec des bohémiens. Ils vont je ne sais où, dans un endroit qu'ils appellent « le Nord ». Je n'irai pas si loin, mais je vais faire un bout de route avec eux : de Blajan jusqu'en

Artois. Je vous ai apporté une carte où j'ai marqué en bleu leur itinéraire – probable. Je voudrais que vous l'étudiez, que vous m'indiquiez les noms et les numéros de téléphone de vos riches à pianos situés le long de ce trajet, et que vous obteniez d'eux qu'ils viennent me chercher aux roulottes quand je les appellerai, pour m'y ramener trois ou quatre heures après. Vous pouvez toujours jouer sur leur corde snobinarde s'ils en ont une...

– Ils en ont plusieurs.

– Alors vous voyez, le côté pianiste génial et surdoué privé de sa ration de touches... concerts, revues musicales, bla-bla-bla... Ça pourrait marcher ?

– Oui.

– Et vous feriez cela ?

– Oui.

– C'est l'essentiel. Si vous pouviez aussi obtenir d'eux qu'ils me prennent pour ce que je suis, un ours que seul leur piano intéresse... ce serait un superflu agréable. Faites-moi passer pour un caractériel si ça peut aider.

De nouveau, elle rit, très haut.

– Je sais, dit Tristan. Je sais. Je sais où je vous ai AUSSI rencontrée. Et vous aviez beaucoup ri ce soir-là. Au Cercle noir de Luc, il y a bientôt trois ans. Vous étiez tout en blanc, vous étiez arrivée en retard... et nous nous étions croisés dans un couloir.

– Bravo.

– Vous étiez accompagnée d'un jeune homme tout de blanc vêtu lui aussi.

– Et vous d'une jeune fille en robe rouge.

Ils se sourirent, ensemble.

– En fait, dit Tristan, nous sommes de vieilles connaissances.

– Et qui était cette jeune fille ? Philippe n'a jamais voulu me le dire.

– Je vais être moins discret que lui : c'était notre arrière-grand-tante.

– Bien, sourit-elle.

Elle baissa le nez et prit un paquet de cigarettes dans son sac. Tristan vit, à son doigt, une bague toute semblable à celle qu'avait longtemps portée Valérie Dubreuil.

– Êtes-vous maso ? demanda-t-il.

– Mais oui.

– Alors que pouviez-vous attendre de moi la semaine dernière ?

– Peut-être un peu d'humiliation ? En ce cas j'ai été abondamment exaucée...

Il rit, lui aussi. Plus discrètement qu'elle. Et il lui tendit sa main par-dessus la table.

– Isabelle, dit-il. Isabelle Dubois-Pontier. Nous pourrions être amis, je crois. Voulez-vous essayer ?

Dans les yeux bleus, il vit un peu de surprise. Elle posa ses doigts sur ceux de Tristan, doucement. Il les serra un peu, puis les libéra.

– Entendu, dit-il. On essaie : cochon qui s'en dédit. Il est presque midi, voyez : je vous laisse tout l'après-midi pour dénicher mes pianos. Et ce soir on dîne en ville. Vous apporterez votre liste – moi mes remerciements – et notez, s'il vous plaît, que j'emploie pour vous plaire un ton extrêmement impérieux.

Elle eut ce curieux rire, encore. « C'est un rire appris, pensa Tristan. Et qui ne lui va pas. S'il était insolent il lui irait. Mais il est seulement impoli... »

– Huit heures trente, dit-il. Chez vous.

Elle lui sourit, acquiesça du menton, et sortit.

Elle déploya sans doute beaucoup d'activité, de son côté. Mais lui aussi. Il passa à sa banque pour régler cette histoire de pension à verser sur le compte de Natalène, puis au conservatoire pour se procurer lui-même quelques adresses de pianos situés sur sa route. Et en plusieurs autres endroits encore, pour mettre en ordre ses affaires de gadjo.

Il pensait à Natalène, qu'il n'aurait certainement pas la chance de retrouver endormie dans son lit, mais avec qui il allait vivre quelques mois entre quatre cloisons de bois. À la Voix, dont il entendrait peut-être, enfin, le violon. À cette étrange force qui allait le jeter sur les routes. Et sans raillerie cette fois il murmura, pour lui-même, en remontant dans sa voiture : « Putain, c'est compliqué... »

Natalène était au salon quand il revint à Blajan. Elle avait déployé une carte sur la grande table et exposait à Sophie leurs raisons de choisir un itinéraire d'apparence aussi stupide.

– Il faut passer chez les pauvres, tu comprends ? Les petits hameaux qui disparaissent, les restants de vieux bourgs agonisants...

– Mais quand même, qu'est-ce qui vous oblige à traverser ce massif, là, regarde ?

– Les routes à quatre voies qui en font le tour, niguedouille !

Contorose s'était intéressé à la carte, lui aussi. Maintenant il rêvassait, assis devant le feu.

– Quelle histoire de fous... dit-il.

Tante Lise se crut autorisée par cette remarque à faire valoir à son tour quelques-uns de ses griefs.

– Et qui sait, ma chérie, si tu nous retrouveras tous l'an prochain ?

– Et alors ? dit Contorose.

Tout son mordant revenu, il jeta à sa sœur un regard sévère.

– Natalène, dit-il. Ma jolie. Ne t'occupe surtout pas des vieux croûtons que nous sommes. Par exemple ! Il ferait beau voir ! Je serai peut-être là l'année prochaine, moi, et peut-être pas... Ça ne fait rien. Rien du tout. Et je te le redirai tous les ans pour que tu ne l'oublies pas : trente fois peut-être.

– Trente fois, dit Natou, ce ne serait pas assez, grand-père. Je compte sur trente et une, au moins.

Il assura qu'il ferait son possible et tante Lise, vaincue, baissa de nouveau son long nez triste sur sa broderie.

Elle n'était pas au bout de ses peines. Natalène n'avait rien dit à personne, bien sûr, des projets de Tristan, et comme il s'en doutait bien il en fit lui-même l'annonce solennelle.

– QUOI ? dit tante Lise.

Il répéta, gentiment :

– Je compte faire un petit bout avec eux. Je ne sais pas jusqu'où, je verrai.

– Mais enfin, dit la vieille dame, mais enfin, Tristan... Tu n'es pas sérieux ?

– Et pourquoi pas, ma tante ?

– Mais...

La stupéfaction la rendit muette un instant. Puis la perdit.

– Mais par exemple CES GENS-LÀ ne se lavent jamais, ils sont sales, ils sentent mauvais... Ils s'entassent à cinq dans leur espèce de caisse et je me demande même si... à cinq là-dedans comme des lapins on peut se demander si...

Elle s'arrêta net. Beaucoup trop tard. Ernaline, qui était là aussi, malheureusement, fixa sur elle ses grands yeux clairs, ne dit rien et se leva. Un petit silence consterné plana.

Puis Contorose reprit tout à fait ses esprits et se leva lui aussi. En trois pas il fut à côté de la fillette.

– Petite, dit-il. Petite fille. Ta présence nous a enchantés tout cet hiver. Prends ma main, je t'en prie : je vais te raccompagner. Cela me fera honneur.

Charmant, désuet, il s'inclinait en présentant son poing fermé. Quel ancêtre en lui faisait ce geste à sa place ? Ernaline posa ses doigts sur la vieille main tendue, et ils sortirent, ensemble.

– Louis est parfaitement ridicule, dit tante Lise quand l'étrange couple eut passé le seuil. PARFAITEMENT ridicule. Je n'ai rien dit de désagréable, il est évident que ces gens n'ont pas de douche et que Tristan... La place d'un Blajan n'est pas... Tu ne peux quand même pas t'étonner, Natalène, que je te désapprouve d'entraîner ton cousin dans cette équipée... Ta présence ici n'a causé que... Et cette enfant que tu as... D'on ne sait qui en admettant que tu le saches toi-même... Depuis des années tu es cause... Tu nous causes... Il aurait certainement mieux valu que... Ce que je veux dire c'est que...

– Ma tante, dit Tristan, excusez-moi – je regrette – mais je dois vous prier de vous taire.

Sa voix était restée douce, mais charriait une telle colère, et si froide et si menaçante, que chacun en fut effrayé – tante Lise la première, qui se tut.

Natalène avait fini de replier sa carte. Elle la glissa dans la poche de sa veste et regarda l'heure.

– Vingt, dit-elle. Mince, ils doivent m'attendre... Vous m'excusez ?

Elle sourit à Sophie, debout à côté d'elle, et à Philippe qui se tenait près de la porte. Puis elle sortit.

Tristan s'était douté qu'elle ne passerait pas par l'esplanade, pour ne pas croiser Contorose. Et en effet il la vit sur la petite route quand il arriva à la grille. Il siffla, sans honte. Elle s'arrêta.

– Allons bon, dit-elle, vous trouvez qu'on ne m'a pas assez offensée aujourd'hui ? Vous raffinez ?

– Je n'ai pas de chien, répondit-il, il faut bien que je siffle quelqu'un...

Quand il fut à sa hauteur elle se remit à marcher. L'incident, en fait, l'amusait.

– Et puis, dit-elle avec malice, j'ai VU comment vous êtes quand vous rêvez de boxe et de punching-ball. La dernière fois je n'avais pas pu profiter du spectacle : l'ouvreuse m'avait placée trop près.

– Ça vous a plu ?

– C'est assez impressionnant.

– J'adore vous impressionner.

– Et en fait – j'y pensais, là, quand vous m'avez si galamment sifflée – j'avais déjà senti ça en vous. Deux ou trois fois. Mais sans savoir ce que c'était. Quand vous étiez venu me rechercher chez Rosa, à Pau, et une autre fois dans un hôtel, je ne sais plus où, on revenait de Hambourg...

– Je me souviens.

Ils laissèrent tomber ce sujet dangereux, ensemble, et Natalène se mit à siffler, ironiquement.

– Vous sifflez FAUX, dit-il.

– Eh oui !

Elle s'arrêta, soudain, et tendit une main à Tristan.

– C'est chic que vous veniez, dit-elle. Merci.

– Et voilà, répondit-il, vous allez devenir gentille. Reconnaissante, douce, amoureuse. J'ai bien manœuvré.

Elle rit. Et il pensa au rire d'Isabelle.

– Je dîne en ville ce soir, dit-il. Avec quelqu'un qui va m'avoir trouvé des adresses de pianos, j'espère.

– La Voix dit qu'il en a.

– Mais deux précautions valent mieux qu'une. Trois, d'ailleurs : je me suis aussi procuré quelques adresses au conservatoire. Et puis, dites, Natou... comment vous lavez-vous, « ces gens-là » que vous êtes ?

– On ne se lave pas.

– Ah.

– Mais si, Taswïck ! Nous nous lavons tous les jours « pour l'animal », comme disent les Yémaches. Vous voyez à quoi ils font allusion ?

– Très bien.

– Pour l'animal, matin et soir, je n'en dirais pas autant de tous les bourgeois... il suffit d'un fond de bassine. Les raffinés au bord de la décadence, dont je suis, en profitent pour se laver les pieds. Et puis on lave aussi « pour le gadjo », c'est-à-dire ce qui se voit, le cou, les mains, le visage. Voilà. Le reste, c'est vrai, ça se lave peu. En hiver en tout cas. En été il y a les sources et les ruisseaux. Quelquefois on peut aussi rencontrer une douche d'ami gadjo, alors on ne fait pas le détour, on fonce...

Ils arrivaient à la barrière du champ et elle lâcha la main de Tristan.

– Vous m'avez vue sale et puante des dizaines de fois, dit-elle. Ça va être à mon tour. Un Blajan SANS sa douche quotidienne : Dieu du ciel !

Là-dessus elle se sauva. Tristan resta accoudé à la barrière quelques minutes, devant ce tableau étrange dont il ferait bientôt partie : quatre roulottes, des chevaux dételés, une corde à linge tendue entre deux arbres. Sous le ciel bas et gris le spectacle avait quelque chose de magique, comme s'il était venu d'un autre temps. Et à l'arrière-plan, au-dessus des frondaisons du parc, on devinait les toits de Blajan.

Isabelle avait récolté sept adresses de pianos. C'était plus que Tristan n'en avait espéré.

– Mais ce n'est que pour la première partie de votre voyage, dit-elle. C'est dommage. Plus haut, vous voyez, je n'ai rien trouvé.

Il l'avait emmenée dans un tout petit restaurant des vieux quartiers. Elle avait dénoué ses cheveux et portait une robe de fin lainage bleu. Elle était très jolie ainsi. Il le lui dit et elle eut un sourire timide qui rappela à Tristan la petite harpiste d'autrefois.

– Et vous allez vous faire bohémien, dit-elle.

– Non ! Je vais les accompagner quelques mois. Ils campent en ce moment près de Blajan.

– Oh, je sais, je les ai vus... de loin. Et de près, au manège, j'ai vu leur drôle de petite fille. Elle disait à Philippe des choses extraordinaires. « Ce cheval que je vois là ne t'aime pas. Il renâcle sur ton odeur, parce qu'il doute de ta bonté. » Elle a dit ça texto, je n'invente rien !

– Ça ne m'étonne pas d'elle.

Isabelle regarda soudain, avec un grand intérêt, le contenu de son assiette.

– J'ai vu aussi votre femme, ce jour-là.

Cette façon de désigner Natalène était si peu familière à Tristan qu'il hésita, un instant.

– Elle est très jolie, dit Isabelle. Je me souviens d'elle, autrefois... au lycée, mais elle manquait souvent, et puis à cette fête, chez vous, quand son père était venu la chercher. Mais vous me paraissiez tous tellement impressionnants, à cette époque-là, que j'osais à peine vous regarder !

– Pourquoi impressionnants ?

– À cause du tableau, bien sûr.

– Quel tableau ?

– Vous ne saviez pas ça ? Le tableau volé ? C'est vrai ?

– Racontez-moi vite ça...

– Un soir, autrefois, on a volé à mon père un tableau ancien, de grande valeur. Et laissé à sa place un petit carton : « Arsène Lupin ». Une farce d'étudiant, ou un pari, manifestement, parce que le tableau était enveloppé dans trois couches de plastique – sur le toit. Comment il y était monté, ça... Mon père a piqué une des grandes colères de sa vie et il a couru chez le commissaire – un ami à lui comme tout ce qui compte en ville. On a vite retrouvé les coupables : le fils du jardinier, et un certain Philippe Rivalty.

– Non ?

– Mais si ! Mon père a commencé par renvoyer son jardinier, et puis il allait réellement porter plainte quand il a été pris d'un doute affreux, je le revois très bien, il était près de la porte, il avait commandé la voiture, il enfilait déjà son manteau, et il a dit à ma mère : « Mais dis-moi, Charlotte... Rivalty, Rivalty... Est-ce que ce n'est pas... Oh, oh ! Il ne faudrait pas faire d'impair... Est-ce que ce n'est pas un Blajan ? » Ma mère a téléphoné à une amie pour enquêter là-dessus, moi j'avais une douzaine d'années et j'étais assise dans un coin du salon, en train de me demander QUI étaient ces Blajan qui se plaçaient au-dessus des colères de mon père, de sa morgue et de son argent... Ma mère est revenue de son boudoir pour annoncer que Philippe Rivalty était bien un Blajan. Et mon père s'est mis à rire. Il a dit : « J'appellerai monsieur de Blajan ce soir. Il réglera ça très bien. Dis-moi, Charlotte, j'ai failli faire une belle boulette ! »

Elle conclut, brusque :

– Voilà. Voilà pourquoi vous m'impressionniez tant quand je vous ai rencontrés, quelques années plus tard.

– Mais je me souviens très bien de ce coup de téléphone, nous étions à table, tous... Grand-père ne nous a rien expliqué, mais il a foncé sur sa canne et roué Philippe de coups !

– Alors ça... Alors ça, ça me fait tout spécialement plaisir !

Elle riait, pas trop fort pour une fois – sans doute parce qu'elle était vraiment amusée.

– Il ne vient plus chez Luc depuis très longtemps, dit-elle, mais s'il le fait un jour, et que ce soit lui qui s'occupe de moi, ça me plaira de penser à cette canne.

– C'était quelquefois lui ?

– Quelquefois.

Il sourit.

– C'est le moment ou jamais de placer une vérité première, Isabelle : tout petit, le monde, tout petit...

– Pas si petit que ça. Il donne seulement cette impression, parce que tout se tient. Quand Valérie m'a fait connaître Philippe, par exemple, il m'aurait certainement moins fascinée s'il n'avait pas été le voleur de tableau, et surtout un de ces mystérieux Blajan qui pouvaient apparemment tout se permettre.

– Et maintenant, dit Tristan gentiment, vous jouez aux dés chez Luc.

– Oui.

– Vous ne portiez pas le collier du Cercle, le soir où je vous ai vue là-bas.

– Non : je ne donne jamais de représentations publiques. J'ai mes caprices, quand même.

Il ne répondit pas, parce qu'on enlevait leurs assiettes. Ce petit silence rendit à Isabelle son agressivité.

– Tout ça vous répugne, dit-elle.

– Mais pas du tout, quelle drôle d'idée...

– Ça semble vous être tellement étranger.

– Et alors ? J'admets très bien qu'on soit différent, et même persan...

On leur apportait les glaces qu'ils avaient commandées : d'extravagants édifices de boules et de crème Chantilly, décorés de petits parapluies dorés et de rubans. Elle eut devant la sienne un sourire d'enfant ravi. Mais elle repartit aussitôt au combat, et frappa sa coupe du dos de sa cuiller.

– Quand vous reviendrez, aurai-je une chance de vous entraîner dans un hôtel pour plus de trois minutes ?

– Vous parlez une autre langue que le persan ?

– Ça m'arrive.

– En ce cas... si j'ai été content de vos pianos... si vous avez encore d'aussi jolies robes bleues... vous pourrez essayer. Je devrais pouvoir tenir un quart d'heure.

Ils se promenèrent ensuite le long des quais. Sans trop parler. Tristan avait essayé de l'interroger sur la vie qu'elle menait, mais elle n'avait apparemment pas grand-chose à dire. Elle courait les cocktails et les expositions, comme la plupart des jeunes filles de son milieu. Elle connaissait beaucoup de monde. Et elle ne quittait cette partie officielle de sa vie que pour évoluer au Cercle noir. Peut-être s'intéressait-elle à l'architecture, oui, et encore, ce n'était même pas sûr...

– Je vais vous dire, avait-elle conclu. Il y a six familles TRÈS TRÈS riches dans cette ville. Mon père est plus riche qu'elles six réunies et il n'a qu'un seul enfant : moi. Alors bon, ça suppose des tas de choses, des bonnes et des mauvaises...

Elle ne voulut pas marcher sur les pontons : l'eau noire, disait-elle, l'effrayait un peu. Ce qu'elle voulait, c'était embrasser Tristan. Mais il n'y consentit pas.

– Mademoiselle, dit-il, je ne suis pas celui que vous croyez...

Il la raccompagna très tard devant la grande grille dorée de son hôtel particulier. Et quand elle eut disparu il recula un peu sur la route déserte, pour essayer d'apercevoir les toits. Comment diable Philippe avait-il pu hisser un tableau jusque là-haut ?

Il n'osa pas pousser jusqu'au champ pour réveiller Natalène : il était vraiment trop tard. Pas une seule lumière ne brillait à Blajan et il monta à l'étage sur la pointe des pieds. Le départ était fixé au lendemain matin, assez tôt. Son petit « sac-pour-le-dos » était déjà prêt, sur sa table. Il ne lui restait en fait qu'à remettre un peu d'ordre dans sa chambre. Il s'y employa un bon moment, et n'aperçut qu'ensuite Natalène endormie dans son lit.

Elle dormait sur le dos, comme toujours, sans crainte. Il effleura son épaule du bout des doigts, avec un peu de cet effroi qu'elle seule pouvait lui inspirer. Pourquoi ? Pourquoi ce désir qui ne faiblissait pas, et ce lien entre eux ?

Il prit une douche – la dernière avant bien longtemps – et le bruit de l'eau réveilla sans doute Natalène. Quand il monta sur le lit elle lui sourit.

– D'où venez-vous ? dit-elle. À cette heure-ci ? Comment s'appelle-t-elle ? J'exige des explications ! Est-elle plus jeune que moi ? Plus jolie ? Qu'est-ce que vous lui trouvez ? Où l'avez-vous rencontrée ? Elle n'en veut qu'à votre argent ! C'est une garce ! Pleine de sales maladies ! Répondez !

Il lui rabattit le drap sur la figure, pour la faire taire, et elle se débattit comme un beau diable là-dessous jusqu'à ce qu'elle réussisse à lui échapper. Mais ce n'était que pour lui sourire, encore, et dire :

– C'est tellement chic que vous veniez... Avouez, quand même, ça aurait été triste sans ça, ce soir.

– Mais pas du tout. Parlez pour vous : si j'en ai repris pour trois mois, c'est bien par masochisme, je vous assure.

– Menteur...

Elle s'étendit de nouveau, et s'étira comme un chat.

– Partir, dit-elle. Demain, je PARS. C'est magique... S'il pleut je serai mouillée, s'il fait froid j'aurai froid, et je marcherai. Magique.

– Voui, dit Tristan dubitatif, voui... je veux bien vous croire, mais ça m'échappe un peu.

– Est-ce que ce n'est pas quelque chose de ce genre que vous éprouvez en vous asseyant sur un tabouret de piano ? L'impression que vous êtes là où vous devez être ? Que tout est en ordre ?

– Et votre ordre à vous, c'est de partir, vraiment ?

– Non, sourit-elle. Ce n'est pas de partir : c'est de ne pas rester.

IX

Tristan s'était attendu à un long départ, difficile et bruyant. Mais pas du tout. À l'heure dite on attela les chevaux et la caravane s'ébranla. Des petites silhouettes emmitouflées, sur l'esplanade, agitaient les mains : ceux des Blajan qui avaient pris avec Tristan son dernier petit déjeuner de gadjo. On leur fit des signes d'adieu en retour, et tout fut dit.

Ensuite il fallut marcher. Marcher seulement et rien de plus. Du matin au soir. On ne s'arrêtait que deux petites heures, au « soleil-midi », pour déjeuner et laisser reposer les chevaux. Et le soir, assez tard, pour la nuit. L'itinéraire avait été bien choisi : on ne traversa, la première semaine, que trois grandes routes, et pas un seul gros village. Un clocher apparaissait parfois, assez loin : le Dentiste allait faire là-bas quelques courses, monté sur son grand poney d'émissaire.

Le temps qui n'était pas dévolu à la marche se trouvait pris tout entier par les corvées quotidiennes : s'occuper des chevaux, chercher du bois pour le feu, préparer le repas, atteler, dételer...

Ernaline et Cantor montaient parfois dans l'une des roulottes. Mais c'était assez rare. La fillette était tout à fait capable d'abattre ses trente kilomètres et Cantor se contentait de se hisser de temps à autre sur l'avancée de la roulotte de la Voix. Quant à Myriam, malgré ses soixante ans, elle allait d'un bon pas – aussi souvent que les autres chargée de Lauriane, qui passait de bras en bras quand elle ne dormait pas.

Tristan, lui, se sentit épuisé dès le troisième jour. Il avait déjà fait de longues randonnées :

mais dans des circonstances très différentes. Il ne s'agissait plus maintenant de marcher à son rythme, un bon pique-nique dans son sac, avec la perspective réjouissante d'une grasse matinée pour le lendemain... Il fallait se lever à l'aube, remettre en frissonnant ses habits de la veille, déjeuner d'un peu de café et de trois tartines de pain dur. Ramener les chevaux : c'était traditionnellement une tâche d'homme et Cantor lui-même se pliait à cette règle. Atteler. Et marcher. Marcher, marcher. En poussant à la roue quand c'était nécessaire. En courant à l'avant lorsqu'un tournant sans visibilité se présentait. En restant à l'arrière ensuite, quitte à devoir courir de nouveau pour rattraper les roulottes. Il fallait ramasser du bois à la halte. Remplir les seaux d'eau pour abreuver les chevaux. Grimper sur cette colline, là, à droite, pour repérer le clocher de Villeneuve ou d'Arsances. Redescendre dire qu'on l'avait vu et qu'il fallait tourner après le troisième bosquet. Marcher, marcher, marcher...

Le ventre plus ou moins creux : une des grandes surprises de Tristan fut de voir combien les bohémiens, sur la route, mangeaient peu. Et pratiquement jamais de repas complet. Du pain et des soupes d'herbe, toujours. Des bouillies pour le bébé. Du café. Le reste, ma foi, quand ça se trouvait. Et ça ne se trouvait pas tous les jours. Il avait partagé avec eux, dans la bergerie du champ, des repas qui ne différaient guère de ceux de Blajan. Et il avait presque l'impression maintenant de participer à un jeûne rituel.

– Il y a un peu de cela, lui dit Natalène un soir. Les premières semaines, c'est vrai, on marche beaucoup et on mange très peu. Je n'y avais jamais pensé, mais c'est vrai. Peut-être qu'on se purge des gadjé...

Il eut vite des ampoules, des courbatures, et par surcroît de malchance se fit au poignet, en attelant le percheron, une coupure qui s'infecta. « Vous ne tiendrez pas le coup, gadjo... » lui glissait parfois Natou.

Elle plaisantait : elle savait son cousin plus obstiné qu'une mule et le croyait bien capable de se traîner à genoux là où il avait décidé d'aller. Le soir du septième jour, alors qu'il s'abattait sur la banquette, elle lui chuchota dans le creux de l'oreille, narquoise :

– Eh bien ? On ne se lave pas ?

Il lui sourit, en tendant vers elle une main lourde de fatigue.

– Comment faites-vous ? dit-il.

– J'ai l'habitude.

– J'espère qu'on la prend vite.

– Cinq ou six jours encore. Après vous irez mieux. Dormez, sale que vous êtes...

Le lendemain soir on atteignit le premier piano de la Voix. Il se trouvait dans une école, au fond d'une salle de classe. L'instituteur y conduisit Tristan, puis s'assit au dernier banc avec Anna et la Voix. Tristan joua plus de cinq heures. Quand il se leva enfin il eut une sorte d'étourdissement et chancela. S'il ne s'était pas retenu au bord d'un pupitre d'enfant, il serait tombé. Le vieux maître d'école lui donna un peu de cognac. Puis ils repartirent, à pied, vers les roulottes.

La journée suivante fut la pire, pour Tristan, sans doute parce qu'il n'avait pas assez dormi. Il eut l'impression de marcher depuis des siècles, pour des siècles encore, et chaque pas lui était affreusement pénible. Myriam n'avait pas aimé l'aspect de sa petite blessure, le matin, et l'avait recouverte d'une sorte d'emplâtre verdâtre, qui le brûlait affreusement. Pour tout arranger il plut, du matin au soir, et il fallut plusieurs fois pousser les roulottes pour aider leurs roues droites à s'extirper de la boue du bas-côté. Natalène dut presque le forcer à manger, le soir : il n'avait même plus faim. Et à se coucher : il n'avait même plus vraiment sommeil.

Quand elle le réveilla, le lendemain matin, il tremblait de fièvre, et elle mit sur son front une main compatissante.

– Pauvre petit gadjo... dit-elle.

Cantor, beaucoup moins compréhensif, se tenait près de la banquette, bien d'aplomb sur ses pattes solides, et déclara :

– Nissim attiké nia li patik.

– Qu'est-ce qu'il a dit ? demanda Tristan.

– C'est un esprit pratique, répondit Natalène. Il a dit : « Le père ne ramènera pas le cheval. »

– C'est ce qu'on va voir...

Il le ramena et l'attela, dans un monde ruisselant de pluie. Puis il se remit à marcher.

L'après-midi, juste à temps pour lui, on fit halte dans un camp.

« Ceux des Miroirs », comme leur nom ne l'indiquait pas, étaient récupérateurs de ferraille. Leur camp était assez grand : une quarantaine de caravanes entouraient la baraque de rigueur. Et plus de cent cinquante personnes grouillaient là-dedans. Avant même de dételer on conduisit Tristan au deuxième piano de la Voix. C'était celui d'une très vieille dame dont la maison se dressait à deux cents mètres du camp, derrière un petit bosquet. Il joua, cette fois, toute la nuit, dans une sorte d'état second.

Il revint à pied, au petit matin. Le camp dormait encore. Un peu à l'écart des caravanes, près d'un énorme tas de vieilles marmites, les roulottes d'Orfenor et ses chevaux semblaient presque aussi déplacés qu'à Blajan.

Natalène ouvrit les yeux quand il s'étendit à côté d'elle. Il la vit à peine : la fièvre et la fatigue l'avaient transporté, depuis la veille, dans un monde curieusement embrumé et feutré, où de vagues ombres existaient peut-être, oui, mais si loin...

Ils restèrent une semaine entière chez Ceux des Miroirs. Le temps pour Tristan de récupérer ses forces. Il passait ses après-midi chez la vieille dame, rivé à son clavier, dormait plus de douze heures, et le reste du temps se sentait de nouveau capable de s'intéresser à ce qui l'entourait.

On ne voyait plus guère Cantor, happé par les autres gamins du camp. Les parents de Manuel, qui se trouvaient là par hasard (ils étaient, eux, de « Ceux de Devant »), accaparaient le jeune couple. La Voix, comme toujours, se tenait un peu à l'écart. Mais les autres représentants d'Orfenor dînaient chaque soir dans la baraque. Ils apprirent qu'ils avaient raté la Perle de peu : elle était passée la semaine précédente, après que les anciens de Lille eurent décidé de son divorce. « Y a de quoi, approuvait-on. Qu'est-ce que tu voulais qu'il fasse d'elle, Mario ? Elle tient pas en place... »

On avait des « trucs » pour Ceux d'Orfenor – dont le nom, comme l'avait craint Natalène, ne faisait pas le poids, et que l'on commençait à désigner ainsi : « Ceux des Pianos ». La Perle avait dit de les saluer si on les voyait, bon, c'était fait. Les

Noirs avaient vu Ceux du Nord, et Ivor faisait dire à la Voix que le grand cheval bai était mort. Armel, du Pont, demandait que Myriam lui fasse passer un pot de l'onguent gris. Ceux des Paniers avaient entendu parler d'un couple d'écureuils dressés, des fois que ça intéresserait Vanina faudrait dire... et puis si Ceux des Pianos voyaient le Bastien des Verts y avait un truc pour lui, que son cousin l'attendait à Lodi... et puis il ne fallait plus s'arrêter à la grande maison aux Ormes d'avant Moulins, que les vieux l'avaient vendue et que les nouveaux proprios ne prêtaient plus la grange... se méfier aussi du café d'Angelo, à Guéret, y avait eu des magouilles...

« Panitsen » : c'était le nom officiel de Tristan chez les roms, et il avait définitivement supplanté le précédent, qui datait du temps où on le connaissait mal : « le gadjo de Vanina du Copte, tu sais ? » On le présenta aux trois anciens du camp, qui lui posèrent quelques questions sur le signe du Pont qu'il portait au cou et lui demandèrent, curieusement, s'il avait été en Islande. Quand il eut assuré que non les trois vieux se mirent à rire comme des gamins. L'un d'eux frappa sur la table et cria quelques mots furieux que l'on traduisit à Tristan : « Tu as été ! Tu as été ! »

– Non, répondit-il. Jamais.

On le tint quitte. Il fut prié de reconnaître qu'il était bien le père du fils de Vanina. Quand il l'eut fait il lui fallut être plus précis encore et déclarer qu'il reconnaissait avoir eu de Vanina – Vanina du Copte, et maintenant des Pianos, dont il était le mari gadjo – un enfant MÂLE. Ceci fait on le laissa aller.

– Pourquoi l'Islande ? demanda-t-il au Dentiste.

– L'Islande n'a pas d'importance, répondit celui-ci. C'est pour voir si tu sais maintenir ton bon droit.

Quelques enfants vinrent voir Panitsen de près, ainsi qu'une vieille femme, bossue, qui voulut toucher ses cheveux et ses genoux. Après cela on ne lui manifesta plus aucun intérêt particulier.

Cantor, par contre, se mit à se conduire bizarrement : il se tenait à côté de Tristan, dans la baraque, debout, avec l'air déterminé d'un garde du corps.

– C'est une coutume yémache, expliqua Natalène. Une façon de montrer de qui on est le fils. Les petits Yémaches ne vivent pas avec leur père : quand ils le croisent, ils affichent leur lien.

– Pourquoi ne vivent-ils pas avec leur père ?

– Parce que le mariage n'existe pas chez les Yémaches !

– Oh ?

– Mais si. Je vous l'avais dit, ce sont des sages...

Elle riait, taquine.

– Ernaline vit avec son père, dit Tristan.

– Parce que sa mère est morte. Et la Voix lui cherche des doigts de femme le plus qu'il peut. Les miens, ceux de Myriam, et au Nord ceux de Liberge – c'est la sœur de la Voix.

– C'est quoi encore, ces doigts de femme ?

– « Que l'homme ne pose sur l'enfant ni ses doigts ni sa loi, pour ne pas lui cacher Dieu. » Et toc, Taswïck ! Prenez-en de la graine !

– Foutus Yémaches...

– ... comme dirait la Perle en termes choisis...

La petite Lauriane décida cette semaine-là de son sevrage définitif. Elle ne prenait déjà plus que deux tétées par jour. Ce devait être deux de trop : un matin, résolument, elle refusa le sein de Natou. Et elle n'y revint plus jamais. L'assiette de son frère l'intéressait bien davantage. C'était souvent lui qui lui donnait la becquée, avec une patience d'ange.

– Fais pas la sale, niglou... lui disait-il. Pourquoi tu fais la sale comme ça ?

Barbouillée de purée de carottes jusqu'aux sourcils, la coupable le regardait, désolée. Le petit dieu tutélaire lui reprochait quelque chose, elle le sentait bien. Mais quoi ? Cantor s'attendrissait aussitôt.

– Ça ne fait rien, disait-il. Quand tu seras grande comme moi tu arriveras. Mange.

Le dernier soir, avertie par les tam-tams, la Perle fit de nouveau son entrée au camp.

– Je monte un bout avec vous, dit-elle, faut que je voie Ceux de la Tôle, j'ai un truc pour eux.

Elle avait aussi dans sa poche une grosse liasse de billets de cent francs, roulée et maintenue par un élastique.

– Ah ben je te raconte pas, dit-elle à Tristan en lui montrant ce trésor, ça a pas été coton... mais ça valait le coup, non ?

Personne ne le nia. Mais personne ne posa de question. Et elle rit. Elle était assise sur une pierre, devant la roulotte de Manuel, et grignotait une tablette de chocolat. Tristan ne l'avait jamais vue plus sale que ce jour-là : ses cheveux étaient si gras qu'ils en semblaient huilés, sur son blouson crasseux. Elle n'avait pas de chaussures et son jean était crotté jusqu'aux genoux.

– Tu n'as pas froid ? demanda le Dentiste.

– Ben non.

Elle regardait ses amis, assis autour du petit feu et du réchaud de fonte ; et plus loin les caravanes du camp serrées autour de la baraque.

– Cinquante-deux kilomètres, dit-elle, j'ai compté sur les panneaux : cinquante-deux kilomètres hier et quarante-cinq aujourd'hui. Je vous dis pas comment j'ai les ratapions.

Ernaline, qui revenait du bourg avec Lauriane, l'aperçut en s'approchant, et la salua gravement en inclinant la tête, à son habitude.

– J'ai du fric ! lui dit fièrement la Perle.

– J'en suis heureuse pour toi, répondit la fillette.

Ces dialogues entre la Perle et les Yémaches avaient longtemps intrigué Tristan. Mais ils se passaient en fait très bien : chacun comprenait parfaitement la langue de l'autre, s'il ne l'utilisait pas.

– Tu crois que ton père en veut ? demanda la Perle. Du fric ? Parce que j'en ai beaucoup.

– Je te remercie, dit Ernaline. Tu nous honores. Mais je crois qu'il en a à notre suffisance.

– Ben comme tu veux. Je vais m'acheter des chaussures, alors.

Elle s'adressa à Tristan, qu'elle pensait sans doute le mieux placé pour la renseigner :

– De ces bottes à bout carré des gadjé, tu sais ? Comment ça s'appelle ?

Il n'en savait rien, et elle haussa les épaules.

– T'es rien con, dit-elle.

Elle s'enquit ensuite de la Voix, qui était parti, comme tous les jours, jouer près de la décharge de l'autre côté du bourg ; puis elle remit sa fortune dans sa poche et quitta ses amis, pour se faire aussitôt avaler par le camp.

Et Ceux d'Orfenor – non, Ceux des Pianos, il fallait s'y résigner ! – se replongèrent dans leurs problèmes de départ. La Voix devait faire un détour de quelques jours ; il emmènerait Ernaline, qui emmènerait Cantor. Manuel et Anna, eux, souhaitaient s'attarder un peu au camp pour rester avec les parents du jeune homme. La roulotte du Dentiste et celle de Natalène partiraient donc seules le lendemain matin, et attendraient les autres... où ?

On se décida pour un lieu de rendez-vous qui parut à Tristan très imprécis, mais qui satisfit tout le monde : « Après le pont d'avant Baniers, tu sais, ou alors, si la route est faite, près de là où il y avait des chênes. »

Il fut convenu aussi que la planche qui servait à Manuel pour son numéro de couteaux serait glissée sous la roulotte aux fleurs. Puis que Myriam aurait, à Baniers, un jour entier pour cueillir des simples sur la lande de Lorville. Là-dessus on se sépara pour la nuit.

– Est-ce que vous ne vous disputez jamais ? demanda ensuite Tristan à Natalène. Jamais ?

– Non, dit-elle. Ceux des camps, oui, ils passent même beaucoup de leur temps à ça. Mais pas ceux de la route. C'est comme ça. Je ne sais pas pourquoi, mais c'est comme ça.

Elle risqua, malicieuse :

– La fatigue, peut-être ?

Assis au bord de la banquette, Tristan regardait Cantor s'endormir. C'était un spectacle qui le fascinait toujours. Le petit garçon se nichait au creux d'un édredon, tapotait les plumes autour de lui, puis cherchait le regard de sa mère. Quand il l'avait trouvé, il soupirait d'aise. Une seconde pour fermer les yeux. Deux autres pour avoir un vague sourire de bonheur. Et c'était tout : il dormait. Jusqu'au lendemain matin RIEN ne pourrait le réveiller.

On ne pouvait même pas dire de cet enfant qu'il était obéissant : personne ne lui demandait d'obéir, pas plus qu'un groupe d'adultes n'aurait l'idée d'exiger d'un nouveau venu sa docilité. Il regardait autour de lui et faisait ce que faisaient les autres, tout simplement. Un « nia » vaguement surpris suffisait à lui faire quitter une mauvaise route, et s'il avait eu envie de répondre à ce « nia » il aurait sans doute dit : « Ah bon ? Je ne savais pas. Merci du renseignement. Je prends note. » Il était très gai, mais savait aussi faire preuve d'une extrême gravité. Il pouvait hurler pendant des heures dans les tas de ferraille avec les gamins du camp ; et pendant des heures écouter une conversation d'adultes sans piper mot lui-même.

Pour sa mère et pour Ernaline il avait un amour particulier. Mais son cœur débordait aussi d'affection pour toutes les créatures – de la fourmi égarée sur sa main à la Voix, en passant par Lauriane, le patik et le chat du camp.

– Quel étrange petit garçon... dit Tristan ce soir-là.

Ce genre de remarque faisait toujours sourire Natalène. Elle ne trouvait à Cantor rien d'étrange. C'était Cantor, voilà tout. Tel qu'en lui-même, aurait dit un Yémache, Dieu l'avait pensé utile au monde – et donc créé.

Il repoussa dans son coin attitré la petite boule chaude et inerte, sans prendre aucune précaution. Pendu par les pieds, Cantor ne se serait sans doute pas réveillé. Puis il déroula la bande de son poignet, et décida qu'il ne la remettrait pas le lendemain : on ne voyait plus sur la peau qu'une boursouflure violette.

– J'espère, dit-il, que j'ai le cuir tanné maintenant, et que je ne vais pas caler à cette étape-là...

Natalène posa Lauriane dans son berceau et sourit.

– On verra, dit-elle. Avec les gadjé on ne sait jamais. C'est délicat, ces bêtes de luxe...

On devait partir à l'aube, comme toujours. Il fallut d'abord se glisser chez la Voix, pour déposer Cantor endormi à côté d'Ernaline. Puis retrouver la Perle. Et ça on n'y réussit pas. On ne pouvait quand même pas fouiller toutes les caravanes...

– Elle nous rattrapera, dit Myriam. Allez, on file...

Ils filèrent, le plus silencieusement possible, le long de l'amas de caravanes et de ferraille. Le Dentiste guidait l'un des percherons, et Tristan l'autre. Le ciel s'éclairait déjà à l'est.

Dans le bourg, ils ne rencontrèrent pas âme qui vive. Et pourtant le Dentiste, qui marchait en tête, arrêta sa roulotte à l'unique carrefour, parce que le feu était rouge. Tristan retint lui aussi son cheval. Et ils attendirent.

– C'est un peu surréaliste, dit Tristan à Natou, ce feu rouge et ces roulottes... pourquoi n'est-il pas passé ?

– Je veux bien vous le dire, sourit Natalène. Mais c'est triste. Parce que vous êtes beaucoup et nous très peu. Parce que vous êtes forts et pas nous. Parce que vous avez gagné d'avance. Voilà pourquoi.

La Perle les rattrapa à la sortie du bourg. Mal réveillée encore, et à la main trois carottes crues qu'elle grignotait en marchant.

– Où étais-tu ? lui demanda Myriam.

– Dans la baraque, aux paillasses. J'avais un coup de bouillave.

Ce genre de déclaration émerveillait toujours le Dentiste, et il se mit à rire.

– Un bon coup ?

– Ah ben oui, apprécia la Perle. Y en a qui veulent une carotte ?

Personne ne voulait lui retirer ainsi le pain de la bouche, et elle se mit à marcher à côté de Myriam, en savourant ses carottes.

– Ça manque de sel, dit-elle seulement.

À midi ils s'arrêtèrent dans un petit village, où Tristan rencontra ses premiers flics, et dut pour la première fois de sa vie tendre ses papiers à quelqu'un qui l'avait tutoyé d'office. Il croisa aussi, tout au long des rues, les premiers regards de gadjé sur le bohémien qu'il était devenu. Et enfin son image en pied, dans la glace d'une boulangerie.

Quand il s'en détourna il vit le regard de Natalène, fixé sur lui et brillant de malice.

– Ah, dit-il, vous, ça va, sale peste...

La Perle, elle, sortait du bureau de tabac, une cartouche de gauloises à la main, un sucre d'orge entre les lèvres et Lauriane calée sur sa hanche.

– Y a un piano chez le pharmacien, paraît, dit-elle. Essaie donc, Panitsen...

Tristan essaya. Le pharmacien était un jeune homme roux, assez timide, que la demande stupéfia littéralement, et qui resta d'abord sans voix.

– Mais... dit-il ensuite, vous savez jouer ?

– Je suis pianiste, répondit Tristan.

– Eh bien alors... alors, pourquoi pas, mais... vous êtes pianiste ?

– Oui.

Il attendait, les rênes du cheval à la main, Natalène à côté de lui – et derrière eux leurs compagnons, et les roulottes. Suffoqué, le jeune homme acquiesça du menton.

– Eh bien alors pourquoi pas, oui... oui, d'accord.

Tristan tendit les rênes à Natalène, et resta sur le seuil du magasin, à côté du pharmacien, pendant que les roulottes descendaient la petite rue.

– Alors, dit le jeune homme, c'est en haut, venez...

Sans aucune méfiance, ce que Tristan trouva méritoire de sa part, il conduisit son surprenant invité jusqu'au premier étage, et lui livra son piano et son salon. Et seule la curiosité, c'était visible, le fit s'attarder un peu.

Tristan s'assit devant le piano, un très bel instrument ancien, et sourit, pour lui-même, en promenant ses doigts au-dessus des touches sans même les frôler.

– Y a-t-il un morceau que vous aimiez particulièrement ? demanda-t-il.

– Eh bien... oui. Mais je crois qu'il est difficile à jouer. La sonate *Au clair de lune*.

Tristan la lui joua. Il ajouta quelques autres passages des sonates de Beethoven. Puis il oublia le pharmacien. Et les roulottes.

Quand il s'arrêta, il était seul. Sa montre indiquait huit heures vingt, ce qui le remplit de confusion.

Le pharmacien n'était plus dans son officine, fermée depuis longtemps. Il classait des factures dans un petit bureau attenant, et quand il vit apparaître Tristan au pied de l'escalier, il se leva.

– J'ai peur d'avoir abusé de votre gentillesse, dit Tristan. Je ne comptais pas jouer si longtemps. Il va falloir que vous me pardonniez... j'ai oublié l'heure.

– Je vous en prie, dit le jeune homme. Je vous en prie. C'était très beau.

– Merci.
– Voulez-vous... voulez-vous manger ?
– Non, je vous remercie. Je vais retrouver mes amis.
– Si vous voulez revenir jouer demain... N'hésitez pas, surtout.
– Nous serons repartis. Merci encore, monsieur.
Quand il fut dans la rue, Tristan s'aperçut qu'il n'avait aucune idée de l'endroit où pouvaient être les roulottes. Avaient-elles poursuivi jusqu'au village suivant, comme prévu ?
Non. Elles étaient au bas de la côte, près d'un petit pont, à trois cents mètres de la dernière maison.
Celle de Natalène était vide. Il frappa à la porte de celle du Dentiste, et se trouva devant une scène étonnante, qui ressemblait tout à fait à la préparation d'un sabbat de sorcières : la Perle, nue, était debout dans un grand baquet d'eau savonneuse, livrée à Myriam et à Natalène qui la décrassaient avec la dernière énergie. Assis au bord de la banquette, le Dentiste ne perdait pas une miette du spectacle.
– Ferme, bon Dieu, cria la Perle, je caille !
Il referma la porte, traversa la roulotte et s'assit à côté du Dentiste. Vêtue de mousse et coiffée de bulles, la Perle les regarda en riant et frappa sur l'épaule de Myriam.
– Les voilà deux à bander, maintenant !
Natalène éclata de rire.
– Bouge pas, dit-elle, ou tu vas en avoir plein les yeux !
Avec un broc, Myriam arrosait sa victime, dont le petit corps brun finit par apparaître sous la mousse, paré seulement du collier d'or. On l'enveloppa d'une serviette, on la coiffa d'une autre, et

les deux hommes se chargèrent d'aller vider dehors le baquet d'eau sale – très sale, vraiment. On remit la table à sa place, Natalène s'en fut quérir chez elle de quoi vêtir la naïade. Et on s'attabla devant un bon petit repas amoureusement préparé par Myriam. On réveilla même Lauriane pour qu'elle en ait sa part : elle se rendormit aussitôt, roulée en boule sous les édredons dans un coin de la banquette.

Tristan parla du pharmacien, un peu. Mais on écouta surtout la Perle. Elle était en verve ce soir-là. Le récit de son divorce rappela à Tristan celui que Natalène lui avait fait autrefois du sien. Seulement Mario... « Il a eu la trouille de me jeter... Tu sais, faut jeter la fille, qu'elle tombe... Mais lui il a pas eu le cœur, gaffe aux yeux que je lui faisais... Il m'a juste poussée un brin, il a fallu que je me mette par terre toute seule... Il avait l'air con, autant te dire... »

Le Dentiste lui rappela Philippe.

– Ah ben oui, dit-elle. Je me souviens. Le gadjo de chez toi, Vanina. Il était marrant.

On ne sut pas pourquoi. Elle se lança ensuite dans l'exposé de ses démêlés avec une certaine Annalisa – qui ne l'emporterait pas au paradis des cons, autant vous dire.

Elle ne s'était pas demandé où elle dormirait.

– Avec Vanina, dit-elle quand on lui posa la question. Et pis toi, Myriam, garde le bébé, que je me taperais la tête au berceau.

– Hélas ! dit le Dentiste. Trois fois hélas ! Je perds au change !

Tristan resta un peu chez Myriam, après le départ des deux jeunes femmes. Le Dentiste évoquait leur prochaine halte, dans un gros bourg où ils comptaient donner quelques représentations.

– Ça s'épuise, dit-il.
– Quoi ?
– L'argent, Panitsen ! Combien gagnes-tu par concert, en gros ?
Le chiffre l'ahurit, et il se le fit répéter.
– J'ai perdu l'habitude de ces sommes-là, dit-il. Et tu jouerais pour nous ?
– Par exemple ! dit Tristan. Mais je pense bien !
Myriam, qui recousait les petits sachets de toile dans lesquels elle enveloppait ses herbes, hocha la tête.
– Pas tant que la Voix est avec nous, dit-elle. C'est trop d'argent. Mais peut-être que si tu demandais cent fois moins, dans un fond de hangar, oui, peut-être...
– Je jouerai où vous voudrez et pour ce que vous voudrez, dit Tristan.
Cette belle déclaration fit rire le Dentiste.
– On verra ça avec la Voix, dit-il. Il nous dira. Mais les Yémaches, tu sais, ont l'argent en horreur.

Natalène et la Perle, quand il les retrouva dans la roulotte aux fleurs, buvaient une tisane à la menthe et parlaient d'écureuils. Il passa derrière la Perle, s'assit au bord de la banquette et délaça ses chaussures.
Quand il se redressa, l'air malicieux des jeunes filles l'intrigua. Elles s'étaient tues et le regardaient, le sourire aux lèvres.
– Qu'est-ce qui vous prend ? demanda-t-il.
– Rien, dit Natalène. Vous vous êtes placé juste là où il fallait, c'est tout. On avait préparé trois ou quatre plans compliqués pour vous amener là... et vous y êtes allé tout seul.
– C'est un guet-apens ?

– Tout exactement un guet-apens.

Il se mit à rire, séduit, et s'assit tout à fait sur le lit. Elles lui faisaient face, l'une à gauche de la table, l'autre à droite, debout maintenant, brunes et mates toutes les deux et pétillantes de gaieté.

– Je n'ai jamais vu de plus joli guet-apens, dit-il. Et que voulez-vous ? Mon argent ? Mon royaume ? Ma vertu ?

– À vrai dire, avoua Natalène, c'est la Perle qui en veut à votre vertu. Moi je ne suis que le complice. L'infâme complice lâche et sournois.

– Ça ne m'étonne pas de vous.

– Allez-vous vous montrer raisonnable ?

– Plutôt crever...

Elles firent un pas vers lui, avec un bel ensemble, et le renversèrent sur la banquette. Pendant quelques instants ils se battirent comme des chiffonniers, entre le rideau et les édredons. Elles en voulaient à ses habits et lui les défendait avec la dernière énergie. Il maîtrisait l'une d'elles facilement, mais l'autre se jetait aussitôt sur lui et tout était à refaire. Et puis ce n'est pas si facile que cela de se battre contre deux jeunes filles, pleines de petits seins doux et de poignets menus... Les longs cheveux de la Perle s'emmêlaient partout, l'une des guerrières le griffa, il fit mal à l'autre qui eut un petit cri – il renonça. D'ailleurs il riait trop. Et pour tout dire son envie d'échapper au sort annoncé n'était pas très forte.

Quand elles le virent immobile elles s'arrêtèrent elles aussi, essoufflées et ravies.

– Putain, dit la Perle, il est pas coton ce con-là...

Natalène s'était penchée sur l'ennemi vaincu, pour l'embrasser, et sa main défaisait le ceinturon, puis les boutons de son jean. Elle glissa les doigts sur son ventre, et il frémit. Quand elle s'écarta de lui il vit que la Perle était nue. Elle n'avait gardé que son collier d'or, et, autour de sa taille, la lanière de cuir qui tenait son couteau. Elle était fine et menue, avec des seins d'adolescente, légers. Ses longs cheveux frôlèrent le visage de Tristan quand elle se pencha à son tour sur lui, pour un baiser rapide et brusque. Il l'entoura de ses bras, l'attira à lui, et s'aperçut vite qu'elle ignorait absolument tout du langage des caresses. Les mains de Tristan sur son corps ne la troublaient pas et seuls des gestes plus précis purent l'émouvoir un peu. Elle possédait bien quelques rudiments de cette science, et elle les appliquait avec beaucoup de bonne volonté – mais c'était manifestement pour elle une langue étrangère.

Natalène, nue elle aussi maintenant, s'était allongée à côté d'eux. D'une main très légère elle se mit à guider celle de la Perle, comme pour lui apprendre une leçon difficile. Et le livre qu'elles feuilletèrent ainsi trouva la leçon délectable...

Quand la Perle manifesta, en enjambant sa proie, qu'elle souhaitait aller de l'avant, Natalène quitta le champ de bataille, s'assit dans un coin du nid, et livra tout à fait Tristan à la sauvage. Surprenante sauvage, brusque et directe comme un soudard... Elle fermait les yeux, parfaitement solitaire, et son visage avait une expression un peu cruelle. Bientôt elle se mit à parler, et à crier, d'une étrange voix rauque.

Natalène la regardait, fascinée par le plaisir qui irradiait de cette petite sorcière primitive. La façon dont Tristan en usait avec elle – parce qu'il y mettait à peu près autant de force et de brusquerie qu'elle – l'étonnait aussi, et participait à son trouble. Elle baissa les yeux, un long moment, pour mieux écouter la violente mélopée de la Perle – et cela dura, dura... Plus tard, la Perle poussa enfin ces grands cris dont Natalène se souvenait si bien et s'abattit, vaincue, sur le lit : hors d'haleine, luisante de transpiration, et frissonnante encore. Belle, si belle, dans son ardeur et sa lassitude... Elle roula sur elle-même, plusieurs fois, et gémit doucement, les mains au creux de son ventre comme pour y retenir la volupté. Puis elle rouvrit les yeux, attira l'un des édredons et s'en essuya le front. Tristan caressa son épaule, du bout des doigts. Elle lui sourit – un sourire vague et las. Puis elle s'endormit, presque aussi vite que Cantor, en quelques secondes.

Tristan se rallongea sur le lit, mit son bras sur ses yeux et eut un petit rire, pour lui-même. D'étonnement encore : il avait beau avoir été prévenu, la violence de la Perle l'avait surpris. De tendresse, aussi, pour cette amazone ignorante...

Il se redressa ensuite et tendit une main à Natalène, pour l'aider à le rejoindre sans réveiller la Perle. Elle enjamba le corps endormi, écarta les édredons et s'allongea contre lui. Il tremblait encore et elle posa sur sa poitrine une main légère : elle aimait sentir s'apaiser son cœur. Un peu plus tard il leva son bras libre, où la Perle avait planté ses dents, et y vit trois petits croissants rouges. Natalène les caressa du bout de l'index et se mit à rire elle aussi, tout bas. Quelques gouttes de pluie, lentes et lourdes, étaient déjà tombées sur le toit : une averse brutale s'y abattit soudain et ils sursautèrent, ensemble. « Mars, chuchota Natalène, c'est vrai, mars, les giboulées... »

L'averse battait furieusement la roulotte, au-dessus de leurs têtes et sur le bois des murs, tout près d'eux. Natalène eut un geste d'enfant et cacha sa tête contre Tristan. Il l'entoura de son bras, caressa ses cheveux, et pour la première fois depuis leur départ de Blajan se demanda comment il pourrait la quitter un jour – elle, son amour, sa joie et son nid d'édredons.

X

Il se réveilla le dernier, le lendemain matin. Natalène versait le café dans les bols, les cheveux relevés parce qu'elle venait de faire sa toilette, et la Perle fumait une cigarette, assise sur l'escalier extérieur. Sur le monde lavé de frais par l'averse nocturne il semblait faire un joli temps de printemps précoce.

– Aujourd'hui, déclara Tristan en guise de bonjour, je me LAVE.

La Perle se retourna et lui sourit.

– Y a un ruisseau à vaches en bas, dit-elle.

Cette phrase augmenta encore la joie de Tristan, curieusement. Il s'étira, sauta dans son jean, enfila son pull qui traînait à terre, et s'assit devant la petite table.

– Ils pioncent encore, dit la Perle. Le Dentiste et Myriam. Peut-être qu'ils ont trop bouillavé.

N'ayant rien à cacher elle poursuivit sa petite pensée simple, en s'asseyant à son tour.

– Je baiserais bien avec le Dentiste, un de ces jours, mais ça foirerait.

– Tu m'as mordu, dit Tristan.

Elle rit, parce qu'il relevait sa manche et lui montrait la trace de ses dents.

– Ah, dit-elle, oui : je mords.

Elle but un peu de café, les yeux fermés pour mieux profiter de cela aussi, et sourit au printemps, aux tartines beurrées, à la vie.

– Me faudrait des bottes, dit-elle ensuite. Je peux quand même pas monter à Lille pieds nus.

– Des bottes au printemps ? s'étonna Natou.

– Dis donc, depuis Noël j'ai envie de bottes. Et juste j'ai du fric : c'est pas le printemps qui va venir m'emmerder, autant te dire.

Le petit appel modulé dont Myriam les saluait chaque matin monta de l'autre roulotte. La Perle siffla, en réponse. Puis elle sortit, son bol à la main, pour aller partager l'autre petit déjeuner.

– Un ruisseau à vaches, dit Tristan. Juste ce qu'il me faut : ce midi je téléphone au premier piano d'Isabelle. On est tout près.

Il avait un peu parlé de la jeune fille à Natalène. Du moins de ses pianos et du tableau sur le toit. Elle avait sans doute fait le lien, d'elle-même, entre l'héritière des usines Dubois-Pontier et cette « admiratrice inconnue », si pressée de trouver un hôtel, dont Tristan lui avait parlé aussi à Blajan. Mais elle n'en avait rien montré.

– Je l'ai croisée au manège, dit-elle ce matin-là. Juste croisée, on ne s'est rien dit. Mais est-ce qu'elle n'est pas plus ou moins liée au Cercle noir ? Philippe avait une façon bien impérieuse de s'adresser à elle...

Parce que Tristan ne répondait pas tout de suite elle sentit qu'elle s'était aventurée là sur un terrain glissant et biaisa, vite.

– Ils viendront vraiment vous chercher en voiture ?

– J'espère. Elle devait essayer d'obtenir ça, en tout cas.

Elle retira les épingles qui retenaient ses cheveux, et secoua la tête.

– La Perle... dit-elle. Mon Dieu qu'elle était belle, cette nuit...

Elle reprit son bol et sourit à Tristan, narquoise.

– Vous étiez un peu sauvage vous-même.

– C'est vrai ?

– Mais oui.

– Alors offrez-moi une jeune vierge blonde et timide, une autre fois : je serai d'une douceur infinie.

Elle rit, et ses yeux brillèrent. Sa beauté frappa Tristan, comme cela arrivait souvent. Quel merveilleux visage elle avait, si brun, si pur, et comme ses prunelles jaunes y chantaient clair...

– Et si vous pouviez me procurer aussi, dit-il, une brune, avec des yeux jaune sale... Vous n'avez pas ça en stock ?

– Non, répondit-elle. C'est un article introuvable. Et beaucoup trop cher pour vous de toute façon.

Il faisait si beau ce matin-là que les bohémiens procédèrent à l'une des cérémonies du printemps : ils sortirent leurs édredons pour les aérer sur les buissons du champ. Ensuite ils descendirent tous au ruisseau à vaches, armés de cuvettes et de savons. La Perle ne tenait pas à se laver de nouveau : elle l'avait fait la veille dans le baquet de Myriam, déclara-t-elle, pour deux mois au moins. Elle se jucha donc sur une barrière, sa cigarette au bec, se chargea d'empêcher Lauriane de se noyer, et regarda ses compagnons se décrasser avec vigueur. Myriam, le Dentiste et Natalène y mettaient un brin de pudeur. Tristan aucun : il se dévêtit au bord du ruisseau et y entra nu. Il avait de l'eau jusqu'à mi-cuisses. Salué par un cri d'horreur général il s'y assit, puis s'y allongea.

– Ne faites pas attention, dit Natalène. C'est un maniaque. Même les douches des hôtels cinq étoiles, il les prend FROIDES...

On s'écarta de lui, parce qu'il s'ébrouait dans l'eau glacée. Quand il se releva il vit le regard de la Perle fixé sur lui et s'immobilisa, fasciné. La sauvage promenait sur son corps des yeux de maquignon, un peu plissés, pleins d'une brutale avidité. Natalène était parfois saisie d'accès de désir aussi violents et aussi visibles : mais son sourire alors recherchait l'accord de l'autre. La Perle n'avait pas ce souci et il pensa que si elle avait été un homme, elle, et lui une jeune fille nue dans un ruisseau – il y passait – dans les dix secondes, le temps pour le violeur d'entrer dans l'eau et de tirer sa proie sur la rive, pas une seconde de plus...

Il éclata de rire et la Perle sursauta, arrachée à son trouble.

– T'as vu ? dit-elle. Ça te la ratatine, le froid !

Il disparut à nouveau dans le ruisseau, puis se releva et se mit à se savonner. Myriam, un peu plus loin, poussait des petits cris sous la morsure de l'eau froide. Le Dentiste l'aidait à se frotter le dos et Natalène, assise sur une grosse pierre, se lavait les pieds. Des oiseaux chantaient dans le bois voisin.

– On pourrait même faire un peu de lessive, dit le Dentiste. Le temps que tu remontes au village téléphoner à ton piano de riches, Panitsen. Ça sècherait en route. Et puis, tiens, tu vas me prêter ton rasoir...

Ce furent donc des bohémiens à peu près présentables qui se remirent en route, ce jour-là, vers midi. Ils avaient été jusqu'à faire chauffer de l'eau pour baigner Lauriane. Le linge pendait un peu n'importe où, sur les rebords des fenêtres, aux crochets des lampes, sur les montants des attelages. On leur demanda leurs papiers, à un carrefour. Était-ce leur évident souci de propreté, ou les gazouillis du bébé ? On fut presque poli...

– De toute façon, dit le Dentiste quand la camionnette de la gendarmerie eut disparu, nous avons plutôt moins d'ennuis que les autres, nous. Je donne toujours ma carte le premier. Et je suis dentiste. Natalène m'emboîte le pas. Elle n'est pas dentiste mais son nom impressionne.

– Y a pas de quoi, sourit Natou. Les Blajan sont à peine nobles, contrairement aux grands Taswïck qui le sont surabondamment...

– Les képis ignorent ça, continua le Dentiste. Et à nous deux nous faisons passer les miteux qui nous collent.

Il fallut expliquer à la Perle, absolument dénuée du sens de l'humour, que son vieil ami venait de faire là une plaisanterie.

– Sapristi, la Perle, écoute donc quand on te parle, c'était pour rire !

– Ben tant mieux, finit-elle par dire. Tant mieux pour toi. Parce que les couteaux des miteux c'est pas fait pour les chiens, autant te dire, foutu Dentiste...

Les amis d'Isabelle vinrent chercher Tristan à l'heure dite, dans le petit village où les roulottes devaient faire halte pour la nuit. Ils étaient en avance au rendez-vous fixé le midi par téléphone : ils virent donc le convoi monter vers l'église. En feraient-ils une description détaillée à l'héritière ? En tout cas, debout devant leur limousine brillante, ils semblaient sidérés. Ils étaient deux, âgés d'une vingtaine d'années, et se présentèrent lorsque Tristan s'approcha de la voiture.

– Xavier Deslandes, dit le plus vieux. Mon frère, Louis-Antoine. Vous êtes Tristan de Blajan-Taswïck ?

– Oui, et vraiment confus de vous importuner ainsi.

Il se retourna, pour faire à ses compagnons un signe d'au revoir. Louis-Antoine lui ouvrit la portière, et il s'assit sur les coussins moelleux. La limousine démarra, silencieusement.

– Nous avons un message pour vous, dit le jeune homme.

Il tendait une enveloppe. Tristan l'ouvrit et en tira une carte de bristol, qui ne portait que quelques mots : « Je vous écrirai chez tous mes arrêts-piano. Je vous aime. Revenez vite. Isabelle. » Il sourit et glissa la carte dans sa poche.

– Nous avons un Steinway, dit Xavier.

– C'est magnifique.

Il s'était de nouveau blessé à la main, en poussant à la roue dans une côte. Pas si profondément que la première fois. Une simple coupure. Mais il avait beaucoup saigné et le mouchoir que lui avait prêté Myriam était taché de sang séché. « Flûte, se dit-il, tant pis... »

Il pensa aussi qu'il ne reverrait pas la Perle : elle repartait le soir même avec un certain Gilou qui devait la prendre en camion sur une bretelle de la nationale, à six kilomètres de là. Les Deslandes auraient peut-être pu l'y déposer en voiture, zut, et elle était toujours pieds nus...

Une demi-heure plus tard la voiture s'arrêta devant une grande maison moderne, illuminée comme un paquebot de luxe. On conduisit Tristan à la maîtresse de maison, qui le traita avec autant de déférence que s'il avait été un prince en exil ; Isabelle avait dû forcer un peu sur cette note-là. Puis au Steinway, qui trônait heureusement à l'écart, dans un petit salon bleu. Il était six heures vingt.

Tristan s'était donné jusqu'à onze heures. Mais il tricha un peu, comme toujours, et ne quitta son tabouret qu'à minuit et quart. Ses hôtes étaient couchés. Xavier seul reconduisit Tristan. Il parla musique – concert – accordeurs – bohémiens – avec beaucoup de gentillesse. Quand il eut retrouvé les roulottes, à la sortie du village, et que Tristan fut descendu, il demanda, presque timidement :

– Isabelle voulait que je lui téléphone... Y a-t-il un message ?

– Mais bien sûr. Saluez-la de ma part et dites-lui que vous avez été des hôtes parfaits. Peut-être nous reverrons-nous ?

Il regarda les phares de la voiture s'éloigner sur le flanc du coteau. Puis il s'allongea là où il était, sur l'herbe du bas-côté. Il ne faisait pas trop froid ; dans le ciel limpide, pourtant, les étoiles avaient cette netteté lointaine qu'on leur voit souvent en hiver.

Il entendit s'ouvrir la porte de la roulotte aux fleurs. Quand Natalène fut à côté de lui, debout, il saisit ses chevilles.

– Je tire ? dit-il.

Elle s'assit, en riant, puis s'allongea à côté de lui.

– J'ai entendu le carrosse des Gentils, dit-elle. C'était bien ?

– Un Steinway.

Elle rit, moqueuse.

– Mais eux ? Les gens ?

– Eh bien... oui, je crois. Riches.

Elle parla de la Perle, qui les avait quittés comme convenu après le dîner. Pieds nus. Et qui les avait priés de saluer Panitsen pour elle. Puis elle se tut. Tristan se releva, un peu plus tard, parce qu'elle avait frissonné.

– Venez, dit-il. On va geler.

Quand il s'étendit sous les édredons il se demanda s'il pourrait de nouveau trouver du charme aux draps blancs des gadjé.

– C'est très fœtal, en fait, dit-il, cet amas de douceur et cette odeur de nuit. Est-ce que tous les bohémiens ont ce genre de nid ?

– Beaucoup. Et surtout ceux qui font la route. Peut-être parce que leur vie, quand ils quittent ce nid, est particulièrement dure, et le monde autour d'eux particulièrement hostile...

– Je ne vous suis pas hostile, sourit-il.

Il l'embrassa, très doucement, et elle mit ses bras autour de lui. Il avait glissé sa cuisse entre les jambes de la jeune fille, très haut, jusqu'à ce point secret de son corps où s'abritait le plaisir, et elle eut bientôt cette petite plainte douce qu'il connaissait si bien. Il pensa à la Perle, à la jouissance fulgurante qu'elle lui avait offerte – au petit jeu agréable et subtil qu'il jouerait sans doute bientôt avec Isabelle – et son amour pour Natalène lui parut soudain presque effrayant. Pourquoi ? Pourquoi aurait-il pu écouter cet imperceptible gémissement, s'en satisfaire et ne rien attendre pour lui ? Et pourquoi, alors, le plaisir qu'elle pouvait lui donner était-il si grand, si grave et si profond ? Il frissonna, simplement parce qu'elle avait posé une main sur son cou, et vit qu'elle avait déjà son lointain sourire d'étrangère.

Le lendemain, ils retrouvèrent Manuel et Anna près du pont de Baniers. Et les jeunes gens étaient porteurs de dizaines de « trucs » : Armel remerciait Myriam pour l'onguent... Si Ceux des Pianos passaient près des Ormes y avait DEUX pianos pour eux, fallait demander au café de la vieille qui comptait les casseroles, elle savait... Les deux derniers rats de Vanina s'étaient sauvés, pas la peine qu'elle aille les chercher... Jujube était en prison pour deux mois... La Voix serait là le soir comme prévu... Maria des Dentelles cherchait quelqu'un pour redescendre son gamin de Lille...

Dès qu'ils eurent délivré leurs messages ils disparurent dans le bois, au grand amusement de Natou.

– Ils me font toujours penser à deux petits chatons, dit-elle. Ils ne sont JAMAIS à plus d'un mètre l'un de l'autre.

– Mensonge éhonté, répliqua le Dentiste. Aux couteaux Manuel lance à deux mètres cinquante, maintenant.

Il faisait très beau, ce jour-là encore. L'après-midi Tristan et Natalène firent une longue promenade le long de la petite rivière, en parlant de Baniers qu'ils devaient traverser le lendemain.

– À l'aller, disait Natou, les gadjé de Baniers ont été les pires de tous. Suants de mépris et de méfiance, ça leur dégoulinait par tous les pores, c'en était répugnant. Mais quand on passe et qu'on repasse, à la fin ça s'arrange. Les gens finissent par se convaincre qu'on ne leur laissera en repartant ni papiers gras ni cadavres fumants. Vous verrez : on y aura des amis un jour, à Baniers.

Après le premier méandre de la rivière, sur une sorte de petite placette engazonnée, des bancs et des tables de pique-nique avaient été installés.

– Il doit y avoir un camping dans le coin, dit Natou. On s'assoit ? Fin mars, quand même, il y a peu de chance qu'on nous lâche les chiens aux fesses...

Elle investit un banc, et Tristan une table. Devant eux, l'eau claire brillait, chuchotante.

– On dirait presque l'étang de Blajan, dit Natou.

– C'est vrai, dit Tristan. Et maintenant, Natou... je vous écoute.

Comme elle levait vers lui des yeux surpris, il lui sourit.

– Dites-moi des choses, Natou. N'importe lesquelles. Piochez dans vos réserves... j'en veux deux kilos cent vingt-cinq grammes. Bien pesés. Et je paie comptant.

– Mais quelles choses ?

– Ce que vous voulez. Des choses. Tiens, par exemple : comment vous êtes-vous choisis, vos amis et vous ? Pour cette route ?

– Alors ça... Ça je ne sais pas. Ça s'est fait tout seul.

– Mais comment les avez-vous rencontrés ?

– C'était au Bout du Nord, il y a trois ans. Quand j'y suis arrivée j'étais malade, en fait – excusez-moi, Taswïck, d'enfoncer le clou, mais j'étais malade. J'ai passé des semaines assise entre deux rochers, à regarder la mer. J'y allais le matin, j'en revenais le soir. C'est Myriam qui s'est occupée de Cantor. Elle le faisait jouer à côté de moi sur la plage. Et nous dormions chez elle. Quand j'ai pu m'intéresser de nouveau à ce qui m'entourait, et il m'a quand même fallu plus d'un an, j'ai découvert le Dentiste, qui vivait avec elle. Le vieux Roumain, qui était leur ami. Anna, qui était la petite-fille du Roumain. Manuel, qui aimait Anna... Voilà, c'est tout bête, nous étions dans le même repli de dunes, derrière la grande lande des Yémaches. Nous sommes allés ensemble jusqu'à Tisted chercher une roulotte pour Manuel et ça s'est bien passé. C'est bizarre, ces équilibres mystérieux dans un groupe. Je suppose que le nôtre était ce qu'il devait être.

– Et vous vous êtes dit, un matin : « On part » ?

– Plus ou moins... De toute façon Manuel et Anna piaffaient sur place. Mais ils étaient trop jeunes pour partir seuls : elle avait quinze ans, lui dix-sept. Myriam et le Dentiste avaient déjà leur route à eux, de là-haut à chez lui, en Artois, une toute petite route de deux mois, ils ne la faisaient qu'une fois par an et ils avaient envie depuis longtemps d'en refaire une vraie. Une vraie, c'est une en boucle : « en bas, en haut, en haut, en bas », dirait la Perle. Moi je rêvais d'autres « Ceux », vous savez bien. Alors oui, on a dû se dire, un matin : « On part ? » Mais je ne sais plus qui l'a dit ! Et d'ailleurs on n'est pas partis.

– Pourquoi ?

– Ah, les routes, ça prend son temps... Le Roumain a retrouvé un amour de jeunesse et il nous a quittés pour suivre sa route à elle, au Danemark. Il m'a donné sa roulotte, quand même, parce que la belle avait déjà la sienne. Là-dessus les Yémaches de l'île aux Chevaux sont arrivés, un matin de brouillard, je me souviens, ils étaient assez impressionnants, une vraie chevauchée des premiers siècles, comme si la brume s'était ouverte sur une brèche du temps, et ce grondement sourd des galops sur la lande... Nous étions sur la dune, tous, Cantor était dans mes bras et en ouvrait des yeux grands comme des soucoupes. L'arrivée des Yémaches de l'île, c'est quelque chose, je vous le dis ! Ivor était parmi eux. Je ne l'avais pas revu depuis bien des années : ils ne sortent de leur île que lorsqu'ils ont assez de chevaux à vendre et ce n'est pas si souvent. Alors... alors, en somme, ça nous a retardés un peu.

– Joli raccourci, sourit Tristan.

– Oui. On a attendu que Lauriane pointe son nez, en brassant nos idées de route. Il fallait garder celle du Dentiste, l'infléchir vers les foires pour Manuel, la prolonger jusqu'à Blajan pour moi... au printemps, c'était à peu près au point. Mais nous sommes d'abord montés jusqu'à l'île aux Chevaux. Le mariage n'existe pas chez les Yémaches, mais chaque fois que c'est humainement possible les enfants naissent chez leur père. Dans sa roulotte, carrément ! Lui, il attend dehors, au pied du petit escalier. Ou assis dessus si ça se prolonge. Quand l'enfant est né on le lui passe – tout nu, Taswïck, tout nu ! – et il le « montre à Dieu » : il l'élève vers le ciel. Après quoi il va lui-même le remettre dans les bras de sa mère. Et pour lui c'est fini : il n'aura plus guère de contact avec l'enfant avant que celui-ci ne soit adolescent.

– Sapristi, je n'ai pas montré Cantor à Dieu !

– En tout cas Ivor lui a montré Lauriane.

– Vous n'êtes pas yémache...

– Non, mais Ivor l'est, et je le savais la première fois que je l'ai approché : donc... Et puis qui pourrait de sang-froid offenser un Yémache ? Ils n'ont rien, ils ne demandent rien... Vous en connaissez deux, Ernaline et la Voix, vous voyez bien ce que je veux dire.

– Oui, sourit Tristan. Je comprends très bien. Et puis c'est une belle image, ce petit bout de chose élevé si haut.

– Nous sommes restés quelques semaines dans l'île. Puis nous sommes repartis pour le Bout du Nord. J'ai déclaré Lauriane au district, j'ai fait passer le truc que nous descendions et que je voulais un champ, en août j'ai écrit à grand-père, et nous sommes partis. Avec Ernaline, la Voix nous l'a confiée. Voilà. Fin de l'épisode. Ça vous fait vos deux kilos cent vingt-cinq ?

– Ça les fait. Bien pesés.

Il regardait la jeune femme, avec cet étonnement toujours : pourquoi elle ? Pourquoi elle, et pas lui ?

– Ah, Natou, je vous l'ai déjà dit, je vous le redirai : je me suis trompé de jumelle autrefois... Je n'ai que Blajan en poche, et vous tout cet étrange monde... Êtes-vous sûre que ce soit juste ?

– Et comment ! sourit-elle. Parce que mon héritage à moi, ce n'était pas la route, c'étaient les camps. Pas de quoi pavoiser. Ma route, je l'ai cherchée sur mes propres pieds et pavée de mes propres mains. Qui vous empêche d'en faire autant ?

– C'est vrai, dit-il. C'est vrai. Encore faut-il savoir ce qu'on cherche.

– Arrêtez-moi si je me trompe, mais vous m'avez toujours donné l'impression de chercher un piano, vous ! Non ? C'était un flûtiau ? Zut...

Il attira la moqueuse, pour l'embrasser, et ils entreprirent ensuite de se laver les pieds au bord de la rivière : un peu d'eau claire, pour un rom, c'est toujours bon à prendre.

La Voix arriva près du pont à peu près en même temps qu'eux. Sans trucs. Mais avec Ernaline et Cantor, qui avaient accompli de grandes choses pendant ces quelques jours.

La fillette méditait depuis le départ de Blajan d'apprendre ses lettres à Cantor, puisqu'il allait avoir trois ans. Il venait de découvrir avec elle le A, le B, le C, et n'en était pas peu fier. Il savait aussi écrire son prénom et voulut le prouver sur l'heure au patik. Tristan fouilla la poche de son blouson, pour y trouver un crayon, mais il ne fut pas assez rapide : devant lui le petit garçon, en bohémien qu'il était, s'était saisi d'un bâton pour tracer les lettres sur le sol.

– Demain, dit Ernaline, je lui apprendrai à écrire son nom.

– Il te faudra trois mois, sourit Natalène.

On reprit la route dès le lendemain matin, pour une étape qui devait être longue : dix jours.

Tristan faisait des progrès dans la langue des roms : Myriam lui faisait apprendre par cœur des proverbes et des chansons, et on décrétait parfois, pour lui, une journée « clibate » où pas un seul mot français ne devait être prononcé. Il prenait aussi des leçons de lancer de couteaux, avec Manuel. Et il marchait maintenant sans problème. « On fera peut-être quelque chose de vous », reconnaissait Natalène.

Un soir, alors qu'ils savouraient dehors une tisane de romarin, la Voix se leva soudain et s'en fut chercher son violon. Cela lui arrivait souvent. Mais il ne s'écarta pas, cette fois, et resta près de sa roulotte.

Il jouait merveilleusement bien : cela, Tristan s'en était douté. Mais il y avait autre chose encore derrière la beauté du chant, c'était vrai, à peine perceptible au début, puis grandissant, et enfin recouvrant tout. Un appel grave et fort – vers quoi ? Rien d'extérieur en tout cas ; quelque chose qui se trouvait déjà en vous, étouffé, oublié ; et lentement reprenait espoir.

Les bohémiens ne parlaient pas. Ils buvaient leur tisane. Cantor seul s'était arrêté, et suçait machinalement sa cuiller vide. Son petit visage avait une expression de bonheur parfait, peut-être parce que rien n'avait à renaître dans son âme confiante que n'avait pas encore abîmée la vie.

Quand le violon se tut ce fut comme une blessure – une porte qui se refermait, et se rouvrirait-elle un jour ?

Tristan reposa son gobelet sur l'herbe, devant lui. Il regardait ses doigts, lourds, ignorants, et le sentiment de son impuissance l'accablait. Puis il vit que la Voix l'observait, avec cette bonté grave qui émanait toujours de lui. « Vinec Panitsen minen », dit-il, ce qu'Ernaline traduisit aussitôt : « Le Pianiste saura un jour. » Une phrase un peu plus longue suivit, retranscrite elle aussi par Ernaline avec cette voix très claire, et très lente, qu'elle avait toujours pour traduire les paroles de son père : « Sa musique sait déjà un peu, mais pas encore lui du tout. »

Cinq des sept pianos d'Isabelle se trouvaient situés sur cette étape. On venait chercher Tristan en voiture, sur les indications qu'il donnait au téléphone, on lui livrait un très bel instrument et on se montrait extrêmement discret. Isabelle avait bien manœuvré. Et chaque fois on remettait à Tristan une lettre d'elle. Courte, en général.

« Comme nous sommes loin, vous en Bohême et moi en Perse... »

« Les Deslandes m'ont dit que vous étiez blessé à la main gauche. Ils m'ont dit que vous étiez beau. Ils m'ont dit que vous étiez très intimidant. Ils m'ont dit qu'il faisait doux ce soir-là... »

« J'ai refait la promenade que nous avions faite ensemble sur les quais. Mais l'eau du fleuve me fait très peur. »

Un soir, Natalène eut envie d'accompagner Tristan chez les Gentils. Il l'emmena. Mais elle était en fait très mal tombée : tout un plein salon d'invités attendait le pianiste bohémien. Isabelle avait dû mal s'expliquer cette fois ; à moins qu'on n'ait refusé de la comprendre.

Tristan pensa d'abord être malencontreusement tombé sur ces gens le soir où ils recevaient. Mais non. On avait au contraire attendu son coup de téléphone pour rassembler tous ces curieux...

Il joua le jeu, bien sûr. Il refusait rarement les jeux qui se présentaient sur sa route. Natalène avait senti le coup venir avant lui, et l'avait paré dès la première seconde, en tortillant ses doigts d'un air embarrassé et en baragouinant quelques mots timides en clibate : on la prit pour l'une des vraies nomades que suivait le pianiste farfelu, on l'assit dans un coin du salon et on l'oublia.

De là où il se tenait – près du piano, une coupe à la main et devisant avec ses hôtes – Tristan voyait pétiller les yeux de sa cousine. Une jeune fille prit sur un guéridon une longue enveloppe brune, assez épaisse : « Isabelle nous a demandé de vous remettre ceci... » et Natalène cette fois baissa tout à fait le nez, pour que personne ne la voie sourire.

« Et vous dormez VRAIMENT dans une roulotte ? Combien sont-ils ? Que mangent-ils ? Oh ! Ce doit être une expérience passionnante pour vous... Ont-ils des chants que vous pourriez transcrire ? Les airs tsiganes, n'est-ce pas... la poésie profonde de cette rude existence... leur insouciance, que l'on peut retrouver dans leur *staccato*, mais bien sûr je ne vous apprends rien... »

Quand il eut bien payé de sa personne – et sa courtoisie était si grande que personne ne s'aperçut de son amusement – on le laissa enfin s'asseoir devant le piano. Il joua d'abord, pour Natalène, leurs petits airs codés de Blajan. Puis il travailla sans plus se soucier des gens qui l'entouraient. Des gammes, des arpèges, des études, les morceaux de son concert de l'automne, et enfin cet air à lui, qu'il poursuivait depuis si longtemps et où il essaya ce soir-là d'introduire quelques-uns des thèmes de la Voix.

Le silence avait régné pendant la première demi-heure. Puis les conversations reprirent. On s'avisa que la bohémienne était vraiment ravissante. Un jeune homme tenta de converser avec elle, sans succès. Son ami vint à sa rescousse et s'assit près d'eux.

– Elle ne comprend pas un mot, dit le premier. Jolie, hein ?

– Tu peux dire... vingt-deux, vingt-trois ans ?

– Dans ces eaux-là. J'ai toujours trouvé ça bandant, les bohémiennes. Ce type, là, ne doit pas s'embêter... Et tu as vu ses yeux ? Mince, c'est bête qu'elle ne comprenne rien, on aurait pu essayer...

– Et si on lui demandait, à lui, si on peut l'inviter, elle, quelque part ?

– Chiche ?

– Chiche, mon vieux !

Ils le firent en effet, plus tard, après deux heures entières de piano, qu'ils passèrent pour leur part à détailler les charmes de Natou à cinquante centimètres d'elle – et la ligne de son cou et l'odeur de sa chair et parions qu'elle n'a pas de soutien-gorge ces filles ont des seins de statue jusqu'à trente ans au moins... moi je la prendrais bien en levrette, et toi ?

Tristan ne voyait rien parce que Tristan, quand il jouait, ne voyait pas grand-chose. De plus, l'idée que l'on puisse s'en prendre ainsi à la jeune fille qui l'accompagnait, dans ce salon bourgeois, ne lui était pas venue : en cela il était bien de Blajan. Quand il se leva enfin l'expression du visage de Natalène l'étonna. Elle était lasse et furieuse. Il s'approcha d'elle aussitôt.

– Votre... votre amie, dit le jeune homme, accepterait-elle une invitation à dîner ? Nous aimerions faire sa connaissance, mon camarade et moi...

– Je vais le lui demander.

Il se tourna vers Natou et s'aperçut qu'il aurait été bien incapable de traduire la demande s'il l'avait vraiment fallu. Heureusement ce n'était pas la peine et il se contenta de citer l'un des proverbes favoris de Myriam.

– « Là où meurt la mer tourne la route. »

– Nia, dit Natalène.

– Je regrette, dit Tristan aux jeunes gens. Elle ne veut pas.

– Insistez ? Nous serions si heureux..

De nouveau Tristan cita Myriam :

– « En bouche close n'entre pas mouche. »

– Nia, redit Natalène. Kereb. Dos kereb.

– Rien à faire, transmit-il. Désolé.

Maintenant qu'elle était libérée des importuns Natalène pouvait goûter sans réserve la drôlerie de la situation. Ces traductions inutiles et ces proverbes qui tombaient là comme des cheveux sur la soupe faillirent lui donner le fou rire. Cependant elle se retint. Et Tristan aussi. Il était tard, on les libéra, et la grosse voiture noire les reconduisit aux roulottes – où, enfin, ils purent rire, et où Natalène redit à Tristan, fidèlement, l'essentiel des discours qu'on lui avait tenus.

– Les salauds... dit-il.

– En levrette, dit-elle, le premier m'aurait plutôt prise en levrette, et le deuxième sodomisée, mais pas dès le début.

Elle s'amusait, maintenant.

– Ne prenez pas votre air Taswïck, dit-elle, il ne vous va plus, vous êtes trop sale.

Elle jura qu'elle ne suivrait plus jamais son cousin dans les mauvais lieux où il aimait s'encanailler. Puis insinua que les douze invités auraient très bien pu la sodomiser tous, les uns après les autres, sans que Môssieur d'Etc-Etc daigne quitter son clavier. Enfin elle en dit tant qu'elle se donna à elle-même le fou rire et dut s'arrêter.

– Mais quand même, Natou, soyez juste : ils ne savaient pas que vous les compreniez.

Elle le reconnut, du bout des lèvres.

– Mais leurs regards, dit-elle, je les comprenais forcément... Enfin, bon, gracions-les si vous y tenez. Les chiens se serrent toujours les coudes. En avril ne te découvre pas d'un fil. Une hirondelle ne fait pas le printemps. Qui vole un œuf...

Il la fit taire, en mettant une main sur sa bouche.

Le lendemain, lorsqu'il remit ses habits, il retrouva dans la poche de son blouson la lettre d'Isabelle, qu'il avait oubliée. L'enveloppe ne contenait que des photos de la jeune fille. Très indiscrètes. Jolies pourtant, et sans vulgarité. Il les regarda, puis les glissa dans son sac à dos. Le jeu qu'Isabelle menait avec lui l'amusait. Il était fin et subtil – comme elle.

Cet arrêt-piano désagréable devait rester une exception. Le suivant ressembla aux premiers : impersonnel et courtois.

– En fait, disait Tristan, quand vous n'êtes pas là tout se passe très bien. Vous êtes la reine des boutefeux, je l'ai toujours dit.

L'étape tirait à sa fin. On dégusta un jeune lièvre braconné par Manuel. On profita d'un piano de la Voix, relégué dans la poussière d'un grenier. On cueillit les premières pommes vertes : un délice pour le peuple rom. Anna et Manuel se mirent à répéter leur numéro, au grand amusement de Cantor que le sifflement des couteaux enchantait. Il faisait beau. Le soir, quand on s'arrêtait, Tristan se sentait très bien, et prêt à marcher encore sur vingt bons kilomètres. Il portait souvent Cantor sur ses épaules, ce que le petit garçon semblait apprécier.

On croisa quelques frères. On apprit d'eux que la Perle était arrivée à Lille, et aussitôt repartie pour Brovnik. Qu'un piano avait été localisé à quarante kilomètres de là – et trois, s'il vous plaît, du côté de Libarek.

Les pianos, en fait, pleuvaient de partout.

– Et ce n'est que la première année, dit Natalène un soir. Si vous revenez l'année prochaine vous en aurez cinq par jour, c'est sûr !

Elle rougit, aussitôt.

– Je reviendrai, dit Tristan. Il est clair que vous ne pouvez pas vous passer de moi.

Elle ne sourit pas et se leva de la banquette, vite. Tristan dut la retenir par le bras.

– Natalène, dit-il. Tête de mule. Je peux vivre sans vous, c'est sûr, et vous sans moi. Mais c'est mieux avec, non ?

Elle ne répondit pas et tenta de se libérer. Mais il la tenait ferme.

– Quel caractère de cochon... dit-il. Écoutez-moi un peu, jeune truie : vous reviendrez tous les ans dans votre champ de Blajan, en janvier. Moi je referai tous les ans ce bout de route avec vous, de février à fin avril. Le reste de l'année on se laissera une paix royale... Ça ne vous dirait pas ?

– Non, répondit-elle. Je ne pourrai jamais supporter vos façons quatre mois par an. Lâchez-moi.

Il le fit, et elle se rassit tout contre lui.

– Ça me plairait, dit-elle. Ça me plairait beaucoup. Je voudrais même plus... je voudrais passer Noël à Blajan. En décembre on n'en sera jamais très loin : je vous téléphonerai, vous viendrez nous prendre en voiture, Cantor et Lauriane connaîtront ça, le réveillon là-bas, les gens... Ça vous dirait, à vous ?

– Bien sûr que ça me dirait.

– Ça retire dix ou quinze jours à vos blondes, par contre.

– Je les bloquerai sur le reste de l'année. Et vous-même vous bloquerez...

Il s'arrêta, prudemment, et Natalène sourit.

– Il s'appelle Ivor, dit-elle. Et vous... elle s'appelle Isabelle Dubois-Pontier, vous.

– Pas encore.

– Mais à mon avis ça ne saurait tarder.

Ils se sourirent, avec un brin de malice.

– Bien, dit Tristan. Nous sommes très indiscrets ce soir. Si nous parlions plutôt du temps ?

– Du fond de l'air qui est frais ?

Il prit la main de la jeune fille et la serra entre les siennes.

– Noël, dit-il. Vous passerez Noël à Blajan. Ça c'est chic. On fait comme ça, Natou, c'est dit.

Elle s'écarta de lui et il la retint – doucement cette fois.

– Il reste seulement deux choses, dit-il. Deux choses sombres, et vous pouvez peut-être m'éclairer.

– Dites ?

– Vanik, d'abord.

– Oh ! Vanik, il est calmé... On l'a vu le premier hiver, là-haut. Il y a passé quinze jours. Moi j'étais malade, mais pas la Voix, et quelle folie pourrait résister à la Voix ? Il est calmé, Vanik Pilossac... Est-ce clair ?

– C'est clair.

– Et l'autre noirceur ?

Tristan la lâcha, et se pencha pour délacer ses chaussures.

– Comme c'est curieux, dit-il doucement. Personne n'en parle jamais. Jamais. On dirait qu'il est mort. Mais il n'est pas mort, Natou...

– Je sais, dit-elle.

– Il y a plus de cinq ans qu'il est en prison. Dans deux ans, dans trois ans, il sortira. Vous le saurez ?

– Qu'il est sorti ? Bien avant qu'il ne sache où je suis !

– Et que ferez-vous ?

– Rien. J'attendrai qu'il vienne, s'il veut venir. Mais il ne prendra sans doute même pas cette peine, tout est tellement différent... J'ai presque vingt-six ans, j'en aurai près de trente et lui plus de soixante. Gina et Vanik sont passés chez les Grecs, moi je fais la route maintenant, Milos est chez les gadjé, Bénik est mort, Fonvières est plus ou moins squatté par la bande de Dax et les Yougoslaves n'ont pas oublié parce que les Yougoslaves n'oublient jamais rien : il faudra qu'il se refasse un trou, et à mon avis ce ne sera pas en France. Plutôt en Roumanie, où vivent ceux qu'il a connus enfant.

Elle se tut, pour commencer à se déshabiller elle aussi, puis reprit :

– « On dirait qu'il est mort », disiez-vous. Pour moi c'est presque le cas. C'est trop vieux. Cela dit il n'a plus de pouvoir sur personne. Et dans quel état sera-t-il ? Dans quel état sort-on de vos prisons ?

À cause du pronom, Tristan lui lança un regard curieux. Elle ne le vit pas. Elle regardait la petite fenêtre, qu'éclairait la lune. Il osa une question cruelle, pour s'assurer que le mur de silence derrière lequel elle avait étouffé autrefois ne s'était pas relevé.

– Est-ce que c'était une habitude, chez lui, de violer ses filles ?

– Je ne sais pas, dit Natalène. Les deux autres avaient leur mère et c'était longtemps avant moi. Peut-être que oui, quand même. Ça arrive souvent dans les camps. Ça arrive souvent partout, d'ailleurs, et même chez les gadjé. Mais finalement... le pire est peut-être l'idée qu'on s'en fait. Et si la mienne était sombre, pas la sienne. Il avait là-dessus un peu de l'innocence de la Perle, si vous voulez : il était sûr de son bon droit. J'étais sa fille, donc... et il a attendu que j'aie quinze ans, et de m'avoir mariée : on pourrait presque dire qu'il y a mis un semblant de moralité.

– Vous avez parlé de ça à la Voix ?

– J'ai parlé de tout à la Voix, sourit-elle. Comme tout le monde. Il devrait bien plutôt s'appeler « l'Oreille ». La masse de choses dont les gens l'ont chargé remplirait un continent...

– Et qu'a-t-il dit ?

– Presque rien. Il posait une petite question de temps en temps, quand quelque chose lui avait échappé. Après quoi il digérait le tout, en regardant la mer – c'était l'époque où je ne faisais guère que cela, et il venait souvent s'asseoir à côté de moi. Quand il avait bien digéré il me sortait une de ces petites phrases à la yémache dont il a le secret... Je me souviens surtout de la première : « Ta colère est grande. » Et certes elle l'était, oui, contre le monde entier, et Vanik et grand-père et le Copte et vous et moi, j'étouffais de colère. Et puis voilà, l'hiver est passé. Cantor riait du matin au soir sur la plage ou dans les bras de Myriam. On entendait partout le violon de la Voix, parce qu'au Bout du Nord il joue beaucoup. Il a entrepris d'aller vous chercher, il pensait que vous pourriez m'aider. Je ne l'ai su que très longtemps après. Son violon m'a manqué, je me souviens, il était comme la mer, il me berçait. Mais tout cet hiver-là est encore assez flou dans ma tête. Plus tard j'ai pu regarder les gens, rire moi aussi avec Cantor, et rêver de route avec mes amis. Là-dessus l'autre été est arrivé, Ivor aussi, et cette petite fille... Voilà. Et maintenant le Copte n'a plus grande importance pour moi. Il vous est difficile de l'admettre, je sais. Pourtant, c'est vrai.

– J'admets très bien, dit Tristan. J'espère seulement que vous n'avez plus d'importance pour lui, vous non plus.

Elle rit, en ouvrant le rideau pour s'allonger.

– Vous mourrez têtu, vous !

Là-dessus ils s'immobilisèrent, sidérés, parce qu'une petite voix sortait de l'amas d'édredons. Ça pouvait donc se réveiller, un Cantor ?

Non. Ça ne pouvait pas. Ça parlait seulement en dormant. Ça disait que le cheval était parti, qu'il fallait rattraper le cheval... est-ce que quelqu'un avait vu le cheval ? Parce qu'il s'était sauvé, le cheval...

Le lendemain matin Tristan trouva la Voix occupé à préparer le petit feu de brindilles rituel, dans le réchaud de fonte. Il sifflait, très bas, et désigna à Tristan la gloire du soleil levant sur la colline.

– Tu vois cela, dit-il en français.

Il connaissait neuf langues, avait dit le Dentiste. Le français, qu'il commençait à parler un peu, serait donc la dixième.

– Oui, sourit Tristan. C'est beau. Je t'aide ?

– Je finis seul.

– Bien.

Il fit chauffer l'eau, puis la versa sur la poudre dans l'antique cafetière bosselée. C'était un homme simple et bon, dont l'âme claire transparaissait toujours, qu'il fasse du café ou parle de Dieu, et ses gestes avaient une grande noblesse.

– J'apprends ta langue, dit-il, tu le sais. Cet objet était l'objet de ma mère. Massiké.

– C'est une cafetière.

– Cafetière. Bien. Elle a beaucoup d'années. Tu peux m'aider pour cela ? Beaucoup d'années.

– Elle est très vieille, dit Tristan. Vieille, ancienne.

– C'est bien.

Il se tut ensuite. Il parlait très peu. On était pourtant toujours conscient de sa présence et de la mystérieuse force qui en émanait.

Cantor apparut sur l'escalier de la roulotte aux fleurs, tout ébouriffé, serrant autour de lui sa petite couverture.

– Illiam tac buditék, déclara-t-il.

Tristan ne comprit pas, mais la Voix sourit.

– Nia, dit-il.

L'enfant eut l'air surpris. Il annonça que sa mère et sa sœur dormaient encore, puis s'assit dans l'herbe et se frotta les yeux. Les roms, que le vent chassait sans relâche sur les routes, prenaient toujours le temps de vivre, pourtant, et Cantor mit une bonne dizaine de minutes à se réveiller tout à fait. À quoi pouvait ressembler le monde de ce petit garçon heureux ? Comment pensait-on quand on n'avait pas de racines ? Tristan se le demanda, une fois de plus, puis croisa le regard jaune de son fils, et sourit.

– Ce n'est pas le soleil qui tourne, dit Cantor. Ernaline a dit que c'est nous qu'on tourne.

– Elle a raison.

Qu'Ernaline ait toujours raison n'était pas une chose qui pouvait se discuter avec Cantor, de toute façon, et il ne commenta pas cette évidence. Manuel apparut à son tour, puis le Dentiste, et les autres ensuite, un par un : le cercle entier se forma autour du réchaud. Le pain était dur, et le lait déborda parce que au moment de le retirer du feu Anna dut d'abord sauver Lauriane qui prétendait y tremper sa main. Mais il y avait des pommes, et, merveille, trois bananes.

C'était un matin semblable à beaucoup d'autres. On se laverait, on ferait disparaître du champ toutes les traces du passage des roulottes, on attellerait et on s'en irait. Ailleurs. Plus haut, puisqu'on « montait ». Où ? Cela n'avait pas grande importance. Il fallait seulement ne pas s'attarder. Et pour la première fois de sa vie Tristan eut conscience du vent, lui aussi. Partir. Marcher. Il sourit, en reposant à ses pieds son gobelet de métal.

– Et alors ? dit Cantor. On y va ?

Au début d'avril, dans un gros bourg où se tenait une foire, Ceux des Pianos retrouvèrent Ceux de Devant, et se mirent aussitôt à monnayer leurs talents. D'abord dans la foire elle-même, dix jours de rang, puis de bourg en bourg sur une bonne cinquantaine de kilomètres. « C'est notre première saison, expliqua Natalène. On en a une autre en juillet, au Danemark. »

De dessous la roulotte aux fleurs on avait ressorti les banderoles. « Couteaux, proclamait l'une d'elles, SPECTACULAIRE numéro de couteaux, on n'accepte pas les âmes sensibles. Trois représentations par jour : 10 h, 14 h, 16 h. 20 F la place. »

« Cartomancie, annonçait celle de Natalène. Tarot de Marseille, exploration de votre personnalité, pour 20 F Vanina vous dévoilera vos atouts cachés. »

Ceux de Devant avaient un petit chapiteau. Ils y exhibaient des singes dressés, deux contorsionnistes, un prestidigitateur, des clowns – et la Voix, le soir.

Quant aux incapables et aux inutiles, ils montaient et démontaient le chapiteau quand on changeait d'endroit. Cantor lui-même avait sa tâche : il balayait les abords de la guérite dans laquelle Ernaline délivrait les billets.

Ce fut pour Tristan un autre monde encore. Bigarré celui-là, et terriblement bruyant.

Il passait ses journées sur des pianos de rencontre, et certes maintenant il n'en manquait pas. Le peuple rom en faisait fleurir sur sa route plus qu'il n'en pouvait approcher. Il se trouvait partout un frère pour connaître quelqu'un qui connaissait quelqu'un dont l'ami ou le cousin connaissait un gadjo qui... avait un piano. Du gadjo à Panitsen la chaîne des « quelqu'un » se nouait sûrement.

La Voix parfois suivait Tristan. Il l'écoutait d'abord, puis prenait son violon.

– Vous souvenez-vous, dit un soir Tristan à Natalène, comment j'essayais de chanter avec vous autrefois, pour soutenir votre voix ? Si on peut appeler ça une voix, et si on peut appeler ça soutenir, je vous halais de la fange où vous étiez engluée, sans espoir aucun...

– Merci, dit Natou. C'est galamment exprimé. Et alors ?

– Et alors vous êtes vengée. Quand je joue et que j'entends le violon de la Voix se glisser là-dedans, soulever parfois ce plomb sur deux ou trois centimètres, jamais davantage – et quand j'ai lâché s'envoler si haut, si haut... vous êtes vengée.

– J'adore la vengeance, sourit Natou.

Elle était ravie : ses cartes marchaient beaucoup mieux que les rats. Elle recevait dans sa roulotte et comptait ses clients sur ses doigts, le soir, avec fierté. « La petite brune, cette femme si triste, le vieux salaud, le type qui veut partir au Pérou, le grand-père tatillon, la si jolie qui hésite entre deux amoureux, l'étudiante idiote... sept, Taswïck ! Sept ! »

Elle ne faisait pas de divination.

– Le saurais-je, disait-elle, que je ne le voudrais pas. Je fais du tarot-consultation : j'examine avec les gens leurs chances et leurs difficultés, leurs atouts, leurs fardeaux...

– Et les cartes vous disent tout cela ? demandait Tristan.

Elle avouait, honnête :

– Non, pas vraiment. Elles les protègent surtout de moi, et puis elles me donnent le temps de sentir comment ils sont. Ce qui me parle ce sont leurs visages et leur façon de poser les questions.

Elle dit aussi, un soir :

– Je les aide. Je vous jure que je les aide et que je ne vole pas mes vingt francs. Je cherche ce qu'ils ont de beau, de fort, de bon. Il y a toujours quelque chose. Je le trouve et j'y crois. Alors ils y croient aussi. Cette pauvre fille d'hier, qui se prenait pour une laide, je lui ai parlé de ses yeux, ils étaient beaux. Et elle était très fine, savez-vous ?

Je le lui ai dit, je le lui ai répété. Peut-être qu'elle y a pensé ce matin en se levant.

Tant qu'ils furent avec Ceux de Devant, les bohémiens des Pianos bénéficièrent de leur position officielle de forains et de leur matériel. Mais à la fin d'avril leurs routes bifurquaient. On se sépara.

Ceux des Pianos continuèrent sur leur lancée. Plus modestement. Un fond de hangar, les arbres d'une placette, un parking ou la cour d'un café abritèrent leur petite troupe. Dix fois, douze fois. Puis ils firent leurs comptes, virent qu'ils avaient atteint la somme fixée et replièrent leurs banderoles.

– En juillet, dit Natalène, on gagne trois fois plus en seulement quinze jours, c'est une très grosse foire : et puis en fait, vous voyez, ça nous suffit pour l'année.

La Voix les quitta là. Il remontait tout droit au Bout du Nord, lui. Mais il leur laissa Ernaline, soucieux, comme toujours, d'entourer la fillette de ces fameux « doigts de femme ».

Le Dentiste parla de lui, le soir, quand les enfants furent endormis. La Voix était danois, au moins de nationalité. Il avait eu deux fils avant Ernaline : Ivor et Jan. Et il avait beaucoup aimé leur mère.

– Trop pour un Yémache... glissa Natalène.

– Est-ce que l'amour leur est interdit ?

– Non ! Mais il cache Dieu. Dieu doit passer avant ses créatures, et la grande affaire des Yémaches, quand même, c'est Dieu.

– Un dieu étrange, dit le Dentiste. Il ne leur demande rien, sinon d'être en paix. Avec eux-mêmes, avec les autres, avec le monde. Tu me diras, Panitsen, que c'est une terrible demande... Mais ils n'ont pas de rites, vois-tu, ou très peu, et en tout cas pas de prières, pas de sacrements, rien qui puisse ressembler à une messe, un service ou un temple. Dieu est là, c'est tout. Partout. Toujours. Sans exigence : le soleil a-t-il des exigences ? Leur religion consiste surtout, je pense, à tirer les conséquences logiques et courageuses de la présence de Dieu : mais du matin au soir et de trois à cent ans, à chaque minute de leur vie, pour chaque mot qu'ils prononcent et chaque geste qu'ils font.

– C'est très lourd, sourit Tristan.

– Pas forcément. Si tu aimes une femme, Panitsen, tu ne réfléchis pas aux conséquences de cet amour, tu les tires, d'instinct, toujours... Les Yémaches vivent une grande passion pour leur Dieu – après tout c'est une bonne définition. Des fous de Dieu. Mais sans fanatisme aucun, et c'est bien là leur force. Il s'agit d'un amour heureux, tu vois : ils n'ont jamais aucun doute sur la bonté de Dieu, ni sur ce fameux rendez-vous du jour de leur mort, où quelqu'un les attend. Fouler le sol natal, enfin...

Il s'enflamma soudain et se leva, son gobelet à la main.

– PAS UN, dit-il, ne m'a jamais demandé UNE SEULE FOIS si je partageais leur croyance. Leur générosité là-dessus... Et puis jamais... Heureux les Yémaches, Panitsen, et quant à la Voix... Qu'il soit né prince, ou cireur de chaussures, ou banquier, même banquier, MÊME, il aurait eu de toute façon cette noblesse et cette fierté en lui, elles sont dans ses os, mais il est né bohémien et yémache, tu vois, à la place EXACTE où elles pouvaient s'exalter jusqu'à l'invraisemblable. C'est un sorcier ! C'est un prophète ! C'est un DIEU lui-même !

Les autres l'écoutaient, bouche bée, comme chaque fois qu'il s'emballait ainsi. Là, tout de même, ils éclatèrent de rire.

– Un dieu ! dit Natou. Sapristi, ne lui dis jamais ça ! Tu vas, tu vas, tu t'envoles... Acrobate !

Le Dentiste se calma un peu – et, du coup, se rassit sur sa pierre.

– C'est au moins le maître de l'essentiel, reprit-il plus posément. Même toi, mécréante, tu ne peux pas le nier. Et son violon, c'est ça. Pour moi, c'est ça. Une belle musique, parce qu'il joue bien, et crac, quelque chose s'en détache à droite, parce que ce n'était pas essentiel, puis à gauche, pour la même raison, et en bas, et en haut, il reste un noyau de beauté, mais il peut faire mieux encore, d'autres pelures tombent, parce qu'elles n'étaient pas VRAIMENT essentielles, on le croyait seulement, et encore, et encore, encore... et ce qui reste, Vanina, ah ! ce qui reste, à la fin des fins – moi ça m'a jeté sur les routes autrefois. Pour lui c'est Dieu. Mais sa musique ne joue pas sur l'émotion, c'est même une des premières pelures qui en tombent, et elle nous laisse libres de nommer ce qui reste. Pour moi ce n'est pas Dieu. Je ne sais pas ce que c'est. Je cherche.

– Est-ce que tu crois en Dieu ? demanda Tristan.

– Non, dit le Dentiste.

Il sourit.

– Et là un Yémache me dirait, avec cette invraisemblable bonté qu'ils ont tous : « Attends seulement. C'est qu'il est un peu plus loin sur ta route. »

– Il n'est pas sur la mienne, dit Tristan.

– M'étonne pas, plaisanta le Dentiste. On ne logerait pas une souris sur ta route, parce que toute la place est prise par un piano à queue...

Ils approchaient de chez le Dentiste. Là se trouvait leur « champ du milieu », Blajan étant celui du bas et le Bout du Nord celui du haut. Un champ, c'était très important. On devait s'y sentir en sécurité. On aimait aussi y être bien reçu, pouvoir y entreposer quelques objets, y retrouver des amis et y recevoir son courrier. « C'est notre port, disait Natalène, notre oasis, notre auberge... »

Au champ du milieu on passait deux fois par an, bien sûr, à l'aller et au retour. On n'y restait donc qu'une quinzaine de jours. Le Dentiste s'y attardait davantage : cela avait été sa maison avant d'être celle de sa fille et il y avait trois petits-enfants qu'il adorait.

Le convoi y arriva au tout début de mai. Lamentable : il pleuvait affreusement depuis quatre jours, et on avait si bien pressé le pas qu'on était épuisé.

Ce champ-là était un verger. Derrière la palissade s'élevait la maison du Dentiste, une ancienne ferme restaurée avec goût et luxueusement aménagée, où se trouvait d'ailleurs un excellent piano. Le Dentiste y disparut, happé par sa fille. Ernaline et Cantor, malgré la pluie, se précipitèrent sur les rangs de fraisiers. Les autres s'enfouirent sous leurs édredons avec l'unique désir de ne plus jamais en sortir.

Laurence Donnadié était dentiste elle aussi. Elle adorait son père et ne savait qu'inventer pour lui complaire lorsque la route, enfin, le lui rendait. Submergé de beaux livres reliés et de confit d'oie, le Dentiste appelait souvent ce champ-là :

« Capoue ». Quand il était loin de Laurence, naturellement.

– Tu comprends, dit-il à Tristan ce soir-là après le repas d'accueil, je retrouve ici ce dont la route m'a délivré justement : les objets. Les-Z-abominables-Z-objets-Z-inutiles. Et les miens, ce qui est un comble...

Tristan, qui admirait justement la grâce d'un vase de Gallé posé sur un guéridon, sourit.

– Certains sont très beaux.

– Ah, rétorqua le Dentiste, ce sont les pires !

Tristan ne devait passer là que deux jours. Puis repartir pour Blajan. Natalène et lui n'en avaient pas parlé encore. Ils avaient beaucoup reçu de la vie, beaucoup reçu l'un de l'autre, et le prix à payer allait maintenant leur être demandé. Ils étaient décidés à payer sans discuter.

Leur souci était surtout de se faciliter les choses l'un à l'autre : ils se quittèrent donc, au jour fixé, avec beaucoup de calme et de gaieté, comme deux bons camarades ravis d'avoir vécu quelques mois ensemble mais que la séparation ne touche pas vraiment. On se reverrait bien un jour ou l'autre, non ?

XI

Tristan revint en train, puis en car. Il avait quitté sa Bohême à sept heures du matin, dans la voiture de Laurence Donnadié, et poussa la grande porte de Blajan à temps pour le repas du soir : ce n'était pas si mal pour un si radical changement de planète.

On l'attendait : il avait téléphoné, de Paris. Et Contorose avait naturellement improvisé une fête.

On le trouva égal à lui-même. Il parla de Cantor, des représentations données en route, et des pianos rencontrés tout au long du chemin. On lui fit la gazette de Blajan. Rien ne s'y était passé d'important, sinon que l'escalier du champ était posé et que Serge Breuville s'était trouvé un compagnon. Il venait d'emménager avec lui dans un petit appartement des quais.

Les objets. Les abominables objets dont avait parlé le Dentiste. Ce fut la principale surprise de Tristan quand il réintégra le monde des gadjé : tant et tant d'objets, Seigneur ! Tant de petites cuillers différentes, tant de livres et tant de bibelots, tant de meubles autour de lui, tant d'habits dans sa penderie et POURQUOI trois savonnettes sur le rebord de son lavabo ?

Il écrivit à Isabelle Dubois-Pontier une petite lettre de remerciement, gentille et assez impersonnelle. Puis il s'en alla passer une semaine à Toulouse chez le cousin Edmond, et une semaine à Saint-Lys ensuite. « Ce garçon ne tient pas en place... » bougonna Contorose.

Le vieil homme put se rassurer ensuite. Tristan revint à Blajan le 25 mai et n'en bougea plus. Il devait donner deux concerts à l'automne, deux concerts « de première importance » pour citer son agent ; et il travaillait beaucoup.

Sa musique savait plus de choses, aurait sans doute dit la Voix. Et lui-même en avait appris quelques-unes. En tout cas il était maintenant capable de retrouver son ancien jeu, serein et mesuré. Et de lui échapper quand il le voulait, pour... autre chose. Ça n'avait peut-être pas de nom. Mais c'était quelque chose de très différent.

Il reçut au début du mois d'août une lettre de Natalène. Au bas de la feuille, en grosses lettres maladroites, on lisait un nom : « Cantor de Blajan-Tasw ». C'était un début, mais à ce rythme-là l'enfant n'était pas au bout de ses peines...

Quant à Natou, elle parlait de leur saison danoise, des cent quatre clients qu'elle avait eus à ce jour (« Comptez, Panitsen, si je suis riche ! ») et des leçons de tarot qu'elle donnait à Anna. Elle avait signé « Natou », mais écrit au dos de l'enveloppe, curieusement : « Vanina de Blajan ».

Il lui répondit chez le Dentiste, où Ceux des Pianos devaient repasser deux mois plus tard, au début d'octobre.

Il avait revu Isabelle, bien sûr, dès son retour de Saint-Lys. Elle l'avait trouvé singulièrement lointain. Il l'était, à ce moment-là, replié sur ce vide que creusait en lui l'absence de Natalène. Et leurs rapports avaient repris exactement au point où les avait laissés le départ de Tristan : comme si les lettres qu'elle avait écrites au pianiste bohémien n'avaient jamais été envoyées, ou jamais reçues. Il n'y fit aucune allusion, et quand elle s'y risqua il reconnut seulement, avec naturel :

– On me les a remises.

Elle avait une autre photographie à montrer à Tristan. Et celle-ci le représentait, lui, assis devant un piano dans un salon dont il ne se souvenait même plus. Jouant, sans remarquer le photographe.

– C'était chez les Villiers, dit-elle.

Tristan regarda avec un certain amusement ce qu'il avait été : un bohémien sale, mal rasé, au visage assez dur. Avait-il vraiment noué ses cheveux trop longs d'un bout de ficelle, ce soir-là ?

Peut-être, oui, avant qu'Ernaline n'ait retrouvé les uniques ciseaux de la tribu...

– Vous êtes très beau là-dessus, dit Isabelle.

– Ma chère amie, je suis TOUJOURS beau comme un astre.

Il se tut après cela. Il se taisait beaucoup lors des premières soirées qu'ils passèrent ensemble, comme si rien autour de lui ne le concernait.

Elle l'avait interrogé sur ce qu'elle appelait elle aussi son « expérience ». Il en avait dit très peu de chose : la route, les roulottes, et les pianos qu'il lui devait. Elle n'avait pas osé insister. Ce Blajan-là n'avait pas la rudesse de Philippe, ni son caractère épineux; il était pourtant plus intimidant.

Mais dès le mois d'août elle le retrouva tel qu'elle l'avait rencontré en février : présent, gai, plein d'intérêt pour le monde en général et pour elle en particulier. Il avait une façon de se moquer de son argent et de son oisiveté qui était une preuve d'amitié, elle le sentait.

Il avait dîné un soir chez ses parents et M. Dubois-Pontier, le terrible, l'avait traité avec une certaine déférence : l'aura des Blajan ne s'était pas ternie pour lui.

– Celui-ci, avait-il rappelé à sa femme, a toute une kyrielle de noms, huit, dix, je ne sais plus... C'est assez surprenant.

Trahissant ses pensées secrètes la mère d'Isabelle avait murmuré, en réponse :

– Oui, MAIS... il est marié. À sa cousine, tu sais, celle dont le père... Les gens bavardaient là-dessus à une certaine époque. Et il a un enfant.

Isabelle avait ri. Pourtant elle avait ressenti un petit pincement au cœur, très désagréable. Il lui était assez indifférent que Tristan soit marié.

Beaucoup moins de savoir qu'il tenait à cette cousine bohémienne. Et il y tenait. D'une façon qu'elle s'expliquait mal, d'ailleurs, et qui ne s'exprimait jamais. Mais évidente, pour elle.

« Si je pouvais, pensait-elle, les voir ensemble une fois, je saurais... »

Sophie était fiancée ; ou du moins envisageait un nouveau mariage. Elle venait de fêter ses vingt-neuf ans et bien qu'elle fût heureuse à Blajan sa solitude lui pesait. Une certaine sagesse lui chuchotait aussi, dans le creux de l'oreille, qu'elle n'était PAS une Blajan et qu'il lui fallait tenter de se faire au monde une place bien à elle.

L'heureux homme était radiologue, et semblait très amoureux. Contorose avait amusé tout le monde en exigeant qu'il vienne, lui aussi, « montrer son nez ». Il était venu. On l'avait trouvé très réservé, un peu collet monté, mais somme toute agréable et intelligent. Et ce fut aussi l'avis de Tristan lorsqu'il le rencontra, peu après son retour.

Le seul Blajan à ne pas aimer ce nouveau venu était Philippe. Il en parlait avec mépris, avec hargne, au grand amusement des siens. Sommé de s'expliquer il avait dit un soir, faute de meilleurs arguments :

– Elle ne l'aime pas.

– Qu'en sais-tu ? avait demandé Valère.

– Ça se voit. Je le sais. C'est évident. Gros comme une maison.

Sophie se déclarant au contraire très amoureuse, comme il se devait, l'entêtement que mettait Philippe à le nier lui attira beaucoup de railleries, cet été-là.

À Tristan seul Sophie fit un jour la confidence que Philippe n'avait peut-être pas tort.

– Je l'aime BIEN, dit-elle. Vincent : je l'aime bien. Il est gentil, on s'entend bien, on s'entendra bien longtemps... et puis j'ai vingt-neuf ans.

– Quelle horreur... répondit Tristan.

Elle rougit, un peu.

– Je suis seule, dit-elle. J'ai une petite fille de quatre ans et demi dont le père ne s'occupe pas et je suis seule. Est-ce que vous me souhaitez, pour dans dix ans, le canapé de vos tantes ?

– Je ne vois pas le rapport.

– Mais moi il me tourne autour, le rapport, il me crie aux oreilles, il m'assourdit...

En septembre Tristan donna le premier de ses concerts d'automne, et de nouveau provoqua des discussions passionnées. L'approbation calme et mesurée de ses anciens critiques n'avait plus cours nulle part. On s'enflammait, que ce soit pour parler de « génie » ou de « la plus révoltante des fumisteries ».

Son dernier morceau surtout, « Variations sur la Voix », avait choqué – ou transporté, c'était selon. Personne n'avait remarqué la majuscule et pour tous les critiques il s'agissait de « magnifier, transcender, glorifier » la voix humaine. Ou bien de « l'insulter, l'appauvrir, la salir, la désacraliser... ».

Il enregistra son premier disque. Puis il donna à Toulouse, une semaine plus tard, le second concert, qui devait d'ailleurs engendrer le même genre de réactions.

Mais ce soir-là, quand il sortit de l'auditorium, un inconnu l'aborda sur le parking : c'était le pharmacien de Ribelannes, à qui il avait mendié un piano six mois auparavant, et qui cette fois bégayait d'émotion. Il expliqua qu'il avait reconnu son hôte d'un soir sur un dépliant offert par le service culturel de la mairie. Qu'il n'avait pas osé y croire. Mais que la ressemblance, vraiment, encore que, bien sûr, les circonstances soient naturellement différentes, mais bon... il était honoré, très honoré d'avoir eu la chance de... et s'il se trouvait un jour que... si de nouveau son piano pouvait...

Tristan l'aida gentiment à émerger de ce discours embrouillé, puis s'offrit à le reconduire à son hôtel.

– Je n'oserais pas, dit le jeune homme.

Sur quoi Tristan l'embarqua presque de force.

Avec une fermeté qui désespérait son agent il se refusait à tout entretien, à toute interview. « Je n'ai rien à dire », répétait-il.

Il déclara qu'il donnerait deux ou trois concerts, chaque année, entre septembre et janvier, si on lui en offrait la possibilité; et qu'il enregistrerait un disque chaque automne si on l'en priait. Mais qu'on n'obtiendrait rien d'autre de lui.

Son agent le connaissait depuis longtemps et savait ce jeune homme courtois extrêmement obstiné. Il n'insista donc pas. Mais il misa à fond sur cette carte-là, puisque c'était la seule qu'on lui laissait : il présenta Tristan comme un ermite vaguement ours, mâtiné de moine cloîtré...

L'image lui resta. Elle ne lui correspondait pas, mais il lui dut une paix royale. « Le plus secret de nos jeunes solistes... » lisait-on dans une revue spécialisée. « Tristan de Taswïck, que peu de journalistes ont eu la chance d'approcher », disait une autre.

– Sapristi, plaisantait Philippe, je ne savais pas que c'était un tel privilège...

Isabelle n'était jamais en retard à leurs rendez-vous. Un soir, pourtant, il dut l'attendre près d'une heure, et il allait s'inquiéter pour de bon quand elle apparut et se glissa sur la banquette, en face de lui, avec un embarras manifeste.

– Excusez-moi, dit-elle. Je regrette. Je n'ai vraiment pas pu faire autrement, vraiment pas.

Il la rassura de son mieux et elle se détendit un peu. Elle semblait lasse, et curieusement éteinte.

– Pas de chance aux dés ? demanda-t-il.

Elle hésita.

– Ou beaucoup, dit-elle enfin. Ça dépend de ce qu'on cherche.

– Et que cherchez-vous ?

– Ça n'a rien d'original... le plaisir.

– Vous avez choisi une route épineuse.

Elle ne répondit pas. Elle prenait une cigarette, et il lui tendit son briquet allumé. « Étrange garçon, pensait-elle. Plus lointain qu'un vieil oncle des mois durant, et terriblement direct quand il s'y met... » Elle tenta une sortie, brusquement :

– N'aviez-vous pas l'intention de me faire visiter votre route, l'année dernière ?

– Si, dit-il.

Il ajouta, avec ce mélange de raillerie et de gentillesse dont elle avait appris à se méfier :

– Qui ne l'aurait ?

Elle ne répondit pas, décontenancée. D'ailleurs on venait prendre leur commande. La salle du restaurant était bondée, et très bruyante. Dehors, il pleuvait. Elle parla de ce qu'un ami de son père avait dit de Tristan au cours d'un repas : « Un original... il joue bien, mais c'est vraiment un original fini... »

Là-dessus elle déclara, sans transition :

– Je ne sais même pas si je vous aime.

– Bonne question.
– Pourquoi ?
– Mais parce que c'est assez rare, d'aimer quelqu'un... et très répandu de se l'imaginer.
Il ajouta, en souriant :
– Notez que ça a son charme aussi, de croire qu'on aime. Je m'y suis fait prendre bien des fois, comme tout le monde, et j'ai apprécié.
– Seulement vous aimez quelqu'un, vous.
Elle regretta cette phrase dès qu'elle l'eut prononcée. Mais c'était trop tard.
– Oui, dit Tristan.
– Votre femme. C'est bien bourgeois.
Il ne répondit pas et sourit seulement.
– On peut se demander si elle vous aime, elle, ou si elle se l'imagine, à courir les routes comme ça sans vous ?
– Isabelle, dit-il doucement.
Elle se tut, et il se mit à parler, lui.
– Je vous ai offert mon amitié l'année dernière. Elle est à peu près digne de vous, sans me vanter, entière et sûre. Pour ce qui est du reste je n'ai rien à offrir. Ou pas grand-chose. Vous n'êtes pas du genre à vous fournir au Prisunic du coin, je suppose, ni en habits ni en amour ?
– Je VEUX faire l'amour avec vous.
– Ça c'est facile.
– On ne dirait pas : ça traîne depuis huit mois.
Il se mit à rire – et finalement elle aussi.
– Quelle drôle de fille vous êtes, dit-il.
– Vous ne voulez pas ?
– Mais si.
Une victoire si facile stupéfia Isabelle, et elle lança à Tristan un regard vaguement méfiant.
– Ce soir, dit-elle.
– Si vous voulez.

– Chez moi ?

– Mais où vous voulez.

Ce fut chez elle : dans l'aile dont elle disposait à l'hôtel Pontier, et qu'elle fit d'abord visiter à Tristan. Une entrée particulière, trois chambres, un grand salon, une vaste cuisine et deux salles de bains. Le tout luxueusement meublé. Et très froid.

Elle était assez froide elle-même. Lointaine – et trop habile. Sortir de ses routes persanes devait la désorienter, ou même l'effrayer un peu : ils ne s'apportèrent pas grand-chose ce soir-là.

À Blajan cependant on frappait les trois coups d'une curieuse aventure, en ce beau mois d'octobre. Sophie avait reçu, dans un long carton plat, la robe qu'elle s'était commandée en grand secret pour son mariage et qui serait, avait-elle dit, « quelque chose de tout à fait extraordinaire ».

Les robes de Sophie étaient toutes extraordinaires : qu'avait-elle pu inventer de mieux cette fois, ou de pire ? Les commentaires allaient bon train, mais elle se refusait absolument à donner le moindre renseignement.

Philippe seul réussit un soir à entrevoir la merveille. Ce porc-épic et le joli papillon avaient des liens privilégiés depuis longtemps. Elle le fit entrer dans sa chambre, lui fit promettre au moins dix fois le secret le plus absolu, puis tira le carton de dessous son lit et en écarta un peu le couvercle. Philippe vit du satin bleu et un flot de dentelle vert cru.

– Sapristi, dit-il, ça a l'air gratiné... Vincent l'a vue ?

– Non. Je lui ai seulement demandé de s'habiller en gris.

– Vous avez bien fait. Ça reposera les yeux.

Elle riait, en remettant le couvercle. Des malles encombraient la chambre : le mariage avait lieu six jours plus tard. Vincent et elle laisseraient Flore à Blajan pendant leur voyage de noces, puis ils s'installeraient tous les trois en ville, dans le grand appartement que possédait Vincent au-dessus de son cabinet et qui venait d'être remeublé tout exprès.

– Vous nous manquerez, dit Philippe. C'est pas de jeu de faire ça. On pouvait penser que vous étiez là pour soixante ans, Flore et vous, et pffft ! vous filez à l'anglaise...

– Nous ne serons pas très loin.

– Seriez-vous au pavillon de la grille que ce serait encore trop loin.

– C'est gentil, ça...

Il était déjà à la porte et elle repoussa le carton sous le lit.

– N'en parlez vraiment à personne, dit-elle. Souvenez-vous, j'ai votre promesse ! Si une robe n'est pas une surprise c'est à peine une robe...

– Pour une surprise, affirma-t-il, ne craignez rien, ce sera celle du siècle.

Il sortit, et referma doucement la porte. Il claquait facilement les portes, ce garçon volcanique. Mais celle de Sophie, jamais. En fait, la présence de la jeune femme avait été cela pour lui depuis des années : un petit espace de calme et de douceur, le vent tombé, l'apaisement... Il en prit soudain conscience, là, dans le couloir, et de vieux souvenirs l'assaillirent. Sophie adolescente, entrant à Blajan aux côtés de la vieille Hortense Perey, pétillante d'entrain, préparant les récits grivois dont elle agacerait ses amis. Sophie et ses robes folles, ses boucles légères, la gaieté de ses lèvres roses. Il revit aussi la jeune fille assise avec lui devant le feu, la nuit où naissait Cantor, fumant des cigarettes frauduleuses près de Contorose endormi. Elle avait toujours été là, naïve et fraîche. « Papillon », l'appelait Tristan, et « Mousseline » Natalène, mais elle ressemblait aussi au printemps et au bonheur...

Il fit demi-tour et rouvrit la porte, sans frapper.

– Sophie, dit-il, voulez-vous m'épouser, moi plutôt ?

Elle ne rit pas : il ne pouvait pas plaisanter, avec le visage bouleversé qu'il avait. Saisie, une paire d'escarpins dorés à la main, elle ne dit rien.

– Dans le couloir, reprit-il, je viens de comprendre tout ça dans le couloir, là... ce que vous représentez pour moi – et vous n'aimez pas Vincent – peut-être que vous pourriez m'aimer, moi – et moi je vous aime, il y a des années que je vous aime – voulez-vous ?

– Philippe, je me marie la semaine prochaine...

– Ce serait bien plus embêtant si vous vous étiez mariée la semaine dernière, il aurait fallu divorcer.

– Mais c'est fou, ça...

Elle éclata de rire, soudain.

– Je vais finir par le croire, dit-elle. Que les Blajan sont TOUS fous. Tous. Chacun à leur manière mais tous.

– Vous n'aimez pas Vincent.

– Non, reconnut-elle. Mais on s'entend bien et on aime les mêmes choses.

– Nous aussi on s'entend bien. Et c'est idiot d'aimer les mêmes choses.

– Et puis moi je ne... je ne... enfin je ne suis pas... vous, vous êtes... vos amis, là...

Elle avait rougi et Philippe, d'abord perplexe, eut ensuite ce sourire gentil qu'il n'avait jamais eu, en fait, que pour elle.

– Je vous en prie, dit-il. Il n'est pas question de cela.

Elle s'assit au bord du lit, rougissante encore, puis fondit en larmes.

– De toute façon, dit-elle, vous n'aimez pas ma robe. Je monte à cheval comme un sabot, j'ai deux ans de plus que vous et vous n'aimez pas ma robe...

Ce fut lui qui se mit à rire, cette fois. Il s'approcha d'elle et s'accroupit près du lit.

– Ne pleurez pas, Sophie. Ce n'est pas triste du tout. Je n'aime pas vous voir pleurer. Réfléchissez à tout ça, vous me direz. Demain ou après-demain, vous me direz. Je vais aller en ville, tenez, pour vous laisser y penser tranquillement. Chez Caroline. Vous me téléphonerez.

Elle téléphona le soir même, pour déclarer que tout ça était une histoire de fous et qu'elle n'était pas folle, elle. Philippe exigea qu'elle vienne le lui dire en face et ils dînèrent au Mikado. Quand ils en sortirent elle se sentait déjà moins raisonnable.

Elle rappela, le lendemain matin.

– Et comment dire ça à Vincent, si jamais...

– Voulez-vous que je le fasse ? proposa Philippe.

Elle s'y refusa absolument. Ils dînèrent de nouveau en ville, ce soir-là, puisque Vincent était encore à Paris, et se promenèrent ensuite sur les quais. Tous les vingt pas Sophie s'ébahissait tout haut d'être embarquée subitement dans une aventure aussi parfaitement extravagante.

– Mais enfin... disait-elle. Avouez que c'est dingue... misère !

Il riait. Avec cette innocence qu'elle avait et qui touchait tant Philippe elle dit aussi :

– Nous n’avons jamais fait l’amour ensemble, depuis tant de siècles que nous nous connaissons... et si nous ne nous entendions pas là-dessus ? Parce que c’est très important ça aussi, vous savez ?

– Oui, répondit-il, je le sais, mais c’est un risque à courir. On va le courir jusqu’au bout et attendre le soir du mariage – le nôtre. Vous n’aimez pas le risque ?

Il avait parlé sans calcul. Mais il ne pouvait rien dire de plus habile : Sophie aimait le risque, et le jeu, et qu’un petit rien de perversité se mêle à sa vie...

Il fit mieux encore, le lendemain, à Blajan, en déclarant qu’il allait passer quelques jours chez le cousin Edmond.

– Par exemple ! rugit Contorose. Et le mariage de Sophie ? En voilà des façons !

– Je reviendrai ce matin-là, dit Philippe. Toulouse, ce n’est pas le bout du monde.

Tout cela, naturellement, on ne devait le savoir que longtemps après. En ces jours qui précédaient le mariage les Blajan s’étonnèrent seulement de la nervosité de Sophie, et aussi de voir que tous les soirs, de Toulouse, Philippe l’appelait.

– Ils ont mijoté quelque chose pour le mariage, disait Natacha. Mais quoi ? Qu’est-ce qu’elle a pu encore inventer d’inédit ?

On souriait. Ça ne pouvait être que joli, et plaisant, puisque cela venait de Sophie. Et quand le téléphone sonnait, le soir, Contorose proposait toujours, pour ne pas gêner la farce projetée :

– Sophie, c’est Philippe, pour vous... Prenez-le dans mon bureau, voulez-vous ?

Elle disparaissait dans le Saint Lieu. Un peu mélancoliques, les Blajan soupiraient. Si la jeune femme s'était parfois imaginé qu'elle était de trop parmi eux, elle avait fait là une grosse erreur : ils l'aimaient tous, et l'idée de la voir les quitter de nouveau les attristait.

L'avant-veille du mariage, quand Sophie ressortit du bureau de Contorose elle n'entra pas vraiment au salon, et resta sur le seuil.

– Tristan... dit-elle. Puis-je vous parler ? Vous permettez, monsieur, que ce soit encore chez vous ?

Contorose permit, en souriant. Le complot devait être au point et on y associait Tristan, bon...

– Je parie, dit Marion quand les conjurés eurent disparu, qu'elle a commandé un éléphanteau qui doit entrer dans le parc à une certaine heure... ou même à la mairie... et avec Philippe comme cornac.

Tante Lise en lâcha son aiguille, d'horreur.

– Non, dit-elle. Non, quand même, non...

Dans le bureau, Sophie désignait à Tristan le fauteuil de Contorose.

– Mettez-vous là, dit-elle. C'est une répétition. Et préparez votre gifle : je ne veux pas me marier après-demain.

– Voilà une bonne nouvelle, dit Tristan aussitôt. Je ne vous giflerai pas. Et grand-père non plus. Seigneur, voilà une bonne nouvelle... On était tous un peu tristes, vous savez, et moi très inquiet.

– Mais c'est plus compliqué que ça. Écoutez-moi.

Il prit, pour rire, la pose même de Contorose : carré dans son fauteuil et les mains sur l'accoudoir – prêt à bondir.

– « Je t'écoute, mon enfant », cita-t-il.

– Je voulais me marier. Avec Vincent. Et puis la semaine dernière quelqu'un est venu me dire, en gros : « Tant qu'à faire, pourquoi pas moi ? » J'en suis restée muette. Je n'y avais JAMAIS pensé, c'était seulement un bon vieux copain... et lui venait juste d'y penser, peut-être parce que je me mariais justement.

– Ah, dit Tristan. Bon. Ça se complique en effet. Si je comprends bien vous voulez toujours vous marier, mais pas avec Vincent, et Vincent n'est pas au courant ? C'est ça ?

C'était bien ça, et il se mit à rire.

– Papillon... dit-il. Mais vous savez que ça ne se fait pas comme ça ? Qu'il faut republier des bans, refaire tous les papiers ? Annuler le contrat chez le notaire ? Recommencer tous les faire-part et tous les cartons d'invitation ? Et puis d'abord qui est-ce, l'autre ? Vous l'aimez, celui-là ?

– Je ne sais pas...

– Vous mériteriez peut-être bien une gifle, après tout.

Il se tut, quelques instants.

– Bon, dit-il ensuite. Il faut annuler ce mariage-là. Le vieux. Ça c'est sûr, et c'est pressé. Pour le reste on verra après. Voulez-vous parler à Vincent vous-même ?

– C'est mieux, non ?

– Bien sûr que c'est mieux. Je vous accompagnerai et j'attendrai en bas, ou grand-père, ou Philippe, ou Emmanuel, comme vous voudrez...

Sophie prit une grande inspiration et dit, très bas :

– Plutôt pas Philippe. Justement, plutôt pas Philippe.

Un petit silence pesa. Puis Tristan éclata de rire.

– Non ? dit-il. Sérieux ?

Elle opina du menton, rougissante.

– Sapristi, Sophie, mais c'est fou, ça... Et il vous aime ?

– Il le dit.

– S'il le dit, c'est que c'est vrai. Mais vous ?

– Je ne sais pas. Plus que Vincent en tout cas.

– Écoutez, le mieux est d'appeler grand-père et de lui dire que vous ne voulez plus vous marier. Et puis d'attendre un peu pour la suite. On fait comme ça ?

Elle murmura, ce qui parut à Tristan de très bon augure :

– Mais je ne sais pas comment Philippe voulait faire ni ce qu'il voulait dire...

– C'est vrai, dit-il. C'est à lui de décider ça avec vous. Qu'en a-t-il dit, ce soir ?

– Je n'étais pas sûre. Je n'ai été sûre qu'en raccrochant.

– Alors rappelez-le. De toute façon il ne peut pas penser qu'il ne faut pas arrêter ce mariage-là.

Il se leva.

– Faites ça, dit-il. Rappelez-le et voyez avec lui.

Il ressortit. Seul.

– On abuse, dit-il à Contorose, mais Sophie doit donner un autre coup de téléphone.

Celui-ci fut bref et quelques minutes plus tard Sophie reparut, pour s'approcher de Contorose et déclarer, un peu timidement :

– Philippe revient, monsieur. Il aimerait vous parler et vous demande de l'attendre, si vous pouvez.

Tous ces mystères amusaient Contorose, qui promit de veiller jusqu'à l'arrivée de Philippe. Gaffeur impénitent il ajouta même, galamment :

– Et puis refuser quelque chose à une jeune mariée ? Ce serait un péché mortel !

Le vieil homme devait mourir l'année suivante : il donna donc ce soir-là sa dernière représentation, quand Philippe l'eut entraîné dans son bureau. Pour la dernière fois les Blajan entendirent derrière la porte des éclats de voix et des imprécations passionnées : « ... OSER... SCANDALE... MON TOIT... MOI LOUIS DE... »

On n'entendit que cela, comme d'habitude : les pics du discours. Sophie fondit en larmes, tante Lise abandonna sa broderie, Marion pâlit de crainte...

La porte se rouvrit très vite. Et Contorose, à la surprise générale, semblait tout à fait calme.

– Eh bien... dit-il. J'ai une bonne nouvelle à vous annoncer. J'ai été très étonné, et il y avait de quoi, mais... je suis ravi. Ravi. Venez m'embrasser, petite friponne...

La friponne se leva, toute rose.

– Peut-on savoir, Louis ? demanda tante Lise.

Contorose embrassa d'abord Sophie, puis mit son grand bras de patriarche sur les épaules de la jeune femme.

– Ravi, répéta-t-il. Je suis RAVI.

Suivant l'usage ancien Tristan regarda Philippe, le sourcil interrogateur et une main sur la joue, pour s'enquérir de la gifle rituelle. Philippe fit un signe négatif de la tête.

– Cette enfant, dit Contorose qui orchestrait là pour la dernière fois une de ces grandes scènes qu'il avait tant aimées, cette enfant devait se marier après-demain, vous le savez. Elle a eu des doutes. Lise ! Elle a eu des doutes et elle a réfléchi. Lise ! Laisse-moi finir ! Tu ne vas pas nier qu'il vaille mieux s'interroger avant qu'après? Elle ne connaissait pas vraiment ses sentiments. Il arrive qu'on se trompe sur soi-même.

– Mon Dieu, gémit tante Lise, tu ne vas pas me dire, Louis... L'avant-veille du mariage! Mon Dieu! Mais les invitations? Les gens? Les gens, Louis?

Contorose avait cet air gourmet des orateurs qui ont réservé le meilleur pour la fin. Tristan en conclut que Philippe avait tenu à ce que tout soit dit. Et il sourit : il reconnaissait bien là son cousin.

– En fait, reprit Contorose, ce n'est qu'un détail, Lise. Sophie a bien l'intention de se marier. Mais pas avec Vincent Bernardin. Voilà tout.

C'était beaucoup pour tante Lise, qui jeta à l'éhontée un regard scandalisé. Pauvre Sophie, toute petite à côté de Contorose, et rouge comme une pivoine...

– Elle épousera l'un des nôtres, dit Contorose. Voilà ce qui me ravit. Dans quelques mois, bien sûr, le temps que les vagues retombent...

– L'un des nôtres, Louis?

– Oui : Philippe.

– Philippe?

Qu'auraient été ces scènes à Blajan sans la participation de la vieille dame? Ses interruptions, sa façon de répéter les mots importants du discours de son frère? Son honnête visage plissé dans l'effort de compréhension qu'elle faisait?

– Philippe, répéta Contorose. Et je suis ravi. Elle était ma pupille, ce qui n'est pas rien, elle va devenir ma nièce, ce qui est mieux encore. Je suis absolument ravi.

Au même instant il rougit violemment, frappé par une pensée qui ne lui était pas encore venue, et se tourna vers Philippe. Leurs regards se croisèrent : celui de Contorose empli d'une soudaine méfiance, celui de Philippe d'abord surpris, puis amusé. Tristan baissa les yeux pour ne pas rire. Un petit ange passa, forcément muet – puis s'envola.

– Oui, dit Contorose, bon, bon... Je pense bien que... Je suppose bien que...

Il s'arrêta net. L'affection que Philippe avait pour le vieux monsieur le poussa à une concession, la seule qu'il ferait jamais sans doute.

– Soyez sans crainte, dit-il. Cela n'a rien à voir avec... ce à quoi vous pensez. Rien du tout.

Tante Lise, qui n'avait rien compris à cet intermède, reprit le fil de ses pensées.

– Mais les gens, Louis ?

– Ma foi, conclut royalement Contorose, que les gens s'occupent de leurs oignons et me laissent touiller les miens. Il y a bientôt quatre-vingt-trois ans que je vis sans me soucier de l'opinion des gens et je n'ai pas l'intention, Lise, de commencer aujourd'hui.

Philippe ne lui cédait en rien en ce domaine : il ne voulut pas consentir au délai de « simple bienséance » qu'avaient envisagé ses tantes, ni à laisser « retomber les vagues » comme le recommandait Contorose. Les bans du mariage Bernardin à peine ôtés du panneau de la mairie, on y afficha ceux du mariage Rivalty. Et à la fin de novembre Sophie subit le sort commun : vêtue de dentelle verte et de satin bleu, elle devint une Blajan elle aussi.

Elle était si enfant encore qu'elle exigea de Tristan, quinze jours plus tard, quand il se mit en route pour aller chercher Natalène près de Moulins, qu'il ne dise rien de l'événement.

– Je veux lui faire une surprise, dit-elle. Je veux que pour une fois ce soit MOI qui lui fasse ouvrir des yeux comme des soucoupes, et pas l'inverse...

Il s'y engagea. Natalène lui avait téléphoné la veille, quand les roulottes avaient dépassé Moulins. Il devait la retrouver sur la route de Crémières à Villeneuve. Il avait préparé la chambre de la jeune femme et Bertrand l'avait aidé à y porter un lit d'enfant pour Cantor. Contorose avait naturellement préparé une fête grandiose. Quant à Flore, Albane et Basile, ils piétinaient d'impatience à l'idée de revoir leur petit cousin bohémien.

– Mais les roulottes ne seront pas là, leur expliquait Fleur trois fois par jour. Seulement Natalène, Lauriane et Cantor. Ils viennent un peu en avance, pour Noël. Alors ne traîne pas de bûches sur la terrasse, Basile, je te dis que c'est trop tôt... et va reporter ces cornichons à Justine... et laisse ce rouleau de corde où il est... Basile ! Je vais me fâcher tout rouge !

Tristan, lui, se demandait avec un peu de crainte si l'impression de paix qu'il ressentait n'était pas trompeuse. Après tant d'années d'incertitude Natalène et lui semblaient avoir trouvé avec la vie un terrain d'entente. Elle fêterait chaque Noël avec lui dans la vieille maison. En janvier elle se partagerait entre son champ et Blajan. Et chaque année il repartirait avec elle, de la mi-février à la fin d'avril, jusqu'au champ du Dentiste. Là ils se quitteraient jusqu'au Noël suivant. C'était juste, il le sentait, et pour elle et pour lui. Juste et clair. Mais la vie pouvait-elle être si simple ?

XII

Tristan ne devait pas aller jusqu'aux roulottes. Et en effet il croisa Natalène bien avant le village où elles avaient fait halte. Un tournant de la petite route qui serpentait entre Villeneuve et Crémières lui livra soudain deux silhouettes sur le bas-côté, qui agitaient les bras – et puis des sourires, et ce cri de Cantor : « Li patik illarié ! Illarié li patik ! »

– Et Lauriane ? demanda Tristan.

Lauriane était restée avec Ernaline. Les roms se montraient avec leurs enfants, Tristan l'avait déjà remarqué, beaucoup moins inquiets et possessifs que les gadjé. Était-ce pour les préparer à la vie errante qui serait la leur ? Les mères quittaient rarement leurs bébés plus de quelques minutes ; mais dès que l'enfant marchait il pouvait très bien passer des semaines loin de ses parents sans que personne apparemment n'en souffre.

Tristan mit dans son coffre les petits baluchons des voyageurs, et repartit. Assis à l'arrière, Cantor passait sa main brune sur le velours des fauteuils, avec révérence.

– C'est doux, dit-il. Tu l'as cousu toi ?

Il n'attendit pas la réponse et se retourna, à genoux sur le siège, pour voir s'enfuir la route derrière lui. Si vite, si vite !

Natalène se taisait, peut-être aussi surprise que son fils de se retrouver dans une voiture. Ils étaient l'un et l'autre assez mal vêtus, et trop légèrement.

– Vous n'avez pas fait fortune ? demanda Tristan.

– Non, sourit-elle. On a perdu un cheval, et puis, je ne sais pas, tout s'est mal boutiqué... Ça ira mieux l'année prochaine.

– Mais vous n'avez pas faim ?

– J'ai bien peur que si.

Tristan eut un petit serrement de cœur, mais ne fit pas de commentaires. Il s'arrêta seulement au premier village pour offrir aux affamés, dans une auberge, un petit déjeuner pantagruélique. Ébloui, Cantor regarda la serveuse poser devant lui des croissants, du pain, du beurre, des pichets...

– Oh là là ! dit-il. Oh là là ! Plus de sous après, plus de sous...

– Mange, dit Tristan.

L'enfant ne se fit pas prier. Dans son visage à la peau très mate, ses yeux jaunes brillaient. Solide et bien bâti, il faisait plus que son âge.

Natalène regardait, par la fenêtre, des poules traverser la cour de l'auberge. Elle semblait lasse, mais sereine.

– Racontez, dit-elle.

Il parla du compagnon de Serge Breuville, un peu, puis de Blajan. Albane allait de grippe en bronchite, toujours aussi délicate, Basile de colère en caprice, Flore devenait de plus en plus jolie, Fleur faisait des étincelles en sixième... Quoi donc, voyons... Caroline et Olivier parlaient très sérieusement de divorce... Chantal et Jean-Louis viendraient à Noël...

– Et Sophie ?

– Sophie ? Elle va bien.

Il n'en dit pas plus, mais ses yeux pétillèrent.

– Eh bien ? sourit Natou. C'est si drôle que ça ?

– Oui, avoua-t-il. Mais elle tient à vous faire rire elle-même.

– Bien. J'attendrai.

– Et vous ? La gazette des routes ?

Elle la fit, en savourant son café noir. Anna et Manuel attendaient un enfant, c'était la seule nouvelle digne de ce nom. Ceux des Pianos n'étaient ni un de plus ni un de moins. Ils avaient marché, marché, marché...

– En juillet, je vous l'ai écrit, on a gagné beaucoup d'argent. Sapristi, ça pleuvait ! Mais on s'en est fait voler plus de la moitié près de la frontière, juste quand on commençait à redescendre, et puis l'équarrisseur nous a filoutés... On a vendu des choses au fripier de Saint-Agil... Voilà.

Elle se mit à rire, soudain.

– Mais on a fait un repas de roi, un délicieux vrai gros repas, et grâce à vous. Merci !

– Je vous en prie, sourit Tristan, c'était de bon cœur... mais c'était quoi ?

– Vous souvenez-vous de ce pharmacien à qui vous aviez emprunté son piano, dans un petit village ? À Ribelannes ?

– Je l'ai revu à Toulouse, après un concert.

– Oui, il nous l'a dit. Parce qu'on n'avait pas fait trois tours de roues sur sa place qu'il était là, jailli de sa boutique comme un boulet, pour vous saluer au passage... Il était très déçu de voir que vous manquiez à l'appel. Et il nous a invités au relais forestier. Tous. Si on avait refusé je crois bien qu'il se serait pendu.

– C'était gentil.

– Bien sûr que ça l'était. Nous avons mangé du chevreuil, maestro, à votre santé. Il s'appelle Fabrice Bernier, il a vingt-six ans, et vous êtes une sorte de dieu vivant pour lui.

– Vous auriez dû pousser la Voix à lui jouer quelque chose, ça lui aurait remis les idées en place.

– Il n'était pas là. On l'aura tard cette année, il est encore à Tisted.

– Sibé timiec arik ? dit Cantor.

Natalène lui sourit, et mit un bout de doigt dans le bol qu'il lui tendait, pour le sucer ensuite.

– Délicieux, dit-elle. Mais essaie de ne pas mélanger le clibate et le français, tu sais bien, on en a parlé hier soir.

Cantor opina du menton.

– Sais-tu écrire ton nom ? demanda Tristan.

L'enfant eut un sourire de contentement paisible.

– Je sais tout écrire, dit-il. Je sais lire aussi. J'ai fini deux degrés.

– Tu sais lire ?

– Ernaline est un maître redoutable, sourit Natalène. Et puis les roms apprennent vite, quand ils apprennent. Bien sûr qu'il sait lire. Ça a été bouclé en cinq semaines. Deux degrés ça équivaut à peu près, je crois, à votre cours élémentaire. Ivor lui apprend le danois, par-dessus le marché. Sapristi, ce gamin est un vrai buvard, il veut tout savoir... en juillet, c'est lui qu'on montrera à la foire.

Le petit phénomène, pour l'heure, se resservait du chocolat. Tristan commanda d'autres cafés, d'autres croissants, et puis des cigarettes...

Natalène et Cantor se réinstallèrent dans la vieille maison en quelques heures, avec leur aisance habituelle. Les Blajan étaient certainement plus émus qu'eux par ce retour. Cantor réclama une chambre à lui : sa mère lui avait dit que ce serait sans doute possible, et il y tenait. On lui en aménagea une très vite, dans l'aile droite. Il s'en fut ensuite dans la cuisine, pour refaire la connaissance de Justine dont il n'avait pas oublié les confitures.

Quant à Natalène, après avoir appris avec la stupéfaction escomptée le surprenant mariage de

Sophie, elle alla s'allonger un peu. Dès qu'elle eut tourné les talons on s'accorda à la trouver « bien, en somme » : tranquille, heureuse, jolie – mais lasse.

– Ils doivent marcher des kilomètres et des kilomètres... dit Marion avec effroi.

Il ne s'agissait sans doute pas de cela et Tristan surprit, au déjeuner, une petite scène furtive qui le toucha. Cantor s'était assis, ébloui par l'étalage de tartines et d'entrées, il tendit une patte avide... « Mitané billac lek tua nia », dit Natalène. L'enfant aussitôt retira sa main. « Mitané billac » demeurait mystérieux pour Tristan. Mais « lek tua nia », il connaissait : « Ne montre pas que... » Après cela Cantor attendit qu'on le serve et mangea aussi lentement, aussi calmement, que s'il n'avait pas eu très faim.

Tristan les emmena en ville aussitôt après, sous prétexte de montrer à son fils les décorations de Noël que l'on commençait à suspendre dans les rues, et il les installa d'autorité dans une crêperie. Basile avait prêté à Cantor des habits plus conformes et Natalène portait l'une des robes qu'elle avait laissées à Blajan autrefois. Ils mangèrent chacun un monceau de crêpes et de galettes, sans honte cette fois.

– On n'avait plus que du riz, du pain et des orties, dit Cantor. Tu aurais vu, patik ! Et puis la soupe d'orties, tu sais bien, faut pas qu'elles soient gelées... Tu te souviens, la poule noire ? Non, t'étais plus là. Eh bien elle est morte. On n'avait même plus d'œufs.

Il ajouta, malicieux :

– Remarque, on l'a mangée.

Puis, interrogateur :

– Tu nous donneras des œufs ? Il en faut, pour le niglou...

Tristan accorda les œufs, d'avance, et l'on convint même que Cantor irait les choisir lui-même dans le poulailler de Marinette. Sur quoi l'enfant se remit à sa galette au jambon. Et Tristan sourit à Natalène – leur premier vrai sourire depuis le matin. Se retrouver leur était difficile, comme chaque fois.

Les magasins éblouirent le petit bohémien. Tant et tant de choses ! Tant de gens, de lumières et de bruit, tant de voitures ! Du coup, il se trompa de langue. « Pisté vilabiken minek », dit-il. Ce que Natou traduisit : « On dirait des puces, les gens. »

– Pourquoi des puces ? sourit Tristan.

– Y sautent partout, t'as vu ?

Après cela on ne l'entendit plus. Il regardait. Il prit la main de son père, une fois, pour traverser une rue particulièrement encombrée, mais il le fit d'une façon toute personnelle, pour le guider.

– Fais attention... dit-il.

Contorose avait sagement repoussé la fête d'accueil au lendemain du retour de Natalène. Et il avait eu raison : Cantor s'endormit à table, ce premier soir, et dès neuf heures Natou se mit à bâiller.

Au petit matin seulement, très tôt, elle se glissa dans la chambre de Tristan, chargée d'un plateau qu'elle était allée garnir à la cuisine. Il dormait encore. Elle le réveilla, sans pitié.

– Pas de douche, dit-elle quand il ouvrit les yeux, nia, nia... café !

Il descendit de son lit si haut perché, pour la rejoindre sur le tapis. Elle avait gratté une allumette sous les bûchettes de l'âtre et les flammes crépitaient déjà. Aucune lueur d'aube ne passait entre les lames des persiennes.

– Quelle heure est-il ?

– Six heures et demie, répondit-elle, l'heure des chevaux.

– Je m'en souviens, soupira-t-il. Quelle horreur...

Il enfila son jean, et son pull-over de laine, parce qu'il frissonnait. Puis il s'assit en face de Natalène.

– Et voilà, déclara-t-il. Vous n'êtes pas là depuis vingt-quatre heures que tout est déjà sens dessus dessous et que les petits déjeuners apparaissent avec deux heures d'avance...

Elle eut un rire moqueur, et la joie qui rôdait depuis la veille autour de Tristan l'envahit brutalement. Elle était revenue, la bohémienne, oui...

– Natou... dit-il. Voulez-vous que nous allions leur porter de quoi manger, ou de l'argent ?

– Non. Le Dentiste y allait quand je suis partie. Et puis... non, merci.

– Vous n'aviez plus d'argent ?

– Presque plus.

– De quoi vivrez-vous jusqu'au printemps ?

Elle rit, de nouveau.

– Nous vivrons, dit-elle. Il nous faut si peu.

Elle portait l'une des chemises de nuit d'Agnès, comme à Saint-Lys, et un châle de laine rouge. Ses boucles emmêlées brillaient, noires, autour de son visage brun.

– Vous êtes chaque fois plus jolie, Natou. Vous avez un secret ?

– Oui, dit-elle, je suis heureuse.

C'était certainement vrai. Elle pencha la tête, pourtant.

– Regardez, dit-elle, par là, je ne sais pas où... j'ai des cheveux blancs.

– Oh ?

– Paraît que si. Cinq ou six. Hé hé, maestro, je vais avoir vingt-sept ans en avril ! Et à propos de maestro... jouerez-vous pour nous, cette année ?

– Bien sûr que oui.

Il cita la Voix, railleur :

– Cela m'honorera.

– Alors c'est dit.

– Mais Myriam semblait croire, l'année dernière, que ce serait trop d'argent et que ça gênerait la Voix.

– C'est lui qui m'en a parlé ! Et puis il ne s'agit pas de concert gadjo... Vous ferez ce qu'il fait lui-même, dans les fonds de cour ou de café.

– Entendu. J'adore les fonds.

Ils parlèrent de Cantor, ensuite, pendant que la pile de toasts posée devant Natalène diminuait à vue d'œil. Puis de Sophie. Elle aussi était heureuse, manifestement. Philippe et elle avaient emménagé dans une très grande pièce de l'aile droite, qui avait certainement été une salle de classe au temps des jésuites. Depuis, transformés en menuisiers, en peintres et en décorateurs, ils s'y affairaient du matin au soir.

– Il a toujours eu moins d'épines pour elle que pour les autres, dit Natalène. Mais quelle histoire de fous !

Elle était venue à bout des toasts, de la confiture et du pichet de café. Tristan s'offrit à descendre regarnir le plateau, et elle sourit.

– Non, dit-elle. Je commence à être repue. On n'en était quand même pas à manger les rats...

Elle posa sur l'épaule de Tristan sa petite main brune, et il serra les dents.

– S'il vous plaît... dit-elle.

Sophie fit visiter à Natalène son palais de l'aile droite, dans la matinée, et lui raconta par le menu toute l'histoire de son mariage. Elle était heureuse, oui.

– Il est si gentil, disait-elle, si merveilleusement gentil...

Natalène le croyait volontiers. Elle savait bien, elle, que son porc-épic de cousin pouvait être tendre et doux. Et elle commençait à se faire une vague idée de ce que Sophie devait représenter pour lui.

– Et puis tu sais, dit Sophie, j'avais peur que... Tu te souviens de Valérie Dubreuil et de leur espèce de cercle... Je sais qu'il n'y va plus depuis des années, il me l'a dit, mais je me demandais si... eh bien non. Mais alors pas du tout.

Natalène lui sourit. Elle aurait très mal imaginé en effet son papillon d'amie pris dans ce genre de filet.

– Nous aurons un enfant, dit Sophie. Peut-être pas tout de suite, mais bientôt.

« Et voilà, pensa Natalène. Blajan se prépare un nouveau départ. Natacha et Bertrand n'y resteront peut-être pas, mais Philippe et Sophie, Emmanuel et Marion, Édith et Xavier, si. Il y a Fleur, Valère, Lucile, et trois enfants à grouiller par là, Mme Duplessis prendra la relève des tantes... C'est reparti pour un tour ! »

– Blajan te va bien, dit-elle. Il lui a fallu longtemps pour te mettre le grappin dessus, mais il y est arrivé, tu vois, à la fin. C'est chic...

La fête fut très réussie. Contorose y avait convié tous les satellites du clan et Natalène n'eut pas un instant à elle. De Serge Breuville à Xavier Dubois, ils étaient tous là, et tous pressés de refaire connaissance avec leur étoile filante.

Cantor ne fut pas particulièrement ébloui par le faste de la soirée. Il avait l'habitude des grands rassemblements et trouva celui-ci plutôt moins bruyant que les autres. Il était bilingue en somme, comme sa mère, et devait savoir très vite, comme elle, parler cette autre langue encore qu'était la vie à Blajan. Chez des gadjé peut-être, mais aussi des bourgeois. On lui avait appris qu'il fallait s'adapter, pour n'offenser personne, aux coutumes des clans divers que l'on côtoyait : les Yémaches, Ceux des Dentelles, les paysans de Zélande, les forains danois... À Blajan le « vous » régnait et les hommes, s'ils n'attelaient pas les chevaux, se levaient pour les femmes, bon. Les rites des repas y étaient d'une effroyable complexité et certains mots n'avaient pas cours, bon...

Il s'entendait bien avec Fleur, peut-être parce qu'elle avait l'âge d'Ernaline et que pour lui une fillette de onze ans était ce que le monde pouvait offrir de plus délectable, après sa mère. Avec Albane, il se montrait protecteur : la fragilité de ce petit bout de fille, pâlotte et délicate, réveillait ses instincts chevaleresques. Flore, beaucoup plus gaie, promettait d'être une bonne compagne de jeu. Quant à l'affreux Basile, il le considérait avec un rien de scandale, sidéré que l'on puisse être si bruyant, si indocile et si capricieux. On avait grondé ce perturbateur trois fois de suite sans obtenir sa reddition, ce qui était déjà ahurissant, et son père avait dû, pour le faire céder enfin, lui claquer vigoureusement le postérieur – honte qui n'avait même plus de nom. L'expression de Cantor devant cette petite scène amusa Tristan, et il s'assit à côté de lui sur la banquette.

– Basile est très désobéissant, dit-il.

On ne pouvait nier le fait et Cantor approuva du chef. Cependant il avait couru le monde et vu bien des choses, ce qui lui permit d'apporter sa contribution personnelle à la discussion de ce cas clinique.

– J'en connais un autre comme ça là-haut.

– Un Yémache ?

– Oh, dit l'enfant choqué, non, pas un Yémache ! Oh non ! Non ! Un gadjo, à la ferme du bout de l'île. Pareil.

Là-dessus il retrouva son petit âge et fila rejoindre Flore, qui s'amusait à se glisser entre les danseurs. Caroline avait coincé Natalène dans l'embrasure d'une fenêtre et lui exposait ses griefs contre Olivier. « Un bonnet de nuit », disait-elle. Et ce pauvre Olivier semblait bien sombre en effet, occupé à bâcler un morne tango avec Lucile Duplessis...

Lucile avait presque vingt ans. Pour s'être trop aimés à seize ans, Valère et elle se supportaient mal, et leurs disputes avaient remplacé à Blajan celles de Philippe et Natalène autrefois. Elle venait de se fiancer avec un étudiant de Toulouse (« Dommage qu'il n'habite pas Tombouctou », ricanait Valère) et lui envisageait de finir ses études d'ingénieur en Amérique (« Mon Dieu quelle bonne idée... » glissait Lucile).

Contorose ne dansait plus aux fêtes de Blajan. Il était assis entre ses deux sœurs sur le canapé, sa canne entre les genoux, sa belle barbe blanche étalée sur sa chemise, et il regardait évoluer les danseurs. On riait autour de lui, dans cette grande salle illuminée, on parlait, on plaisantait : il aimait cela et son œil bleu, toujours vif, ne perdait rien du spectacle.

Natalène invita Tristan à danser, quand la fête tira à sa fin. Elle ne s'était jamais vraiment résignée à attendre qu'on la sollicite, et ne l'essayait même plus maintenant.

– Il est vieux, dit-elle. Il est vieux, grand-père, regardez...

– Quatre-vingt-trois ans, dit Tristan. Combien aurez-vous de cheveux blancs, à quatre-vingt-trois ans ?

– S'il faut compter, dit-elle, comptons autre chose : des années. Combien y a-t-il d'années que nous n'avons pas mis les pieds au grenier des hiboux ?

– Eh bien... C'était la veille ou l'avant-veille du jour où le Copte est venu vous reprendre ici.

– L'avant-veille. J'avais dix-huit ans, j'en ai vingt-six. Huit ans, Taswïck. Nous avons été ingrats et oublieux... Je vous y attends ce soir.

Ils s'y retrouvèrent en effet, vers trois heures du matin, une fois le dernier lampion éteint. Il n'y avait là-haut ni plus ni moins de poussière qu'autrefois, et les trois pièces d'or volées à Contorose se cachaient toujours dans le tiroir de la commode. Natalène les glissa dans sa poche, sans vergogne. Puis elle déclara que c'était bien petit, ce grenier, bien petit...

– Par exemple ! se moqua Tristan. C'est toujours plus grand que votre roulotte !

Elle regardait, par la lucarne, la lune ronde veiller sur le parc.

– Et le hibou ? dit-elle. Où est-il, le hibou ?

– À Saint-Lys. Sur l'étagère de ma chambre.

Elle sourit, et se détourna. Ses yeux brillaient : elle n'avait jamais eu la nostalgie du passé.

– Quelle histoire de fous... dit-elle seulement.

Ils firent l'amour sur les coussins empilés, comme au temps de leur adolescence. Puis ils se promirent de revenir là, parole, une fois tous les huit ans. Et ils redescendirent, sans se cacher ni même étouffer le bruit de leurs pas, par le grand escalier.

XIII

Le 15 décembre, Tristan jouait à Bordeaux. Natalène l'accompagna et revit donc une de ces grandes salles de concert où sur la scène, seul, jouait son cousin. Ce spectacle surprenait toujours les Blajan, pour qui la vue de Tristan assis devant un piano était aussi banale et aussi familière que celle de Marinette remplissant une casserole au robinet de cuivre. Et non seulement les gens se déplaçaient pour voir ça, mais ils payaient, et très cher, ils en parlaient ensuite, ils lisaient les critiques, ils avaient sur l'événement leur propre opinion et pouvaient même s'enflammer pour la défendre...

À l'entracte, une jeune fille s'approcha de Natalène. Grande, mince, et perchée sur des talons aiguilles, elle se présenta avec aisance :

– Isabelle Dubois-Pontier. Vous êtes Natalène de Blajan, n'est-ce pas ?

– Oui, dit Natou. Bonjour. Nous nous sommes croisées plusieurs fois déjà, rapidement...

Dans le regard bleu qui cherchait le sien elle sentait une curieuse hostilité, et s'en étonnait. Étrange fille, pas vraiment sympathique... et où donc avait disparu l'adolescente maigrichonne et timide, assise sur la terrasse de Blajan, dont elle se souvenait si bien ?

– J'aimerais vous parler, dit Isabelle. Mais pas ici. Je comptais vous écrire pour vous proposer une rencontre, mais puisque nous nous croisons une fois de plus, j'en profite. Pourrais-je vous inviter à prendre un thé chez moi, quand il vous plaira ? J'habite l'hôtel Pontier, place Mellinet.

Natalène hésita un instant, puis finalement acquiesça, en souvenir du passé.

– Voulez-vous demain ? proposa-t-elle. À quatre heures ?

– Ce sera parfait. C'est très aimable à vous.

Elles échangèrent ensuite quelques phrases anodines sur l'assistance, Chopin, la décoration du bar... puis la sonnerie retentit, et l'héritière des usines s'éloigna.

Natalène ne dit rien à personne de ce rendez-vous. Elle emprunta la petite voiture de Sophie et s'en fut seule chez les Gentils, à l'heure dite.

Leur palais se signalait par une grille monumentale, et une plaque de cuivre rutilante : « Hôtel Pontier. 1825 ». Isabelle devait guetter son invitée : elle apparut sur le perron dès que celle-ci franchit la grille.

– Venez, dit-elle. En fait, j'habite une partie de l'hôtel, et j'ai mon entrée.

Elles contournèrent plusieurs massifs, suivirent une haie de camélias, et se trouvèrent près d'un autre perron.

– Mon domaine commence là, dit Isabelle. Je vous en prie...

Elle avait préparé le thé promis, dans un grand salon jaune outrageusement moderne. Elle parla du parc, quelques minutes. Puis elle se tut. Et juste au moment où le silence allait vraiment devenir pesant elle déclara, abruptement :

– Vous êtes très belle.

– Merci, dit Natalène.

Elle n'aimait pas cette pièce. Ni cette fille. Mais son côté Blajan la tenait là, souriante, et elle admira – sincèrement – le bouquet d'hellébores posé sur la table de marbre.

Ce n'était pas la beauté de Natalène qui torturait Isabelle, en ce moment. Elle n'était pas si sotte. C'était sa force et sa joie. C'était de voir assise chez elle, dans ce salon qui ne lui avait jamais paru si froid, celle que Tristan aimait – et de comprendre pourquoi il tenait tant à elle.

Elle l'observait, en versant le thé. Des chaussures de rien du tout, un collier d'or ancien qui devait valoir très cher, pas de montre, pas de maquillage, un sac fatigué mais de bonne facture, une robe un peu démodée, des gants de laine comme seuls les enfants en portaient encore... Un petit peigne très commun pour retenir une somptueuse masse de boucles sombres, un magnifique port de tête, une voix chaude et vive... Elle notait tout cela, en désordre, au hasard, mais ce n'était pas l'essentiel et l'essentiel lui vint d'un mot, brusquement : « Vivante, pensa-t-elle. Elle est si vivante... »

– Vous vouliez me parler, je crois ? dit Natalène.

Il y avait dans ses yeux jaunes une sorte de compassion. « Elle sait tout, pensa Isabelle. Elle sait très bien qui je suis, moi, et comment je vis... »

– Pas vraiment, répondit-elle. Peut-être seulement faire votre connaissance. J'ai si souvent entendu parler de vous par vos cousins.

– Eh bien... dit Natou surprise, faisons connaissance, alors.

Un petit silence suivit, aussi incongru que le premier, et Natalène fit un effort pour le rompre.

– Nous avons beaucoup d'amis communs. Mais vous êtes très riche, et moi je suis un peu bohémienne, vous le savez sans doute... nos vies doivent être très différentes.

– Je suis riche, reconnut Isabelle. Ça oui.

– Eh bien... dit Natou, faute avouée est à moitié pardonnée, non ?

Elles se sourirent – et c'était presque un vrai sourire. À cet instant-là, certainement, une route leur était encore ouverte, pour peu qu'Isabelle ait consenti à y mettre un peu de générosité. Elle ne le fit pas, malheureusement.

– J'aime Tristan, dit-elle.

« Oh, zut... », pensa Natou. Elle laissa une chance à son hôtesse, en plaisantant :

– C'est à lui qu'il faudrait le dire – ou bien dois-je jouer les facteurs ?

– Je le lui ai déjà dit.

Natalène reposa sa tasse pour regarder, par la fenêtre, les branches nues d'un châtaignier. « Je déteste ça, pensa-t-elle. Ces gadjé, leurs petites ruses, leurs petites guerres... »

– Je ne peux rien pour vous, dit-elle. Tristan est libre, comme tout le monde. Moi je vis loin maintenant, j'ai perdu l'habitude de tout cela.

Le regard d'Isabelle lui déplaisait de plus en plus. Hostile, oui, et ce n'était pas grave – froid, et tant pis pour elle – mais surtout insistant, pesant... Ces yeux-là cherchaient, exigeaient même, une sorte d'intimité, et Natalène eut une crispation intérieure, comme si un inconnu avait subitement posé la main sur elle. Elle se leva. « Il va falloir m'excuser, dit-elle, je vais vous quitter. »

Elle aurait certainement ajouté quelques mots anodins, pour rendre les choses plus faciles, mais elle n'en eut pas le temps : comme elle reprenait ses gants sur la table elle poussa un cri – Isabelle, qui tenait encore une petite fourchette à gâteaux, venait de la lui planter dans le dos de la main. Elle regarda l'objet un instant, incrédule, puis l'arracha d'un coup sec, en serrant les dents. Le sang jaillit aussitôt. Elle enleva son foulard, pour l'enrouler autour de sa main, puis reprit son sac sur le fauteuil.

– Le thé était délicieux, dit-elle, et j'ai été contente de voir l'hôtel Pontier. Date-t-il vraiment de 1825 ?

– Oui, dit Isabelle. Mais Blajan est beaucoup plus vieux encore, je crois. Je vais vous raccompagner.

Elle le fit sans un mot de plus. Quand Natalène fut dans la rue, seule, elle eut un petit rire nerveux. Tout avait été si rapide et si déraisonnable ! « Et si froid, pensa-t-elle aussi. Cette fille est glacée... »

Ce n'était de toute façon pas son jour de chance : le premier des siens qu'elle vit à Blajan fut Tristan, qui remplissait une brouette de bûches dans la grange où Sophie garait toujours sa voiture. Il sourit à Natalène dès qu'elle apparut, et ouvrit la portière de la petite Austin.

– Déjà ?

Elle le regardait, embarrassée, et elle était si pâle qu'il s'inquiéta.

– Des ennuis ?

– Non, dit-elle. Enfin si. Un peu.

Puis elle prit le parti de rire.

– Ne me posez pas de questions et ne piquez pas de fou rire, mais quelqu'un m'a enfoncé une fourchette à gâteaux dans la main, crac, les trois dents d'un coup, et si je pouvais laver ça discrètement...

Il referma la portière, sidéré.

– Une fourchette à gâteaux ?
– Oui, dit-elle. Une fourchette à gâteaux. Ça a l'air idiot, je sais...
– Faites voir ?
Elle déroula le foulard qui entourait sa main. Le sang brouillait tout.
– Venez dans la sellerie, dit-il.
Philippe y était. Mais Philippe était la discrétion même. Natalène mit sa main sous le robinet et les trois petits trous apparurent. Pas très profonds heureusement.
– Avec quoi est-ce fait ? demanda Philippe.
Le nom de l'arme le sidéra lui aussi. Et brusquement ils éclatèrent de rire, tous les trois – une de ces crises de fou rire inextinguible qui avaient tant fait souffrir leurs tantes autrefois. Il leur fallut plusieurs minutes pour se calmer. Philippe désinfecta ensuite la petite blessure, et banda la main.
– Et qui s'amuse comme ça avec les couverts ? demanda-t-il.
– Môssieur, sourit Natalène, je ne vous le dirai pas. Je suis un galant homme, je ne donne jamais de noms.
Elle sentit l'inquiétude nouvelle qui envahissait soudain ses cousins et les rassura, vite.
– Mais non, sots... Ça n'a pas l'ombre d'un rapport avec... avec eux.
– Tant mieux, dit Philippe. Ça m'étonnait aussi, parce que « eux », question couverts, ils préfèrent les couteaux, non ?

Les explications de Natalène, qui prétendit s'être blessée avec le grand râteau à feuilles, passèrent comme une lettre à la poste. Sa main guérit très vite et il ne fut plus question de l'incident.

Le 18, Tristan et elle se mirent en route pour Saint-Lys où ils tenaient à passer quelques jours seuls. Natalène n'avait pas revu la bergerie depuis près de quatre ans et l'état du jardin la fit frémir.

– C'est l'hiver... se défendit Tristan.

– Justement, répondit-elle férocement. Ça se voit d'autant plus.

Elle se mit aussitôt à recouvrir les plates-bandes des débris du compost et à relever les branches trop lourdes des rosiers. Beaucoup d'arbustes n'avaient pas été taillés, et ceux qui l'avaient été... aïe ! c'était pire encore...

– Vous êtes un monstre, dit-elle, vomi par les enfers qui n'en voulaient plus – et comme on les comprend !

Il charria six brouettes du fumier de Gaston avant qu'elle ne consente à s'attendrir un peu, et à pardonner.

– Mais les clématites ne vous pardonneront pas, dit-elle. Ni les groseilliers à maquereau. Ni la bignone. Ni le muscat. Ni le daphné. Ni...

Il l'embrassa, pour la faire taire.

Dès ce jour-là il neigea. Ils l'avaient espéré tous les deux et regardèrent longtemps les flocons tomber, nonchalants d'abord, puis drus et rapides. « On se sent ici, dit Natalène, presque aussi loin de tout que chez les Yémaches, là-haut, et aussi à l'abri... »

L'après-midi, Tristan joua pourtant à en faire un lieu bien différent. Il quitta soudain son piano et se planta devant Natalène, qui lisait. Elle leva les yeux et l'expression de son cousin la surprit.

– Qu'est-ce qui vous prend ? dit-elle.

Il ne répondit pas. Il s'était adossé à l'armoire, penchait la tête et la regardait fixement.

– Tu es seule ici ? demanda-t-il.

Sidérée par le tutoiement autant que par l'absurdité de la question, Natalène en resta bouche bée. Tristan éclata de rire devant son air stupide – et elle l'imita aussitôt, parce qu'elle venait de comprendre le jeu. Elle eut l'expression effarée que demandait sa nouvelle situation dans la vie, et se leva.

– Allez-vous-en, dit-elle.

Elle avait reculé jusqu'au mur, son livre serré contre sa poitrine. Il ne bougeait pas, et son regard était réellement inquiétant.

– Allez-vous-en, redit-elle.

Elle progressait contre le mur, lentement. Tristan fit un pas en avant : elle lui jeta son livre à la figure et se lança dans l'escalier. Il ne bougea pas, parce que les portes des chambres, de toute façon, n'avaient pas de serrure. Il prit même le temps de se servir un grand verre d'eau. Puis il monta à son tour.

Le couloir était vide, et les deux chambres aussi, apparemment. Personne dans les armoires. Personne sous les lits. Ça se corsait. Il pensa un instant qu'elle était sortie en se glissant sur le toit du cabanon attenant, malgré la neige. Mais ce n'était pas possible : les fenêtres étaient restées fermées de l'intérieur. Par acquit de conscience il ouvrit les tiroirs de la commode monumentale qui trônait dans la chambre bleue. C'était bien un peu étroit, mais à la rigueur... Puis il rit de sa sottise : elle aurait peut-être pu investir un tiroir, mais comment l'aurait-elle refermé ? Elle n'était pas à l'étage, non. Elle avait dû sortir d'une chambre pendant qu'il visitait l'autre, et redescendre.

Il en fit autant. Du haut de l'escalier il inspecta les lieux : la salle, son recoin cuisine, son recoin piano, et le passage voûté qui menait aux granges.

Tout semblait désert. Il ouvrit tout de suite l'horloge pour ne rien négliger : non. Pas de Natalène recroquevillée sous le balancier. Personne non plus sous le divan, dans la grosse armoire, entre le buffet et le mur, derrière les rideaux du vieil évier de pierre... La salle d'eau était désespérément vide, personne ne s'était glissé derrière le piano... Bon. Elle était dans les granges.

Il prenait le passage qui y menait quand il entendit, à l'étage, un très léger frôlement. Il recula et se cacha derrière l'horloge. Cette fois-ci il ne la perdrait plus de vue...

Elle sortait de la chambre de Tristan (Sapristi ! OÙ avait-elle bien pu s'y cacher ?) et suivait le couloir, sur la pointe des pieds. Elle devait croire son infâme violeur déjà dans les granges. Il attendit. Elle apparut bientôt au pied de l'escalier et se pencha pour regarder la salle. Puis elle descendit les marches, vite. Il l'attrapa au passage : elle eut un vrai cri de peur. Il lui laissa le temps de se remettre, quand même, puis la plaqua au sol. Elle riait maintenant. Et le violeur se mit à se conduire très bizarrement, et à déshonorer sa profession...

Ils parlèrent ensemble, quand ils se séparèrent. « Vous avez calé », dit-elle, et lui exactement en même temps : « Où étiez-vous ? »

Ce méli-mélo les fit rire. Natalène souleva la main de Tristan pour jouer avec ses doigts.

– Chez vous, dit-elle. Mais pas sous le lit : sous le matelas, côté mur, avec juste le bout du nez qui dépassait. Vous avez calé.

– Vous aussi.

– Mais vous d'abord.

– Pas vrai, c'était vous.

Ils rirent encore, et renoncèrent à trouver un coupable. Natalène regardait la main de Tristan, emprisonnée entre les siennes.

– Vous n'avez pas des doigts de pianiste, dit-elle.

– Et c'est quoi, des doigts de pianiste ?

– Longs, minces et fins. Les vôtres sont longs, mais solides.

– Peut-être que je ne suis pas pianiste, alors. Mais ça m'étonne. C'est une chose que je croyais établie. Et puis comment coincer les jeunes filles sur les tapis avec des doigts minces et fins ? Hein ?

Elle lui sourit, et se blottit contre lui. Il avait l'habitude de ce geste, que ses amies faisaient toutes, et chaque fois. Mais il était très rare chez Natalène. Il ferma les yeux. Un corps confiant contre le sien, le poids d'une tête sur son épaule, la caresse des cheveux défaits sur son cou, et pourtant ce n'était pas Isabelle, ni la jeune violoniste de Pau, et la différence n'était pas chez sa petite compagne, mais dans son propre cœur. Il sentit ses yeux s'emplir de larmes, soudain, et serra les dents. Natalène. La joie et le tourment, depuis tant d'années maintenant...

Elle se redressa, mystérieusement alertée, croisa le regard de Tristan et détourna aussitôt les yeux.

– Je sais, dit-elle doucement. Moi aussi, quelquefois... mais ce n'est pas triste.

Puis elle rit, vite :

– On va sur la route du col ? Chiche ?

Il voulut travailler d'abord. Puis faire un thé. Si bien qu'elle finit par s'impatienter et déclarer qu'elle irait seule. Elle s'emmitoufla de pelisses et d'écharpes. Quand elle fut tout à fait transformée en gros ours, elle disparut. Tristan reprit un peu de thé. Puis il monta faire une sieste. La porte de Natalène était restée ouverte et il la ferma, sans entrer : ils avaient toujours veillé l'un et l'autre à respecter leurs territoires. Il vit par la petite fenêtre de sa chambre que la neige tombait toujours et une vague inquiétude l'envahit. Natou ne manquait pas de prudence et elle connaissait les environs aussi bien que lui, mais...

Il redescendit, s'emmitoufla à son tour, et sortit. Il ne faisait pas vraiment froid. Les montagnes étaient blanches et douces. Pures, mystérieuses, et riches d'une violence secrète.

Natalène n'avait pas été très loin. Il la trouva au champ du troll, assise entre deux blocs de granit, immobile et apparemment fascinée par la beauté du monde. Il s'assit à côté d'elle, sans parler. Les contreforts de Mont-Brun s'enflaient devant eux, puissants, et leur blancheur immaculée ne suffisait pas à masquer leur force. Petits, les hommes, tout petits...

L'ours tourna vers Tristan ce que l'on voyait de son visage entre les laines et les fourrures : un petit nez rouge de froid, un bout de front et un regard jaune.

– Ça fait presque peur, dit-elle.

« Je n'ai pas peur, pensa-t-il. J'aime cette fille, je n'ai pas peur. Sa mort seule est effrayante. Pas même son absence, ni qu'elle aime ailleurs : sa mort. Que son regard quitte le monde. Ça, oui... rien d'autre. »

– Trouillarde... dit-il.

Elle rit, et sortit des pelisses une main gantée. Il la prit entre les siennes et l'abrita sous son manteau. Ils restèrent immobiles un long moment, puis Natalène déclara que son nez commençait tout de bon à geler, et ils se levèrent.

Le feu brûlait clair dans la bergerie quand ils s'y enfermèrent, et il y faisait presque trop chaud. Le village, apparemment, était coupé de tout.

– Nous voilà tous troglodytes, dit Natalène.

– Tous ? C'est vraiment un petit « tous » : Farfouille, Gaston, et nous...

– Quatre « tous » ! Enfermés dans nos trous !

Elle était sortie de ses pelisses et s'asseyait devant la cheminée. Toute menue maintenant. Tristan s'assit à côté d'elle et posa une main sur son épaule, doucement.

– On en a pour un an, dit-il.

Elle rit, moqueuse.

– Moi ça irait, mais vous ?

– J'ai un piano ici.

– Mais pas toutes vos jeunes filles.

– Sapristi, Natou, je peux m'en passer un an, et même deux ou trois.

– Ça m'étonnerait !

Elle le pensait sans doute et il eut un petit rire. Aveugle, sur ce sujet-là, la bohémienne... Sa main descendit sur l'épaule de Natalène, frôla un sein, et elle frissonna.

– Là, dit-elle, vous pensez à elles et ça vous donne aussitôt des pensées déshonnêtes, qu'est-ce que je disais ! Laquelle voulez-vous que je sois ?

– Le numéro 172. Elle est blonde, faites un effort... et douce et gentille, mais ça vous n'y arriverez pas.

Elle se leva pour se déshabiller, regarda Tristan enlever son jean, puis s'étendit sur le tapis de jonc et roula sur elle-même, en riant. « Je suis blonde, dit-elle, je suis douce, je suis gentille, et j'ai le dossard 172... »

Ils restèrent trois jours entiers à Saint-Lys. Ensuite ils purent redescendre. À Blajan aussi de grands feux brûlaient dans les cheminées, et l'approche de Noël embellissait tout.

Contorose invita Natalène au restaurant, l'avant-veille du grand jour. Ils parlèrent du passé, des torts que pensait avoir le vieil homme, et Natalène s'amusa à éclaircir pour lui certains des pans de son histoire – ceux qui pouvaient le faire sourire en tout cas. Ces révélations surprenantes, maintenant vidées de tout leur venin, réjouirent en effet Contorose. Et plus que tout ce mariage blanc qu'il avait arrangé entre deux amants, neuf ans auparavant.

Elle parla aussi de Lauriane, et d'Ivor. De ce vent qu'elle avait en tête depuis toujours. Et lui d'Éléonore, la jeune fille des collines. Ils n'étaient plus un très vieux grand-père et sa petite-fille, dans un restaurant renommé, mais deux complices qui se ressemblaient. « Vous avez été merveilleux, lui dit Natalène. Magnifiquement merveilleux. »

Ils revinrent par les quais, en se donnant la main.

– Je lui ai dit beaucoup de choses, avoua-t-elle ce soir-là à Tristan. Nous, par exemple. Nous, depuis le début. Il a failli en avaler la salière, mais il a ri.

Tristan mima un peu d'effroi.

– Va-t-il me gifler ?

– Non ! Il a là-dessus une interprétation qui nous innocente : il pense que ce sont nos mères qui ont continué à tenir leurs liens bien serrés, bien noués, à travers nous. Sinon ça ne nous aurait pas pris si jeunes.

– C'est vrai ?

– Il le dit en tout cas. DONC, monsieur, ce n'est pas notre faute. C'est encore un coup de ces fichues jumelles.

– Vous y croyez, vous ?

– Non, sourit-elle. Pas vraiment. Mais après tout le monde est plein de choses étranges.

Isabelle n'avait pas donné signe de vie à Tristan depuis le retour de Natalène. Il lui fit une visite, un soir, et la trouva curieusement sur ses gardes. Elle semblait redouter quelque chose... Ensuite elle se détendit un peu. Assez, même, pour lui parler de Natou.

– Je l'ai croisée à votre concert de Bordeaux, dit-elle. Et puis en ville, une fois. Elle est toujours aussi jolie. Vous allez repartir avec elle ?

– Oui.

– Jusqu'à la fin d'avril, comme l'année dernière ?

– Jusqu'à la fin d'avril.

Il biaisa, d'un sourire.

– J'aurai besoin de vos pianos.

– Vous les aurez. Mais... est-ce qu'elle ne vous a pas dit que nous nous étions vues ?

– Alors ça... il est très rare que Natalène nous fasse le compte rendu de ses journées. Vous vous êtes parlé ?

– Très peu.

Il sentait qu'Isabelle avait envie de lui dire quelque chose, envie de le taire aussi... Mais cela concernait-il Natalène, ou s'agissait-il de tout autre chose ?

– Je ne l'aime pas, dit-elle.

Bien. Il s'agissait de Natalène.

– Ce n'est pas interdit, sourit-il. J'ai un cousin qui l'a DÉTESTÉE des années durant, au point de lui souhaiter mille fois la mort sur le bûcher je suppose...

– Je ne crois pas qu'elle m'aime beaucoup non plus.

Il ne répondit pas cette fois et la jeune fille, prudemment, changea de sujet.

Quand il revint à Blajan, très tard, Natalène l'attendait chez lui, blottie entre des coussins devant la petite cheminée. Elle lisait.

– Quelque chose me dit, glissa-t-elle en regardant la pendule, que vous n'accepterez plus aucune avance ce soir...

– Méfiez-vous, répondit-il. J'ai peut-être des ressources insoupçonnées.

Elle rit, et il s'assit à côté d'elle.

– Que lisez-vous si tard ?

– *La Guerre des Gaules*. Et dans le texte, monsieur, ce dont vous seriez bien incapable.

Il repoussa le livre qu'elle venait de poser, l'attira contre lui, et l'entoura de ses bras. Elle sentait la forêt et le feu de bois.

– Vous êtes allée au Mont-Valours, dit-il.

– Comment le savez-vous ?

– À votre odeur.

– Mais pourquoi juste le Mont-Valours ?

– Parce qu'il n'y a de cèdres que là.

– C'est fou, ça...

Elle tourna la tête, pour enfouir son visage dans le pull-over de Tristan.

– Publierai-je mes conclusions à moi ?

Ils se sourirent. Natalène reprit son livre, lut un peu de latin à voix haute, et traduisit incontinent pour éblouir l'assistance. Puis elle mendia une cigarette.

– Ils ne doivent plus être loin, dit-elle.

– Vos dromadaires ?

– Oui, sourit-elle. Mes dromadaires à roues. Et mon joli petit bout de bébé tout rond.

– Si vous voulez que nous allions à leur rencontre, ou seulement chercher Lauriane – d'un coup de voiture – là, tout de suite – dites...

– Non, répondit-elle. C'est bien comme ça. Ils ne vont plus tarder maintenant.

Il prit sa petite main brune, pour la serrer entre les siennes. Il aimait ses mains, fines et solides. Sur le dos de celle-ci on voyait encore les légères traces de la petite blessure, et il sourit.

– Je parie que c'est Caroline. Je la verrais bien faire ça...

– Par exemple ! dit Natalène. Si elle jouait à ce petit jeu avec moi je la transformerais illico en chair à pâté pour les chiens de Philippe... et elle était intacte ce soir encore, non ?

– Bien, dit Tristan. L'argument est excellent. J'acquitte Caroline. Mais qui donc, alors, peut jouer à ça avec vous dans cette ville sans se faire hacher menu ? L'archevêque ? Je ne vois que lui...

Il se tut, aussitôt, et Natalène sentit ses doigts se crisper imperceptiblement entre les siens. « Ah, dit-il, oui... »

Tout cela était assez déplaisant. Pourtant, il rit, frappé par le côté saugrenu de l'aventure. Et Natalène en fit autant.

– Ce n'est pas si comique, dit-elle cependant. Elle a l'air coincée dans un affreux piège, tout au fond d'une bouteille de vinaigre. Êtes-vous sûr de...

Elle s'arrêta, parce qu'elle ne savait pas trop où elle mettait les pieds.

– Envoyez, dit Tristan.

– Êtes-vous sûr de ne pas rajouter de la mort-aux-rats dans le vinaigre ?

La question était bonne et il se l'était souvent posée.

– Je ne sais pas, dit-il. Vraiment, je ne sais pas. J'espère que non.

Il caressa du doigt les trois petites traces rosées, sur la main de Natalène.

– Désolé, dit-il. Et vous l'avez laissée faire ?

– Sapristi, je n'ai rien vu venir... elle est rapide.

Il allait poser d'autres questions, mais elle mit un doigt sur ses lèvres et récita une vieille formule à elle :

– Môssieur, je suis un galant homme, je ne fais jamais de récits circonstanciés...

La fête prévue pour Noël n'eut pas lieu cette année-là : le 24 au matin, un télégramme apprit aux Blajan la mort du cousin Edmond. Il avait quitté cette vie pendant son sommeil, exactement comme il l'avait traversée : sur la pointe des pieds, furtivement et en prenant bien soin de ne pas déranger. C'était la jeune femme chargée de son ménage qui l'avait découvert, le matin, et elle n'avait même pas eu peur tant il était paisible, allongé entre ses draps blancs bien tirés. Contorose délégua ses neveux pour la veillée mortuaire et se pendit au téléphone pour régler les autres problèmes. Il y en avait peu. Edmond de Blajan avait déjà payé ses obsèques, et prévu jusqu'aux références de son cercueil.

L'enterrement eut lieu à Toulouse le 27. La seule surprise fut l'ouverture du testament, qui suivit aussitôt : le vieux monsieur laissait tout ce qu'il possédait à Natalène, et à Natalène seule. « Sa mère, Anne, étant ma filleule, et les choix qu'elle a faits elle-même m'inspirant de légitimes inquiétudes... » Saisie, Natalène parla d'abord de refuser purement et simplement. La colère de Contorose fut effrayante, et elle se hâta d'obtempérer avant qu'il ne la mette en pièces. Il connaissait depuis longtemps les intentions d'Edmond : peut-être même les avait-il inspirées. Lui aussi devait nourrir de légitimes inquiétudes sur l'avenir de Natalène.

On brûla la grosse bûche de Noël le soir du 27, après un petit dîner de gala réservé à la famille, on se remit les cadeaux, mais si on but un peu de champagne on ne dansa pas. Caroline annonça ce soir-là qu'Olivier et elle divorçaient – vraiment – tout à fait – c'était décidé. Fleur fut la seule à être vraiment émue par cette nouvelle, et pour une raison bien singulière : elle craignait de devoir quitter Blajan. Elle avait très peu vécu avec sa mère et ne se sentait bien que dans la vieille maison. Dès qu'elle fut rassurée sur ce point elle se replongea dans le gros volume de Jules Verne que lui avait offert Contorose.

Chantal et Jean-Louis Kerbauson étaient là, avec toute leur nichée. Cela faisait beaucoup de petits personnages dans la salle et Basile comptait pour quinze : on finit par les envoyer dans la bibliothèque, où Marinette leur apporta leurs parts de bûche.

– J'irai passer quelques mois à Sydney, disait Caroline. Après, je verrai. J'ai droit à un bon pourcentage des revenus de l'école, non ?

Son avenir financier à elle n'inspirait d'inquiétudes à personne. Andrée Montellier était très à son aise et Caroline serait sa seule héritière. Pour le reste... elle aurait des amants, oui, on n'en doutait pas, elle voyagerait, elle poursuivrait Olivier de mille griefs réels ou supposés, elle continuerait à négliger superbement Fleur – mais qui, à part les Blajan, pourrait jamais se sentir lié à cette peste de fille ?

– Chantons, dit-elle. On peut quand même chanter, non ?

C'était une bonne idée. Les tantes froncèrent bien un petit bout de sourcil, mais on fit semblant de ne pas s'en apercevoir. Philippe entonna un vieux noël et d'autres suivirent. On en connaissait beaucoup. Marion surtout avait une voix ravissante, haut perchée, pure, et le baryton puissant de Contorose faisait grand effet.

Natalène s'était sagement abstenue. Elle battait seulement la mesure, du bout du pied – à contretemps naturellement. Assise au bord d'un coffre, les yeux baissés pour mieux écouter, elle savourait le champagne de sa coupe. Une petite main se glissa dans la sienne : c'était Cantor, attiré par les chants, et qui s'appuya contre elle. Ils écoutèrent ensemble tout le répertoire des Blajan. Puis l'enfant chanta, seul, une berceuse yémache qui fut très applaudie. Et pour finir la benjamine de Chantal, Marie, qui n'avait pas encore tout à fait deux ans, régala l'assistance d'un « Petit Papa Noël » en langage bébé, adorablement pataud et bredouillé. Là-dessus on se sépara, pour ne pas offenser les morts.

La Perle apparut deux jours plus tard, premier émissaire de la Bohême. Elle débordait de « trucs » et de nouvelles. Ceux des Pianos approchaient. Ils seraient là très vite : le 2 janvier. Et à Fonvières la bande de Dax menait si grand tapage qu'on parlait de fermer le camp. « On » avait signé des pétitions et porté plainte. Du coup Anizia et Jujube avaient émigré au petit camp de Toulouse. Et QUI on avait revu à Libarek ? Ben Milos, oui ! Vanik en était à son troisième enfant, il avait perdu deux dents dans une bagarre monstre... non elle l'avait pas vu on lui avait dit, et puis Mirna on lui avait retiré la rate après l'accident... Quel accident ? Ah ben elle savait pas. L'accident de bagnole. Le Vieux des Paniers avait fini par récupérer l'argent des casseroles... que ça avait pas été coton, mais bon...

– Et alors, dit-elle brusquement à Philippe, t'es marié ? Avec la Mousseline ?

Les coupables opinèrent du menton. Tristan et Natalène attendirent la suite avec jubilation, et la Perle ne les déçut pas.

– C'est con, dit-elle. Moi on m'y reprendra pas, autant te dire, à ce coup-là. Dis donc ! C'est pas demain la veille.

Elle se tut quelques minutes, ensuite, pour regarder le feu dans la petite cheminée. Des bougies éclairaient seules la grande chambre de Tristan. Il était près de minuit. Elle n'avait pas faim parce qu'elle avait partagé le dîner des Blajan et qu'on l'avait dix fois servie et resservie. Mais elle avait quand même accepté l'offre d'une tisane nocturne, et maintenant, avec Tristan et Natou, Philippe et Sophie, elle la savourait à sa façon, en se bourrant de petits gâteaux.

Elle était surtout fière de la précieuse découverte qu'elle venait de faire : avec un sac à dos, un vrai, un beau sac à dos de campeur chevronné, on passait partout sans émouvoir personne, ni flics ni gadjé. « Tu comprends, ils se disent pas : "Crénom, une manouche !", non, non, pas du tout, ils pensent que t'es un de leurs dingos de Mai 68, alors t'es pas toujours emmerdée avec tes papiers, qu'autrement, vu qu'il faut les sortir à tous les carrefours t'as plus vite fait de les porter entre les dents... »

Son beau sac à dos, elle l'avait volé, bien sûr. Dans un camping.

– Mais attention, hein, j'ai laissé tout ce qu'il y avait dedans. Même les mouchoirs et l'appareil photo. Tout bien rangé dans la tente. Ho ho, je sais me tenir.

Il était rouge et vert, d'excellente qualité, et pas trop crasseux encore. La Perle n'avait pas de quoi remplir ses trois compartiments et ses cinq poches intérieures ; mais la fonction créant l'organe elle était déjà plus riche qu'auparavant. Elle avait là-dedans deux boîtes d'allumettes, une bougie, un peu de linge, un petit miroir rond... et même un livre, qu'elle avait trouvé abandonné dans un square et qui se révéla être un traité de linguistique.

– J'y comprends rien, dit-elle. Mais c'est pour caler la bougie. N'empêche qu'avec un sac comme ça, et si en plus tu t'attaches les cheveux, je te jure que tu passes partout. Franco de port. Vous aurez qu'à essayer, vous verrez si c'est pas vrai. Tu peux même aller dans un café si t'as de quoi : ils te servent. Je te jure qu'ils te servent !

Elle réclama bientôt un lit. On lui proposa celui de Natalène, à côté, et elle ne se fit pas prier. Un petit silence suivit son départ.

– Eh bien..., dit Philippe. Holà ! C'est pas rien...

– Mais quel âge a-t-elle ? demanda Sophie.

– Vingt ans, dit Natalène. C'est un personnage !

Elle resservit à la ronde de la tisane de thym, et sourit à une vieille image.

– Le premier souvenir que j'ai d'elle ressemble à toute la suite : elle avait trois ans, et moi neuf, elle se roulait dans une flaque, nue comme un ver, et elle hurlait de rire. Je l'ai sortie de là et elle y est retombée en voulant me donner des coups de pied. C'était à Fonvières. Elle avait des cheveux jusque sur le nez, et là-dessous deux escarboucles furieuses... On ne l'appelait pas encore la Perle. Seulement Anna. Ou alors : « C'te bon Dieu de peste, où qu'elle est encore ? » Maintenant elle marche. De camp en camp. Elle a le feu aux talons... au point qu'elle ne peut même pas se joindre à ceux qui font la route. Nous, par exemple. Une semaine, deux semaines, ça va. Ensuite elle file. On ne va pas assez vite pour elle, et puis un train de roulottes c'est déjà un piège...

– De quoi vit-elle ?

– De combines, d'occasions, de quelques passes quand il n'y a que ça... et d'amitié. Parce qu'elle épuise tout le monde mais elle est précieuse à tout le monde, finalement. D'abord un bon tiers des « trucs » passe par elle. Et puis... ils l'aiment tous. « T'aurais pas vu la Perle, des fois ? » : on entend ça souvent. Une petite vieille de Ramirèz prétend qu'elle porte chance. Je suppose aussi qu'elle symbolise, pour ceux qui croupissent dans les camps, ce qu'ils ont été, ce qu'ils pourraient être encore s'ils voulaient : les seigneurs du vent dont parlent leurs chansons.

Elle sourit, pour se moquer d'elle-même.

– Faudrait qu'ils se bougent un peu les fesses !

– Mais que deviendra-t-elle ? demanda Philippe.

– Alors ça... Ce que Dieu voudra, dirait un Yémache !

On ne revit pas la reine du vent le lendemain matin : elle avait filé bien avant l'aube, comme à son habitude. Trois jours passèrent encore, frileux – puis les roulottes réapparurent. Et Tristan ne devait jamais oublier la façon dont le visage de Cantor s'illumina à leur vue. Appuyé au muret de l'esplanade où il guettait depuis des heures, le petit garçon se mit positivement à rayonner, et la joie lui coupa le souffle. Il bégaya quelques mots en clibate, puis s'envola vers les siens.

Presque aussi rapide, Natalène descendit l'escalier derrière lui. Sophie et Tristan, qui se trouvaient avec eux sur l'esplanade, échangèrent un sourire un peu mélancolique. « C'est comme ça », murmura-t-elle avec philosophie.

– C'est mieux comme ça, dit résolument Tristan. Venez. Nous les verrons ce soir.

Il sourit à la jeune femme, que le bonheur rendait depuis trois mois plus jolie encore, et fraîche et rose comme une adolescente.

– On rentre à la niche, Sophie... et nous c'est en haut.

XIV

Les bohémiens investirent ce soir-là la niche des gadjé, pour le dîner d'accueil dont Contorose tenait à faire un rite.

Comme Fleur en son temps, la petite Lauriane fit en quelques heures la conquête des Blajan. Elle venait de passer trois semaines entières loin de sa mère et n'en semblait pas affectée le moins du monde. Toute ronde, et débordant de joie et de bonne volonté, elle allait de l'un à l'autre pour faire connaissance, et tenait à chacun d'interminables discours totalement incompréhensibles. Tante Lise elle-même ne résista pas à son gazouillis.

Cantor ne quitta pas Ernaline, sa petite fée retrouvée, le Dentiste fit une de ses meilleures conférences – sur le climat du Massif central cette fois – et Myriam faillit s'endormir près du feu. Quant à Manuel et Anna, nichés ensemble au creux d'une banquette, ils étaient tout à fait attendrissants. Après quoi Ceux des Pianos, y compris Natalène et Cantor, redescendirent l'escalier du champ.

Il y avait sur la porte de la roulotte aux fleurs une décoration supplémentaire, que les Blajan découvrirent le lendemain matin : une plume d'oie et un encrier, peints en blanc et gris sur le bois vert. C'est que Natalène et Ernaline avaient de grands projets...

– Nous serons « birnalekem », dit la fillette à Tristan. Je ne connais pas ce mot dans ta langue. Il veut dire « savoir roulant ».

– « Écrivain public » pourrait convenir, glissa Natalène. Ce signe est connu là-haut et n'importe qui peut frapper pour user de notre plume : nous pouvons écrire des lettres, les lire, les traduire, remplir des paperasses...

– Pour cher ?

– Pour rien du tout ! s'indigna Natou. Rien de rien du tout ! Porc avide !

Ernaline exprima la même idée avec plus d'élégance.

– Ce sera pour nos frères qui ne savent pas, Panitsen. Nous savons trop, nous les avons volés : nous rendons.

On n'avait pas encore fait appel à leurs talents : l'emblème n'était connu qu'au Nord et il était trop récemment peint. Pourtant on leur avait demandé un soir, tout au début de leur voyage, de lire un conte à une grand-mère malade. En danois. C'était donc Ernaline qui s'était exécutée.

– J'ai promis de m'arrêter chez elle au retour, dit-elle à Contorose. Mais c'était une vieille âme très vieille, vraiment très vieille. Son dieu l'aura reprise, peut-être.

Elles étaient certaines d'être très sollicitées les années suivantes.

– Ils se le diront l'un à l'autre et frapperont souvent, conclut Ernaline.

Le projet était joli, de toute façon, et Contorose en eut presque les larmes aux yeux. Il s'attendrissait pour un rien maintenant.

– Qui sait ? dit-il. Un « birnalekem », c'est peut-être plus utile qu'un Blajan...

Si le cousin Edmond avait fait de Natalène son unique héritière, il avait malgré tout réservé deux legs particuliers. Le diamant de sa mère allait à Marion, qu'il avait toujours beaucoup aimée. Et son piano à Tristan. Contorose aurait voulu que ce piano, un très bel instrument, retrouve le salon de Blajan qu'il avait quitté un demi-siècle auparavant. Mais Tristan était décidé à le mettre à Saint-Lys et il s'obstina, comme d'habitude. Le piano arriva à Blajan le samedi après-midi et prit aussitôt la route des montagnes, avec Emmanuel et Tristan. Philippe leur aurait été bien utile : mais il recevait un client important et n'avait pu prêter à ses cousins qu'un jeune garçon d'écurie. Lequel se mit à suer de peur quand on atteignit les lacets...

– Mais enfin, lui dit Tristan, je fais très souvent cette route et je n'ai jamais eu le moindre ennui.

– La remorque nous déporte. Je sens qu'elle nous déporte.

– Je vous assure que non !

Rien à faire. Le jeune homme pâlissait de plus en plus, accroché à la poignée de la portière. On finit par avoir pitié de lui et le déposer au relais de Saltiges, d'où il pourrait rentrer en car. Et on continua. Un peu plus haut, Emmanuel avoua qu'il commençait lui aussi à trouver les lacets inquiétants, et la remorque bien instable...

– Je roule à trente... dit Tristan. Allez, on arrive, serrez les dents !

Dix minutes plus tard ils étaient devant la bergerie. Emmanuel un peu penaud, et Tristan très amusé. On fit appel à Gaston pour aider au déchargement, mais ils eurent beaucoup de mal, même à trois, et ne se sentirent pas le courage de charger l'autre piano immédiatement. « Faut jamais faire le soir ce qu'on peut faire le lendemain matin », déclara Gaston. Cette forte sentence les décida. Gaston regagna ses pénates, Tristan téléphona à Blajan pour avertir qu'ils dormaient là, et il fit visiter la bergerie à son hôte.

À part Sophie, Natalène bien sûr, et Contorose vingt-cinq ans auparavant, aucun Blajan n'avait jamais mis les pieds dans ce nid d'aigle. Emmanuel fut étonné de voir combien c'était petit, ancien, et dépourvu de confort. Il y avait une baignoire, mais en cuivre cerclé de bois : une véritable pièce de musée. Si la fée Électricité avait daigné monter jusque-là elle n'avait accordé qu'une ampoule par pièce, et UNE prise, en bas. L'eau venait de la dérivation d'une source et coulait en permanence dans un évier de pierre. Il fallait la recueillir dans des bassines si on en voulait plus qu'un maigre filet. Et pour l'avoir chaude il fallait faire un feu dans la cheminée : elle y passait, dans un tortillon de tuyaux et deux petits réservoirs. Les murs, renflés à la base, avaient bien deux mètres d'épaisseur, les fenêtres étaient minuscules, et le carrelage avait été si grossièrement posé qu'il en faisait des vagues.

– Comment vos parents ont-ils pu vivre là, Tristan ?

– Mon père était censé y guérir. Et ils ne sont restés qu'un an et demi, finalement. Mais j'aime cet endroit. C'est si haut.

– Vous pourriez y vivre tout à fait ?

– Je crois, oui.

La grange, dont Tristan avait fait réparer le toit, était bourrée de bûches jusqu'à la gueule. Les jeunes gens en portèrent quelques-unes dans la salle, pour la soirée. Puis ils s'en furent chez Farfouille faire quelques emplettes.

– Encore un demi-frère ? dit la farceuse en voyant Emmanuel.

– Bien sûr, sourit Tristan.

Cette plaisanterie était devenue rituelle. Il n'avait pas fallu très longtemps à Farfouille, autrefois, pour s'apercevoir que Natalène n'était pas, non, vraiment pas, la demi-sœur de Tristan comme il avait osé le prétendre – et que d'ailleurs, étant donné les choses, hum ! ça valait mieux. Le rappel de ce gros mensonge la faisait toujours rire aux larmes et ce soir-là elle raffina.

– Faut dire qu'il te ressemble. Tu peux pas le renier celui-là. La même couvée !

Sur le chemin du retour, Tristan éclaira Emmanuel, qui n'avait rien compris à l'hilarité de la vieille dame. Il lui montra ensuite le petit jardin, enclos dans ses hauts murs, le champ du troll, la source qui coulait dans un vieux sarcophage, et enfin la petite chapelle de la Vierge nichée entre deux rochers. Puis ils retrouvèrent la salle de la bergerie. Tristan dénicha un fond de bouteille de porto dans un placard, et un paquet de cigarettes oublié sur une étagère.

– On est parés, dit-il. Posez-vous quelque part, c'est moi qui invite.

Ils parlèrent de la montagne, pendant ce petit dîner improvisé. Puis des projets d'Emmanuel : on venait de le solliciter pour illustrer un livre de contes, et il hésitait.

– Marion aimerait beaucoup, dit-il. Du moins j'en ai eu l'impression : elle n'a rien voulu me dire, pour ne pas risquer de m'influencer.

Tristan imita cette prudence.

– Prenez votre temps, dit-il, envisagez bien tout.

– Mais je réfléchis peut-être trop longtemps avant de prendre une décision, avoua Emmanuel.

C'était là, pour ce garçon réservé, un propos bien personnel, et il se hâta de revenir à l'histoire de Saint-Lys.

Il devait dormir dans la chambre bleue, et Tristan dans la salle, sur le divan. Le vent se leva vite. Il hurlait sur la montagne. Emmanuel, qui n'en avait pas l'habitude, mit longtemps à s'endormir. Il n'avait pas non plus l'habitude d'entendre le piano à six heures du matin et se réveilla dès que Tristan se mit à jouer. Assis sur son lit, il regarda sa montre et eut un petit rire. Redoutable maniaque que ce musicien-là...

Il s'habilla, résigné, refit son lit et descendit. Le maniaque ne le vit même pas : assis devant le piano du cousin Edmond, il jouait, et son visage rayonnait d'un étrange bonheur. Emmanuel entreprit de refaire un feu. Le piano s'arrêta.

– Déjà debout ? dit Tristan. Il est très tôt, non ?

– Pas tant que ça, répondit gentiment Emmanuel. Et il faut charger l'autre piano. Mais jouez, jouez... je vais faire du café.

Rappelé à ses devoirs d'hôte, Tristan ne voulut rien entendre. Il passa dans le recoin cuisine. Et l'on frappa.

– Ouvrez, dit-il à Emmanuel, ça doit être Farfouille, et du pain...

Mais comme il sortait du recoin il vit que ce n'était pas Farfouille qui se tenait sur le seuil. C'était, trapu, immobile, le Copte.

Emmanuel n'avait jamais vu cet homme. L'hostilité et la violence qui en émanaient le saisirent pourtant. Il resta devant lui, figé.

– Entrez, monsieur, dit Tristan.

Le Copte entra, Emmanuel referma la porte, et pendant quelques instants ils se turent tous les trois. Puis Tristan reprit tout à fait son sang-froid.

– Mon cousin Emmanuel, dit-il. Le père de Natalène.

– Où est-elle ? dit le Copte.

Tristan ne répondit pas et les petits yeux jaunes du Copte, durs et mauvais, se plissèrent encore.

– Elle est ici, dit-il. En haut. Et tu vas me la descendre tout de suite, parce que j'ai deux mots à lui dire, et que je l'embarque.

– Non, dit Tristan.

Il sentait se dresser en lui, préparée pierre à pierre depuis des années, une citadelle de sombre et dure colère. Calme pourtant. Merveilleusement calme.

– T'as deux minutes, dit le Copte.

– Elle ne descendra pas, dit Tristan. Et vous ne l'emmènerez pas.

Le Copte l'étudiait, avec attention – et une petite fêlure apparut dans ses yeux, comme s'il prenait soudain conscience d'un danger.

– C'est peut-être toi qui vas m'en empêcher ?

Il rit, aussitôt. Trop vite, trop fort. Emmanuel le vit porter une main à sa poche – puis l'en écarter. Il vit aussi son regard, rapide, faire le tour de la pièce, se poser sur lui une seconde, revenir à Tristan. Et il comprit ce qu'allait faire cet homme : exaspérer Tristan pour avoir une chance de le frapper. C'était la première rencontre qu'Emmanuel faisait avec la haine. Elle le glaça.

– C'est pas facile, dit le Copte, de m'empêcher de faire ce que je veux... T'es pas le premier petit con d'ici à en avoir envie, tu sais. Y a eu ton Vieux, déjà, et les deux merdeux d'Allemagne. Ils faisaient pas le poids. Tu le fais pas non plus. Vanina, je l'embarque et je la baise quand ça me dit, j'ai pas besoin de ta permission.

Tristan regarda Emmanuel avec un peu de curiosité, et le vit pâlir encore. Puis il revint au Copte et attendit.

– C'est ça qui te cuit, continua l'autre, que d'autres se l'enfilent ? Et j'y suis passé bien avant toi, si ça peut t'intéresser...

Il se tut, là-dessus. Que lut-il dans le regard gris qui ne quittait pas le sien ? Il eut un geste de l'épaule, nerveux, comme aurait pu en avoir un cheval pour se débarrasser d'un licol.

– Tire-toi, dit-il. J'ai rien à dire de plus. Tu décarres.

Tristan étendit le bras vers la table, à sa droite, ouvrit le tiroir et prit le couteau du rôti. Le Copte n'attendait que cela : une lame jaillit aussitôt de sa poche. Le dos à la cloison, Emmanuel ne bougeait pas, ne disait rien. Tristan eut une pensée reconnaissante pour le hasard qui lui accordait, pour unique témoin, ce garçon loyal et sûr. Puis il recula d'un pas, comme s'il avait eu peur. Il baissa même les yeux. Recula encore. Le Copte eut un petit rictus méprisant.

– Katé pinam, cracha-t-il. Katé pinam niec...

Il n'acheva pas : Tristan s'était lancé en avant, avec un hurlement de bête enragée qui terrorisa Emmanuel et cloua le Copte sur place une seconde – une seconde de trop. Tristan frappa le premier. Et deux fois encore. La colère en lui était si brûlante, et depuis tant d'années, qu'elle décuplait ses forces. Et surtout l'isolait de son acte. En un certain endroit du monde se livrait peut-être un vrai combat, plein de halètements, de grognements sourds et de sang, mais là où se tenait Tristan on abaissait seulement une épée étincelante, et pure et lente, sur un condamné immobile qui connaissait son crime.

– Arrêtez, dit la voix d'Emmanuel, il est mort, arrêtez...

Tristan frappa une fois encore, droit au cœur, de toutes ses forces, avec un cri rauque. Puis il arracha son couteau du corps étendu. Le silence revint. Sur le sol la flaque de sang grandissait. Elle atteignit le tapis de jonc, puis le pied de la table.

– Où sont les pelles ? dit Emmanuel. Est-ce que vous avez des pelles ?

Tristan se releva, ferma les yeux et s'appuya à la table. Un tambour fou se mit à battre la charge dans sa poitrine. Puis s'assourdit, s'éloigna, et enfin se tut. Mort, lui aussi.

– Vite, dit Emmanuel. Les pelles.

Quand ils remirent les pelles et la pioche en place, beaucoup plus tard, le jour était levé et illuminait le Mont-Brun. Ils s'assirent sur le petit banc de pierre et continuèrent à se taire. Il n'y avait pas grand-chose à dire. Maintenant qu'il n'avait plus à creuser la terre – profond, plus profond – Tristan faisait lentement connaissance avec ce nouveau fardeau, qu'il lui faudrait porter seul jusqu'au bout du chemin. Il y avait des années que la mort du Copte marchait à ses côtés et c'était une compagne familière. Mais les noces avaient eu lieu maintenant.

– Il a cru que vous aviez peur, dit soudain Emmanuel. Tout au début.

– Oui, répondit Tristan. Je sais.

Il regarda son compagnon, et ses yeux étaient d'une étonnante dureté.

– Emmanuel, dit-il, ce n'était pas une bataille, vous savez. C'était un meurtre. Je regrette que vous ayez été là.

– Je n'y étais pas, dit Emmanuel. Je n'ai rien vu et je ne sais rien, parce que je n'y étais pas. Mais prenez une douche et donnez-moi vos habits, je vais les brûler.

Tristan se déshabilla, tendit à Emmanuel son jean, son slip et son pull. Puis il s'étira, nu sur la petite terrasse.

– Vos chaussures aussi, dit Emmanuel. Tout.

Les tennis et les chaussettes rejoignirent le tas d'habits, sur le banc. Tristan avait eu le dessus tout de suite et tout avait été très vite : il n'avait qu'une estafilade au côté, si peu profonde qu'elle ne saignait même plus.

– Ne touchez pas à son couteau, dit-il. Je vais en avoir besoin.

Quand il ressortit de la salle d'eau il vit que la pièce avait repris son aspect habituel. Des lambeaux de tissu et de tapis achevaient de se consumer dans l'âtre. Lavé à grande eau, le carrelage luisait encore. Et sur les braises le couteau du rôti reposait, noirci.

– Je l'enterrerai aux cinq cents diables sur une route, dit Emmanuel. Celle de Dax : j'y vais demain. Voulez-vous du café ?

La cafetière était déjà sur la table, flanquée de ses bols, des pots de confiture et du pain de la veille. Tristan monta s'habiller, puis redescendit. Ce petit déjeuner fut étrange, parfaitement silencieux. Et il se conclut plus étrangement encore : Emmanuel tendit soudain la main, par-dessus la table. Tristan regarda cette main, offerte par le garçon le plus pudique et le plus secret qu'il ait jamais connu, et y posa la sienne. Leurs doigts s'étreignirent un bref instant, puis se séparèrent.

– Qu'allez-vous faire de son couteau ? demanda Emmanuel.

– Le poser à Fonvières, sur la grille de leur camp. Pour qu'ils sachent tous qu'il est mort. Sinon Natou va s'attendre des années à le voir surgir de n'importe où...

– Vous prenez un risque.

– Lequel ?

– Il doit y avoir dessus des poussières d'ici et des fils de vos habits.

– Ces habits-là sont brûlés. Et puis même... ils ne connaissent rien à tout ça.

– La police s'y connaît, elle.

– Elle n'en saura jamais rien. Même pas qu'il a disparu.

– Vous en êtes sûr ?

– Oui. Absolument sûr.

Emmanuel tint à passer au-dessus des flammes le couteau du mort, malgré tout. Il l'enveloppa ensuite dans une feuille de journal et le tendit à Tristan – qui se contenta de glisser le petit paquet, négligemment, dans la poche de son blouson pendu au portemanteau.

Il semblait très calme. Il descendit de l'étage la courtepointe de coton matelassé dont il voulait recouvrir le piano, puis décrivit à Emmanuel l'aspect qu'avait le jardin en été.

– Une masse de roses, dit-il. Natou a une passion pour les rosiers anciens. Celui qu'elle a planté près du puits est un rosier-liane, il transforme l'auvent en niche dès le mois de juin.

Il s'assit ensuite devant le piano et se mit à jouer, avec une tranquillité qui stupéfia Emmanuel.

Gaston vint à dix heures. On chargea le vieux piano dans la remorque, sans grande peine. Il était beaucoup moins lourd que celui du cousin Edmond. Et l'on repartit, après avoir fermé la maison et salué Farfouille.

Il n'y eut aucun remous ce dimanche-là, ni les deux jours qui suivirent. Puis un coup de téléphone atteignit enfin Blajan, le mercredi après-midi : une voix d'homme – « Kriss », dit-on – demandait si Vanina était là.

– Elle est dans son champ, dit Tristan.

On lui avait passé l'appareil, comme on le faisait systématiquement lorsque l'appel semblait venir du monde de Natalène.

– Tu l'as vue ? insista Kriss.

– Ce midi encore. Tu veux lui parler ?

– J'y ai envoyé la Perle. Dis-y de faire gaffe.

– À quoi ?

– T'y dis que ça. T'es qui, toi, d'abord ?

– Panitsen.

Cela changeait tout et la voix de Kriss se fit moins circonspecte.

– Le Copte est sorti. Dis-y. La semaine dernière. Il la cherche partout. Tu lui dis de faire gaffe. La Perle arrive pour la garer.

– Bien. Je le lui dirai.

– Dis-y tout de suite.

On raccrocha. Tristan regarda la grosse horloge : cinq heures passées. Ce serait pour cette nuit...

La Perle était déjà aux roulottes quand il descendit y porter le message. Elle voulait absolument emmener Vanina se « garer » quelque part – et Natalène s'y refusait absolument.

– Il ne fera pas trente kilomètres pour me voir, disait-elle. Ni même dix.

– T'en sais rien, rétorquait la Perle. Paraît qu'il te cherche justement. Il a dit que t'avais un fourbi dans la montagne et qu'il savait où. Ah. La preuve.

– Je n'y suis pas, puisque je suis ici !

– Après ton fourbi il viendra là.
– Je te dis que non.
– Et moi je te dis que t'en sais rien. Mais c'est pas vrai ! Y a un concours de cons dans le coin et tu veux la couronne, ou quoi ? Je vais te boutonner, moi, que ça va pas traîner...
– Vas-y ? Vas-y ? Boutonne-moi ?
Là-dessus elles se calmèrent.
– Il l'a DIT, répéta la Perle. Il a dit toi d'abord et Gina après.
– À qui a-t-il dit ça ?
– Au Rétameur. Il est allé chez lui dès qu'il est sorti, parce que c'est lui qui avait son couteau.
– Son couteau, il doit être au greffe de la tôle. Ça m'étonnerait qu'on les rende.
– L'autre ! Celui des duels ! C'est le Rétameur qui l'avait. Paraît que t'as pas sifflé au coup de Lille. C'est ce qu'il dit. Et puis Gina chez les Grecs, il avale pas. Le Rétameur dit qu'il a la rage, pire qu'avant, ça lui a foutu les jetons... les Noirs ont passé à Kriss... faut que tu te gares, je te dis, et vite fait.
– Non.
Natalène était assise sur la plus haute marche de son petit escalier repliable, *La Guerre des Gaules* sur les genoux, et manifestement elle était butée. La Perle jura, plusieurs fois. Puis elle posa enfin une question sensée :
– Pourquoi ?
– Parce que j'ai sifflé au coup de Lille, dit Natalène, et parce que c'est mon père. Il ne va quand même pas me tuer, non ?
– Il peut toujours te péter la gueule.
Tristan ne disait rien, les poings serrés au fond de ses poches. Natalène le regarda, et lui sourit.
– Ne vous en faites surtout pas, dit-elle.

Il ne répondit pas. La Perle s'assit sur une souche, et cracha.

– T'es con, dit-elle. En tout cas viens pas te plaindre après, je t'enverrai chier.

– J'irai chier, répondit Natalène. Promis.

Elle baissa les yeux sur son livre et se mit à en lire tout haut un paragraphe, lentement.

– C'est en quoi ? dit la Perle ahurie.

– En latin.

– Tu parles latin, maintenant ?

– Mais non, c'est une langue morte...

La Perle se leva, amère.

– Comme ça vous serez deux, dit-elle, t'auras à qui causer.

Natalène se mit à rire.

– Il faut absolument vous calmer, dit-elle. Tous. Toi d'abord, et Kriss après. C'est quoi, ce cirque ? Le Rétameur a eu peur, c'est tout, et il s'est emballé... Si le Copte veut me voir, qu'il vienne, je l'attends : mais tu verras qu'il ne prendra même pas cette peine.

– Tais-toi, dit la Perle, tu me débectes. Lis ton latin. Je te parle plus. Je sais même plus ton nom.

Elle passa près du Dentiste en se tapant la tempe d'un index furibond, et traversa la moitié du champ au pas de charge. Puis elle fit brusquement demi-tour, rebroussa chemin – si menaçante que Natalène en ferma son livre – et elle se rassit sur la souche.

– Je bougerai pas d'ici, dit-elle. Mais t'as pas intérêt à me parler, putasse, je te répondrai pas.

Elle resta là deux heures, immobile et muette. Ensuite elle se laissa attendrir par Myriam et consentit à dîner dans la bergerie. On réussit même à la faire rire. Mais quand Tristan, après avoir discrètement sorti sa voiture des granges, demanda à Natalène de passer cette nuit-là à Blajan – en cas – on ne sait jamais – s'il vous plaît – et que celle-ci eut accepté pour rassurer tout le monde, la Perle déclara qu'elle irait aussi. Elle ajouta qu'elle dormirait sur l'une des banquettes du salon, tout près de la porte d'entrée, et que celui qui voudrait l'en empêcher aurait droit à un boutonnage soigné.

Personne ne s'y risqua. Et Blajan avait heureusement assez de sorties pour que la présence de ce petit cerbère hargneux ne gêne en rien les projets de Tristan.

Il quitta la maison à trois heures du matin, y revint deux heures plus tard et se recoucha. Natalène dormait paisiblement chez elle.

Il ne se passa rien le lendemain, parce que personne à Fonvières n'avait dû remarquer le couteau qu'il avait accroché à la grille du camp. La Perle était repartie flairer le vent chez les siens, sûre que beaucoup de Blajan partageaient son inquiétude et sauraient veiller au grain en son absence. Elle revint dans l'après-midi, sans avoir rien appris. Si, tout de même : d'après un Noir, qui avait vu Kriss, le Copte avait été aperçu l'avant-veille à Marseille – ou en tout cas quelqu'un qui lui ressemblait diablement.

– À Marseille ! dit-elle. Il a perdu la boule, les Yougos y sont... S'il voulait aller à Sofia pour Gina il avait qu'à passer par Libarek, non ?

Elle repartit le soir, un peu ébranlée malgré tout. Et Natalène se refusa absolument à dormir à Blajan une nuit de plus. Mais elle laissa Tristan s'inviter chez elle.

– Vous y croyez, vous, à ce cirque ? demanda-t-elle.

– Je ne sais pas.

– Il va peut-être essayer de récupérer Gina. Ça m'étonnerait, mais à la rigueur, oui, c'est possible. Pour moi, je vous assure que c'est du délire...

Elle rangeait la roulotte, comme elle le faisait chaque soir, remontait le petit garde-manger au plafond, repliait contre la cloison la planche-écritoire, et tirait les rideaux. Puis elle s'occupa du poêle miniature. Il ne chauffait pas vraiment cette tanière close de simples planches, mais du moins les empêchait d'y geler. Ensuite elle rejoignit Tristan sous les édredons.

– C'est peut-être d'avoir trop fréquenté les Yémaches, sourit-elle, mais je ne peux pas m'empêcher de parier sur la bonté du monde. Donc...

Ils étaient seuls parce que les enfants avaient préféré dormir ensemble dans la bergerie. Natalène avait posé la tête sur l'épaule de Tristan, et parlait de la Perle. Si drôle, la Perle...

Il ne dormit pas cette nuit-là. Pas une seconde. Il entendit sonner au clocher du village toutes les heures et toutes les demi-heures, pendant que Natalène respirait doucement à côté de lui. Et le calme de son cœur l'effrayait presque. Mort, le Copte ; fermés, les yeux jaunes et durs ; et la voix s'était tue, qu'il entendait depuis tant d'années murmurer, au seuil d'une chambre, que ça urgeait, Petite...

La Perle téléphona le lendemain matin.

– Ils l'ont eu, dit-elle dès qu'on lui eut passé Tristan. Le Copte. Ils l'ont eu.

– Qui ?

– Les Yougos.

– Mais... c'est sûr ?

– Tout ce qu'il y a de sûr.
– Comment le sais-tu ?
– Je le sais, c'est tout. Va lui dire.
– Mais quand l'ont-ils eu ?
Il entendit un petit rire, à l'autre bout du fil.
– Ça, quand même, je sais pas. Après mardi en tout cas, on l'a vu mardi là-bas. Et puis il a fallu qu'ils fassent la route jusqu'ici pour mettre le couteau.
– Quel couteau ?
– T'occupe. Ils l'ont eu, c'est tout. Dis-y.
– Où l'ont-ils eu ?
– Tiens, à Marseille, Ducon... Dis-y vite. Je passe lui dire aussi, et après je remonte à la Croix des Moulins. Binuké !
Tristan raccrocha et se tourna vers les siens, assis à la table du petit déjeuner, et bien sûr très attentifs.
– Le Copte est mort, dit-il. Une bagarre avec des Yougoslaves – plutôt un genre de règlement de comptes, parce que c'était une vieille histoire, je crois.
– Mais... dit Contorose. C'est sûr ? Absolument sûr ?
– D'après la Perle, oui.
Emmanuel reposa le beurrier sur la table, entre les corbeilles à pain, prit le temps de sourire à Fleur, et demanda, presque distraitement :
– Où est-il mort ?
– Ils ont l'air de penser que c'est à Marseille, parce que quelqu'un l'avait vu là-bas mardi.
– Mardi ?
– Mardi, répéta Tristan.
Emmanuel et lui détournèrent les yeux, ensemble. Quant à Contorose, pensif, il baissait la tête.

– C'était un homme étrange, dit-il. C'était vraiment... c'était vraiment un homme étrange. Mais je suppose que... peut-être que ça vaut mieux.

– Qui descend le dire à Natou ? demanda Philippe.

– La Perle est en route, dit Tristan.

Et il se rassit.

Les détails, Tristan les apprit de Natalène, une heure plus tard. Le Copte avait été vu à Marseille le mardi soir, devant un bar, avec une vieille femme gadji. Il portait un long manteau gris. Il avait été « eu », sans doute, le mercredi ou le jeudi, mais pas après puisqu'on venait juste de trouver son couteau accroché à la grille de Fonvières et que les Yougoslaves n'avaient pas de voiture.

Natalène semblait calme.

– C'est si vieux, dit-elle au Dentiste, ça m'est égal...

À Tristan elle dit seulement :

– Il était à Marseille : vous voyez qu'il ne me voulait aucun mal ?

– Oui, répondit-il, on dirait.

– Et même à Gina, je suis sûre que...

Elle s'arrêta. La Perle, qui entamait sa cinquième pomme, haussa les épaules.

– T'es rien con, dit-elle.

– Il était plein de haine, reprit Natalène. Si terriblement plein de haine et si terriblement seul. Et là-dessous je ne sais pas ce qu'il y avait. J'espère qu'il y avait autre chose.

– De la merde, dit la Perle. Tu peux me croire, je m'y connais.

On sourit, malgré tout.

– Mais est-ce que ces Yougoslaves ne risquent vraiment rien ? demanda Philippe. Ça paraît imprudent, ce couteau, cette façon de signer...

– Et pourquoi seraient-ils prudents ? dit Natalène. Avec nous, en tout cas ? Leur fatida – c'est une sorte d'assemblée plénière – avait voté la mort il y a je ne sais pas combien d'années, et elle ne la vote jamais sur un coup de tête, c'était régulier... Ils diront que ce n'est pas eux, bien sûr, si un imbécile leur pose la question, mais ça ne trompera personne, et pour ce qui est du corps... ils ne sont pas fous, ils ne l'ont pas porté à la morgue de Marseille.

Tristan regardait, par la petite fenêtre de la bergerie, le versant boisé du Mont-Valours. Il pensait à l'impeccable enchaînement de hasards qui lui avait permis de tuer. Un vieux cousin mort, un piano légué, une libération en janvier, un employé déposé au relais, et la seule présence d'Emmanuel : pas un grain de sable dans le piège où s'était jeté le Copte, pas un seul. Et cette histoire de couteau racontée autrefois par Natalène couronnait l'édifice comme un bouquet de maçon parce qu'il avait pu, grâce à elle, leur épargner à tous des années d'angoisse. Là-dessus un vieil homme qui ressemblait au Copte passait dans les rues de Marseille, deux jours après le meurtre, et à trois pas d'un rom pas très physionomiste...

La Perle, qui le regardait, se pencha soudain.

– Ho ! Panitsen ! Me dis pas que ça te fout le cafard ?

– Non, répondit-il. Non.

Elle jeta dans son sac à dos la pomme entamée, sur les quelques habits qu'il contenait, et se leva.

– J'ai plus faim, dit-elle. Faut pas que je traîne.

– Reste ce soir ? proposa Myriam.

– Non, je peux pas.

Natalène, narquoise, risqua une question-piège :

– Pourquoi ?

La Perle fronça le sourcil, perplexe.

– Ben je sais pas... dit-elle. Faut que j'y aille.

– OÙ ÇA ?

– Eh ben... je sais pas. Je vais voir. Peut-être à la Croix des Moulins.

Ses amis se mirent à rire et elle les considéra un instant, surprise. Puis elle se tapota le front de l'index.

– Ça s'arrange pas, chez vous, hein ?

Sur quoi elle referma son sac, salua la compagnie et s'en fut.

On la revit beaucoup plus tôt qu'on ne s'y attendait : au début de février, alors que l'on commençait à penser au départ. Elle avait croisé le Rétameur chez Ceux des Dentelles et n'avait pas résisté au plaisir de remonter au champ pour se donner publiquement raison. Littéralement, elle jubilait. Le Copte avait bien DIT qu'il voulait « avoir » Gina et « démolir » Vanina. Que si on le prenait pour un sans-couilles on se fourrait le doigt dans l'œil. Qu'il savait où elles étaient toutes les deux, ces foutues bon Dieu de fumasses. Qu'il y allait. Et qu'après il viderait Fonvières de la bande de Dax, que ça ferait pas un pli...

– Comme je te vois, conclut-elle, il l'a dit comme je te vois.

Natalène ne répondit pas. Philippe s'enquit du sens de « démolir » et la Perle le renseigna obligeamment :

– De la chair à pâté, tu vois.

– C'est comme « avoir » ?

– Ben non, con, « avoir » t'y restes – lui par exemple il a été « eu », pas « démoli ». Tu comprends ?

Elle rit, parce que tout la faisait rire.

– Démolir il reste les morceaux. Tu les comptes et tu les remontes. Le Rétameur, c'est pour ça qu'il boite, il s'est fait démolir après la guerre, il est resté boiteux. Nous à Fonvières c'est Yannis qui démolit. Mais il est à Lodival maintenant, Yannis. Tu verrais le colosse. Même Milos ferait pas le poids. Vous avez du pain ?

On lui donna du pain, et du beurre. Cantor jouait avec des brindilles près de l'âtre : il s'arrêta soudain et chercha sa mère des yeux. Il n'avait pas encore tout à fait quatre ans et peut-être restait-il lié à elle par de mystérieuses fibres. Tristan vit son regard jaune se poser sur Natou, qui se tenait près de la fenêtre. Puis le petit garçon se leva, se glissa à côté de sa mère et lui prit la main. Tristan détourna les yeux.

– La Voix est au-dessus d'Anstik, dit la Perle. Y a des Noirs qui l'ont vu. Il vous fait dire que vous l'attendiez nulle part, il vous trouvera. Vous partez quand ?

– Dans peu de jours, dit Ernaline. Très peu de jours.

– Oui mais combien ?

– Je suis jeune, répondit curieusement la fillette.

Cela signifiait en fait qu'elle n'était pas pubère, comme l'expliqua Natalène à Tristan le soir, et qu'une enfant n'ayant pas à parler au nom du groupe elle ne pouvait donner de réponse précise. Myriam le fit d'ailleurs à sa place.

– La semaine prochaine. Mardi ou mercredi. Tu seras là ?

– Je sais pas. Je vous repiquerai peut-être plus haut, si ça se trouve. T'y vas, Panitsen ?

– Bien sûr, dit Tristan. J'irai tous les ans.

On attendit un peu. Mais la Perle ne dit pas que c'était con. Elle demanda seulement du gros sel.

L'avant-veille du départ des bohémiens, alors que Tristan travaillait dans l'ancienne nursery, Philippe entra, claqua la porte et s'assit sur le coffre.

– Je voudrais te parler, dit-il.

Tristan fit pivoter son tabouret.

– Oui ?

– Moi, dit Philippe, je parle. Et toi tu ne fais pas de commentaires.

– Bien, dit Tristan.

Il avait baissé le nez, pour cacher son sourire, et prit dans sa poche son paquet de cigarettes. Fichu porc-épic que ce Philou-là, il ne changeait pas...

– Donne-m'en une, dit le porc-épic.

Une fois la cigarette allumée, il la regarda tourner entre ses doigts, apparemment très intéressé par ses évolutions.

– Voilà, dit-il. J'ai aimé une fille autrefois. Beaucoup.

Tristan, qui n'avait plus aucune envie de rire, se mit à contempler l'un des tableaux du mur : un joli paysage de rivière, où la robe d'une promeneuse mettait une tache claire.

– Affreusement, reprit Philippe. En fait, oui, assez affreusement. Je ne crois pas qu'elle ait jamais su à quel point c'était. Tant mieux. Toi tu le savais, je pense. Alors ce n'est pas ça que je suis venu te dire.

Il s'arrêta un instant, puis reprit, d'une voix légère :

– Je fouinais. Elle cachait tout. J'ai réussi à savoir beaucoup de choses, en traînant avec des gens qu'elle connaissait par ailleurs. Mais surtout... elle aimait quelqu'un, tu vois. Quelqu'un d'autre. J'en étais sûr : j'avais des antennes, pour elle. Mais ils étaient prudents. Pire que des Sioux.

J'ai quand même fini par trouver où ils se voyaient. Dans un grenier. C'est ça que je voulais te dire : ils n'étaient pas toujours aussi seuls qu'ils le pensaient, là-haut. Quelquefois j'y étais aussi. À rôtir sur un gril. Je ne les voyais pas, de mon gril, mais je les entendais. Et tu ne fais pas de commentaires.

– Je n'en fais pas, dit Tristan.

– Ce type qu'elle aimait... Tu vois, ce type, c'était quelqu'un de bien. J'en pensais du bien. Plus que de n'importe qui au monde. Alors, bon...

Sa voix avait fléchi un peu et Tristan, le cœur serré, n'osait pas le regarder.

– BREF, dit Philippe, je suis allé là-haut huit fois. Pas plus, j'aurais fini par en crever. Mais deux autres fois, des années plus tard, je les ai guettés encore, derrière le mur d'un jardin, dans une petite maison des montagnes où elle se cachait. La première fois ils parlaient de fleurs à planter et la seconde fois d'un procès. Huit et deux, ça fait dix. Ça m'embêtait de vivre avec Sophie avec ces dix saloperies en poche.

Il se leva, brusquement.

– Et alors, à propos de Sophie... On va à une vente des Domaines, la semaine prochaine, il y a un coffre énorme, une sorte de maie, exactement ce qu'on cherchait pour le fond du couloir : on pourra prendre ton break pour le rapporter ?

– Oui, dit Tristan, bien sûr. Les papiers seront chez Contorose, je lui laisse tout ça. Mais tes vans ?

– Penses-tu, non, ça n'irait pas : c'est pas un coffre, c'est une église.

Ils parlèrent du coffre, quelques minutes. Puis Philippe sortit. En claquant la porte.

Le dernier soir, il y eut plusieurs invitations privées : Tristan dînait en ville avec Isabelle, Natacha emmenait Ernaline et Fleur au cinéma, et Contorose avait invité Natalène et Sophie au Lion d'Or. Lâchement abandonnés, Valère, Philippe et Bertrand s'en furent vider une bouteille de cognac au manège, avec les lads qui arrosaient le mariage de l'un d'entre eux.

Les fêtards revinrent par vagues successives, entre onze heures et minuit. Natacha et les deux fillettes exceptées, ils étaient tous un peu pompettes, ma foi, d'autant qu'ils avaient continué au champagne dans la salle avant d'être au complet. Ils finirent par se grouper sur la terrasse, à minuit et demi, pour chanter une sérénade sous la fenêtre de tante Lise. Sans résultat : la belle n'ouvrit pas ses volets. Ce fut Marion qui le fit, un étage plus haut, et le groupe aussitôt, comme aimanté, se déplaça de quelques mètres. « O-o-o-Mari-i-i-ion, dédaigneras-tu tant d'amou-ou-ou-our ? O-o-o-Mari-i-i-ion... »

Emmanuel, réveillé lui aussi, apparut à la fenêtre à côté de Marion, et comme il avait fini par acquérir à Blajan un semblant de sens de l'humour il se pencha, à la fin de la chanson, pour apostropher les audacieux.

– Messieurs, vous m'en rendrez raison : madame est ma femme et vos ritournelles m'offensent.

– Monsieur, rétorqua Contorose, vous êtes un fat et madame est bien malheureuse : l'amour est libre, il va où il veut et ce soir il est aux pieds de cette enchanteresse...

On prit rendez-vous pour un duel sur la pelouse, à l'aube du lendemain, et l'on choisit tout de suite les témoins pendant qu'on y était.

– Mon Dieu, gémit Marion, non, non, je vous en supplie !

Emmanuel la fit taire d'une voix impérieuse :

– Ceci est une histoire d'honneur, madame.

Sur quoi il referma les volets. Et les chanteurs, ravis, après un fou rire qui dura bien dix minutes, consentirent à se séparer.

Contorose avait voulu assister au départ, cette fois-ci, et Ceux des Pianos vinrent le saluer en haut de l'escalier du champ. Il caressa la joue de Cantor du bout de ses vieux doigts et serra Natalène contre lui pour la dernière fois. Puis les bohémiens redescendirent. Contorose resta là, planté sur l'esplanade, agitant sa canne levée tant que les roulottes furent en vue.

– Ils reviendront l'année prochaine, lui dit Bertrand ensuite.

– Oui, murmura-t-il.

Il baissa le nez, sans un mot de plus. Sa main déplaçait sur le haut du mur quelques petites pierres rondes.

– Et Tristan dans seulement trois mois, dit Fleur.

Elle glissa une main dans celle du vieux monsieur, et tira.

– Venez, dit-elle.

Elle avait de grands yeux bleus, très clairs, et un visage menu criblé de taches de rousseur. Son cartable était déjà arrimé sur son dos : elle irait directement à la grille, elle, pour attraper son car au vol. Contorose regarda ce petit minois, plein de confiance, d'affection et de courage. Il sourit.

– Allons, dit-il.

Et il prit la tête du groupe qui remontait vers Blajan, sa canne fièrement posée sur l'épaule.

XV

Tristan n'eut pas trop de mal, cette année-là, à retrouver le rythme de la route. Il en fut quitte pour quelques courbatures et un peu de fatigue les premiers jours. Mais une semaine ne s'était pas écoulée qu'il était prêt à battre ses compagnons sur leur propre terrain.

Il savait marcher, maintenant. La route a son pas : long et régulier. Elle a presque sa respiration. Elle a aussi sa joie et il commençait à l'entrevoir, parfois.

La roulotte du Dentiste allait devant, en général, suivie par celle de Natalène, et celle de Manuel fermait le train. On avait attelé le plus gros percheron à la dernière et on laissait déplié son petit escalier, pour qu'Anna puisse s'y asseoir de temps en temps. Lauriane se faisait souvent porter, mais Cantor n'en avait plus besoin. Ils étaient donc sept à marcher. En tête du cortège la plupart du temps – mais alors l'un d'eux restait à l'arrière pour « faire la tiraille », c'est-à-dire veiller au grain dans les tournants et agiter le chiffon rouge.

Ils parlaient assez peu sur la route. C'était le soir, au campement, qu'ils retrouvaient leur langue.

Ce campement n'était pas si difficile à trouver qu'on aurait pu le croire : on passait là pour la quatrième fois, en somme, et si on ameutait toujours les populations on ne les effrayait plus. Les roulottes étaient joliment peintes, les bohémiens las mais souriants, et leur émissaire avait un langage de seigneur.

– Nous aimerions faire halte ici ce soir, disait-il. Votre village est très beau. Pourriez-vous nous indiquer un endroit où nous ne dérangerions personne ?

On indiquait, presque toujours. Si on s'y refusait le Dentiste n'insistait pas et le convoi poussait seulement un peu plus loin pour chercher dans la campagne l'évasement d'un chemin creux ou le bord d'un ruisseau.

On avait parfois droit à la décharge rituelle. Tant pis. On s'installait contre le vent... et cela évitait à Manuel d'avoir à creuser le trou des latrines.

L'aménagement était vite fait : on dételait, on dépliait les escaliers et on sortait les réchauds. C'était tout. Le Dentiste s'occupait des chevaux et Manuel du trou. Assis sur les marches de la roulotte aux fleurs, serrés l'un contre l'autre comme deux moinillons du Moyen Âge, Ernaline et Cantor lisaient à voix basse leur manuel – pour l'heure, un traité danois d'astronomie, qui datait de Mathusalem mais les enthousiasmait. On obligeait Anna à s'allonger chez elle, avec défense absolue, sous peine de mort, de faire quoi que ce soit. Elle riait, obéissait, et s'en allait coucher son rond petit ventre de cinq mois. Myriam et Tristan se chargeaient du repas. Empêtrée de Lauriane, Natalène sortait les tapis sur lesquels on s'asseyait et la chaise pliante réservée à Anna. Puis elle s'en allait faire alentour la récolte de brindilles et de branchages. On dépliait souvent la toile extérieure pour s'abriter du vent. Mais il fallait vraiment qu'il fasse très froid pour que l'on consente à dresser la table dans une roulotte.

Le temps était doux d'ailleurs, cette année-là. Avant de s'asseoir autour des réchauds on s'enroulait dans ces couvertures de laine brune si précieuses aux errants ; le Dentiste, qui était frileux, mettait un bonnet. Le dos au vent, on mangeait, on parlait, on riait. Le Dentiste s'enquérait des notions d'astronomie acquises ce soir-là par les petits écoliers et les réactualisait avec plaisir. Il savait beaucoup de choses et adorait en faire part à qui voulait. Autour du réchaud devenu Soleil son quignon-Terre tournait, tournait, et ATTENTION, Ernaline, regarde bien, ce n'est pas un cercle c'est une ellipse, CE QUI EXPLIQUE QUE...

On jetait les assiettes sales dans une bassine remplie d'eau. Le lendemain matin on y ajouterait les gobelets du petit déjeuner, et les deux astronomes s'en occuperaient juste avant le départ. On resserrait le cercle, on enlevait le dessus du plus grand des réchauds pour avoir le plaisir d'y entrevoir quelques flammes, et Myriam faisait une tisane. Tristan, qui ne pouvait pas jouer autant qu'il l'aurait voulu, sentait avec surprise ce que la Voix aurait appelé « sa musique » l'envahir. Plus forte chaque soir. Comme si de n'avoir pas été traquée sur les touches d'un clavier l'avait libérée, et nourrie d'une sève nouvelle. Il sifflotait, des airs plein la tête, et Manuel tentait de le suivre avec sa belle voix de basse. Sans que personne le lui ait dit Lauriane se hissait vers l'une des banquettes – ma foi, n'importe laquelle. Si elle avait une préférence marquée pour celle de sa mère il lui arrivait aussi de se nicher sous les édredons de Myriam ou ceux d'Anna. Sa « maison », en somme, c'étaient trois caisses de bois roulantes et deux mètres carrés d'herbe autour d'un réchaud.

La nuit tombait tout à fait. Le froid aussi. Quand on se ratatinait vraiment dans sa couverture, on cédait la place. Binuké, amis, binuké...

Restait, pour Tristan, les édredons de Natou, son petit corps tiède, la respiration tranquille des enfants endormis, le vent dehors...

La nouvelle l'atteignit à la mi-mars dans le salon d'un gadjo et devant le troisième piano d'Isabelle. Dans la lettre de la jeune fille qu'on lui remit s'en trouvait une autre, de Philippe. Contorose était mort depuis dix jours, foudroyé sur la pelouse comme le chêne de son enfance. Tristan ne toucha pas ce soir-là au piano des Gentils.

L'épitaphe que méritait le vieux monsieur lui fut offerte par Ernaline, qui revenait du ruisseau avec un seau plein, et trouva ses amis debout, muets, devant les roulottes.

– Eh bien ? dit-elle.

Elle vit alors Tristan, qui avait quitté le campement moins d'une heure auparavant dans une Mercedes blanche, et ses yeux s'arrondirent encore.

– Ces gens t'auraient-ils refusé le piano ?

– Non, dit Tristan. Ils m'ont appris une mauvaise nouvelle. Mon grand-père, tu sais... Il est mort. Une attaque.

Ernaline posa le seau, saisie.

– Le vieux monsieur si bon ? Il est mort ? Réjouis-toi, Panitsen... Récite, récite !

– Quoi ?

– Il ne sait pas, dit Natou. Et moi j'ai oublié. Récite pour nous, Ernaline.

La fillette se tenait devant eux, et ses yeux clairs brillaient.

– Il est mort, dit-elle. Cet homme dont nous ne dirons plus le nom est mort. Loué soit Dieu : il a repris un cœur qu'il avait exilé. Loué soit-il.

Cantor répéta les derniers mots, avec une conviction absolue. Et Natalène lui sourit.

– Oui, dit-elle. Loué soit-il, mon petit bonhomme.

Philippe donnait quelques détails. Contorose avait été trouvé par Fleur qui revenait du collège. À son dernier repas, le midi, il avait beaucoup ri avec Marion des démêlés que celle-ci avait eus avec le dentiste d'Albane, et qu'elle avait si drôlement racontés. Il avait lu, ensuite. Et c'était sans doute à Lise qu'il avait adressé ses derniers mots, en prenant sa canne : « Je vais jusqu'aux ormes, ma chère. »

On n'avait aucun moyen de joindre rapidement Tristan et Natalène, disait Philippe. On n'essaierait donc pas. Il écrivait cette lettre le 3 mars au matin, Contorose était mort le 2, l'enterrement aurait lieu le 4 à quinze heures. Que les voyageurs ne reviennent pas si la nouvelle ne les touchait qu'après cette date, ce n'était pas utile. On réglerait tout ce qui pouvait l'être et pour le reste on attendrait le retour de Tristan. Chantal et Jean-Louis allaient arriver d'une minute à l'autre, tante Lise s'était enfermée dans sa chambre et n'acceptait l'aide de personne, tante Blanche voilait les glaces...

Il ajoutait, ce qui était bien caractéristique : « Je mettrai sa canne avec lui dans le cercueil, en cas que certains petits anges se balancent à table... »

Natalène et Tristan écrivirent à Blajan. Puis ils se remirent à marcher, avec leur peine.

– Mais la mort, disait Natalène, c'est très abstrait. La sienne ne sera vraiment réelle qu'en avril, pour vous, et pour moi en décembre : quand nous reverrons Blajan et qu'il n'y sera pas.

– Et qui va occuper le Saint Lieu ? dit-elle aussi.

Ce serait sans doute Emmanuel Duplessis : Philippe était trop pris, Valère trop jeune, Xavier trop timoré et Tristan trop souvent absent pour gérer Blajan. Emmanuel y aidait Contorose depuis plusieurs années déjà et n'aurait pas grand mal à continuer seul.

À la fin du mois, peu après la halte chez Ceux des Miroirs, Tristan donna son premier concert bohémien, dans une grange. On y avait porté le vieux piano du café, sur une petite estrade un peu bancale. Pour entrer dans la grange et voir le musicien officier on donnait une pièce de dix francs. Mais rien ne vous empêchait d'écouter du dehors, sans payer : la Voix lui-même n'aurait rien trouvé à redire à cela, et Tristan put mettre deux cent soixante-dix francs dans l'escarcelle commune, ce qui était tout à fait royal. Trois jours après on recommença, à Ribelannes, dans le fief du pharmacien. Cent quatre-vingts francs seulement. Mais cette étrange lumière aux yeux du jeune homme roux, et ce soir-là Tristan comprit ce que devait ressentir la Voix quand il abaissait son archet – la Voix qui lui avait dit, une fois : « Je ne joue pas de mon violon, Panitsen, ne crois pas cela : c'est moi, le violon dont on joue. »

Le manuel d'astronomie terminé, Ernaline avait trouvé Cantor mûr pour l'histoire de France, et pieusement sorti de son baluchon un autre petit livre. Le préambule qu'elle fit à sa première leçon émerveilla le Dentiste.

– Le plus important de l'Histoire, dit-elle, c'est de bien comprendre POURQUOI il est bon de la connaître.

Le Dentiste en resta bouche bée.

– Ça, dit-il, c'est de la philosophie. Tu iras loin, Petite.

Petite, petite... plus si petite ! Elle se réveilla le lendemain matin transformée, et rayonnante, parce que du sang avait fui de son corps pendant la nuit. La grande nouvelle vola de Natalène à Anna, puis à Myriam. Et même à Lauriane, qui n'y comprit pas grand-chose mais qui devait pourtant, étant fille, être avisée avant les hommes. Ceux-ci eurent leur tour ensuite. Puis Ernaline descendit au ruisseau laver l'édredon taché.

– Mon père, dit-elle, se réjouira de ce sang.

Il le fit en effet, quand on le vit surgir à un carrefour, une semaine plus tard. Sa tâche auprès d'Ernaline était terminée : la jeune fille se trouvait libre et maîtresse absolue de sa vie, comme il sied à un Yémache digne de ce nom. Et elle aurait sa roulotte à elle dès que ce serait matériellement possible.

– À l'automne, dit-elle à Tristan. Ce sera celle que Liberge a gardée pour moi. Tu la verras l'année prochaine. Elle te plaira, j'espère. Elle est bleue, et peinte d'oiseaux.

– Changeras-tu de route ?

Il lui posait cette question pour porter sa joie à son comble, en reconnaissant qu'elle était désormais sa propre souveraine. Mais Ernaline avait une petite âme sage.

– Pas déjà, dit-elle. Ceux-ci sont mes amis. Et toi-même, Panitsen, tu l'es aussi.

Ce n'était certes pas là une amitié à dédaigner et Tristan sourit à la petite Yémache, touché.

– Tu m'honores, dit-il.

On croisa la Perle, peu après. Très rapidement : elle sortait d'un « coup » à Cahors et fonçait dans un autre, à Tulle.

– Ces foutues combines de Mathurin, dit-elle, mais bon, pour une fois ça a pas l'air trop pourri.

Quand Myriam lui fit part de la grande nouvelle du printemps elle regarda Ernaline avec sympathie.

– Et alors ? dit-elle. C'est les emmerdes qui commencent, ma puce ?

On la bourra de pain, de pommes – et d'argent, parce qu'elle était là-dessus « à ras les ratapions ». Sur quoi elle reprit son vol.

Il ne leur restait plus alors que six jours de vraie route. La foire et Ceux de Devant les avalèrent ensuite, pour deux semaines.

Cette fois Tristan jouait lui aussi, avec la Voix. Ils accompagnaient les numéros. Modestement, de roulades et d'arpèges quand la trapéziste s'élançait ou quand l'homme-caoutchouc se nouait les jambes.

Une fois, une seule, la Voix s'oublia, après le petit air triomphal qui accompagnait la sortie des artistes. Le chant continua, et si beau, si pur, que personne ne bougea sur les gradins – pas même le petit diablotin blond du premier rang, qui avait pourtant entrepris d'escalader la rambarde. C'était lui que Tristan regardait : ses menottes potelées immobiles sur le bois peint, son petit visage surpris, puis heureux, ses yeux qui reconnaissaient un pays oublié...

Personne n'applaudit quand le violon se tut. On s'ébroua. Rendu à sa turbulence, l'enfant blond sauta vers l'arène sablée, et son père le rattrapa au vol. Un peu confus, la Voix détendait son archet. Tristan lui sourit.

– J'ai troublé, dit l'enchanteur. Je regrette.

Après la foire, Ceux des Pianos se retrouvèrent seuls, comme l'année précédente, et donnèrent encore quelques petites représentations de village en village. C'était surtout pour ne pas perdre la main avant la grande saison de juillet, car la recette avait été bonne.

Un de ces jours-là il advint à la Voix une curieuse aventure, qui stupéfia tout le monde – sauf Tristan. Parce que lui, ce qui le stupéfiait c'était seulement que rien de ce genre ne se soit encore produit.

On s'était exhibé devant la terrasse d'un café, sur une petite place bordée de tilleuls. Manuel avait manié ses couteaux à la perfection, Natalène avait reçu sept clientes, Tristan avait joué, la Voix avait joué... Là-dessus un homme fébrile était sorti de l'hôtel voisin, et il cherchait ses mots, QUI était le violoniste OÙ était-il qu'on le lui amène à l'instant QUI QUI OÙ ?

Renseigné, il courut au campement, derrière la grange attenante à l'école, et Anna, qui remettait soigneusement les couteaux dans leurs étuis, lui désigna la roulotte aux fleurs, un peu au hasard.

Tristan en sortait justement, ce qui mena l'inconnu au bord de l'apoplexie.

– Mais... voyons... Monsieur de Taswïck, non ?

« Et zut... » pensa Tristan.

Il reconnut le fait, pourtant. L'homme en resta muet quelques secondes. Puis il regarda les roulottes.

– Et qu'est-ce que vous faites là ?

– Je voyage, répondit Tristan. Est-ce que nous nous connaissons ?

– Pardon, oui, excusez-moi...

Il était journaliste et critique dans une revue musicale, comme Tristan s'en doutait bien, et se trouvait là par le plus grand des hasards, parce qu'après le festival de Bruges il avait voulu visiter des amis au passage, et puis le car, n'est-ce pas, et par-dessus le marché... coincé là... et dans le vestibule de l'hôtel, où il appelait Martineau, je suis sûr que vous connaissez Martineau, qui...

Là, il reprit tout à fait ses esprits.

– Qui jouait du violon sur la place il n'y a pas dix minutes ?

– Un de mes compagnons de route. Voulez-vous lui parler ?

– S'il vous plaît, oui... Qui est-ce ?

– Un bohémien, répondit Tristan avec délectation. Un bohémien yémache. On l'appelle « la Voix », justement à cause de son violon. Venez, il doit être chez lui.

Il conduisit le visiteur jusqu'à l'antique verdine de la Voix, et frappa.

M. Tardieu – de Paris – se présenta d'abord, parla de LA revue, la grande, la meilleure, à laquelle il collaborait depuis douze ans – et jamais... le hasard avait voulu... enfin s'il pouvait de nouveau avoir le plaisir de...

Sous le regard bleu de la Voix, aussi surprenant que le chant de son violon, il s'empêtrait. Tristan le tira d'embarras, généreusement.

– Cet homme aimerait t'entendre jouer encore, dit-il. Il a aimé ta musique.

La Voix inclina légèrement la tête.

– Il m'honore, dit-il, et ma musique est à lui.

Tardieu écarquilla un peu les yeux, et comme la Voix remontait l'escalier de sa roulotte il faillit le suivre, pour insister encore.

– Il va chercher son violon, dit Tristan. Attendez.

Tardieu attendit, décontenancé. Puis il s'assit à quelques mètres de là, avec Tristan, sur l'escalier de la roulotte aux fleurs.

– Mais QUI est-ce ? redit-il.

– Seulement un bohémien, je vous l'ai dit. Un bohémien danois. Et qui plus est, un Yémache.

On n'eut pas le temps d'éclaircir ce dernier point. La Voix revenait, son violon à la main, s'arrêtait près de la roulotte et se mettait à jouer. Merveilleusement bien, comme toujours, mais sans plus : « on » essayait, sans doute, le violon qu'il était, « on » tâtonnait sur le chemin, « on » cherchait la passerelle – et puis le « on » et lui se trouvèrent, se reconnurent, s'unirent, et Tristan oublia le journaliste. Les bohémiens ouvrirent les portes des roulottes, des curieux tournèrent le coin de la grange, un paysan qui passait arrêta sa brouette. Et la même petite blessure éblouie saigna en eux tous quand le violon se tut.

– Oh, dit Tardieu, oh oh... fichtre...

La discussion qui suivit fut aussi drôle que Tristan s'y était attendu. Non, la Voix ne jouerait pas dans la salle dont parlait son visiteur. Mais que les hommes prêts à s'asseoir dans cette salle viennent : la Voix jouerait pour eux bien volontiers. Sa musique ne leur appartenait-elle pas ? Qu'ils viennent, et ne se soucient pas du pain : la Voix leur donnerait le pain. Sa route était assez connue, et ces hommes trouveraient la Voix sans mal. Qu'ils demandent en chemin.

– Attendez, disait Tardieu, attendez...

Il repartait à l'attaque et la Voix, courtoisement, l'écoutait sans l'interrompre. Puis il répondait. Il regrettait de contrarier un homme qui était venu à lui avec amitié. Cependant il le fallait. La salle dont il était question était certainement très vaste, et très belle, il n'en doutait pas. Il se réjouissait qu'une telle salle existe, si quelqu'un pouvait en tirer du bonheur. Mais la route des Yémaches ne passait pas devant cette sorte d'endroit.

Il n'y avait pas besoin d'interprète : la Voix parlait maintenant très bien le français. Une traduction s'avérait pourtant nécessaire et ce fut Natou qui s'en chargea.

– Il ne voudra pas, monsieur. Il est yémache. C'est un peuple nomade du Nord, extrêmement religieux. Ils ont horreur des foules, horreur des villes, et particulièrement horreur de l'argent. À votre place je n'insisterais pas : c'est fichu d'avance.

– Ma compagne de route a parlé rudement, dit la Voix, parce qu'elle a le cœur vif. Tu lui pardonneras, je pense. Mais elle a dit vrai.

Cette déclaration acheva Tardieu. Il s'épongea le front, et jura. Puis il se résigna. Tristan le reconduisit à son hôtel et y prit avec lui, au bar, un verre de porto. « Fichtre, disait Tardieu. Fichtre. Et ce n'est pas tellement que... Fichtre, c'est quelque chose... Fichtre ! »

Le spectacle était grandiose, de voir un critique musical manquer d'adjectifs, et Tristan le savourait comme il le méritait.

On parla de lui, ensuite. Tardieu voulait absolument évoquer un article qu'il avait écrit sur Tristan l'année précédente et que celui-ci, d'ailleurs, n'avait pas lu. « Je suis de ceux que votre immense talent remplit d'admiration... la fermeté de l'attaque... le moelleux de... » Ses adjectifs lui étaient tous revenus et se tenaient là, à ses ordres, le petit doigt sur la couture du pantalon. Tristan eut du mal à en repousser l'assaut. Il y réussit pourtant, et prit congé.

Ils revirent Tardieu le lendemain soir, au village suivant. Puis le surlendemain. Et le jour d'après. « J'ai fait la même chose autrefois, disait le Dentiste. De plus en plus nu... »

Mais Tardieu n'était pas un second Dentiste et n'abandonna pas ses pelures. Il paya trois fois ses dix francs, se heurta trois fois au mur infranchissable qu'était un « non » yémache, écouta trois fois le violon des sortilèges – fichtre ! – et finit par renoncer.

Quand on cessa de se produire, la Voix les quitta. Il voulait monter, cette fois, jusqu'à Zimmerbee. « Là où la mer se déroule », dit-il à Tristan.

Il n'embrassa pas sa fille : il ne le ferait plus jamais maintenant. Mais il posa sur sa tête une main grande ouverte, en guise d'au revoir.

On retrouva la route. La route toute nue, souriait Natalène : seulement marcher. Un peu plus tard, alors qu'on approchait du champ du Dentiste, on croisa un Yémache, ce qui était surprenant parce qu'on était bien bas pour lui. Il allait à Ramirèz, dit-il. Lui aussi avait des nouvelles. Il en fit part gravement : Oleg était monté sur la montagne des morts et la fille aînée de Liberge venait d'avoir un enfant. C'était tout.

Tristan s'enquit de la montagne des morts dès qu'il le put et Natalène ne le fit pas languir.

– C'est encore un coup des Yémaches, dit-elle. Et leur seule coutume violente. Mais ça saigne...

– Allez-y. Envoyez la montagne.

– Elle est près de Tisted. N'importe quel lieu isolé peut la remplacer, mais celle-ci est la vraie. On y va quand on a perdu un être cher et qu'on a l'impiété d'en souffrir. On ne devrait pas, parce que « Dieu décide », mais bon, on est humain, même si on est yémache... Vos amis vous y accompagnent, et là-haut ils vous rouent de coups. Avec des bâtons ronds, les « bâtons du mort ». Quand vous êtes à peu près en bouillie – j'exagère, mais pas beaucoup – ils vous laissent là. Personne ne vous portera secours là-haut. Vous redescendrez comme vous pourrez, le soir-même ou deux jours après. Je suppose que c'est pour faire voyager la souffrance, pour la chasser du cœur où elle trouble votre rapport avec Dieu, jusqu'au corps où elle est permise. Mais c'est assez impressionnant.

– Les femmes y vont ?

– Seigneur, non ! Ça supposerait qu'on les frappe, ce qui serait une grande abomination devant Dieu – sauf vot' respect, Taswïck... Et puis les Yémaches ne sont pas idiots : c'est au cœur des mâles qu'est cette violence particulière qui pourrait s'élever contre Dieu. Et c'est bien pour ça que les pères ne doivent pas être trop proches de leurs enfants.

– Étrange peuple...

– Oui, dit Natou. Ils étaient étranges et ils ont pu le rester parce qu'ils étaient aussi nordiques. Les Nordiques ont toujours traité leurs minorités avec respect. La chiennerie latine là-dessus leur est étrangère. On peut être différent là-haut – et même yémache.

Elle ajouta, honnête :

– Je crois aussi qu'ils dérangent très peu et que ça explique bien des choses. Ils ne volent pas, ils habitent des coins perdus qui n'intéressent personne, et pour le reste ils ne font que passer. L'espèce de bureau qu'on a créé pour eux – ils l'appellent « le district » – n'a pas grand-chose à faire, à part noter les morts et les naissances. Et encore, quand il en a vent...

Ils étaient assis à la terrasse d'un café, parce que Tristan avait emmené Natalène au piano du jour, qu'ils avaient eu soif au retour, et puis que bon, une fois n'est pas coutume, nous ne perdrons pas nos âmes pour être entrés boire chez les Gentils... je vous offre un pot, jeune fille ?

– Sacrénom, avait dit Natou, c'est la meilleure idée que vous ayez eue depuis longtemps !

On les regardait un peu : ils étaient vêtus proprement, mais assez pauvrement, et Natalène en particulier avait tout à fait le teint et l'allure de ce qu'elle était. Le patron avait pris soin de les faire payer d'avance. Et leurs voisins immédiats tendaient l'oreille.

– Foutus gadjé... murmura Natou.

– Non, dit Tristan, foutus Yémaches ! Dites, Natalène... quels rapports ont les hommes et les femmes, là-bas ?

– Eh bien... égalitaires absolument, il n'y a rien d'autre à en dire. Décidés à s'apporter du bonheur, comme l'espère leur salut rituel. Et ils s'en apportent !

– Volages ?

– Tout dépend du point de vue... Ivor a deux amours et trois enfants déjà, par exemple, mais la Voix n'a jamais connu d'autre femme que Maria. Moi je n'ai connu, chez eux, qu'Ivor, mais l'un de ses amours à lui en a trois elle-même... En fait il en est de l'amour chez eux comme de l'amitié chez nous, exactement : pas de loi, pas de règle, pas de jugement du groupe, un seul ami ou une douzaine, et vos amis peuvent bien avoir des amis, quand même, sans que cela vous retire quoi que ce soit ?

– Ils ne sont pas jaloux, donc.

– Mais pour être jaloux il faut posséder, ou croire qu'on possède, ou seulement avoir envie de posséder, et cette idée-là leur est étrangère. Ils ont affaire à Dieu, pas à ses créatures.

– Disent-ils : « Je t'aime » ?

– Seigneur, non !

Il eut un petit rire moqueur.

– Alors vous êtes yémache, Natalène.

– Non, dit-elle. Je vous aime, Tristan. Depuis le tout début de l'histoire. Mais ce n'est pas si facile d'accepter l'amour.

Elle regarda le café noir de sa tasse, en respira l'arôme avec volupté, les yeux plissés, puis reconnut, honnêtement :

– Et puis l'amour n'est pas tout pour moi. En cela je suis un peu yémache, oui : mon rapport à la créature, comme ils disent, n'est pas l'essentiel. Pas plus qu'il ne l'est pour vous. Eux, c'est Dieu. Vous, la musique. Et moi, c'est là.

– Où ça, là ?

– Là. Ce long chemin pour arriver là. Choisir. Moi c'est la route, Taswïck, la route que me cachaient Blajan et les camps. J'ai trouvé : je peux mourir.

– Sapristi, Natou, ne me faites pas ce coup-là...

Elle rit, et ses yeux brillèrent.

– Vous mourrez avant moi, dit-elle. L'inquiétude, ça use. Et VOUS, vous n'avez pas encore trouvé.

Ils n'avaient pas de cigarettes, et pas assez d'argent pour en acheter. Natalène fouilla ses poches et fit la grimace.

– Comment, dit Tristan, vous aimeriez POSSÉDER des cigarettes ?

Elle rit.

– Je ne suis pas yémache, dit-elle. Mettez-vous bien ça dans la tête : je ne suis pas yémache. Je possède des choses, pour commencer : un hôtel particulier à Toulouse, une part d'un ancien pensionnat jésuite, deux enfants aux yeux jaunes, une voix que les sirènes m'envieraient... et surtout je ne crois pas en Dieu. Nia yémache, nia, nia !

Elle redevint sérieuse, aussitôt.

– Mais bien sûr il y a leur vent, là-haut.

– Celui de la porte ?

– Voilà, sourit-elle. Celui de la porte de Dieu. Au début du siècle il est allé chercher au fin fond de la Russie le Vieux Chanteur, que je n'ai pas connu bien sûr, et après lui la Voix, par d'étranges chemins aussi.

– Toujours des musiciens ?

– Toujours. La musique est un art sacré, chez eux. Un peu la poésie. Rien d'autre. Et pourtant ils n'arrêtent pas de peindre – leurs roulottes, leur peu de meubles et d'objets... Ils lisent énormément. Et ils sculptent des choses dans le sable, là-bas, sur leurs plages. Mais bon, tout ça ne vaut pas trois petites notes de musique.

Elle sourit, malicieuse.

– Vous avez vos chances, finalement, d'intéresser le vent.

– Il ne paraît guère s'occuper de moi.

– Qu'en savez-vous ? Et si c'était de moi qu'il se servait pour vous attirer là-haut ? Il s'est bien servi d'un chien pour attraper le Vieux Chanteur...

– Merci bien. C'est flatteur. Mais je lui conseille plutôt un flûtiste : c'est plus facilement transportable.

Natalène regardait les passants défiler sur le trottoir, distraitement. Une petite fille blonde ralentit le pas pour lui sourire, et elle lui fit de la main un signe d'amitié.

– Il m'arrive de les comprendre, ces foutus Yémaches, dit-elle. Au Bout du Nord, là-bas, parce que là-bas c'est chez eux. La première fois que j'ai vu cet endroit j'ai eu l'impression qu'il m'attendait depuis toujours. Que nous avions rendez-vous lui et moi, et que j'étais en retard. Désespérément en retard. C'est nu, absolument nu, l'arrondi d'une lande qui s'en va dans la mer, avec le vent... les roulottes sont dans les replis des dunes. Et quelquefois je me baigne, à l'aube.

– À l'aube ? Vous ? Dans la mer du Nord ?

– Oui, sourit-elle. À l'aube, moi, dans la mer du Nord. J'ouvre les yeux, le vent est partout, il n'y a que trente mètres de sable entre ma roulotte et les vagues... Je me prépare un petit déjeuner de reine, pour après, du lait, du pain, du miel, un livre, et puis je sors, je plie mes habits sur un rocher, et que l'enfer m'avale si je mens : j'y vais. Droit devant. Ça me tétanise, je me sens statue de pierre. Trois ou quatre brasses, demi-tour, je sors, le vent me sèche, et ces matins-là je comprends leur rapport à Dieu. La mer est imperturbable et nue – aimante et sage. Elle est Dieu lui-même, en fait. Et pour eux tout est ainsi. Le moindre de leurs gestes, ce qu'ils mangent... et ils sont gais, savez-vous ? Ils ont le goût du bonheur.

Tristan se pencha, mystérieux.

– J'en vois un qui n'est pas gai, parce qu'il n'est pas yémache... derrière vous, là...

– Qui ?

– Le patron. On l'embête. On dépare sa salle.

– Mince, on a payé !

– On a payé et on a bu. Faut pas abuser de sa magnanimité.

Elle se leva, en riant. Tristan lui tendit son foulard de coton, et son livre. Puis il se tourna vers le cafetier, qui s'approchait à pas pressés pour s'assurer que ces clients indésirables n'emportaient ni le cendrier ni les petites cuillers.

– Monsieur, dit-il, j'ai trouvé votre café délicieux. L'arôme en est très fin, et pourtant têtu. Est-ce que vous le torréfiez vous-même ?

– Euh... dit l'homme, eh ben non. Non.

– Vous devriez tenter cette expérience. Cela ne pourrait qu'ajouter au charme de votre petit établissement.

– Eh bien... peut-être.

Plus Taswïck que nature, Tristan l'acheva, d'un signe de tête condescendant.

– Bonsoir.

– Euh... bonsoir, monsieur.

Trois rues plus loin, Natalène en riait encore. Elle marchait vite, légère, fine, et s'arrêta un instant devant une librairie. « Si vous voulez me faire un cadeau à Noël, dit-elle – des fois que cette idée saugrenue vous viendrait – tout arrive et même le plus improbable – je voudrais bien que ce soit une biographie de la reine Victoria. Celle de Lytton Strachey. Le Dentiste m'a juré qu'elle me plairait. »

– Vous voulez ça dans le texte ?

– Non monsieur. À part le latin je ne sais rien lire dans le texte.

– Et le clibate ?

– Hélas, sourit-elle, je saurais, oui, je saurais : mais personne n'a jamais rien écrit en clibate. Les manouches écrivent peu et les Yémaches officient en danois.

Elle s'était remise à marcher et soudain désigna à Tristan, sur l'arrondi de la colline qui dominait le bourg, un petit bosquet.

– Vous voyez, là-bas ? Ces arbres ? Ces arbres, loin ?

– Oui ?

– Je vous y invite. Là, tout de suite. On y court. J'ai envie de pécher...

Ils péchèrent souvent, ces derniers jours-là. Puis la barrière du champ du Dentiste s'ouvrit devant leurs roulottes. On était au 2 mai. Tristan s'attarda deux jours encore. Ensuite il reprit la route de Blajan.

XVI

La mort de Contorose l'y attendait, comme l'avait prévu Natalène. Blajan était encore sous le choc, et sans doute pour longtemps. La vigoureuse personnalité de Contorose l'avait empli trop d'années pour le déserter si facilement. Tante Blanche se remettait peu à peu : tout glissait sur sa petite âme frivole. Mais tante Lise, sèche et raidie, faisait peine à voir, et l'on avait l'impression qu'elle ne survivrait pas longtemps à son frère. Elle commençait, comme lui l'année précédente, à s'attendrir – elle, la Terrible ! – sur tout et n'importe quoi, un sourire d'Albane, la main douce de Philippe sur l'épaule de Sophie, la musique de Tristan...

Caroline, elle, ne décolérait pas : le don que Contorose avait fait à sa fille, celui du pavillon de la grille, lui restait en travers de la gorge. Un morceau de Blajan à Fleur, cette gamine, et à elle, la mère, rien ! Elle avait parlé de s'y installer tout de suite avec l'enfant mais Fleur, qui avait l'entêtement poli des Blajan, n'avait rien voulu entendre. Elle ne voulait pas quitter la grande maison, et surtout elle ne voulait pas vivre avec sa mère.

– Tu ne m'aimes pas, avait dit Caroline.

– Si, avait répondu Fleur. Si, maman, je vous aime bien, mais je n'aimerais pas vivre avec vous. Nous ne nous entendrions pas.

Emmanuel avait entamé là son apprentissage de capitaine et ne s'en était pas trop mal tiré :

d'abord en ordonnant à Fleur de se taire tant qu'elle n'aurait pas l'âge de parler, ensuite en raisonnant Caroline. Il n'avait pas l'entregent de Contorose mais il ne manquait pas d'autorité. Caroline avait avalé la pilule.

Tristan visita la tombe au cimetière du village. Son père était déjà là, sa mère et son oncle, la vieille tante Eudoxie qu'il avait à peine connue, la jolie Éléonore des collines, et maintenant Contorose. Dix-sept Blajan en tout dormaient là-dessous, dont l'un, le fondateur, depuis près de deux cents ans. Il revoyait Contorose déclarer, en tapant de sa canne le fronton du petit édifice qui surmontait le caveau : « Eh eh, mon garçon, on voyait grand dans le temps ! Il y aura de la place pour nous tous ! »

À Saint-Lys, où il alla passer une semaine en juin, la tombe secrète était plus discrète. Il y planta des noisetiers pour la faire tout à fait oublier, et les entoura d'une couronne d'hortensias. Le jardin était magnifique, croulant sous les rosiers anciens dont les souples rameaux s'enlaçaient les uns aux autres, lourds de fleurs aux tons délicats et passés. Il chargea Farfouille et Gaston de l'arroser deux fois par semaine – lui le ferait le week-end. Puis il redescendit à Blajan. Pour travailler, et d'arrache-pied : il avait un concert à la fin d'août, et deux en novembre.

La vie continuait, oui, sans le vieux monsieur fantasque. Et d'ailleurs Sophie attendait un enfant. Pour le tout début de décembre, ce qui lui permettait d'espérer que Natalène serait à son chevet, avec un peu de chance...

– Elle pourra, n'est-ce pas ?

– J'espère, répondait Tristan. J'écrirai à leur champ du milieu chez le Dentiste, ils y passent en octobre. Je lui dirai de me téléphoner un peu plus tôt que prévu. Tâchez seulement de vous retenir jusque-là...

Isabelle ne changeait pas. Mais changerait-elle jamais, cette Belle statufiée au cœur de son Bois Méchant ?

Elle était jolie – quand elle n'essayait pas de l'être. Quand elle se levait, un peu lasse, et que ses cheveux n'avaient pas le pli qu'il fallait. Quand elle cessait de se surveiller, de lever haut son nez aquilin et de jouer à l'héritière.

Elle était drôle et fine – toujours, qu'elle s'y efforce ou pas. Triste, toujours aussi – et plus encore quand elle riait.

Elle n'aimait pas sa mère, elle méprisait son père, elle ne s'appréciait pas beaucoup elle-même et ne s'intéressait à rien...

– Faites quelque chose, lui dit Tristan une fois. N'importe quoi. De la broderie sur toile, des cambriolages, une manifestation pour le rétablissement de la dynastie carolingienne, des quintuplés... ce que vous voulez mais QUELQUE CHOSE. S'il vous plaît.

– Il ne me plaît pas, répondit-elle. À moins qu'il ne me plaise de vous contrarier là-dessus ? C'est une occupation comme une autre.

Elle l'entraînait parfois aux frontières de sa Perse – un peu, très peu. Et il voyait souvent sur son corps les marques laissées par des compagnons de voyage plus aguerris. Elle en était fière, ce qui ne gênait pas Tristan. Mais de cela même elle ne tirait pas grand plaisir. Là aussi elle était seule. Comme toujours.

– Tout m'est égal, lui dit-elle un matin. En fait, c'est vrai, tout m'est égal. Même vous.

– Merci pour le « même »...
– Vous le méritez, ne faites pas le modeste.
Il ne lui avait jamais parlé de cette extravagante histoire de fourchette à gâteaux, bien sûr. Elle le fit d'elle-même, un soir de cafard, sans doute pour le trouble plaisir de s'humilier devant lui. Et il la surprit une fois de plus, parce que le récit l'amusa.
– Vous ne m'en voulez pas ? s'étonna-t-elle.
– Ce serait à elle de vous en vouloir, non ?
– C'est certainement le cas.
– Je n'en suis pas si sûr que vous. Mais libre à elle.
Isabelle ne dit pas, ce soir-là : « Vous l'aimez. Comme vous l'aimez... » Elle ne le savait que trop. Mais elle essaya de plaisanter.
– Si je comprends bien on pourrait la découper en rondelles sans que vous bougiez ? Parce que ce serait à elle de protester ?
– Détrompez-vous, dit Tristan. Si quelqu'un dépassait les bornes je le tuerais, je pense.
Elle sourit. Et lui aussi.

Il voulait passer le mois d'août à Saint-Lys et s'y installa dès le 1er. Le piano du cousin Edmond lui convenait tout à fait. Et le jardin l'enchantait. C'était un fouillis de roses, de fleurs, de branches souples et d'oiseaux. L'idée que Natalène ne le verrait jamais en été l'attristait un peu : elle avait tant travaillé, quelques années auparavant, pour créer toute cette beauté !
Mais le 23 au soir on siffla, dehors, le petit appel yémache qu'il connaissait bien maintenant et ce n'était pas la Perle, comme il le crut un instant – non, c'était Natalène. Il se ferma en la revoyant, comme il le faisait toujours, instinctivement.
– Bonjour, dit-il seulement.

Elle lui sourit, compréhensive.

– Plutôt bonsoir. Il est très tard. Je peux entrer ?

– Mais je vous en prie.

Il s'écarta pour la laisser passer, referma la porte et s'adossa au mur. Il était déjà un peu pâle. Natalène...

Elle s'assit devant le feu, sur le petit banc de bois, et posa sur le sol son baluchon de toile brodée.

– J'ai beaucoup marché, dit-elle. C'est loin, chez vous. Trente-cinq kilomètres avant-hier, quarante-huit hier et quarante-deux aujourd'hui. Il n'y a guère que la Perle qui puisse faire mieux. Elle piaffait encore hier au soir, d'ailleurs.

Elle se pencha pour défaire les lanières de ses sandales. Tristan vit ses doigts minces s'affairer sur le cuir, si bruns. Il baissa les yeux, un peu étourdi. Natalène. Un soleil étrange se levait sur le monde.

– On a écouté votre disque de l'année dernière, dit-elle, chez un gadjo de Bruges. Et ce petit bout de vous, sur la dernière plage... La Voix dit que votre honneur y est debout. Texto.

– C'était un des thèmes d'Orfenor.

– Oui, on l'a reconnu.

Elle posait sur son cousin un regard attentif. Il était très pâle, et comme figé contre son mur. Elle lui sourit, puis se tut. La vieille horloge eut son hoquet habituel et se mit à sonner. Quand elle fut venue à bout de ses dix coups Tristan reprit à peu près son sang-froid et s'écarta du mur.

– Vous devez être fatiguée, dit-il.

– J'ai surtout très faim.

Il s'affaira quelques instants près du buffet, puis laissa tout en plan et s'accroupit près de Natalène. Ses yeux brillaient.

– Natou... dit-il. Vous tombez toujours du ciel, je ne m'y habituerai jamais. Ça va ?

– Très bien.

– Où est Cantor ?

– Là-haut, avec les autres.

– Il va bien ?

– Mais bien sûr qu'il va bien... et nous tous !

Il tendit une main, et elle y posa la sienne. Ses doigts étaient sales et un bracelet de crasse entourait son poignet.

– D'où sortez-vous encore ?

– On a couché chez Ceux des Paniers, près de la décharge. Et on a trié avec eux, monsieur ! Je sens mauvais ?

– Je ne sais pas...

Elle rit, et lui aussi.

– Je ne m'y habituerai jamais, redit-il. Jamais. Et qu'est-ce que vous faites là, pour commencer ?

– C'est la Perle. Elle nous est tombée dessus là-haut, pour une nuit, et en repartant elle m'a demandé si j'avais un truc pour vous parce qu'elle venait là tout droit, il lui faudrait cinq jours... Tout droit, cinq jours : ça m'a paru magique et j'ai crocheté un pan de ses basques. Voilà.

– Où est-elle ?

– Au camp. Elle a pris les camions de la Quatre-Voies, à la Croix des Moulins, pour descendre à Fonvières, et moi mes pieds pour monter ici. Elle me reprendra dans trois jours. En plus, on a vu vos affiches en descendant, votre concert du 28, si vous y allez un peu en avance pour les répétitions ça tombe juste, vous pourrez même nous poser au passage à la Croix des Moulins... C'est dit ?

– C'est dit. Sapristi, Natou, c'est chic de vous voir là...

– ... juste à l'heure du dîner...
– Vous avez faim ?
– Et comment ! Je l'ai déjà dit, d'ailleurs, et j'attends toujours.
Ils rirent, ensemble, et Tristan se releva.
– Allez chercher des framboises, dit-il, il y en a des tonnes dans l'allée du fond. Je vous fais une omelette. Et regardez un peu votre jardin, c'est une merveille...

Elle mourait de faim, en fait, et l'omelette lui suffit à peine. Tristan y ajouta beaucoup de pain bis, du fromage, des biscuits, deux oranges, du miel... Là-dessus elle finit par se déclarer à peu près rassasiée, et s'attaqua aux framboises.
– Vous allez être malade, dit-il.
– Pas du tout. Les manouches descendent des boas constrictors, vous savez bien, ils peuvent jeûner très longtemps et avaler toute une montagne après.
– Depuis quand jeûnez-vous ?
– Toute la fin de la route, trois jours ! Mais on a trouvé des petits riens en chemin, des pommes, des mûres, de l'oseille... et même, un gadjo nous a fait du café et nous a donné du pain, hier. Un quart de miche chaude !
– Royal...
– Et ce soir un autre gadjo me gave, que demande le peuple ?
Elle riait, son bol de framboises à la main.
– Racontez, dit-elle.
Il raconta, un peu. Caroline avait un ami tout neuf, qui était comptable à Paris. Le bûcher du champ était plein à craquer. Le deuil se faisait, lentement, mais il se faisait. Lucile épousait son étudiant le 10 septembre, et sa mère quitterait

alors le pavillon pour la grande maison. Les Kerbauson viendraient à Noël, et peut-être même Andrée Montellier, ce serait un Noël grandiose...

– Cantor en rêve, dit-elle. Parce que l'année dernière ça avait tourné court.

– Et puis, Natou, et puis... quelqu'un attend un enfant !

– Pas Chantal encore, quand même ?

– Non.

– Édith, non, ne rêvons pas... Marion ?

– Non plus. Emmanuel a eu trop peur, pour Albane, vous savez bien qu'il est buté là-dessus.

– Sophie !

– Gagné. Pour le début de décembre, et elle compte sur vous. Absolument.

– Début-début ?

– C'est-à-dire ?

– Autour du 2 ou autour du 10 ?

– Le 5, je crois.

– Alors je vous téléphonerai... mettons le 2 ou le 3. Et si ça prend de l'avance vous foncerez à ma recherche, c'est toujours la même route... Sapristi, je ne veux pas rater ça !

Elle sourit.

– Je finirai sage-femme, sur mes vieux jours, parce que pour Anna, le mois dernier, j'y étais aussi. Un joli petit garçon. Joachim. Manuel et elle pètent de fierté du matin au soir. Dites-moi, Taswïck... je voudrais une cigarette. Une de gadjo, longue, à la menthe.

Il en avait, par chance, et posa devant elle le paquet presque entier – et trois briquets.

– Capoue ! dit-elle.

Elle s'étira, et rit de plaisir ; comme ça, pour rien, parce que sur les cinquante-deux kilos qu'elle pesait il y en avait bien quarante-huit de joie...

– J'ai sacrément marché, dit-elle. Sacrément ! Et puis écoutez ça, un peu...

Elle prononça quelques phrases étrangères, avec application, très lentement.

– J'apprends le danois. Je n'ai pas les dons de la Voix, mais ça avance. Savez-vous ce qu'il a fait, lui, à la foire de juillet, avec le contorsionniste de Ceux de Devant ? Il a appris l'espagnol. En cinq semaines, chrono en main. Il est pire que le Paganel de Jules Verne.

– Ça lui fait combien de langues ?

– Eh bien... onze maintenant.

– En quoi pense-t-il ?

– Je le lui ai demandé moi aussi. En clibate.

Elle se leva, vive comme toujours, passa derrière Tristan et mit sur ses épaules deux mains légères. Il frissonna. Elle rit, moqueuse.

– Vous préférez vos bohémiennes avant ou après leur douche, Taswïck ?

– Avant et après, c'est possible ?

– Chiche !

Il rit lui aussi, se leva et la prit dans ses bras. Si fine et si légère, la bohémienne, et là-dessous tant de force, tant de joie... Il roula avec elle sur le tapis, en riant. Quand ils s'arrêtèrent elle posa une main sur son pull-over blanc.

– Vous êtes si propre quand vous êtes sur vos terres, dit-elle. Ça finit par être intimidant.

– Alors salissez-moi, Natou, s'il vous plaît. Ça m'a toujours fait le plus grand bien.

Elle sourit. Puis son regard changea, s'éclaircit encore.

– Fraternellement, dit-elle. Je l'ai trouvé cet été, votre adverbe. Il m'aura fallu presque dix ans mais je l'ai trouvé. Fraternellement.

– C'est très incestueux.

– Pas du tout. Vous vous trompez de fraternité. Moi je parle de celle qui est gravée au fronton de vos mairies. La presque impossible.

Elle regardait le visage de Tristan, si proche. Les yeux gris restaient indéchiffrables. Le désir y dansait, oui – rien d'autre. Peut-être une attention tendue à l'extrême. « Je le connais si peu, pensa-t-elle. Si peu. »

Cela l'amusa, soudain.

– Je ne sais pas grand-chose de vous, dit-elle.

– Tant mieux, répondit-il. Ça vous évitera de vous montrer trop familière, et après tout on n'a pas gardé les vaches ensemble.

Le lendemain matin, sur le petit sentier qui grimpait vers le col, elle lui fit la gazette des routes. L'enfant d'Anna était roux, Ernaline avait sa roulotte, les Yémaches voulaient monter une seconde tente de peau entre les dunes, Cantor écrivait en danois... et le vent s'était amusé là-bas, une nuit, à proprement scalper une roulotte.

– Celle d'un Lapon. Le toit s'est soulevé et rabattu sur le côté comme le couvercle d'une boîte, c'était trop drôle.

– Ce vent qui cherche ? Il pensait peut-être que son musicien se cachait à l'intérieur ?

– Certainement pas, monsieur l'esprit fort : le Lapon est sabotier et lui et moi faisons bien la paire, question voix.

Il s'arrêta, pour renouer les lacets de ses chaussures, et déclara, résolument :

– Vous ne me parlez jamais d'Ivor.

– Non, répondit-elle. Il n'y a rien à dire. Ivor est yémache. Yémache pur sang, yémache grand teint, partout et toujours, indécrottablement... c'est-à-dire qu'il est libre comme le vent, et moi aussi. Je ne passe là-haut que deux mois, en somme : il y vient, je vais aussi dans l'île aux Chevaux... Il n'y a rien d'autre à dire.

Elle posa le bout de ses doigts sur le bras de Tristan, un court instant, quand il se releva.

– Je ne suis pas tout à fait aussi libre que le vent en ce qui vous concerne.

– Moi non plus, si ça peut vous consoler.

– Aucune chance, Taswïck : je suis inconsolable.

Il faisait très lourd, le soir, et comme ils devaient quand même entretenir un petit feu dans la cheminée pour avoir de l'eau chaude ils ouvrirent tout en grand, porte et fenêtres. Cela ne suffit pas et ils finirent par se réfugier dehors, sous le saule pleureur.

– Un saule, dit Natalène dès qu'elle fut sous son ombre légère, c'est très romantique, ça convient aux déclarations solennelles : j'en ai deux à vous faire.

Tristan mima l'effroi, aussitôt.

– Deux ? dit-il. DEUX ? Misère, Natou, souvenez-vous qu'on m'a trouvé quelque chose au cœur, autrefois...

Elle rit, et secoua la tête.

– Ce sont des déclarations solennelles tout à fait inoffensives.

– Alors envoyez.

– La première, c'est que nous menons une drôle de vie pour des gens qui sont, en somme, mariés, et que vous pourriez souhaiter divorcer. Je comprendrais parfaitement.

– Inoffensif en effet, sourit Tristan. C'est non – à moins que vous ne le souhaitiez, vous.

– C'est vous qui pourriez en avoir besoin, dans le monde où vous vivez, pas moi.

– Ce jour-là je vous attirerai sous le premier saule qu'on croisera et je vous le dirai. On fait comme ça ?

– Bien, dit-elle. On fait comme ça.

– Et l'autre ?

– L'autre, il s'agit d'herbes... d'herbes et d'enfant. Je vais sur mes trente ans, Taswïck, vous aussi, la vie court au galop... alors j'y pense. J'y pense très fort. Pour cette année ou la suivante.

– Un enfant sur la route ? Comment ferez-vous ?

– Comme les copines, sourit-elle. Les manouches se reproduisent aussi, vous savez. Et Anna, comment a-t-elle fait ?

Elle s'allongea sur l'herbe chaude, et ferma les yeux.

– Pensez-y vous aussi, dit-elle. Vous me direz ça quand on redescendra, en décembre. Ce n'est pas à un an près... Ça ne vous plairait pas, un autre petit Taswïck-Etc. aux yeux jaunes ?

– Si, dit-il. A priori, si. J'y penserai.

– Et si vous mettez beaucoup de cierges à l'église, beaucoup beaucoup, peut-être qu'il y aura un miracle : il n'aura pas les yeux jaunes et ce sera un Blajan plus qu'un bohémien. Tout arrive, vous savez ?

– Diable oui, je le sais, et surtout quand vous êtes dans les parages immédiats, Natou...

Elle roula sur elle-même, en riant, pour se rapprocher de lui.

– Et je vais ajouter une troisième proposition pour le même prix, Taswïck, c'est mon jour de soldes... on pèche ?

Ils parlèrent d'argent, le lendemain, au grand amusement de Natalène.

– J'administre, dit Tristan, j'administre... mais il me faudrait quelques indications. C'est l'usage.

L'affaire de l'hôtel du cousin Edmond était presque terminée. Les trésors qu'il avait contenus attendaient leur héritière à Blajan, entreposés dans une pièce du second étage. Pour l'hôtel lui-même, les droits de mutation s'étaient révélés extravagants, mais il resterait quand même une assez jolie somme. Tristan aurait voulu la bloquer sur le compte de Natalène, pour qu'elle y puise à sa guise sur la route.

– Et vous en auriez pour soixante ou soixante-dix ans, dit-il.

Elle s'y refusa absolument.

– Non, dit-elle. Si mon compte n'est pas en accord avec ma vie, je me pends. Mettez ça où vous voulez, mais pas là, et ne m'en reparlez plus jamais. Faites refaire les toits de Blajan avec, tiens, ou les murs du parc, faites curer l'étang, ajoutez une aile, installez le chauffage central, carrelez la salle en or... Ce sera mon offrande sur l'autel de la tribu.

– Bien, soupira Tristan. J'en parlerai à Emmanuel. Mais vous êtes une administrée d'un tout nouveau genre, Natou...

Elle était plus gaie que Tristan ne l'avait jamais vue. Et tranquille et sereine. Ils revirent l'ermite, ils poursuivirent Gaston jusqu'à ses pâturages d'été, ils firent du fromage avec Farfouille. Et Natou entreprit même de réapprendre à jouer, avec deux doigts, son grand succès d'autrefois, « Gentil coquelicot ».

La Perle fit une entrée fracassante, le troisième soir : elle descendit d'une somptueuse limousine et un chauffeur, un vrai chauffeur en grande tenue, fit le tour du carrosse pour lui ouvrir la portière. Assise à l'arrière, une vieille dame très digne et toute vêtue de noir fit à Tristan, qui apparaissait sur le seuil, un imperceptible salut de la tête. Il y répondit machinalement. Mais il avait, comme le disait Natou avec malice, « cela » dans le sang, et son salut convenait si parfaitement aux circonstances, pourtant assez cocasses, que la vieille dame reconnut aussitôt ce jeune homme pour l'un de ses pairs. Son œil froid s'adoucit légèrement et une ombre de sourire étira ses lèvres. Puis elle fit signe au chauffeur de repartir.

– T'as vu ça, commenta la Perle, si je me mets bien ?

Elle riait, accoudée au petit portail.

– C'était à la pompe, dit-elle, après la Touille. On leur lavait la vitre, alors moi j'ai demandé à la vieille de m'avancer...

– COMMENT l'as-tu demandé ? coupa Tristan. Comment ? Essaie de te souvenir !

– Ben je sais plus... Si, j'ai dit : « Tu m'avancerais pas un peu ? »

– Je m'en doutais, sourit Tristan. Et qu'est-ce qu'elle a dit ?

– C'est son mec qui a dit, celui qui conduit. Il a dit de se pousser vite fait. Alors elle a dit, mademoiselle – mademoiselle, je te jure ! – mademoiselle, où j'allais... Je lui ai dit où, et total elle m'a avancée. Jusque-là au bout, t'as vu ! Je te dis pas la tronche qu'il tirait, son mec...

Tristan, qui se régalait, s'enquit de la conversation qui avait charmé le trajet.

– Oh ben, dit la Perle, je lui ai dit des trucs à gadjé, je sais plus, le temps, la route, que j'avais la rouma aux pattes... et pis je lui ai aussi demandé à elle. Je sais me tenir. Un échange, tu vois : pas que moi qui parle.

Tristan était tout près d'elle et l'entoura soudain de ses bras. La Perle lui inspirait souvent ces élans de simple tendresse – et aussi le désir douloureux de la protéger du monde. « Petit renard, pensa-t-il, petit renard, et tu ne sais même pas que la chasse est ouverte... »

Elle se débattit, surprise.

– Je bouillave pas, dit-elle. Pas avant de bouffer en tout cas, j'ai trop la dalle, qu'est-ce qui te prend ?

Il la libéra, en riant.

– Viens, dit-il. Je vais te faire une omelette.

– Où est Vanina ?

– Au col, chez l'ermite. Elle ne va pas tarder.

Tristan dut jouer à la Perle, après le dîner, quelques morceaux de son concert. Ils mangèrent ensuite tout un plat de framboises. Puis la Perle monta. Natalène avait fomenté contre elle un complot des plus noirs et en exposa les grandes lignes à Tristan. Ils se glissèrent ensuite dans l'escalier, sur la pointe des pieds.

La Perle était assise en tailleur sur le lit de Natalène, vêtue d'une veste de pyjama qu'elle avait dû dénicher dans la commode et elle déchiffrait, avec application, les titres d'une vieille revue.

– Écoutez ça, dit-elle quand ses amis entrèrent. C'est très intéressant. On n'a pas idée des choses qui se passent. « Nos-jour-na-lis-tes-re-çus-par-l'é-mir-de-Ra... »

Natalène sauta à ses côtés sur le lit, ferma la revue et la jeta à terre.

– Haut les mains, dit-elle, ceci est un hold-up !

Tristan la rejoignit, tira les rideaux du lit, et ils se trouvèrent tous les trois enfermés dans un nid de dentelles, sur une petite planète bien à eux.

– Eh ben ? dit la Perle. C'est quoi ?

– Une leçon de choses, répondit Natalène. Ne bouge pas !

– Tu veux qu'on bouillave ?

– Voilà. Une leçon de bouillave. Mais ne bouge surtout pas.

La Perle eut un rire moqueur.

– Bouillaver sans bouger, je demande à voir.

– Sans bouger TOI.

– Je vais me barber.

– Pas sûr.

– C'est toi qui bouillaves, ou ton gadjo ?

– Les deux.

– Je vais pas suffire.

Tristan se mit à rire. Merveilleuse Perle...

Elle voulut enlever sa veste, mais Natalène l'en empêcha et la fit s'allonger, d'une main posée sur son épaule.

– Ne bouge pas, la Perle. Tu ne fais rien de rien.

– Tu veux qu'on bouillave habillés, toi ?

– On s'en occupera. Ferme les yeux.

– Je préfère voir.

– Mais tu es insupportable, la Perle ! Ferme les yeux et tais-toi !

La petite sauvage obéit. Natalène posa sur elle le bout de son index, léger, et traça sur le tissu de la veste un dessin compliqué, très lent, qui s'attarda sur la jeune poitrine et au creux du ventre.

– Là, dit-elle, c'était moi. Et maintenant ?

Elle recommença, plus lentement encore.

– C'était Tristan ?

– Non, dit la Perle, c'était toi.

Ils jouèrent longtemps à ce jeu-là, sans que la petite sorcière fasse une seule erreur.

– Comment fais-tu ? s'étonna Natalène.

– Ben je sais pas... alors, on bouillave ?

– Quand on voudra NOUS. Tiens-toi tranquille, un peu...

D'autres jeux suivirent, qu'ils jouèrent à deux cette fois, et sous leurs quatre mains patientes la Perle finit par s'émouvoir. Ils s'étaient juré de la conduire au plaisir sans que Tristan la pénètre et la victoire leur parut soudain possible : la Perle s'était mise à respirer plus vite, à serrer les dents, à frissonner sous les caresses...

Ils lui avaient enlevé sa veste et s'étaient déshabillés eux aussi. À travers les rideaux de dentelle qui fermaient le lit on voyait briller la lune. La petite bohémienne frémissait maintenant, de tout son corps. Natalène entourait ses seins d'un cercle de frôlements légers, puis en agaçait les boutons bruns, et Tristan avait posé ses lèvres sur l'amande de son sexe. La Belle au bois dormait encore, mais la porte de sa prison enfin s'entrouvrit ; elle se mit à gémir, perdue, puis à se cambrer, et presque aussitôt le plaisir la délivra. Sans cris, pour la première fois. Mais très long. Elle rouvrit les yeux ensuite, encore un peu égarée, et Natalène mit un doigt sur ses lèvres.

– Chut, dit-elle, chut... chacun son tour...

L'expérience avait sidéré la Perle, c'était indéniable, et elle la commenta avec perplexité le lendemain matin, à la table du petit déjeuner.

– C'était bizarre, dit-elle. Drôle, bizarre.

– Parce qu'on était trois ? demanda Natalène.

– Oh ben non, ça je m'en fous, plus on est de fous plus on rit... mais c'est de la bouillave sans rien, non ? On s'enfile même pas et ça fait quand même ! Si ça se trouve c'est pas normal.

Ses amis se mirent à rire, et de si bon cœur qu'elle finit par les imiter.

– Remarque, je m'en fous, dit-elle, du moment que ça fait. Mais ça faisait pas pareil que d'habitude.

– Moins bien ?

– Non, pas moins bien. Pas pareil. Pas pareil du tout. Et puis faut bien que ce soit vous, parce que deux autres comme ça sur moi autant vous dire que je les aurais à l'œil. Des fois que.

– Des fois que quoi ?

– Des fois qu'ils en profitent, tu vois.

– Qu'ils en profitent pour quoi faire ?

– Ben les cons. Faire les cons. Taper, tu vois, ou piquer mon couteau. Remarque qu'ils auraient pas longtemps à s'en vanter après, mais bon, on sait jamais. Avec vous quand même ça risque pas trop.

– Comment ça, « pas trop » ? sourit Tristan. Ça ne risque rien du tout, c'est du zéro pointé !

– Non, répliqua la Perle, je te le pointe pas ton zéro, moi, parce que t'as tapé déjà – j'y étais, même que je t'ai boutonné – je te le pointe pas.

– C'est vrai, dit Tristan. J'oublie toujours ça.

– Moi j'oublie rien. Quand tu commences à oublier ce genre de trucs t'es sur la mauvaise pente. Tu peux me croire je m'y connais.

– Mais s'il s'agit d'amis ?

– J'ai pas d'amis, rétorqua la Perle, comme ça j'ai pas d'emmerdes.

– Mais ce n'est pas vrai... sourit Natalène. Tu AS de l'amitié pour nous, par exemple.

– Moi ?

Bouche ouverte, sa tartine arrêtée en chemin, elle semblait la statue même de l'innocence outragée, et Tristan ne put s'empêcher de rire.

– Tu ne le savais pas ? demanda-t-il.

– J'ai rien de comme ça pour vous. Passe-moi le beurre, tiens...

Natalène s'attela à la tâche, courageusement.

– Mais tu aimes qu'on se voie assez souvent quand même ?

– Ben oui.

– Pourquoi ?

– Ben... je sais pas. Pour savoir comment ça va. Si vous auriez besoin de quelque chose. Et puis je tourne, tu sais bien, faut pas oublier des gens en route. Quand j'en oublie ça me vient d'un coup, merde, je suis pas passée chez le Vieux des Paniers... Ça m'énerve.

Elle désigna la petite salle, du bout de son couteau plein de beurre.

– C'est bien, là, j'aime bien quand je viens. Remarque, vous seriez ailleurs que j'irais ailleurs, hein, mais ici c'est bien.

– Je crois que tu nous aimes NOUS, dit Natalène.

– Non, répondit la Perle. J'ai pas d'amis, moi.

– Moi j'en ai, dit Tristan.

Elle se tourna vers lui, narquoise.

– Ben tant pis pour toi. Quand t'as des amis t'as des emmerdes, ça traîne jamais. Lico presto, comme on dit. Faudra pas venir te plaindre après, je t'enverrai chier.

La Croix des Moulins était un de ces lieux qui amusaient tant Tristan : il n'y avait plus là ni croix ni moulin. Il y avait eu, oui... Quand ? Ça, on ne savait pas...

Ce point mythique avait conservé son nom et surtout sa fonction : c'était l'un des grands carrefours des cartes roms. On bifurquait là et on pouvait s'y retrouver. Il se situait au bord d'une petite route, cent mètres après la bretelle de sortie d'une nationale, et à quelques kilomètres d'un hameau. Tristan y laissa ses bohémiennes, puisque c'était là la Croix des Moulins.

Ils se quittèrent sans phrases. Les phrases n'avaient pas cours chez les manouches. Le pianiste vêtu de blanc remonta dans sa belle voiture, et les deux jeunes femmes en jupe défraîchie se mirent à marcher sur le bas-côté. Binuké, binuké... Il klaxonna, en dernier signe, et elles agitèrent les bras – voilà, c'était fait. Roule, pianiste...

Roule. On t'attend, à Blois, on visite la chambre qu'on t'a réservée dans un très bel hôtel, on se demande si la moquette est assez épaisse pour toi, le lit assez bon, la baignoire assez vaste... Roule. Pense au chant qui t'habite. Pense que tu reverras Natalène dans trois mois et la Perle... ah, ça, la Perle, Dieu sait quand. Au printemps sans doute. Pense qu'il va pleuvoir et que vous aurez peut-être un autre enfant, Natou et toi. Pense que tu n'as plus de cigarettes et que tes doigts, à la fin d'une certaine mesure, manquent de tendresse. Tu reverras la Perle beaucoup plus tard que tu ne le crois, tu rateras ta mesure, tu t'achèteras des cigarettes à Blois... Tu auras d'autres enfants, oui, un d'Isabelle Dubois-Pontier que tu épouseras dans six ans et, bien des années plus tard, deux de celle qui sera ta dernière compagne : mais aucun de Natalène, parce que Natalène tu ne la reverras pas.

XVII

Elle devait mourir dix jours plus tard, au Bout du Nord, à l'aube grise d'un jour de septembre. C'était le dernier qu'elle passait là : Ceux des Pianos comptaient prendre la route au soleil-midi. Elle s'était sans doute réveillée très tôt et avait eu envie de se baigner, comme cela lui arrivait parfois. Elle avait posé sa longue chemise de laine sur un rocher, en haut de la plage, elle était entrée dans l'eau et n'en était pas ressortie. Dans sa roulotte, le petit déjeuner qu'elle s'était préparé pour se réchauffer ensuite l'attendait. Une grammaire danoise était ouverte à côté du bol.

La nouvelle atteignit Blajan assez vite, par le Dentiste, puis par sa fille. Elle toucha d'abord Philippe, parce qu'il était assis à côté du téléphone, fort occupé à délacer ses bottes. La première horreur passée il se sentit incapable de parler à Tristan. Sophie ne le put pas davantage. Ce fut Marion qui s'en chargea.

Elle partit à pied au manège, où Tristan et Fleur s'étaient éclipsés après le thé. Incrédule encore, elle marchait lentement, petite messagère de mort dans la gloire sereine de ce jour d'automne, et son cœur battait la chamade. En haut de la colline elle se retourna vers Blajan et ne vit cette fois qu'une longue bâtisse cossue. Contorose était mort, Natalène était morte : c'était fini. Plus de rêves, plus de lampions, plus de roulottes. Une simple demeure de nantis.

En bas, dans la carrière, Fleur caracolait sur le grand poney blanc, intrépide comme toujours, suivie de près par Tristan. Isabelle était là aussi ; elle dessellait son cheval dans la cour. Marion s'accouda à la barrière, désespérée. Elle regardait son cousin avec la vague conscience que ce Tristan-là, ni elle ni personne au monde ne le reverrait jamais. « Serre les genoux », criait-il, et Fleur riait, les cheveux au vent, toute menue sur sa monture.

Ils virent Marion assez vite et Tristan comprit le premier que quelque chose n'allait pas. Il fit tourner son cheval et vint jusqu'à elle. Quel pauvre petit visage elle avait, blanc, effrayé...

– Des ennuis ?

Elle ne répondit pas, le nez levé vers le cavalier.

– Marion... Qu'est-ce qui se passe ?

Elle avait préparé en chemin quelques phrases prudentes en guise de préambule – « Il est arrivé quelque chose de terrible... Oh, Tristan, c'est affreux... La fille du Dentiste nous a téléphoné... » – mais l'affolement la prit et elle perdit la tête.

– Natalène est morte, dit-elle.

Aussitôt, épouvantée, elle baissa les yeux. Elle vit l'herbe entre les jambes du cheval de Tristan, l'herbe et une minuscule fleurette blanche dont elle ne devait jamais oublier la fragile joliesse. « Une pâquerette, pensa-t-elle. Je ne croyais pas que ça pouvait être si petit. Un bonsaï de pâquerette... »

– Elle est morte, répéta-t-elle. Elle s'est noyée là-bas, hier matin. C'est Laurence Donnadié qui vient de téléphoner. Dans la mer du Nord, là-haut, elle s'est baignée toute seule très tôt et alors... elle s'est noyée. Hier matin très tôt. C'est le Dentiste qui a téléphoné à Laurence pour qu'elle nous appelle et il faut que vous alliez chercher Cantor et Philippe a noté les villes et les villages... elle a dicté les noms.

Elle entendit la voix de Fleur interroger à son tour et redit, pour la petite fille :

– Natalène est morte. Elle s'est noyée hier matin... elle est morte.

Là-dessus elle ferma les yeux, incapable de parler encore, et crut un instant qu'elle allait vomir.

Mais non. Cela passa. Quand elle releva la tête elle ne vit plus que Fleur, qui descendait précipitamment de son poney et s'approchait, blanche, les yeux écarquillés.

– Natou ? Mais non...

Le cheval de Tristan sautait l'autre barrière, en face, s'éloignait vers la forêt, tandis qu'Isabelle rejoignait Fleur, et s'étonnait :

– Qu'est-ce qui lui prend ? Où va-t-il ?

– C'est Natalène, dit Marion. Ma cousine Natalène. Elle est morte.

Ce qu'elle vit dans les yeux d'Isabelle, derrière l'incrédulité et l'ahurissement, la fit frémir de répulsion. Elle se détourna.

– Je vais vous raccompagner, dit Isabelle. Vous n'êtes pas bien... Ma voiture est là, attendez, je vais vous raccompagner.

– Non, dit Marion, je préfère être seule. Merci.

Tristan réapparut à Blajan deux heures plus tard. Sur son front et ses mains il y avait des traces de terre. À part cela, c'était lui. Mais sa voix était curieusement lente. « Je vais chercher Cantor », dit-il seulement.

Aucun des Blajan n'osait vraiment le regarder. Leur peine était lourde, mais ce qu'ils devinaient de la sienne les effrayait. Il demanda à sa tante de lui faire préparer quelques sandwichs et un Thermos de café, puis étala sur la table de la salle les cartes routières, et dit à Philippe : « C'est là, regarde, mais je ne sais pas exactement où... »

Son doigt balayait une portion de la côte zélandaise.

– Laurence Donnadié nous a dit où, dit Philippe.

Il prit sur le guéridon la liste de noms que lui avait dictée Laurence et la tendit à son cousin. Le nom du dernier village était sur la carte. « Après, avait dit la jeune femme, c'est tout droit, sur la côte, à cinq ou six kilomètres seulement. »

– Je trouverai, dit Tristan.

Il repliait la carte. Un instant, il s'appuya sur la table, les yeux fermés, le souffle court, et Philippe serra les dents.

– Je t'accompagne, dit-il. On se relaiera au volant.

– Merci, répondit Tristan. Non. Merci.

Il partit seul en effet, presque aussitôt. Devant lui plus de mille kilomètres de nuit. Sur le siège, une liste de villes et de villages. Des heures de cauchemar. Pas un bruit, pas un mot. Une petite fille brune et laide. Son rire, ses yeux. Des fleurs peintes sur une roulotte. La lucarne d'un grenier. Troisième, quatrième, les essuie-glaces. Troisième. Doubler un poids lourd. Le ronflement indifférent de l'enfer sous la tôle du capot. Quatrième. Le froid qui montait, et lentement figeait sa proie.

Il erra deux heures dans la grisaille de la Zélande, le lendemain matin, avant de réussir à trouver, enfin, le Bout du Nord. La lande dessinait là une sorte de langue qui semblait vouloir s'enfoncer dans la mer. Une cinquantaine de roulottes y étaient disséminées, à l'abri des dunes. Le ciel était bas et le vent balayait cette immensité avec une sombre obstination.

Quelques enfants s'approchèrent de la voiture arrêtée. Ils ne parlaient pas français et se contentèrent de désigner au visiteur un point précis de la lande, sur la droite. Là, dans une cuvette, il y avait une grande tente de peaux. Des adultes en sortirent aux cris des enfants. Et parmi eux Tristan vit un visage connu, celui de Manuel.

On le fit entrer. On envoya quelques enfants voir si la Voix était revenu du district, parce qu'en fait Ceux des Pianos campaient un peu plus loin, derrière la plus haute des dunes. « Panitsen », dirent quelques voix. « Illarié Panitsen. Itsé millac illarié Panitsen. »

Panitsen ne disait rien. Debout à l'entrée de la tente, il regardait la mer, les mains dans les poches de son blouson.

Ernaline apparut la première. Puis Anna. La Voix n'était pas encore revenu, dirent-elles, il était parti à la ville très tôt, avec Ivor et Cantor, reconnaître le corps que la mer avait rendu la veille, un peu à l'ouest ; il reviendrait vite. On donna du café au voyageur, sur un coin de la longue table. Une vingtaine de Yémaches allaient et venaient : ils transportaient des pots de terre et les empilaient sur une planche. Une petite fille, nue, se baignait dans une bassine posée près d'un samovar. Peu après un très vieil homme entra, un filet sur l'épaule, et on lui désigna l'étranger. Il parlait français, lui aussi.

– Il faut aller chercher le fils de cette femme, dit-il. Où est le fils de cette femme ?

– Avec la Voix, dit Manuel. Ils signent les papiers au district.

Tout cela était assez confus pour Tristan. Il regardait le samovar, somptueusement décoré d'iris et de volutes. Puis il s'assit devant la table et posa la tête sur ses bras repliés. Reconnaître le corps... quel corps ? Le samovar se mit aussitôt à réchauffer une portion du bois des violettes, là-bas, à Blajan. Fleur était assise à côté de lui et enfilait des gants. Pourquoi des gants ? Parce que, disait-elle, PARCE QUE Chantal a emporté les cartes...

Il ne dormit qu'une vingtaine de minutes. Une terreur brutale le réveilla, venue d'ailleurs. On lui redonna du café. Ensuite il resta debout près de l'ouverture, appuyé à un poteau. Ernaline s'était approchée de lui, avec une sorte de peur. Il lui avait souri.

– Ta mer est grise, avait-il dit. Plus grise que la mienne.

Elle avait regardé, immobile à côté de lui, les vagues grises déferler sur la côte. Plus tard elle avait murmuré : « Panitsen... » Et lui, plus bas encore : « Non. S'il te plaît. Non. »

Elle avait reculé.

Quand la Voix entra sous la tente, Tristan était debout près de la table. Il croisa le regard bleu, si clair, et détourna les yeux.

– Panitsen, dit la Voix. Je ne croyais pas te revoir si tôt. Mais Dieu décide.

Tristan ne répondit pas. Il regardait celui qui venait d'entrer à son tour, un jeune homme dont il avait déjà vu le visage fier sur une photographie. Il était aussi brun de peau que les autres Yémaches. Mais ses cheveux longs étaient d'un blond très pâle.

Il inclina le front dès qu'il vit Tristan.

– Panitsen, dit-il. Tu parles un peu ma langue, je le sais. Je ne parle pas la tienne. Je suis Ivor, le fils de la Voix et de Maria, et je voudrais t'apporter du bonheur. Comprends-tu mes paroles ?

– Oui, dit Tristan. Bissémé tua.

– Je ne veux pas te parler longtemps. La petite fille de cette femme était la mienne aussi.

– Je sais.

– Elle grandira ici.

– Oui.

Ivor inclina la tête, de nouveau, et se détourna. Tristan le retint, d'une main posée sur son bras. Mais il n'avait rien à dire. Ivor attendit, puis mit sa main sur celle de Tristan. Ses doigts étaient chauds et fermes.

– Je n'ai pas d'amis gadjé, dit-il. Je ne sais pas comment ils vivent. Mais je sais ce qu'est la mort pour eux, nous le savons tous.

Il regarda la main de Tristan retomber, et ajouta :

– Je regrette.

Tristan se détourna et vit, debout à côté de la Voix, Cantor qui avait dû entrer par une autre fente des peaux. Il avait beaucoup grandi en quelques mois. Ses yeux jaunes étaient graves et un peu de vie frémit en Tristan, sous la glace qui le protégeait.

– Li patik illarié, dit l'enfant.

Il leva vers son père son petit visage si brun, et sourit.

– Li patik illarié.

– Oui, dit Tristan.

Il se rassit à la table et mit son front dans ses mains, étourdi. Les Yémaches s'affairaient toujours au transport de leurs pots, sans paraître lui prêter, ni à ses amis, la moindre attention. Ivor s'était joint à eux et refaisait des piles. Près d'un tonneau renversé, deux femmes et un adolescent cousaient des lettres rouges sur une grande pièce de toile bise. Quant à Manuel, Ernaline et Anna, ils s'étaient assis à la table eux aussi, avec Tristan et la Voix. Ils attendaient.

– Ces hommes du district ont copié ton nom et l'adresse de ta grande maison, dit la Voix quand Tristan releva la tête. Ils t'enverront des papiers qui te seront utiles, m'ont-ils dit. Si nous t'avions su là... Désires-tu que nous te ramenions près d'eux pour que tu voies cette femme ?

– Non, dit Tristan.

– Moi je l'ai vue, dit Cantor, et j'ai touché sa main. Ils ont enlevé le drap, je l'ai vue. Elle est froide et très blanche, tous ses cheveux collés.

Tristan ferma les yeux, avec la sensation effrayante de n'être plus qu'une blessure ouverte, immense, offerte à tous les coups. Il eut une nausée et mit une main sur ses lèvres.

– Dors, dit la Voix. Dors maintenant. Tu as fait une longue route.

Brusquement le vent tomba, et un silence surprenant s'abattit sur le monde. Les Yémaches suspendirent un instant leurs gestes. Ils échangèrent quelques phrases en danois. Puis le vent se remit à souffler. Différemment : il chuchotait sur les dunes.

– Myriam et le Dentiste préparent le feu, reprit la Voix. Tu les verras. Mais dors, Panitsen...

– Non, dit Tristan. Je vais repartir. Il y a seulement Cantor...

– Son petit sac est prêt, dit Ernaline. Il a peu de chose : c'est prêt.

Tristan vit le regard que l'enfant posait sur Ernaline, et son cœur se serra, affreusement.

– Où veux-tu vivre, Cantor ? dit-il. Ici ? Veux-tu vivre ici ?

Le petit garçon détourna les yeux.

– Il ne sait pas, dit la Voix. Ne le charge pas de cela, Panitsen. Tu es son père, la charge est pour toi. Toutes les charges.

Il fit signe à Cantor de sortir, et l'enfant obéit aussitôt. Le vent rabattit violemment derrière lui les peaux qui défendaient l'entrée.

– J'ai pensé à cela, dit la Voix ensuite. Laisse-le redescendre avec nous. La mort est un animal mauvais chez les gadjé. Ici elle a des dents moins cruelles. Dans cinq mois nous entrerons dans ton champ et il aura commencé à guérir : tu décideras.

– Pourquoi redescendriez-vous chez moi ? Vous le faisiez pour elle...

– Nous le ferons pour toi tout aussi bien. Laisse-nous l'enfant jusque-là.

Il ajouta :

– Cette femme aurait approuvé mes paroles, je crois.

– Cette femme, dit Tristan d'une voix lasse, cette femme... est-il interdit de dire son nom ?

– Ce n'est pas interdit, Panitsen. Mais il vaut mieux ne pas le faire. Pourquoi vouloir renouer le fil que Dieu a coupé ?

– Natalène, dit Tristan.

– Si tu veux. Natalène. Ou Vanina. Elle avait un grand cœur et nous l'aimions tous beaucoup. Son rendez-vous avec Dieu était fixé très tôt sur son chemin. Trop tôt pour nous. Mais Dieu décide.

Tristan baissa les yeux. Dormir, dormir...

– Gardez Cantor, dit-il. Je me souviens de son visage quand il a vu arriver les roulottes, l'année dernière... C'est avec vous qu'il doit vivre.

– Tu décideras dans cinq mois.

– C'est décidé, dit Tristan.

Une petite Yémache, à quelques pas de lui, l'observait avec curiosité. Elle n'avait pas trois ans. Mais son regard avait déjà la sérénité de tous les autres regards.

– Gardez-le, redit-il. Je n'ai rien à lui offrir. Rien.

– Il te faudra confier ta voix à Ivor, s'il en est ainsi. Je suis trop vieux pour la prendre.

Tristan ne comprit pas, mais acquiesça. Sa force ne lui servait qu'à tenir son cœur fermé. Et soudain il la sentit se nouer plus dure encore dans sa poitrine.

– Écoute-moi, dit-il. Écoute-moi, la Voix. Je ne veux plus jamais revoir aucun de vous, ni dans mon champ ni ailleurs, ni Cantor ni toi, personne, personne, jamais... Dis-le-leur. À tous. Toi ils t'obéiront. Je suis sûr que tu voudrais m'aider : fais cela pour moi.

La Voix ne répondit pas, mais son regard si clair s'assombrit un peu.

– S'il te plaît, répéta Tristan. S'il te plaît. Aide-moi, je t'en prie : fais cela pour moi. Je t'en prie...

– Je le ferai, dit la Voix.

Il eut une petite grimace triste, et hocha la tête.

– Je le ferai, redit-il. Il me semble que tu te trompes... mais qui suis-je pour le savoir ?

– Merci, dit Tristan.

Il se leva, et referma son blouson.

– Attends, dit la Voix, attends, il faut donner ta voix à Ivor...

Il appela, très fort : Cantor réapparut à la porte. Quelqu'un lui avait prêté une veste de laine trop grande pour lui et il tâchait de la retenir sur ses épaules.

– Est-ce que je vais partir avec toi ? demanda-t-il.

Il avait parlé clibate, instinctivement, et levait un petit visage tendu.

– Non, répondit Tristan. Tu vas rester ici.

– Ah, dit l'enfant. Oui. Et alors c'est moi qui porterai le feu. Je voulais le porter. Mais tu sais, il faut reculer très vite. Le Dentiste me tiendra le bras.

– Quel feu ?

La Voix s'était approché d'Ivor et lui parlait, assez vite, en danois. Le jeune homme écoutait attentivement, les yeux fixés sur Tristan. Il semblait surpris. Puis il posa le gros pot de terre qu'il portait et vint jusqu'à la table.

– Sous les roues, expliquait Cantor, le feu sous les roues...

Il n'en dit pas plus long, parce qu'il avait vu Ivor debout derrière lui. Il lui sourit, avec confiance. Puis il recula un peu.

– Je prendrai ta voix pour ton fils, dit Ivor à Tristan, si tu le veux vraiment. Es-tu sûr de bien agir ?

Il détourna les yeux et son visage eut une légère crispation. « Réfléchis, dit-il. Ces jours-ci ont beaucoup de noirceur en eux. Ils pèsent sur nous tous. Sur moi aussi. Ce n'est pas péché encore... Veux-tu que je te conduise sur la montagne des morts ? »

Ses yeux s'éclairèrent, aussitôt.

– C'est cela, dit-il. Nous allons te conduire sur la montagne, mes amis et moi. Ne sommes-nous pas tes frères ? Nous t'y conduirons ce soir.

Tristan eut un petit rire nerveux, malgré tout.

– Non, dit-il. Pas de montagne. Merci. Je voudrais seulement que Cantor reste ici.

Il sursauta : Ivor avait poussé un cri bref, qui fit se tourner toutes les têtes. Les Yémaches s'immobilisèrent. Les plus âgés s'approchèrent, attentifs. Ivor prononça quelques mots, d'une voix forte. Puis il prit les mains de Tristan et les éleva, unies aux siennes, assez haut, devant Cantor.

– Regarde, dit-il à l'enfant. Regarde nos mains, Cantor Milacusca. Ce gadjo est ton père : s'il parle je me tairai, parce que sa voix est la première. Mais s'il se tait je parlerai pour lui. Accepte.

– Ittamé, dit l'enfant, j'accepte.

Ivor lâcha les mains de Tristan, et lui sourit.

– Ne crains pas ma loi pour lui, dit-il. Il aura des doigts de femme, et sa sœur aussi.

Son regard n'avait pas l'étrange pouvoir de celui de son père, mais il était aussi bleu, aussi droit, et la même force grave y veillait. Dormir, pensa Tristan. Dormir. Seulement dormir. En finir avec tout ça. Que ça n'ait jamais existé...

Là-dessus Ernaline se leva, parce qu'un petit garçon lui apportait Lauriane qui venait sans doute de se réveiller. Elle n'était pas très lourde mais l'enfant avait pourtant du mal à la tenir dans ses bras. Dès qu'on l'en débarrassa il se mit à rire, soulagé. Quant à Lauriane, elle nicha son petit visage dans le cou d'Ernaline et ne bougea plus, ensommeillée encore. Deux autres bébés furent ainsi apportés ; peut-être dormaient-ils ensemble dans la même roulotte, confiés à des plus grands.

Le vent avait encore changé de voix. Il se plaignait sur la lande et semblait y traîner une très ancienne lassitude. Cela dura quelques minutes. Ensuite il s'emporta, brusquement, et fit battre les peaux de la tente. Entre deux de ses hurlements on perçut un appel, modulé par plusieurs voix. « Le feu est prêt, dit Cantor. C'est moi qui le porterai. »

– Quel feu ? demanda Tristan.

L'enfant était déjà dehors. Et les Yémaches sortirent à sa suite, vite, en prenant au passage leurs vestes de laine, posées sur un coffre près de l'entrée. En enfilant la sienne Manuel renseigna Tristan : on brûlait encore les roulottes des morts chez les Yémaches, et Ivor avait demandé à ce que cela soit fait pour Natalène, à cause de Lauriane. L'aîné des enfants, ou un parent proche, jetait une torche sous le bûcher disposé entre les roues ; et Cantor allait le faire.

– Ils disent que c'est pour accepter la mort, expliqua Manuel, ou la permettre, je ne sais plus. Tu vois, ils ont attendu que le corps soit au district. Sa roulotte est sur la plage du Croissant, derrière la grande dune. Viens.

– Non, dit Tristan. Je m'en vais.

– Tu devrais dormir d'abord.

– Je le ferai en route.

Il sortit avec Manuel, mais s'arrêta à quelques mètres de la tente et regarda les Yémaches quitter les roulottes, traverser la lande, puis gravir la dune. Courbés, parce que le vent avait redoublé de violence et les environnait de sable. Ils étaient une centaine, peut-être un peu plus. Quelques silhouettes se retournèrent, au sommet, et agitèrent les bras. La Voix et Ceux des Pianos, sans doute. Il répondit. Sa montre indiquait midi vingt-cinq : il y avait trois heures pleines qu'il était là, dans ce monde irréel et mauvais dont il ne devait pas garder un souvenir très net. Une troupe d'enfants sortit d'une roulotte, à sa gauche, se vit en retard et se mit à courir, en riant. L'appel montait toujours de derrière la dune. Et les dernières petites silhouettes se hâtaient. Tristan prit dans sa poche son paquet de cigarettes et lutta avec les rafales de vent pour en allumer une. Il finit par y réussir, en ouvrant son blouson pour y abriter son briquet. Quand il se redressa il n'y avait plus personne sur la lande. Sinon le vent qui hurlait par la déchirure du ciel.

Il ne vit pas les flammes, la dune était trop haute. Seulement la fumée, très noire. Il la regarda quelques instants, puis se courba en avant pour vomir sur le sable.

XVIII

Et si cette histoire était une histoire d'amour, comme on pourrait le croire, elle s'arrêterait là. Mais peut-être s'agit-il d'autre chose. Peut-être n'est-il pas indifférent d'accompagner Tristan de Blajan un peu plus loin.

Il restera longtemps à Saint-Lys, pour essayer de ne pas mourir. Il y réussira. Mais ce n'est pas lui qui en redescendra.

Depuis, il joue. Impeccablement. Un an. Deux ans. Il regarde grandir à Blajan d'autres enfants. Trois ans. Quatre ans. Il joue. Il est là pour ça après tout. Cinq ans. Tante Lise quitte la scène. Six ans. Isabelle attend un enfant. Il l'épouse. Pourquoi pas. Sept ans. À Saint-Lys, où il n'est plus jamais retourné, l'ermite est mort, Farfouille est morte. Le jardin des roses s'est enseveli lui-même. Huit ans. Il joue, et la perfection glacée de son jeu a quelque chose d'effrayant. Valère construit des ponts en Floride, tante Blanche disparaît à son tour. Neuf ans. Il joue toujours. Isabelle affiche ses amants et le petit Pascal a une telle terreur de son père qu'il en bégaie rien qu'à sa vue. « Cet enfant est stupide », dit Tristan avec dédain. Dix ans. Les cheveux de Sophie blanchissent aux tempes et Philippe sourit quand elle s'en désole. « Ça vous va bien », dit-il. Fleur tourne un bout d'essai à Paris. Il joue. Devenue une imposante matrone, Chantal marie son fils aîné. Onze ans. Il joue. Les rosiers de Saint-Lys montent à l'assaut du toit et se glissent sous les lauzes. Il pleut dans les chambres de l'étage. Douze ans. La source froide de sa musique coule sur du granit noir. Treize ans.

Mais parfois la vie fait grâce. Parfois.

N'importe où, n'importe quand.

Et pour lui ce sera sur le perron d'une ambassade, où s'est donnée une réception en son honneur.

XIX

Pour l'heure il n'est pas encore sur le perron. Il hante les salons illuminés. Il s'ennuie. Il croise parfois la jolie sirène qu'est devenue Fleur, et dont on commence à parler parce qu'elle a déjà tourné deux films. Sa femme passe et repasse elle aussi. Sèche et digne, raidie dans ses tailleurs Chanel et corsetée de rancune. Elle a frappé trop longtemps à une porte fermée : le fiel à la fin s'est glissé dans ses veines.

Il a quarante-deux ans. Son visage est célèbre, comme son jeu : aussi beaux et froids l'un que l'autre. Légendaires aussi, sa courtoisie et sa hauteur. Aucune surprise, jamais, avec ce pianiste-là : il sera à l'heure aux six répétitions qu'il exige, et d'une inlassable patience. Le soir du concert il aura vers la salle une imperceptible inclinaison du buste, s'assiéra au piano et jouera, sans une erreur, sans un fléchissement, les morceaux annoncés. Après le dernier il refermera le clavier, se lèvera, remerciera l'orchestre d'un signe de tête, le public d'un autre, et s'en ira.

C'est un virtuose fabuleux, il le sait, tout le monde le sait. Mais rien d'autre. Cela aussi tout le monde le sait. Dans les milieux de la musique circule pourtant un disque qu'il a enregistré autrefois et qui parle de tout autre chose. Le dernier morceau, qu'on appelle « le morceau vert » pour Dieu sait quelle mystérieuse raison, est de lui et sidère encore.

« Taswïck, dit-on souvent. Ouais. Il peut tout jouer. On jurerait qu'il a passé trois cents ans devant un piano. Mais bon... c'est glaçant, non ? »

Il se trouve toujours quelqu'un pour ajouter, pensif : « Oui... Vous connaissez son morceau vert ? »

On connaît, en général. Mais on écarte cette pièce qui manifestement n'appartient pas au même puzzle.

De toute façon, ce soir il ne s'agit pas de musique. Il s'agit de paraître. De parler. De montrer qu'on connaît celui qui... celui dont le nom... dont le tableau... j'ai eu le plaisir de visiter l'atelier de Domanio quand il travaillait sur pâte... son approche est tellement riche et si vraie...

Tristan s'ennuie. Il a horreur de ce genre de réunion. Isabelle, qui gère sa carrière d'une main de fer, a toujours du mal à l'y traîner. Trois fois sur quatre elle y parvient. Désert pour désert...

On lui touche l'épaule, et il se retourne.

– Vous aimeriez bien être ailleurs ! chuchote Fleur.

Elle est jolie, et plus encore. Tristan lui sourit, distraitement.

– Pas toi ?

– Non, dit-elle, pas moi !

Et comment souhaiter cela quand on a vingt-quatre ans ? Quand on plaît, quand on fait du cinéma ? Quand tous ces gens vous trouvent belle ?

Un banquier argentin embrasse du même coup d'œil le pianiste et sa petite compagne. S'embête pas, le mec... Fleur, qui le regardait justement et qui n'est pas naïve le moins du monde, a deviné ses pensées, et rit.

– Ce gros type, là, il pense que vous avez de la chance.

– Alors ne le détrompons pas.

Elle s'échappe de nouveau, parce que le petit photographe blond qui la traque depuis le début de la soirée s'approche. Il faut savoir se faire désirer. Quand elle se laissera coincer ce sera délicieux : il lui parlera de ses projets. De son talent. Duplessis, l'illustrateur, est-il aussi son cousin, comme le grand Taswïck ? Oui ? Elle vient donc d'une famille d'artistes et il n'est pas étonnant que... Est-ce qu'on ne parle pas pour elle d'un film avec Victoria Damelles ?

Elle rira, coquette, habile. Mais elle n'est pas que cela et le photographe le sentira, comme l'ont déjà senti bien des gens alors qu'elle l'ignore absolument elle-même. Fleur est aussi faite d'une enfance solitaire et chaleureuse, du souvenir d'un vieil homme extravagant accrochant des lampions sur une terrasse, de celui d'une bohémienne brandissant un couteau dans un vestibule, et la musique qui l'a aidée à grandir était vivante encore. Sous l'ombre légère et bleue dont elle maquille ses paupières, entre ses faux cils posés un à un et soigneusement noircis, il y a un vrai regard. Elle ne restera pas longtemps une petite starlette éblouie.

Entre les groupes, des serveurs passent, chargés de plateaux. L'air est lourd. De fumée, d'haleines, de propos inutiles. Dans une réception de ce genre la densité au mètre carré de sottises proférées est l'une des plus élevées au monde.

Tristan sait que s'il reste seul près de ce bar dix secondes de plus quelqu'un va venir l'entreprendre. Lui parler de musique. D'une autre réception. Ou des tableaux de Domanio. Prudemment, il regarde autour de lui. Autant choisir lui-même ses importuns.

Ce sera l'attaché d'ambassade, tiens.

D'une ombre de semblant de sourire, Tristan le hèle. En deux secondes le jeune homme est devant lui.

– C'est une chance de vous trouver seul, dit-il. Je voulais tellement avoir votre sentiment sur ce que nous avons vu tout à l'heure... Insurpassable, non ?

Il s'agit du tableau de Domanio, hélas. Tristan n'y coupera pas. Il assure que c'est insurpassable. Glisse un œil vers l'horloge d'acier monumentale qui décore le salon. Dix heures dix. Trop tôt. Il faut tenir au moins jusqu'à onze heures. À peine décent, déjà, onze heures.

– Et pourtant, derrière l'appel de la pâte on sent comme une inquiétude... N'êtes-vous pas de cet avis ?

Tristan est de cet avis. Il a senti lui aussi l'inquiétude tapie derrière le... le beuglement de la pâte.

– C'est le mot juste, n'est-ce pas ? ajoute-t-il froidement.

Sous le regard dédaigneux le jeune attaché a rougi. Détestable, ce pianiste, on le lui avait dit, on n'avait pas menti...

Dix heures vingt. Madame le maire a remplacé l'attaché d'ambassade. Tristan l'écoute avec un désintérêt manifeste. Dix heures vingt-cinq. Domanio soi-même. Il est un peu moins célèbre que Tristan de Blajan-Taswïck et tient à être vu à ses côtés. Onze heures moins vingt. Fleur rit, dans un recoin de fenêtre, avec un jeune homme cuirassé d'appareils photo et d'objectifs perfectionnés. Isabelle s'arrête un instant, elle veut savoir si Tristan a bien été saluer la comtesse de Maupertuis. Oui, il l'a fait. Un jeune serveur offre à la ronde des coupes de champagne. Onze heures moins cinq, Tristan fait signe à Isabelle, et ces signes-là elle les connaît, il faut obtempérer, rien à faire... sinon il s'en ira seul, et de quoi aura-t-elle l'air ?

Et maintenant il est sur le perron.

L'ambassadeur l'a accompagné et attend avec lui, courtoisement, qu'on ait approché sa voiture. Isabelle est à ses côtés, son étole de soie autour du cou. Un des extras engagés pour la soirée avance la voiture, puis descend, les clés à la main. Jeune, brun. Peut-être pas aussi bien rasé qu'il aurait dû l'être, si bien qu'Isabelle, en passant à côté de lui, a un regard vaguement désapprobateur. Sans plus : elle n'est pas de celles qui regardent vraiment les employés. Quand elle est assise le mal rasé referme la portière, fait le tour de la voiture et tend les clés à Tristan. C'est là l'invité d'honneur, il le sait, aussi s'incline-t-il un peu, avec un grand désir de bien faire – et le haut de sa chemise s'entrouvre.

Trois secondes après il est pris au col par une poigne brutale, plaqué en arrière contre le capot de la voiture, et il pousse un cri inarticulé.

– Tu es du Pont, dit l'invité d'honneur.

Le malheureux n'entend même pas, sidéré. Quant à l'ambassadeur, bouche ouverte, il est statufié sur sa marche.

– Tu es du Pont, tu as leur signe.

Une main fouille le col, attrape la pièce en cuivre, la tire violemment.

– Tu es du Pont.

Cette fois-ci le jeune homme entend.

– Oui, dit-il. Et alors ?

Tristan le lâche. Ahuri, le garçon se redresse, et remet tant bien que mal sa chemise en place.

– C'est défendu ? dit-il. Qu'est-ce qui vous prend ?

L'autre n'en sait rien, apparemment. Une surprise égale à celle du jeune homme fige son visage.

– Je suis désolé, dit-il. Je ne sais pas... Pardon.

L'ambassadeur a repris ses esprits. Il ne manque ni du tact ni de la diplomatie que requièrent ses fonctions mais ceci, vraiment... ceci est ahurissant.

– Y a pas de mal, dit l'agressé. C'est rien.

Il surveille le pianiste célèbre, du coin de l'œil, avec une certaine méfiance. Puis il se baisse, pour ramasser le trousseau de clés. Il le tend de nouveau à Tristan. Qui le prend.

Et le jeune homme murmure quelques mots, dans une étrange langue rauque.

– Tu comprends ? Tu comprends ce que je dis, là ?

– Si, dit Tristan. Bissémé tua.

Les mots lui sont venus seuls. Il pâlit un peu, serre les doigts sur les clés, et se tourne vers l'ambassadeur.

– Vous voudrez bien m'excuser, j'espère... Je regrette.

– Mais voyons... puisque ce garçon... je vous assure que...

Le jeune homme s'est écarté. Il tire sur les poignets de sa chemise. Son visage est perplexe. L'un de ses collègues lui pose une question, bas, mais il ne répond pas. Tristan prend tout à fait congé de son hôte, puis s'assoit au volant – et ferme les yeux.

– Que s'est-il passé ? demande Isabelle. Qu'est-ce qu'il a fait ?

– Rien, dit Tristan.

– Remarquez, il a une sale tête...

Tristan démarre, roule sur quelques mètres, vire au coin du massif, puis freine. Il baisse la vitre et tourne la tête vers le perron. Comme aimanté par son regard, le jeune homme s'approche. Sans effort, sans même être conscient qu'il aurait dû en tant et tant d'années oublier cette langue, Tristan se remet à parler clibate.

– La Voix, dit-il. Tu connais la Voix ?

– Oui, dit le jeune homme. C'était le violon des Yémaches. Mais il est mort depuis longtemps.

– Et Ivor ? Tu le connais ?

– Ivor-les-Chevaux ? C'est un Yémache aussi. Il fait une route du Nord.

– J'ai un truc pour lui.

– Donne.

Tristan le donne, en quelques mots. « Binuké », ajoute-t-il. Puis il redémarre. Isabelle a son grand rire indiscret.

– Par exemple ! dit-elle. On peut savoir ?

– Oui, répond Tristan. J'ai joué à pile ou face.

La pièce lancée roulait peut-être, du Creux de l'Orme à la Croix des Moulins, de Ceux des Dentelles à Ceux de la Tôle, tendue à la portière d'un des camions de l'autoroute, posée sur la table de la baraque d'un camp, enfouie dans un baluchon de toile à l'arrière d'une verdine... Peut-être. Ou peut-être pas. Mais c'était en Tristan surtout qu'elle se frayait un chemin. La glace de l'hiver se fendillait çà et là sous sa danse légère.

Très vite. Et déjà il pouvait réentendre une voix oubliée, et chaude et gaie, parier sur la bonté du monde. Elle s'était tue, ce qui semblait prouver qu'elle avait perdu son pari. Mais voici qu'il se surprenait à y croire lui aussi, parfois. À cette chose folle : ils viendraient. Eux. De leur lointain pays du vent, après treize années de silence, ils viendraient. Le Dentiste et son grand chapeau, ou bien Ivor à cheval, ou bien Cantor tout simplement, une petite valise noire à la main, et pourquoi pas la Perle ? La Perle rigolarde et narquoise, la seule femme au monde sans doute à pouvoir lui inspirer encore un vrai désir, la Perle entre deux « coups », disant que Ceux des Paniers avaient passé aux Noirs... à Lulu du Pont... et que donc elle venait... Y avait pas du pain ? Et qu'il traîne pas, ce con de pianiste, qu'on n'avait pas que ça à faire...

S'il ne pariait pas, lui, sur la bonté du monde, il pariait sur sa grandeur et sur sa déraison : ils viendraient.

Y croit-il encore, six mois plus tard, en cette nuit d'été où il conduit sa nouvelle voiture, un peu après Toulouse ?

Il a donné là-bas un de ses concerts impeccables et glacés. Grand succès, comme d'habitude. À côté de lui son agent somnole, parce qu'il a un peu abusé, lui, du champagne de l'après-concert. Le pianiste conduit, l'aube tente sa chance derrière les collines depuis déjà une heure, et s'obstine...

– ... critique... et revu le préfet...

– Oui, dit Tristan. Dormez, Purget.

Purget se rendort, pour quelques instants. Le pianiste allume une cigarette. La jeune Viviane, qui est sa maîtresse depuis quelques mois, lui a offert l'avant-veille le briquet dont il vient de se servir et il a un petit sourire en le remettant dans sa poche. Jolie, Viviane, oui. Pas trop collante. Et tout juste vingt ans. Des seins splendides.

Il fume. L'aube a gagné, du côté de Vallerier : un peu de rose borde la ligne des crêtes. Vingt kilomètres pour déposer Purget en ville, puis treize autres pour regagner Blajan dont on n'est pourtant qu'à trois kilomètres en ce moment même, ça c'est rageant... Mais le pianiste aime conduire. Surtout la nuit. Surtout seul. Et vraiment ce soir Purget n'est pas gênant. Tristan peut entendre son piano. Raté, là, cet imperceptible silence entre deux phrasés. Pourquoi ? Travailler. Travailler encore. Il fera ça demain. Six notes, le silence, la suite. Ce n'est pas entre le silence et la suite qu'est l'erreur. C'est entre la sixième note et le silence. Ce sera à vérifier, mais il en est presque sûr. *Fa*. Silence. C'est là. Pourquoi ? Travailler, travailler...

En attendant, il freine, et jure : il y avait un chien sur la route, non ?

Non. La route est déserte. Purget a ouvert un œil vague, et remue sa graisse sur le fauteuil.

– Ce n'est rien, dit Tristan. J'ai cru voir un chien. Dormez.

Il repart, lentement. Puis sourit : un aboiement a accompagné le bruit du moteur.

– Sale bête, dit-il.

Il baisse sa vitre, pour jeter au-dehors le mégot de sa cigarette. Première, seconde, troisième...

De nouveau, il freine sec. La silhouette fantomatique d'une roulotte se découpe dans la nuit, devant lui.

– Et merde, dit Purget, les cons... C'est quoi ?

– Une roulotte.

– Quels cons...

La voiture a calé. Tristan remet le contact.

– Ils n'ont mis personne à la tiraille... dit-il.

– Hein ?

– La tiraille : quelqu'un derrière, pour avertir dans les tournants. Ce n'est quand même pas le chien qui fait la tiraille !

Purget, du coup, se rassoit tout à fait. Il y avait quelque chose d'étrange dans la voix du pianiste.

– Doublez-les, dit-il.

Tristan le fait, prudemment. Une, deux, trois... quatre roulottes. Et quelques silhouettes à l'avant, autour du premier cheval.

– Ben merde, dit Purget, c'est une vraie caravane... Qu'est-ce qu'ils foutent là ?

– Ils reviennent de Camargue, dit Tristan. C'est l'époque. J'en ai déjà croisé avant-hier.

Il a repris de la vitesse, et la route défile. Les roulottes font partie des frémissements qu'a le monde autour de lui depuis six mois – depuis qu'il a vu, au cou d'un jeune homme, briller une petite médaille de cuivre. Hier encore son fils lui a tendu, dans le vestibule de Blajan, un vieux carnet qu'il venait de dénicher dans une grange : « Regardez, papa, c'est à vous, il y a votre nom... » Il bégayait, comme il l'a toujours fait devant Tristan, et offrait timidement l'objet. Un simple carnet d'accords. Mais une feuille pliée en était tombée, et c'était une liste de mots clibates, écrite en un temps où le monde était encore vivant.

Quinze jours plus tôt il a vu trois manouches vendre des dentelles dans les rues de la ville. Et avant cela encore, en mars, le pharmacien de Ribelannes lui a écrit pour lui annoncer la naissance de sa fille. « Peut-être avez-vous oublié nos rencontres passées, mais je tiens à vous faire part de... »

Il y a bien des années qu'il a cessé de souffrir. Il va, c'est tout. Mais depuis six mois des images le hantent. Des noms, des visages, des odeurs. Des mots et des regards. Il compte : Cantor a dix-sept ans, Lauriane quinze, la Perle trente-trois, le Dentiste soixante-huit... Ils marchent, ils regardent se lever d'autres aurores. Ils sont pauvres, et fiers, et forts. Ils ne viendront pas, non. Quelle folie, aussi... Mais du moins ils existent, là-haut. Et il ne l'oubliera plus.

Purget habite un immeuble du centre-ville. Tristan l'y dépose, repousse l'offre d'un dernier verre, et repart. On a encore changé le sens de la circulation. La rue Molière est en sens interdit, flûte, il vire, enfile la rue Violin, mais la ruelle du bas est interdite aussi... À quoi jouent-ils ces temps-ci, ces fichus technocrates de la mairie ?

Il tourne. Et sourit : ce porche, ce balcon... oui, c'est la rue du Mikado. Le restaurant a disparu depuis longtemps, remplacé par une librairie, mais qui a conduit le pianiste, cette nuit-là, dans cette rue de son passé ?

Et qui le pousse à s'arrêter encore, près du fleuve, pour regarder couler l'eau noire ? Il est tard, très tard... Il reste debout contre la première arche du pont, pourtant, très longtemps. Le vent s'est levé et balaie le quai. Un vent très chaud, insistant. Il frise l'eau du fleuve, repousse en arrière les cheveux du pianiste, joue avec l'herbe du bas des piliers. Puis il chuchote, là-haut, des secrets aux branches des saules. Et soudain Tristan baisse les yeux, voici qu'une autre porte s'est entrebâillée... « J'irai à Saint-Lys demain, pense-t-il. Demain après-midi. Ça doit être dans un bel état, tiens... »

Il n'a pas envie de rentrer, et regarde sa montre. Quatre heures du matin. Réveiller Viviane ? Pourquoi pas ? Elle est amoureuse, elle ne s'offusquera pas, et il a la clé de son appartement...

Il est presque neuf heures quand il franchit enfin la grille de Blajan, grande ouverte, comme toujours, sur l'allée de châtaigniers. Des brumes de chaleur nimbent le monde d'une étrange clarté rose.

Au bout de l'allée, il pile sec. Les Blajan sont alignés sur la terrasse. Entre eux et lui, sur la pelouse, il y a les roulottes. Et un cercle de bohémiens assis.

« C'étaient eux, pense Tristan. Le chien. C'étaient eux. »

Il ferme les yeux. Le sol a cessé de frémir sous ses pas : il s'est ouvert. Et la vieille souffrance lui broie le cœur. Oubliée depuis si longtemps. Mais féroce et brûlante, toujours.

Il ouvre sa portière et descend. Quelques bohémiens se sont levés en voyant la voiture apparaître, et l'un d'eux s'avance. Très jeune. Son visage est solide et brun sous les longs cheveux noirs.

– Patik, dit-il. Patik illarié.

– Oui, dit Tristan.

Il a mis une main sur ses yeux, comme un enfant. Puis il se redresse. D'autres bohémiens ont rejoint Cantor : Manuel, Anna, Ivor, une jeune femme...

– Binuké, dit-il.

C'est la jeune femme qui lui rend son salut la première. Elle a des yeux très bleus et des tresses blondes.

– Ernaline... dit-il. Est-ce que tu es Ernaline ?

– Mais oui, Panitsen... Viens. Assieds-toi au rond, veux-tu ?

Il la suit jusqu'au cercle, et s'assoit à la place qu'elle lui désigne. Au centre de la ronde trône un gros réchaud de fonte. Mais sans feu. Ceux des bohémiens qui sont yémaches se présentent gravement et parlent du bonheur qu'ils souhaitent apporter. Les autres se contentent d'un sourire, ou d'un salut amical de la main. À tous, Tristan répond. Ensuite on lui tend un verre d'eau froide.

– Nous souhaitons ne pas avoir effrayé tes amis, dit Ivor.

– Non, non...

Il boit, à grands traits, l'eau froide, l'eau vivifiante et folle, en regardant sur le visage d'Ivor les marques du temps. Et sur celui de Cantor le sourire d'Agnès.

– Je vous ai doublés cette nuit, dit-il. Sur les collines, après Saint-Agerran.

– Peut-être, dit Manuel. Nous aurions dû faire halte, mais je savais ta maison proche.

On parle de l'eau, ensuite. La source croisée la veille avait le cœur dur... toutes les sources du pays de Panitsen sont-elles ainsi ? Métalliques ?

Sans transition, et du même ton tranquille, Ivor déclare :

– Ainsi, Panitsen, nous sommes venus te chercher. Ton message nous a été remis à l'hiver-petit, il y a trois mois. Nous avons pris la route aussitôt.

Le rire léger d'Ernaline monte.

– Je ne m'en souviens plus, mais on m'a souvent dit que j'étais déjà venue te chercher ici, un hiver, lorsque j'étais enfant.

– C'est vrai. Tu étais avec la Voix.

– Oui, dit la jeune fille. Mais l'homme dont tu parles là est mort, le sais-tu ? Il avait longtemps attendu ton message.

– La Voix ?

– Cet homme-là, oui. Il disait que le vent t'appelait et que tu l'entendrais un jour.

Elle sourit.

– C'est une légende. Mon peuple en a beaucoup. Je les écris. Je les écoute, je les écris... Celle-ci parle d'une déchirure du ciel, par où Dieu se cherche une voix. Elle est très belle.

Ivor s'est penché, de l'autre côté d'Ernaline.

– Au bout de l'île, là-haut, le gadjo de la ferme a une radio. Tu dois connaître cet appareil. L'homme dont vous parliez à l'instant y a souvent écouté ta musique, Panitsen. Il disait qu'elle était morte. Et nous le pensions aussi. Avions-nous raison ? Est-elle morte ?

– Oui, dit Tristan.

Il a baissé les yeux. Morte, oui. Et pourtant ce matin, loin, très loin – il l'entend.

– Tes amis auraient-ils du pain ? demande un jeune homme. Nous donneraient-ils le pain ?

Tristan se lève. Il fait quelques pas sur la pelouse, puis se retourne. Combien sont les bohémiens ? Une vingtaine, oui... Il se remet à marcher vers le perron, et croise Philippe qui vient à sa rencontre.

– Ils ont faim, dit-il. Tu peux envoyer les enfants s'occuper de ça ? Compte sur vingt... Tu as vu Cantor ?

– Oui, sourit Philippe. C'est lui qui est venu parlementer cette nuit. Sapristi, il a fait son petit effet, d'autant qu'il est d'abord tombé sur Xavier... Ils viennent te chercher, paraît-il ?

– Oui.

– Et est-ce que... est-ce que tu... ?

– Oui, dit Tristan. Oui, oui. Oh, oui...

Le sourire de Philippe s'élargit. Il remonte sur la terrasse, pour envoyer la jeune génération aux cuisines. Puis redescend.

– T'occupe de rien, dit-il. Je réglerai tout. Je rentrerai même ta voiture. Mais va-t'en, mon vieux, va-t'en vite...

À trois pas d'eux il y a Isabelle. Elle serre son fils contre elle, et ses yeux sont pleins de haine.

Mais ce n'est pas elle que regarde Tristan. C'est l'enfant. Pascal de Blajan-Taswïck n'a jamais eu de père parce que son père ne l'a jamais aimé. Ce regard qui cherche le sien, insiste, explique, à lui seul, il n'imaginait même pas qu'il puisse un jour se poser sur lui. Et lui rendre le droit d'exister. Il ne reverra pas Tristan et il aura beaucoup de mal à grandir : pourtant, il aura un père maintenant.

– Tristan, dit Isabelle, vous n'allez pas... vous n'allez quand même pas...

– Si, dit Tristan. Je pars avec eux.

Sa voix est chaude. Et son sourire d'autrefois passe sur ses lèvres, railleur et léger.

– Venez si ça vous dit, Isabelle...

Elle ne répond même pas et recule, le visage dur. Tristan se détourne. Un sourire à Marion, à Emmanuel, à Sophie... Fleur, Albane et Flore reviennent de la cuisine, chargées de paniers. Basile les suit avec un casier à bouteilles et les deux fils de Philippe portent chacun deux gros pains.

– Ont-ils besoin d'argent ? demande Emmanuel.

– Non, dit Tristan.

Il ne dira pas au revoir. À personne. À quoi bon ? Les adolescents ont posé près de la première roulotte toutes leurs offrandes, et reculent vers la maison. Ils croisent Tristan, seul, qui les salue au passage d'un simple signe du bras.

Ivor est en train de rire, devant l'amas de provisions.

– Nous ne prendrons pas tout, dit-il.

Quelques enfants font le tri, montent dans la roulotte ce qu'on va emporter, remettent le reste dans les paniers ; et deux d'entre eux vont reporter ces paniers au pied de la terrasse.

– On jurerait, sourit Philippe, des peuplades du Pacifique s'échangeant des bimbeloteries...

Là-bas, sur la pelouse, on attelle les chevaux. Tristan a pris son sac dans la voiture, parce que ses papiers y sont. Appuyé à la portière, il regarde Blajan.

– La Perle est à Moulins, dit Manuel. Elle a dit de passer la prendre, elle remontera avec nous, elle veut te voir. Tu te souviens de la Perle ?

– Oui, dit Tristan.

– Il lui est arrivé de ces choses... Je te raconterai.

– Et puis, dit Ivor, nous te trouverons des pianos. Nous savons qu'il t'en faut et nous t'en trouverons. Viens maintenant.

– Mais où sont les autres ? Myriam, le Dentiste ?

– Ceux dont tu parles là...

– Bien, coupe Tristan, j'ai compris... Et Lauriane ?

– Lauriane est à Tisted, dit Cantor. Elle peint sa roulotte.

– Et...

Il s'arrête, et se met à rire. Trop de questions, trop de noms... On verra ça en route. La route est longue, on aura le temps.

– Allons, dit-il.

Ainsi disparut Tristan de Blajan, à la suite de sa musique. Et c'était bien là-bas qu'elle l'attendait depuis toujours, sur les routes du Nord dont il ne redescendit jamais. Intacte et forte. Et si cette histoire était celle d'une quête, comme elle l'est sans doute, si elle a suivi ceux qui cherchaient une route, ou le chant d'un piano, alors c'est une histoire écrite pour les cœurs fiers, parce que ceux qui cherchaient ont trouvé.

FAMILLE DE

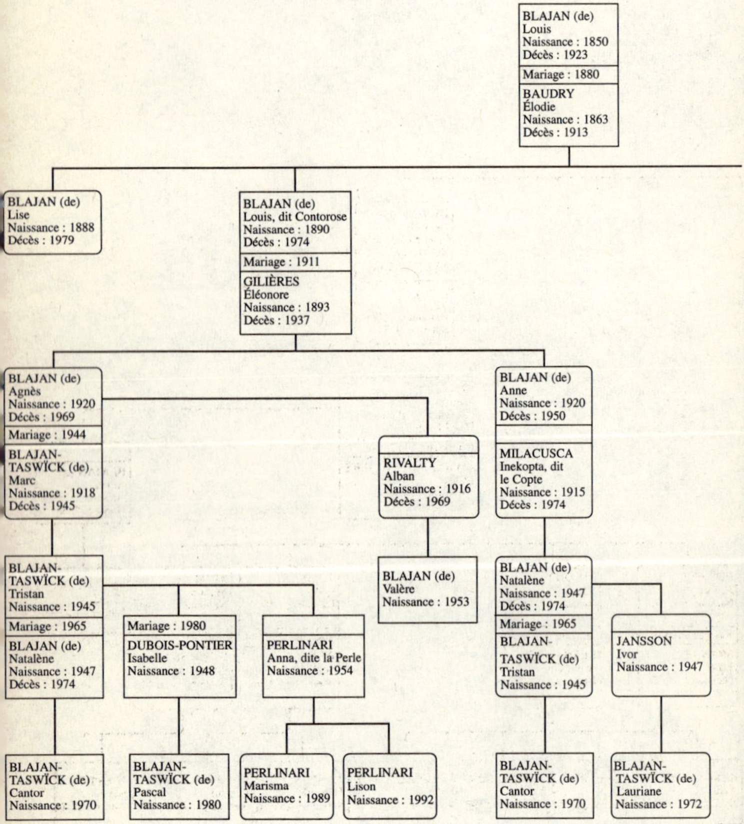
BLAJAN (de)
Louis
Naissance : 1850
Décès : 1923
Mariage : 1880
BAUDRY
Élodie
Naissance : 1863
Décès : 1913
BLAJAN (de)
Lise
Naissance : 1888
Décès : 1979
BLAJAN (de)
Louis, dit Contorose
Naissance : 1890
Décès : 1974
Mariage : 1911
GILIÈRES
Éléonore
Naissance : 1893
Décès : 1937
BLAJAN (de)
Agnès
Naissance : 1920
Décès : 1969
Mariage : 1944
BLAJAN-TASWÏCK (de)
Marc
Naissance : 1918
Décès : 1945
RIVALTY
Alban
Naissance : 1916
Décès : 1969
BLAJAN (de)
Anne
Naissance : 1920
Décès : 1950
MILACUSCA
Inekopta, dit le Copte
Naissance : 1915
Décès : 1974
BLAJAN-TASWÏCK (de)
Tristan
Naissance : 1945
Mariage : 1965
BLAJAN (de)
Natalène
Naissance : 1947
Décès : 1974
Mariage : 1980
DUBOIS-PONTIER
Isabelle
Naissance : 1948
PERLINARI
Anna, dite la Perle
Naissance : 1954
BLAJAN (de)
Valère
Naissance : 1953
BLAJAN (de)
Natalène
Naissance : 1947
Décès : 1974
Mariage : 1965
BLAJAN-TASWÏCK (de)
Tristan
Naissance : 1945
JANSSON
Ivor
Naissance : 1947
BLAJAN-TASWÏCK (de)
Cantor
Naissance : 1970
BLAJAN-TASWÏCK (de)
Pascal
Naissance : 1980
PERLINARI
Marisma
Naissance : 1989
PERLINARI
Lison
Naissance : 1992
BLAJAN-TASWÏCK (de)
Cantor
Naissance : 1970
BLAJAN-TASWÏCK (de)
Lauriane
Naissance : 1972

Blajan (1990)

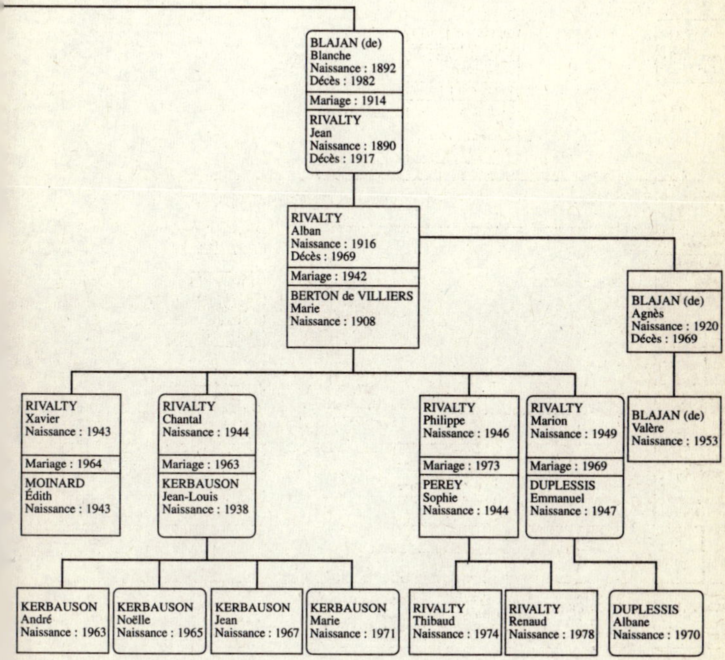
BLAJAN (de)
Blanche
Naissance : 1892
Décès : 1982
Mariage : 1914
RIVALTY
Jean
Naissance : 1890
Décès : 1917
RIVALTY
Alban
Naissance : 1916
Décès : 1969
Mariage : 1942
BERTON de VILLIERS
Marie
Naissance : 1908
BLAJAN (de)
Agnès
Naissance : 1920
Décès : 1969
RIVALTY
Xavier
Naissance : 1943
Mariage : 1964
MOINARD
Édith
Naissance : 1943
RIVALTY
Chantal
Naissance : 1944
Mariage : 1963
KERBAUSON
Jean-Louis
Naissance : 1938
RIVALTY
Philippe
Naissance : 1946
Mariage : 1973
PEREY
Sophie
Naissance : 1944
RIVALTY
Marion
Naissance : 1949
Mariage : 1969
DUPLESSIS
Emmanuel
Naissance : 1947
BLAJAN (de)
Valère
Naissance : 1953
KERBAUSON
André
Naissance : 1963
KERBAUSON
Noëlle
Naissance : 1965
KERBAUSON
Jean
Naissance : 1967
KERBAUSON
Marie
Naissance : 1971
RIVALTY
Thibaud
Naissance : 1974
RIVALTY
Renaud
Naissance : 1978
DUPLESSIS
Albane
Naissance : 1970

Imprimé en juin 2006 en Espagne par LIBERDÚPLEX
St.Llorenç d'Hortons (Barcelone)
Dépôt légal : juillet 2006

POCKET 12, avenue d'Italie - 75627 PARIS Cedex 13